U0045543

陳映真創作50週年國際學術研討會論文集

財團法人台灣文學發展基金會◎發行
文訊雜誌社◎出版

前言

◎封德屏

1959 年 9 月，陳映真在《筆匯》發表他首篇小說〈麵攤〉，爾後的 50 年，雖曾因故短暫停筆，但大體來說，創作不懈，〈第一件差事〉、〈將軍族〉、〈趙南棟〉、「華盛頓大樓」系列作品、〈忠孝公園〉等，皆已成台灣小說經典，獲得評論界高度推崇。

此外，他更將對文學與社會的看法發爲議論，《知識人的偏執》、《孤兒的歷史・歷史的孤兒》等，皆高舉民族主義大旗，批判現代主義，早已成一家之言。文化與社會事務方面，陳映真曾參與《劇場》、《文學季刊》的編務，創辦《人間》雜誌及人間出版社，在文學思潮與社會關懷方面，曾觸發相當大的影響與反思。

2006 年 10 月，陳映真因病在北京入院，至今仍在休養中，台灣難忘這位重要的小說家，仍時表關切。2008 年 8 月間，對陳映真關心甚深的文化、文學界友人，決定以陳映真創作 50 週年爲題，舉辦國際學術研討會與相關活動，委由台灣文學發展基金會・文訊雜誌執行。研討會以約稿、徵稿同時進行，總計發表 15 篇論文，是台灣首度爲陳映真舉辦的國際學術研討會。來自台、港、中、日、韓，專研陳映真創作的重要學者匯聚一堂，以陳映真的文學創作觀、社會思想、對台灣文學史以及東亞、第三世界的影響等抒發議論。

爲呈顯陳映真在不同領域的影響力，感謝他在文學創作及社會實踐上所付出的努力，除了研討會外，更企畫了 9 月 24 日在中山堂的「向陳映真致敬」文藝茶會、出版新書《人間風景・陳映真》，與「陳映真・人間特展」等。去年底開始執行陳映真系列活動時，正好遇到全球性金融大海嘯，以致許多預先承諾贊助的企業，全部喊停。但令人感動的許多識與不識的朋友，知道我們的困難後，開始自發性的串連小額捐款，一起來爲這個活動盡一份力量，更讓我們體認陳映真在許多人心目中，巨大的影響及魅力。當然最後因爲有「趨勢教育基金會」的大力支持，熱情的分工，才能讓這個活動順利的展開。也感謝行政院文建會、台北市文化局、國家文化總會、國立台灣文學館、中華民國婦女聯合會的支持，才讓這場由民間發起的活動能有圓滿成果。

兩天的研討會很快就過去了，我們集結了會議的論文以及精彩的座談，把立體畫面據實的用文字留下，在短短的兩個月內，完成這本論文集，讓不論是否參與研討會的朋友，皆能重溫學思的論辯與感動。

目次

第 4 場

第 5 場

第6場

座談會

陳映真論台灣現代主義的省思

施淑[*]

在陳映真的著作中，有關現實主義和現代主義文學的討論，一直占有顯著的地位。這普遍出現在他的訪談、隨筆、文化評論、文學批評中的論述，雖絕少引用深奧複雜的理論觀念，也未著意於理論觀念的抽象分析和闡釋，僅由創作實踐進行探討，但就整體表現來看，卻無疑是社會主義文藝思想在二次大戰後台灣的重要發展成果。

站在社會主義革命的視野上，陳映真除了延續十九世紀中葉以後左翼知識圈對現實主義文學的基本信念，指出它在反映社會現實、批判生活、改造世界、思考歷史動向和人類解放等等方面的積極的、進步的意義，並對現實主義創作的未來性給予樂觀的評估，認爲它有非常遼闊的道路，「因爲生活本身的遼闊規定了現實主義的遼闊」。[1]

基於上述理念，陳映真檢討台灣現代文學諸問題，首先，他著重指出光復後台灣文學史的斷層現象，也即是因爲白色恐怖，五四後中國新文學傳統及日據時期台灣本地的文學作品都成思想和政治上的禁忌，二十世紀 30 年代發生在大陸和台灣的左翼文藝全被封禁湮滅，1947 年底到 1949 年初《台灣新生報・橋》副刊有關台灣新文學的爭議及其引發的新寫實主義討論，才短暫復甦了社會主義文藝思想。在那個階段只有鍾理和等少數作家表現了「素樸的現實主義」性格，只不過比起日據時

* 淡江大學中文系退休教授。

1 彥火訪談，〈陳映真的自剖和反省〉，《陳映真作品集 6・思想的貧困》（台北：人間出版社，1988），頁 88。

代的現實主義文學，他們缺少了清楚的意識形態。[2] 除此之外，整個 50、60 年代的台灣文壇幾乎全是現代主義文學的天下，直到 70 年代保釣運動和鄉土文學論戰，現實主義文學理念才又回到作家和批評界的視野，成爲關注的中心。

對於支配 1950、60 年代台灣文藝創作的現代主義，陳映真由國際情勢和台灣的政治生態探究它的發生原因，他指出這是 1950 年韓戰爆發，世界性冷戰結構形成，由美國主導的反共體制透過在台美國新聞處，在台灣政治肅清和文學斷層的條件下播種出來的文學品種：

> 降至一九五○年代，就在韓戰爆發，第七艦隊封鎖台灣海峽後，許多左翼的，或是比較干涉生活的，進步的文藝工作者都遭受到嚴酷的迫害。這個「政治肅清運動」的慘烈實在遠遠超過了一九四七年的二二八事變。換句話說，台灣被編入兩極對立的戰後國際冷戰體系，在這個整編的過程中，經歷了一場相當血腥的、慘烈的逮捕和監禁。在經過殘酷的政治肅清所留下來的血腥的土壤上，美國新聞處播下的種子開出了現代主義的文學這樣蒼白的花朵。[3]

以上論斷，對於被恐共、反共的冷戰思維型塑成長的台灣知識分子來說，怕是匪夷所思的神話，特別是對當年反共戰鬥文藝空氣下，把美國新聞處奉爲文化堡壘，把它舉辦的藝文活動視同台灣文化沙漠的甘泉的文藝青年來說，更是天方夜譚。然而陳映真這在 1987 年解嚴前即多次表達的論斷，正顯示他對問題的洞視力，因爲必須到 2000 年，英國女作家桑德斯（Frances Stonor Saunders）經過多年查訪、檔案搜尋、彙整美國政府解密文件，出版《文化冷戰：中央情報局與藝文世界（The Cultural Cold War: The CIA and the World of Arts and Letters）》，我們才清

[2]《海峽》編輯部，〈「鄉土文學」論戰十周年的回顧——訪陳映真〉，《陳映真作品集 6．思想的貧困》，頁 98，103。

[3] 《海峽》編輯部，〈「鄉土文學」論戰十周年的回顧——訪陳映真〉，頁 96。

楚看到遍佈大半個地球的美國新聞處原來是冷戰分支機構，是 CIA 從 1950 年代起製造所謂「新啓蒙時代」和「美國世紀」的祕密工具，它著手推廣的抽象畫、荒謬劇、現代音樂、詩歌、小說等等前衛藝術運動，都是用來攻擊蘇聯社會主義現實主義文藝，操縱「自由世界」知識分子及文藝工作者的冷戰武器。桑德斯書中出現的 CIA 文學先鋒隊伍，像艾略特、福克納、龐德、卡夫卡、普魯斯特、貝克特……等等，無一不是當年台灣現代主義浪潮中耳熟能詳的大師及偶像。相同的情形存在於音樂、繪畫、雕塑等領域。[4]

上述政治性因素的思考之外，陳映真更從現代主義文藝的根本性格提出他的質疑和批判，1967 年發表的〈現代主義底再開發〉[5] 集中而全面地表達了他的看法：

> 現代主義文藝，比起文藝歷史上的任何時期，都是一種意識的創作。無數的現代主義派別發表無數的現代主義宣言。他們用一種做作的姿勢和誇大的語言，述說現代人在精神上的矮化、潰瘍、凌亂和貧困，並以表現和沉醉於這種病的精神狀態為公開的目的。現代派的批評家，又千方百計的利用既成的科學知識，為這些表現在現代主義文藝中的精神狀態找根據，進一步予以合理化。現代主義文

---

4 Frances Stonor Saunders 在 1999 年於英國出版 Who Paid The Piper? The CIA and the Cultural Cold War, 2000 年由紐約 The New Press 出版 The Cultural Cold War: The CIA and the World of Arts and Letters，該書中譯為曹大鵬譯：《文化冷戰與中央情報局》，北京，國際文化出版公司，2002。按美國中央情報局執行文化冷戰的主體組織為 1950 年成立的「文化自由代表大會（Congress for Cultural Freedom）」，它透過美國新聞處等機構陸續舉辦藝術節、二十世紀傑作等藝文活動，創辦雜誌鼓吹「高雅文化」及現代主義作品，翻譯艾略特〈四個四重奏〉空投蘇聯，籠絡三十年代因史大林集權，對馬克思主義和共產主義幻滅的「粉紅色十年」的歐洲激進知識分子，出版他們的作品，如紀德《蘇聯歸來》，Arthur koestler《正午的黑暗》，阻止聶魯達得 1971 年諾貝爾文學獎，因為他是智利共產黨員。此外還設立基金會，如福特基金、洛克菲勒基金、亞洲基金，這些都是 1950 到 1970 年代台灣知識菁英留美、申請研究補助、出版著作的重要管道。整個文化冷戰的運作情況，可以拿 Saunders 書中的章名〈文化的北大西洋公約〉來形容。

5 〈現代主義底再開發〉，《陳映真作品集 8．鳶山》，頁 1～8。

藝在許多方面表現了這種精神上的羸弱和低能，在一種近乎自憐、自虐狂和露出症的情緒中滿足各個人的自我。現代主義文藝的貧困性，不能包容十九世紀的，思考的、人道主義的光輝，是很明白的。

接下來，他又由現代社會的精神現象和文藝消費的趨勢，檢討現代主義文藝的社會功能：現代主義雖產生令人目不暇給的文學形式，但因上述思想和內容的先天上的貧困，使形式和內容失去了契合。「結果，形式主義的空架子在現代主義文藝中到處充斥。形式主義不但欺騙了廣大讀者，也欺騙了大部份低能的現代主義文藝作者自己。」此外，因爲現代主義文藝的詭奇、晦澀形式，使它不僅遠離讀書群，而且還喪失掉教養及豐富廣大市民階層精神生活的功能，將它原有的任務遺落給消費性的通俗市場文藝。是故，「現代主義文藝已經史無前例地從民眾中孤立起來，史無前例地捨棄了豐富民眾精神生活的文藝任務」。

以上觀點，在陳映真實際參與貝克特《等待果陀》的演出後有了變化。他認爲他提出的這些觀點固然是對的，但持有這些觀點的他在態度上「卻一向是很機械性的」，因爲《果陀》的演出經驗，使他得到一點也不亞於其他文藝作品能有的深刻感動，使他初次感覺到：「現代主義作品竟也有這樣滿足了藝術需要和知性需要的能力」，這來自於這劇本對現代社會人與人的關係、人類的一般處境，「有力地做了解剖和展列」，來自於它的內容與形式的契合感、統一，可以讓人把它當一個有機體去接受。在這樣的體驗和認識下，陳映真指出文藝創作的中心問題不在於當時的現代主義者爭執不休的現代或不現代，國際性或東方，問題的中心在於：「它是否以做爲一個人的視角，反應了現實」，在於作家必須具備思考、愛和批判的能力，因而文藝形式雖歷經變革，但文藝者「追求人的完全的心靈」卻從未間斷。據此，他指出：「現代主義文藝，因爲要反映『現代』這一個未曾有的特殊現實，而必須要求適當表現這現實的特殊形式」。只要內容與形式完全統一——像使用著貝克特「特殊的語言」的《等待果陀》和它的內容傳達出的現代人的無力感、孤獨、絕望——現代主義文藝就有一定的存在價值，對它作無分別的、教條式的攻擊，是機械的、不正確的。

經由以上批判性思考，陳映真對台灣現代主義的寫作實踐做了一番清理。首先他認爲台灣現代主義文藝在性格上是亞流的原因在於二戰後台灣的資本主義性質上並未達到像產生西方現代主義的現代化程度，在缺乏物質基礎的條件下，也就徒然具有現代的「空架」，不見「實感」。此外，它又缺乏與西方母體間的臍帶連繫，也即閱讀真正反映現代西方人精神狀態的現代主義作品，「結果台灣的現代主義文藝，像所有西方的文化在一切後進地區，一切前殖民地區那樣式一般，只看見它那末期的、腐敗的，歪扭了的亞流化的惡影響。」其次，更重要的是台灣現代主義文藝呈現了「思考上和知性上的貧弱症」，現代主義者只是玩弄語言、色彩和音響上的蒼白趣味，玩弄幼稚的形式和糾纏不清的形而上概念：

> 總之，我們的現代主義文藝，變成了一種和實際生活、實際問題完全脫了線的把戲。更可惜的是這種把戲又都是一些知性貧弱的少數人在耍著。這樣一來，我們的現代主義文藝，不是徒然玩弄著欺罔的形式，便是沉溺在一種幼稚的，以「自我」那麼一小塊方寸為中心裡的感傷；不是以現代主義最亞流的東西——墮落了的虛無主義、性的倒錯、無內容的叛逆感，語言不清的玄學，等等——做內容，就是捲縮在發黃了的象牙塔裡，揮動著廢頹的白手套。在客觀上，台灣的現代主義先天的就是末期消費文明的亞流的惡遺傳；在後天上，它因為一定的發生學上的環境，成為一種思考上、知性上的去勢者。結果，我們的現代主義便缺少了一種內的生命力，缺少一種自己生長，自己糾正自己和接受新事物等等的能力。

在這總結性的論斷之後，陳映真又在〈期待一個豐收的季節〉[6] 裡檢討台灣現代主義詩歌。這篇同樣發表於 1967 年的文章，就 1959 年末開始台灣文化界對現代詩的批評而引發的「新詩論戰」，以及 1960 年代中後期達到高潮的現代詩運動，提出他的觀察。文中指出由發生學上看，現代主義是一種反抗，是西方文藝者在歐戰後對歐洲既有價值和急速工業化社會強加於人的劃一性要求的反抗。然而台灣的現代派，在囫圇吞下西方現代主義的時候，也吞下了這種反抗的「最抽象的意義」，之所以是抽象，是因為與中國的精神、思想的歷史整個疏離的台灣現代派們，連反抗的對象都沒有。在疏離的情況下，他們於是把極度空漠的、貧弱的心，開向以虛無、背理、醜陋和非人化為重要本質的現代主義文藝，而追根究柢，「他們的憤怒、的反抗，其實只不過是思春期少年在成長的生理條件下產生的恐怖、不安、憤怒、憂悒和狂喜底一部分，在現代派文藝中取得了他們的表現型式罷了」。

因為 1968 年起長達七年的政治黑獄，陳映真被迫中斷創作及表達他對文藝問題的思索。黑獄歸來，歷經 1970 年代末的鄉土文學論戰、黨外運動，加上國際間美、蘇冷戰走入低盪（detente）態勢，以及他應邀參加愛荷華大學國際作家寫作坊。這段期間，陳映真在訪問、對談、演講、著述中表達的文學信念，特別是一再觸及的台灣現代主義文藝問題，基本上維持不變，上引兩篇文章的觀點大致構成他言談的基調。只不過在相對舒緩的政治禁忌之間，陳映真可以比較上政治地談論他信守的社會主義思想及反帝國主義的民族主義立場，直接指認台灣現代主義文藝在發生學上的冷戰思維性格，以及由之導致的台灣現、當代文學的結構性的思想貧困與知性衰弱。此外，因為在國際作家寫作坊與世界作家交流，還有稍後持續與東亞地區作家接觸的經驗，1980 年代末期，陳映真開始由第三世界文學的角度，思考台灣文學的路向，提出二戰後台灣面臨的新殖民主義及其文化宰制的危機，消費文化對創作的根本傷

[6]〈期待一個豐收的季節〉，《陳映真作品集 8．鳶山》，頁 9～15。

害。[7] 從文學史來看，他的這些見解無疑是兩岸社會主義文學思想的歷史性開拓，而這也是他以社會主義的國際主義精神，拒斥全球化趨勢下，以美國爲首的新帝國主義的政治文化操縱的表現。

或許是冷戰思維的敵對性意識結構的影響，加上社會主義的人道主義的道德焦慮，陳映真對於因冷戰而繁殖於戰後台灣的現代主義文藝，一直以否定的態度視之爲當代台灣社會現實的對立物，很少從作爲歷史過程和社會實踐的寫作心理進行必要的探討。透過與第三世界作家交流，他雖然因拉美魔幻現實主義，修正他向來對文學的嚴肅性和正面意義的要求，認可現代主義藝術技巧可供借鏡，現實主義文學應開闊、開發藝術想像力，認可西方現代主義在發展初期的反抗、進步意義，但對台灣現代主義的整體評價，始終保留在語言的開發、創新的有限意義上。在他看來，因爲冷戰和經濟發展的因素，1950 年代以後的台灣現代主義，從根本上不具備自然發生、自我校正的能力，它只是模仿西方的「模仿的文學」[8] 沒有台灣的生活、感情、思想，沒有民族風格，究其實只是白色恐怖下作爲逃避出口的個人主義的、虛無主義的文學，發展到最後只能「過著文學的亡國者的生活」。[9]

這些否定意味強烈的評斷，對照起 1950、60 年代台灣現代主義文學的一般表現，應該大致可被接受。只不過從冷戰結構下，台灣文化生產場域的具體情況來看，這些建立在社會主義文學思想的政治意識形態分析，這些全然負面的評價，或許忽略了戰後二十年間，以虛無、逃避的負面意義出現的台灣現代主義文學，它的負面書寫本身可能包含的對於戒嚴體制及其意識形態支配的離心和叛變；忽略了它在表現形式上的冒險錯亂，可能體現著的白色恐怖的文學斷層下，爲了驗明文學正身，

---

[7] 這些言論除注 1、2 彥火，《海峽》編輯部的訪問，又見於韋名，〈陳映真的自白——文學思想及政治觀〉；鍾喬，〈文學、政治、意識型態——專訪陳映真先生〉；蔡源煌，〈思想的貧困——訪陳映真〉。以上文章都收在《陳映真作品集 6．思想的貧困》。

[8] 陳映真，〈模仿的文學和心靈的革命——訪問菲律賓作家阿奎拉〉，《陳映真作品集 7．石破天驚》，頁 87～101。

[9] 陳映真，〈重建民族文學的風格〉，《陳映真作品集 11．中國結》，頁 25。

尋找文學規範的不自覺的實驗和努力，從而低估了作爲現實主義的歷史對應物的現代主義文學在台灣現代文學的典範（paradigm）更新歷程中的可能作用。倘非如此，將無法解釋像宋澤萊這樣的作家，繼〈嬰孩〉、《廢園》等存在主義和心理分析的作品之後，在鄉土文學論戰前的1970年代中期，會創作出由卓別林式的人物、曖昧的內心風景和荒誕的現實構圖所組成的具有深刻的藝術真實性及現代台灣啓示錄意味的《打牛湳村》系列小說來。

1935年魯迅在《中國新文學大系》小說二集序裡，解說「瀰灑」、「沉鐘」、「淺草」等五四後最早的現代主義文學社團的誕生緣由：

> 但那時覺醒起來的智識青年的心情，是大抵熱烈，然而悲涼的。即使尋到一點光明，「徑一周三」，卻更分明的看見了周圍的無涯際的黑暗。攝取來的異域的營養又是「世紀末」的果汁：王爾德（Oscar Wilde），尼采（Fr. Nietzsche），波特萊爾（Ch. Baudelaire），安特萊夫（L. Andreev）們所安排的。「沉自己的船」還要在絕處求生，此外的許多作品，就往往「春非我春，秋非我秋」，玄髮朱顏，卻唱著飽經憂患的不欲明言的斷腸之曲……[10]

不論是世紀末的誘惑或冷戰政治的文化陰謀，魯迅的沉重話語，陳映真的激切批判，都有助於我們從根本上省思一再以前衛的、挑釁的姿勢出現在二十世紀兩岸文學史的現代主義作品，已經是不容迴避的並非僅僅移植過來的歷史現象和文化現象。在這樣的情況下，與資本主義一道誕生的現實主義文學思想，在面臨資本主義本身生產出來的無涯際的黑暗的異化世界之前，應該到了必須重新檢討應對它的藝術策略的時刻。這方面陳映真在提出開拓想像力、學習魔幻現實主義技巧、現代主義的再開發時就已觸及，此外，在檢討作家的寫作態度和創作方法的根

[10] 魯迅，〈《中國新文學大系・小說二集序》〉，《魯迅全集》第2卷，頁1033，中國人事出版社，北京，1998。

本問題時，他也曾經提出「現實主義的再解放」，推薦卓別林、布萊希特在戲劇藝術上的開拓。肯定布萊希特的「間離劇場」打破了向來劇作家爲了使觀眾投入，感染舞台上的故事情節，刻意營造出的「戲劇性幻覺」，反而以間離手法讓角色與觀眾對話，共同討論劇中提出的問題，從而開創了新的戲劇藝術表現。[11] 只不過在迫切的文學使命感下，陳映真基本上仍延續 1930 年代以來現實主義理論中有關干涉生活、走入群眾、進步的世界觀等核心信念，認爲「中國文學家所需要的文學藝術理論，應該是革命的、改造世界的文學藝術理論」，[12] 而對寫作方法最終都以「寫什麼，怎麼寫，爲誰寫」的一般概念出現，這些都有待於他日後的具體詳盡的論述。[13]

---

[11] 同注 1，頁 80，82。

[12] 陳映真，〈談七教授「坦白的建議」有感〉，《陳映真作品集 11．中國結》，頁 141。

[13] 從觀念上看，陳映真遭遇到的似接近 1930 年代，左翼陣營內部發生的「表現主義論爭」對現實主義和現代主義的理論分歧。1937 年流亡莫斯科的德國知識分子在他們的雜誌《發言（Das Wort）》，刊登文章批評表現主義詩人 Gottfried Benn 投靠法西斯主義，認為表現主義是導致德國法西斯主義的思想根源之一，引起有關表現主義的藝術和思想的討論。1938 年論戰接近尾聲，盧卡奇發表〈問題在於現實主義（Realism in the Balance）〉，這篇文章與他 1934 年發表的〈表現主義的興衰（Expressionism: its significance and Decline）〉，把論爭的焦點轉向現實主義與現代主義的理論問題。布洛赫（Ernst Bloch）在回應文章〈關於表現主義的討論（Discussing Expressionism）〉，雖同意盧卡奇的一些論斷，如指出表現主義者的「資產階級的流文人」的特性，及有關「逃遁性格」、「逃遁意識」的闡釋，但對於盧卡奇剖析「表現主義中的純粹主觀的反叛以及用表現主義方式描述的事物『本質』的抽象的神秘化」，則不能認同。他指出盧卡奇只從作品內容上看到在資本主義活動中小資產階級的茫然失措，只看到小資產階級對資本主義施加給它的折磨蹂躪的無力反抗，對於表現主義運動的「主觀反叛精神」沒有充分了解。此外他還反駁盧卡奇現實主義理論中的「整體性」（totality）觀念，認為這是盧卡奇「反對任何摧毀世界圖像的任何藝術嘗試」，即便那是資本主義的世界圖像，「他把一種能完全破壞表面關係的，並試圖在空隙中發現新事物的藝術，僅僅看做是主觀的破壞而已，因而他把破壞的試驗與現狀的墮落等量齊觀」。就此，他提出應該重視表現主義的「當代遺產」意義。
論爭中，布萊希特並未公開參與，而是在筆記〈反對盧卡奇（Against Georg Lukacs）〉及 1945 年流亡美國後寫的一些札記，提出他的看法。他認為盧卡奇把十九世紀現實主義定於一尊，把巴爾扎克、托爾斯泰建立在敘述 而不是描寫的寫作方法視為最高楷模，是「形式主義」。指責盧卡奇一筆抹殺現代主義作家的「非人的」技巧之後就回到巴爾扎克、托爾斯泰那裡，「召喚那些已經變質的後代努力向他們學習」，這等於是給現實主義做「絕育手術」。據此，他提出為呈現一直變化著的現實，應該擴大技巧，容許藝術一定的自由，並認為走入無產階級群眾是寫作的出路，「這條路不是返回過去的路。它所銜接的不是好的舊傳統，而是壞的新事物」，因為「群眾 拋棄了非人的性質，人也就又變成了人」。對於表現主義他認為「只是從語法中解放出來，而不是從資本主

義之中解脫出來」，它不是離經叛道，現實主義者可以從中學到很多東西。相關資料見張黎編選,《表現主義論爭》,華東師範大學出版社,上海,1992年。Aesthetics and Politics, trans.and ed.by Roland Taylor，Verso edition, 1980, Lordon

講評

柯慶明*

在施教授的這篇論文中，我贊同她的結論，與我的想法是接近的。60 年代的台灣現代主義確有其發生與存在的必要性；雖然是否應以「現代主義」一詞稱之仍值得討論，但在當時的台灣，無論是本省人或 49 年前後來的外省人，都有「被連根拔起」之感。那也許正是與現代主義者被資本主義社會異化、邊緣化的疏離孤獨狀態互通之處。

當我在讀這篇文章時，有種角度上的混亂，原因在於這篇論文是在評陳映真的意識形態還是施教授的文章？而陳映真等對現代主義的批評都是抽象的，他們批評的是他們的身分而不是他們的文學，他們批評白先勇、王文興，不是批評其作品，而是批評其身分，而批評內容也不外乎「蒼白」、「幼稚」、「無知」等。其實當時《現代文學》與《文學季刊》兩邊有共通的作者與編者，如姚一葦、何欣等，姚一葦更曾說過這些的作家如白先勇、王文興、王禎和、陳映真等都是代表他自己，沒有人可以取代，沒有共同的符號。然而卻在某種論戰激情下被一分爲二，我唯一可堪告慰的是當時《現代文學》沒有提出批判的文章。我總認爲社會主義者堅持某種意識形態的情況下，就很難接納其他意識形態、甚至不能容許別人有其他意識形態；我認爲，那是一種『自我聖化』的傾向。

當尉天驄在編《筆匯》時曾強調自己的現代主義，而《現代文學》反而從沒強調過這部分；再者，陳映真早期的小說多半發表在《筆匯》與《現代文學》，而後才是《文學季刊》與《文季》等刊物，我不免懷

* 台灣大學台文所教授兼文學院副院長。

疑在以今日之我對昨日之我會特別嚴厲的情況下，陳映真的嚴厲是針對白先勇還是王文興，抑或是他自己？

另外，在論文部分，施教授有個很重要的論點放在註 13 裡頭，是施教授思考陳映真在現代主義與寫實主義的論點，其次是提到 CIA 的罪惡問題，但我認爲 CIA 是買不動文章中提及的艾略特、福克納、龐德、卡夫卡、普魯斯特、貝克特，因爲以年代而言，CIA 出現在 1950 年代後，而這些人有些已在 1950 年代以前就有很高的成就，可以說 CIA 利用了這些人，但他們絕沒有做 CIA 前鋒之意。

補充一點，以台灣而言，美新處有介入的是《文學雜誌》，因爲當時吳魯芹在美新處，到了《現代文學》時期，曾刊載卡夫卡的作品，是因爲大三時的王文興相當喜愛卡夫卡而引進，且《現代文學》的經濟來源是白先勇所繼承的遺產，以及他與友人在美國打工的錢，與 CIA 無關。（按：本文依學術研討會之論文講評記錄整理）

陳映真論

以前期三十年的創作活動為中心

山田敬三*

一、作家陳映真的出現

陳映真初登文壇於 1959 年。當時，政治優先的反共文學在臺灣文壇大勢已去，故他早期的作品中映現出濃重的現代主義色彩。淡江文理學院英文專業在讀時發表的處女作〈麵攤〉[1]，尚不十分明顯，第二篇作品〈我的弟弟康雄〉[2]、第三篇〈家〉[3]，無政府主義傾向漸次加強。與此同時，從讀者的角度看來，其作品的主題亦變得難以把握。但是，就中講述與臺灣社會底層的陰暗現實取爲題材，似可顯示他後來加入「鄉土文學」作家陣營並展開論戰的根基。

弟弟康雄是個虛無主義者。自殺後，作為姐姐的「我」從他留下的日記中得知了這樣一個事實：弟弟在他打工的倉庫附近，和一個專租給勞動者的客寓的女老闆發生了關係，極端苦悶之後，弟弟求助於宗教，陷入了無以自拔的自我嫌惡。弟弟死後四個月，「我」雖然遠遠戀愛著一個苦讀的畫家，但最終還是和一個富裕的基督教徒結了婚。弟弟在日記中寫道：「富裕能毒殺許多細緻的人性」，對此，「我」一點兒也不想抗辯。父親是個無名的社會思想家，也研信宗教，現在在一所次等的大學講授哲學。我為了補償深藏於內心的卑

---

* 日本神戶大學名譽教授。

[1]《筆匯》1 卷 5 期 （1959 年）。

[2]《筆匯》1 卷 9 期 （1960 年）。

[3]《筆匯》1 卷 11 期 （1960 年）。

屈和羞辱，決意要為亡弟修建一座豪華的墓園。(〈我的弟弟康雄〉梗概）

陳映真原名陳永善，一九三七年生。映真是他借夭折的孿生兄弟的名字而起的筆名。孩提時，他做了膝下猶虛的親戚的養子，其生身父親是位基督教牧師。就是這位父親，當一九六七年他作爲政治犯鋃鐺入獄之際，曾如此開導他：「孩子，此後你要好好記得：首先，你是上帝的孩子；其次，你是中國的孩子；然後，啊，你是我的孩子。我把這些話送給你，擺在羈旅的行囊中，據以爲人，據以爲事……。」

小學五年級時，一個偶然的機會，陳映真接觸到魯迅的作品。他通過《阿Q正傳》，認識到「中國的貧窮、的愚昧、的落後，」同時也意識到那才是他應該去摯愛的「苦難的母親。」還有一個時期，在非洲原始森林裡拚搏苦鬥的史懷哲，成了他「青少年時代的偶像」[4]。生父的爲人與信仰，亦對他的人格形成產生了相當大的影響。堪稱其早期代表作的〈鄉村的教師〉[5]，將這些特徵以簡潔的文筆集中地表現了出來。

吳錦翔從婆羅洲的戰場上活著回來時，戰爭已經結束將近一年了。由於少年時代讀過書，他曾參加過抗日活動。正因為如此，他被派到了特別危險的戰場，現在他成了兒童不滿二十人的小學校的老師，熱情地向孩子們講述社會改革的理想。不久，「省內的騷動和中國的動亂」傳到了這個偏遠的山村來。入夏的時候，陸陸續續看到許多「來自國內的人」。他「固然是沒有像村人一般有著省籍的芥蒂」，但對「這樣的中國人」，感到「悲哀」。而且他痛感對這年老、懶惰、倨傲的「中國」進行改革的無比的困難。自從過了三十，吳錦翔對前途喪失了希望。那一年的夏天，他在一個歡送應征入營

4 許南村，《鞭子和提燈・序言 知識人的偏執》(台北：遠行出版社，1976年)。許南村乃陳映真寫評論時所用的筆名。

5《筆匯》2卷1期 （1960年）。

的學生的宴會上，因醉酒而講起了過去在南方打仗時吃人肉的故事。此後，村人對他的態度大變，數月後，瘦削而蒼白的他割破靜脈自殺了。母親在鮮血染紅的床邊號啕大哭。(〈鄉村的教師〉梗概)

作爲這一作品的背景，「二・二八事件」與「國共內戰」在作品中隱約出沒。主人公最初明知村人（本省人）和「國內的人」（外省人）之間原本橫亙著一條深大的溝壑，但他故意無視「省籍的芥蒂」，把一腔熱血傾注於教育之中。然而，在現實厚重的牆壁面前，這抱有社會改革理想的青年倍感挫折，從而走向虛無，最終自戕身亡。〈鄉村的教師〉所描繪的世界，既緣於作者早期作品所共同涉及的黑暗題材（終極處即與「死」相連），又跟日後陳映真窮追不捨的主題相契合。但是，「白色、荒廢的五十年代」還未直接進入其創作題材之中，大概是因爲當時那尙被視爲絕對的禁忌之緣故吧。

如此這般，經過只能用死來表現遠大理想之挫折的「憂悒、感傷、蒼白而且苦悶」[6] 的時期。跨入六十年代後，陳映真開始試圖從現代主義中擺脫出來。此時大陸正爆發「無產階級文化大革命」，這對他向「現代主義」進行批判起了決定性作用。他在題爲〈現代主義底再開發〉[7] 的評論中嚴厲指出：臺灣的現代主義不具有產生成長的條件及環境，多模仿少獨創，缺乏思辨色彩和理智。

同一時期，陳映真在以《毛澤東選集》等爲閱讀物件的讀書會的基礎上，組織起「民主臺灣聯盟」，雖未進行任何政治活動，但因在其綱領中高呼「臺灣解放祖國統一」，成爲叛亂罪的證據，科處十年徒刑。這一事件的發生時值他接受了設在愛荷華大學的「國際寫作計畫」的邀請，辦完了出國手續，正欲赴美之際。此後，他開始了作爲政治犯的長達七年之久的監獄生活。

6 許南村，《知識人的偏執・試論陳映真》(台北：遠行出版社，1976 年)

7〈現代主義底再開發〉，《陳映真作品集 8・鳶山》(1988 年)，頁 1～8。

二、現代主義批判

對於或理智或感性地去探索人類、民族的進步與發展的亞洲的知識份子來說，五十年代的中國爲他們提供了一個理想中的社會模式。經過各個國家地區的左翼政黨的政治宣傳而得到膨化。加之極度的資訊不足，中國以一個與實情相去甚遠的瑰麗形象出現在當時皆處於貧困之中的亞洲各地。對於爲了使烏托邦變爲現實而陷於惡戰苦鬥之中的中國，人們將它作爲掙脫自己所處苦境的有效處方而肆意描畫。其中，在文化上與中國大陸具有同一性的臺灣文化人身上，這一傾向比在其他任何亞洲國家的人身上都反應得強烈。而在這些文化人當中，陳映真更是一馬當先，欲向革命勝利後不久的中國討索純粹的理想。

當時，中國在外界受到核武器的威脅，臺灣海峽遭到美軍第七艦隊的封鎖，國內又爲建國初期的惡性通貨膨脹所困擾，同時還要與反革命勢力作鬥爭，而這些中國的真實情況，卻從未能得到正確的傳播。對包括臺灣在內的亞洲有良知的知識人來說，很長一個時期，中國一直是他們理念上的目標。所謂的「無產階級文化大革命」，非但未能使他們後退半步，反而將他們的夢吹得越來越大。然而，如同中國年輕一代的絕大多數一樣，「文革」的告終使他們精神上出現了大幅度的龜裂，陳映真亦不例外。

1975 年七月，陳映真獲得釋放，結束了整整七年的牢獄生活。此時，文化大革命終於將其末期症狀顯露給了外部世界。僅僅依靠高聲歌頌的精神意識人們便傾盡熱情的時代早已成爲過去。但是，他對中國的未來並沒有絕望。倘若借陳映真所崇尚的魯迅的話來說，對他而言的絕望，乃是一種虛妄，正與希望相同。而且，既然不可能安住於絕望之中，那麼他就必須向別處尋找出路。而這一契機，在他入獄期間從意想不到的方面驟然而至。

1970 年 11 月，圍繞著尖閣群島[8] 的所有權問題，日本政府與中國政府一再展開爭論。在日本國內，這只不過是與人們的日常生活並無直接關係的「外交問題」之一罷了，但在臺灣，這被理解爲與日本的侵略野心相關聯的主張，從而引起了一場激烈的民族運動。到那時爲止一直被視爲禁忌的對「國事」的言及，在輿論界，學園內外都成爲可能。在這種形勢下，與批判六十年代的洋化萬能主義相伴隨而逐漸興起的「臺灣鄉土文學」，一鼓作氣的踏上了歷史舞臺的前沿。這時期的情狀，陳映真文學上的摯友王拓曾作如下記述：

> 他們援引了當年「五四運動」的口號，公開而響亮地喊出：
>
> 外抗強權！
>
> 內除國賊！
>
> 這個運動對長期生活在日本與美國表面似經濟合作，而實際則是在進行經濟侵略的國內同胞而言，是一個很具有刺激性與教育意義的事件，使我們看清了美國與日本相互勾結侵略中國的醜惡面孔，使我們長久在美日兩國的經濟侵奪下昏睡的民族意識遽然地覺醒了！於是，幾十年來難得過問國是的國內大學生們紛紛在校園舉行國是座談、舉行示威遊行，也公開地援引了當年「五四運動」的愛國口號：「中國的土地可以征服，而不可以斷送！中國的人民可以殺戮，而不可以征服！」同時也喊出對日抗戰時「一寸山河一寸血，十萬青年十萬軍」的口號，以表示他們誓死捍衛國土的決心！以抗議侵略者！以激發全國民眾的民族自覺！[9]

緊接著發生了使臺灣國際地位下降的一系列衝擊事件——聯合國代表權喪失，由於尼克森訪華而實現的中美共同聲明，「日華條約」廢棄，中美邦交正常化。這一時期，在向全面西化傾斜的文化人中，對於現代主義接受的批判終於日趨明朗。自 1972 年前後起，對現代詩進行

[8] 臺灣稱之為「釣魚島」。

[9] 王拓，〈是「現實主義文學」，不是「鄉土文學」〉，《仙人掌》第 2 期（1977 年）。

尖銳批判的狼煙滾滾四起。現代詩貪婪地開掘深層心理、觀念世界，或因所用語言自身的抽象性而急速走向難解。當然，這不僅是臺灣文壇獨有的現象。應該說，臺灣的詩人們一直在緊緊追趕幾十年前活躍於歐美諸國及日本的詩風，從而形成了六十年代的新詩壇。最先站出來把臺灣現代詩的風格指摘爲「文學殖民主義」的是關傑明。

> 我並不是說中國現代詩不應該超越邏輯，因為有時候必須要這樣做，才能接觸到我們內在神秘而無條理的世界。但是，我們也不能忽視這樣做法的潛在危機。[10]

關傑明例舉若干作品，對其內向難解的技巧和游離現實的內容表示不滿。以他的這一批判爲契機，展開了「現代詩論爭」。從結果上看，該論爭對自 1977 年開始的「鄉土文學論爭」起到了前哨戰的作用。陳映真出獄之時，正是臺灣文壇新潮流出現的前夜。

三、第三世界文學的摸索

如前所引王拓的評論所明確指出的那樣，所謂「鄉土文學」，提倡以根植於臺灣現實的政治、經濟、日常生活爲題材，用現實主義的創作方法，寫出能爲一般臺灣民眾理解的作品。然而，在文藝理論方面，卻未提出任何特別新穎的主張。但是，因爲其思維方式、創作題材俱來源於根深蒂固的土著思想，作品的大多數主題自然而然地帶有暴露臺灣現實中的黑暗面、批判政治的色彩。故而政府有關人士和靠近國民黨的文學家指責「鄉土文學」是「無產階級文學」，是「工農兵文學」，是主張臺灣獨立的「台獨文學」。

的確，「鄉土文學」的宣導者之中，不乏以臺灣南部爲中心的臺灣

---

10 關傑明，〈再談中國現代詩〉，《龍族詩刊・評論專號》，1972 年。

獨立論的積極擁護者。與此相對，一邊劃清與「台獨」的界限，一邊將獨具特色的現實主義論戰是在人們面前的，是前面提及的王拓。陳映真出獄後，把自己的文學生活加以整理，在文章中定義自己爲「小知識份子」[11]，一面對付來自非難者的責難，一面從「臺灣文學」爲中國文學的一部分這一觀點出發，加強對現代主義的批判，和「鄉土文學」論者們取得統一步調。也即，在這一點上，王拓、陳映真等北方文學家們，跟強調臺灣意識的南方文學家葉石濤等人之間，在主張上儘量迴避指數其中的相異之處，選擇了共同對付來自政府方面的非難的道路。

如同文學史上許許多多的論爭一樣，所謂「鄉土文學論爭」並未以一個明確的形式決出結果。七十年代後期，模糊曖昧地告一段落之後，時間跨入八十年代。曾經被同斥爲「鄉土文學」的二者的差異，以「中國結」與「臺灣結」的形式爭執起來。強烈繼承了「鄉土文學」的民族主義一面的《臺灣文藝》雜誌編輯部，於 1983 年進行了改組，與在臺灣南部高雄發行的《文學界》的同人們，對以《文季》、《夏潮》爲據點的北部文學家的「第三世界文學論」展開批判，於是，論爭拉開序幕。

眾所周知，「第三世界」，指亞洲、非洲、拉丁美洲的「發展中國家」，由鄧小平在聯合國大會上提出來後，很快便膾炙人口。陳映真將這些國家與臺灣加以對比，在承認兩者間存在著不少相異之處的同時，提出這樣一個結論：臺灣基本上也是一個屬於第三世界的地區。

> 若只從國民所得；從貧富差距等方面來看，臺灣和其他第三世界國家間，有十分明顯的差距。但如果從世界分工和國際的生產諸關係來看，臺灣和其他第三世界國家，共同處於被先進國在資金、技術、市場和文化上支配的地位。[12]

---

11 許南村，〈試論陳映真〉。
12 陳映真，《孤兒的歷史・歷史的孤兒・中國文學和第三世界文學之比較》(台北：遠景

這樣對臺灣加以定位後，他進一步主張，第三世界文學在語言、內容、性質三方面存在著相同之處：(1) 以民族的大眾語言代替傳統的貴族語言，以民族大眾語言代替殖民地性質的、外國的語言。(2) 暴露殖民體制下的黑暗與痛苦、或批判國民自身的落後性和無知。(3) 批判並脫離傳統的貴族、僧侶和殖民者的文學。這裡，他理論上的依據是，六十年代後期拉丁美洲社會科學上出現的「從屬論」，該思潮被視為作為對於既存的開發理論、開發政策的批判運動而展開的。

在作家陳映真創作的中期，即七十年代後期所寫的作品——〈賀大哥〉[13]、〈夜行貨車〉[14]、〈上班族的一日〉[15]等小說中，與初期作品風格迥異，展望光明未來，積極採用現實主義手法。但這只是在他出獄後親自參加了「鄉土文學論爭」的一個短時期內的傾向。到了八十年代，「死」的影子又出現在他的作品世界。與之同時出場的還有前文論述過的第三世界文學論，這在創作方面得出的答案便是寫臺灣跨國公司的〈華盛頓大樓〉的第一部〈雲〉。另外，他還更進一步地展開了以白色恐怖籠罩臺灣全島的五十年代初期為物件的「五十年代的研究」。

四、回歸五十年代

以「白色、荒廢的五十年代」為主題的陳映真的一系列作品開始於1983年的〈鈴鐺花〉，後有獲中國時報小說推薦獎的〈山路〉，及1987年六月發行的《人間雜誌》別卷《人間》上刊載的〈趙南棟〉。這些小說都是從今天的視點出發，嘗試著重新去嚴肅地思考深藏於自己內部的「五十年代」的意義而創作出來的。然而，即使如此，在題材和主題上，三者並不完全相同。第一篇〈鈴鐺花〉是追悼「五十年代」政治事件犧牲者的作品，而另外兩篇則假借主人公之死，敍說臺灣文化人「八十年

出版公司，1984年)

[13]《雄獅美術》，85期，1978年。

[14]《臺灣文藝》，58期，1978年。

[15]《雄獅美術》，91期，1978年。

代」對近在咫尺的中國大陸爆發的革命所產生的曲折微妙的心理。

〈鈴鐺花〉的講述者——少年「我」，大概是陳映真自己吧。時代是 1950 年。和壞朋友曾益順翹課後，便受良心譴責邊隱秘在兒童特有的秘密世界裡已經三天了。用活青蛙餵養蛇；從花生地裡偷來花生充塡轆轆饑腸，在充滿牧歌色彩的少年時代的回憶中，五十年代時嚴酷的政治的一面亦得以顯露。將地道的頑童曾益順提拔爲班長並促進其學習的高東茂老師與曾重逢，是在日本兵殘留下的碉堡的虛骸中。

可能在大陸參加過抗日戰爭的這位青年教師，常常通過和學校當局的方針不相一致的實踐活動，取得顯著的教育成果。但因其思想性的問題險遭逮捕，避難山中。與淚流滿面、依戀難捨的曾益順毅然告別後，高東茂再次消匿行蹤。不久，傳說他被處死。在臺灣報紙、雜誌上登載出有關大陸民主運動家王希哲、反體制作家劉賓雁的消息的今天，作者的記憶裡歷歷浮現出的只是高東茂老師的「那一雙倉惶的、憂愁的眼睛。」

〈山路〉的女主人公蔡千惠的少女時代，與「五十年代」的政治同時起步，和開始清算「五十年代」的歷史問題的八十年代共同走向終場。李國坤因事件被處死刑後，1953 年初夏的一個早晨，自稱爲其未婚妻的蔡千惠，嫁到貧窮的李家來了。從那時起，三十年來，千惠將全部身心獻給李家，供養「小叔」國木及其雙親。李國木大學畢業後，今天已經在市內經營起獨立的會計事務所，過上優裕的生活。自從在報上獲釋的政治犯名單中發現有未婚夫黃貞柏的名字後，千惠則完全喪失了生存的意志，一天天地衰弱下去，終於成了永遠不歸之人，解開這一謎底的鑰匙，是她死後發現的她用「典雅的日文」寫給黃貞柏的遺信。

因自己親兄的叛變，黃貞柏被判終身監禁；經黃介紹而得相識並對其產生了「愁悒的少女的戀愛」的李國坤被處死刑。之後，千惠爲了補償哥哥出賣二人的罪過，佯稱國坤之妻，嫁到李家。三十年後的今天，看到黃貞柏這一名字的同時，她發現自己也在消費生活中慢慢變化，現在已經完全墮落這一事實，愕然不安。而且一個疑念正在她心裡萌發：他們曾經賭擲生命而戰的革命信念不正行將崩潰嗎？

幾十年來，為了您和國坤大哥的緣故，在我心中最深、最深的底層，祕藏著一個您們時常夢想過的夢。白日失神時，光只是想像著你們夢中的旗幟，在鎮上的天空裡飄揚，就禁不住使我熱淚滿眶，分不清是悲哀還是高興。對於政治，我是不十分懂得的。但是，也為了您們的緣故，我始終沒有放棄讀報的習慣。近年來，我戴著老花眼鏡，讀著大陸的一些變化，不時有女人家的疑惑和擔心。不為別的，我只關心：如果大陸的革命墮落了，國坤大哥的赴死，和您的長久囚錮，會不會終於成為比死、比半生囚禁更為殘酷的徒然……。

陳映真本人從1968年六月到1975年七月的七年間，曾是監禁在獄的政治犯。如前所述，以把《毛澤東選集》作爲閱讀材料的讀書會爲基礎，組織「民主臺灣聯盟」，因爲在其綱領中高呼「臺灣解放與祖國統一」，被處叛亂罪。「祖國」的革命在他心上留下深刻的印痕。但是，出獄後，他覺察到與昔日印象不同的大陸的現實，聯想起在獄中相遇的政治犯時，他把一個爲了與他們在心靈上度過共同的三十年而含辛茹苦的女性除了逼上死路，是無法說服自己的。

〈趙南棟〉的結尾更爲絕望。南棟的父親趙慶雲也是「五十年代」被捕，1975 年獲釋的政治犯。被疑爲「黨員」的母親宋蓉萱，在獄中生下南棟後，將一片愛心留給出生不久的嬰兒，便慘遭殺害。長子趙爾平從小邊照料弟弟邊勞苦持家，現已爲跨國公司經營部門重用，在社會上擁有相當的地位。然而，享有優裕的物質生活的同時，男女關係糜爛，追求私利，在精神方面完全墜向荒廢，但對父親懷有深厚的敬愛，這些都與弟弟趙南棟形成比照。

1984 年九月，趙慶雲剛剛別世而去，碰巧，趙南棟來到了醫院。看見送進太平間的父親的遺體後，趙南棟用擠進強力膠的塑膠袋使自己陷入朦朧狀態之中，呻吟不已。這時，幸爲與母親同過獄的政治犯葉春美發現而獲救。宋爲能救助昔日同志的遺孤而頗感欣慰，並擔負起照顧趙南棟的責任。

喜劇的另一面往往就是悲劇。從這一事實出發，小說〈趙南棟〉的結局毋寧說是喜劇性質的。正是因爲使用了喜劇性的尾聲更能給讀者以深刻的悲劇印象。無數以死亡爲代價的犧牲者，和那些經得住足以引起精神異常的拷問而活下來的信念頑強的人，最終結果是不得不承認「家畜化」這一現實。陳映真對此是如何認識的，尚不能斷然下結論。但是，面對「五十年代」做夢也料想不到的大陸及臺灣的現狀，他正處於沉重的苦惱之中這一事實是不容否定的。欲從「第三世界文學論」中尋覓新途，陳映真投入於《雲——華盛頓大樓系列（一）》以後的創作，而他中斷這一嘗試並開始「五十年代的研究」，對體驗了一九八九年「六月事件」的大陸文學來說，也該是不無意義的行爲吧。

之後，臺灣文藝界出現了以與大陸文化一體感稀薄的戰後第三代爲中心的新的胎動。出生於 1949 年之後，並自我標示爲「新世代」的這批人的作品，有意識地排除「外省人」與「本省人」的界限，努力創造一種新型的文學，筆者著眼於他們與陳映真之間存在的非連續性的「同類項」，將繼續關注這位屬於「舊世代」作家的文學活動。

講評

洪銘水*

山田敬三教授是日本神戶大學名譽教授，專攻中國現代文學（特別是魯迅）與中日現代文學比較研究。以此專研的學術背景，以及日本對中國與台灣特殊的歷史淵源，他站在這樣的位置論述戰後台灣出現的作家陳映真，實別具意義。通篇文章所揭示的視角與剖析深度，令人佩服！

本文分成四個單元：（一）作家陳映真的出現；（二）現代主義批判；（三）第三世界文學的摸索；（四）回歸五十年代。

首先，山田教授認爲台灣在五〇年代末反共文學大勢已去，所以陳映真在 1959 年初登文壇就顯現濃厚的現代主義色彩；接著，出現「無政府主義」題材傾向的作品，暴露台灣社會底層的陰暗面；從而加入「鄉土文學」作家的陣營，並展開對右派御用文人的論戰。這樣的概述，在時序上是不錯的。但是，需要一點釐清，那就是現代主義的出現是針對著「反共戰鬥文藝」的氾濫的一種消極反抗，而不是因爲反共文學大勢已去才產生。其實，反共八股的文學，一直得到官方的支持。再者，陳映真筆下的「無政府主義」思想的人物，也可以當作對「現有政府」絕望的隱喻；而「死亡」更是絕望的抗議的具體逞現。戰後從戰場歸來，心懷理想要重建家園的台灣青年，經過「二二八事件」以及「白色恐怖」，從希望轉爲絕望，灰心已極；陳映真對這樣的人物寄予同情而筆之於小說。

1963 年開始透過日本友人偷渡禁書，大量閱讀左翼書籍，進而起了尋求社會主義出路的思想與行動。在文網密佈的年代，促使陳映真在

* 東海大學中文系退休教授。

1968 年應邀赴美參加愛荷華大學「國際寫作坊」之前被捕入獄，判刑十年。

山田教授認爲當時正是「無產階級文化大革命」在中國蔓延的時代，對陳映真批判「現代主義」起了決定性的作用。不過，必須指出的是，他以「許南村」筆名寫的自我剖析的批判現代主義的蒼白的文章是 1975 年蔣介石去世「百日祭」特赦而得到提前釋放以後出版的。當然，他的一些被捕之前的舊稿也曾被化名發表在知友的刊物上。陳映真坐牢的第三年（1970），在美國的台港留學生爲了捍衛「釣魚台」的主權發起對日本的抗議運動。此即山田教授文中所說的「尖閣島」主權的爭論。在美原先發動「釣魚台運動」的大部分學生都有左傾的現象（活躍的要角中有陳映真的朋友），引起國府的警訊。於是，由留美的國民黨學生組成「反共愛國聯盟」對左派學生加以監視，造成許多人被列入黑名單而不能回台；由此種下了左右的對峙，雙方至今仍未釋懷。在台灣島內則有王拓和《夏潮》同仁借用「五四運動」的口號激起民族自覺，也爲當局所側目。之後的「民歌運動」與「鄉土文學論戰」，都帶有左傾的色彩。最後王拓和楊青矗被指控有與對岸「工農兵文學」唱合之嫌。後來也在 1979 年的「美麗島事件」與黨外民主鬥士，一併牽連入獄。

陳映真出獄以後，誠如山田教授所說，把焦點放到「第三世界」的立足點上，開始對美國資本主義跨國公司在台的經濟殖民進行批判，而創作了「華盛頓大廈」的系列小說。其實，這些小說的主題，更重要的是在揭示做爲台灣人的民族自尊的喪失。1983 年，他終於能踏上美國，接續十五年前被剝奪的機會，參加愛荷華的「國際寫作坊」。在赴美之前的幾個月間，他打破過去的政治禁忌，發表了《鈴鐺花》和《山路》描寫五〇年代白色恐怖的犧牲者。做爲討論陳映真前三十年的創作活動，山田教授最後以陳映真 1987 年發表的《趙南棟》做結。革命的第一代卻產下墮落的第二代，最後還是由已逝的第一代的革命同志負起照顧遺孤的責任。他認爲「結局勿寧說是喜劇性質的。正是因爲使用了喜劇性的尾聲更能給讀者以深刻的悲劇印象。」此論亦可引人同感。

所有人都被幽暗的心靈囚禁
談陳映真的早期小說

林載爵*

一、陳映真的早期小說

如何界定陳映真的早期小說？從他自述的〈後街——陳映真的創作歷程〉來瞭解應該是最好的途徑。從1959年發表第一篇小說〈麵攤〉後，他歷經學院畢業、接觸馬克思主義、軍中服役、執教、組織讀書會，一直到1965年，翻譯〈共產黨宣言〉和社會主義入門書《現代社會之不安》爲止，他都被牢不可破地困處在一個白色、荒蕪、反動，絲毫沒有變革力量和展望的生活中的絕望與悲戚的色彩。直到1967年，寫了〈唐倩的喜劇〉和〈第一件差事〉，和1968年被捕前不久的〈六月裡的玫瑰花〉，他才明顯地脫卻了他個人的感傷主義和悲觀主義色彩。

因此，這裡所謂的早期小說自然就是1966年的〈最後的夏日〉之前的作品。其特色是「從夢想中的遍地紅旗和現實中的恐懼和絕望間巨大的矛盾，塑造了一些總是懷抱著曖昧的理想，卻終至紛紛挫傷自戕而至崩萎的人物。

二、故鄉再也沒有鄉愁的意義：

引自：〈蘋果樹〉

* 聯經出版公司發行人。

「我不要回家，我沒有家呀！」[1]陳映真早期小說中的人物幾乎都在逃避家鄉，一個不願回去的家鄉。這個家鄉是怎樣看也無法說是美麗迷人，異常缺水，所以熟悉的人每當想起來，幾乎都感到一種彷彿在盛夏裡午睡方醒的時候，那種沒有氣味的乾燥。此外，那裡有將近六十支陶瓷工廠的煙囪，和一家公營的焦炭煉製場，於是小鎮常年籠罩在煤煙底下，高一些的尤加里樹和竹圍的末梢，全都給煙燻得枯萎了，連小孩用彈弓打落的麻雀也是一身煙灰。而人的身上也在不知不覺中撲了一身煙灰，在鼻孔、在沁著汗的皮膚上，人們都可感到那些細小的煤屑顆粒。沖洗焦炭的水流到溪裡，使得溪流裡再也看不見游泳的小孩與浣衣的婦人。[2]

這個家鄉竟是一個敗德的莊頭，私通的事情幾乎是家常便飯。老生發伯立志要他的後代離開這個淫亂的故鄉，然而老二死於壯年，寡婦無依，加以自己的衰老，便只好又回到故鄉，守著破敗的祖厝。命呢！他想。他勞苦終生，還是落得赤貧如洗；他想建立一個結實的家庭，卻落得家破人亡；他想盡方法逃離故鄉，卻衰衰敗敗的歸根故鄉。而那些敗德的，卻正興旺。他想，一切都是因為住在這個敗德的莊頭招來的。[3]

這個家鄉在戰後，人們一度又一度地反覆著這個戰爭直接留在這個小小山村的故事，懶散地談著五個不歸的男子。但是這一切戰爭的激情經過一年的時光又漸漸平靜下來，一切似乎沒有什麼改變，因為坡上的太陽依舊那樣炙人，他們也依舊勞苦，並且生活也依舊是日復一日的惡意的追趕。宿命的、無趣味的生活流過又流過這個小小的村社，逐漸地固結起來。[4]

這個家鄉，全村的人都以一種厭惡的善心期待著一個青年，在喪父的悲憤中，獲得高中金榜的美談，好去訓勉他們的子弟，然而這個青年

---

1 〈故鄉〉，《陳映真小說集（1）：我的弟弟康雄》（台北：人間出版社，1995），頁 44。
2 〈故鄉〉，《陳映真小說集（1）：我的弟弟康雄》，頁 37-38。
3 〈死者〉，《陳映真小說集（1）：我的弟弟康雄》，頁 53-54。
4 〈鄉村的教師〉，《陳映真小說集（1）：我的弟弟康雄》，頁 25-26。

卻在全村帶著可惡的善心的凝視之下落了第，而後離開了家。[5]

這個家鄉在一個侷促、看不見生機的地區裡，每個人都在企望著能在每一個片刻裡發生一些特別的事：一場鬥架也好；一場用最污穢的言語啜成的對罵也好，只要是一些能叫他們忘記自己活著或者記起自己畢竟是活著的事，都是他們所期待的。[6]

在這個家鄉，父親和地政人員勾結著，用種種方法詐騙那些不識字的佃戶，然後又使人調解息訟。作爲人子的什麼也作不了，只能離開，逃避家鄉裡自己家的惡德。[7]

這樣的家鄉讓人無法回歸。故鄉時常成爲夢魘。當「故鄉」裡的「我」不得不回到一別四年的故鄉時，「我感覺到街上的人都跓著腳看我，窗戶上、門裡、走廊上，無數的眼睛瞧著我，而且議論著：這豈不是某人的兒子嗎？豈不是某人的兄弟嗎？是啊，就是他呀……售票員奇怪地注視著我，月台上的旅客望著我。我家的歷史，我家的衰頹，在他們都太熟悉了。我的心開始劇烈地絞痛起來。」他最後的吶喊是：「我用指頭刮著淚。我不回家，我要走，要流浪。我要坐著一列長長的、豪華的列車，駛出這麼狹小、這麼悶人的小島，在下雪的荒脊的曠野上飛馳，駛向遙遠的地方，向一望無際的銀色世界，向滿是星星的夜空，向聖誕老人的雪橇，沒有目的的奔馳著……」[8] 這正是「悽慘的無言的嘴」裡的對答：

「離開總是好的，新天新地，什麼都會不同。」

「那是漂泊呀！或者簡直是放逐呀！」

「你不也在漂泊著嗎？」他笑了：「我們都是沒有根的人。」[9]

---

5 〈家〉，《陳映真小說集（1）：我的弟弟康雄》，頁 20。

6 〈蘋果樹〉，《陳映真小說集（1）：我的弟弟康雄》，頁 104。

7 〈蘋果樹〉，《陳映真小說集（1）：我的弟弟康雄》，頁 115。

8 〈故鄉〉，《陳映真小說集（1）：我的弟弟康雄》，頁 43-44。

9 〈悽慘的無言的嘴〉，《陳映真小說集（1）：我的弟弟康雄》，頁 55。

即使落地歸根，最後的命運也如老生發伯臨死前的感嘆：「該遭遇的，都過去了。在這時候，一切的苦楚和寂寞，都只不過是單純的記憶罷了。因此，他所剩下的，甚至是一種輕微的歡喜：他終於要睡在那巨大而光亮的檜木棺材裡了。」[10]

陳映真在他的早期小說中構組了一個欺罔的、衰頹的、敗德的家鄉，每個人都在逃避，但也都囚禁在幽闇的心靈中無法自拔。

三、整個的過去和歷史中的某一條鎖鍊

引自：〈蘋果樹〉

陳映真在 1960 年代初的小說的最重要特色是深刻地挖掘戰後歷史記憶的重擔所加諸於人的無可逃避的罪惡意識。對於戰後台灣來說，這種情況又特別複雜，包括了戰後本省人的際遇、自大陸來台的外省人、從南洋回台的台灣士兵、1949 年來台的國軍等。這些人在戰後被命運撥弄，共同聚集在這個島上，但也以他們自己過去的鎖鍊爲自己帶來了悲慘的結局。

康雄洞察貧富在道德上的後果，「富裕能毒殺許多細緻的人性」，「貧窮本身是最大的罪惡…它使人不可免的，或多或少的流於卑鄙齷齪…」，他在仰藥自殺後留下三本日記，記錄走向虛無的歷程。第一本寫著一個思春少年的苦惱、意志薄弱以及耽於自瀆的喘息；第二本的前半，寫著這少年虛無者的雛形。他在想像中創建了許多貧民醫院、學校和孤兒院。最後便是他走向安那琪的路。然而，終其十八年的生命，激進的康雄連一點採取行動的快感都沒有過。最後，長久追求虛無的康雄，竟也沒有逃脫宗教的道德律則。[11]

---

10 〈死者〉，《陳映真小說集（1）：我的弟弟康雄》，頁 100。
11 〈我的弟弟康雄〉，《陳映真小說集（1）：我的弟弟康雄》，頁 11-15。

另一個道德墮落的故事是〈故鄉〉中的「我的哥哥」。這位留學日本學醫的哥哥，高大、強壯、英偉，從日本歸國的時候，帶回來的除了一箱箱的書，便是他的基督教信仰。不久之後，他卻選擇在焦炭廠裡當保健醫師，不但讓父親失望，全鎮的人也都議論紛紛，完全無法瞭解他爲何不去當高尚的開業醫師。但是他卻熱心地生活著，白天在焦炭廠裡工作得像個煉焦的工人；晚上洗掉煤煙又在教堂裡做事。可是，萬萬沒想到，在父親的生意失敗，理清了債務後，這位哥哥卻變成了放縱邪淫的惡魔，開起了賭場。原因何在？陳映真沒有說明，只簡單地說：「魔鬼不也是天使淪落的嗎？」[12]

〈蘋果樹〉裡的林武治承受了巨大的道德壓力。他的父親詐欺佃農，獲取利益，他離家出走以逃避自家的惡德。「但是我出來了又有什麼用呢？每天每天我的用度仍舊是那些不義的銅錢。」他深感負罪在身，以致家族受到懲罰。他的一個哥哥因肺病養著，另一個哥哥自小便是賭徒。他的幼妹和一個野鄙的外鄉人私奔，他的姪兒因兄嫂耽於賭博而死於乏人照顧的斑疹，他的母親由於受到父親的冷落，哭成一個瞎子。[13]

凡此種種都是來自無法洗脫的罪惡的譴責，這是道德的鎖鍊。另一個層次則是歷史的鎖鍊。在〈那麼衰老的眼淚〉裡的外省人康先生與來自南台灣，原爲女傭的阿金同居，先是拿掉了小孩，最後又無法挽留，只能讓阿金離開，接收聘金做爲別人的小妾。陳映真在這個時期不願說出其中的社會、經濟因素，他只讓康先生從阿金二十三歲的女體，彷彿感覺到他的失去了的青春，失去了的生命，掉到悲滄的深淵，他想起了他的半生；想起了遼遠遼遠的家鄉；想起了更其遼遠的童年，在頃刻之間，康先生的身體一寸一寸地蒼老下去。[14]

---

12 〈故鄉〉，《陳映真小說集（1）：我的弟弟康雄》，頁 38-40。

13 〈蘋果樹〉，《陳映真小說集（1）：我的弟弟康雄》，頁 115-116。

14 〈那麼衰老的眼淚〉，《陳映真小說集（1）：我的弟弟康雄》，頁 73-80。

〈一綠色之候鳥〉的趙如舟教授陶醉於大陸故鄉的回憶：「故鄉多是異山奇峰。我永遠忘不掉這些禽類啁啾在林野的那種聲音。現在你再也看不見牠們成群比翼地飛過一片野墓的情景了；天又高，晚霞又燒得通紅通紅。」然後露出落寞的笑。在課堂上，他對學生解釋泰尼遜的詩句：「Sunset and evening star And one clear call for me!」的意思是：「那是一種極遙遠、又極熟悉的聲音。」學生說不懂。他的反應是：「他們怎麼懂得死亡和絕望的呼喚？他們當然不懂！…十幾二十年來，我才真切的知道這個 call，那硬是一種召喚哩！像在逐漸乾涸的池塘的魚們，雖還熱烈地鼓著鰓，翕著口，卻是一刻刻靠近死滅和腐朽！」趙教授就這樣逐步走向腐朽，他最後得了老人痴呆症，被送進精神病院去了。

歷史的鎖鍊最明確的表現在〈鄉村的教師〉。吳錦翔是陳映真在早期小說中所塑造的一位最具備完整資歷與理想人格的人物。他出身貧苦的佃農，由於讀書，少年時曾秘密參加抗日活動，由於讀書，對勞動者有著親切的感情和同情。戰爭到來，他被徵召到婆羅洲服役，生死不明，卻在台灣光復後將近一年回到台灣家鄉，銅鑼聲五十餘年來首次響徹整個鄉村，然後他接下了總共不到二十個學生的山村小學。五年的戰火，讓他懷疑知識與理想在死屍與暴力下終究竟還有何價值？但是因為接辦小學，吳錦翔的小知識份子的熱情又從餘燼中復燃了起來。

> 一切都好轉的，他無聲地說：這是我們自己的國家，自己的同胞。至少官憲的壓迫將永遠不可能的了。改革是有希望的，一切都將好轉。……
>
> 設若戰爭所換取的就僅是這個改革的自由和機會，他自己說著：或許對人類也不失是一種進步的罷。……只看見山坡的稜線上的叢樹，在風裡搖曳於五月的陽光之中。這世界終於有一天會變好的。他想。[15]

---

[15] 〈鄉村的教師〉，《陳映真小說集（1）：我的弟弟康雄》，頁 29。

1947 年入春的時候，二二八事件的騷動和中國內戰的觸角，甚至伸到這樣一個寂寞的山村。這時的吳錦翔開始思索中國，「過去，他曾用心地思索著中國的愚而不安的本質，如今，這愚和不安在他竟成了中國之所以爲中國的理由，而且由於這個理由，他對於自己之爲一個中國人感到不可說明的親切了。」他整日閱讀中國地圖，讀著每一條河流，每一座山岳，每一個都市的名字。他想著過去和現在國內的動亂、烽火。「窗外的梯田上的農民，便頓時和中國的幽谷連接起來，帶著中國人的另一種筆觸，在陽光中勞動著，生活著。」

這就是吳錦翔的完整經歷，是台灣近代史的一個縮影，由日據時代的台灣到中日戰爭時期的台灣，到內戰時期的台灣。過了三十歲的改革者吳錦翔最後回到對中國的想像。然而就在這時，一場送別學生入營服役的酒宴中，他喝醉了。他說出了內心中最爲幽暗的記憶：他在婆羅洲吃過人肉人心，然後就像小孩一般哀哭了起來。歷史的幽靈終於回來掠殺他的心靈。

吳錦翔吃過人肉人心的故事，立刻傳遍山村。從此以後，吳錦翔到處遇見異樣的眼色，他的身體也逐漸虛弱。「南方的記憶；袍澤的血和屍體，以及心肌的叮叮咚咚的聲音，不住地在他的幻覺中盤旋起來，而且越來越尖銳了。」不及一個半月就死在床上。

〈文書〉裡發瘋的安某是另一個被歷史的夢魘纏身而終究無法解脫的另一個例子，只是場景改爲中國內戰。當過軍閥的安某的祖父，曾經凌虐過安某的排長關胖子，基於報復，對安某拳打腳踢，使安某過著無盡的苦刑和凌辱的日子。恨意在心靈的底層堆積，終於在一場戰爭中，安某藉機射殺了關胖子。之後隨軍隊到台灣，在刑場上處決了一個外表純潔的少年，按照小說結構的推論，這位純潔少年應該是政治犯。不久後，安某便退役，在一個小鎮上的紗廠任職，選中一位女工爲妻，總算在一生倥傯之後有了安定的生活。然而，歷史的幽靈終再顯現，關胖子倒下的那一刻；那位清純少年在他扣動扳機，應聲而倒的畫面都在他淡忘之後又再度出現。「而於今竟又回到過去了的那一個眼點。生命原來便是這樣地糾纏不開的羈絆呀！」幽靈成爲幻象，他看到清純少年在他的臥室讀書，他猛然下跪，像孩子般地哭了起來，他陷入精神錯亂的狀態。最後少年與關胖子的幻象同時在他面前，他拿起手槍，連發兩槍，他射殺的竟是自己的妻子。

陳映真利用歷史的鎖鍊將過去與現在、本省人與外省人、中國與台灣緊緊地綑綁在一起。他以鄉村教師吳錦翔來表達一位台灣人在戰後對中國的認同問題。二二八事變之後，省籍的問題已經惡化，在這樣的感情中，吳錦翔固然沒有像村人一般有著省籍的芥蒂，但在這樣的感情中，除了血緣的親切感之外，他感到一股大而曖昧的悲哀。

> 這是一個悲哀，雖其是朦朧而曖昧的——中國式的——悲哀，然而始終是一個悲哀的；因為他的知識變成了一種藝術，他的思索變成了一種美學，他的社會主義變成了文學，而他的愛國情熱，卻也不過是一種家族的、（中國式的！）血緣的感情罷了。[16]

吳錦翔承認這是幼稚病：

> 自這桃紅的夕靄中，又無端地使他想起中國的七層寶塔。於是他又看見了地圖上的中國了。冥冥裡，他忽然覺到改革這麼一個年老、懶惰卻又倨傲的中國的無比的困難來。他想像著有一天中國人都挺著腰身，匆匆忙忙地建設著自己的情形，竟覺得滑稽到忍不住要冒瀆地笑出聲音來了。[17]

陳映真在早期小說中對中國的思索與認同，就是從這種小知識份子

[16] 〈鄉村的教師〉，《陳映真小說集（1）：我的弟弟康雄》，頁30。
[17] 〈鄉村的教師〉，《陳映真小說集（1）：我的弟弟康雄》，頁31。

的空想性格開始的。那是一種「有著極醇厚的文學意味的」幼稚病，無法成爲一種信念。也許陳映真反應的是他個人當時的不確定性與焦慮，但多少也說明了 1950 年代在經歷多次政治事件與國民政府來台後的統治方式所造成的台灣人對中國的感情的複雜性。

來台的外省人又如何呢？像〈一綠色之候鳥〉的趙教授一般，只能面對無法自拔的歷史失落感，他的比喻是：「像在逐漸乾涸的池塘的魚們，雖還熱烈地鼓著鰓，翕著口，卻是一刻刻靠近死滅和腐朽！」[18]或者是另一位季教授的比喻：「這種只產於北地冰寒的候鳥，是絕不慣於像此地這樣的氣候的，牠之將枯萎以致於死，是定然的。」[19]由於歷史的播弄，他們就像「乾涸的池塘的魚」，或者像是來自寒地的候鳥，無法適應濕熱的南方天氣，他們終究無法落地生根。陳映真在早期小說中顯露了來台外省人的生存困境。

在這種困境中，還能夠讓他們找回生命的力量的是台灣的女性。「貓牠們的祖母」裡的張毅來台後娶了娟子老師爲妻，讓他在半生的軍旅生活中享受到從未有過的平和與安定。然而，戰爭中瀕死之際的高連長的畫面總會不時閃過腦際，感到一陣疼痛。這個疼痛只能在與娟子的結合中才能解脫，並享受到生命的快樂：

> 他翻身抱住了伊，感到整個生命都跳躍起來，在這夜闇之中，他彷彿感到戰火半生的那種無常的恐懼；這恐懼每每會在這樣歡愉的片刻中襲擊著他，這很激怒了他，便吻著伊吻著伊，高連長的聲音這才逐漸的荒廢過去。
>
> 他興奮起來，因著他故意的音響，他感到生命唯其在這種短暫的時刻中才是實在的。他感到征服和殘殺的快樂了。

---

18 〈一綠色之候鳥〉，《陳映真小說集（2）：唐倩的喜劇》（台北：人間出版社，1995），頁 7。

19 〈一綠色之候鳥〉，《陳映真小說集（2）：唐倩的喜劇》，頁 12。

夜似乎極深，但慾望卻一直在上昇著。[20]

在〈那麼衰老的眼淚〉裡的康先生從南部女孩阿金的二十三歲的女體，彷彿感覺到他的失去了的青春，失去了的生命。和這樣一個強健的青春共眠，康先生感到豐滿的青春能夠滲滲地流入他的將老的軀殼裏去。他的即將衰老的慾情，便又燃燒了起來。[21]〈文書〉裡的安某從楊珠美的身體中獲得「一向不曾有過的生之豐富之感。」[22]

然而，肉體的歡愉可以重拾青春，卻無法解決現實的難題。娟子老師因爲嫁給一位外省軍人，引起了鄉人的壞風評，而且日益嚴重，並因耽於慾情而遺棄祖母。康先生因爲兒子無法接納阿金，迫使阿金必需墮胎，從此讓阿金的眼神隱密著可憫的茫然和寂寞。阿金最後也只能選擇離開，「在頃刻之間，康先生的身體一寸一寸地蒼老下去了。他感到一種成人以後已陌生了的情緒，因爲他的乾枯的眼眶裏，竟然吃力地積蓄著那麼衰老的眼淚來了。」[23]季教授也是來台後娶了年輕的下女爲妻，受到周遭的歧視，第二年生下小孩後，帶來更多惡意的耳語，連兒子也不以爲然，父子幾乎成了陌路。妻子很快病倒，接著去世。

陳映真很明顯地說出了本省人與外省人融合的困難，或來自原婚生兒子的不能接納，或來自鄰人的惡言惡語，其結果都是讓台灣女性遭遇悲慘的結局，賦於外省男性力量的台灣女性都犧牲了。在巨大的命運之網中，台灣人和外省人交錯在一起，各有各的歷史夢魘、社會負擔與精神包袱，但是陳映真在他的早期小說中無法給他們一條出路，只給他們悲哀的結局。

---

20 〈貓他們的祖母〉，《陳映真小說集（1）：我的弟弟康雄》，頁70。
21 〈那麼衰老的眼淚〉，《陳映真小說集（1）：我的弟弟康雄》，頁78。
22 〈文書〉，《陳映真小說集（1）：我的弟弟康雄》，頁129。
23 〈那麼衰老的眼淚〉，《陳映真小說集（1）：我的弟弟康雄》，頁80。

三、打開窗子，讓陽光進來罷！

引自：〈淒慘的無言的嘴〉

在沉重的負罪的感覺、揮之不去的歷史惡夢中，陳映真還是傳達了歷經無盡的苦難後因爲愛與信而帶來的希望。「將軍族」就是這麼一個感人的故事。出生淪陷給日本的東北的「三角臉」，隨著部隊來到台灣，然後退伍另謀工作。出生台東貧苦人家的「小瘦丫頭兒」，因爲家計而被賣給男人，然後逃走謀求生路。他們終於在康樂隊相遇。家裡的債務逼使「小瘦丫頭兒」又要再被賣一次。「三角臉」在她的枕邊留下他的退伍金二萬元的存摺，悄悄地離隊出走。四、五年後，他們再度相遇，「小瘦丫頭兒」雖然已經贖回身，但已被一位外省老兵弄瞎了左眼，「三角臉」也老了。他們進行了下面的對話後，雙雙自殺。

> 「我說過我要做你老婆，」伊說，笑了一陣：「可惜我的身子已經不乾淨，不行了。」
> 「下一輩子罷！」他說：「此生此世，彷彿有一股力量把推向悲慘、羞恥和破敗……」
> 「正對，下一輩子罷。那時我們都像嬰兒那麼乾淨。」[24]

「悲慘、羞恥和破敗」的此生期待的是乾淨的下一世。

在一個和暖五月的夜晚，逃避自己家族的惡德的林武治，拿取吉他吟唱感人的歌曲。漸漸地，他不覺地沉醉在自己的琴音、歌聲以及幻覺所錯綜的世界裡。他倚在一棵樹下，自語似地說：「嗨，我說這株蘋果樹怎麼老不結果子呢？」周圍的小孩問：「什麼是蘋果？」林武治回答：「蘋果就是……幸福罷。」「我們的蘋果該結實了，」他說，興奮在刺

[24] 〈將軍族〉，《陳映真小說集（1）：我的弟弟康雄》，頁 151。

激著他的淚腺：「該結實了。那時候我們都可以有一隻蘋果，一隻我們自己的蘋果，我們所要的幸福。」他繼續宣告那種幸福是什麼？

「那時候，男子們再也不酗酒，再也不野蠻。那時候母親都健康美麗。那時候寶寶們都有甜甜的奶，都有安穩的懷抱。那時候我們的房子又高又巧，紅的牆，綠的瓦。那時候老頭兒們都有安樂椅，那時候拾荒的老李的眼病會好好的。」

「那個時候，再沒有哭泣，沒有呻吟，沒有咒詛，唉，沒有死亡。」
「那時候，夜鶯和金絲雀唱起來的時候，唉唉，人的幸福就完全了。」
[25]

這是陳映真早期小說中所宣告的最幸福的福音。然而，這是「沉落在一種茫茫的無極之中」的仙境似理想。當晚，林武治在極度興奮與淒絕的生之悲哀中侵犯了一位發瘋的女人，然後被送進了監獄，而那棵蘋果樹其實是茄苳。

陳映真把最純潔的愛保留給下一世，讓最幸福的福音成爲虛幻，但畢竟也透露了陳映真想要擺脫虛無的心意。在陳映真早期小說中，我們還是找到了他最有力量，也最真實的期盼。季教授在曾爲下女的妻子爲他生下的小孩面前，對他的朋友說：

「不要像我，也不要向他母親罷。一切的咒詛都由我們來受。加倍的咒詛，加倍的死都無不可。然而他卻要不同。他要有新新的，活躍的生命！」[26]

陳映真期待解開歷史的鎖鍊，讓新的一代展開一個新的歷史。這個

---

25 〈蘋果樹〉，《陳映真小說集（1）：我的弟弟康雄》，頁111-112。
26 〈一綠色之候鳥〉，《陳映真小說集（2）：唐倩的喜劇》，頁90。

期待讓陳映真擺脫了小說創作的早期階段，進入他創作與生命歷程的另一個時期。

講評

梅家玲*

林先生的論文非常有層次與條理的把陳映真早期的小說做了精闢的說解，拜讀之後特別心有戚戚焉。個人的陳映真小說閱讀經驗是從〈將軍族〉、〈山路〉等較爲中後期的小說，之後才回過頭讀他早年的作品，因此有了不同的感動，覺得讀陳映真的早期小說，可以與他的同期小說作品有互文關係。顯示出那個荒蕪年代下，的確是「人人都被幽暗的心靈囚禁」這樣的社會面向。

林先生的論文分爲三個層次，第一部分，「故鄉再也沒有鄉愁的意義」是指出陳映真組構了一個衰頹的、敗德的家鄉，每個人都在逃避、漂泊和放逐無根也都囚禁在幽暗的心靈當中無法自拔，再進一步的提到過去整個歷史中的一條鎖鍊，是囚禁心靈的很重要的一個原因，指出了在 1960 年代挖掘戰後史記憶所加諸於人的無可逃避的重擔，同時利用歷史的鎖鍊把過去跟現代，本省人與外省人、中國跟台灣，緊緊的綑綁在一起，因此無法找到出路。最後，林先生的「打開窗子，讓陽光進來罷」，在這部分傳達了歷經無數苦難，因爲愛和性帶來的希望，期待展開一個新的歷史。

之前曾提到陳映真早期的小說與當時的小說家有聲氣互通之處，以郭松棻和李渝爲例子，陳映真的〈那麼衰老的眼淚〉，與李渝的〈朵雲〉內容上即有相互應和之處。再思考到陳映真的文學淵源，無可避免的都會提及前輩作家魯迅，從他的第一篇作品〈麵攤〉，就可以看到許多魯迅小說的影子。而陳映真的作品對許多人而言都有強大的魅力，這個魅力與特質如何形成，就林先生的論文「所有的人都被幽暗的心靈囚禁」

* 台灣大學台文所教授兼所長。

這個切入點而言，它是體現在身體的疾病與死亡、或精神的官能失調等徵狀上，陳映真早期小說人物往往非病即死不可勝數，爲此陳映真曾經提到，這是在當時反共、恐怖的天羅地網中，思想情感上日增的激進化，使得他年輕心靈激憤、焦慮跟孤獨，在現實中找不到寄託，即使是家也成了不值得回去的地方，因此他早期的小說中「病」與「死」就成了必然的歸宿。這也透露出一定的宗教意涵，而宗教與他早期小說產生了什麼樣的對話與拉扯的關係，有待林教授繼續爲大家探索。（按：本文依學術研討會之論文講評記錄整理）

陳映真小說的「蒼生意識」

趙遐秋*

在時代風雲變幻急速、社會生活動盪激烈的臺灣，陳映真近半個世紀創作的 36 篇小說，充滿了一種「蒼生意識」。

什麼是「蒼生」？「蒼生意識」又是什麼意思？

「蒼生」，本指草木生長的地方。《書・益稷》說，「至於海隅蒼生」。孔穎達疏：「旁至四海之隅蒼蒼然生草木之處。」由此，先輩文人引申「蒼生」爲「百姓」的意思，相傳下來，「蒼生意識」就是一種平民百姓的意識了。它的核心內涵則是一種民本思想。

中國古代的孟子，從統治者的視點出發，提出民爲本、社稷次之、君爲輕的觀點，闡述的是一種治理國家的手段。他是說，只有治理順了平民百姓身邊的事物，才談得上國家以及君王本身的事情，唯獨如此，才能鞏固君王的統治。歐洲文藝復興時期崛起的人文主義，其實就是新興的資產階級起來反對封建主義舊秩序，封建制度走向解體和資本主義萌芽的歷史時期的一種新思潮。這種新思潮主張的是一種世俗的、有生氣的資產階級的人生觀和世界觀，特別主張「人的尊嚴」，張揚的是對於「人」的尊重和關懷，採取各種形式讚揚人生的偉大，歌頌人生的價值，提倡人生的尊嚴，主張大力發揚人的自由意志，提倡人的個性自由發展。然而，當時的人文主義也明顯地表現出來資產階級的局限性。二十世紀以來，隨著馬克思主義人道主義思想崛起，更加突出了了一個重

* 中國人民大學文學院教授

要的原則：作爲一種倫理原則，承認每一個人都有人的價值、人的權利、人的地位、人的尊嚴，給於每一人以人的待遇，把人當人看，平等待人，尊重人。反之，一切侮辱人、摧殘人、虐待人、侵犯人的權利的言論和行爲，都是反人道主義的或者說反人道原則的。一旦如此，就是人性被異化了，即人性或人的本質喪失了，異化爲反對自己的異己的力量了。

五十年前，當著陳映真拿起筆來用文字表現他對生命和靈魂的思索與吶喊的時候，他也感悟到了並且理性地認知了，自己眼前生活裡的「蒼生」，不管是基於什麼樣的原因，許許多多的人，都被侮辱、被摧殘、被虐待、被侵犯，其中也包括被異化了。

於是，在他的人生跋涉和心靈歷程裡，苦難人生的閱歷，宗教文化裡的博愛精神，啓蒙主義思想家的人道主義，馬克思主義的世界觀和審美情趣，魯迅文學的影響，鑄就了他的「蒼生意識」。陳映真的「蒼生意識」表現爲，從〈麵攤〉到〈忠孝公園〉，不管人生觀念、文學思想和作品風格怎樣變化，他自始至終都關注小人物的命運，把小人物寫成作品的主人公。他「哀民生之多艱」，給痛苦的人生，包括在民族分裂下的中華民族的鄉愁，傾注一份溫馨的、深沉的人間愛；又「哀其不幸，怒其不爭」，對臺灣社會的西化社會思潮，現代人本質的異化，二戰後的殖民精神殘餘，都表示憤怒，狠狠鞭撻，並且指出療救的方向。在這個過程裡，開放的現實主義的藝術法則，則讓陳映真在用小說反映那個時代臺灣社會生活的深廣程度上獨領風騷。他的小說成了臺灣社會的一面鏡子，成了對生命和靈魂的思索與吶喊，字裡行間都是精血和風骨，志氣和節操，氣派和聲勢，神氣和韻味！

宗教文化裡的博愛精神，啟蒙主義思想家的人道主義，馬克思主義的世界觀和審美情趣，魯迅文學的影響，苦難人生的閱歷，鑄就了他的「蒼生意識」。

1947 年，陳映真十歲，發生了「二・二八」事變。他目睹了自己的老師在半夜裡被軍用吉普車帶走後再也沒有回來的悲慘情景，小小年紀就真切地感到「白色恐怖肅清的寒流彌漫在四面八方」。1951 年，陳映真到臺北上初中。他的初中生生活是在白色的肅殺的歲月中度過的。他就讀的成功中學隔壁是臺灣省警備總部看守所。上課、下課，他總會看見不知來自什麼地方的農村婦人，帶著衣物食品，有時也攜帶著幼兒幼女，在守衛崗亭等候著傳呼入內，會見那重重政治天牢中的親人。從看守所高高的圍牆下走過，陳映真總是情不自禁地抬起頭望一望裡邊暗暗的視窗，耽想著他們是什麼樣的人，在那暗黑中度著什麼樣的歲歲年年。大約快上小學六年級的時候，他找到了一本魯迅小說集《吶喊》。那是他生父的藏書，他一通飽覽。初三留級的那個夏天，他再次翻開《吶喊》仔細閱讀。後來，隨著年歲的增長，這本《吶喊》終於成了他最親切、最深刻的教科書。他從中知道了中國的貧窮、愚昧和落後，而這個貧窮、愚昧、落後的中國就是「我的」。他認定，魯迅的影響是他「對中國的認同」[1]。多年後，陳映真回憶起往事的時候還說：「幾十年來，每當我遇見喪失了對自己民族認同的機能的中國人；遇見對中國的苦難和落後抱著無知的輕蔑感和羞恥感的中國人；甚至遇見幻想著寧爲他國的臣民，以求取『民主的，富足的生活』的中國人，在痛苦和憐憫之餘，有深切的感謝——感謝少年時代的那本小說集，使我成爲一個充滿信心的、理解的，並不激越的愛國者。」[2]

1954 年夏天，陳映真考上了成功中學的高中部，開始隨意地、似懂非懂地讀起俄羅斯的小說。屠格涅夫、契訶夫、岡察洛夫、托爾斯泰，能找著的書，他都貪婪地讀。在閱讀的過程中，他常常回味起魯迅的小說，對《吶喊》中的故事，開始有了較深切的體會。1956 年夏天，高

---

1 韋名，〈陳映真的自白——文學思想及政治觀〉，《陳映真作品集》（人間出版社，1988 年 5 月版），第 6 卷，第 35 頁。以下，本文引用的文字，凡出自這一套作品集的本書不再一一注明版本。

2 陳映真，〈鞭子和提燈〉，《陳映真作品集》，第 9 卷，第 19－20 頁。

二將要結束的時候，養父在他的懷中病故，原來就不富有的這個家，從此陷入困頓的境地。這讓陳映真懂得了更多的人生。1957 年暑假以後，從益發衰落的家中帶了一筆昂貴的學費，陳映真到淡水進了淡江英專。也許是家庭變故對他的啓示，也許是魯迅的《吶喊》、俄羅斯文學大家作品爲他開闊了視野，他對於知識、對於文學，產生了近於狂熱的饑餓感。他津津有味地讀著從父親書架上取來的廚川白村的《苦悶的象徵》，還有《文學十二講》，魯迅、巴金、老舍、茅盾的書等等書籍，寫了一本又一本的讀書筆記。當他讀完了牯嶺街上殘存的祖國 30 年代的文學作品時，在不知不覺中，又把求知的目光轉向了社會科學。艾思奇的《大眾哲學》點燃了他心靈深處激動的火炬。而後，《聯共黨史》，《政治經濟學教程》，日譯本的斯諾的《中國的紅星》，莫斯科外語出版社英語版的《馬列選集》第一冊，出版於抗日戰爭時期的紙質粗劣的毛澤東寫的小冊子，等等，他幾乎天天都覺得自己在不斷地蛻化。

在這樣的「蛻化」中，陳映真不再去教堂了，但他篤信基督耶穌的父親給予的影響卻是深刻的。他說過，「曾有一個時候，面目黧黑的、飽受風霜的，貧窮的，憂愁的，憤怒的，經常和罪人、窮人和被淩辱的人們為伍的，溫柔的耶穌，以及那位對生命懷著肅穆的敬意，對於周遭世界的不幸，懷有苦痛的同情，並在原始的非洲建造蘭巴倫醫院的史懷哲醫生，成了我青少年時代的偶像。」[3]看來，耶穌、史懷哲，以及促使他後來「豹變」的書籍，相與的朋友，「像一個又一個緊密相叩結的環節」[4]構成了當時的陳映真。直到 1976 年 9 月，陳映真在爲《知識人的偏執》所作的自序〈鞭子和提燈〉裡，還說到當他入獄的 1968 年，父親頭一次去看他，約莫十來分鐘的晤談中，還有這樣的囑咐：「孩子，此後你要好好記得：首先，你是上帝的孩子；其次，你是中國的孩子；然後，啊，你是我的孩子。我把這些話送給你，擺在羈旅的行囊中，據以爲人，據以處事……。」陳映真是飽含著熱淚聽受了這些話的。他說：

[3] 陳映真，〈鞭子和提燈〉，《陳映真作品集》，第 9 卷，第 20 頁。
[4] 陳映真，《鞭子和提燈》。《陳映真作品集》，第 9 卷，第 20 頁。

「即使將『上帝』詮釋成『真理』和『愛』，這三個標準都不是容易的。然而，惟其不容易，這些話才成爲我一生的勉勵。」[5]

實事求是地說，陳映真沒有直接陳述他對於天下「蒼生」的關注是怎樣形成的，但是，我們從他這樣一個簡單的人生軌跡和心靈軌跡，可以清晰地分辨出來，如同我在上面說到了的，正是苦難人生的閱歷，宗教文化裡的博愛精神，啟蒙主義思想家的人道主義，馬克思主義的世界觀和審美情趣，還有魯迅文學的影響，鑄就了他的「蒼生意識」。

從〈麵攤〉到〈忠孝公園〉，不管人生觀念、文學思想和作品風格怎樣變化，他自始至終都關注小人物的命運，把小人物寫成作品的主人公。

通常，人類社會裡，所有的文學藝術的生命力就在於，看它是怎樣對待它所歸屬於的那個民族和國家的現實的和歷史的社會生活的，怎樣對待哪個民族和國家裡占人口絕大多數的人民大眾的。從這個意義上說，陳映真的小說，從〈麵攤〉到〈忠孝公園〉，不管人生觀念、文學思想和作品風格怎樣變化，他自始至終都關注小人物的命運，把小人物寫成作品的主人公。這是他的小說的「蒼生意識」，的最集中的表現。這種「蒼生意識」先天地決定了，他的小說是有著強大的生命力的。

1959 年 9 月，22 歲的陳映真帶著他的處女作〈麵攤〉，在臺灣步入了中國當代文學的文壇。〈麵攤〉的故事非常簡單：一對夫婦帶著咯血的孩子，從苗栗來到臺北，爲了活命，擺了流動的麵攤，掙扎生存在遭遇到的各種困境裡。〈麵攤〉訴說的是陷於貧病交加的流浪鄉民的痛苦的人生。就這樣，陳映真從步入文壇的第一步起，就帶著他的「蒼生意識」關注小人物的命運了，小人物成了他文學作品的主角。

第二年，陳映真在《筆匯》上發表了短篇小說〈我的弟弟康雄〉、〈家〉、〈鄉村的教師〉、〈故鄉〉、〈死者〉和〈祖父和傘〉。這時，陷入

[5] 陳映真，《鞭子和提燈》。《陳映真作品集》，第 9 卷，第 20 頁。

了理想與現實的巨大矛盾的煎熬中的陳映真，筆下關注的還是懷抱著曖昧的理想，卻終至紛紛挫傷自戕而至崩萎的人物，即困頓中的小人物。〈我的弟弟康雄〉裡的主人公康雄本來就是個熱情的有理想的青年，現實卻逼使他生活在矛盾、痛苦和自卑中。他追求虛無的美境，又逃不出傳統道德的規範，要依循一定的行爲準則，一旦達不到這準則，就自責、自咒，在痛苦中煎熬，終於達到極致的絕望，在這極致的絕望中他也只能用自殺來顯示自己無可奈何的抗衡。康雄姐姐則嫁給了她永遠都不可能愛的人，毅然把自己出賣給了財富。

〈鄉村的教師〉講述的是抗日戰爭前後發生在臺灣農村的故事。作品裡的青年主人公吳錦翔，是個出身貧苦的佃農，對勞動、勞動人民有著深厚的感情，少年時期曾秘密地參加過抗日活動，閱讀過進步書籍，因此，日本殖民者便特意把他徵召到火線波羅洲去。在戰場上經歷了恐怖、死亡、非人性的殘忍的磨難之後，他終於在抗日戰爭勝利後，回到了故鄉，到山村小學任教。面對十七個黝黑的學童，五年戰火給他的摧殘，似乎像夢魘一般過去了，學生、山村小學，又重新燃起了他失去的生活熱情。然而，現實又一次撕碎了吳錦翔的理想，再加上與戰爭中吃人肉時的幻滅感交織在一起，他終於精神崩潰割腕自殺了。

〈故鄉〉中的哥哥本來是一個虔誠的基督教徒，從日本留學歸來，不去開業做醫師賺錢，而是在一個煉焦廠做保健醫師，爲勞苦大眾服務，他熱切地盼望用自己的實際行動去建立一個耶穌基督的愛的社會，然而後來他的家庭敗落了，債權人無情地逼債，把他趕出了老屋，世人都一改過去的常態，冷眼相待。他的愛的理想完全破滅了。他從一個虔誠的基督教徒變成了一個大賭徒，俊美如太陽神的哥哥，變成了一個「由理性、宗教和社會主義所合成的壯烈地失敗了的普羅米修士神」[6]。

〈死者〉以生發伯的生死之間爲切入點，重點描述了他彌留時刻的

---

[6] 陳映真，〈故鄉〉，《陳映真作品集》，第1卷，第40頁。

思想活動，表現了人們對現實、對所謂命運十分無奈的心態。他勞苦終生，最終還落得赤貧如洗；他想建立一個結實的家庭，如今卻落得家破人亡；他想盡方法逃離故鄉，卻終於又衰衰敗敗的歸根到故鄉來。〈祖父和傘〉在抒發苦澀的鄉愁中，表現了「我」的寂寞、孤獨的心境。「我」也是一個小人物，從小失去父母，和當礦工的祖父相依為命，過著赤貧的生活。在「我」的心目中，祖父早已和那把天晴是祖父的拐杖，雨天幫祖父遮雨的雨傘，融為一體了。那把祖父的絕頂美麗的長把雨傘，和祖父人格的高貴交互輝映，當雨傘隨著祖父永遠離「我」而去的時候，那一隻傘的回憶，常常變成為「我」無端的悲愁的契機，當雨下著的時候，「我」竟然披著一身濕濕的鄉愁」，而且還小心翼翼地護著那鄉愁。

1961 年，陳映真從淡江文理學院畢業，創作了〈貓他們的祖母〉、〈那麼衰老的眼淚〉、〈加略人猶大的故事〉和〈蘋果樹〉。在〈貓他們的祖母〉、〈那麼衰老的眼淚〉和〈蘋果樹〉裡，陳映真更加注重描寫下層人民生活的赤貧化以及他們精神的窒息狀態。〈貓它們的祖母〉和〈那麼衰老的眼淚〉，還是陳映真第一次在文學作品裡表現了海峽兩岸人民的關係，以愛情婚姻為故事外殼表現了兩岸同胞彼此之間的感情。〈加略人猶大的故事〉並存著作者對耶穌的尊敬和質疑，更重要的是翻改了猶大出賣耶穌故事的內涵，表現了陳映真開始具有社會革命的思想。陳映真創造出了一個全新的故事，全新的人物形象，他筆下的猶大成了一位為以色列被壓迫民族的幸福而戰鬥的青年。小說具體細膩地描述了猶大實現理想的過程中所遭到的挫折，以及最終的徹底失敗。其中，陳映真特別注重描繪了猶大的心路歷程，思想感情的流變。

接著，陳映真在 1963 年 9 月發表了〈文書〉；1964 年 1 月發表了〈將軍族〉，6 月發表了〈淒慘的無言的嘴〉10 月發表了〈一綠色之候鳥〉；1965 年 2 月發表了〈獵人之死〉，7 月發表了〈兀自照耀著的太陽〉；1966 年 9 月發表了〈哦！蘇珊娜〉，10 月發表了〈最後的夏日〉；1967 年 1 月發表了〈唐倩的喜劇〉，4 月發表了〈第一件差事〉，7 月發表了

〈六月裡的玫瑰花〉。

〈文書〉裡，主人公安某瘋了，患了精神分裂症，作品由「公文」、「報告」、「自白書」、「診斷說明書」四部分組成。其中，「自白書」是小說的主體，「公文」說明該案的性質，「報告」介紹該案的背景、疑犯的基本情況以及對該案的處理意見，「診斷說明書」是醫生對該犯病情的證實材料。辦案人在「報告」的第三點說明，他利用疑犯清醒的時候，讓疑犯服用大量鎮定劑後，才督促他寫「自白書」，三天後寫成。辦案人對這份「自白書」的評語是：「疑犯自少頗工於文藝，唯其中仍多荒謬妄誕之陳述，語多鬼魂神秘，又足見其精神異常之狀態也。雖不足採信，或不無參考之價值焉。」[7]

〈第一件差事〉的主人公胡心保倒是一個富家子弟，家裡是開錢莊的，不過，陳映真寫他在戰亂中跟隨學校歷經艱苦才輾轉來到臺灣，隨後，讀書，結婚，有了兒女，終於做上了洋行經理。就在這時，迷失了生活方向，他竟然茫茫然地不知道自己是怎麼走過來的，更惶惶然地不知道還要向著何處走去。無路可走，絕望了，厭世了，還有一種思緒，即懷舊、戀舊，一股濃濃的化解不開的鄉愁情結在他靈魂深處發酵。如今，民族分裂，他賴以生存的精神家園自然也就枯萎了。如同徐複觀說到的，陳映真寫出了「沒有根之人的真實」[8]〈將軍族〉講的是一個三角臉和一個小瘦丫頭兒，一對沒名沒姓受窮受苦的下層人相知相助相愛的故事。兩人同在一個巡迴演出的康樂隊裡。三角臉是退伍軍人，孤獨一人，很是淒涼。小瘦丫頭兒是臺灣山村窮人家女兒，曾被賣到妓女院，逃出以後，也是孤苦伶仃，到處流浪。當三角臉知道小瘦丫頭兒的苦難身世後，在一個夜晚走進了她的房間，把自己三萬元退役金存摺放在了她的枕頭下，然後離開了康樂隊。小瘦丫頭兒到底還是沒有還清債務，又被賣了一次，並且因為不肯賣身而被弄瞎了左眼。小瘦丫頭兒再一次

[7] 陳映真，〈文書〉，《陳映真作品集》，第1卷，第120頁。

[8] 徐復觀，〈海峽東西第一人〉，《華僑日報》，1981年1月6日。又，《陳映真作品集》，第14卷，第115頁。

逃出來了。幾年以後，他們又相遇了。第二天，農民發現了在麥地裡的他們一男一女殉情的屍體。

〈一綠色之候鳥〉以綠鳥爲線索，將 1949 年以後生活在臺灣的一群大陸知識份子的無聊、落寞、無奈，書寫得淋漓盡致。作品裡，流落異鄉台島的人們，從小小的綠色候鳥引發了自己難以平抑的傷感的鄉愁。〈兀自照耀著的太陽〉圍繞著魏醫生和京子的女兒小淳病故前的狀態，展示的是小淳、她的父母、老師，以及她的長輩們的無奈！至於〈獵人之死〉，則表現了作家的一種心態：愈是覺醒，愈是苦惱；愈是渴求突破那社會的悶局，愈是頹然，甚至是絕望。

〈唐倩的喜劇〉的特點是批判與嘲諷。小說以女主人公唐倩的戀愛、試婚、結婚爲線索，揭示的是唐倩以及她所代表的二十世紀 60 年代臺灣讀書界崇洋媚外的西化的社會思潮。〈六月裡的玫瑰花〉描寫一個參加越戰的美國黑人軍曹巴爾奈・E・威廉斯和一位臺灣吧女的真摯的戀情，形象地表現了戰爭的殘酷性，以及戰爭對人性、人道的摧殘。〈哦！蘇珊娜〉依然保存了他創作風格轉變前的憂傷的基調，描寫了一個無神論的女大學生從一個摩門教的傳教士、法裔美國人彼埃洛的「犧牲」感悟到人生不能盲目地追逐歡樂。

1968 年 5 月，陳映真應邀赴美參加國際寫作計畫前，因「民主臺灣同盟案」被警總保安總處逮捕。12 月，獲刑十年。在此期間，入獄前創作的小說〈永恆的大地〉於 1970 年 2 月問世。1973 年 8 月，又發表了〈某一個日午〉。〈永恆的大地〉寫了一個住在充滿陽光的海島上的三口之家。老人重病臥床不起，客居海島以來，非常懷念家鄉。那裡曾經有過一份大得無比的家業，盼望兒子回去重振家聲。兒子從來沒有真切的故鄉感，也無從像父親那樣有濃濃的鄉愁。媳婦是兒子從妓女院裡贖回來的一個妓女，長相醜陋，卻身體強健，精力充沛。作品把當過妓女的妻子象徵著永恆的大地，象徵著曾經是日本殖民地的臺灣。她的命運深層地比喻著臺灣的命運，她雖醜但很有生命力，生動地象徵著臺灣雖有種種弊端，但有巨大的潛在的力量。她有了全新的生命，也預示著臺灣的前程光輝。〈某一個日午〉是屬於大陸人在臺灣系列的小說，寫了房處長的兒子房恭行自殺的原因，並不是房處長不容他和家裡女工彩蓮的結合，而是房處長所代表的腐朽勢力，讓他徹底絕望了。陳映真還盡情地讚頌了彩蓮，在所有的凡俗中，她有強壯、有逼人卻又執著的跳躍著的生命，也便因此有彷彿不盡的天明和日出。

1975 年 7 月，蔣介石病故，陳映真特赦出獄。重獲自由，在文壇上，陳映真猶如伏蛹破繭，翩翩起舞了。1978 年出獄後，陳映真發表了新作〈賀大哥〉和〈夜行貨車〉。〈賀大哥〉跟〈六月裡的玫瑰花〉一樣，也取材於越戰，都涉及到梅萊村事件，都寫了美軍屠殺梅萊村無辜村民的滅絕人性的暴行，都宣揚了反對戰爭，要求和平的人道主義精神。兩篇小說人物的設置也有相同之處，男主人公都是參加越戰受到巨大刺激而患精神病的美國青年，女主人公都是愛戀他們的臺灣女子。所不同的是，〈六月裡的玫瑰花〉寫的是黑人軍曹巴爾奈・E・威廉斯的故事，〈賀大哥〉寫的是白人麥克・H・邱克的經歷，一黑人一白人，各具象徵意義，表現的生活也就更爲深廣了。

〈夜行貨車〉是〈華盛頓大樓〉系列的一篇。這個系列還有〈上班族的一日〉、〈雲〉和〈萬商帝君〉。〈華盛頓大樓〉系列小說的主題是關注臺灣資本主義化下面的文化衝突、人性矛盾和人性異化的問題。〈夜行貨車〉描寫的是馬拉穆國際公司下設的臺灣馬拉穆電子公司裡的故事。小說以兩男一女的三角戀愛爲外衣，著重描寫了林榮平、詹奕宏這兩個臺灣南部農家子弟，步入跨國公司後，對生活道路不同的選擇。作品突出地描寫了林榮平的異化，突出的表現是喪失民族氣節，論爲外國老闆的奴才。〈上班族的一日〉則著重描述黃靜雄異化爲物質欲望的奴隸。〈雲〉的故事則發生在這大樓的五層上的麥迪森臺灣公司裡。通過一個改革工會的事件，這篇〈雲〉，表現了資本主義的自由、民主、人權虛僞性的一面，大老闆麥伯裡的話，捅破了這層迷人的窗戶紙：對於企業經營者來說，企業的安全和利益，重於人權上的考慮。〈萬商帝君〉的故事，由三條線交錯、互補而發展，陳映真以此塑造了「跨國公司」的必然性格，表現了他面對這跨國公司之吃人世界，要以基督教的愛去挽救。1979 年發表的〈纍纍〉，是陳映真軍中服役後創作的。〈纍纍〉寫了幾個國民黨下層軍官一天的生活，而魯排長、錢通訊官、李準尉他們又時時事事觸景生情，在人的生命裡竟然汩汩地湧動著那麼多的思鄉之情！

1983 年 4 月，陳映真發表了著名的小說〈鈴璫花〉。同年 8 月，又發表了〈山路〉。〈鈴璫花〉通過兩個貪玩的小學生的純真眼光，借助於他們的見聞和感受，塑造了一位憂國憂民的愛國志士高東茂的形象，從而對二十世紀 50 年代臺灣政治的大肅清作了徹底的否定。〈山路〉講述了一個曲折動人的故事。那是二十世紀 50 年代初期，蔡千惠的未婚夫黃貞柏被判終身監禁，他們敬仰的好友李國坤被槍殺。不久，蔡千惠驚奇的發現，竟是自己的胞兄蔡漢廷出賣了他們。爲了救贖家族的罪愆，也爲了革命情義，她冒充李國坤在外地結婚的女子，走進了母病弟幼的貧困礦工的家庭。三十年的漫長歲月裡，她含辛茹苦地支撐著這個家，養老，送終，供養弟弟李國木讀完大學。如今，弟弟成家立業，全家過著舒適的生活。一天，她在報上看到「叛亂犯」黃貞柏被假釋回家。這突然的消息給她巨大的衝擊。沉思現在，回顧過去，想想將來，她陷入了極端的困惑之中，甚至有了一種「油盡燈滅」的感覺。終於，在醫學無法解釋的衰竭中，她辭別了這個世界。

1987 年 6 月，陳映真節錄〈趙南棟〉的一部分〈趙爾平〉，發表於《中國時報・人間副刊》。同月，〈趙南棟〉發表於《人間雜誌》副刊人間，並由人間出版社印行。陳映真在〈山路〉裡的思考，在〈趙南棟〉裡表現得更爲鮮明：出生在監獄裡的烈士子弟異化了，進而墮落了。〈趙南棟〉用歷史與現實交替的手法，既追憶了宋蓉萱爲革命犧牲的悲壯場面，述說了趙慶雲、葉春美幾十年囚禁的生活，又表現了烈士後代趙爾平、趙南棟兄弟在臺灣資本主義化的過程中所表現的人性的異化。

陳映真在1987年6月發表了〈趙南棟〉之後，跨越了12年，又寫成了〈歸鄉〉、〈迷霧〉和〈忠孝公園〉這三篇小說。〈歸鄉〉於1999年9月22日到10月8日先在《聯合報・聯合副刊》連載，同時，另刊於人間出版社1999年9月版的「人間思想與創作叢刊」的「1999年・秋」季號《噤啞的論爭》。〈夜霧〉在《聯合報・聯合副刊》連載，是在2000年11月24日到12月5日，再刊於人間出版社2000年12月版的「「人間思想與創作叢刊」的「2000年・秋」季號《複現的星圖》。〈忠孝公園〉則於2001年7月先在《聯合文學》201期上發表，另刊於人間出版社2001年8月版的「人間思想與創作叢刊」的「2001年・春夏」季號《那些年，我們在臺灣……》。

這12年之後創作的三篇小說，是在怎樣的歷史條件下完成的？這12年，沒寫小說，陳映真又在做什麼？原來，陳映真主要在做一件事，這就是，站在反對「台獨」鬥爭的第一線，進行艱苦卓絕的戰鬥。〈歸鄉〉寫的是一個名叫林世坤的臺灣農家子弟、國民黨老兵的坎坷的一段人生蹤跡。〈夜霧〉的文本形式是小說主人公李清皓的10篇劄記。李清皓兩進兩出國民黨特務機關而後精神分裂，憂鬱不止。極度的「迫害狂」病最終把他引向自殺身亡。〈忠孝公園〉寫了兩個主要人物，一個是臺灣籍的林標，一個是東北籍的老牌特務馬正濤。他們出身經歷、教養、身份、社會角色，以及性格、命運都不一樣，但都背負著沉重的心理負擔。在林標身上，這種心理負擔的外化，就是「我是誰」的疑惑和隨之而來的孤獨，就是「祖國喪失」現象。

他「哀民生之多艱」，給痛苦的人生，包括在民族分裂下的中華民族的鄉愁，傾注一份溫馨的、深沉的人間愛；又「哀其不幸，怒其不爭」，對臺灣社會的西化社會思潮，現代人本質的異化，二戰後的殖民精神殘

餘，都表示憤怒，狠狠鞭撻，並且指出療救的方向。

陳映真的小說寫小人物，有一個總主題就是「哀民生之多艱」。他執意要給痛苦的人生，包括在民族分裂下的中華民族的鄉愁，傾注一份溫馨的、深沉的人間愛；又像魯迅那樣，「哀其不幸，怒其不爭」，對臺灣社會的西化社會思潮，現代人本質的異化，二戰後的殖民精神殘餘，都表示憤怒，狠狠鞭撻，並且指出療救的方向。這是他的一種高尚的境界和博大的情懷。於是，人們可以看到，陳映真小說的「蒼生意識」在作品的主人公身上表現爲一種思想傾向，一種情感傾注了。看小人物的生存狀態，「蒼生意識」濃烈的陳映真不能不「哀其不幸」；看小人物的文化心態，「蒼生意識」深沉的陳映真不能不「怒其不爭」。「哀其不幸，怒其不爭」表現的是陳映真的無比深廣的憂憤。

比如〈麵攤〉，寫那一對帶著咯血的孩子的夫婦，陳映真充滿了同情。爲了寫出這同情，他還特別寫了那位困倦熱情大眼睛的警官。細緻地描寫警官在他們麵攤吃點心的溫馨場面，是要表明，連向來對立的警官與百姓之間，也還存在著那份人間的真情。難怪評論家姚一葦要說它「是一篇當代的人道主義宣言」[9]。〈我的弟弟康雄〉裡的康雄也是不幸的，然而，康雄，還有康雄的姐姐，人性都被扭曲了，他們用扭曲的方式來抗衡扭曲的社會，陳映真並不欣賞，而是批判，他表現的是「怒其不爭」。〈鄉村的教師〉裡的青年主人公吳錦翔終於精神崩潰割腕自殺，〈故鄉〉中的哥哥理想幻滅後的悲觀和絕望，以及〈死者〉、〈祖父和傘〉、〈貓它們的祖母〉、〈那麼衰老的眼淚〉、〈蘋果樹〉等等，都十分注重描寫下層人民生活的赤貧化以及他們精神的窒息狀態，就像魯迅曾經指出的那樣，陳映真也在告訴人們，人們生活在一個鐵屋子裡，悶得透不過一點氣來。這也都是陳映真「哀其不幸，怒其不爭」的一種表述。

值得注意的是，在〈鄉村的教師〉裡，陳映真寫出了魯迅小說裡的

---

[9] 姚一葦，〈陳映真作品集·總序〉，《陳映真作品集》，第 1 卷，卷首第 16 頁。

「看客」的形象。就在吳錦翔怒聲質問「吃過麼？都吃過麼？」的時候，有人竟漠然地一而再地問「真是鹹鹹的麼？」當人們知道吳錦翔吃過人肉人心時，村民們無知愚昧，非但不理解同情吳錦翔悲慘的遭遇，不幫助愛護他，反而以異樣的眼色來對待他，甚至在吳錦翔死後，根福嫂的尖聲號啕的哭聲還招來年輕人的惱怒。村民們或厭惡，或漠然，或懵懂，或怕事，即使有閱歷的老人有些想法，但也懶得管閒事。這，讓我們想起了魯迅《風波》裡也有類似的描寫。當年，這樣的「看客」，魯迅在小說《藥》裡也寫過，在散文《藤野先生》裡還寫過。魯迅這樣寫，是在寫出我們國人的精神的麻木，用以引起療救的注意。魯迅爲的是啓蒙。陳映真呢，又何嘗不是如此！

〈將軍族〉、〈淒慘的無言的嘴〉、〈一綠色之候鳥〉、〈獵人之死〉、〈兀自照耀著的太陽〉、〈哦！蘇珊娜〉、〈最後的夏日〉、〈唐倩的喜劇〉、〈第一件差事〉、〈六月裡的玫瑰花〉，是陳映真有感於內戰和民族分裂的歷史中，作爲社會中的一個人，他們都是平等的，不存在什麼省籍矛盾的問題。這同樣是他「哀其不幸，怒其不爭」的一種表述。其中，〈一綠色之候鳥〉營造了一種飽含著悲怨、悲楚和悲苦之情的煩悶、無聊、落寞、無奈的氛圍。〈賀大哥〉則表現出了對於越戰的尖銳批判精神。在當時的臺灣，這很有意義。

應該說，注目於第三世界的一個普遍性的問題，而且深刻地表現了這個問題，這是陳映真的文學創作深化了現實主義的表現。當著資本主義國家的大企業進駐臺灣的時候，帶給人們的會是怎樣的深刻影響？在陳映真看來，這種影響極其深刻，不僅改變了生活狀態，而且在思想觀念、行爲準則以及生存方式上也引起了劇變。所以，陳映真創作了〈華盛頓大樓〉系列表達了他對這一社會現象的非常深刻的認識。〈夜行貨車——華盛頓大樓之一〉、〈上班族的一日——華盛頓大樓之二〉、〈雲——華盛頓大樓之三〉和〈萬商帝君——華盛頓大樓之四〉的總主題是，「企業爲了有效達成它唯一的目的，即利潤的增大與成長，展開精心組織過、計畫過的行爲。這些行爲，以甜美、誘人的方式，深入而廣泛地影響著人和他的物質生活和精神生活。」他又認爲：「分析和批判這影響的工作，屬於政治經濟學範疇。文學不應，也不能負起這個工作任務。」[10]陳映真更加關注臺灣資本主義化下面的文化衝突、人性矛盾和人性異化的問題。

〈鈴璫花〉和〈山路〉則是對於「向著歷史的近代躍動的臺灣和中國的審視和思考」，也是對於他「自己的思想和過去的實踐的審視和思考」[11]。還有〈趙南棟〉，陳映真是「從反省和批判臺灣在政治經濟與心靈的對外從屬化的〈華盛頓大樓〉系列，轉軌到以50年代臺灣地下黨人的生活、愛與死爲主題的〈鈴璫花〉系列」，「把當代臺灣人民克服民族內戰、克服民族分裂的歷史——臺灣地下黨的歷史加以文學化的」。[12]陳映真在〈山路〉裡的思考，在〈趙南棟〉裡表現得更爲鮮明：出生在監獄裡的烈士子弟異化了，進而墮落了。

〈歸鄉〉展現了民族分裂時代裡的海峽兩岸社會生活中某些方面的情景，從而使我們感受到林世坤即楊斌所說的「臺灣和大陸兩頭，都是我的老家」的歷史厚重感，感受到這樣的認識具有廣泛而深厚的民眾基礎，感受到它確實概括出了海峽兩岸關係的本質。陳映真寫林氏一家各個成員在人性方面顯露的異樣狀態，不僅真實地反映了臺灣土改後資本主義發展中某些階層中人的異化的客觀存在，更重要的是反映了，喪失人性的人確是少數，兩岸民眾之間的親情是誰也割不斷的。而這割不斷的親情，正是聯繫著臺灣與大陸的歷史的民族的血緣紐帶。小說還寫了一個張清。張清這人，陳映真著墨不多，卻又十分特別。這些年，他特別喜歡談「臺灣的主體性」、「命運共同體」，還喜歡談「吃臺灣米，喝臺灣水」，就應該「愛臺灣」。當一群打太極拳的人跟楊斌即林世坤搭訕

---

10 陳映真，〈企業下人的異化〉，《陳映真作品集》，第9卷，第29頁。

11 李　瀛，〈寫作是一個思想批判和自我檢討的過程——訪陳映真〉，《夏潮論壇》，1983年7月，第1卷6期。又，《陳映真作品集》，第6卷，第18頁。

12 陳映真，〈後街〉。《中國時報‧人間副刊》，1993年12月19—23日。

的時候，郝先生笑著說了一句「臺灣只不過是這麼個巴掌大的地方」，張清就接著說，「其實，國家不在大小」，「不在乎大小啦，只在於，有沒有那個……主體意識，有沒有命運共同體的觀念。」說到過去臺灣人窮得吃不上飯，張清說，「米倉臺灣居然缺米，這正是『國民黨中國人統治臺灣』的惡果。」事實上，在臺灣，李登輝主政，特別是民進党陳水扁執政時期，他們更是變本加厲地利用掌控的輿論工具，向民眾灌輸了一整套的「台獨」謬論，張清就是受矇騙當中的一個。在張清所說的這番謬論裡，我們可以看出，「台獨」勢力故意混淆階級矛盾與民族矛盾，把國民黨過去對臺灣人民的階級統治，胡說是中國、中國人對臺灣、臺灣人的統治；故意把臺灣一個地區的地方特殊性，硬說成是臺灣的本土性，進而又說成是命運共同體的國家——臺灣的主體意識、主體性。這分明是在為「臺灣獨立」的陰謀製造所謂的理論根據。陳映真知道，他寫的是小說，不能長篇大論去說理，去批判。然而，他卻寫出了民眾的一個態勢：對這些謬論，民眾並不買帳，在早覺會裡就有張清的妻子素嬌、郝先生夫婦等人，或反駁，或不理不應。陳映真這樣寫，表現了他深深的憂慮，他已經敏銳地看到「台獨」勢力對民眾的影響，同時，他又從民眾的態勢中，看到歸鄉之路——統一之路，是有廣泛民眾基礎的。

〈夜霧〉表達了陳映真的同樣的深深的憂慮。〈夜霧〉的第10篇劄記裡也出現了「看客」形象。那是在百貨公司裡，李清皓甩掉張明，惶恐地急走著，張明一邊追趕李清皓，一邊不停頓地喊著:「喂，你別走。」「你們害的，家破人亡呀！」「攔住他，他是國民黨特務！」「他陷害忠良……家破人亡喲……」[13]然而，「滿場鼎沸的人群中皆都若無其事，」[14]「沒有一個人在意張明的淒厲的叫罵。」[15]售貨員照樣在賣商品，買

---

[13] 陳映真，〈夜霧〉，《陳映真小說集》，第6卷（臺北洪範書店有限公司，2001年10月第1版），第117頁。

[14] 陳映真，〈夜霧〉，《陳映真小說集》，第6卷（臺北洪範書店有限公司，2001年10月第1版），第116－117頁。

[15] 陳映真，〈夜霧〉，《陳映真小說集》，第6卷，第116－117頁。

東西的人依舊專心地選購貨物，情侶自顧自一邊走一邊說著悄悄話，幾個把頭髮染成雜色的女孩看著他倆追趕的場面，竟然掩著嘴吃吃地笑了，此情此景，真讓陳映真覺得不勝悲涼！前面說了，〈鄉村的教師〉裡面的「看客」們，都是沒有文化的農民，愚昧而致於麻木，〈夜霧〉裡的這群「看客」，卻是有文化的城裡人，但是，他們當中，也有相當一部分人，被個人的私欲，特別是物欲所侵蝕，變得可怕地冷漠而麻木。在這裡，陳映真意在提示人們，思想領域裡的啓蒙大事，真的是迫在眼前了！

早在二十世紀 60 年代，日本學者尾崎秀樹就懷著對日本戰爭責任的深刻反省和「自責之念」，寫下了力作《舊殖民地文學的研究》。尾崎秀樹在書中提出了這樣的疑問：「對於這精神上的荒廢，戰後臺灣的民眾是否曾懷著憤怒回顧過？而日本人又是否帶著自責去想過呢？」[16]尾崎秀樹還深刻地指出：「倘若沒有這種嚴峻的清理，戰時的那種精神的荒廢，還會持續到現在。」[17]陳映真深感尾崎秀樹提出的這一問題的重要性，在〈精神的荒廢〉一文裡，他深情地寫道：「每當在生活中眼見觸目皆是的、在文化、政治、思想上殘留的『心靈的殖民化』，尾崎的這一段話就帶著尖銳的回聲，在心中響起。」於是，他發自肺腑又振聾發聵地寫下的呼籲和警策是：「久經擱置、急迫地等候解決的、全面性的「戰後的清理」問題，已經提到批判和思考的人們的眼前。」[18]陳映真不僅呼籲世人去做，他自己也大力去做。他做，一是繼續寫政論、雜文，一是重新拿起小說的筆，用藝術形象去演繹這種精神上荒廢的嚴峻的清理。這就是〈歸鄉〉、〈夜霧〉和〈忠孝公園〉的問世。

〈忠孝公園〉裡的林標這個人物形象，給予人們的啓示無疑是深刻

---

[16] 尾崎秀樹，〈舊殖民地文學的研究〉，陸平舟、間ふさ子共譯本。《臺灣新文學史論叢刊》8，人間出版社，2004 年版，第 188 頁。

[17] 尾崎秀樹，〈舊殖民地文學的研究〉，陸平舟、間ふさ子共譯本。《臺灣新文學史論叢刊》8，第 188－189 頁。

[18] 陳映真，〈精神的荒廢〉，《聯合報‧聯合副刊》，1998 年 4 月 2—4 日。又，《陳映真文集· 雜文卷》。中國友誼出版公司 1998 年 11 月版，第 581 頁。

的。它告訴人們，必須進一步揭露和批判「皇民化運動」，進一步分清日本殖民主義者和殖民地臺灣人民的關係，認清臺灣人民和祖國的關係；要進一步認識，「台獨」孳生的社會土壤之一，是妄圖分裂中國的美、日反華勢力，上個世紀80年代之後李登輝執政，隨後民進黨掌權，又繼續並且發展了這種關係，終於致使臺灣島上的分離主義勢力掀起一股美化日據時代、美化「皇民化運動」的逆流，在這種情況下，陳映真筆下寫出一種「林標現象」，就真實地表現了這段歷史延續下來的現實生活。當然，陳映真也寫了林標被迫出征那一天的焦慮和憂苦；寫了他到菲律賓後收到家信後的欣慰與淒愁；寫了在一次又一次的絕望而殘酷的敗途中，是未曾見面的兒子及老父愛妻，在林標內心燃起了強烈求生的火焰；更寫他輾轉回到故鄉後，如何當爹又當媽地把兒子拉扯大，接著又含辛茹苦地爲孫女裡裡外外地操勞；總之，敬父，愛子，疼孫子，林標身上的人倫親情，也都展示了他善良的心靈，你會認定他是一個有情有義有責任心的人。陳映真著力表現林標心靈世界的真善美的一面，一是要告訴世人，林標和林標一類的人也是受害者，日本帝國主義、日本殖民主義者才是元兇；二是在喚醒林標和林標一類的人，是時候了，是他們徹底清除心靈中的的殖民化影響的時候到了。對此，陳映真的殷殷期盼是，受過「皇民化運動」毒害的人們，一定要丟掉精神上的重負，做一個堂堂正正的中國人。

開放的現實主義的藝術法則，則讓陳映真在反映那個時代臺灣社會生活的深廣程度上獨領風騷

我們知道，作爲五四新文化思想先驅，魯迅的文學思想與藝術觀念有一個基本特點是，他在傾向浪漫主義、欣賞象徵主義以後，又忠實於現實主義了。在《摩羅詩力說》中介紹果戈理時，他還偏重在浪漫主義。隨著他越來越瞭解果戈理，他稱讚果戈理是俄國寫實派的開山祖師。由真實的審美標準，他具體化爲文藝創作中反對「瞞和騙」的思想。他主張作家取下假面，真誠地、深入地、大膽地看取人生，並且寫出那人生的血和肉來。他採用現實主義，急迫地呼喚衝破一切傳統思想和手法來創造真的新文藝了。

陳映真是以魯迅爲師的。執著於「蒼生意識」，要以小人物爲作品主要的描寫物件，表現自己「哀民生之多艱」以及「哀其不幸，怒其不爭」的境界和情懷，陳映真在審美精神和創作方法上很自然地趨向於現實主義了。

在臺灣文學研究界有相當多的學者認爲，陳映真在 1959～1967 年的創作方法，或其中的一段時間的創作方法，是現代主義。爲此，在一次文學交談時，陳映真問我對這種意見的看法。當時，我的回答是：「你一開始創作，自始自終，就是現實主義創作方法，不過你運用的現實主義創作方法具有開放的態勢，就像魯迅所說的，實行的是拿來主義。你引進了浪漫主義、存在主義、象徵主義中一切有表現力的藝術手段，去補充、豐富你的現實主義創作的藝術手法，從而增強了你的小說的藝術表現力度。」[19]聽完我的意見，陳映真表示同意。

我們知道，現實主義最根本的特點是真實地描寫客觀現實。現實主義對生活的反映，要求真實的外形描寫，更要求深入事物內在的本質，這就不僅要求細節的真實，而且還要求本質的真實，而要達到細節真實與本質真實的統一，就必須要進行藝術的再創造，這就是藝術的典型化。在藝術典型化的過程裡，非但不排斥虛構，而且需要想像即幻想力下的反映本質真實的虛構。然而，事物又總是十分複雜的，具有多面性的。我們判斷一個事物的性質，就要看它的基本的、主導的一面。觀察、研究和判斷陳映真 1959—1967 年的文學創作方法，也必須遵循這個原則，看它的基本的、主導的一面。

---

[19] 趙遐秋、曾慶瑞、張愛琪，〈步履未倦誇輕翩——與當代著名作家陳映真對話〉，《文藝報》，1999 年 1 月 7 日。

它的基本的、主導的一面是什麼呢？

第一，真實地描寫了臺灣的社會現實。比如，1959 年到 1967 年這段時間裡，陳映真的 22 篇小說中，〈麵攤〉、〈死者〉、〈祖父和傘〉、《貓它們的祖母》和〈蘋果樹〉，爲我們展示了臺灣二十世紀 40、50 年代底層人民貧困生活的情景。這一類作品，或寫鄉民流浪在臺北街頭擺攤求生，或寫民工離家開礦客死他鄉，或寫老農辛苦一生卻落得家破人亡，或寫下層民眾在赤貧化生存環境裡的精神窒息。〈我的弟弟康雄〉、〈家〉、〈鄉村的教師〉、〈故鄉〉、〈淒慘無言的嘴〉和〈哦！蘇珊娜〉，描寫了城鎮小資產階級知識份子的人生追求、生存困境以及理想的破滅，從這個側面反映了臺灣市鎮小市民社會在工商社會資金積累吞吐運動中的沉落。而〈一綠色之候鳥〉、〈兀自照耀著的太陽〉和〈最後的夏日〉，又表現了在臺灣歷史轉型期間知識份子地位變遷中的失落與無奈。其他篇章，如〈那麼衰老的眼淚〉、〈文書〉、〈將軍族〉、〈第一件差事〉，還有前面提到過的〈一綠色之候鳥〉，書寫了居住在臺灣的海峽兩岸人民的傳奇故事，深刻反映了在我們民族分裂時代裡的中國人的悲劇。至於〈加略人猶大的故事〉和〈獵人之死〉，只是借助於《聖經》和神話故事，展示了臺灣社會改革先行者的風采和心態。那篇標誌著陳映真創作風格轉變的小說〈唐倩的喜劇〉，則揭示了 20 世紀 60 年代前後，臺灣文化界崇洋媚外的西化的社會思潮。〈六月裡的玫瑰花〉則以臺灣吧女爲視角，控訴了越戰的慘無人道的暴行。可以說，這 22 篇小說，在真實地描寫臺灣社會現實問題上，無一例外。

第二，藝術地塑造了具有豐富內涵的人物形象。比如，〈麵攤〉裡的警官，一反日據時代的「查大人」、「補大人」的兇狠，也不同於當時當地其他員警高高在上的冷漠，嘴角露出說不盡的溫柔，眼裡放射出和靄的目光，熱情關心著在臺北街頭擺攤求生的流浪鄉民。這位警官形象，不僅在臺灣文學史上具有新意，同時也充分表現了作家的人道主義精神。〈我的弟弟康雄〉裡的姐姐形象，不像弟弟康雄那樣消滅了自己的肉體，她消滅的是自己的精神。毫不誇張地說，姐姐這個形象可以和魯迅《孤獨者》中的魏連殳相媲美。他們都為社會所不容，他們都在用扭曲的方式抗衡嚴酷的現實。〈鄉村的教師〉裡的吳錦翔，是一個含有厚重歷史感的人物形象。他的極端痛苦經歷，涵蓋了日據時代臺灣人民的悲慘生活。他的戰前抗日義舉、戰後教育改革，張揚了臺灣人民不屈不撓的鬥爭精神。最後，他的失敗，也既不是性格悲劇，又不是命運悲劇，而是歷史的、時代的悲劇。〈故鄉〉裡的哥哥、〈加略人猶大的故事〉裡的猶大，都是具有挑戰意義的人物形象。〈故鄉〉裡的哥哥形象，向世人昭示了基督所傳播的愛的世界是空想，在現實是不存在的。於是，向人們尖銳地提出，路在何方？那個猶大的形象，包含了對耶穌尊敬和質疑並存的思想，而且徹底更改了猶大出賣耶穌故事的內涵，從而表現了一種社會革命的思想。〈文書〉裡的安某、〈第一件差事〉裡的胡心保，歷經艱險，輾轉來到臺灣，他們背負著沉重的歷史包袱，懷揣著解不開的濃烈的鄉愁，都表現了時代的某些本質。而〈將軍族〉裡的三角臉和小瘦丫頭兒，更是一對鮮活的富有歷史內涵的人物形象。在中國現、當代文學史上，在描寫兩岸民眾關係的小說發展歷史上，他們將在藝術典型的人物畫廊裡佔有一席之地，永遠為世人所稱道。至於〈唐倩的喜劇〉中的那個唐倩，活脫脫一個崇洋媚外的典型。這個形象真能穿越時空的長廊，不僅在臺灣，而且在全中國，不僅在過去，而且在今天，都有重大的意義。〈獵人之死〉裡的阿都尼斯，憂憤、孤寂，理想與幻滅，追求與乏力，鑄成了一種柔弱的氣質，是小資產階級知識份子中的一種改革者的典型。其他的人物形象，這裡就不一一細說了。總之，陳映真筆下的一系列藝術形象，表現的絕不是一己的悲歡，而是臺灣社會的風風雨雨，真實而逼真。這些藝術形象都有它獨特的審美價值。

第三，體現在作品裡的質疑與批判精神。質疑，最突出的是對基督教的質疑。在〈我的弟弟康雄〉裡，康雄的姐姐不僅認為弟弟是童稚的，是天真無邪的，而且大膽地認為弟弟和基督一樣聖潔。在婚禮上，她覺得從十字架上下來的正是她親愛的弟弟。這種把弟弟與基督相提並論的作法，顯然是對基督教的一個挑戰，他所留給讀者思考的問題一定會是：基督是人，還是神？〈故鄉〉裡的哥哥是一個虔誠的基督教徒，留日歸來，一心一意要用自己的實際行動，去建造一個耶穌基督愛的世界，於是他去一個煉焦廠做保健醫師，為勞苦大眾服務。即使這樣，社會也不容他，不久，他的愛的理想就完全破滅了。作品告訴世人的是，耶穌所傳播的愛的世界是一個空想。〈加略人猶大的故事〉，進一步挑戰了神性學說，通過猶大的形象，確認神性學說只是奪取政權營造輿論的一個工具、一個手段。小說改變了聖經裡猶大故事的內涵，無異於「褻瀆」了基督教的經典。〈加略人猶大的故事〉也充滿了對耶穌人道主義精神的讚美。在〈哦！蘇珊娜〉裡，女主人公「我」和她的戀人李，都是無神論者，他們不相信神，只是「不願意有一個上帝來打擾」他們「這種縱恣的生活」[20]。但是摩門教派的傳教士彼埃洛和撒姆耳，追求著正義，信仰著和平、友愛，啓迪了「我」。儘管彼埃洛他們「用夢支持著生活，追求著早已從這世界上失落或早已被人類謀殺、酷刑、囚禁和問吊的理想」[21]，還是改變了「我」的人生，「再也不是一個追逐歡樂的漂泊的女孩子了。」[22]在〈鄉村的教師〉裡，吳錦翔戰前的抗日活動，戰爭進行中的慘烈磨難，以及戰後的教育改革，並沒有獲得群眾（村民）的理解與支持。特別是戰後的改革，只是他在孤軍奮戰，沒有和廣大的群眾一同進行。以至於，他自殺後，村民們所表現出的那種冷漠的「看客」心態，實在令人寒心。這樣，作品就形象地提出一個尖銳的問題：小資產階級知識份子的改革之路如何走？小資產階級知識份子如何和群眾相結合？到了〈加略人猶大的故事〉，作家通過作品的整體形象，自覺地提出，改革，革命，就必須發動群眾、依靠群眾。

第四，體現在作品裡的理想主義色彩。這種理想主義的色彩表現在

---

20 陳映真，〈哦！蘇珊娜〉，《陳映真作品集》，第2卷，第57頁。
21 陳映真，〈哦！蘇珊娜〉，《陳映真作品集》，第2卷，第61頁。
22 陳映真，〈哦！蘇珊娜〉，《陳映真作品集》，第2卷，第61頁。

兩個方面：一方面，陳映真像魯迅、契訶夫一樣，講究小說的結尾。無論作品的基調多麼陰暗，在尾聲都或弱或強地放射出理想主義的光芒，給人以力量。另一方面，就是每篇小說都在整體上體現了作家的理想。應該說，在接受馬克思主義以後，陳映真儘管設法要遮掩思想上的「豹變」，但他還是禁不住地要用自己心中的那盞明燈來照亮他的作品，照亮他他筆下的人物。於是，人們可以讀到，〈麵攤〉、〈我的弟弟康雄〉、〈家〉、〈死者〉、〈蘋果樹〉等，體現了陳映真反對剝削、反對壓迫，要求人人平等的理想；〈那麼衰老的眼淚〉、〈文書〉、〈將軍族〉、〈一綠色之候鳥〉、〈第一件差事〉等，集中表達了陳映真渴望祖國統一的美好願望，等等。如果我們堅定不移地把握住現實主義的美學理想、審美原則、創作精神和方法的諸多要義，用以觀照陳映真的小說創作情景，觀照他眾多小說的藝術文本，解讀出這些藝術文本的真正的審美價值來，我們就真的不能說，陳映真的小說在這個時期屬於現實主義，他，實實在在是一個忠實的現實主義小說家。

當然，從作品實際出發，我們也該承認，陳映真崇尚的現實主義，是具有開放態勢的現實主義。用陳映真自己的話來說，他追求的是，「現實主義也要再解放。」[23]在彥火的〈陳映真的自剖和反省〉一文裡，陳映真明確地說：

> 我認為現實主義有非常遼闊的道路，可是現代派只能走一次，比如將人的鼻子畫成三個，其他人再依樣葫蘆這樣做，就沒有意思。例如畢卡索建立了自己畫風，後來產生了很多「小畢卡索」，這些小畢卡索只是模仿者，沒有什麼意義。現實主義為什麼遼闊，因為生活本身的遼闊規定了現實主義的遼闊。不過，我們要注意一點，現實主義也要再解放，不要像過去的現實主義一樣，愁眉苦臉，嚴肅

[23] 彥　火，〈陳映真的自剖和反省〉，《陳映真作品集》，第 6 卷，第 88 頁。

得不得了，不敢接觸實質問題，不讓你的想像力飛揚。[24]

在〈關懷的人生觀〉一文裡，陳映真又說，「內容決定形式」[25]，如果寫的是自己方寸間的、主觀的、內省的心靈世界，在形式上就不能不用主觀的、晦澀的、奇詭的語言或結構。如果寫的是托爾斯泰的聖彼德堡，是巴爾扎克的巴黎市民世界，你就自然的使用他們那偉大的寫實主義。寫實主義是「用儘量多數人所可明白易懂的語言，寫最大多數人所可理解的一般經驗」，他「稱此爲文學的民主主義：讓更多的人參與文學生活，寫更廣泛的人們，讓更廣泛的人有文學之樂。」[26]

其實，對臺灣當年風行過的現代派文學，陳映真過去採取的是超然的態度，「有點矯枉過正的否定」。事實上，陳映真的文學創作也印證了他的觀點。一是，隨著陳映真生活面的擴大，視野的擴展，他的作品表現生活的廣度、深度也在發生著變化。從 1959 年的〈麵攤〉到 1967 年的〈六月裡的玫瑰花〉，我們就可從中看出這種生活與創作的軌跡。1967 年 1 月創作的〈唐倩的喜劇〉，藝術地概括了而且鞭笞了中國一百多年來西化社會思潮中的崇洋媚外的奴性。1967 年 4 月創作的〈第一件差事〉，表現了海峽兩岸人民在民族分裂時代渴望統一的心聲。1967 年 7 月創作的〈六月裡的玫瑰花〉，無情地揭露與批判了美軍侵略越南的戰爭滅絕人性的本質。其廣度和深度，比起 1959 年創作起步時作品，更深刻得多了。二是，對其他創作方法，陳映真持有開放的心態，實行的是拿來主義，引進了浪漫主義、象徵主義、存在主義中一切有表現力的手段，去補充、豐富他的現實主義創作的藝術手法，從而增強了他的文學創作的藝術表現力度。〈我的弟弟康雄〉的主觀抒情，〈文書〉的「貓」的象徵意義，〈死者〉突出彌留時的心理活動，等等，都在吸收浪漫主義、象徵主義、存在主義的某些具體的藝術手法，都增添了作品的藝術

[24] 彥　火，〈陳映真的自剖和反省〉，《陳映真作品集》，第 6 卷，第 88－89 頁。.
[25] 陳映真，〈關懷的人生觀〉，《陳映真作品集》，第 11 卷，第 37 頁。
[26] 陳映真，〈關懷的人生觀〉，《陳映真作品集》，第 11 卷，第 37 頁。

表現力和感染力。

他的小說成了臺灣社會的一面鏡子，成了對生命和靈魂的思索與吶喊，字裡行間都是精血和風骨，志氣和節操，氣派和聲勢，神氣和韻味！

人們都知道，列寧在 1908 年把列甫•托爾斯泰尊崇爲「俄國革命的鏡子」，用這樣的殊榮去紀念那位 19 世紀後半期俄國最偉大的作家 80 壽辰。[27]列寧稱托爾斯泰是「俄國革命的鏡子」，那是著眼於托爾斯泰在自己的作品中反映了革命的某些本質的方面，即著眼於托爾斯泰創作了無與倫比的俄國生活的圖畫，用最清醒的現實主義，撕下了一切假面具，對社會上的撒謊和虛僞作了非常有力的、直率的、真誠的抗議，無情地批判了資本主義的剝削，揭露了政府的暴虐以及法庭和國家管理機關的滑稽劇，暴露了財富的增加和文明的成就同工人群眾的窮困、野蠻和痛苦的加劇之間極其深刻的矛盾。

在我們中國，當著舊民主主義革命由興而衰、新民主主義革命就要到來的時候，作爲這時候億萬農民的思想情緒的表現者，魯迅在他的小說和別的作品裡闡明的全部觀點，恰恰表現了我國民主革命的重要特點——農民翻身和農村變革的重要性。魯迅還富於獨創性。他描繪了許多知識份子，剖析了他們的靈魂，勾勒了由舊民主主義革命向新民主主義革命轉變時期這些靈魂的歷史。一代知識份子的心靈的歷程，在他的小說裡清晰地顯現出來了。在這個歷程上，魯迅傾注的全部感情，又恰恰表現了我國民主革命的一個複雜因素——知識份子對於革命事業的重要性和知識份子自身改造的迫切性。一個農民問題，一個知識份子問題，以及圍繞著這兩個問題而涉及的廣泛的中國城鄉社會生活中眾多的尖銳而又複雜的問題，都色彩斑斕地被描繪進魯迅的小說。這樣，魯迅創作的無與倫比的中國社會生活圖畫裡，就包含著新舊民主主義革命交

[27] 1908 年 9 月 24 日，列寧在《無產者報》第 35 號上發表了〈列甫· 托爾斯泰是俄國革命的鏡子〉一文，提出了這個舉世聞名的論斷。

替時期中國革命的一些本質方面了。從這個意義說，魯迅也是中國革命的一面鏡子。

在當代中國，陳映真也是我們中華民族的驕傲。他用他的筆，爲我們描繪了在民族分裂、國土分裂時代下動盪不安的臺灣社會，反映了在這樣社會裡的各種各樣人的生存狀態和複雜的文化心態，從而，執著於自己刻骨銘心的「蒼生意識」，陳映真也表現出了臺灣社會生活的某些本質方面。從這個意義上說，陳映真正是當代臺灣社會的一面鏡子。

從 1959 年，陳映真發表他的處女作〈麵攤〉開始，到今年，2009 年，已經過去了整整 50 年。在這 50 年裡，他坐牢 7 年，專門從事政論文、文論、雜文撰寫 12 年，近 8 年又在不少的會議和看病、養病中度過，這總共花去了 27 年。這就是說，在這 50 年裡的另一半的 23 年裡，他寫了 36 篇小說，其中短篇 32 篇，中篇 4 篇。相對說來，陳映真小說的數量並不多，然而，他的小說在表現臺灣社會生活的廣度與深度方面，在當代包括臺灣在內的中國文壇上，堪稱佼佼者。

中國友誼出版公司 1998 年 11 月在北京出版 3 卷本的《陳映真文集》時，毫不誇飾地向廣大讀者作了這樣的介紹：

> 陳映真，臺灣文化界的一面旗幟。他師承魯迅，被譽為「臺灣的魯迅」。他的小說創作，代表了臺灣「鄉土文學」的最高成就；其雜文是「匕首」，是「投槍」，在「統、獨論戰」中，直刺 「台獨」分子的心臟；其文學理論具有強烈的實踐性和高度的自我批判精神。本文集包括「小說」、「雜文」和「文論」三卷，代表了他 40 年來在創作上的主要成就。其中，〈將軍族〉、〈夜行貨車〉、《知識人的偏執》等，已成為中國當代文學史中不朽的名篇。[28]

[28]《陳映真文集》封底，出版方中國友誼出版公司對陳映真的介紹辭。

就小說創作而言，在本文涉及到的36篇小說裡：〈麵攤〉、〈死者〉、〈將軍族〉，寫了臺灣農民的生存狀態。有的流浪到城市，擺了流動的麵攤，掙扎在生存的困境裡。有的勞苦終生，老來孤獨，落得個赤貧如洗，幾乎家破人亡。有的家境貧困，父母不得不把女兒兩次賣給妓院。〈祖父和傘〉、〈貓它們的祖母〉、〈山路〉，寫了上世紀50、60年代臺灣山區礦工和小學校工的生活困境。〈雲〉，寫了上世紀70、80年代跨國公司下屬工廠女工們組建工會維護人權的鬥爭。〈蘋果樹〉，則寫了城市貧民赤貧化的生活以及窒息的精神狀態。〈我的弟弟康雄〉、〈鄉村的教師〉、〈故鄉〉，是寫城鎮小資產階級分子理想與現實的矛盾，理想破滅後的絕望的。〈家〉、〈蘋果樹〉、〈兀自照耀著的太陽〉、〈淒慘的無言的嘴〉，寫了大、中學生的困窘，有的生活困頓，有的精神困惑，以至於精神崩潰而致瘋，有的竟然完全喪失了生的意念，消極地等待死亡。〈最後的夏日〉、〈一綠色之候鳥〉分別寫了大、中學校教師無聊、無奈、無望的生活，寫了他們永遠揮不去的記憶以及在記憶中過日子的落寞思緒。〈唐倩的喜劇〉寫了西化思潮中各種鬧劇式的知識份子人物。〈華盛頓大樓〉系列裡的〈夜行貨車〉、〈上班族的一日〉、〈雲〉、〈萬商帝君〉則寫了跨國公司裡的知識份子的異化。在這36篇小說裡，陳映真還在〈將軍族〉、〈歸鄉〉裡寫了國民黨軍隊的退伍老兵，在〈累累〉、〈貓它們的祖母〉、〈文書〉、〈雲〉裡寫了或在編或退伍的國民黨軍隊的下級軍官；〈文書〉、〈第一件差事〉、〈那麼衰老的眼淚〉、〈某一個日午〉、〈永恆的大地〉、〈一綠色之候鳥〉，寫了1949年前後赴台的各種人員，詳細地述說了他們對故鄉苦苦的思念、濃濃的鄉愁，以及他們和本來居住在臺灣的中國人的關係。陳映真〈鈴璫花〉、〈山路〉、〈趙南棟〉又寫了上世紀50年代臺灣肅殺時代的白色恐怖，謳歌了革命者的無私的奉獻精神；〈趙南棟〉還寫了革命後代的異化。〈鄉村的教師〉、〈忠孝公園〉寫了臺灣人日本兵的悲慘命運。〈夜霧〉、〈忠孝公園〉寫了國民黨特務統治的反動、黑暗和腐朽。在〈萬商帝君〉、〈歸鄉〉、〈夜霧〉、〈忠孝公園〉裡，陳映真更寫了黨外運動，寫了李登輝主政後的「台獨」發展的狀態。

在〈六月裡的玫瑰花〉、〈賀大哥〉裡，陳映真把他的創作視野又擴展到第三世界，寫了上世紀 60 年代發生的那場罪惡的越戰。此外，寫〈加略人猶大的故事〉、〈獵人之死〉，陳映真還大膽地翻改了聖經、神話的故事，若隱若現地表現了他的社會革命的理想。可見，陳映真的小說，確實在相當深廣的程度上反映了臺灣當代社會的生活。

在中外文學發展的歷史上，能夠載入史冊的小說作品，無一例外，首先都是塑造了既有豐富文化蘊含又具鮮明個性的、既能在思想上震撼人又能在藝術上感染人的稱得上是「典型」的人物形象，或者經典性的抒情形象。從這個意義上看陳映真在他 36 篇小說裡的成功的人物形象，可以說，他的許多作品如今之載入史冊，實在是當之無愧的。你看，〈麵攤〉裡的「警官」，〈我的弟弟康雄〉裡的康雄、康雄的姐姐「我」，〈鄉村的教師〉裡的吳錦翔，〈故鄉〉裡的「哥哥」，〈死者〉裡的生髮伯，〈貓它們的祖母〉裡的「祖母」，〈那麼衰老的眼淚〉裡的康先生，〈加略人猶大的故事〉裡的耶穌、猶大，〈文書〉裡的安某，〈將軍族〉裡的三角臉、小瘦丫頭兒，〈一綠色之候鳥〉裡的趙如舟、季叔城，〈獵人之死〉裡的阿都尼斯，〈兀自照耀著的太陽〉裡的小淳，〈哦！蘇珊娜〉裡的「我」，〈最後的夏日〉裡的裴東海、鄭介禾，〈唐倩的喜劇〉裡的唐倩、老莫、羅大頭，〈第一件差事〉裡的胡心保，〈六月裡的玫瑰花〉裡的巴爾奈、艾密麗，〈某一個日午〉裡的房處長，〈纍纍〉裡的魯排長，〈賀大哥〉裡的麥克即賀大哥，〈夜行貨車〉裡的詹奕宏、劉小玲、林榮平,〈上班族的一日〉裡的黃靜雄，〈雲〉裡的張維傑、小文、小文的父親、何春燕，〈萬商帝君〉裡的林德旺、陳家齊、劉福金，〈鈴璫花〉裡的高東茂，〈山路〉裡的蔡千惠、李國木、黃貞柏，〈趙南棟〉裡的葉春美、趙爾平、趙南棟，〈歸鄉〉裡的楊斌、老朱，〈夜霧〉裡的李清皓，〈忠孝公園〉裡的林標、馬正濤，等等，陳映真竟是總計塑造了 52 個各具特色的栩栩如生的人物形象。其中，康雄和他的姐姐，三角臉和小瘦丫頭兒，唐倩、蔡千惠、詹奕宏、林德旺，特別是林標，都說得上是藝術典型。特別是林標，這個藝術形象身上，凝聚了臺灣百年苦難的歷史，他那異樣的困惑、猶疑、徬徨、掙扎，真的能夠給人們以巨大的震撼和感染。他那悲痛的 「我是誰？我是誰？」的質疑聲，真的是聲聲撞擊著人們的心靈，人們盡可以隨著他的痛苦而痛苦起來，隨著他的思索而陷入無盡的思索。人們會感謝陳映真的。中國文學的歷史會記住陳映真的。因爲，正是陳映真，爲我們中國文學的人物畫廊增添了一個個光華奪目的藝術典型，使這些藝術典型長留在我們文學發展的史冊上。

2003 年，陳映真榮獲第二屆「花蹤世界華文文學大獎」。這一年的 12 月 20 日，在馬來西亞的頒獎典禮上，陳映真發表致謝辭，再一次追憶自己的文學生涯說，在他 20 歲前後，他偶然在一條舊書店闖進了被戒嚴體制嚴禁的大陸 30 年代文學禁區，他讀了魯迅、茅盾、巴金等人的小說，在他的心中點燃了嚮往人的自由與解放的火苗。等到 1968 年入獄，魯迅、茅盾、高爾基、契訶夫作品的情節、人物、語言的記憶，在囚繫的歲月中都給了他力量和心靈的自由，使他至今難忘。他「體會到文學是對自由的呼喚，而文學本身也是自由的本身。」他說：「文學爲什麼？我從自己的經驗體會到，文學爲的是使喪志的人重燃希望，使撲倒的人再起，使受凌辱的人找回尊嚴，使悲傷的人得到安慰，使沮喪的人恢復勇氣……」人們有理由相信，憑著對於文學的這種堅定不移的信念，一旦健康允許，陳映真還會繼續寫下去。

記得，2002 年，陳映真在北京阜外醫院做第二次手術。那天，陳映真被小車推進手術室前，我握著他的手，說了一些寬心的話，他說的卻是：「放心，我還會繼續寫下去！」這，自然是陳映真的心願，也是我們大家的期盼。

今天，我們聚會在一起來紀念陳映真文學創作 50 周年，回望半個世紀的歷史，我們可以認定了：陳映真的小說，寫在一個時代風雲變幻急速、社會生活動盪激烈的臺灣，現實主義的藝術法則讓他在反映那個時代臺灣社會生活的深廣程度上獨領風騷，成爲了臺灣社會的一面鏡子。他的小說所涉及的問題，所進行的批判和否定，使他成爲了那一段歷史、那一個時代、那一個社會中，人們特別是知識份子中間的先覺者，先驅者。這是毫無疑義的。當著歷史、時代和社會生活發生變化，在國情和文化傳統等等因素的作用下，中國大陸隨後也出現了當初臺灣曾經出現過的一些問題的時候，陳映真的「先覺」和「先驅」，也就有了寶貴的歷史性的借鑒和參考作用，而愈益顯得他具有了寶貴的理論性的參照和比對價值，確實難能可貴。

陳映真在他的〈一本小書的滄桑〉那篇文章裡曾說：「我總不能把文學僅僅當作流行時潮的遊戲，總是把文字看成對生命和靈魂的思索與吶喊……」。我從這裡感受到的是一種「氣象」。「氣象」是什麼呢？辭書釋義有二：一是，「大氣中冷、熱、幹、濕、風、雲、雨、雪、霜、霧、雷、電、光象的等各種物理狀態和物理現象的統稱」。二是，「『景象』；光景。」我在這裡說「陳映真的小說氣象」，認定的是，他的小說包孕了種種的「冷、熱、幹、濕、風、雲、雨、雪、霜、霧、雷、電、光象」，包孕了大千世界的千姿百態的的景觀。由此，我還認同，陳映真的小說，由這景觀還表現出來，它自有一種氣血和氣候，一種氣質和氣節，自有一種氣勢，一種氣韻，一種氣概，一種氣魄。讀他的小說，那字裡行間，竟都是精血和風骨，志氣和節操，氣派和聲勢，神氣和韻味！

講評

張素貞[*]

趙遐秋教授這篇論文把陳映真的三十六篇小說做了整體鳥瞰式的觀察，拈出「蒼生意識」做爲主線來貫串，進行剖析，馳騁議論，並做評價。論文大致分三大部分，第一部分先按照創作年代依次介紹各篇小說的重點，一邊做歸納和統整。從第 63 頁起算是第二部分，趙教授從主題探究去討論；第三部分從第 68 頁最後一段起，就放開議論，討論陳映真小說的技巧、主導和作用。最後，趙教授肯定陳映真小說是「臺灣社會的一面鏡子」，並從文學史的考察，肯定陳映真的小說塑造了不少典型的人物形象。

第一部分的內容重點說明應該是討論的基礎，但是〈家〉、〈淒慘的無言的嘴〉、〈蘋果樹〉、〈最後的夏日〉卻都沒談到。其次，一篇耐人品賞的小說，往往有許多繁富的意涵，在論述中似乎成爲一種弔詭，究竟論文寫作有沒有可能兼顧到小說許多繁富的意涵？在趙教授的論文中，爲了主題貫串，常常擇取一二項進行討論，總覺得其他繁富的意涵未能討論殊爲可惜。譬如：〈死者〉中的生發伯（第 57 頁）住在淫亂的小鎭，兩代人都有遺傳水腫病，都死去又活過來，掙扎著活過來，就爲了要叮嚀老婆或兒媳「不要做些難看／見羞的事。」第 59 頁〈一綠色之候鳥〉中，除了敘寫三個高級知識分子的鄉愁之外，小說也寫三人對妻子的不同態度和情愛，尤其極力描寫季叔城對下女出身的妻子的摯愛。第 38 頁談到〈夜行貨車〉中林榮平的異化，另外，詹益宏維護民族尊嚴、個人自尊的形象，其重要性也不遜色。

第二部分以「哀民生之多艱」爲總主題，拿魯迅的思想、魯迅的詞語來解說陳映真的小說，非常精采。陳映真在新世紀所寫的兩篇作品〈夜霧〉和

[*] 臺灣師範大學國文系退休教授

〈忠孝公園〉都有從事情報工作的人物：李清皓與馬正濤，不同於以往所寫的淒慘的、苦難的、甚至無辜的被害者，他們是加害者，陳映真書寫他們心理上的嚴重內疚和犯罪意識，最後逼進精神錯亂，以致自殺之途。小說提醒世人，政治迫害不僅是遭難者可憫，加害者受迫於政治指令，扮演非人的毒害行爲，心理潛意識所受到的傷害更爲嚴重，他們更值得同情。趙教授著重在思想啓蒙，以及消解臺獨的重點上，談到批判，也許可以再兼顧這一層意涵的探討。

再提一點意見，陳映真寫的跨越省籍戀愛或婚姻故事，除了〈夜行貨車〉是知識分子外省女子和本省男士的關係之外，都是大陸知識分子和下層勞動女子的關係，個中內蘊頗耐推敲。趙教授把這些篇目歸納爲「集中表達了陳映真渴望國統一的美好願望。」（第 73 頁）論述之中有沒有可能兼融繁富的意涵？

中空之人與化外之人

陳映真作品中的全球性移動、反向移動與普世胸懷

廖咸浩*

一、一個孤獨的聲音

陳映真是孤獨的。一個在禁忌的年代以文學強烈感染力啓迪了無數年輕心靈、以思想的銳利與厚實撼動了跨國的理想主義者，一個在華人世界幾乎可謂無出其右的巨人，卻不見容於自己的土地。在國民黨執政的時代，他是共產黨；在民進黨執政的時代，他不但是共產黨，還是統派。他無法見容於他自己的土地，而終至漸漸被遺忘，幾乎是無可避免的一個命運。然而，在國民黨的時代，他雖不見容於當道，卻以作品的力道敲醒了不少年輕人的心靈。但到了本土權執政的時候，他卻完全被李登輝時代以來所洗牌過的主流價值予以徹底消音。而在大陸，顯然他對左翼的執著恐怕也無法被官方、民間、甚至新左派全心的擁抱。

然而，在普遍鞭笞左翼傳統的時候，來自華人離散世界的台灣－－一個其實左翼傳統被消滅殆盡的華人社會－的陳映真，會持續發出這個孤獨的聲音，確有點令人不可置信。這樣的一個聲音，爲什麼會來自台灣？這樣的一個人在這個時代的意義到底是什麼？是時代錯亂嗎？還是反倒爲「另類可能性」維持了一縷香烟？

也許正是先前的匱乏，維持了少數台灣知識份子如陳映真對左翼的期待。台灣在日據時代並不缺左翼傳統，且因爲被殖民的原因，左翼民族主義更可謂相當活躍。日據時期參與社會運動與抗日運動的知識份子尤多爲

* 國立台灣大學外文系教授。

左傾。[1]但國民黨政權的鎮壓與民進黨政權的圍堵，加上全球社會主義集團的挫敗，使得台灣的左翼在戰後始終一蹶不振，進而成了台灣「社會想像」（social imaginary）的病徵（symptom），也就是「被壓抑又無法完全壓抑的成份」（the returned repressed），而不知是幸或不幸，陳恰好承擔了這個左翼回返的代言人角色。

兩個右翼但對立的意識形態在追求統整化（totalization）的過程中，將陳映真持續予以放逐，程序上都不約而同透過「特殊狀態」（state of exception）的處理，將陳化作有如「國家公敵」的「化外之人」(homo sacer)，即不被法律所保護、也不能以正式儀式獻祭，卻可以隨時以「犧牲」之名予以殺戮之人。陳雖未被推入眾人皆曰可殺的絕境，但在國民黨時期以國家機器加以威迫監禁，民進黨時期則經由各種御用與同路文人及文藝團體加以排擠與批判，卻是有目共睹的事實。[2]

再衡諸其他更有左翼傳統的華人社會（如中國與馬來西亞）如今對此傳統全面翻轉的態度，陳映真以這樣一個文學與思想界的巨大身影，所扮演的「犧牲之人」的角色，就不單只有台灣一地的意義，而更是華人世界（含兩岸四地、甚至星馬）的一個讓體制無法　消化而如鯁在喉的異物。尤其是在左翼似乎在全球退潮的時刻，他如此頑執更不讓人輕易遺忘。

但要更深入的理解陳的時代意義，則必須跨出兩岸及華人世界，將陳放在全球的框架來評價，以觀陳的左翼思考如何在他的文學作品中體現，並深化了我們對全球形勢的感受與理解。同時他又是如何與當代的思考呼應，甚至一定程度開其先河。

陳的作品題材多樣，風格上也經數變，雖然我們可以用「左翼」的脈

---

[1] 參見藍博洲，《幌馬車之歌》（臺北市：時報文化，1991）、《二二八野百合》（臺北市：愛鄉出版，2007）、《尋訪被湮滅的台灣史與台灣人》（臺北市：時報文化，1994）；楊渡，《簡吉：台灣農民運動史詩（臺北市：南方家園文化出版, 2009》；陳芳明《殖民地台灣：左翼政治運動史論》（台北市：麥田出版, 2006）

[2] 以筆者自己參與國家文藝基金會主辦的「國家文藝獎」評審的經驗為例，在國民黨時代，陳映真被提名，卻在董事會被以之名而否決．在民進黨時代，更是在評審小組的層次就無法出線．

絡來貫穿，但除了制式的對左翼的理解，陳的作品其實可以經得起更具穿透力的分析，並呈現更具繁複更當代更具批判力的面貌，也更能顯現陳的歷史與時代意義。

本文所選擇的視角從一個當今觸目可見的現象——移動——談起。

在光復後成長的第一代小說家中，對「遷徙」或「移動」最具敏銳度的莫過於陳映真。從早期對城鄉議題本能反應，到對「離散」（diaspora）議題的關注（如對早期外省移民的觀察，到後期對台籍國民黨老兵與台籍原日兵的刻劃），到後期更直接的對資本主義的批判（如對冷戰架構下的悲劇及全球化的剝削），陳映真的視野一直沒有離開「移動」這個現象。

台灣是個移民之島，又經過無數戰爭的衝擊，此間的作家不注意移動這個現象，似乎不太容易。但在主流（右翼）的文學創作中，若涉及移動多半態度曖昧：既歡迎資本的跨國流動，但又排拒人口的移入（如戰後移民、外勞或外籍配偶），對於垂直移動的關注則多半納入水平移動的議題（如農村或貧富的問題，來自外來政權而非資本移動）。這類寫作雖宣稱以鄉土之愛爲出發點，但立論往往奠基於一種新自由主義與舊民族主義的結合；宣稱愛鄉愛土，其實更愛階級利益。真正從具有歷史高度的宏觀視野對移動進行批判性省思者，除陳映真外寥寥無幾。後者則根植於台灣少見的左翼分析，使得他與右翼對移動的關注大爲不同。陳的鄉土之愛並不匱乏，但卻能將之與全球視野結合，從根本處省思「移動」在各種不同語境下的變異與效應。因此，陳則不但關注人口的水平移動所源自／造成的不公不義，同時特別關心垂直移動（也就是階級的移動）的可能性，由這兩種移動的議題都能兼顧，才真正的觸及了當代社會的根本問題意識。因此，從移動的主題談陳映真有兩個意義，一是指出陳在這個議題上的先知意義及孤獨處境，二是從當代的理論視角，重審「左翼」與「後殖民」在台灣的意義。

二、移動的系譜

移動這個現象並非始自今日；自有人類以來，各種各樣的因素便不斷驅使人類做各種形式的移動，有因天災、有因人禍、有因資源、有因戰亂，但追根究柢，其動力不外追求更美好的生活，也就是階級的向上移動。然而，這其中卻有主動與被動之別。主動者多屬統治階級的貪得無厭，被動者則多爲形勢所逼。這兩種形態的移動，可謂形成了人類社會變動的經與緯。

然而，工業革命之前與之後的移動，有一個本質上的差異：後者的移動是以機器爲工具、以全球爲範圍的移動，而且，真正的主角變成了「資本」。以資本流動（flow of capital）帶動的快速移動可謂資本主義的靈魂，要了解資本主義的力量與流弊，都必須從資本的移動開始。德勒茲與瓜達里在《反伊底帕斯》中指明資本主義擁有強大的「去畛域化」（deterritorialization）的力道：在資本主義發展的過程中，資本不斷的尋找新的獲利模式，將游離的資本往此新模式輸送，同時游離的人力也向此匯集。（Holland, 19-20）

而資本主義的開始，也正是現代性的開始，其共同的源頭就是尋找到東方最直接的航路，由此一商業的欲望而產生了現代性與資本主義空前的移動企圖。這個源頭就在 1492 年基督教政權擊敗阿拉伯人在伊比利半島的最後的據點（亞蘭布拉）的時刻。同年，哥倫布獲得了統一伊比利半島之後的伊莎貝拉女王的資助，試圖往西航行抵達印度，但卻意外發現了美洲，此一發現改寫了近代的人類歷史，並全球迄今無法克服的「現代性創傷」。[3]然而，資本主義並不是一個早已發展完成、形態靜止的體制。甚至

[3] 發現美洲的首要重大意義在於，因為管理美洲龐大資源之需，西方不得不改變其管理模式，而發展出所謂的數字管理，及奠基其上的現代性。（Dussel）但是，這個經由大西洋貿易網絡的建立而開始萌芽的現代性，卻同時也是西方殖民主義的開始，因為，就在同時也出現了所謂「印弟安疑問」（Indian doubt）的現象；處在啟蒙時代、正在思考普遍性的西方人開始質問；印第安人到底是不是「人」，而正是這樣的提問「讓我們有充分理由視此一時刻為現代性／殖民性的歷史奠基的時刻。」（Mignolo 166）

於，如先前所引德瓜二氏所言，資本主義的力量正在於其不斷的脫出既有畛域的能量。共產主義的思想家如托洛斯基也有類似的深刻認知：

> 民族國家，當前主流的政治形式，就運用這些生產力量而言，是過於狹窄。因此，我們的經濟系統的自然傾向是，試圖要衝破國家的邊界。整個地球，包括土地與海洋、表面與內在，都變成了一個工廠，各種不同的部份都緊密的聯結在一起……資本主義的鬥爭所顯示出的最重要事實乃是，在 1789-1815, 1848-1859, 1864-66, 1870 這些年的戰爭中誕生的老朽的民族國家已經過時了。如今它已變成了經濟發展的一個令人無法忍受的阻礙。日前的戰爭〔第一次世界大戰〕從根柢上而言是生產力對民族國家形式的反叛。（Trotsky, vii）

換言之，「資本主義的力量在於經濟體系不會與帝國同體，它永遠跨越數個政治體制……本質上就是跨國的」。（Wallcrstein 348）資本主義在生產上的突破，迫使它必須跨越「民族國家」的疆界，另尋資源與市場。這個快速的大範圍移動的需求，造成了殖民主義與帝國主義，其後並導致兩次大規模的全球性衝突，以及二戰後仍不斷持續的大小戰爭一百六十多場。在這個過程中，傳統的生活方式不斷被破壞，人民也因此流離失所。公義自然也日漸爲「獲利」所取代：小則爲商人的小奸小惡，大則爲殖民主義與帝國主義。1500 年以來的殖民主義／帝國主義造成了大批第三世界人民被迫移動，從西班牙在南美洲將印第安奴工大量送至銀礦區開採，到白人將非洲奴隸運往美洲，到英國導演印巴各自獨立所造成的回教徒與印度教徒的大遷徙，都是資本主義擴張過程中直接或間接對人民所做的強迫遷移。而二十世紀仍未稍歇的則是，因冷戰而造成的各種內戰與分隔，如中國與台灣、北越與南越、北韓與南韓、東德與西德等。除此之外，在後殖民時期，前殖民地的人民又因生計的需要主動大量移往前宗主國，這雖非來自資本主義主動所爲，卻正是先前游離勞動力往新興獲利模式移動的新典型。這種往殖民都會中心（metropolitan centers）的移動，就是常見的後殖民的離散（diaspora）。

但更值得注意的是二戰後新形態跨國資本所造成的移動。在資本主義擴張的過程中，其性質一再轉變，從一個集中在西北歐及美國的經濟體制，逐漸擴散到全世界並與各地的社會高度糾結；從一個國境之內的生產模式演變成後福特主義（post-Fordism）的全球佈局。阿帕杜賴（Appadurai）在《脫疆的現代性》一書中特別提到，當今全球化的重大轉折點在於「移動」（flow or movement）的加速與普遍化。這裡所謂移動包括了種族、媒體、科技、金融、及意識形態等五種移動的重大面向（33）。而且「文化重力」（forces of cultural gravity）雖然向來與「大規模超越性構成」（large-scale ecumenes）有反向拉扯的傾向，不過從1500年左右已開始改變。（28）哈維將此改變歸諸於「資本主義前進力量的核心欲望」——追求「經由時間消滅空間」（annihilation of space through time）。（293）而後期資本主義（即後現代）移動的速度所造成的極度的「時空的壓縮」（compression of time and space）（284），可謂將此核心欲望發揮得淋漓盡致。時空的壓縮提供了資本主義主義空前的機動性（mobility）及資本累積的高度彈性（flexibility），（303）從而改變了西方世界與第三世界的關係，也改變了全球的關係。基本上全球各地因爲時空壓縮，而更緊密的聯結在一起。

三、人性的新危機

全球一體所帶來的多元接觸讓許多人認爲烏托邦已近在眼前，[4]但全球時空的壓縮對依存於資本流動的權力運作方式所造成的改變，則帶來更

[4] 這時候，因為移動速度的大幅增進，某些全球化論者，遂聲稱文化多樣的天堂已經來到，人人都能在文化的超市中隨手擷取自己的所需材料，烹調出自己獨特的混合菜色。（如Tomlinson）但事實上，快速移動表面上拆卸了藩籬，增加了文化的交流與混雜的機會，但真正能藉由科技的發展而快速跨國來去於不同文化語境中，享受各種文化交雜的趣味與養份的人畢竟是少數。對其他多數的庶民大眾而言，跨國移動力量反而帶來了更多的剝削與壓迫。（Ellwood）小至個人權益不彰，大到國家文化與經濟受到箝制。快速跨國移動對不同階級及不同開發度的國家地區而言，會有不同的意義，有時候甚至可謂天壤之別。

多的問題。在時時空壓縮的條件下，權力運作愈爲方便，也愈有濫用的機會，於是後期資本主義爲人類製造的困境及險境，更甚於前現代的社會。從過去人的階級壓迫到現在更進一步對整個大自然及人的內在自然的壓迫，資本主義可謂已盤踞了所有可滲透的空間：（Jameson）生態、污染、暖化等前所未有的全球性問題，已毫無疑問把全球變成了一個風險社會（risk society），而令人驚駭的新問題則在於，以更有效率的方法把人的主體予以淘空。一方面，統治者以效率空前的統治技術操弄權力使被統治者徹底淪爲「化外之人」（homo sacer）。另一方面，在此過程中統治者的人性也以更快的速度被淘空而成爲「中空之人」（hollow man）。

「中空之人」即康拉德眾所周知的《黑暗之心》一書中對其主要角色之一克茲（Kurtz）的描述。克茲以救世之名操弄權力而爲權力所噬，最後墮入內在中空化的深淵。後者則爲阿甘卞所提出。阿甘卞以亞里斯多德關於「自然生命」（zoé）與「公民生命」（bios）的對比爲基礎，發展出一種關於「化外之人」的理論。「公民生命」是人之所以爲人的基本前提；在獲得了法律規範中應有的公民權力之後，人的生命才被賦予意義。但是國家體制常藉口「國家主權」（sovereignty）而對某些國民或所有國民制定「例外體制」（state of exception），在這樣的體制中，人民被剝奪其公民權力，成爲徒有身體沒有權力的「赤裸的生命」。而更可怕的是現代性以降「例外體制」更不時被常態化，以致人常常處在一種權力被剝奪的狀況尚且不自知。這其中國家體制與商業體制／大眾媒體的共謀不能不說是關鍵。[5]

自從大眾傳媒於十九世紀末興起之後，尤其是在希特勒的「政治美學化」（aestheticization of politics）典範樹立之後，官方以意識形態機器（ISA）馴化民眾的工作也愈發順手。但私有領域的資本主義擴張則操弄著最先進的科技，也就是快速移動的科技，而能夠以意識型態更爲隱匿的方式掌控人的主體。快速移動的科技產生了一種特殊的效應，就是虛擬性

[5] 傅柯關於「牧民體制」（pastoral state）的論述，可供對照參考之用，參見"Governmentality"

（virtuality）：一方面是「非實體」（the immaterial），（Harvey 297-98）另一方面是波希亞所謂的「擬仿」（simulacrum）。阿帕杜賴指出，隨著全球移動的加速，複製（尤其是「媒體景構」（mediascape）及「意識景構」（ideoscape）的速度也加快，於是而產生了超真實（the hyperreal）。（Appadurai 29）虛擬性提供了另一種移動，就是在虛擬向度中更即時的移動。這時候，即使身體不移動，媒體與資訊傳遞的速度亦可以使人有長程移動的感受與效果。媒體的超真實效果，不但使人如身歷其境，更可以使人身陷「擬仿」（simulacrum）而不自知。人生逐漸變成了對模型（model）的抄襲；對未知的期待最後變成了預鑄的罐頭夢想。如艾爾（Iyer）對菲律賓人模仿美國流行文化，而致舉國「比美國還美國」的描繪，便是最鮮活而令人悲傷的例子。（29）

因此，在後期資本主義的時期，舊日的馴化（也就是使心靈空洞化或主體消失）工作，又進入了一個新的層次。這時候，在資本狂潮中的人們，更進一步的遭到各種無法及時消化的資訊（尤其是維護資本主義體制的資訊，如廣告、主流媒體、電影、流行音樂、網路等）的包圍與衝擊，人活在一個看似充滿選擇、可以自由移動的時代，但卻可能被更細膩的機制所操控，馴至心靈被淘空猶不自知。於是而成就了許許多看似活潑機靈，但其實毫無思想定見的人。倒是在爲資本主義賣命一事上愈來愈自動自發，而資本主義的能量也因此更形壯大。於是，不論是「中空之人」或「化外之人」，都因爲這種複製效果而更形中空、更形化外。

四、反移動及反向移動

資本主義所產生的弊端，在工業革命之後便促成了初次的強烈的反動，也就是浪漫主義。由於資本集中於中產階級手中，造成了垂直的階級的形成，及水平的各地區的資本差異。而中產階級主導的資本流動，又更進一步鞏固既有階級差異及地區差異。這時候，西方人便隨著資本往富裕地區及高層階級主動或被動的移動，或爲自己尋求更美好的生活，或爲別人的美好生活作嫁。浪漫主義的反動主要是對資本流動的方向，進行「反移動」或「反向移動」，向自然或遠古或童年回歸。但當資本主義的大本營——城市——逐漸成爲人類生活的主要場所之後，人類往城市移動的趨勢已不可抑止，於是，大量湧入城市的新移民，對中產階級所主導的資本流動所進行的新對抗，開始以城市爲其場域，並以城市內森嚴的階級關係（以及此資本已隨帝國主義四處狂流的現象）展開衝撞。前衛運動是其最極端形式，基本上以拆解中產階級對資本的壟斷，及因此而形成的階級體制。同一時期興起的社會主義則同時針對中產階級對資本的壟斷及資本的跨國流動（帝國主義／殖民主義），展開抨擊。社會主義一方面要將國內資本不衡分配（在階級間流動），一方面試圖阻斷資本在國際間的橫流。前衛運動最後收束成衝擊較爲弱化的現代主義，相當程度可謂被資本主義體制收編。社會主義則經過政治手段在多個國家地區推翻原有的中產階級政權，開始試圖實踐其阻止資本流動及資本重分配的工作。

然而，社會主義國家對資本移動的教條式的理解，尤其是 1968 年法國學運期間左翼僵化的反應，反成了階級流動與資本平衡的障礙，促使不少激進的左翼知識份子試圖在傳統左翼的經濟決定論之外尋思另類的出路。但有趣的是，這些（後）左翼的反思者所採的策略卻是原先左翼所不屑的前衛運動的策略，也就是有如巴達業的「無限經濟學」（general economy）的策略。把一切去中心化，以將被中產階級所獨占的「文化資本」釋出，（也就是對「現代性」重新予以反思），以期從根本上（思維上）爲社會公義打好基礎。但後結構主義的文化轉向卻矯枉過正，大幅度從政治經濟學撤退，馴至忘記了資本的流動是一個更根本的問題意識。

後殖民、離散與全球化等脈絡的研究則試圖重回政治經濟學的領域，但這幾類的研究中較樂觀的流派（也是較主流的流派），卻出現了有趣的重新肯定現代性的徵狀，尤其是對殖民現代性（colonial modernity）的肯定。其原因便是對資本流動抱持著毫無批判的態度；只要是資本流至之處，便是受惠於現代性之地。將資本與殖民及帝國的切割，造成了這些研究最初追求資本平衡（公義）的企圖，淪爲近乎對依賴主流（資本的流動方式）的全面肯定。至此，從後結構主義以降所鼓吹的文化多元主義，不知不覺間變成了新自由主義掛帥的〈新西方中心主義〉。「差異」不過是巴迪烏（Badiou）所說的「你若變得像我，我就尊重你的差異」（Become like me and I will respect your difference）(25)。究其原因仍脫不開自後結構主義開始主打的反人文主義（anti-humanism），太過於「文化」取向而缺少了對資本流動的反思。於是乎，多元解放所賴的「去畛域化」的力量與資本主義體制對資本流動的期待殊難區分，並造成理應帶來基進改革的「去中心」進程竟與新自由主義所主張的「去國界」也多所呼應。最後，基進的力量似乎瞬間已爲後期資本主義所吸納。

這樣一個悲觀的局面，在哈特與聶格里所著的《帝國》（Empire）一書中達到了高峰，「帝國」論述把全球都納入了一個如金字塔、從美國到G7 到區域強權到一般民族國家的帝國架構當中，以利資本恣意依帝國需求而行不平等之流動，且其綿密周全的網絡則讓庶民之小、國族之大都覺無所遁逃於天地。然而該書又同時提出極爲樂觀的對策，即總結整個後結構思潮以微觀政治（micropolitics）爲尚的走向，認爲資本已深入到每一個人生命當中，將歐美視爲資本霸權，並以民族國家與之對抗的積極意義已經消失；唯一的出路是「偶合之眾」（multitude）：「其工作直接或間接被資本主義生產或再生產模式所剝削與主宰的所有人」（Hardt & Negri 52）。「偶合之眾」的生產支撐了帝國，但也因帝國所提供的彌天蓋地的平台，而能多元、細微且又彼此聯結的起義。雖然「帝國」與「偶合之眾」的觀念受到了不少的質疑，但是其對政治經濟學的重視及對馬克斯思想的當代化，確將資本重新置回了當代議題的核心。[6]另一派的新左翼論者如巴迪烏及紀傑克（Žižek），則從不同角度提出針對資本流動的對策。帝國論述強調「偶合之眾」透過全球化網絡所形成的「共有基底」（the common）

---

[6] 關於各家對本書的討可參見Gopal Balakrishnan, ed, *Debating Empire*, (Verso: London and New York, 2003)及 Paul Andrew, Passavant and Jodi Dean, *Empire's New Clothes: Reading Hardt and Negri* (Taylor & Francis Books, London, 2004).

來發展資本主義體制之外的新民主機制，而巴與紀則回到另一種對普遍主義（universalism）的堅持。這些思想家呼應早期的革命傳統，強調行動與方案，但對普遍主義做出了不同於現代性時期的再詮釋：不再從黑格爾式的全方位架構出發，而是較後現代風的掌握任何舊體制遭衝撞的時刻。以巴氏爲例，他指出「真理」出現在「事件」（cvent）（即不可預期的衝擊）的時刻。面對是「事件」，而我們必須以真切（fidelity）面對此一突發的狀況，才能晶析出「真理」（truth）並設計出方案（projects），以期能改變現有體制的不公不義。根據巴迪烏的說法，「事件」會在四個領域發生：政治、科學、藝術、愛情。事件的發生帶來斷裂（interruption）或開口（opening），讓「真理」得以湧現。但他所謂的真理並非實證的真理，而是「有如藝術或愛情中的真理：既能「揭示新世界」（world-disclosing）也有實際應用性（practical）。但真理的契機常被忽視、甚至壓抑，故「真切」面對才能追根究柢得出真理。從這個角度觀之，藝術作品可謂是「事件」的典範，而好的藝術作品便有充分的機會能指向社會改革的真理。陳映真的作品更是必須從這個角度閱讀；不只是因爲他本來就關心社會議題，更重要的是他如何在不同的作品中營造「事件」，使得社會議題的「真理」能夠顯現。

在這兩種都具有普遍主義意味的後現代左翼（postmodern left）的努力下，當代議題得以在二十一世紀重新對根柢性議題－資本流動－進行再思考。

五、不能（願）移動的困境

對移動有所觸及的作品與陳映真思考脈絡接近者也並非沒有。鄉土文學對以美國爲主的西方資本主義的批判，已是台灣全球化論述的一種，但陳映真卻是其中的大宗。最早期作品對貧窮與閉鎖的描述，固然已對（無法）「移動」的現象，有所觸及，其後對華人離散、跨國資本及冷戰效應爲核心議題的小說，當然是循此以往、更進一步。而其中以跨國公司爲背景者，對移動的探討尤具當代意義。陳映真的作品正是透過對移動的現象的描繪，形成「事件」誕生的場合，以凸顯根柢處資本流動必須被結構性看待的「真理」。而移動的過程中，陳最著力處的乃是人如何被巨大無比的、來自資本與國家機器結或跨國體制結合後所形成的壓力，剝光一切成爲「赤裸的生命」，以及少數覺悟的（左翼）知識份子力圖抗拒這個壓力時遭到無情的輾壓。

陳映真最早期的作品，與其說是自傳性的作品，毋寧說是以自傳的元素，寫中下階級因爲種種限制無法在階級間移動。〈家〉中面對前途茫然無措的鄉下重考生、〈故鄉〉中無家可依的弟弟，〈死者〉中急於擺脫家族歷史陰影的林鐘雄，〈蘋果樹〉中鎮日空想終至漠然的林武治，〈貓她們的祖母〉中試圖抗拒祖母生活方式的娟子，〈祖父和傘〉中爲童年貧困的創傷記憶所困的敘述者，都隱約或明白的受制於一個鄉土或階級的困境，也就是階級無法流動的困境。這個困境的最大張力集結在〈我的弟弟康雄〉這篇小說。文中康雄一家對貧困中的掙扎以兩種方法終結：一是因無力實踐理想而自戕，一是爲脫貧而捨棄理想。此中所呈現的一方面是陳對於不擇手段依附中產階級的不齒，另一方面是不齒之外的無力。這樣的兩難也具體而微的反映出陳早年徒有理想而無法實踐的困境。而〈鄉村的教師〉則更尖銳的點出，所有這些與貧窮博鬥的描寫，恐怕多少都透露了陳早年在面對想像的中國時，一方面滿懷憧憬，另一方面也在潛意識中醞釀著許多西化知識份子都暗藏的無力感。

關於華人離散（含本省與外省）的關注則更明顯的從階級出發。先前已提到，不論是帝國主義的擴張或是冷戰的架構，都來自資本主義的流動需要。這種流動從西方出發，由中產階級主導，故西方社會主義的興起即意在反省資本主義自工業大革命之後，逐漸形成的社會剝削模式。鄉村人口不斷被動或「主動」的往城市遷移，但遷移本身的動力雖來自美好生活的誘惑，最終達成目標者並未見普遍，但倒確是成就了資本主義擴張所賴的階級剝削。因此社會主義的批判自然有強烈的阻礙資本主義肆意擴張的意義。而資本主義擴張遭此阻力後便祭出了冷戰架構，以進行資本主義集團對社會主義集團的圍堵，其目的不外乎企圖殲滅或至少控制干擾止資本移動的阻力。故冷戰美其名爲自由與奴役之爭（這點不能說完全不正確），但在最初的意義上，卻毋寧是剝削與正義之爭。從這個角度觀之，日本的戰敗既是帝國主義的挫敗，也是資本主義擴張的挫敗。同樣的，國民黨在內戰中戰敗，亦須視爲資本主義附庸的挫敗。

陳映真從這樣的認知基礎出發，便能看出戰後外省統治階級及本省中產階級的命運有其相似之處：都是無法接受資本流動方式受阻而致階級變動的事實。在〈兀自照耀著的太陽〉中，陳對少數日化的本省中產階級的描繪，便在於凸顯日本戰敗後頓失依憑的這些中產階級，因不願或不能與現實接軌而進退失據。其核心意旨中階級的針砭遠多於（對日本的）國族的情緒。而對外省移民內在頹敗的探索，也一樣能穿越表象從從統治與被統治或階級的分野而非族群的區隔入手。因此，陳的作品遂不同於如吳濁流等曾書寫外省移民的作品，而能超越對個人或族群的好惡，從結構上反思問題。

於是，在陳的作品中，外省統治階級的問題幾乎也都出在無法接受階級條件改變的現實。如〈第一件差事〉的男主角在旁人眼中是個成功而幸福的男人，但從順著資本流動的舊日生活的極盡榮寵，經逃難中的困頓而至今天的小康，如此變動竟已淘盡他的生命能量（「我們就像被剪除的樹技……北風一吹、太陽一照，終於都要枯萎的」(《唐倩的喜劇》191）。其他如〈那麼衰老的眼淚〉、〈一綠色之候鳥〉、〈文書〉、〈永恆的大地〉、〈某一個日午〉都不外是這個意旨。

這兩組人雖省籍不同，卻一樣是遭到內在無力所吞噬的中產／統治階級，所反映的便是資本主義體制中，統治階級與庶民大眾的疏離。一旦無法繼續藉其所屬階級主導的流動以保本與獲利，這些人便喪失了生活的意志力，而變成了有如玩偶般的「中空之人」，但其人性的消失並非始自今日，而是早已發生在其舊日的階級牢籠中。換言之，附和資本主義體制的階級無可避免的會逐日淪爲某種形態的中空之人：因爲權力的濫用而至喪失了基本的人性。乍看與「赤裸的生命」結果相似，卻有相反的起源及迥異的人性可能。

六、在載浮載沉中清醒著

雖然陳映真認爲，以獲得暴利爲目的的人或資本的任意移動應被節制，這並不意味著他將所有人或資本的移動一概視爲負面。因爲階級需要流動，但這並不是個人層面的向上爬升，而是化宰制爲均衡的流動，故連帶資本也必須平衡的流動（如〈夜行貨車〉中最後夜行貨車往南方駛去的一幕（「黑色的、強大的、長長的夜行貨車，轟隆轟隆的開向南戶的他的故鄉的貨車」)。爲了促成資本的平衡流動，也就是要反轉資本向中產階級集中的流動方向，便需有進步知識份子爲尖兵，跨出階級的藩籬，以其「逆向移動」來爲社會主義或其他方式的改革效力。在陳映真的後期作品中，有不少是以當時的進步知識份子爲主角。知識份子正面意義的反向移動，同時包含著脫離階級意識及跨越省籍藩籬兩重意義（如〈趙南棟〉中的趙慶雲或〈雲〉中的張維哲，即使如〈山路〉中的蔡千惠最後雖因驚詫於自己悖離理想久矣，而喪失了生存的意志，但她畢竟是在人性充分甦醒的狀況下死去的）。但他們從理想性出發的移動，卻一概遭到了冷戰架構的殘酷遏阻。這時，資本主義流動欲的侵略性更明確的展現在對流動的障礙所進行的殲滅工作。但進步知識份子所遭的摧折雖痛人心肺，卻更能彰顯他們追求庶民福祉的理想性。[7]

在統治階級的被迫流動及進步知識分子跨越藩籬的流動之外，庶民被迫的流動則承載著另一種意義。在陳映真前期的作品如〈將軍族〉、〈那麼衰老的眼淚〉、〈文書〉、〈永恆的大地〉、〈某一個日午〉,〈上班族的一日〉、〈趙南棟〉等篇中來自（南部）鄉下的婦女，不論受到再多剝削，身體再有殘缺，總是被塑造成充滿著生之泉源，因爲正是這些人，被賦予了未受

[7] 陳映真所肯定的移動，除了政治改革也包括宗教服務（如萬商帝君中的瓊──相對於林德旺的姐姐，一個無法移動的鄉土神祇），雖然陳認為後者無法改變結構性問題，也在其作品中不只一次的對宗教的淑世能力有所疑慮（如＜加略的猶太人＞）.

資本流動所污染的原初本土（中國）的內涵。然而這些生之泉源卻是受到了壓抑的力量，甚至屈伏到近乎純生物性的生命，也就是先前所言的「赤裸的生命」。而被戰爭強迫遷移至台灣的大陸農家子弟，則是另一組近乎「赤裸的生命」。如〈纍纍〉及〈貓她們的祖母〉中的中壯年軍士。後者雖未明顯遭到磨難，但離鄉而造成的家庭破裂與青春虛擲之喟嘆，卻洋溢滿紙。在日復一日的軍旅生涯中，他們應有的生活權力與能量，遂流失於無形。

但即使如此，在這個階段陳映真已在一片的晦暗中，一定程度爲「赤裸的生命」找到了一個新的出路。膾炙人口的〈將軍族〉便是少數提及庶民大眾在被迫流離之後，如何一定程度找回生命的尊嚴及人的主體性（能動性）。即使最後退伍軍人與身心受創的少女皆以死相殉，但此處死亡的意義與先前論及的幾篇描寫統治階級或中產階級的死亡者截然不同，而是一種拉崗式的死亡與救贖。拉崗認爲受苦的人本來就有機會更接近「（中產階級）主體清空」（subjective destitution）的機會，一旦進入此絕境而能不再依戀舊有主體，便也是大徹大悟之契機。當他們在日常的壓迫體制中找到相濡以沫的可能性時，就是救贖時刻來到之時。

陳在後期再次回到庶民流離的議題時，他處理的是台灣人在近代經歷的兩次資本流動與反資本流動對抗的戰爭，即太平洋戰爭（台籍原日軍）與國共內戰（台籍國民黨老兵）。陳欲探討的乃是戰爭導致的強迫移動所造成的身分破裂與崩解。前者是〈忠孝公園〉中的林標，他被徵調至菲律賓作戰，身爲日軍卻自然而然與泉州裔的華人親和並結爲好友；但同時卻也意識到，兩人之間因身份不同所生的緊張似總也無法消彌；後來爲助此友人避開日軍的屠殺，又甘冒風險在關鍵時刻傳訊示警；當日軍戰敗訊息傳來時，理應解脫的他卻也不知應悲或應喜；及至晚年爲追討日本政府的補償，又需要求日本政府承認他們的日本人身份。〈歸鄉〉中的台籍老兵楊斌則在回台省親時，既被親人因私利而排斥、又被鄉人誤爲外省人，最後在一連串不甚愉快的台灣經驗後，終於隱隱意識到兩岸皆家的事實。兩人的遭遇都凸顯了當資本主義流動的狂潮掀起戰爭時，庶民只能載浮載沉，難以自主，徒然掙扎在「赤裸的生命」的邊緣。

但這兩類角色雖狀甚淒涼，卻不是沒有自省與自主的機會。正因為楊斌與林標皆在身份上處於極端混亂的狀態，而使得他們與文中其他角色有所區隔，並呼應〈將軍族〉所揭櫫的「庶民主體」邏輯。從拉崗的角度來說，他們意識到了發言位置（the enunciated）與發言主體（the enunciation）之間的縫隙，以致遭到了「真實」（Real）或「執傷」（jouissance）的衝擊，從而喪失了對先前發言位置的信任。換言之，身份的混亂及接下來的無枝可依才是自由意志的開始，也就先前論〈將軍族〉時提到的「主體清空」的狀態。相反的，〈歸鄉〉中的其他鄉民或楊斌的諸多至親，雖然身分穩定卻反而都是毫無自主能力的角色；〈忠孝公園〉中馬正濤這個角色，更是兩人的最佳對照。馬正濤自始自終對自已鷹犬之作為毫無猶豫，雖然先後歷經偽滿秘警、國民黨秘警、投共的告密者、國民黨情治人員等不同身份，他只是隨資本主義流動的形勢順勢而動，從未有內心掙扎。「中空之人」與「化外之人」雖都面臨內在淘空的危機，但前者因為階級位置的不同，便無法置之死地而後生。陳映真用此人對照林標的用心誠可謂良苦。

七、跨國移動的誘惑

陳映真作品中直接談論跨國移動者，當然是與外貿及全球化有關的文本。〈趙南棟〉、〈夜行貨車〉、〈上班族的一日〉、〈雲〉、〈萬商帝君〉都是以跨國公司為背景或涉及跨國公司，描述跨國資本的移動形式如何禁錮人的動能，銷溶人的志氣、摧毀人的理想、甚至使之精神失常。〈上班族的一日〉中的黃靜雄曾對拍片擁有高度熱情，甚至對苟苟營營的上班族生活有所批判，卻終究是為了中產階級生活的安逸而捨棄夢想、委曲求全，幾乎等於將自己複製成自己短片中的主角；〈雲〉中的張維傑曾滿腹熱情投身教育，進入跨國公司後，也試圖為「美國夢」的普及化獻身，但也以幻滅告終；〈夜行貨車〉則一改早期小說中以外省男人試圖（但最終無法）

經由本省鄉下女子獲得救贖的架構，以本省男人與外省女人的結合擺脫跨國資本流動的箝制，並回歸南台灣（鄉土中國）。本文可謂陳映真的跨國資本主義小說中，唯一以正面結局者，且是唯一將南台灣的救贖可能化爲真實者。另一方面，〈趙南棟〉則是少數將新世代台灣人的空洞化，給予了如此鮮活以致讓人不寒而慄的描述。相對於趙家的上一代趙慶雲與宋蓉萱對理想的無私奉獻，兒子趙爾平則雖苦學有成，最終卻敵不過跨國資本的誘惑，漸成徒有物欲的「中空之人」，小兒子趙南棟則空有一個漂亮的名字與外貌，但毫無生命力可言；他雖未直接被國家機器壓迫，但做爲消費體制下的行屍走肉，也是一種僅剩「赤裸的生命」的「化外之人」。趙家兩代間的變化也正反映了台灣在資本狂潮的衝擊之下，市場超真實逐漸取代人性時，一種難以挽回的從理想直墮泥淖的崩頹之勢。

但這其中尤令人驚心動魄則是〈萬商帝君〉。文中的兩位要角，一是祖籍上海的陳家齊，一是本省人劉福金，兩人的獨與非獨的意識形態鮮明對立，在公司也明爭暗鬥，但最後卻能在跨國資本的誘惑下，徹悟意識形態之空洞而化敵爲友、緊密合作。但更值得注意的是那無法分得一杯羹的林德旺。林德旺鎮日夢想著能在公司往上爬升，但限於其先天條件無法如願，最終精神疾病復發，而深深陷入「馬內夾」（manager 之台式發音）的幻覺中。

陳劉與林兩相對照所凸顯的便是，在全球化情境下，資本主義加速流動是有明顯的階級性的。跨國資本的去畛域動能既可將政治意識型態的藩籬衝破，讓陳家齊與劉福金心甘情願的爲跨國資本而合作，也可以在同一社會中造成不同階級間天壤之別的命運；與資本主義流動能掛鉤者則能升天，反之則墮入苦難毫無出口的地獄。但問題是受益受害之間，並非個人能控制，而是建築在個人是否能爲跨國資本所青睞。這時候便有明顯的階級位階差異與跨國資本操控的問題。林德旺最後自稱「萬商帝君」清楚的說明了「跨國資本」在一般人心目中的神格化。而林的癲狂在陳家齊的喝叱下立刻終止，也可立即見出「馬內夾」果真是神權在握之人。在如此向跨國資本爭寵的過程中，不論是已晉身統治階級的陳家齊、劉福金或困居下層的林德旺，做爲人的主體性幾乎完全掏空（前者成「中空之人」，後者成「化外之人」）；只有欲望的製造與欲望的消費，其中沒有任何真實的存在。陳家齊強調的行銷策略看似貼近台灣現實，但其實是由真入假、以真賣假的策略，並無與現實對話的企圖。正如陳家齊所言，「我們跨國企業體正在全世界範圍內，進行一項和平、無聲的革命，相應於我們跨國商品在品質上的統一性，我們創造了一個沒有文化、民族、政治、信仰、傳統的差別性的，統一的市場。」(《萬商帝君》，166）

八、新「普世胸懷」

這個統一性其實是源自西方自啓蒙時代以來所追求的「普世胸懷」（cosmopolitanism），但這個理想卻因爲西方中心主義，而長期淪爲殖民主義／帝國主義的幫凶；「普世胸懷」遂被解釋爲西方的「全球性設計」（global designs），包括接受西方宗教、融入西方文化。(Mignolo 159)。這個普世胸懷在當代的「尊重多元」的論述中，被重新界定爲多元主義，但實則如前述，多元主義幾已淪爲新的西方中心主義，而必須有另類的思考救其流弊。這就是左翼在今天的意義。

首先是，米聶羅（Mignolo）提出「批判性普世胸懷」（critical cosmopolitanism）的理論；也就是「對普世胸懷從殖民性的角度及現代／殖民世界的框架，所做的再界定。我們必須視之爲歷史上始於 16 世紀以迄今日、地理上則產生於（在地中海及北大西洋形成的）資本主義與（在地球的其餘地區形成的）殖民主義的互動中。」（159）他並指出，「批判性普世胸懷」必須以「邊界思考」（border thinking）——「從底層民眾的角度對於霸權想像的認知與轉化」——爲其工具。(174）但這種思考對於所有出自西方的進步觀念，都須從所謂「殖民差異」（colonial differences）（而非文化差異）的角度重新加以審視及變位（displace），以俾新的這個批判且具對話能力（critical and dialogic）的普世胸懷「能導向多元性

（diversality）而非一個「（再一次）將政治民主化這種來自希臘以降的真正的歐洲遺產」做爲其基礎的新普遍性」。（Zizek 1009; qtd. In Mignolo 181）

巴迪烏、紀傑克、阿甘卞等的行動哲學，則凸顯出人類整體解放的努力不可稍歇。彼等雖然承認後結構主義與後現代主義在反省人文主義一事上頗有建樹，但也明確意識到後結構過度發展柏克（Edmund Burke）所謂以「場景」（scene）爲主的思維，以致完全剝奪了人的能動性。如果要真能對社會改造（即重審資本流動的根本問題），就必須回到能發動「行動」（action）的思維。[8]故如何在不墮入一統性與經濟決定論的前提下，再回到馬克斯的論述中找回「人類解放」的可能性，乃是知識份子的最高關懷。由此而得出的普世胸懷必然大不同於「全球性設計」。

陳映真從他一貫的（且一度被認爲過時的）左翼思考出發，深知假性「普世胸懷」的障眼法，也明確洞悉資本主義流動的殖民本質。故他的作品既尖銳的暴露資本的侵略性，又能以其寬闊的胸襟與民胞物與的情懷，善待所有爲資本流動所傷的人們。他對省籍的態度已是明證，在描寫跨國互動時亦然；在這類作品中雖然屬統治階級的外國角色多半淪爲單面人，但如〈賀大哥〉中的「賀大哥」或〈六月裡的玫瑰〉中的黑人軍曹，則顯示出他對對全球受壓迫者人溺己溺的關注。換言之，陳映真對於資本跨國流動的批判，正呼應了米聶羅的「批判性普世胸懷」。也唯有在殖民差異的邊界，將整個被美化成「文明」的資本流動自西方文化的核心糾出，我們才有可能自資本主義的滅頂之流中浮上水面，重新尋找失去的公理正義與人性。

這樣的胸次與洞察與台灣目前部份主流的後殖民論述頗爲不同。後者

---

[8] Larval subjects 以柏克《動機的文法》一書中對動機的五種分類為基礎，將哲學分成五類，即各以場景（Scene）、行動（act）、行動者（agent）、行動工具（agency）、目標（purpose）為主軸的哲學，並且指出：「我們不難看出，巴迪烏與紀傑克的哲學是針對以「場景」為主軸的法國當代思潮〔後結構思潮〕主流而生。因為如果場景的因素太過被強調，行動的可能性就會被忽視。而巴氏與紀氏的哲學便是從左翼出發，企圖回到行動為主要訴求的當代思潮。參見 Larval Subjects, http://larvalsubjects.wordpress.com/2008/02/, Feb 2, 2008。

後國族主義出發，崇拜現代性、擁抱資本流動，後殖民的批判性已嚴重流失，甚至可謂幾乎與新自由主義殊無二致，而淪爲了「捧殖民論述」。陳映真的意義正是，因爲他對人類解放始終未曾或忘，而能從即將被遺忘的左翼過去，無礙的再次銜接了巴迪烏和紀傑克等的當代「行動哲學」，讓台灣文學與文學／文化理論的批判性不至於爲新自由主義所淹沒。

不過，陳映真在小說中的呈現並不會因爲堅持左翼而教條，而是充分掌握了文學性與當代性；他總是悉心的營造一種能讓「事件」爆發的氛圍，即使偶而（如後期）會將正面角色過於美化，但整體而言都能讓每一篇小說成功形構時空斷裂的異境，從情感的強度上凸顯結構性真象令人的眩暈面貌。這種時候正是陳映真最動人的時刻，也是陳映真最能將其洞悉之真理傳之於人的原因，更是陳映真能歷經兩朝將之摒諸「化外」化後，猶能以其獨特的文學形貌穿透歷史迷霧的力量。

引用書目

中文：

- 陳芳明《殖民地台灣：左翼政治運動史論》台北市：麥田出版， 2006。
- 藍博洲之著作如：《幌馬車之歌》臺北市：時報文化，1991。
- ———《尋訪被湮滅的台灣史與台灣人》臺北市：時報文化，1994。
- ———《二二八野百合》臺北市：愛鄉出版，2007。
- 黎湘萍：《台灣的憂鬱》台北：人間，2003。
- 呂正惠：《小說與社會》台北：聯經，1988。
- 楊渡，《簡吉：台灣農民運動史詩》臺北市：南方家園文化出版，2009。
- 曾萍萍：《噤啞的他者：陳映真小說與後殖民論述》台北：萬卷樓，2003。

英文：

- Agamben, Giorgio. Homo Sacer: Sovereign Power and Bare Life Translated by Daniel Heller-Roazen. Stanford, Calif.: Stanford University Press. 1998.
- Appadurai, Arjun. Modernity at Large Modernity at large : cultural dimensions of globalization (Minneapolis, Minn.: University of Minnesota Press), 1996
- Badiou, Alain. Ethics: An Essay on the Understanding of Evil London & New York: Verso, 2002
- Balakrishnan, Gopal (ed.), Debating Empire, Verso: London and New York, 2003.
- Berman, Marshall. All That Is Solid Melts into Air: the Experience of Modernity (New York: Simon & Schuster, 1982.
- Burchell, Graham et al., ed. The Foucault effect: studies in governmentality : with two lectures by and an interview with Michel Foucault Chicago: University of Chicago Press. 1991.

- Burke, Kenneth. A Grammar of Motives Berkeley: University of California Press. 1969.
- Dussel, Enrique. Beyond Eurocentrism: The World-System and the Limits of Modernity, in The Cultures of Globalization, ed. Fredric Jameson & Masao Miyoshi, pp. 3-31.
- Ellwood, Wayne. The no-nonsense guide to globalization Oxford: New Internationalist, 2001.
- Jameson, Fredrick. Postmodernism, or, The Cultural Logic of Late Capitalism London : Verso, 1991.
- Hardt, Michael and Negri, Antonio. Empire (Cambridge, Mass.: Harvard University Press, 2000.
- Harvey, David "Time-Space Compression and the Postmodern Condition." in The Condition of Postmodernity, pp. 284-307.
- Holland, Eugene W. Deleuze and Quattari' s Anti-Oedipus: An Introduction to Schizoanalysis (London and New York: Routledge, 1999), 19-20.
- Larval Subjects, http://larvalsubjects.wordpress.com/2008/02/. Feb 2, 2008．
- Passavant, Paul Andrew, and Jodi Dean, Empire' s New Clothes: Reading Hardt and Negri, Taylor & Francis Books, London, 2004.
- Trotsky, Leon, War and the International (Colombo: Young Socialist Publications), 1971
- Trumpener, Katie. Bardic nationalism : the romantic novel and the British Empire (Princeton, N.J.: Princeton University Press), 1997
- Zizek, Slavoj. "A Leftist Plea for 'Eurocentrism.' " Critical Inquiry 24: 989-1009.

講評

周英雄*

我認爲陳映真的作品可以反映台灣現代化的各個階段與各個面向，作品著力非常的深。我自己特別感興趣的是 1980 年代的「華盛頓大樓」系列，因此我也是從這部分的作品來分析廖教授的論文。廖教授論文寫的非常精簡，讓人一目了然，看到後殖民的框架中，陳映真思想與風格多元的脈絡與細節。

我們應該怎樣來看待全球化的議題，在廖教授的論文中有持正面肯定的部分，也有負面反對的看法。第二部分提到反全球化，或者另類全球化，針對全球化有關經濟的剝削以及不公不義之處來提出意見。第三部分提到「普世主義」的概念，但說法似乎不大妥當，因爲普世主義畢竟是新自由主義的概念，易把資本主義的種種問題遮蓋掉，我認爲如以世界主義或國際主義去談論會較爲明確。全球化的浪潮雖無可避免，但如何兼顧人性與本土化這部分是更重要的議題，「華盛頓大樓」系列讀來於我心有戚戚焉的也是這個理由。

以下提出幾個問題就教廖教授。第一個是有關「空洞化」，即 1980 年代台灣人的空洞，而陳映真透過樸拙的人物敘述策略，有其預言性的代表意義，讓我們聯想到卡夫卡的作品，有關人的「異化」部分；在跨國公司體制底下，人會「異化」，「他者」變成「自我」，而故事中的人物上班以後，人整個變了樣，喪失自我的尊嚴，說話諂媚，夾帶三兩句英文，這樣的變化起自內心，而不是資本主義的外部問題。另外一點，國民政府來台，廖教授提及這是資本主義潰敗所致，但這部分如何聯繫到論文主題，論文

---

* 交通大學外文系榮譽教授。

約略提到，但與 1980 年代所謂的台灣的經濟奇蹟又如何連結？這部份恐怕要須進一步說明。（按：本文依學術研討會之論文講評記錄整理）

獻祭的聖杯
陳映真小說中的女性救贖意象

楊　翠*

一、前言：請容我這樣開場

這篇論文，請容我這樣開場。

閱讀陳映真，是一種歡悅，也是一種痛苦。閱讀陳映真，就閱讀了台灣從 50 年代以來紛呈的歷史足履，讀見權力者的兇暴殘酷，讀見島嶼住民的歷史悲情，也讀見理想主義者的兩副面孔；燃燒著熱情的激越，以及虛無蒼白與頹廢。

當然，閱讀陳映真，也就閱讀了我們這座島嶼的分裂。分裂本身不是問題，沒有誰一定必須和誰站在一起。以分裂閱讀分裂才是問題。終於，我們以分裂而不再閱讀。曾幾何時，我們不再彼此閱讀，在這個日益裂離的島嶼，我們關閉別人也關閉自己。我們終於不再彼此閱讀，這座島嶼的荒敗，他們的信仰我們的信仰的荒蕪，卻似乎日益蔓延增生。

閱讀陳映真，也就閱讀了我自己。成長中一些文學的感動、知識的思辨、現實的關懷、實踐的焦慮，乃至於生活經驗中某些極其溫暖的片斷。

這一篇論文，如果可以，請容我從這裡寫起。請容我揚棄理論修辭、學術格式的裝腔作勢，樸樸素素地回返文本，回返故事，回返歷史的光與影。

請容我這樣閱讀陳映真，閱讀我們的憂傷的島嶼，閱讀我自己。

* 中興大學台灣文學所副教授。

二、荒敗的男性理想主義者群像

男人的理想與女人的愛情，幾乎是文學的亙古母題，在陳映真筆下，這個母題尤其被不斷演繹。1965年，陳映真改寫希臘神話，以〈獵人之死〉，演繹男人對理想與女人對愛情的無止盡追索。小說中，司管愛與美的女神維納斯與獵人阿都尼斯，都在不斷流浪的旅程中。維納斯在男人之間流浪，最終只找到愛情的幻影：

> 一直都像一隻不能停棲的鳥那樣地尋找著愛情底真實，而且每一次都在折翼失鳴底痛苦中失望了。[1]

而獵人阿都尼斯則在虛幻的林野中漂泊，他所追狩的，是與愛情一樣虛幻的烏托邦國度，爲此，他反而成爲權力者、墮落者的獵物：

> 「我所追狩的是一盞被囚禁的篝火……。」
> ……
> 「因此我一直被宙斯和他的僕從們追狩著，像一隻獵物。」[2]

陳映真寫著，不斷地追狩著一盞被囚禁的篝火的阿都尼斯，是墮落的神話時代裡的「虛無的希望」：

> 或者他是個理想主義者罷。而且在那麼一個廢頹和無希望的神話時代底末期，這種理想主義也許是可以寶貴的罷。然而，其實連這種薄弱的理想主義，也無非是廢頹底一種，無非是虛無底一種罷了。[3]

---

[1] 陳映真，〈獵人之死〉，收於《陳映真小說集2・唐倩的喜劇》，台北：洪範書店有限公司，2001年10月，頁32。
[2] 陳映真，〈獵人之死〉，頁33。
[3] 陳映真，〈獵人之死〉，頁34。

理想主義者因理想過度熾盛，將自己燃燒殆盡而虛無，理想主義、廢頹虛無雜揉的阿都尼斯，於是成為陳映真筆下理想主義男性的原型。他們通常熾熱而又陰柔，堅定而又弱質，這樣矛盾的、幾乎是荒敗的理想主義男性，卻總是牽動如大地之母一般女性的疼惜、憐愛，乃至以肉身與精神的雙重獻身，來提供安置與救贖。一如追狩著被囚禁的篝火、陰柔的阿都尼斯，牽動了維納斯的心，亟欲以愛情來安置他：

> 然而伊是很被這樣的一個陰柔底男人所引動了。伊用伊的耳朵搓揉著他的柔軟的，缺乏運動的胸，說：
> 「哦，來安居於我的國罷，愛」[4]

固然維納斯以肉身與愛情，讓獵人「成為一個男人」，然而，阿都尼斯追狩那一盞篝火的理想是如此龐人，因而使他「無能於戀愛」[5]。陳映真筆下的男性理想主義者，總是不能揚棄他的烏托邦國度，卻也永遠到達不了，他所有的荒頹與流浪，只是為了去到那個國度，他的「男性」，也必須以這個國度的實踐來證明：

> 「然而流浪的年代行將過去。」……「我們都是很岌岌的危城。寂寞的，岌岌的危城。誰也扶庇不了誰。」
> ……
> 「我無非是虫豸罷了。」他伸著懶腰說：「我得回到一個起點去。那裡有剛強的號聲，那裡的人類鷹揚。」[6]

愛的無能者的阿都尼斯，竟還以他幻影般的理想國度，成為愛神維納斯的啓蒙者；在獵人所構築的那個烏托邦國度，不僅被囚禁的篝火得

---

4 陳映真，〈獵人之死〉，頁 32。
5 陳映真，〈獵人之死〉，頁 32。
6 陳映真，〈獵人之死〉，頁 48-49。

以自由解放，連愛情的真實都輕易可以尋獲，理想主義者相信，一切一切朽敗的、碎裂的，在那個新世界都將重構與重生。獵人走向湖心臨死之前，如教誨一般對維納斯說：

> 「但流離的年代將要終結。」他說：「那時辰男人與女人將無恐怕地，自由地，獨立地，誠實地相愛。」
> 他回首望著呆立在湖岸的女神。他看來平安。唯他底臉色蒼蒼如素。他笑著，說：「那時在愛裡沒有那闇色的離愁底烏影。請不要流浪了罷[7]。」

神話時代末期，孤獨地維續著理想的殘餘灰燼的獵人阿都尼斯，可以說是陳映真筆下荒敗的男性理想主義者的原型。有意思的是，如前所論，陳映真大多並未賦予他們堅毅的形象，在那樣荒謬的世紀末，墮落者生氣蓬勃，而理想竟令人荒敗，這似乎不僅是這些故事主角的問題，而是現實中難以找到精神與肉身、理想與實踐可以完美結合的參照者。

另一方面，獵人阿都尼斯孤獨的自戀形象，也成爲陳映真筆下男性理想主義者的另一種原型；這些男性理想主義者所守護的、所執意不願棄守的，究竟是理想本身，還是追狩那盞篝火時的自己的倒影？陳映真的確拋出這樣的問題。〈獵人之死〉中，陳映真寫道，阿都尼斯「或許他便是死在一種妄想的亢奮裡的罷」[8]，而這樣的獵人形象，與既有神話文本中，阿都尼斯化身水仙，「寂然地守著它自己的蒼白底影子」[9]，其實是一致的。所以女神維納斯追逐著愛情的幻影，而獵人阿都尼斯則戀棧著蒼白的自己的倒影。

陳映真不僅挪用並改寫希臘神話中的阿都尼斯，做爲男性理想主義者的原型，他也挪用聖經中的猶大，改寫他的「出賣與背叛」，喻寫理

---

[7] 陳映真，〈獵人之死〉，頁49。
[8] 陳映真，〈獵人之死〉，頁49。
[9] 陳映真，〈獵人之死〉，頁50。

想的追狩、誤識、失敗與懺悔。早在〈獵人之死〉之前，1961 年的〈加略人猶大的故事〉中，猶大就以一個失敗的男性理想主義者的形象現身。猶大與祭司亞居拉之女希羅底相戀而私奔至迦薩，儘管希羅底是多麼的愛戀他，希羅底的愛情與肉體又是多麼的熾烈，儘管猶大自己也是如此熱烈地愛戀著溫柔美麗的希羅底，然而，男性理想主義者的生命力，不是靠愛情來沃灌，而是以理想主義的篝火煨烤的。五年間，猶大感到自己逐日枯萎衰頹：

> 他在這初度的激情之中，覺得一座由少年的正義和倫理築成的都城，以一種目眩的速度全部崩潰殆盡了。他為以色列人，為這全世界的人所構思的正義的無有之鄉消失了。他的一切青年的野心、抱負也像一陣海風似地吹到無極。
> 然則猶大自己不久也終於發現他並不是能夠完全地耽溺在情熱之中的人。
> ……
> 他已經在不覺之間成了一個憂鬱病患者。一種溫和的、幽暗而且彷彿無極的頹廢和纏綿、無名的憂愁在他的心的深處築巢而且營絲了。青年猶大的那種厲風激浪的一面已經沉沉地睡去。[10]

這樣的猶大，當他認識並追隨拿撒勒的耶穌之後，理想灌注，希望重新燃起：「他的生命像一把火也似地燃燒了起來。」「也許他正是猶太人的希望；這世界的希望罷！」[11]對猶大這樣的男性理想主義者而言，溫暖的愛情與安適的日常生活，正是蠶食希望與生命力的元兇，反之，理想才是沃腴愛情的甘霖，他的女人也將因而被滋養：

[10] 陳映真，〈加略人猶大的故事〉，收於《陳映真小說集 1 ·我的弟弟康雄》，台北：洪範書店有限公司，2001 年 10 月，頁 113-114。
[11] 陳映真，〈加略人猶大的故事〉，頁 122。

他的甦醒了的生命力，他的那些伊所不能了解的新的希望，攙雜著他的完完全全的情熱，在這樣的輕柔的抱擁裡傳給了伊。[12]

這樣無法好好進入日常生活，即使想要進入，也可能會產生自我罪責的男性理想主義者（特別是知識分子），在陳映真小說中，無處不在，幾乎成爲一個龐大群落。陳映真小說中男性理想主義者的救贖，不在於家庭、愛情，而在於那幻影之城般的烏托邦國度，即使他們通常也只是如獵人阿都尼斯一般，以夢想忙碌地追狩，事實上並沒有實際做了什麼，而「只是那樣陰氣地蝸居在他那破敗的小茅屋裡，間或吹著他的獵號。」[13]

因此，不僅因爲救贖如幻影之不可得，更還有知識這個「獵號」的虛妄性所帶來的荒蕪感。陳映真筆下的男人，確然大都有著「知性的苦惱」[14]，他們是一群蒼白知識分子，他們的理想、苦悶、憂鬱、頹廢，都纏帶著濃厚的知識性色彩。〈鄉村的教師〉中的吳錦祥，曾熱烈想要建立這一世代的社會意識與鄉土責任，終於幻滅、墮落、癲狂，連死亡都滲著「一種不可思議的深深懷疑的顏色」[15]；〈我的弟弟康雄〉中的康雄，建立了一個自己的烏托邦，夢想著蓋醫院、蓋學校，最終什麼也沒完成，而「死在一個哀傷負罪的心靈裡」[16]；〈故鄉〉中的哥哥也一如猶大一般，爲了建造一個美麗世界而奔忙，卻終也成爲「失敗的普羅米修斯」、「放縱淫邪的惡魔」[17]。

1967 年〈唐倩的喜劇〉，陳映真對男性知識分子與理想主義者的嘲諷更深，其所彰顯的，可以說是 60 年代台灣男性知識分子社群的縮圖。小說中，「我們這小小的讀書界」，一群男性群聚，清談暢議，空泛深奧

[12] 陳映真，〈加略人猶大的故事〉，頁 107。
[13] 陳映真，〈獵人之死〉，頁 27。
[14] 陳映真，〈第一件差事〉，收於《陳映真小說集２・唐倩的喜劇》，頁 121。
[15] 陳映真，〈鄉村的教師〉，收於《陳映真小說集１・我的弟弟康雄》，頁 45。
[16] 陳映真，〈我的弟弟康雄〉，收於《陳映真小說集１・我的弟弟康雄》，頁 17。
[17] 陳映真，〈故鄉〉，收於《陳映真小說集１・我的弟弟康雄》，頁 51。

的知識話語高來高去，然而，最終仍舊暴顯出這個社群的荒敗、空疏。小說對男性知識分子的嘲諷，多於對女性的罪責；唐倩只是一面鏡子，映襯出男性知識分子的多重臉容與精神構圖，包括知識話語、世俗成功價值的虛妄，以及性焦慮與去勢恐懼症候群。

唐倩的男人，從唯心論者到實證派、技術派，從存在主義哲學教父老莫，到理智邏輯的新實證主義者羅仲其，再到留美、學工程、在美國機械公司工作、美國資本主義生活方式的信奉者周宏達，無論他們信仰什麼、叨叨絮絮言說著什麼，都有著精神上的高度荒蕪，特別體現在愛的無能與性的焦慮。尉大驄論及這群知識分子的死亡感、委棄感、空虛感，是因爲他們的自我封閉與自以爲是，菁英意識使他們自以爲立身全世界的屋頂，從而遠離現實人群：

> 他們遠離社會，遠離現實生活，遠離大多數在往前艱苦奮鬭的人們，自以為自己所處的世界就是整個人類的世界，自以為自己所處的黑夜正是整個人類的黑夜……這種知識分子就是如此地叫著人道主義而自戕或哀傷以終老的。[18]

這些男性知識分子以理想和知識所包裝的堂皇話語，都無法解釋、更遑論解決他們自己的現實問題。存在主義教父老莫，談哲學談理想，談人的被委棄於世，談人之必須自由、必須成爲主體，時而憂傷深沉，時而疾聲厲色，神采豐富，卻因讓唐倩墮胎、深富「殺嬰的負罪意識」而產生性萎頓，並且阿 Q 式地以「人道主義」來詮釋自己的性無能：

> 每次想到那個子宮裡曾是殺嬰的屠場，一個真誠的人道主義者，是不會有性慾的。[19]

---

[18] 尉天驄，〈序〉，收於陳映真著，《第一件差事》，台北：遠景出版社，1987 年 10 月第 10 版，頁 14。

[19] 陳映真，〈唐倩的喜劇〉，收於《陳映真小說集 2．唐倩的喜劇》，頁 132。

唐倩的下一個男人，新實證主義者羅仲其，暢論純粹理智的邏輯形式和法則的世界，是如何給了人類真理與自由，卻因嫉妒而產生去勢焦慮，他以新實證主義的思辨邏輯比較、證明他和唐倩之間的輸贏，其實是男性與女性在本質上的輸贏；男性天生必須自我證明自己的男性：

> 他必須在永久不斷的證實中，換來無窮的焦慮、敗北感和去勢的恐懼。……然而，當男性背負著這麼大的悲劇性底災難的時候，女性卻完全地自由的。女性之對於女性，是一種根本無須證明的、自明的事實。[20]

然後唐倩透過周宏達，既看見美國資本主義社會的「美麗新世界」，也體會了技術專業者的對性技巧的專注，她精確地體認到：

> 知識分子的性生活裡的那種令人恐怖和焦燥不安的非人化的特質，無不是由於深在於他們的心靈中的某一種無能和去勢的懼怖感所產生的。[21]

「去勢感」是陳映真小說中常見的男性精神構圖，〈唐倩的喜劇〉中，這些男性知識分子對知識的虛妄感，對理想的荒敗感，大多轉化為性貪婪與性焦慮，交替呈現，愈貪婪愈焦慮，愈焦慮愈貪婪。

這些男性群落的荒敗意識，既緣自知識的虛妄感、實踐的無力感、愛的無能感，也包含了工作場域中的挫敗感，或者無法從欺瞞、支配、異化中脫身的氣腦，這些，都經常轉化為性無能。1978 年的〈夜行貨車〉，林榮平的男性，被商場的權力科層體系軟弱了，面對情婦被老闆調戲，固然氣怒，但思及自己的過去與未來，都繫在老闆身上，自己還

[20] 陳映真，〈唐倩的喜劇〉，頁 144。
[21] 陳映真，〈唐倩的喜劇〉，頁 155。

有玫瑰色的將來，必須稍安勿躁，因而也只能疲軟無聲：

> 劉小玲，他的兩年來秘密的情婦，受人調戲，坐在他的面前。他的怒氣，於是竟不顧著他的受到羞辱和威脅的雄性的自尊心，逕自迅速地柔軟下來……[22]

資本主義社會的金錢與權力，啃囓男性的理想、熱情，乃至性能力、生命力與生活的能力。他們不僅只於荒敗意識而已，更成爲真正的失敗者。1982 年的〈萬商帝君〉，林德旺最終精神崩潰，小說藉以反諷了跨國公司高層支配者與權力遊戲者的臉容。知識分子林德旺，受到如大地之母一般的姊姊素香的照顧，卻異常軟弱，如姊姊所說：「花草若離了土，就要枯黃。」[23]在工作場所失敗的、被棄置在成功門外的林德旺，連男性象徵都如此荒敗不堪：

> 他的棕黑色的男性，看來悲戚而且醜拙，在荒亂的體毛中，纍纍地下垂著。[24]

性的苦惱與「知性的苦惱」交織，擴延成本質上的「存在的苦惱」，不斷困擾著陳映真筆下的男性知識分子。1967 年〈第一件差事〉裡的胡心保，對於「活著」的價值的質問，也是充滿存在主義的況味，再度演繹人被委棄於世的哲學觀：「我們就像被剪除的樹枝，躺在地上。……北風一吹，太陽一照，終於都要枯萎的。」[25]胡心保與獵人阿都尼斯相同，都是一個流浪者，一個航海人，他活了情人林碧珍，卻找不到足以支持自己活下來的理由。

---

[22] 陳映真，〈夜行貨車〉，收於《陳映真小說集３．上班族的一日》，頁 137。
[23] 陳映真，〈萬商帝君〉，收於《陳映真小說集４．萬商帝君》，頁 188。
[24] 陳映真，〈萬商帝君〉，頁 191。
[25] 陳映真，〈第一件差事〉，頁 191。

理想過於空疏，而生活過於荒蕪，陳映真筆下，自殺者與精神崩潰者舉目皆是，其中更以男性居多，信手拈來，如〈我的弟弟康雄〉的康雄、〈鄉村的教師〉中的吳錦祥、〈獵人之死〉的阿都尼斯、〈唐倩的喜劇〉的羅大頭、〈第一件差事〉的胡心保、〈某一個日午〉的房恭行都是。而〈夜霧〉中的年輕調查員李清皓、〈忠孝公園〉中殺人無數的馬正濤之死，繪寫出做爲壓迫者、或者其末稍神經的末路。

唯〈將軍族〉中的三角臉與小瘦丫頭兒，以相互取暖的身姿離去人間，因爲死亡的高度悲劇性，完成了兩人相互依存的純粹愛情，他們的死亡因而有著嚴正而又溫暖的色調。如蘇淑燕所言：

> 康雄等人的死亡是逃避，是理想破滅後絕望，是純然的自我滅亡；三角臉與小瘦丫頭兒的雙雙自殺，則是悲壯的，轟轟烈烈，是社會性的，他們的死亡是對社會不公的抗議，弱小者所發出的悲鳴怒吼。[26]

然而，荒敗的男性群落，仍然是陳映真小說的主體。〈一綠色之候鳥〉中的趙知舟，臥房內滿屋裸體照，而他則得了老年性痴呆症，一說與淋病有關。〈故鄉〉中的哥哥，墮落成「放縱淫邪的惡魔」。乃至於〈賀大哥〉中良善、溫愛、睿智的賀大哥，因曾參與越戰，親睹（乃至參與）戰爭中的人性衝擊，因而信仰崩潰，臨床醫學說他是「分裂性症狀」、「顯著的記憶障礙和個人身份意識的殘破」[27]，他必須離棄自己、打碎自己，才能行走人間。

〈永恆的大地〉的男主角，從小被父親咒罵爲敗家子，也相信自己敗了家業，儘管所敗的家園在海的彼方，他連見也沒見過，卻仍持續懷想著，又因無可歸返而頹然。〈某一個日午〉中的房恭行，既嚮往父親

---

[26] 蘇淑燕，〈談悲劇性：「生與死」在陳映真《將軍族》與契訶夫《萬尼亞舅舅》的運用〉，《淡江外語論叢》第 6 期，2005 年 12 月，頁 5。

[27] 陳映真，〈賀大哥〉，收於《陳映真小說集３．上班族的一日》，頁 103。

年少時期的理想新世界，又無法接受父親一代背棄理想的墮落，連帶著自己的生命都荒敗而無以爲繼。〈上班族的一日〉中的黃靜雄，「成了副經理室閉了又開、開了又閉的那扇貼著柚木皮的、窄小的、欺罔的門的下賤奴隸。」[28]而感到生命的空虛與生活的無力。

當然，還有被威權體制操弄、被時代戲耍的一群人，在小說中，無論是理想實踐者抑或是當權者的附庸，結果也都一樣。在白色恐怖的時代裡，因著理想奔赴前方，終而拋擲青春，也失落理想，〈鈴鐺花〉的高東茂藏身山洞的驚恐、哀傷形象；〈山路〉的蔡千惠、〈趙南棟〉的葉春美和趙慶雲，不能忍受的並非強權的暴力摧殘，而是時移事往，若干年後，這個世界遠非當初的構圖，他們既失落了彼岸，又仍然是此岸的異鄉人。還有被戰爭、被各種權力者被擺弄的，如〈歸鄉〉中的楊斌，成爲兩岸的邊緣人，卡在故鄉的門檻，無處歸返；而〈忠孝公園〉中的林標，則是身份認同與歸屬感的荒蕪，終而嘶喊「我是誰」。又或者是操弄他者的，如〈夜霧〉中的李清皓，被催眠爲「無名英雄」而做爲統治者的末稍神精，〈忠孝公園〉中的馬正濤，爲權力爲利益或者爲生存，依附過各種政權，幹過各種喪盡天良的事，也都惶惶不可終日。

這些以男性、知識分子、理想主義者（林標與馬正濤，難道不是也爲自己裝備了一種「理想」）爲主體的故事角色，聚集成一個異常荒敗的世界。一如陳映真以許南村之名所自論的，這群荒敗的知識分子群像，其實寓寄著小說家對自身無力感的反思：

> 在一個歷史底轉形期，市鎮小知識分子的唯一救贖之道，便是在介入的實踐行程中，艱苦地做自我的革新，從他們無限依戀的舊世界作毅然的訣別，從而投入一個更新的時代。但陳映真世界裡的市鎮小知識分子，卻沒有一個在實踐中挺立於風雨之中、優游於浪濤之間的人物。這也許是客觀上並不存在著這樣的人物罷，而其實也是

[28] 陳映真，〈上班族的一日〉，收於《陳映真小說集３．上班族的一日》，頁 221。

陳映真自己和一般的悶局中的市鎮小知識分子的無氣力的本質在藝術上的表現。[29]

如果介入實踐是男性理想主義者唯一的救贖，那麼，這些處於舊時代的末世，想像自己在追狩、在行動，卻只是陰氣地蝸居著的男性，原地繞圈，追逐著唐吉訶德的風車，並且在女性救贖者身上，一再貪婪耕耘、熱烈尋索，卻又無能於愛、不敢去愛，這樣的救贖是否可能？

三、跳躍的生命與女性救贖者

緣於強烈的荒敗意識，陳映真筆下的男性，特別是知識分子，對「跳躍的生命」有一種偏執，而此等「跳躍的生命」，有著聖與俗、虛與實的雙重性；它或者來自對「新世界的希望」的想像，也或者是存在於女性的（小說中，特別是肉慾感的、感官性強烈的女性）身體之中。

從猶大和阿都尼斯開始，「美麗新世界」的夢願，在陳映真筆下一再被複寫。〈唐倩的喜劇〉裡，老莫、羅大頭、周宏達，各自以不同的信仰與修辭，追尋那個世界。〈賀大哥〉中，賀大哥不斷重複地說著：

我們用我們的苦痛、眼淚、孤寂，甚至生命，去迎接將來的美麗的世界……[30]

〈山路〉中的那個世界，圖形勾勒清晰，從前往桃鎮的山路，夢想的旗幟一路迤邐：

在山路上，您講了很多話：講您和國坤大哥一起在做的工作；講您

[29] 許南村，〈試論陳映真〉，收於陳映真著，《第一件差事》，頁25。
[30] 陳映真，〈賀大哥〉，頁83。

們的理想；講著我們中國的幸福和光明的遠景。[31]

> 幾十年來，為了您和國坤大哥的緣故，在我心中最深、最深的底層，秘藏著一個您們時常夢想過的夢。白日失神時，光只是想著您們夢中的旗幟，在鎮上的天空裡飄揚，就禁不住使我熱淚滿眶。[32]

〈趙南棟〉裡，葉春美的慎哲大哥，也向她召示了這面旗幟、這個世界：

> 「在他的眼中，我覺得，彷彿燃燒著某種熠人的，我所不曾識得的火光……」葉春美說，「本以為在二二八事變中不見了的祖國啊，又被我們找到了。慎哲大哥這樣對我說。」[33]

這一個美麗新世界、有光的國度，是男性理想主義者不可匱缺的湖面，他們藉以凝視自己苦悶的倒影。然而，正因爲理想與現實的雙重荒蕪，那團篝火仍然被囚禁，美麗新世界不可企及，荒敗的理想主義者，愈益冀求另一種「跳躍的生命」，藉以煨烤日益枯竭的理想灰燼。「女性」、「女體」被翻寫成「跳躍的生命」，特別是庶民女性，她的旺盛生命力、豐腴的乳與臀，在小說中，不斷以大地之母的形象出現。

陳映真小說中的女性，因而普遍有著這種母性的、救贖者的意象。即使是知識女性亦然。〈唐倩的喜劇〉中的唐倩，是個女作家，讀書會社群中話題女性，她以知識的、理想的感動，流浪於男人之間，然而，她又不時呈現母性的生命能量，每每讓男人畏懼。她拿掉老莫的胎兒之後，「越來越像一個喪子的母親。伊的那種強韌的悲苦，和大地一般的

---

[31] 陳映真，〈山路〉，收於《陳映真小說集5．鈴鐺花》，頁84。
[32] 陳映真，〈山路〉，頁88。
[33] 陳映真，〈趙南棟〉，收於《陳映真小說集5．鈴鐺花》，頁116。

母性底沉默，在私下，很使胖子老莫怖懼得很。」[34]唐倩的躍動的生命力，或者是緣自悲苦強韌的母性，也或者是一種自在自足的母性；她的知識與信仰，比起男人來說，要更簡單自然一些，這也讓那些裝腔作勢的男性知識分子既爲她的力量所惑，也因而懼怕，羅大頭即是如此：

> 然而伊的這種本然的智慧，卻使他覺得不自在了。伊已是那樣自在地、用著伊底女性的方式，信仰著他所給伊的一切。[35]

> 唐倩的這種一如大地一般地包容一切、穩定而自地的氣質，在另一種意義上使他深感不安。那就是伊能夠從容而且泰然地提起伊過去和胖子老莫之間的事。[36]

陳映真小說中，女性被賦予本然的躍動的生命力，她們較少感到荒敗與孤絕，她們經常或者因奮力於生活、狂熱於愛戀、感動於男性構築的理想，或乃至於僅僅就是感官情慾本身的自然煥發，都充滿了生命能量，這樣的能量，既使男性迷戀、感動，也常使他們困惑，乃至於畏懼，因爲女人的這種躍動的生命力，總是映襯出男人的軟弱、虛妄與無能爲力。

這些女性，因而既是男性的救贖者，也是他們的挑戰者，和獵人阿都尼斯的自我映照的湖面不同的是，從女人身上映照出來的男人臉容，總是如是蒼白頹廢、沒有愛的能力，讓他們感到羞愧。〈唐倩的喜劇〉中，羅大頭因爲強烈的敗北感而死。〈第一件差事〉中，林碧珍活了，而胡心保則失去生命的意志。〈上班族的一日〉中，Rose 的確敲擊著黃靜雄：「可是 Rose 用力擲過來的那一本書，卻一直到今天，才重重地打

[34] 陳映真，〈唐倩的喜劇〉，頁 132。
[35] 陳映真，〈唐倩的喜劇〉，頁 141。
[36] 陳映真，〈唐倩的喜劇〉，頁 142。

在他的羞愧的心上。」[37]〈六月裡的玫瑰花〉，祖先是奴隸的黑人軍曹巴尼與童養媳出身的艾密莉，都承擔著深沉的、巨大的、承自家族與緣於現實的多重生命重量，然而，仍然充滿生之力量的艾密莉，既是巴尼的救贖，卻也不斷照見了他的傷痛。

陳映真小說中，那最底層的、甚或是以身體營生、感官性熾盛的女人，有著最不可思議的生命力。〈永恆的大地〉正是如此，男女主角的生命都如如此荒敗殘破，然而，女人的身體卻是肥沃的、強悍的，是男人需求的，男人無從歸返虛幻的「永恆的大地」，貪婪地以女子的身體爲替代：

> 伊的腹和伊的乳都鬆弛地下垂著，卻絕不是沒有那種跳躍著的生命的。伊的臀很豐腴地煥發著。他從來不曾愛過伊。然則他卻一直貪婪地在伊的那麼質樸卻又肥沃的大地上，耕耘著他的病的慾情。[38]

女人「跳躍著的生命」，從而對照出男人的軟弱無能，肉身的歡愉之後，總是換來精神的更大荒蕪：「他又一次疼感到伊的無限的強韌和壯碩，也因而感到自己的那宿命的終限。」[39]而女主角則不然，她以自己的子宮孕生了故鄉的新生命，孩子的父親是故鄉的某個男人，她的夢想很具體：「我的囝仔將在滿地的陽光裡長大」[40]。無論是貪婪於女體肉身，抑或者是迷戀著女性對生活本身的生命力，小說中，男性都以自己的意志、慾望與目的，而非那個女性的意志、慾望與目的，在這片母性的大地中，尋求救贖。〈某一個日午〉裡，引誘房恭行的下女彩蓮，也是如此煥發著跳躍的生命力：

---

37 陳映真，〈上班族的一日〉，頁 220。
38 陳映真，〈永恆的大地〉，收於《陳映真小說集 3．上班族的一日》，頁 43。
39 陳映真，〈永恆的大地〉，頁 41。
40 陳映真，〈永恆的大地〉，頁 50。

> 她在所有的凡俗中，卻有強壯、有逼人卻又執著的跳躍的生命，也就因此有彷彿不盡的天明和日出。這一切都是我忽然覺得稀少的。我因此實在地對她有著怵然的迷戀。[41]

〈上班族的一日〉，上班族黃靜雄在沙龍認識的Rose，因爲貧窮而進入風月，她的生命力緣自一個與「世界的希望」、「中國的幸福」、「自由的旗幟」毫不相干的溫柔記憶，那是她在故鄉嘉義朴子的初中理化老師，「他教我不要爲了貧窮而感到羞恥」[42]，她如是保守著自己的原初姓名：

> 「最後我來告訴你我的中國名字。我叫周阿免。我的那個老師，那個我唯一的男子，是天下唯一告訴我周阿免是好聽的名字的人。」她寫道：「我在中山北路做的時候，當然不能用這個名字，不是含羞，是十分的愛惜。」[43]

周阿免愛惜保守著自己的原初，她以Rose爲名時，因而有著一種深潛的、原發的、自足自在的力量，她「懷著感恩的行走於風月之中，並且肆無忌憚地斥責無勇、無義的男人之愛。」[44]這樣的跳躍的生命力，在兩人貼靠最近的時候，確實曾經救贖過黃靜雄，讓他感染了生命能量，「有過憧憬；有過一顆在地平線上不住地向著他閃爍的星星；也有過強烈的愛慾。」[45]終而，Rose從外而來的救贖，不敵華盛頓大樓的巨大身影，在更深的金／權慾望中，黃靜雄仍然成了「不敢愛」、失卻愛的能力底無能的男人。

陳映真的小說，特別是華盛頓大樓系列，資本主義與美帝跨國公司

[41] 陳映真，〈某一個日午〉，收於《陳映真小說集３．上班族的一日》，頁63。
[42] 陳映真，〈上班族的一日〉，頁210。
[43] 陳映真，〈上班族的一日〉，頁211。
[44] 陳映真，〈上班族的一日〉，頁214。
[45] 陳映真，〈上班族的一日〉，頁221。

龐大的力量，幾乎將人徹底異化、物化，以成爲商場上的一顆螺絲釘、一臺快速運轉的機器爲目標，男性中高層主管尤然，愈是管理者，愈是被看不見的力量管理著。這些小說中，女性救贖者依然存在，然而，救贖的力量總是不敵資本主義鋪天蓋地而來的侵蝕力。〈上班族的一日〉中的黃靜雄是如此，〈夜行貨車〉中的林榮平與詹奕宏也都如此；小說中，劉小玲也是大地之母一般的女性，婚姻破裂後，寂寞地從一個男人流浪到另一個男人的劉小玲，對幸福的想望其實很簡單：

> 一個女人，守著，憂傷地守著一個男人的傷痕，撫摸著那疼痛，使一個人的創痛，分成兩個……這是何等的，她所渴想的幸福啊。[46]

劉小玲的追索，一如〈獵人之死〉中的維納斯，她之所以成爲流浪的渡鳥，其實是爲了尋找「一處新底沙灘，一個新底國土」[47]，流浪是爲了尋找最美好的安居地。然而，她的兩個男人，一方面在她的身體裡尋求歡愉、救贖與希望，一方面卻又被那座大樓綑縛，林榮平無法揚棄中產階級向金／權頂樓仰望的慾望，詹奕宏固然狂狷，但又何嘗能讓自己抽身而出，因而每一次對她乳房的貪戀，都只是換來更劇烈的狂妒暴戾。林榮平不敢向摩根索抗議，詹奕宏也不敢向林榮平爭取所愛。

至於〈萬商帝君〉中的林德旺，更是大樓裡一顆軟弱的、連鬥爭都無能的螺絲釘，徒有模糊的道德感、成就慾，然而在管理體制中，無所遁形，終日惶惑，有氣不敢出，有利無能要，無論秘書 Rita 劉以基督教、姊姊素香以三界宮的帝君爺的力量，雙重守護他，這些宗教性與女性的救贖力量，都無力改變他的憤怒、疲倦、慌亂、悲傷。最終，他把自己扮成「萬商帝君爺」，想像自己是全能的 Manager：

> 「我是萬商帝君爺……」那男子振臂呼喊，「世界萬邦，凡商界、

---

46 陳映真，〈夜行貨車〉，頁 160。
47 陳映真，〈獵人之死〉，頁 50。

企業，攏是我管轄哦！」

……

「我萬商帝君有旨啊……」他說，掀開破舊的西裝，露出污穢的黃櫬衫。櫬衫上寫著血紅的、斗大的英文字：MANAGER。「你們四海通商，不得壞人風俗，誑人財貨喂……」[48]

女性的身體、母性的容納、宗教的力量，都救贖不了像林德旺這樣的男子，資本主義神話時代的末期，在墮落的世間，只有再異化已異化的自己，或者先碎裂掉早已異化腐朽的自己，才可能換得重生的瞬間。〈賀大哥〉中的賀大哥，就將麥克・H・邱克碎裂解離，脫掉自己，以賀大哥的身分，在陌生的地方，重新打造自己，蓄養愛的能力，實踐愛的苦行，藉著如女性追隨者小曹的眼神，然後深信「那美麗的、新的世界就伸手可及了。」[49]

陳映真熱衷於描寫女體，這當然是清晰可見的。周昆指出，胸部、乳房不斷出現在陳映真的作品中，一如他描寫男根，這是陳映真對遠古人類生殖崇拜的復歸：

李昂認為陳映真有意用非常母性的女性角色來安慰焦慮、憂鬱的男性。我認為這固然是一種原因，但更深的理由可能還是對人類早期以生育能力強盛與否作為審美標準的復歸，因為「大地之母」的外部特徵正好是生育力旺盛的標記。[50]

然而，陳映真筆下的女體書寫，究其場景，與生育力及審美意識大多無關，這些被賦予「大地之母」形象的女性，毋寧還是男性寓寄救贖想望的客體，至於女性自我不斷豐饒增生的母性，則不是小說中男性頌

[48] 陳映真，〈萬商帝君〉，頁254-255。
[49] 陳映真，〈賀大哥〉，頁100。
[50] 周昆，〈維納斯的回聲——試析陳映真小說中的無意識〉，《聯合文學》第11卷第8期，1995年6月，頁123。

讚之處，甚至，那毋寧是令他們驚怖、恐慌、乃至陷入更深的焦慮之源。至於小說中的男根，儘管經常「纍纍」，但除了〈鈴鐺花〉中的少年阿順之外，多半與荒敗與死亡連結，如前引〈萬商帝君〉中的林德旺，「他的棕黑色的男性，看來悲戚而且醜拙，在荒亂的體毛中，纍纍地下垂著。」〈纍纍〉中腐朽的死屍，「那些纍纍然的男性的標幟，卻都依舊很憤立著。」[51] 而〈第一件差事〉中胡心保的「似乎很纍纍的男性」[52]，也是在他死後浮現。這些場面，無論如何閱讀，都難以認爲陳映真筆下「男根是生命的原動力，活著的標幟。」[53]反而彰顯出高度的嘲諷性。

男根在男人死後兀自纍纍，或者是陳映真對男性慾望無窮（權、錢、色）、卻又無能去實的嘲諷罷；即使人都死透了，慾望竟也還是纍纍。而女體的救贖力量，也並未被賦予主體性的意涵，女性猶如獻祭的聖杯，以〈山路〉觀之，尤其鮮明。陳映真小說中，女性的跳躍的生命力、女性救贖的力量，在〈山路〉中展現得最深刻，而這種「大地之母」的救贖，更是完全取消女性、取消女體的。〈山路〉中的蔡千惠，既是一個母性救贖的原型，也是一個非現實性的典型人物；她是他者的救贖者，也是自我的救贖者；她是理想本身、是理想的學習者，也是理想的實踐者，更被描繪爲理想的墮落者；她代表理想的日出，也代表理想的日落。

原是黃貞柏未婚妻的蔡千惠，受了這些男性理想主義者的感召，夾雜著少女私密而隱微的愛戀，以及因爲二哥蔡漢廷出面自首，供出同志，造成一場大災難，蔡千惠本來是理想主義者的仰慕者與同志，瞬間卻成爲背叛者的妹妹，因而決意以贖罪的行動，冒充李國坤之妻，進行她長達三十年的贖罪之旅：

我必須贖回我們家族的罪愆。貞柏桑，這就是當時經過幾乎毀滅性

---

51 陳映真，〈纍纍〉，收於《陳映真小說集 3．上班族的一日》，頁 75。
52 陳映真，〈第一件差事〉，頁 162。
53 周昆，〈維納斯的回聲——試析陳映真小說中的無意識〉，頁 124。

的心靈的摧折之後的我的信念。[54]

我說服自己，到國坤大哥家去，付出我能付出的一切生活的、精神的和筋肉的力量，為了那勇於為勤勞者付出的幸福打碎自己的人，而打碎我自己。[55]

蔡千惠一如賀大哥，也是先打碎自己，然後再造自身，不同的是，她選擇的不是遺忘，而是更深刻的記取；她實踐救贖的場域，不是一處陌生的地方，而是理想與痛苦同在的真實地點；她在每個記憶痛苦的當下，尋求生命的力量，達致自我與他者的雙重救贖。蔡千惠的大地之母形象，看來是如此鮮明動人，然而，深究之下，蔡千惠的母性與她的女性竟是逆反的，她以讓豐腴女體枯萎，來證成理想與救贖之道：

每次，當我在洗浴時看見自己曾經像花朵一般年輕的身體，在日以繼夜的重勞動中枯萎下去，我就想起早已腐爛成一堆枯骨的，仆倒在馬場町的國坤大哥，和在長期監禁中，為世人完全遺忘的，兀自一寸寸枯老下去的您們的體魄，而心甘如飴。[56]

蔡千惠枯萎了她的女性，沃營了強大的母性，與已逝的李國坤的家人，過著貧苦、勞動而卻喜樂的家庭生活，那場景，在尊敬蔡千惠有過於生母的李國木記憶中，是如此甜美：「螢火蟲兒一群群地飛在相思樹下的草叢上所構成一片瑩瑩的悅人的圖畫。而滿山四處，都響著夜蟲錯落而悅耳的歌聲。」[57]

蔡千惠救贖了李國坤的家人，而她的自我救贖，竟在最終化爲烏有。陳映真竟讓大地之母般的救贖者蔡千惠，死於對自己的「墮落」的極度罪惡意識中：

[54] 陳映真，〈山路〉，頁 86。
[55] 陳映真，〈山路〉，頁 87。
[56] 陳映真，〈山路〉，頁 88。
[57] 陳映真，〈山路〉，頁 67。

> 如今，您的出獄，驚醒了我，被資本主義商品馴化、飼養了的、家畜般的我自己，突然因為您的出獄，而驚恐地回想那艱苦、卻充滿著生命的森林。然而驚醒的一刻，卻同時感到自己已經油盡燈滅了。[58]

陳映真將所有的重量，都壓在蔡千惠這一名女子身上；理想的重量、罪的重量（包括背叛理想之罪、被資本主義馴化之罪）、救贖的重量、生活的重量。一直以來，都以令人難以想像的「跳躍著的生命力」前行的蔡千惠，終而被這些重量壓垮，完全委頓了生命的意志，失落了她的躍動的生命力。

儘管陳映真筆下，末世色彩濃厚，理想國度如幻影之城，理想實踐者僅僅耽溺於自己的水中倒影，但是一個無論再如何虛無的理想主義者，還是要偏執地護守著一絲可以延燒的餘燼。用各種手段。比起女性救贖者的臉容，這才是陳映真最關切的課題。從「理想」餘燼必須持續延燒的角度觀之，陳映真的小說佈局，唯有令艱苦拖磨大半生、好不容易過著安樂生活的蔡千惠自覺成爲一個「墮落者」，深咎於「負罪意識」，理想主義者的夢土才不致於荒枯。

蔡千惠的「負罪意識」，表徵著理想主義者還未死絕、還未全數墮落。負罪而死，是蔡千惠的終極贖罪，對所有荒敗的理想主義者而已，也是一種集體救贖的表徵；革命未成，我輩未亡，死而後生。不再艱苦勞動贖罪的蔡千惠負罪而死，當年那一截曲曲彎彎山路上的少女、那一條長長的台車道上揮汗勞動的婦人的身影，就更加鮮活浮跳，成爲一個最初的、終極的、純粹的女性／母性原型。然而，從這個角度看，蔡千惠的女性，僅被用以表徵理想的純美，而蔡千惠的母性，則被用以喻寫理想實踐者的身姿，真實的女性蔡千惠，是不存在的。陳建忠對此有在

58 陳映真，〈山路〉，頁 90。

性別觀點上頗爲中肯的評論：

> 讓女主角同時背負著白色記憶的傳承者與遺忘者的身份，這恐怕是一種男性史觀的作用，無疑是一次「理念先行」的「範例」。當男性為正義而入獄、仆倒時，女性要為之照顧後代；當女性因認真生活而略有資產時，卻又被貶入家畜的地位。[59]

正因爲蔡千惠的母性形象，是先讓她的女性枯萎、先被取消了現實女性主體的存在，而她的「母性」，也被建構爲一種緣自理想的感動與戀慕，而非緣自真實的「妻子與母親」，因此，這種先取消女性自我、全然奉獻犧牲的母性救贖，終究難以回返蔡千惠自身。因此，歐宗智將蔡千惠與陳映真幾部小說中的女性，視爲「女性主義者」，也就有些論之太過了。[60]周芬伶則以「女性缺位」，精確地指出蔡千惠荒疏的女性形象：

> 〈山路〉中的蔡千惠，〈夜霧〉中的邱月桃扮演的是男性的慰藉者，也是苦難的母親；而〈忠孝公園〉中的林月枝，表面上為愛私奔，實際上是尋找流浪漢父親，恪盡孝道。這些女性似乎存在，卻只是浪遊在社會邊緣的幽靈，在孝道夫道的牽制下失去血肉的傀儡。[61]

陳映真透過蔡千惠所演繹的母性救贖觀，在 1987 年的〈趙南棟〉中，仍然延續著。50 年代的歷史色澤，蒼白、黝暗、血紅兼具，再經過漫長的歷史禁閉之後，凝聚出龐大的沉默；陳映真當然準確地讀見了：

---

[59] 陳建忠，〈末日啟示錄：論陳映真小說中的記憶政治〉，《中外文學》第 32 卷第 4 期，2003 年 9 月，頁 125。

[60] 歐宗智，〈陳映真小說人物的女性自覺〉，《明道文藝》第 223 期，1994 年 10 月，頁 157。這些女性人物包括〈夜行貨車〉的劉小玲、〈賀大哥〉的小曹、〈上班族的一日〉的 ROSE、〈萬商帝君〉的林素香、〈雲〉的小文、〈山路〉的蔡千惠、〈趙南棟〉的宋大姊。

[61] 周芬伶，〈迷走《忠孝公園》--陳映真近期小說的女性缺位〉，《臺灣文學學報 》第 5 期，2004 年 6 月，頁 136。

> 但那沉默，哦，50 年代初葉，臺北青島東路口軍事監獄裡的，世紀的沉默啊，不是喧囂地述說了千萬冊書所不能盡載的、最激盪的歷史、最熾烈的夢想、最苛烈的青春，和狂飆般的生與死嗎？[62]

與〈山路〉相較，〈趙南棟〉中，陳映真賦予女性政治犯較大的沉默的力量。〈趙南棟〉中，活下來的男性，無論哪個世代，也都是一派荒敗頹廢；趙慶雲沉默，表面上溫文優雅的趙爾平，在商場倦乏地鬥爭與墮落，而出生於黑牢的趙南棟，溫柔善良，卻又流浪於感官生活，讓生命呈現極度的荒蕪異色。至於小說中的女性政治犯群落，卻彰顯出深摯的母性。宋大姊的母性，毋庸置疑，體現在對腹中胎兒的護衛，她被刑求拷問時，只記得要護衛肚中的孩子：

> 被拔去指甲的時候，惦記著要用胸腔而不是用腹肌哀叫；被栓著拇指吊起來的時候，儘力收著小腹……，十幾天，幾套拷問下來，因為使了太多的體力和精神去抵擋痛楚，去護衛懷中的、將生的嬰兒，「一天下來，往往都癱瘓成一堆濕泥似的，坐都無法坐直……[63]

在南所，女政治犯之間，發展出動人的姊妹情愛，在荒寒的時代裡，她們不僅止於相互取暖，更是竭其所能地彼此供輸，她們因此而能更用力、真實地活著，那樣用力活著的畫面，穿過歷史的靜寂甬道，猶仍鮮明：

> 她想起了那湮遠的、荒蕪的 50 年代，在那天神都無從企及的，一個噤抑的角落裡，日日逡巡於生死之際，卻無比真切地活著的押房

[62] 陳映真，〈趙南棟〉，頁 105。
[63] 陳映真，〈趙南棟〉，頁 106。

裡的姊妹們。葉春美嘆息了。[64]

宋大姊傾全力護衛胎兒，而南所女監姐妹們，以母性的託付，成爲彼此之間、女政治犯自身、受苦世代之間的救贖力量：

> 葉春美在模糊的淚眼中，看見宋大姊給她一個母親最鄭重誠摯的、託付的一瞥，走出了押房。在死一般的寂靜中，甬道上傳來迫不及待的、上銬的金屬聲音。[65]

葉春美以她的母性，信守著一個母親的託付。〈趙南棟〉中，總是虛無飄渺、千呼萬喚而未曾現身的趙南棟，於是成爲小說的靈魂人物。首先，趙南棟在母親與父親離去之際，都安靜在場，卻是「有體無魂」，他的「有體無魂」，隱喻著受盡威權體制摧殘的、靈魂禁錮、主體破碎的島嶼子民，只有肉體感官足以感知存在，他只能以沉默，等待被喚醒、被重生。其次，要讓當年被判終身監禁的葉春美，特赦出獄後，猶能履行當年對姊妹的託付的承諾，達致救贖的可能性，小說中的趙南棟也必得要是「有體無魂」地生存著才行。小說結尾，一個女性，以她的母性，實踐一個母親的託付的畫面，爲整個沉鬱苦悶的故事，綻露出些許希望的光色；當趙南棟終於出現在醫院，剛巧爲父親送了終，然後遁入吸食強力膠之後的迷醉和空茫之中時，葉春美終於找到了他：

> 她緩緩地走向前去。她站在趙南棟的跟前，看著他那一頭垢污的長髮，蒼白而瘦削的臉。她的眼中發散著溫暖的光采，像是母親看見了自己的骨血。他拉起他的無力的手，從寬鬆的袖口上，看見他胳臂上幾處用菸頭燙觸的傷口。
>
> 「小芭樂，我的孩子，」她喃喃地說，「啊，宋大姊，老趙，我終

64 陳映真，〈趙南棟〉，頁109。
65 陳映真，〈趙南棟〉，頁99。

於找著他了。」[66]

當葉春美以母親的聲音呼喚著「小芭樂」的那一刻，被以姓名烙印了白色恐怖政治黑牢的印記，背負著「南棟」乃至其他政治黑牢的所有生命苦難，馱負著巨大的歷史傷痛的趙南棟，終於回返「小芭樂」，回返他自身。比起〈山路〉，〈趙南棟〉中的女性，無論死去與否，都還是更堅韌有力的。

四、回返女性自身──代結論

還是從蔡千惠談起。

蔡千惠是一個去真實性的女人，是被獻祭的聖杯，她被取消了女性與女體，置換成男性理想主義者心目中的理想原型；既是純潔戀慕仰望著他們的少女，也是揮汗勞動的實踐者，她還具有負罪意識，她以最後的獻身，傳遞理想主義者還有自省力、理想餘燼不會死絕的福音，滿足了男性理想主義者挽救幻影之城的慾望。然而，小說中不經意的一段話，宛如預言一般，足見蔡千惠還有那麼一絲女性的自我主體意識：

> 近年來，我戴著老花眼鏡，讀著中國大陸的一些變化，不時有女人家的疑惑和擔心。不為別的，我只關心：如果大陸的革命墮落了，國坤大哥的赴死，和您的長久的囚錮，會不會終於成為比死、比半生囚禁更為殘酷的徒然……」[67]

蔡千惠「女人家的疑惑和擔心」，比男性理想主義者更銳利、更具批判性。閱讀 1983 年這樣的蔡千惠，感觸良多。如果我們這座島嶼現實上的分裂，已經都與什麼主義的信仰無關了，還可以從什麼地方找到

---

[66] 陳映真，〈趙南棟〉，頁 201。
[67] 陳映真，〈山路〉，頁 88。

接合？那麼也許再來看〈趙南棟〉。跨過漫長歷史的禁錮與沉默，葉春美的母性呼喚，喚回她與「小芭樂」自身；「小芭樂」這個名字有意思：

> 因為嬰兒長得小而且分外的結實，像個台灣野番石榴，女監裡的台灣姊妹，便「芭樂仔、芭樂仔」地叫順了口。[68]

如是，在母性的託付與信守之中，趙南棟的救贖、葉春美的救贖、死去的宋大姊與趙慶雲及同志們的彼世救贖，台灣未來的可能性，都可以在小芭樂「小而結實，像個台灣野番石榴」的形象中尋見。彼岸的理想國度已成幻影，這裡那裡都是罪惡與污穢，我們要清理，就從腳下開始。

如果再回返女性自身來看，〈趙南棟〉中的葉春美雖然亦非真實母親，但她的母性緣自女監的姊妹情誼、相互照顧與疼惜，以及對託付的信守，多了現實感，少了「理念先行」的意味。當然，如果以女性自身的實踐來看，〈雲〉揭示了一種可能性。女工們彼此照顧、疼惜，一起學習、討論、行動、流淚、鼓舞，特別是小說中原先不被眾女工喜歡的游碧玉，受到男性的欺騙玩弄，因而懷孕、自殺，何大姊和眾女工給予救助與照顧，使游碧玉轉而成爲行動者，堅定地爲自己爭取權益。

固然工會選舉被破壞，女工爭權益行動終究是失敗了，但是，實踐的當下的意義，不容抹去。工會選舉那天，游碧玉以一對「豐實的乳房」制退男人的暴行[69]，那畫面令我聯想起多年前讀見的，馬庫色（Herbert Marcuse）關於戴拉克魯瓦（Eugene Delacroix）「革命」這幅畫的一段話：

> 一個婦女手持革命的旗幟，帶領老百姓走上街頭，她沒有穿軍裝，她的胸裸露著，她的臉上一絲暴力的痕跡都沒有。但是她手中拿著

[68] 陳映真，〈趙南棟〉，頁 101。
[69] 陳映真，〈雲〉，收於《陳映真小說集 4‧萬商帝君》，頁 111。

一枝槍——因為還須戰鬥才能結束暴力。[70]

[70] Herbert Marcuse 著，梁啟平譯，《反革命與反叛》(Counterrevolution and Revolt)，台北：談方叢書出版社，1988 年 1 月，頁 68。戴拉克魯瓦(Eugene Delacroix)，法國浪漫派畫家，梵谷受其影響至深，作品多取材歷史與現實事件。

講評

康來新*

在2009年，陳映真先生創作50周年的系列活動中，我們看到了許多不同於五四核心價值反宗教反玄學的論述。在他過去的寫作生涯裡頭，早期我們會對他的人道關懷、社會主義、共產思想的實踐提出觀察與探討，但這次的系列活動如紀錄片「聖與罪——陳映真的文學人生救贖」，以及楊教授的論文〈獻祭的聖杯——陳映真小說中的女性救贖意象〉與座談會「擁抱一切良善與罪惡——陳映真的文學世界」，皆納入了宗教的意涵，重新來型塑我們似乎很熟悉的陳映真先生。

陳映真的宗教性來自他的基督教家庭，尉天驄教授曾經提及早年到他台中家中感覺基督教氣氛濃厚；南方朔先生也曾分析過陳映真的思想來自幾個面向，其中一個則是耶教理論。以上種種我希望藉由學術能更專業的進行宗教與文學的論述，不管是陳映真或者其他宗教的作家。

在陳映真的作品中，我非常喜愛的是他對希臘經典作品或者福音書的改寫，如〈加略人猶大的故事〉，這次在重讀過程中，讓我想到魯迅的故事新編，而大家一直在討論的陳映真與魯迅的系譜中，我不免思考，是否在魯迅的小說中，也有女性救贖的角色，這值得我們再去研究。

我自己覺得在〈加略人猶大的故事〉裡頭，這個背叛耶穌的門徒，他看到的不是種族革命，而是社會革命，但他所無法釋懷的是為何老師一直在宣揚福音，也因此成了背叛者。到最後，在陳映真筆下，注意到的是那雙出於勞動的手的美麗，足以見證他的創作美學。

楊翠教授以女性學者的身分來看男性小說家寫女性，我想可以給我

* 中央大學中文系教授。

們很多的啓發，而且也是一個重要的典型。本論文最精采的部分在於提出「蔡千惠」這個角色，她的書信部分將來可以成爲書信文學的典範之作，「蔡千惠」的辯證性，在過去陳建忠教授、歐宗智教授與周芬伶教授都有了不同討論，未來還可以繼續討論。在此我想請問楊翠教授，當用這樣詩性的意象——「獻祭的聖杯」，是否來自陳映真的文本？聖杯所代表的意涵是因其如同子宮的形狀或者像小芭樂？希望再多做解釋。

其次，如果要對陳映真先生的宗教做實證性、史傳性、學術性的論述，我在這邊可以做補充，陳映真先生年少時的基督教家庭是常在聖教會聚會，聖教會是特別強調品格、內在道德與省思的，陳先生曾經提過他很慶幸自己少年能夠在聖教會裡頭每天反省自身的罪孽。後來到大學時他離開了教會，但始終保持與父母親一起做禮拜的習慣。2002 年陳映真先生在生死關頭度過一遭，他把這樣的歷程寫在〈生死〉一文中，提及唯物史觀的他又回到上帝跟前迫切的禱告。

因爲自己也是基督徒，分享了以上這些觀察，謝謝各位。（按：本文依學術研討會之論文講評記錄整理）

兩岸陳映真研究平議

曾萍萍*

摘要

創作歷程至今長達五十年的陳映真，因為展現著迷人的文學質性與過人的思想底蘊，在台灣和大陸等華人世界迭掀熱潮。兩岸有關陳映真的研究，台灣部分起自 1968 年，1980 年代單篇論文大盛，90 年代以降各種學位專論相繼問世。大陸方面，從 70 年代末期到 80 年代初期開始，陳映真廣受大陸學者注意；80 年代晚期，在香港也興起過「陳映真熱」。90 年代，與在台灣受到學術界矚目的時間接近，陳映真是大陸學者統攝中「台灣文學史」的重要角色。陳映真之所以成為研究熱點，其原因不出他對國家民族統一的理念、對社會底層的人道關懷、對帝國殖民主義遺禍的譴責，以及他以文學為人生而作的書寫策略。陳映真因為特殊的堅守，被視為「意念先行」的作家，而受到各種褒與貶。本論文即試圖從多方面褒貶中取樣，為兩岸陳映真研究作出平議。

關鍵字：陳映真、兩岸研究、人道主義、台灣文學、小說

* 中原大學通識中心兼任助理教授

一、前言

1959 年 9 月，〈麵攤〉被革新號《筆匯》第五期推上台灣文學的戲台。從這一刻起，陳映真就注定要步上歷史的紅氍毹。

起初，他是個多情多感的文藝青年；繼而，情感蘊積成一股莫名的火氣；1968 年，他開始逸出純文學的路子，向左傾斜，迅即因「台灣民主聯盟」事件而繫獄。在台灣有關陳映真的研究，以發表在 1968 年 12 月《大學》雜誌尉天驄〈一個作家的迷失與成長〉為最早，那時主要目的在為陳映真脫罪。第二篇應該是 1972 年劉紹銘在香港為他寫的〈愛情的故事——論陳映真的短篇小說〉。1975 年，蔣介石謝世，陳映真獲赦。同年 10 月，他為自己的小說集《第一件差事》、《將軍族》的出版，以「許南村」之名發表自剖之作〈試論陳映真〉，則是第三篇評論。

人間事的幸與不幸沒人說得準。隔年，小說《將軍族》被禁。被禁的書卻使作品與作者都受到特殊遭遇，多篇評論相繼出現。[1]及至 1980 年代，對陳映真產生興趣的，大為增加，而且幾乎每篇都對他作出開拓性的挖掘。[2]

在大陸，陳映真是最早登陸的台灣作家之一。[3]

1966 年，大陸發生文化大革命，台灣發起文化復興運動，斷裂後的兩岸，在文化層面上走向更明顯的歧途。1979 年 1 月，美國卡特政

---

[1] 何欣，〈試析「夜行貨車」〉，《中外文學》7 卷 8 期（1979.1）、彭瑞金，〈偏執的真相〉，《書評書目》79 期（1979.11）、林梵，〈越戰後遺症〉《書評書目》87 期（1980.7）、詹宏志，〈尊嚴與資本機器的抗爭——評介陳映真的作品《雲》〉，《書評書目》90 期（1980.10）等等。

[2] 這些評論大都收在《陳映真作品集 14：愛情的故事》、《陳映真作品集 15：文學的思考者》（台北，人間出版社，1988 年）。

[3] 台灣解嚴前的 1979 年至 1987 年，可說是兩岸文學互動的第一階段。當時，台灣文學的介紹與研究，集中在兩類作家：一是旅美作家，例如白先勇、於梨華、聶華苓等等。另一是鄉土派作家，如陳映真、王拓、楊青矗、王禎和、黃春明、洪醒夫、鍾肇政等。

府正式與大陸中國建交，「漢賊不兩立」的兩岸關係更形白熱化。同年12月，「美麗島事件」破石驚天，鑿下日後兩岸分合議題的斧痕。然而同年，大陸與台灣兩岸的文學，卻開始互動。1982年6月，大陸舉辦首屆「台灣香港文學學術討論會」，把分背三十餘年的台灣，收納進它的文學視野。1993年起，該會定名爲「世界華文文學」，進一步將大一統思維貫注於文學領域。[4]從那時起，兩年爲一單位的會議至今延續著。陳映真即是其中曝光率很高的台灣作家，尤其在1982年的首屆會議上，討論陳映真小說的論文就佔了全部論文數的五分之一，被列爲會議中心議題之一。1986到1995年，陳映真等作家接著進入大陸學者「台灣文學史」的觀照中。1988年，陳映真出任在台灣的民族主義者所組織的「台灣統一聯盟」首任主席；同年，他抵港，掀起過一陣「陳映真熱」。1990年，他以該會主席身分率團訪問「祖國大陸」，並分別與江澤民、吳學謙等國家領導人會面。自這年起，大陸方面注目台灣文學的程度，甚而出現博士論文研究專論。陳映真首先被「台灣的憂鬱」之形象包裝，變成文學作家與歷史文化研究的個案。

不管在台灣或在大陸，不管他的行事、意識如何被看待，直到目前爲止，陳映真都還是兩岸熱門的文學人，而在全球華人的注目下，亦然。[5]本文將進行有關陳映真研究現況之平議，不過，限於篇幅，雖資料浩繁，筆者恐怕只能就個人觀點入手。其次，基本上我應該分門別類周延照顧到相關領域，以顯示我對本論題的駕馭能力，並收提綱挈領之效。不過，所有有關陳映真的事物，卻無法以創作階段去作斷代分析，也不能用單一作品去作斷層掃描。因爲文學表現也好，人道關懷、政治堅持也罷，他說的一句話，就是他腦中所思；他寫的一個字，莫不是他心中所感，並且一律統攝在「陳映真」裡。

---

4 「世界華文文學」的前身，即「台灣香港文學學術討論會」，前兩屆以台、港文學為論述主體；三、四屆研討會改名稱為「台港暨海外華文文學」國際研討會；第五屆加入澳門文學的論述，名稱改為「台港澳暨海外華文文學」；第六屆以後正式定名為「世界華文文學」，此會初期把大陸文學排除在外，第九屆開始，也將大陸文學納入研究範疇。

5 2004年，陳映真〈忠孝公園〉在馬來西亞獲得「花蹤世界華文文學獎」。

二、一個作家的迷失與成長

陳映真在 31 歲那年被尉天驄以「一個作家的迷失與成長」爲題初步解剖。尉天驄將早期的〈我的弟弟康雄〉、〈家〉、〈鄉村的教師〉等作，作爲「青年時代前一階段的陳君的面影」，指出從中「可以看到一個富於理想的窮苦青年，在現實中所表現的情緒上的反抗」。他不厭其煩地替陳映真說明：「一個熱愛祖國的台灣青年，在中國混亂中的迷失，一個充滿浪漫氣質的思春期的少年，爲何趨向反抗型的虛無精神和夢幻式的安那琪道路。」並直接挑明陳映真「這種對現實的了解」之所以招惹禍端，「如果說是建基於『思想上的認知』，不如說是建基於『情緒的反應』；因此他所流露的意識是屬於美學的病弱的自白，而非政治或社會的主張」。[6]

至於陳映真「青年時代後一階段」所寫的那些批判現代主義的文章，尉天驄則推論：是因爲他怕我們步上西方的危機，所以認爲文學藝術應該建基於「人道主義」的「倫理的」基礎上。尉天驄遍舉陳映真的話爲佐證。[7]最後，提出結論說：「從以上看來，我們可以發現陳君像眾多年輕人一樣，如何由理想之追求而趨於頹廢，如何在生長中肯定了他的國家、民族、同胞和政府。」[8]

論者努力展現動人的友誼，不過，陳映真並沒有因此而免罪，這一趟「遠行」，他一去七年。獄中期間，只有素不相識的劉紹銘寫〈愛情

[6] 尉天驄，〈一個作家的迷失與成長〉，《大學》雜誌（1968 年 12 月）。亦收於《陳映真作品集 14・愛情的故事》（台北：人間出版社，1988 年），頁 1-13。

[7] 〈ASA・NISI・MASA〉，《文學季刊》第 2 期（1967.1.10）、〈流放者之歌──於梨華女士歡迎會上的隨想〉，《文學季刊》第 4 期（1967.7.10）、〈最牢固的磐石──理想主義的貧乏和貧乏的理想主義〉，《文學季刊》第 5 期（1967.11.10）、〈知識人的偏執〉、〈新的指標──國民黨的文藝政策〉，《文學季刊》第 6 期（1968.2.15）等，以及更早的〈現代主義底再開發──演出「等待果陀」底隨想〉，《劇場》雜誌第 4 期（1965 年 12 月 31 日）。

[8] 尉天驄，〈一個作家的迷失與成長〉，《大學》雜誌。亦收於《陳映真作品集 14・愛情的故事》，頁 1-13。

的故事──論陳映真的短篇小說〉[9]，並在香港爲他編成《陳映真選集》。劉紹銘借用顏元叔評價白先勇的話，認爲陳映真與白先勇都是意識極強的作家，但陳映真表現爲「熱情擁抱多於冷酷分析」，因爲他的小說「夾帶著非常濃厚的社會意識」，尤其〈將軍族〉，甚至使「台灣光復以來存在著『大陸人』與『本省人』之間的誤解與隔膜，都在這兩個卑微而又高貴的小人物身上消弭了」。[10]

1975 年，陳映真出獄。如上述，接著陸續出現多篇評論。發表在 1981 年的徐復觀與宋冬陽兩篇文章，特別值得注意。

徐復觀盛讚陳映真爲「海峽東西第一人」，這個封號後來變成人們評論陳映真時常引的重要詞彙。不過，大半人是人云亦云傳頌成「海峽兩岸第一人」。其實徐復觀從「文學是人性的發掘與反省」這一命題入手，認爲：「陳映真每篇小說結構的發展，都是對人性發掘的歷程。」發掘得深，真實呈露了人性，這即完成了反省的任務。而有關這些「反映出流亡在外的中國人的人性深處的呼喚」，「不能由台灣的現代派作家反省到、說出來，也不能由大陸九死一生的許多作家們反省到、說出來，卻由一位年輕輕的出生在台灣的陳映真反省到、說出來」，他「透出了中國絕對多數人是沒有根之人的真實」，這使徐復觀大加肯定。[11]

而年輕的宋冬陽（即陳芳明）則指出，「陳映真的作品確實是 60 年代台灣最爲貼切的產物」，因爲那些「從幻滅到絕望的本地人」和「落寞的候鳥」一般的人物形象，「不僅僅是小說而已，並且還是歷史的紀錄，更是現實的照映」。所以，陳映真「能夠以無比的勇氣來探討台灣的所謂『省籍問題』，實值得我們致以最大的敬意」。[12]

---

[9] 《中外文學》1 卷 4 期，（1972 年 9 月）。亦收於《陳映真作品集 14・愛情的故事》。

[10]《陳映真作品集 14・愛情的故事》（台北：人間出版社，1988 年），頁 14、17。

[11] 徐復觀，〈海峽東西第一人──讀陳映真的小說〉，《華僑日報》（1981 年 1 月 6 日）。亦收在《陳映真作品集 14・愛情的故事》。

[12] 陳芳明（宋冬陽），〈縫合這一道傷口──論陳映真小說中的分離與結合〉，《美麗島》雜誌 48、49 期（1981 年 7 月）。亦收在《陳映真作品集 14・愛情的故事》，頁 123-150。

1990年代以降，陳映真研究進入學術專論。1990年，羅夏美《陳映真小說研究》從盧卡奇的現實主義理論出發，是國內最早研究陳映真文學的學位論文。截至目前爲止，有關陳映真研究，共得十五本。其中，曾萍萍所撰《陳映真小說與後殖民論述》碩士論文，在國家圖書館網站被引用最多次。後來，她並以《噤啞的他者》爲名正式出版。[13]曾萍萍以日本殖民遺禍爲起點，以國府治理下的台灣社會現實爲基礎，她採取批判的觀點去檢視陳映真，從文本中直接摘取論證，使陳映真的小說文本與政治民族認同之間的糾葛攤在陽光下。她並理解兩岸「分離可能是誤解的因素」，卻「也可能是重新認識的肇端」，「因爲既是事實，只能重新詮釋彼此的變化，重新調整彼此的價值觀，卻無法一廂情願地揉合差異，更無法使歷史回歸到原點」。藉此，她對陳映真提出文學表現上的崇敬，以及思想認同上的質疑。這本論文曾受到陳映真本人的稱許，唯其中有關兩岸現實問題的闡釋，仍不爲陳氏所接受。

觀察學者對陳映真的態度轉變之向度，陳芳明的變化最大。如上述，陳芳明一度同泰半批評者一般迷戀於陳映真「老掉牙的人道主義」，並且爲他所鉤沉的時代帷幔與翻攪起來的歷史塵垢而感動。1984 年以降，他幡然轉變，在《台灣文藝》發表〈現階段台灣文學本土化的問題〉，對陳映真的「中國意識」和「第三世界文學論」提出猛烈抨擊。及至 2000 年以後，兩陳在《聯合文學》筆劍交鋒的態勢，已不是純文學人的發聲了。[14]

---

[13] 曾萍萍，《噤啞的他者──陳映真小說與後殖民論述》（台北：萬卷樓圖書公司，2003 年 12 月）。

[14] 1999 年 8 月，陳芳明發表〈台灣新文學史的建構與分期〉，引起陳映真在 2000 年 7 月以〈以意識形態代替科學知識的災難〉為抗議。8 月，陳芳明再發表〈馬克思主義有那麼嚴重嗎〉。9 月，陳映真寫〈關於台灣「社會性質」的進一步討論〉來反駁。10 月，陳芳明又發表〈當文學戴上馬克思面具〉，指陳陳映真。12 月，陳映真發表總結性的〈陳芳明歷史三階段論和台灣新文學史論可以休矣〉 總結性休兵之作。及至 2001 年 8 月，陳芳明再發表〈有這種統派，誰還需要馬克思？──三答陳映真的科學創見與知識發明〉。

三、我讓這些嘴為我說話

爲了「老掉牙的人道主義」之故而迷戀陳映真，沒什麼不好。至少我認爲他的小說也好、雜文也是，都使人更想尊嚴地活著。他敢於做爲一個「人」，堅決不移地走上他所選擇的森林裡的叉路之一。這樣一位不怕寂寞的苦行者，曾經身陷牢獄卻不被牢獄所約制。我們看他，就與其他劫後餘生的政治犯不同。同樣被收捕在牢獄，陳映真說與他同處監牢的獄友，「一個個都有高水準政治素養，相親相愛，互相扶持，沮喪時，大家唱歌鼓舞士氣，都是親密的伙伴」。柏楊所歷卻完全不同。但柏楊如此理解他：「陳映真講時，是那樣的誠懇溫馨，彷彿一篇動人的革命小說。」[15]其次，同樣見到 1950 年代的政治老罪犯，大部分人通過殺雞儆猴的恐嚇而沉默。只有極少數如陳映真者發爲聲音、付諸行動，爲蒙蔽在歷史囂塵下的人申明原委。只是，因爲陳映真以爲：在革命時期的中國，「無數優秀年輕人都爲了共產主義的理想把他們一生中只允許開一次花的青春貢獻給人類的進步事業」，[16]並因此一往無悔，卻坐視不顧其他人實際上更多元發展的人生目標，所以，他殷殷的努力終致顯明了他與台灣立場愈行愈遠的指向。

特別是新世紀到來之前，他接連發表〈歸鄉〉、〈夜霧〉、〈忠孝公園〉，終於翻轉了自己「以社會人而不是畛域人的意義開展著繁複底生之戲劇的」原則，[17]而使大陸人與台灣人的形象，變成對峙分立的差異個體。連早期以盧卡奇理論去理解他的羅夏美，都不免批評他的脫於現實。羅以爲在〈歸鄉〉：每當張清強調「台灣人主體性」的時候，陳映真就以一種「排外的、有省籍隔閡的制式台灣人形象」來嘲諷他。陳建忠也認

---

15 王曉漁，〈政治犯的監獄「比較學」〉，《中國改革》，2008 年 6 月。

16 林幸謙，〈中國終須選擇自己的道路──專訪作家陳映真先生〉，《文學世紀》（2004 年 3 月），頁 20。

17 陳映真（許南村），〈試論陳映真〉，原載於《第一件差事》、《將軍族》（台北：遠景出版社，1975 年 9 月）自序，後收在《陳映真作品集 9・鞭子和提燈》（台北：人間出版社，1988 年），頁 10-12。

爲：陳映真開始「凝視記憶裡墮落的靈魂」，而「彰顯台灣人的黑暗之心」，因爲此時陳映真的「『白色恐怖系列』小說時的理想性格與抒情性格顯然已不適用了」，他也「不再談論左派的理想，甚至不再爲他的理想人物謳歌」。[18]陳建忠進一步論斷，陳映真之所以屏棄先前作品裡具有道德感，懂得反思的小人物，卻塑造「家畜化、殖民化的台灣人形象」，「想必是對這個世界失望透頂」。但，這種「益形僵化的歷史認識的『文學化』營爲」，陳建忠認爲，也許是政治人不得不的說詞，不該是作家操弄的語言。

我讀〈歸鄉〉三作，亦曾經有相似的感想。不過，想起陳映真在〈那麼衰老的眼淚〉、〈文書〉、〈一綠色之候鳥〉及〈第一件差事〉等小說裡，也寫過「外省人」的「黑暗之心」，我毋寧相信陳映真只是再一次呈露他心中的真實。真實被攤開來看時，往往像「悽慘的無言的嘴」，當俯臥的屍體被翻仰開來，「人們於是看見更多的小淤血，初看彷彿是一些蒼蠅靜靜地停著，然而每一個斑點都是一個鑿孔」——套句〈朱利．該撒〉裡安東尼說的話：「我讓這些嘴爲我說話……。」[19]當作家的創作問世之後，他的作品固然遂從私領域被推爲公共財，必須接受眾人的檢驗。然而，人各異心，正如其面。有人見山是山，有人見山非山；有人山不來我不去，有人選擇與其山我兩靜，不如我動，我去親近山。親近山並不容易，因爲招風，因爲得跋涉、得奔波。但至少他不是說說而已。

我又聯想起年少時初讀《華盛頓大樓》所受的衝擊。那些詰屈聱牙的經濟術語，極大程度的超越了我的文藝美感。它很快地成爲我的啓蒙之師，像先知一般對我施以點撥。不過，僅此罷了，他啓發了我，但不致決定我。換個說法，既然沒有誰能斷言誰所說的才是絕對真理，難道不能容許別人從夾縫裡去看本來屬於夾縫中的罅隙？其實聰明如陳映

18 陳建忠，〈末日啟示錄：論陳映真小說中的記憶政治〉，《中外文學》32 卷 4 期（2003 年 9 月），頁 136。

19 陳映真，〈悽慘的無言的嘴〉，《陳映真作品集 1．我的弟弟康雄》（台北：人間出版社，1988 年），頁 163。

真，一切瞭然。在〈歸鄉〉，楊斌最後選擇的歸去之鄉，已經表明了他對土地的認同。人親土地更親，因爲事實如此明白，陳映真不得不大聲疾呼，繼續爲他的民族統一鴻圖獻聲。當然，如果楊斌可以自由「歸鄉」，陳映真就不能只叫別人聽話——只能信奉統一，或者只能堅信中國才是我的祖家。

四、最後的烏托邦主義者

陳映真研究在台灣曾經相當熱門。近年來，或許因爲他的政治取向以及現實主義的創作選擇，除了少數書評之外，在本土化熱潮和書寫風格多元發展的社會裡顯得突兀。他是愈走愈孤獨了。相對來看，陳映真在大陸的確受到回歸祖國式的歡迎。1996 年，陳映真被授予中國社科院榮譽高級研究員，是該院少數獲頒榮譽的境外人士之一。1998 年《陳映真文集》在北京出版。2005 年，趙遐秋撰成《生命的思索與吶喊——陳映真的小說氣象》，收在 11 卷本「台灣作家研究叢書」裡頭。

老實講，大陸對陳映真的研究，是隔靴搔癢的，除了很少數能自闢蹊徑，從不同視角來審閱「陳映真」之外，大部分只是在作文本情節的再一次演繹罷了。不然，就是循著陳映真的〈試論陳映真〉、〈後街〉等夫子自道的文章，作爲「陳語錄」的一個追隨者。

比較特別的評家，或者像黎湘萍一樣，能在評述陳映真的悲憫情懷、民族大義，以及他批判美日帝國資本主義的大無畏精神的同時，進入陳映真更幽微的內心。黎湘萍以「孤獨的橡樹」、「當代唐吉訶德」來稱代陳映真，覺察陳「負傷累累的憂鬱的心靈」，指出陳作爲「現代約伯」因而不能逃避的寂寞、孤獨，甚至於尷尬的處境，並使陳映真作爲「台灣的憂鬱」的代言人。

早期在台灣，施淑也曾以「台灣的憂鬱」爲題來評論陳映真的小說。她認爲其中那些「人物的懷疑、犬儒、絕望，他們的普遍的道德上的不安，是復活那破滅的烏托邦的手段或機制（mechanism），而自殺，則是自我懲罰，懲罰自己未能全新地、無條件地走上他想像和相信其必將到來的黃金時代，或面對那個他極其尊崇的、而又無力企及的未來而產生的自慚形穢。」[20]這說法所涵蓋的，是施淑所熟悉的陳映真。施與黎都感染了陳映真發散的憂鬱，而且也都準確地指出陳映真文學的嗜死。

香港學者鄧與璋以為陳映真以死作為結尾的小說，例如〈將軍族〉、〈第一件差事〉、〈山路〉等，「都是因為同一個理由，就是『捨生取義』」。[21]因為那些人物，「往往深刻反思自身存在的價值，又或曾經歷比生存還可貴的生命意義，因而有道德自覺，雖然死了，但還是一個頂天立地的『人』」。[22]這說法十分老派，與施淑的見解兩相比較，高下立判。大陸學者王向陽《陳映真論》也在這種氛圍中進行，他將陳映真寫作情調描畫成一種「詩意的審美沉思」，稱其敘事策略為「詩思交融」。[23]其他不少學者或研究生亦循此理路，而且感性地、無端崇拜地去解讀陳映真。

我比較接受陳建忠取自後殖民論述的看法：「陳映真果真是帶著政治記憶的小說家，他的青春因此不能不憂鬱，而被壓抑的記憶遂轉成一種『自殘』，必須用死亡向這個令人失望的世界抗議」。[24]我認為這不妨就拿陳映真自己的話來驗證，他說：「鸚鵡學舌出不了作家，也出不了學者。」[25]這是當他申說自己「不是讀理論出來的，而是源自幾次具體的感性體驗」，所以傾心於「第三世界左翼知識分子」的身分建構。[26]這所謂的「具體的感性體驗」，不就無法與殘存的政治記憶脫鉤嗎？

---

[20] 施淑，〈台灣的憂鬱——論陳映真早期小說及其藝術〉，《兩岸文學論集》（台北：新地文學出版社，1997年），頁162。

[21] 鄧與璋，〈道德的選擇——論陳映真與王禎和的「熊掌」和「魚」〉，《文學世紀》，2005年12月，頁94。

[22] 鄧與璋，〈道德的選擇——論陳映真與王禎和的「熊掌」和「魚」〉，《文學世紀》，頁94。

[23] 王向陽，《陳映真論》，北京：作家出版社，2003年。

[24] 陳建忠，〈末日啟示錄：論陳映真小說中的記憶政治〉，《中外文學》32卷4期，頁136。

[25] 林幸謙，〈中國終須選擇自己的道路——專訪作家陳映真先生〉，《文學世紀》，頁16。

[26] 陳映真，〈對我而言的『第三世界』〉，陳光興編：《批判連帶：2005亞洲華人文化論壇》（台北：台灣社會研究季刊社，2005年），頁5。

陳映真的確有其感性表現，但那應該不屬於看見一朵美麗的花就能寫作的他的詩情畫意。最早，他可能因爲年少輕狂而去參與有關劉自然事件的抗美活動；後來，他選擇的都是更激烈的迎頭痛擊：他看到現代主義的弊端；接著，他感受到台灣社會被包覆在世界冷戰與國共戰爭的影響下；然後，他身歷直面而來的台灣本土論的衝擊。這些，則不可能只是感性所致。就像香港學者林幸謙說的：與陳映真相較，許多學者、作家與知識分子，似乎單薄無力，沉默得很。[27]的確，當年陳映真寫成〈悽慘的無言的嘴〉，就是用來諷諭避禍而媚俗的現世。弔詭的是，那時，那許多張被噤口的嘴，不巧現在有一張換作政治不正確的陳映真所擁有。

香港學者馬家輝指出陳映真有四方面的貢獻，（一）、文學創作，（二）、民族統一，（三）、左翼關懷，（四）、知識介入。依此，他盛讚陳映真的「人間」性格。[28]上述四項，都是我們之所以認識陳映真或者因此尊敬他的主因。不過，早一點，呂正惠則冷眼覷透了陳映真的問題所在：「對陳映真來講，如果不處理政治問題，那就是逃避；但是，如果爲了處理政治問題而製造出台灣的環境所不可能出現的『現實』，那就是虛誇，就違背了現實。」[29]所以，呂正惠以爲：「陳映真最大的錯誤是，過早地以他的歷史架構去『模鑄』他的題材，使他的題材喪失了自主性」。[30]

我們熟悉或者所以喜歡陳映真的因素，多來自於他陰柔情境與迷人情節所構設出來的理想框架。雖然陳映真並不認爲應該爲自己寫作上的「意念先行」分說，以加深別人對他的小說藝術的認識。[31]然而，介入

[27] 林幸謙，〈中國終須選擇自己的道路──專訪作家陳映真先生〉，《文學世紀》，頁 15。
[28] 馬家輝，〈人間不善忘──四個陳映真和一場十七年的香港對話〉，《明報》（2004 年 2 月 17 日）。
[29] 呂正惠，〈歷史的夢魘──試論陳映真的政治小說〉，《陳映真作品集 15．文學的思考者》（台北：人間出版社），頁 216。
[30] 呂正惠，〈歷史的夢魘──試論陳映真的政治小說〉，《陳映真作品集 15．文學的思考者》（台北：人間出版社），頁 222。
[31] 古蒼梧、古劍：〈陳映真：意念先行的作家〉，《深圳商報》（2004 年 5 月 8 日）。

的文學（committed literature），或者社會批判，都將因為「載道」過重而壓垮自己。[32]這樣一路讓「文學為人生」的招牌張揚著，既使陳映真下意識地走到文學與社會關係的偏鋒，又不經意地自我抹煞了他真正在文學內涵上的表現。

大陸學者丁帆曾說：「作為一部作品，作家首先追尋的是其藝術的含金量，然後才是其文化的內涵。然而，大陸和台灣的許多作家過分追求小說創作的『啓蒙話語』乃至政治化傾向，便使得 20 世紀的中國鄉土小說在 20、30 年代到 70、80 年代間呈現了更加複雜的景觀。」[33]這話說得相當正確。

五、台灣鄉土文學的一面旗幟

王向陽認為陳映真作為「台灣鄉土文學的一面旗幟」，主要以下列四個觸角表現：(一)、針對台灣流行的脫離和逃避現實的文藝觀，主張文學來自社會反映社會並服務於社會；(二)、以「民族本位」的立場出發，提出建立民族文學風格；(三)、在主張「文學為人生」的基礎上，進一步明確文學的「人間性」品格；(四)、在「文學臺獨」氣燄十分囂張的時代語境中，站在愛國主義的高度，堅定不移地堅持台灣文學的中國屬性。[34]如果上述可以被接受，我想在這個基準上，更進一步衡鑑於陳映真的基督教信仰。

陳映真所持者，可以說是積極面對宗教的出世論：他不斷地反省台灣在被資本主義異化下，社會制度與人性的衝突；他反省教會對於俗世

---

[32] 這一點，連批評者呂正惠也不能免。據呂正惠自己說，1993 年開始，他才與陳映真「熟悉起來」。1995 年，繼陳映真之後，他也擔任中國統一聯盟主席，兩人關係更近些。呂氏近年來對陳映真，也由文學上客觀的批評，轉為政治上的理解。呂正惠：〈台灣「少年仔」如何罵陳映真——游勝冠兩篇文章的剖析〉，《左翼》26 期，頁 27-28。

[33] 丁帆，〈兩岸鄉土小說的共同文化背景及異質話語的解剖〉，《南京大學學報：哲學‧人文‧社科版》（1998 年 3 月）。

[34] 王向陽，〈台灣鄉土文學的一面旗幟——陳映真鄉土文學觀釋讀〉，《湖南人文科技學院學報》第 1 期（2005 年 2 月），頁 42-46。

民眾的實際功能。在這裡，我們看到了陳映真所深化的宗教意涵。

王列耀觀察到：「當代台灣文學，得到引進宗教意識的便利，又得到有神論存在主義的推動，能夠比『五四』新文學家，更方便地接受耶穌和眾先知的殉道精神。」他引鄔昆如「存在哲學是救贖哲學」的觀點，認爲：從目的論來看，宗教有兩個基本命題，一是人的存在即人的原罪存在；二是信仰基督乃人的存在的基礎。前一個命題是爲了推動後者而產生。但，對於文學家來說，前一個命題的意義遠遠大過於後者。[35]台灣文學具備五四新文學特質，尤其五四時代知識分子的憂患意識、內省意識，加上宗教意識，是使這種特質呈現強烈而沉重的繼承性的主要因素。

拿陳映真來說，從他在《聖經》裡所看到的各種受難者的形象，到他「引『十字架』爲己任」，以至於自願負起「知識分子的原罪感與承擔意識」，就是上述歷程。既如此，當他汲取過「獨立於世、醒世警世的力量」，有關他苦苦呼籲人要警醒，人們卻反而回報以嗤笑，他就必須受得起這種孤立、這種寂寞。因爲他已如「先知超越了人的軟弱」，所以能夠繼續將五四新文學中的宗教精神推進下去。換言之，他一方面表現爲在宗教層面上強化十字架意識，深究社會之罪與自我之罪。另一方面，處身在資本主義文明高張的社會，他還能「始終以超越的眼光、悲慘的心境看待某些發展，成爲具有『先知』意味的自覺的社會批判者」。[36]

不過，有關對於「鄉土」的愛戀，以及對於帝國主義痛惡痛絕的程度，陳映真的表現，卻到了令人匪夷所思的地步。對此，我和大部分論者一樣納悶。他甚至認爲，若不是「當今世界上最大的國家恐怖主義根源」——美國，不會發生九一一。因爲「撞機的人都是貧困伊斯蘭難得培育出來的菁英，高級知識分子」，他們所執行的「自殺性抵抗」，都是

35 王列耀，〈經院儒家哲學、禪學與台灣文學〉，《華文文學》第 1 期（2000 年），頁 18-23。
36 王列耀，〈經院儒家哲學、禪學與台灣文學〉，《華文文學》第 1 期，頁 20。

不得不然的。[37]我的疑問和王安憶相同，她說：「我承認世界本來是什麼樣子，而他卻只承認世界應該是什麼樣子。我以順應的態度認識世界、創造世界的一種摹本，而他以抗拒的態度改造世界，想要創造一個新天地。」[38]

其次，在認知上，陳映真秉持兩岸統一的願景，顯得熱情而執著。大多數人就是在這一點上，對他感到既無奈又欽佩。陳映真對於所謂近親憎惡與「皇民文學」的語境，有許多不能自解的桎梏。例如他思索著：「『要做一個作家』是不是一定要無原則地『活下來』和『發表作品』。」他引述日本學者尾崎秀樹《舊殖民地文學之研究》的說法，[39]一面嘆賞做為日本人的尾崎，竟能「堅決不肯以『愛與同情』為言，去美化、去正當化日本侵略歷史對中國和亞洲人民所造成的巨大物質、生命和精神的加害」。[40]另一面，他惱火張良澤等人的說法，指責他們也陷入了「精神的荒廢」。

這其實是陳映真們的理想，屬於超越人性的高品質。不過，我們不能像陳映真所謂的但凡以一個世紀那麼長的歷史進程去評判這些簡單而又複雜的問題。作為一個市井小民，每一刻鐘都是紮紮實實要過的日常，希聖希賢屬於道德精進，穿衣吃飯卻是生存要件。

由大陸學者劉賢漢眼中看來，也差不多如此。他認為：「作為政治信念而言，越明確堅定，越能顯示出『左統』領袖大無畏的精神風貌。而對小說藝術來說，則主題顯得過於直露了。」的確，陳映真那些諸如〈將軍族〉、〈歸鄉〉等等的作品，雖然往往能激起神經的敏感處，但是，

---

[37] 林幸謙，〈恐怖主義與弱小者的全球化——專訪浸大駐校作家陳映真〉，《世界華文文學論壇》（2004年2月）。

[38] 王安憶，〈烏托邦詩篇〉，《香港的情與愛》，北京：作家出版社（1996年）。

[39] 尾崎秀樹，《舊殖民地文學之研究》（臺北：人間出版社，2004年）。

[40] 陳映真，〈精神的荒廢——張良澤皇民文學論的批評〉，《台灣鄉土文學．皇民文學的清理與批判》（台北：人間出版社，1998年），頁5-19。

那只能歸類於陳映真一人的「對彼岸與此岸的定義、想像與虛構」。[41]

更有甚者，稍後在 1998 年，當陳映真接受人民大學授予客座教授的會議上，用社會主義的語言發表演說，則受到另一位大陸學者周良沛以一種貌似同情共感的理解之心對待。他理解陳映真像「許多不幸或困惑、無告無助的人」一樣，「對自身生存環境受到威脅的社會矛盾，很多很多都是從馬克思主義著作尋求解答、安慰和出路的」。然而，當周良沛解答學生的疑問：「陳先生的演講，怎麼使用我們五六十年代所用的革命詞匯之頻率那麼高？比老幹部還老幹部？」的同時，卻仍不意間洩漏了他的驚異的表情。[42]

我不能確知，這些說法是不是表示兩岸在磨合上的確有太多不確定因素？我想到一個例子。80 年代在美國，陳映真曾問來自中國大陸的作家阿城：作為一個知識分子，是怎麼看待人民的？阿城隨口回說：「我就是人民，我就是農民啊。」據了解，場面一時尷尬，結果當然不歡而散。[43]評論者王曉漁以為阿城的回答不算出人意料，作為熟悉這種敘事的台灣左翼分子，陳映真應該知道：依據階級劃分，知識分子早就被歸為工人階級。只不過循陳映真思路，關於這種問題，「大陸作家應該滿臉嚴肅地表態，知識分子要與人民心連心、與工人農民手拉手」。詎料，「他偏偏碰上了阿城，一個沒有自動入戲的『非暴力不合作者』」，因此引動了陳映真的肝火。[44]

對此，阿城事後的反應也很有趣。他表示：在精英看來，也許人民應該是除自己之外的所有人吧。這話大有反過來質問陳映真是以何種身分自居的況味，又有那麼一點如果是以精英身分自居，豈不有「自絕於

[41] 劉賢漢，〈跨世紀台北小說的「冒險性」詮釋〉，《浙江樹人大學學報》（2006 年 5 月）。

[42] 周良沛，〈在黃春明、陳映真作品研討會上之隨想隨說〉，《文藝理論與批評》（1999 年 1 月）。

[43] 查建英，《八十年代訪談錄》（香港：牛津大學出版社，2006 年）。

[44] 王曉漁，〈精英與大眾的「二人轉」模式〉，《中國圖書評論》第 11 期（2006 年）。

人民」之嫌的譏諷？王曉漁甚至指出，當陳映真問話的同時，他「已經承認知識分子和群眾、個人主義和非精英的一分爲二，已經預設了『脫群眾化』和『精英化』是一種普遍存在的常態」。爲此，評論者認爲：陳映真常以一種「自剪自拼」的模式現身，對於知識分子與大眾之間的關係，雖然看似可以從不同角度詮釋得周密，「但用膠水拼在一起的碎片，無論如何整齊也留下痕跡」。[45]

陳映真對祖地「中國」的一往情深，實然令人驚嘆。對此，王安憶敏感地又怕又愛。她表示：陳映真對大陸青年人批判舊社會、開始迎接西方文明，感到不耐煩。陳映真甚至對王安憶發出激烈的吼聲：「不要爲了反對媽媽，故意反對！」[46]這口氣很像他對中國不變的護持的觀點。更甚而，往往在他「沒有聽到他想要聽的話的時候」，他的表情是「走神」的。

王安憶又說：「我總是怕他對我，對我們失望，他就像我的偶像。」然而，陳映真其實有更多他自己也不知如何爲自己緩頰的時候。比如，當他爲抗議美國政策而遊行示威，他是英雄；可當他啃著漢堡果腹時，他的反霸權論述卻立即遭到戲謔與質疑。另外，當他被王安憶問道：「現實循著自己的邏輯發展，你何以非要堅持對峙的立場？」他竟然只能回答：「我從來都不喜歡附和大多數人！」[47]這氣弱了，我們都明白。

有一回，我在電話裡問：「如果再來一次，你還會走同樣的路嗎？」那次，他沒有正面回答我，只輕輕地說：「走都走了。」我回想較此早些時候，黎湘萍一篇文章提到他的觀察：「在現實生活中，陳映真從來都不是『逃離』現場的人」，「而他的小說，卻一再出現爲了可以尊嚴地活著而離開『現場』的自我選擇的傾向」。[48]

---

[45] 王曉漁，〈精英與大眾的「二人轉」模式〉，《中國圖書評論》第 11 期，頁 5。

[46] 王安憶，〈英特納雄耐爾〉，《聯合報》，2003 年 12 月 22 日。亦收在《王安憶散文》（北京：人民文學出版社，2008 年 1 月）。

[47] 王安憶，〈英特納雄耐爾〉，《聯合報》，2003 年 12 月 22 日。亦收在《王安憶散文》。

[48] 黎湘萍，〈重返心靈的故鄉——重讀陳映真近年作品並論其新作《歸鄉》〉，《世界華文

陳映真這樣地與現世相周旋，卻讓余杰看著礙眼。〈魯迅的當代恩怨〉把沈從文、日本的大江健三郎視作「向他的悲憫慢慢靠近」的接班人，而將王蒙、王朔、陳映真放在誤解魯迅的行列。余杰斷言，陳映真是「一個激越的愛國主義者」，因為「他未能消化魯迅國民性批判的思想，也未能積極回應台灣的民主化進程，從而迷失在極端左翼學說和民族主義的霧障之中」。他又分析陳映真的變化，說他「從 70 年代深切關注底層社會的生存狀態，到 90 年代迷戀於若干烏托邦式的宏大敘事」，陳映真其實已經「越來越遠離了真實的魯迅」。[49]陳思和也曾根據〈趙南棟〉裡兩代人生活與價值觀的迥異，指出陳映真已經暴露了他缺乏理解的偏執。[50]而陳忠信則指出「陳映真的歷史解釋模式是一元論的或本質論的」，所以「就算他看到了現實，」他命定論的歷史觀使他退回去，欲圖從歷史軌道、歷史目標，顛倒過的再顛倒過來，來找 50 年代理想主義一代的意識」。[51]

我從千惠和趙慶雲身上也看到了一些東西。當他們深感於當年堅守革命的意義，以及有著和浦島太郎一般的陌生感的同時，陳映真其實已經無言以對了。但我始終以一種同情的理解，願意接納陳映真對現實的「不願承認」。對於祖國或者他的統一之路，我認為那不只是他一人心中的中國，還包括父祖、親人深深的願望。你說陳映真是個文學人也好，是個文化人也可以，甚至可以說他是個進不了主流的政治人。當然，他是一個「中國人」，是他所謂「上帝的孩子」，是他那個愛好五四文學的、富有社會意識的父親陳炎興先生的兒子。但最後，他仍只能是一個「人」。我們要回歸「人」的立場看他。是人，就有人性；有人性，即有善有惡，有特定的思想生成背景，有立場觀點的抉擇權。同樣的，因為是人，所以也就有其本質上的求完美和不可揚棄的不完美體質。

文學論壇》（2000 年 2 月），頁 15。

49 余杰，〈魯迅的當代恩怨〉，《粵海風》，第 3 期（2005 年）。

50 陳思和，《馬蹄聲聲碎》（上海：學林出版社，1992 年 10 月）。

51 陳忠信，〈歷史・政治・倫理——試析陳映真的政治小說〉，香港「陳映真的文學創作與文化評論國際研討會」論文，1988 年 4 月。

六、那殺身體不能殺靈魂的

大陸學者張國楨以爲陳映真經常引用馬克思主義經典論點，他在理論上所表現出的嚴肅不苟，甚至引來論敵陳芳明的嘲弄——「馬克思有那麼嚴重嗎？」陳映真的使命感的確讓人覺得：「即使臺島全然『道不行』，他會堅守到玉石俱焚，也不會『浮槎於海』。」[52]我也認爲，他根本不去衡量自己在台灣這塊生身之所有多麼寂寞，他的文學論述不隨著政治氣候的變化而同眾從俗，他不去增刪自己的論述。但也就因爲這樣，他「不識時務」的表現，雖迭遭質問，卻不致發出令人生厭的機會主義者的腐味。

我並認同王安憶的說法：不管陳映真處在怎樣尷尬的環境，她始終視他如偶像。1983年，如果沒有在美國認識陳映真，王安憶說：「那麼，很可能，在中國經濟改革之前，我就會預先成爲一名物質主義者」。[53]我也同意台灣學者鄭鴻生的意見：「從〈我的弟弟康雄〉開始，他筆下市鎮小知識分子蒼白而缺乏行動能力的自我形象，與屠格涅夫筆下的羅亭相互映照」，「陳映真充滿深刻內省的作品，似乎就在直接呼應這個時代傳承，深深吸引了心中有所覺悟，但現實上卻幾乎無能的台灣青年學子」。[54]

不過，我還是不能否定陳建忠所認爲的：陳映真小說中的記憶政治（politics of memory）是他「反主流意識型態」的表現，「他『召喚』他的記憶與歷史認知，藉此來對抗、修正統治者或群眾的記憶與歷史認知，其效應有如是一則『末日啓示錄』」。[55]這也正像南方朔〈最後的烏托邦主義者──簡論陳映真知識世界諸要素〉提出的：「無以名狀，他或

---

[52] 張國楨，〈道不行，不必浮槎於海——我認識的陳映真〉，《兩岸關係》（2005年5月），頁55。

[53] 王安憶，〈英特納雄耐爾〉，《聯合報》，2003年12月22日。亦收在《王安憶散文》。

[54] 鄭鴻生，〈台灣思想轉型的年代——從〈送報伕〉到〈台灣社會力分析〉，《南風窗》半月刊（2006年8月（下）），頁41-42。

[55] 陳建忠，〈末日啟示錄：論陳映真小說中的記憶政治〉，《中外文學》32卷4期，頁136。

許就是那種在我們這個時代裡早已消失了的，對未來仍有憧憬，對末世仍有悲願的烏托邦主義者。」[56]

對未來有憧憬，有末世有悲願，必然對人間有批判。因為「烏托邦一定有『第一要義』，那就是現世乃是一種墮落：「道德的人」被拋棄到了『不道德的世界』。一個烏托邦主義者必然是個批判者，現世的否定者。」[57]香港學者羅貴祥則看到另一層：「陳映真過去的作品一直有批判男性霸權、同情被壓迫的女性」，「但當涉及民族歷史、涉及戰爭政治，女性似乎便無法在這些傳統上被男權佔據的領域裡，有任何立足的空間」。大陸有些學者也作類似觀，以為：「『女性他者』的特質正好符合陳映真『父性威權』的建構要求。」然而不管在〈麵攤〉、〈我的弟弟康雄〉、〈故鄉〉、〈蘋果樹〉，或者〈夜行貨車〉、〈趙南棟〉……，最後因為「父親們喪失了表述能力，承擔不了陳映真為之設計的大任，這一事實使陳映真建構行為變成一把自我否定的利刃」。[58]

我不明白為何大半是男性學者們在性別這個議題上打轉，從陳映真的小說中，我不曾看到他有貶抑女性或不讓女人出頭的跡象。比如陳芳明，他批評陳映真小說中本省外省、中國台灣、男性女性等「雙元式」對立的關係，最後「中國人、外省人、男性的形象，往往不經意之間在他的小說裡突然膨脹起來。自負與自卑的情結，充塞於小說人物身上」。[59]果如此，〈永恆的大地〉裡唯一強韌有生命力的，就是象徵台灣的那個女人，那又怎麼說？〈某一個日午〉裡，不被命運牽制的，不也是那個不願打胎的女人嗎？另外，〈唐倩的喜劇〉雖則諷諭知識界隨風轉舵之風明矣，唐倩也的確像個「下賤的拜金主義者」，然而唐倩在其中，

[56] 南方朔，〈最後的烏托邦主義者——簡論陳映真知識世界諸要素〉，《陳映真作品集 6·思想的貧困》（台北：人間出版社，1988 年），頁 19-22。
[57] 南方朔，〈最後的烏托邦主義者——簡論陳映真知識世界諸要素〉，《陳映真作品集 6·思想的貧困》（台北：人間出版社，1988 年），頁 19-22。
[58] 顏敏，〈尷尬的力量—從陳映真小說中的「父性威權」看其敘事的尷尬〉，《華文文學》（2003 年 1 月），頁 65、68。
[59] 陳芳明，〈第十五章：六○年代現代小說的藝術成就〉，《聯合文學》208 期，頁 155-156。

表面上看似證明了「女人作爲慾望對象的功能性，正在於充當男人與男人間權力交涉轉換的『僞中心』(pseudo-cender)」。[60]但，實際上善變而狡黠的唐倩，終究把焦慮的于舟、老莫、羅大頭等人都踩在腳底下。最後，她既輕取了那些笨男人，也擄獲了金龜婿。[61]

就算是人人爲之抱屈〈山路〉千惠，儘管奔死赴義者不是弱女子如她，但身繫囹圄畢竟與社會隔絕，其實是受到某種特別的「保護」，千惠卻在「人間」勇敢地撐持。沒錯，她是替哥哥贖罪，然而不也只有她完成貞柏和國坤的理想——窮人要互相幫助。陳映真並沒有以千惠爲祭獻品，千惠之所以爲動人的千惠，不在於她爲男人付出青春與生命，而在於她「決定」如此奉獻！

不只對女性的書寫，使陳映真受到許多不同的評判，他對男性的描繪，竟也讓人以爲：「憂患意識特強的陳映真，在談及作品理念時從不涉及到性」，但「他的作品幾乎表現了生殖崇拜的各種形式」。因此推斷答案就在於：「遙遠的、種族的深層記憶對少數優異藝術家無形的、強大的、不由自主的趨使」。而有關這些性的無意識表現，這位學者甚至說：「都是對人類早期生殖崇拜現象的復歸，是維納斯的回聲。」然後又扯到「正是這回聲，使得人類和我們民族生生不息，源遠流長，從遠古走到現在，從現在走向未來。」[62]唉，真能掰！

---

[60] 張小虹，〈交易女人〉，《性帝國主義》(台北：聯合文學出版公司，1998 年 11 月)，頁 51。

[61] 與此類同的，鄧全明解讀下的現代主義，成了「一面虛張聲勢的旗」(〈現代主義：一面虛張聲勢的旗——台灣現代派文學的另一種解讀〉，《世界華文文學論壇》，2002 年 3 月，頁 8-12)。我不喜歡這種說法，因為台灣在特殊的時代，接受了現代主義文學這種表現形式，其實自有其包容與涵蓋的能力，正如荷米・巴巴所謂的「含混」、「交融」，現代主義固然曾經專權地提供趨近於「出世」的屬性，作家們從現代主義那兒固然也「拿來」了不少東西。不過，社會與人的況味其實從未消失過。舉例來說，創刊於 1965 年的《劇場》雜誌，在同年 9 月份搬演貝克特的荒謬劇《等待果陀》，據姚一葦等人憶述，多數觀眾看不懂、不能忍受，以至於引起騷動與離席，但對於陳映真和劉大任來說（陳映真（許南村)：〈現代主義底再出發——演出「等待果陀」〉底隨想，《劇場》第 4 期，頁 269；劉大任〈演出之後〉，《劇場》第 4 期，頁 267-268)，這場戲仍體現了一種「中國的意志與思維」的美好。換言之，正如呂正惠所說的，流行在台灣的現代主義，很快就被台灣化了。

[62] 范裕華，〈試論陳映真小說中的「無意識」〉，《浙江社會科學》第 3 期 (1999 年 5 月)。

持平地說，該學者的觀點並非獨創，80 年代，李歐梵在爲《陳映真作品集》所寫序文就提到過。他說：「在許多夢魘意象和肉慾描寫（特別是女人的乳房）的片段中，我看到中國現代文學中罕有的一種性的潛意識，這一種爲壓抑的願望（desire）的衝動，恰和故事所描寫的『上層建築』相抗衡，形成了一種『張力』。」這種願望並未實現，也未獲解決，它只能「隱藏在一些宗教性的意識叢中」。[63]

當然，陳映真仍有其偏執的地方。比如他寫〈鈴璫花〉、〈山路〉、〈趙南棟〉，去爲 50 年代那些爲所謂理想而獻身、而捐軀的青年申辯。然而，在陳映真看來，彷彿經過了那一個年代之後，「代表著熾熱的理想和純美的人格的那一代」就「消失」了，然後「台灣的歷史就一直在向『墮落』的路上走」。[64]關乎此，詹宏志很早就指出陳映真對於進步與守窮的矛盾。[65]在〈山路〉，把資本主義化的社會定位爲「家畜化」，是出自左派知識分子的潔癖。然而同樣在〈山路〉，陳映真又哪裡能否認他已經看到社會被資本主義「馴化」之後的文明與便利？古書上說：「君子固窮，小人窮斯濫矣。」反之，難道君子不能富而固守本分？嫌貧愛富當然不好，但誰能保證君子長居陋巷卻都能貫徹始終，不致改志變節？

我無法否認，陳映真往往是「先驗地認可了左翼的理想性與合法性」，藉此發揮他的文學與政治觀點。因此，「與其說這是記憶政治，毋寧說是被政治化了的記憶」。[66]

黎湘萍眼中的陳映真比較特別。他指出，陳映真在〈加略人猶大的故事〉中，對猶大有獨特的理解，他將猶大塑造成充滿革命幻想的奮銳

---

[63] 李歐梵，〈小序「論陳映真卷」〉，《陳映真作品集 14：愛情的故事》、《陳映真作品集 15：文學的思考者》（台北：人間出版社，1988 年）。

[64] 呂正惠，〈歷史的夢魘——試論陳映真的政治小說〉，《陳映真作品集 15・文學的思考者》（台北：人間出版社），頁 220。

[65] 詹宏志，〈理想論者的思想與歷史觀〉，《陳映真作品集 10・走出國境內的異國》（台北：人間出版社，1988 年），頁 22-23。

[66] 陳建忠，〈末日啟示錄：論陳映真小說中的記憶政治〉，《中外文學》32 卷 4 期（2003 年 9 月），頁 123。

黨人，人們誤解的背叛，在猶大卻是不得不然的。[67]所以，「你可能偶而會感覺到他『不合時宜』，對他的有些話有時不以為然。但是，常常卻是那些話，會變成你內心裡的一個聲音，警告著你，讓你不會滑向離他太遠的地方。也許你會堅決反對他的觀點，但你對他的人格依然肅然起敬」。[68]不過，話雖如此，這也只是一種惋嘆，卻無濟於陳映真長期遭到側目的命運。

香港學者黃繼持認為陳映真的文藝肩負著「上下求索，自覺覺人」的啓蒙任務，又「兼及戰鬥的職能：吶喊、抗爭，指向社會政治行動」。他的「『人』跟『人』連在一起，『個人』又跟『國家』連在一起」。黃繼持與前述余杰持論大異，他認為陳映真「繼承魯迅以來新文學的傳統」。[69]這其實也是給陳映真貼標籤，前者突出陳映真的政治社會光譜鮮明，後者所述的文學成績，卻也只是為前者添增光彩。因為黃繼持十分瞭然，「像陳映真這種形態的中國文人，五四以來，多會走上某一程度的社會實踐的道路，於是藝術思維與社會思維時重時輕，後者逐漸蓋過甚且取代前者」，屆時，「『作家』便難以保證其為『藝術家』的素質」。[70]

七、歸鄉

2009年，「陳映真創作五十週年國際學術研討會」與「向陳映真致敬」活動登場，像要為臥床近三年的陳映真，再作一場「批判與清理」。[71]

---

[67] 黎湘萍，〈「出走」的「使徒」〉，《文學世紀》(2004年3月)，頁25。

[68] 黎湘萍，〈「出走」的「使徒」〉，《文學世紀》，頁25。

[69] 黃繼持，〈在現代中國文學脈絡中重讀陳映真作品〉，《魯迅・陳映真・朱光潛》(香港：牛津大學出版社，2002年)，頁119-120。

[70] 黃繼持，〈在現代中國文學脈絡中重讀陳映真作品〉，《魯迅・陳映真・朱光潛》(香港：牛津大學出版社，2002年)，頁119-120。

[71] 相關活動由財團法人台灣文學發展基金會、《文訊》雜誌社主辦。另，並偕同台北市文化局、趨勢教育基金會 http://www.trend.org/event/2009masterevent/index.html、南村落、人間出版社等單位，發起「向陳映真致敬」。

倒下之前，陳映真曾說：這十年他並不快樂。2001 年，在大陸的作家代表大會上，王安憶看到熙熙攘攘的人叢裡，陳映真是寂寞的。「我覺得他不僅是對我，還是對更多的人和事失望。」王安憶說：「我從來沒有趕上過他，而他已經被時代拋在身後，成了落伍者，就好像理想國烏托邦，我們從來沒有看見過它，卻已經熟極而膩。」[72]

我理解。當他為那些在「諸神噤口的暗夜」被帶往流放之島的同路人感到傷悲；當他為身在文化帝國主義籠罩下卻不明所以的人們奔波疾走。特別是當他所面對的是與他政治社會光譜迥異，並立意要更嚴厲地批判他的人的同時，我更能理解陳映真心心念念著的東西。他說：

> 戰後台灣思想的一個特點是缺少了一個眼睛——一個左眼。左眼沒什麼了不起，可是人失了左眼，他的平衡就會發生問題。……。左派的觀點也不是什麼太了不起，可是它是一個很重要的視角。[73]

黎湘萍說：「台灣因為有了陳映真而免於恥辱。」這位在大陸聽過各種馬克思理論的學者，認為：「陳映真的價值在於他的遠見和對現實的洞察力。」所以，即使有人怒斥「有這種統派，誰還需要馬克思？」我還是願意接受：「馬克思」是作為一種理想的標章，「閱讀陳映真，就是一種反省和清洗自己的傲慢的靈魂的過程」。

說真的，卸下政治民族理念的妝彩，單單閱讀文學文本，難道你不會受到直接的衝擊，像釋放了枷鎖一般的撼人心醉？假使再添上民族政治理念的堅持，難道你真能堅決地否認你對他——你對陳映真沒有撞自心靈深處的悸動？

要解讀陳映真是很困難的，「陳映真這個人太複雜了，而且充滿了矛盾」。「陳映真作品裡的愛情故事，它所涵蓋的浪漫情操，恐怕也不能

72 王安憶，〈英特納雄耐爾〉，《聯合報》，2003 年 12 月 22 日。亦收在《王安憶散文》。
73 2000 年 1 月 23 及 30 日大愛電視台「大愛新聞雜誌」節目，陳映真接受楊渡訪問。

以理想或純情的觀點視之，而是和某種潛意識分不開的，是一個解不開的『情意結』。」[74]平議陳映真研究，是一項艱鉅任務。往往，我明知他有不可理喻之處，卻難掩一種基於子爲父隱的幽襟。

[74] 李歐梵，〈小序「論陳映真卷」〉，《陳映真作品集 14：愛情的故事》、《陳映真作品集 15：文學的思考者》。

講評

郝譽翔*

在閱讀本論文之前，原本預期的是一篇當代文學學術史，以陳映真爲研究對象的論文，探討兩岸從 1980 直到 21 世紀的陳映真研究，其研究方法的改變與差異等等，而曾萍萍博士這篇論文的企圖已經超越上述的角度，她不僅在探討陳映真的研究，更大的目的在爲作家陳映真作總評，換言之，研究已經退居而後，曾萍萍是要超越這些研究，試圖去做出陳映真的全貌，這篇論文其實可以做爲本次研討會的總結，應該放在這次會議的最後一篇。

這篇論文具有相當大的雄心與困難的挑戰，筆鋒夾敘夾議，也透露出相當深厚的眷戀之情，如同這篇論文最後一句話：「往往，我明知他有不可理喻之處，卻難掩一種基於子爲父隱的幽襟。」曾萍萍以抒情的論述方式道出陳映真研究複雜的面向和矛盾，但奇妙的是，這種方式，反而頗能夠直指陳映真的核心。這整篇論文是一篇情感豐沛的論文，大量的學術史料、引用，但不會掩蓋她對於陳映真的仰慕之情，也因此這是一篇可讀性高、文氣澎湃的論文，即使裡頭有些不合學術規範的語句，卻很貼切的夾在論文當中，我認爲這反而更符合陳映真理性又充滿感性的矛盾綜合體。縱然陳映真是個馬克思主義者，但他本質上還是個抒情又浪漫的人，因此通篇讀完論文後，可以知道作者對於陳映真相當的瞭解，且相當親近的去瞭解陳映真先生。

本論文試圖從幾個面向去切入陳映真的研究，首先是第二節「一個作家的迷失跟成長」，主要論述的是陳映真從現代主義往現實主義的轉折，接下來第三節「我讓這些嘴爲我說話」，指的是陳映真爲小人物、

* 中正大學台文所教授。

爲弱勢發言，第四節「最後的烏托邦」，探討文學與社會如何做結合，這部分甚至造成陳映真作品的某些困境，例如曾萍萍提到，陳映真將爲載道過重而走到文學與社會的偏鋒，我不禁懷疑所謂的載道爲文學爲人生，難道是負面的嗎？就文學史而言，恐怕不是如此，因此，如何載道？如何偏鋒？還請曾萍萍再做精確的說明。

接下來在論文第五節的部分「台灣鄉土文學的一面旗幟」，乍看這個標題不清楚這節的內容爲何，事實上曾萍萍在這節裡頭探討兩個焦點，第一是宗教的面向，我好奇的是陳映真如何從宗教意識去過渡到對資本主義的批判，這部分在論述中似乎還須更好的銜接以及說明他的轉折從內省到外在批判；第二，我們如何看待大陸學者說陳映真比大陸還大陸這個現象？第六節「殺身體不能殺靈魂的」提到性的部分，曾萍萍引李歐梵教授的「隱藏在一些宗教性的意識叢中」，是否可以再加以闡釋。

最後我想補充的是關於比較研究的部分，21 世紀的左翼作家其實不限於台灣與大陸，這是一個世界性的現象，很多優秀的作家都有左翼的背景，甚至實際參與社會運動，我們如何把台灣的左翼作家與世界的左翼作家做一個比較，這應該是一個可以持續觀察的面向。（按：本文依學術研討會之論文講評記錄整理）

「第三世界」視野與陳映真現實主義文學理念與創作

朱雙一[*]

前言

「第三世界」是陳映真思想和創作中最重要的因素之一，也是他延續數十年而不輟的思考焦點之一。作於 2005 年 5 月的〈對我而言的「第三世界」〉[1]屬於陳映真生病前的最後幾篇作品之列，就說明了這一點。陳映真所謂「第三世界」，並非來自西方概念，而是與毛澤東的「三個世界」劃分理論關係最為密切。首先，雖然陳映真的早期作品已出現一些「第三世界」思想的萌芽，但在台灣文壇首次正式提出「第三世界」和「第三世界文學」這兩個詞，還是七〇年代後期的鄉土文學論戰時[2]，而此時正是毛澤東於 1974 年 2 月在會見贊比亞總統卡翁達時明確、完整地提出「三個世界」劃分思想的兩三年之後。[3]其次，也是更重要的，

---

* 廈門大學台灣研究中心、台灣研究院教授。

[1] 陳映真〈對我而言的「第三世界」〉，陳光興編《批判連帶：2005 亞洲華人文化論壇》（台灣社會研究季刊社，2005）。又發表於北京《讀書》2005 年第 10 期。

[2] 陳映真在〈對我而言的「第三世界」〉一文中說有可能是在〈鄉土文學的盲點〉一文中首次提出這兩個詞，但筆者以為該文僅有「全亞洲、全中南美洲和全非洲殖民地文學」等相似的提法，應是 1978 年 8 月《仙人掌雜誌》發表的〈在民族文學的旗幟下團結起來〉一文中才有「第三世界」、「第三世界的文學」等概念的明確、重複的出現。

[3] 毛澤東說：「我看美國、蘇聯是第一世界。中間派，日本、歐洲、澳大利亞、加拿大，是第二世界。咱們是第三世界。」「美國、蘇聯原子彈多，也比較富。第二世界，歐洲、日本、澳大利亞、加拿大，原子彈沒有那麼多，也沒有那麼富，但是比第三世界要富。」「亞洲除了日本，都是第三世界，整個非洲是第三世界，拉丁美洲是第三世界。」（毛澤東，〈關於三個世界的劃分問題〉，《毛澤東文集》第八卷（北京：人民出版社 1999 年版），第 441～442 頁）同年 4 月 10 日，鄧小平根據毛澤東的歷次指示撰寫、並經中共中央政治局討論通過和毛澤東審閱批准，在聯合國大會第六屆特別大會上發言道：「從國際關係的變化看，現在的世界實際上存在著互相聯繫又互相矛盾著的三個方

是陳映真所謂「第三世界」的實質內涵，與毛澤東的理論極爲接近。此前一些西方理論對「三個世界」的劃分以生產方式作爲依據，以「自由經濟工業化國家」(即發達資本主義國家)爲「第一世界」，以「中央計劃經濟」的社會主義國家爲「第二世界」，而以世界上經濟不發達的自由市場國家爲「第三世界」，帶有明顯的意識形態色彩。[4]而毛澤東的劃分，卻是以美、蘇兩個超級大國爲「第一世界」，以廣大的亞、非、拉及其它地區的欠發達或「發展中國家」爲「第三世界」，處於這二者之間的發達國家爲「第二世界」。很顯然，這是將馬克思主義的階級分析方法，運用到了國際關係和世界格局的戰略理論體系上。這一理論具有幾個要點。一是它針對著美、蘇超級大國對外擴張，侵略、剝削欠發達的弱小民族和國家，試圖稱霸世界的行徑，將反對帝國主義和霸權主義當作急迫的任務。其次，它將爭取民族解放、人民民主，當作第三世界人民的共同目標和出發點。毛澤東憧憬著全世界被壓迫民族和人民聯合起來，反對帝國主義和各國反動派，努力建立一個沒有帝國主義和剝削制度的新世界。[5]其三，明確了「中國屬於第三世界」的戰略定位。在世界「冷戰」格局中，中國曾一度歸屬於兩大陣營中的社會主義陣營，而後來自我定位於「第三世界」中，使中國在兩大陣營之外找到了新的外交空間和革命力量，找到了新的「夥伴」、「朋友」乃至「戰友」，其意義，則在於解除了冷戰中的固有角色局限，更突破了「冷戰思維」。而上述幾點——「反霸」、支持民族民主運動、破除「冷戰思維」等等，同樣也是陳映真思想和創作中的幾個重要支點。

除了「第三世界」外，本文題目中的另一關鍵詞是「現實主義」。

面、三個世界。美國、蘇聯是第一世界。亞非拉發展中國家和其他地區的發展中國家，是第三世界。處於這兩者之間的發達國家是第二世界。」(見《人民日報》1974 年 4 月 11 日) 隨後且鄭重聲明：「中國屬於第三世界。」「中國現在不是，將來也不做超級大國。」

4 陳映真，〈對我而言的「第三世界」〉，陳光興編，《批判連帶：2005 亞洲華人文化論壇》，頁 4～5。

5 《毛澤東思想發展的歷史軌跡》，電子書，湖南出版社，www.52eshu.com/software/catalog43/9619.html

我們把「陳映真乃一位現實主義作家」當作一個不證自明的命題。這是因爲無論是他對於現代主義逃避現實傾向的批判，或是他的諸多的理論主張，還是他的創作中體現出的緊扣時代脈搏，勇於直面現實、批判社會醜惡的特點，都毫無疑問地說明了這一點。然而泛泛而說「現實主義」，也許流於一般化。我們更爲重視的是陳映真現實主義與眾不同的以「愛」爲根柢而又深具批判性和思考力的特點，以及這些特點與陳映真的「第三世界」觀念和視野的關係。我們認爲，「現實主義」和「第三世界」在陳映真這裡具有互爲作用、相互促進的關係：現實主義的理念和實踐促進了陳映真第三世界視野的形成；第三世界視野又使陳映真的現實主義得以深化，強化了自己的特點。因此，陳映真的「第三世界」觀念和視野是如何形成的？它們具有哪些深具價值和意義的內涵？這種觀念和視野是如何作用於陳映真的現實主義文學理念和創作實踐中，對他的理論和創作特點的形成產生了什麼樣的作用？諸如此類，都是本文將著重探討的問題。

一、現實問題關注與「第三世界」認同和視野的建立

陳映真作爲一位堅定的現實主義作家，關注、描寫和批判社會現實問題是他一以貫之的創作圭臬；作爲一位「第三世界」作家，則必然經歷一段身份建構的過程。對於陳映真來說，「身份」一經確立，它就不是無關緊要的標籤、口號、炫耀之資，而是代表著一種立場、原則、理想的堅持和責任的承擔。陳映真從其親身經歷和創作實踐中「建構」其「第三世界」作家的身份，對於「身份」的認知和自覺使他在實際行爲中堅持某種原則和立場，反過來又加強了他對於自身身份的自覺。這二者相輔相成，相互加強。

正如毛澤東所強調的：中國屬於第三世界。而台灣與大陸同爲中國之組成部分，自然也屬於第三世界的範疇。不過，這樣說顯得「本質主義」色彩太重。其實，無論是大陸還是台灣，其屬於「第三世界」，還

有更深刻的內部社會經濟發展和生產關係狀況、外部與帝國主義之關係等依據。如果說陳映真對台灣的認同也許是作爲台灣人的「天生」的情感，那對「中國」的認同竟產生於對「問題」——即舊中國貧窮、落後的狀況——的關注上。這裡顯示出魯迅先生的深厚影響，用陳映真自己的話說，這種影響「是命運性的」[6]，即決定了他一生的根本方向。青少年時代的陳映真無法看到新中國的文學作品，經過尋覓卻可以「偷偷」地閱讀一些馬克思主義的書籍和五四新文學作品。而他的「中國」認同，竟來自魯迅《阿 Q 正傳》中所描寫的當時中國的苦難現狀給予他的衝擊和刺激：小學五、六年級時「弄到」一本小說集，其中一個故事講一個可笑的鄉下老頭，被人打了後就對自己說那凌暴的人是他的兒子，以自我安慰，「那時候，對於書中的其他故事，似懂非懂。惟獨對於這一篇，卻特別的喜愛……隨著年歲的增長，這本破舊的小說集，終於成了我最親切、最深刻的教師。我於是才知道了中國的貧窮、的愚昧、的落後，而這中國就是我的；我於是也知道：應該全心去愛這樣的中國——苦難的母親。」他並深信：「當每一個中國的兒女都能起而爲中國的自由和新生獻上自己，中國就充滿了無限的希望和光明的前途」。然而幾十年來時常會碰到一些「對中國的苦難和落後抱著無知的輕蔑感和羞恥感」，甚至「幻想著寧爲他國的臣民，以求取『民主的、富足的生活』的中國人」，在痛苦和憐憫之餘，深切感謝「少年時代的那本小說，使我成爲一個充滿信心的、理解的、並不激越的愛國者。」[7]這一表白的深刻之處在於：陳映真並不是看到一片富足歡樂、美妙無比的景象——如西方人所自我標榜的——才覺得這個國家值得去愛，相反，他是看到了苦難和落後而對祖國產生了濃郁的「愛」。當一個人看見民族和人民的苦難不是冷漠地、避之惟恐不及地轉身而走，而是思考如何才能克服這種落後狀態，使民族擺脫貧困和愚昧，這種「祖國愛」必然是深沉、

[6] 韋名，〈陳映真的自白——文學思想及政治觀〉，原載《七十年代》月刊，1984 年 1 月號；引自《思想的貧困（陳映真作品集 6）》(台北：人間出版社，1988)，頁 35。

[7] 陳映真，〈鞭子和提燈——代序許南村：《知識人的偏執》〉，許南村，《知識人的偏執》（台北：遠行出版社，1976），頁 25～26。

堅定、永世不移的，即使發生了某種重大變故和歷史曲折，也難以動搖——用陳映真自己的話說：「我是個死不悔改的『統一派』」[8]。由此也可理解，當與陳映真「同輩的一小部分人」在八〇年代時勢變化後產生了分離主義的傾向，陳映真卻能始終不渝地堅持其「祖國統一」的立場和追求，數十年未有絲毫的改變。[9]這種情況也讓我們想到賴和等：同樣是看到 1920 年前後中國軍閥混戰、民不聊生的情形而深感焦心，但這並沒有使他離「中國」而去，反倒堅定了他的民族抵抗精神和關心社會、關心民眾疾苦的現實主義文學取向。[10]因此可以說，陳映真既傳承了魯迅精神，也與日據時代台灣文學先賢遙相呼應。

陳映真在現實觀照——特別是對苦難和落後狀態的觀照——中建立了對於「中國」的堅定的認同，而「中國屬於第三世界」（毛澤東、鄧小平語），因此其認同延展到整個第三世界，本來也是很自然的事。當然，陳映真的「第三世界」認同與其「中國」認同一樣，具有更深刻的政治、經濟和文化現實狀況的依據。他看到了廣大「第三世界」——主要指前殖民地——數百年來在新老殖民主義、帝國主義掠奪和壓榨下，普遍陷入戰亂頻仍、經濟落後凋敝、人民生活貧困不堪的狀態中；而有壓迫就有反抗，廣大「第三世界」人民和中國人民一樣，展開了反抗殖民主義、帝國主義的英勇鬥爭。正是在這相同或相似命運的觀照和共感中，陳映真將其認同由「中國」延展到廣大的「第三世界」。也就是說，陳映真認同的是一個由於殖民主義、帝國主義的壓迫和剝削而暫時處於落後、貧困狀態，而其人民正奮起反抗，為民族解放和人民民主進行著艱苦卓絕鬥爭的「第三世界」。這就決定了陳映真不會為西方所

8 蔡源煌，〈思想的貧困——訪陳映真〉，《台北評論》第 2 期（1987 年 11 月）；引自《思想的貧困（陳映真作品集 6）》，頁 128。

9 陳映真在接受韋名的訪問時曾說：「魯迅的另一個影響是我對中國的認同。從魯迅的文字，我理解了現代的、苦難的中國。和我同輩的一小部分人現在有分離主義傾向。我得以自然地免於這個『疾病』，魯迅是一個重要因素」，可為參證。見《思想的貧困（陳映真作品集 6）》，頁 35。

10 參見賴和寫於廈門的〈中秋寄在台諸舊識〉、〈同七律八首〉、〈於同安見有結帳幕於市上為人注射瑪琲者趨之者更不斷〉等詩。

標榜的先進、文明、富足、快樂、「現代化」所誘惑；不會為本國本地區可能產生的崇洋媚外的社會風氣或現代主義的文學風氣所吸引而陷溺其中；也不會為「中國」或廣大「第三世界」發生的重大變故和歷史曲折（如戰亂、災荒等等），或目睹了實際狀況與自己的美好想像有所差距而動搖。同時，這也決定了其必然的現實主義的創作理念和方向。

陳映真的「第三世界」認同和「第三世界作家」身份的確立，既代表著一種立場、原則的堅持和責任的承擔，反過來，也是一種第三世界的視野和「第三世界問題意識」[11]的獲得。有了這種意識和視野，再加上他在茲念茲的社會科學理論的燭照，陳映真具有了對一些重大的、根本性問題的準確而深刻的認知。這裡以與「身份」、「認同」緊密相關的「民族主義」問題為例。陳映真從第三世界被壓迫、被奴役、被剝削而造成的落後處境及其人民的反抗鬥爭中認同了「第三世界」。然而殖民地、半殖民地乃至新殖民地人民的「反抗」，由於違背了帝國殖民利益或資本主義「世界體系」、「全球戰略」的推行，有時會被冠以「民族主義」之名遭受譏笑（「民族主義」這時成為一句「罵人的骯髒話」），這些國家和地區的「民族主義者」甚至遭受鎮壓、監禁和暗殺。然而在陳映真看來，所謂「民族主義」相應於不同的主體，是有根本區別的，因此要分清侵凌者民族的「民族主義」和被凌辱者民族的「民族主義」。[12]帝國主義、西方列強的「民族主義」，未必是好東西，如希特勒宣揚雅利安人是優等人種，就是典型例子。而鼓吹「極端化了的、盲目的民族主義熱情」的「沙文主義」，對別民族懷有褊狹的見解，對其文化顯示輕視、厭惡、不信任的情感，常自以為是「上天的選民」，負有特殊的歷史任務，像英國人以宣揚基督教、傳播文明等「白種人的負擔」為其帝國主義飾辯；美國人常自認有推廣美式民主體制的歷史使命等等。[13]

[11] 陳映真在〈對我而言的「第三世界」〉一文中有台灣「『第三世界』問題意識極端荒廢」之說，可見這種意識在陳映真心目中的重要性。

[12] 陳映真，〈評「中國不可以說不」論——代出版說明〉，《陳映真文集・雜文卷》（北京：中國友誼出版公司，1998），頁 461。

[13] 陳映真，〈在民族文學的旗幟下團結起來〉，原載《仙人掌雜誌》第 2 卷第 6 號（1978

與此截然相反，十九世紀以來亞洲的民族主義，是「回應同時期西方帝國主義侵凌的產物，具有鮮明的反帝國主義性質」[14]；正是西方帝國主義列強（包括日本帝國主義）在其殖民地或佔領區，點燃了各第三世界國家和地區的民族主義的火焰，「帝國主義列強對中國的瓜分，使中國產生了中山先生、以及他所領導的，綿延至今的中國民族主義運動。同樣，正是英法帝國主義的壓迫，教育了土耳其、中東、印度半島和非洲各民族，讓他們高高地舉起民族主義的旗幟，為自己民族的自由，國家的獨立，進行漫長、堅定的奮鬥。」[15]因此，「民族主義」是第三世界人民反抗帝國主義侵略的光輝旗幟，無論是包括台灣人民在內的全中國人民的抗日鬥爭，或是韓國民眾格外強烈的反對民族分斷、追求國家統一的精神，菲律賓作家在艱苦條件下恢復本民族語言和對抗「美國商品」的舉動，諸多第三世界國家從八〇年代中期開始興起的民族覺醒運動，乃至阿拉伯產油國的「資源民族主義」，都受到陳映真的讚許、首肯或關注。甚至常被某些人恥笑的義和團運動，陳映真卻認為「那是十九世紀西方列強肆意侵侮中國，當衰衰王朝的官僚、滔滔天下的士人在帝國主義淫威下戰悚、下跪的時候，中國農民決然而起，以血肉向『文明』的暴力抗議的，中國歷史上第一次現代意義的民族運動。」[16]當然，陳映真此語是針對有人攻擊鄉土文學作家「翻出帝國主義侵華的老賬」、「將有重蹈義和團的悲運之虞」而發的。陳映真的回答是：「對我們來說，只要帝國主義的支配——不拘形式之新舊——存在一天，『帝國主義侵華』的歷史就一天不只是一筆『老賬』而已。」[17]

進一步，陳映真還指出：亞洲式的民族主義，都含有對自己民族的宏偉歷史、既有成就的深刻敬意和榮耀感，「但這是針對著被西方帝國主義的打擊、摧殘而蘇醒的民族自尊心」。他們反對其他民族的統治階

年 8 月）；《中國結（陳映真作品集 11）》（台北：人間出版社，1988），頁 47～48。
[14] 陳映真，〈在民族文學的旗幟下團結起來〉，《中國結（陳映真作品集 11）》，頁 46～47。
[15] 陳映真，〈在民族文學的旗幟下團結起來〉，《中國結（陳映真作品集 11）》，頁 41。
[16] 陳映真，〈在民族文學的旗幟下團結起來〉，《中國結（陳映真作品集 11）》，頁 46～47。
[17] 陳映真，〈在民族文學的旗幟下團結起來〉，《中國結（陳映真作品集 11）》，頁 45。

層所發出來的帝國主義本身，卻不以種族優越感去反對那個民族的人民；他們在自己民族的歷史傳統中汲取民族自信心，卻不憚於承認和學習別民族——包括帝國主義國家——的各種長處，勤儉刻苦，努力使自己民族在政治、經濟、文化等各方面「迎頭趕上」。針對有台灣作家稱：「西洋文化則短在只見其形，不識圖象；唯中國文化……無一不是既形且象的合一，核子的渦狀旋轉，電子繞核而轉……這些至微至大的有形現象，還只是今世紀物理與天文學的新發現，新知識，惟中國人是遠古即知」，陳映真反駁說：「民族主義者絕不躲迸玄學裡去尋求安慰……有現代知識的民族主義者懂得：玄學的所謂『循環』說，和核子物理學上『核子的渦狀旋轉』之論，和『電在繞核而轉』，是完全兩回事。他們更懂得：要自己的民族得自由，國家能獨立，就要老老實實地學習現代科學和技術，依照中國的具體條件，爲己所用，絕不以『古已有之論』，或者像清末的迂儒說：『彼美利堅者，固何『美』之有，何『利』之有，又何『堅』之有乎？』來補償自己的民族自卑情緒。」[18]這也正是作爲帝國主義壓迫之產物的亞洲民族主義的要義和所需警惕者。

由此可知，第三世界視野使陳映真的民族主義建立在具體的反抗帝國主義的意義上，而不是建立在虛幻的民族優越感，或「中華文化」偉大、悠久等抽象、無力的套語中。中國、亞洲、第三世界的民族主義，是它們受到帝國主義欺淩的產物，而非虛幻的、夜郎自大式的種族優越性的產物。建立在所謂「種族優越性」上的民族主義，就有可能走向希特勒的法西斯主義或各式各樣的沙文主義。在當代台灣的具體語境中，來自大陸的「外省」人士和已世代居住於台灣的「本地」居民，在遇合時會產生一些「難題」。一部分人（以其生命經歷烙刻著中國歷史由近代向現代過渡所引起的「劇烈胎動」和「陣痛」的外省籍人士居多）會有「中原沙文主義」的遺留；另一部分人（以不能正確認識「因陣痛帶來的混亂、落後和苦難所掩蔽的中國的真正面貌」[19]的本省籍人士居多）

[18] 陳映真，〈在民族文學的旗幟下團結起來〉，《中國結（陳映真作品集 11）》，頁 48。
[19] 許南村，〈試論陳映真〉，陳映真《第一件差事》（台北：遠景出版社 1975 年初版，1978

則以虛幻的「台灣種族優越」試圖杜撰本不存在的「台灣民族」論。這二者都遭到陳映真的反對。陳映真引用孫中山《三民主義》寫道：中國的民族主義，是對內「五族一家」、「各民族一律平等」；對外抵抗外來的侵略，「中國民族自求解放」，「振起民族精神，求民權民生之解決，以與外國奮鬥」，「對於弱小民族要扶持他」，俟中國強盛以後，不滅人國家，不學列強的帝國主義，而且更要進一步負起「扶弱濟傾」的「大責任」；除此以外，「一切不講反對帝國主義，以沙文主義破壞中國各民族團結的理論，都要受到嚴肅的關切和應有的批評」。[20]可以說，由於冷戰和內戰結構及其意識形態的彌漫，由於戰後台灣資本主義發展的依賴性質及美、日帝國主義對戰後台灣社會的強大支配，所以在台灣有相當一部分人不是像孫中山和廣大「第三世界」那樣在「反帝」的意義上講民族主義，而是剝離「反帝」的內核而回過頭去抽象、虛幻、夜郎自大式宣揚所謂中華文化的優良，這爲陳映真所不取。

從民族主義延伸到民族文學和「第三世界文學」問題，陳映真指出：「我們的民族文學，便必須不折不扣地以類似這樣（即以『反帝』爲其出發點和精神內核——筆者按）的民族主義爲實踐的綱領。」因此陳映真認爲：「在現在時期提出民族文學問題，應該對立於惡質西化了的文學而提出……在強權稱霸，通過綿密的政治、經濟、文化的獨佔而支配弱小、落後的民族和國家的時代，中國在將來一段長時期的歷史中還要面對許多困難。因此，中國文學，必須繼續抗日戰爭以來中國同胞要求改革創新，我們的民族要求從一切外來的壓迫中求得自由，以及我們的國家要求完全的獨立和尊嚴的主題。離開這些主題，民族文學便失去具體的內容。讓我們在海內外愛國的中國人所一致關切和喜愛的，在台灣成長起來的民族文學上，共同克服中原沙文主義和地方分離主義，團結

年五版），頁 28。

[20] 陳映真，〈在民族文學的旗幟下團結起來〉，引自《中國結（陳映真作品集 11）》，頁 52～53。

起來！」[21]

陳映真同時在共同的反抗帝國主義的意義上，將中國（含台灣）的「民族文學」與「第三世界文學」緊緊地聯繫在一起。針對有人抨擊「向第三世界文學認同」爲一種「自棄」的「行爲」，陳映真指出：這種說法包含著「文學泛歐（美）中心主義」的思想，以爲第三世界文學和第三世界國家經濟一樣的落後。「事實上，中國文化和文學，和其他第三世界文化和文學一樣，有過輝煌的過去」。直至十六世紀以後，隨著歐洲的「發展」和擴張，整個第三世界便在資本主義世界體系的形成運動中，淪入萬劫難復的貧困、疾病、文盲、饑餓等的泥淖之中，「今日富國之富，是在這世界體系的形成運動中富的！貧國之貧，也恰好是在世界體系的形成運動中破落下去」，今日「文明」國之文明，以及今之「落後國」文化之落後，也是一樣。「而正是在對抗新舊殖民主義的反抗運動中，第三世界展開了各自的現代文學。中國五四以來的文學運動，便與反帝、反封建這個各殖民地自求解放的思想和政治運動分不開。」只有「模仿的現代派」，才把自己的文學傳統看成「弱勢文學」，拼命想把自己按照西方的式樣，加以徹底的改造；把台灣的文學「依附」在西方文學價值之下，構成和西方發生「主從」關係的文學！而反對模仿的、依附的、從屬的買辦性文學的人們說中國現代文學「屬於第三世界文學」，是因爲相同的歷史發展，相同的受支配於新老殖民主義的命運，使中國——尤其是五〇年代以後的台灣——現代文學，經過了「模仿」和「反抗」這個第三世界文學共同的發展過程。中國現代文學，是從中國近、現代史的發展行程，客觀地規定了它的第三世界的屬性，而不是有誰主觀地主張「認同」於第三世界文學。[22]陳映真這一論述是頗爲深刻的。他從數百年來「世界體系」的形成過程來看待目前發達和欠發達

---

[21] 陳映真，〈在民族文學的旗幟下團結起來〉，引自《中國結（陳映真作品集 11）》，頁 53～54。

[22] 陳映真，〈反諷的反諷——評〈第三世界文學的聯想〉〉，原載《自立晚報》副刊（1984 年 3 月 24 日）；《西川滿與台灣文學（陳映真作品集 12）》（台北：人間出版社，1988），頁 66～67。

國家之間的發展差距問題及其根本原因，破除「經濟」落後，「文化」也必然落後的「西方中心主義」的迷思，並在共同的被殖民歷史命運和共同的「反帝」主題的必然性上，認同了中國的「民族文學」和更廣大的「第三世界文學」。

由此我們看到了陳映真建立其富有特色的現實主義文學理念和創作的邏輯線索：在對現實「問題」——特別是近代以來中國遭受帝國主義之欺凌、掠奪而呈現的落後現狀——的關注中建立起對「中國」及中國「民族文學」的認同，並在共同或相似的被殖民歷史命運和共同的反抗帝國主義的任務中，將這種認同擴大於整個「第三世界」及其文學。陳映真由此自動歸隊於「中國作家」和「第三世界作家」的行列中，並承擔其相應的責任——對外反抗新老殖民主義的民族主義使命、對內革新各自社會現狀的民主主義使命。而這種認同反過來擴展了陳映真的全中國的、乃至「第三世界」的廣闊視野，增加了他的思想和理論資源，這使他的「現實主義」並非停留於一般的泛泛而談的或當作「標籤」的層面，而具有了強烈的批判性和敏銳性，豐厚的思考力和深刻性，以及在批判中以「愛」爲出發點而產生的感動人心的力量和思考中力求想像力「飛揚」的藝術追求等特殊的「標記」。當然，陳映真「現實主義」的敏銳批判性、思想深刻性和以「愛」爲根柢等三大特點，既有作家個人的原因，更與他對「第三世界」文學經驗的借鑒分不開。

在他看來，台灣文學屬於第三世界文學的範疇，但與中國大陸和廣大亞非拉地區的文學相比，仍有很大距離，因此也就存在著向第三世界（含中國大陸）作家學習的必要性。也正是在觀察、研究並借鑒第三世界作家的文學理念和創作經驗的過程中，陳映真使自己的「現實主義」的文學觀念和創作實踐，獲得進一步的周全、深化和提升。本文將在以下的篇幅中，著重從吸取第三世界文學的「現實主義」理論營養和經驗的角度，分別對此三大特點加以進一步的論述。

二、批判性和敏銳性：語境意識和問題意識的作用

陳映真現實主義文學理論和創作的第一個特點，是具有強烈的批判性和超乎常人的敏銳性，可以說是一種「戰鬥的現實主義」，也可說是中國現代文學魯迅式現實主義批判傳統的承續。[23]這種充滿戰鬥、批判精神的現實主義與一般現實主義的區別，可從陳映真對鍾理和式「素樸的寫實主義」的評說中看出來。在陳映真看來，鍾理和、吳晟等以及創辦《台灣文藝》、《笠》詩刊的作家們，並沒有違背文學反映現實生活這一現實主義最基本的準則。他們生活在鄉村，就「真誠的、熱情的、甚至是傑出的」去描寫七○年代前後台灣農村生活的點點滴滴[24]。在五〇至七〇年代台灣全面西化的現代主義時期，他們一直都是弱小的底流，卻也強韌地一直堅持他們的風格，默默耕耘出一個重要傳統。像吳晟，「他誠實、正直、專注、集中地描寫和表現了二十年來台灣農村的物質和精神面貌……堅定、謙卑、誠懇地把他的畫布長期而集中地面向台灣的農村和農村中傳統的價值」[25]，「這與對自己以外的人與社會了無關心，對於生活充滿了倦怠，只關切過分膨脹的自我內在靜止不動的心理世界的現代主義，恰恰成爲十分顯明而重要的對照。」[26]不過，陳映真並不能滿足於這種缺乏對社會人生更深入地思索和介入的「素樸」的現實主義，認爲其主要問題在於「沒有政治的或固定的社會意識形態」[27]，即缺乏某種鮮明的政治原則和立場，缺乏對政治、經濟、社會、文化諸方面問題的敏銳感知和迅即反應，而只局限於客觀複製農村平庸、停滯的生活，缺少變革的憧憬和動力，雖然也可能觸及「貧困」等問題，但卻未能進一步揭示產生問題的原因，也沒有（或不敢）表達對這種現狀

[23] 文藝學上有「批判現實主義」的概念，但此概念原本主要指巴爾扎克式的批判資本主義發展到頂點後呈露的弊端的文學。對於魯迅、陳映真而言，稱之為「戰鬥的現實主義」、「充滿戰鬥精神的現實主義」或「現實主義批判傳統」或許更為合適。

[24] 陳映真，〈「鄉土文學」論戰十周年的回顧〉，原載《海峽》雜誌 1987 年 6 月號，《思想的貧困（陳映真作品集 6）》，頁 106。

[25] 許南村，〈試論吳晟的詩〉，《文季》雙月刊第 1 卷第 2 期（1983 年 6 月），頁 39。

[26] 許南村，〈試論吳晟的詩〉，《文季》雙月刊第 1 卷第 2 期（1983 年 6 月），頁 23。

[27] 陳映真，〈「鄉土文學」論戰十周年的回顧〉，《思想的貧困（陳映真作品集 6）》，頁 106。

的不滿和反抗。

這樣的文學顯然不足以實現和完成陳映真對「什麼是文學、文學爲什麼、爲誰」以及「如何表現」等「藝術文學的根本問題」的追問、認知和期待。於是陳映真尋求第三世界文學的啓示：多年來，台灣一直缺少獨立而深刻的文學理論的批評，看不見從「文學是什麼？爲誰？爲什麼？」這些基本問題去重新建構批評系統和文學的「藝術性」標準[28]；文學與政治保持著疏遠的關係，「回避著政治發展的脈搏」，「失去其社會與人生的指導性格」。相形之下，「其他第三世界的文學家，對於文學與人的關係，文學家寫什麼，爲誰和爲什麼寫作，如何去寫等諸問題，具有明確的歷史的、文化的和哲學的焦點。」[29]如在愛荷華遇見的一位南非女詩人，她在「爲什麼寫詩」這個基本問題上，完全是因爲受到生活裡每天深重的壓迫和不義所逼，而不能不寫詩的。[30]因此，對「爲誰，爲什麼？」問題的答案應是：文學與民眾的生活密切相連，努力尋求民眾心中急待解決的諸問題的解答，透過文藝作品去反省和檢討民族的歷史進程，去關懷和探討社會和民族的前途，去尋找革新的方向。[31]由於第三世界國家和地區普遍外遭新老殖民主義的壓迫和剝削，內有貧困、落後的社會環境、不合理的社會制度以及與帝國主義有千絲萬縷關係的本國本地政權的威權統治，因此爭取民族解放、人民民主，消除剝削和貧困，總是這些國家和地區人民——當然也是其作家——的急迫的首要的任務。這就決定了第三世界文學不可或缺的批判、戰鬥的性格。正因如此，陳映真說：「我認爲作家和知識分子，要當永遠的在野派。在野，才能對生活、對人民貼近，也從而靠真理近些。」[32]所謂「永遠的在野

---

[28] 蔡源煌，《思想的貧困——訪陳映真》，原載《台北評論》第 2 期 (1987 年 11 月)，《思想的貧困（陳映真作品集 6）》，頁 121～123。

[29] 陳映真，〈中國文學與第三世界文學之比較〉，《文季》雙月刊第 1 卷第 5 期(1984 年 1 月)，頁 22～23。

[30] 陳映真，〈作為一個作家……〉，原載《聯合文學》第 4 卷第 2 期(1987 年 12 月)；引自《鳶山（陳映真作品 8）》(台北：人間出版社，1988)，頁 244。

[31] 陳映真，〈中國文學和第三世界文學之比較〉，《文季》雙月刊第 1 卷第 5 期，頁 22。

[32] 韋名，〈陳映真的自白——文學思想及政治觀〉，原載《七十年代》月刊(1984 年 1 月)；

派」，即需要有不畏強權、敢於堅持原則和理想，不隨波逐流、不奴顏婢膝地依附於主流和權力的勇氣和決心。如果缺乏這種批判性和戰鬥性，即使秉持著「現實主義」的創作方法，也難以完成其應負的使命。

對「素樸的現實主義」有所突破並受到陳映真的肯定和稱讚的是七〇年代的黃春明、王禎和、宋澤萊、蔣勳、施善繼、吳晟等詩人、小說家[33]。如陳映真寫道：「《打牛湳村》的深刻現實性，生動地表現了當時廣泛台灣農村社會生活的現實，和這些現實中的問題，從而也反映了這些問題點下生活著、勞動著的人的葛藤。我們從集中地、典型地反映在宋澤萊的《打牛湳村》現實，看見了不同於鍾理和時代的，在唯工業化論和唯成長論體制下類如打牛湳村的農村的現實形象。這種深刻的現實主義性格，鮮明地使『鄉土文學』突出於一向一般地比較缺乏涉入和關心的台灣音樂和繪畫，而表現了近代台灣小說在描寫、批判和抗議上獨特的積極性。」[34]更典型的例子見於黃春明。黃春明早期的被稱爲「標準的鄉土文學」作品，其實也屬於「素樸的現實主義」範疇。而稍後創作的〈莎喲娜啦・再見〉、〈我愛瑪麗〉等小說跳出原有的格局，卻出現了批評其思想性太強、藝術性減弱的聲音。陳映真明確指出：許多人不習慣〈蘋果的滋味〉以後的黃春明，仿佛一定要他回到〈看海的日子〉不可，「其實，在我看，〈蘋果的滋味〉是春明在藝術上的一個大躍進。在台灣，我以爲他是我看到的惟一的一位有認識，有批判力，又有豐富原創力的作家。」在觀看了黃春明根據其〈莎喲娜拉・再見〉改編的同名電影後，陳映真給予高度評價，指出：日本人對於亞洲婦女肉體的嗜欲，象徵著日本經濟帝國主義對利潤的嗜欲；黃春明以日本「買春旅行」爲主題的該小說，準確把握了戰後日本經濟帝國主義在亞洲「進出」、對亞洲造成衝擊和加害的問題焦點，「明顯地標明小說家黃春明在批判

《思想的貧困（陳映真作品集 6）》，頁 50。

[33] 當時陳映真接連寫了〈試評《金水嬸》〉、〈試論蔣勳的詩〉、〈試論施善繼〉、〈試論吳晟的詩〉、〈不怕寂寞的獨行者高准〉等評論。

[34] 許南村，〈變貌中的台灣農村——試評《打牛湳村》〉，原載《夏潮》第 5 卷第 4 期（1978 年 10 月），頁 68。

思想上的高度敏銳和前進的性格」；黃春明的「問題意識」，在小說中將日本買春團體命名爲「千人斬俱樂部」時，「便直指日本侵華期間日本軍人在南京和其他地方的暴行，生動說明了日本戰時和戰後帝國主義的同質性」；在電影中，黃春明進一步加入了在台灣「幾乎習以爲常的日貨充斥的生活現象」，「台灣媚日文化的殘留，台灣年輕一代對日本的盲目讚揚和對日批判意識的缺如」等等，都以「極爲生動的映射，直逼我們的良心」；在原小說中沒有的黃君的父親，以對日本懷抱無知的傾慕的人物登場，「對台灣當下殘存的少數人親日感情做了深刻的反省與批評，加強了影片的對日批判的「真誠與深度」，給觀眾留下深深的震撼。由於原劇本表現出鮮明的「對日批判」，陳映真譽之爲台灣第一部「第三世界電影」。[35]陳映真並提醒「中國新銳的電影人」：「在目前平實、回顧貧困的五〇至六〇年代，樸素的人道關懷、真實樸素的作風完成之後，早日邁開步伐，走向更開闊的道路。」[36]上述兩文中反復出現「批判」、「批判性」、「批判力」、「批判意識」等字眼，以及「批判思想上的高度敏銳和前進的性格」、「台灣第一部開展了國際政治經濟視野的作品」等讚語，都說明了陳映真對於超越「素樸的現實主義」、增強作品的現實批判性的強調。

陳映真將黃春明的作品放在「在對日批判異常弱質的台灣背景下」來考察而發現其特殊的意義，說明他具備了強烈的「語境意識」和「問題意識」，而這與陳映真現實主義的戰鬥性、批判性特徵的確立，關係密切。所謂「語境」，本爲語言學術語，指話語行爲發生時的超語言背景。社會語言學家認爲，語境的差異與變化必然造成話語構成和意義內涵的差異與變化，因此要想確定話語的真正含義，必須將它置於其實際

[35] 陳映真，〈台灣第一部「第三世界電影」——電影《莎喲娜拉・再見！》的隨想〉，原載《中國時報・人間副刊》（1986 年 1 月 26 日）；《鞭子和提燈（陳映真作品集 9）》（台北：人間出版社，1988），頁 135～136。

[36] 陳映真，〈電影思想的開放〉，原載《400 擊》雜誌（1986 年 2 月）；引自《鞭子和提燈（陳映真作品集 9）》，頁 141。

發生的環境中去考察和研究。[37]不過，這一概念現已普遍被加以廣義理解而運用到其他社會科學領域中，如有位「科學哲學」學者稱：「語境論的科學哲學主張，把語境作爲闡述問題的基底，把語境論作爲一種世界觀和方法論，認爲科學家的所有認知活動都是在特定的自然、社會、語言和認識語境中進行的，科學理論是一定語境條件下的產物。」[38]這一說法當然也適用於人文科學領域的認知活動。

文學家的語境意識，意味著認定文學與它的時空環境有緊密的關係，它既是現實環境的產物，又要對現實問題做出及時的反映。由於「歷史」乃過去的「現實」，這時文學家的語境意識，表現爲將歷史事件或文學作品放到事發當時的時空環境中加以考察而做出準確的評價。因此「語境意識」與「現實主義」理念其實是相通的。語境意識對於陳映真具有兩個層面的作用。首先，「語境意識」使陳映真能正確理解和評價一些文學現象，從而決定自己的取捨立場。例如，1967 年陳映真以〈期待一個豐收的季節〉一文，繼續他兩年前已開始的現代主義批判。作者列舉了當時台灣批評「現代詩」的三種人：一是「保守派的殘渣」；二是所謂「三十年代」文學的孤兒；三是一大批曾是現代主義的擁護者，而後卻發展成爲現代主義對立面的文藝青年。陳映真並不認同於「保守派」，說明他並非敵視「現代」事物的保守分子，相反，他也是伸出雙手迎接「現代」的人。從第三種人——現代派懷上的新生胎兒——那裡，陳映真看到了「爲新詩重新開闢一條又新又活的道路」的希望。在對第二種人的描述中，陳映真其實表達了其現實主義理論的一個重要內容——創作須與特定時代的現實語境緊密契合。所謂「三十年代文學的孤兒」，指已習慣了交織著「左翼」和「抗日」的中國文壇「三十年代作風」而無法接受「現代詩」的部分讀者。陳映真這裡表現出對「三十年代作風」的充分理解，寫道：「我們實在不能想像：當東三省陷落的

---

[37] 淩晨光，〈問題意識與語境關注〉，《中國圖書評論》，2006 年第 4 期。

[38] 郭貴春，《隱喻、修辭與科學解釋——一種語境論的科學哲學視角》（北京：科學出版社，2007），頁 6。

時候，詩人會有興致去寫：『你見你的影，於成熟之水上，終於解脫了年齡／而你讓錨製作法律於海底之牧歌中』這樣的句子。在那個年代，人們總是在詩章中尋求當代最迫急、最感動人心的諸問題底解答；他們總是在詩章中鼓舞別人，也受別人的鼓舞；他們總是在詩章中傳達一個悲壯的信息；他們用血、肉和眼淚去寫詩、讀詩。」[39]

這種什麼樣的時代要求就寫什麼樣的詩的「語境意識」，後來在陳映真與第三世界作家的互動中有更進一步的明確和闡發。1983 年在愛荷華，一位南非女作家的一席話，讓陳映真更認識到不同處境下的作家，往往有不同的「寫作的哲學」，從而更堅定了戰鬥的、批判的現實主義的信念。女作家說道：「在南非，苛酷的生活要求作家必須，而且只能爲自己和同胞的解放，爲反抗只因膚色不同就對人橫加歧視、凌辱和不能置信的暴力的種族主義造成的苦難作鬥爭。」「寫作的時候，南非作家不能只是考慮表現技巧，考慮文學效果。我的同胞，在殖民歧視統治下，識字率不到百分之十。在南非，抵抗的作家作品沒有人敢出版，出版了能讀的人也極少，何況還有作品查禁、作家被捕的危險。」南非抵抗派作家的「出版」，是在半夜的反抗性群眾的祕密集會朗讀，「我們的作家寫作，考慮的是聽覺而不是閱讀時的效果。這要求音樂效果，要求明白易懂，要避免空虛的文字遊戲……」這些話讓陳映真深受震動：「我自盼是爲批判而寫作的人，卻從來不知道作家的處境和命運有遠比我更艱難，創作時和生活、民眾和國家的苦難挨得那麼近，寫作的哲學有這麼不同……在大家的掌聲中，我趨前向她握手致意。我說她作了令所有聽眾的良心震動的報告」，並對她說：「妳的正義和勇敢將使我畢生難忘。」[40]可以說，南非的現實語境決定了抵抗派作家的創作只能是戰鬥的現實主義，而不可能是晦澀難懂、講究技巧形式的現代派詩歌。而

[39] 陳映真，〈期待一個豐收的季節〉，原載《草原雜誌》創刊號（1967 年 11 月）；引自《鳶山（陳映真作品集 8）》，頁 9～10。

[40] 陳映真，〈對我而言的「第三世界」〉，陳光興編《批判連帶——2005 亞洲華人文化論壇》，頁 5～6。

正如陳映真所感歎的：「這就是第三世界和第三世界的作家與文學啊……」這位南非女作家所提示的在艱苦環境下作家出於喚起民眾、追求民族和階級的解放的需要而必然地服膺於戰鬥的現實主義的理念，同樣也適用於包括台灣在內的廣大第三世界。在陳映真看來，台灣絕非第三世界中的「世外桃源」、「海外仙山」，儘管由於被編入資本主義世界體系的方式和位置不盡相同而呈現經濟發展水平或財富積累程度的差別，但這裡與廣大第三世界地區一樣，顯然還存在著外來的新殖民主義的荼毒，內部的階級矛盾和鬥爭、社會的黑暗面，這決定了其文學仍不可沉溺於風花雪月、聲色犬馬，或技巧雕琢、個人象牙塔之中，而要敢於揭露社會黑暗，批評社會不公。正是在這個意義上，他撰文支持了七〇年代鄉土文學的「戰友」們，也對鍾理和式缺乏批判性的「素樸的現實主義」略表微詞，而自己更扛起批判的大旗，游走於時代的風口浪尖上。

當然，在「人民民主」還只是一種追求目標的廣大第三世界，高舉「批判」大旗並非毫無危險,甚至可能帶來牢獄之災或殺身之禍，特別是當作家與執政當局在台灣是否屬於「殖民經濟」和是否存在階級矛盾、社會黑暗面等重大問題上存在根本分歧的時候。[41]用陳映真自己的話說：「從文學史看，在一向充滿謊言、暴力、歪曲、意見和思想的壟斷的人世上，一個人道主義的作家要表現現實，往往是一件拼命的事」[42]。這裡魯迅的戰鬥精神應給予陳映真勇氣和力量。那本被陳映真稱為「最親切、最深刻的教師」的破舊小說集《吶喊》，就包含著陳映真後來才讀懂的深沉的悲憤。[43]從新文學誕生以來，魯迅曾數波深刻影響了台灣文壇，而台灣作家和民眾最喜歡魯迅的那一點，即是其現實主義的

---

[41] 當時台灣是否屬於「殖民經濟」形態、是否存在美、日新殖民主義的危害和台灣是否存在階級矛盾和階級鬥爭、是否存在社會黑暗面，是 1977 年鄉土文學論戰的兩個真正焦點。

[42] 陳映真，〈關懷的人生觀〉，原載《小說新潮》第 2 期（1977 年 10 月）；引自陳映真《孤兒的歷史・歷史的孤兒》（台北：遠景出版公司，1984），頁 36～37。

[43] 陳映真，〈鞭子和提燈——代序許南村：《知識人的偏執》〉，許南村《知識人的偏執》，頁 26。

「戰鬥」精神，這在日據時期已是如此，在光復初期的「魯迅風潮」中更達到高點。[44]魯迅和陳映真兩人都有與社會黑暗和醜惡作永不屈服、永不退縮、永不停息鬥爭的精神，其作品具有強烈的戰鬥性和批判性，堅持理想和原則，不畏強暴，只要是黑暗的、醜惡的東西，不管它有多大的權勢，甚至可監禁、殺害人之肉體，他們都要不留情面、不與妥協地反抗、揭露到底。魯迅在其遺囑裡仍表示對於敵人「讓他們怨恨去，我也一個都不寬恕」[45]；陳映真則借《聖經》之語與戰友共勉：「那殺身體不能殺靈魂的，不要怕它！」[46]陳映真可說是魯迅現實主義批判傳統在當代中國（包括兩岸四地）的真正傳人。

與強烈批判性緊密相隨的是敏銳性特徵，因要「批判」，首先要發現問題，且越早越好，才能防範於未然，或讓問題解決於萌芽之中。不過這只是一種「理想」狀態，陳映真大部分的「批判」，都幾近一種「浴血奮戰」。這是因爲他所批判的「問題」，大多複雜而重大，無法畢其功於一役，這又要求陳映真具有魯迅式「韌性戰鬥」精神。陳映真基於其強烈「問題」意識的敏銳性，體現於我們可羅列出他的多個文壇「第一」：

——陳映真「第一個」[47]撰文明確批評台灣現代主義文學的脫離現實、盲目模仿西方的「亞流」性格和「思考上和知性上的貧弱症」[48]，其潛台詞則在於提倡密切聯繫現實的具有強烈思考力的現實主義文學。時當台灣的現代主義文學臻於最高潮時[49]，陳映真此舉不能不說頗

---

[44] 朱雙一，〈光復初期台灣文壇的「魯迅風潮」〉，廈門：《台灣研究集刊》1999 年第 2 期。

[45] 魯迅：〈死〉，〈且介亭雜文末編·附集〉，《魯迅全集》第 6 卷（北京：人民文學出版社，1981），頁 612。

[46] 陳映真，〈那殺身體不能殺靈魂的，不要怕他！——序尉天驄《民族與鄉土》〉，原載《出版家》第 57 期（1977 年 5 月）；《走出國境內的異國（陳映真作品集 10）》（台北：人間出版社，1988），頁 28。

[47] 這裡所說的「第一個」也許不很嚴密，因條件、能力和時間所限，筆者主要憑印象而言，尚未細究。但如果不是「最早」也是「較早」，則是毫無疑問的。因此這裡「第一個」用來泛指「最早」或「較早」從事某種行為。下同。

[48] 陳映真，〈現代主義底再開發——演出《等待果陀》底隨想〉，《劇場》第 4 期（1965 年 12 月），頁 270。

[49] 陳映真認為，1966 年 3 月下旬舉辦的「現代藝術季」，標誌著台灣現代派文藝活動的最高潮。參見〈四十年來台灣文藝思潮之演變〉、〈試論吳晟的詩——序吳晟《泥土》〉等

具勇氣和「反潮流」意味。

——陳映真「第一個」發覺兩岸同胞在台灣的「遇合」可能產生一些難題，因此期待著雙方同時克服和揚棄各自的偏頗；在作品中，他便「以社會人而不是畛域人的意義開展著繁複底生之戲劇」，以期兩岸的同胞能夠「消失了畛域底差別」而以同甘共苦、禍福同擔的共同命運之社會人的身份親切自然地相互理解、同情、體貼和擁抱。[50]此類描寫見於陳映真早期的〈將軍族〉、〈一綠色之候鳥〉直至近期的〈歸鄉〉、〈忠孝公園〉等多篇小說中。

——陳映真在其小說〈六月裡的玫瑰花〉（1967）中描寫了侵越美軍黑人士兵與台灣吧女的一段「情緣」，「第一個」觸及了戰後新殖民主義和「第三世界」被壓迫民族的問題。此後陳映真「遠行」，對新殖民主義問題的觀照由黃春明、王禎和等加以推進，七〇年代中期歸來的陳映真，以《華盛頓大樓》系列「第一個」觸及跨國公司在台灣造成的種種問題。1984 年，陳映真又在因小說〈雲〉而引起的與漁父的爭論中，將產生於第三世界的「依賴理論」在台灣加以介紹和運用。[51]在這過程中，陳映真對於「買辦知識分子」、「鬼影子知識分子」、「布爾喬亞精英分子」、「後殖民地的精英」等的抨擊，必然使陳映真「樹敵」頗多，但這並未使陳映真稍減其批判鋒芒。

——早在 1968 年 2 月出刊的《文學季刊》上，陳映真就發表了〈日本軍閥的陰魂未散——評《日本最長的一日》〉一文，「第一個」揭示了戰後日本某些人士篡改歷史，掩蓋其戰爭責任，爲軍國主義招魂的動向。1987 年 2 月 6 日陳映真在報刊上發表〈從一部日片談起〉，針對不僅缺乏戰爭罪責的反省，反而大力頌揚日本軍民「矢死效命，爲國迎戰」的日本電影《聯合艦隊》獲准在台灣放映且場面盛大，電影政策單位、

文。

[50] 許南村，〈試論陳映真〉，陳映真《第一件差事》，頁 28～29。

[51] 陳映真，〈「鬼影子知識份子」和「轉向症侯群」〉，《中國時報》人間副刊（1984 年 4 月 8～13 日）。

大眾傳播媒體、電影批評界和一般文化界，不但沒有加以必要的批評，反而給予直接和間接的幫助和鼓舞一事，展開對「日本帝國主義意識形態的嚴肅批判」，其反應之敏捷、鋒芒之犀利，在台灣數一數二。[52]

——陳映真在鄉土文學論戰中「第一個」將「第三世界」和「第三世界文學」概念引入台灣文壇，並「第一個」對葉石濤〈台灣鄉土文學史導論〉中的某些觀點和概念（如「台灣立場」概念和「台灣作家應有根深蒂固的『台灣意識』」之類的觀點）的曖昧含義發出疑問，警惕著其中可能隱藏著的分離主義的傾向和苗頭。[53]

——1981 年 2 月 22 日，陳映真「第一個」針對張良澤在〈苦悶的台灣文學〉一文中爲了建構「台灣人」不同於「中國人」的獨特性而以所謂「三腳仔」精神解說整個台灣文學的謬論加以駁斥。現在回頭來看，可知這是陳映真（也是整個台灣文壇）正式批判「文化台獨」、「去中國化」思潮的「第一槍」。當時文壇「台獨」思潮的興起尚未明朗，而張良澤此前在日據時代台灣文學研究上的貢獻，使陳映真對他「一貫懷有很深的敬意」，也擔心是否因自己的日文程度而有「誤解」之處。[54]所以〈思想的荒蕪〉一文，即表現了陳映真過人的政治敏感，也表現了「吾愛吾友，吾更愛真理」式的不留情面的批判精神，乃至爲了真理無所畏懼、甘冒風險的犧牲精神。1998 年，陳映真又率先展開對張良澤、葉石濤等所鼓吹的「皇民文學合理論」的批判。

——八〇年代前期，在「中國結」和「台灣結」爭論的背景下，陳映真「第一個」提出「第三世界文學論」，與彭瑞金、宋冬陽等鼓吹的「台灣本土文學論」相抗衡。此後在對「台灣民族」論、陳芳明以「殖民三階段論」爲其史觀的台灣新文學史論、藤井省三《台灣文學這一百年》中錯誤觀點的批判中，經常處於鬥爭的最前列，因此毫無疑義地成

52 文中說明此前僅有王墨林的一篇文章進行了這種批判。

53 陳映真，〈「鄉土文學」的盲點〉，《台灣文藝》革新號第 2 期（1977 年 6 月）。

54 陳映真，〈思想的荒蕪——讀〈苦悶的台灣文學〉敬質於張良澤先生〉，原載《中國時報・人間副刊》（1981 年 2 月 22 日）；《中國結（陳映真作品集 11）》，頁 103。

爲台灣作家中反對「台獨」思潮的「第一人」。

——同樣在八〇年代前期，陳映真以〈山路〉、〈鈴鐺花〉等小說，「第一個」觸及「五〇年代白色恐怖史」題材，將目光投向當年左翼革命者的「激越青春」的生活和鬥爭，爲藍博洲等的後續工作開了先河；並進而探索「冷戰—內戰」架構與台灣民眾生活的關聯。其時「戒嚴」尚未解除，此舉同樣表現出陳映真突破政治禁忌的勇氣。

——還是在八〇年代前期，陳映真「第一個」感受到大眾消費時代的來臨及其對文化、文學產生的重大影響，撰文〈大眾消費社會和當前台灣文學的諸問題〉等加以揭示，並以爲此後一段時間中關注的焦點之一，甚至在〈山路〉、〈趙南棟〉等小說中涉及；《人間》雜誌的創辦，也與此感知不無關係。而整個台灣文壇要到 1990 年前後才對此引起普遍關注，成爲熱點話題。

——1985 年，陳映真創辦《人間》雜誌，這是台灣第一個「以圖片和文字從事報導、發現、記錄、見證和評論」的雜誌；也是第一個編者「抵死不肯相信：今天在台灣的中國人，心靈已經堆滿了永不飽足的物質欲望，甚至使我們的關心、希望和愛，再也沒有立足的餘地」，因此盼望透過它「使彼此陌生的人重新熱絡起來；使彼此冷漠的社會，重新互相關懷；使相互生疏的人，重新建立對彼此生活與情感的理解；使塵封的心，能夠重新去相信、希望、愛和感動，共同爲了重新建造更適合人所居住的世界；爲了再造一個新的、優美的、崇高的精神文明，和睦團結，熱情地生活」[55]的雜誌。

……

也許還可以找到陳映真的其他「第一個」，所有這些都說明陳映真在對「現實」——特別是時代和社會的脈動——的密切關注下建立了強

[55] 陳映真，〈《人間》雜誌發刊辭——因為我們相信，我們希望，我們愛……〉，《人間》雜誌創刊號（1985 年 11 月）；《鳶山（陳映真作品集 8）》，頁 164～165。

烈的「問題」意識和對「問題」敏銳反應的能力，這種「敏銳性」使他總能走在時代的前端，道人之所未道，引領社會話題，乃至引導社會避害趨利。這不能不說是陳映真對台灣文學和台灣社會最重要的貢獻之一。

在陳映真現實主義的敏銳性特徵上，還可看到他與魯迅的另一點格外相似之處，這就是：兩人最先都進行短篇小說創作，並獲得了很高的成就，但兩人最終都沒有創作出長篇小說，反倒到了後期，兩人都同樣地轉向以雜文寫作爲主。魯迅寫雜文的原因，是由於戰鬥的需要：事情發生太過緊迫，來不及轉化爲精緻、虛構的藝術形象，於是便用雜文形式進行快速的反應。陳映真與之十分相似。八〇年代以來台灣局勢的迅速變化，反「台獨」鬥爭的嚴峻形勢，都迫使他放下小說，轉向了雜文（包括政治、文化評論乃至論戰文章）等的寫作。但兩人都因此增加和凸顯了其現實主義的強烈的戰鬥性、批判性和敏銳性特徵。這也許不是偶然的巧合——它代表著中國現代文學一種現實主義批判傳統的傳承，也是兩位作家所服膺的文學反映現實、服從現實鬥爭需要的現實主義理念使然。

從陳映真的眾多「第一個」中還可以發現，不少議題是敏銳快速的反應和長久持續的關注、批判的結合。敏銳反應要靠對現實的密切關注和問題意識，要靠疾惡如仇、拍案而起的性情乃至甘冒風險的勇氣，持續數年乃至數十年的批判（如對日本軍國主義者掩蓋其戰爭責任行徑的批判），則要靠深邃的思想和理論的力量。論述陳映真現實主義的豐厚思考力和思想深刻性的特徵，將是我們下一節的主要內容。

三、思考力和深刻性：歷史方法與社會科學理論的燭照

陳映真對思考力的強調，也是從發現台灣文學乃至台灣思想文化的「問題」開始的。在早期的〈現代主義底再開發〉中，陳映真指陳台灣

現代主義文學的兩大弊端，「思考上和知性上的貧弱」即其中之一。不過，在陳映真看來，「思想的貧困」是台灣戰後數十年來文化的大病，缺少思考力和批判性，正是整個當代台灣文化的最大缺陷，而現代主義只不過是其中一個典型代表而已。他三復斯言：「台灣整個文化，基本上知識不足，沒有批判的性格。在廣泛的學術思想上，台灣的許多歷史、社會、經濟和文藝各方面的基本問題，幾十年來沒有扎實的研究、討論、總結和累積。」比如，同仁雜誌的特色原本就在展現一小群人的共同想法與共同主張，但在台灣，「因爲文化、思想界的普遍貧困，很多同仁雜誌，多半只是感情而非思想上的結合，更遑論意識形態的主張了」；數十年來台灣同仁雜誌普遍出現的言行不一的現象，「思想的不成熟」應該是其重要原因[56]。對於在八〇年代的台灣「驚人暢銷」的《天下》雜誌，陳映真指出：該志乃「過去三十年來，台灣比較順利的『依賴性發展』下形成的樂觀主義、管理萬能論、企業精神的表現」，但到了台灣經濟面臨長期停滯時，更需要的就會是「喜反省和批判的中產階級」。[57]即使在八〇年代初還寄予希望的「黨外」，陳映真也嚴肅地指出：「在我看，台灣黨外在文化、思考上的深刻的、總的檢討，反省和批判，是個重大課題……否則，如果還一味不讀書，只是張口罵人，不要多久，黨外會矮小化到成爲一個弄臣。」[58]此外，陳映真還檢討了八〇年代以後「台灣社會新的消費特點和背景」下台灣文學面臨的幾個問題，其中第一項，仍是「文學作品中思想文化的貧困」。他指出：「台灣文學和菲律賓、南韓、中南美洲文字相比，這個特點非常顯著。有許多作品花費大量文字只爲描寫一個女人的微笑或一個男人抽煙的姿勢，此外沒有任何意義。這就顯示了思想、文化上的貧困。」[59]

---

[56] 鍾喬，〈文學、政治、意識形態——專訪陳映真先生〉，原載《兩岸》詩叢刊第 2 期（1986 年 12 月）；《思想的貧困（陳映真作品集 6）》，頁 73。

[57] 姜郁華，〈擁抱生活，關愛人間〉，原載《自立晚報》副刊（1985 年 11 月 3 日）；《思想的貧困（陳映真作品集 6）》，頁 60。

[58] 韋名，〈陳映真的自白——文學思想及政治觀〉，原載《七十年代》（1984 年 1 月）；《思想的貧困（陳映真作品集 6）》，頁 49。

[59] 陳映真，〈大眾消費社會和當前台灣文學的諸問題〉，《文季》雙月刊第 1 卷第 3 期（1983

陳映真進一步探究和省思造成這種「思想的貧困」的原因，並試圖加以補救、改進和提升。他指出：「在台灣，關於台灣社會、歷史的馬克思主義的論述，自遙遠的二十年代以降，早在三十年代台共被日本當局全面鎮壓以後，就幾乎徹底絕跡。四十年來，台灣的社會科學和哲學，是一片美國保守系社會科學和哲學的領地。學界不分朝野，幾乎一概反共，一概歌頌美國。台灣是戰後世界絕無僅有的、朝野一致極端反共，一致極端親美的社會。台灣自然也是極少數馬克思主義受到最徹底的鎮壓，受到朝野『學界』最輕率的待遇的地方。」[60]文壇也是如此：「從五〇年代到七〇年代，台灣文學一直受到強權的支配。三、四十年代那種批判的、干涉生活的、革命的中國新文學，因爲政治上的原因也被切斷……這個臍帶的切斷，使得台灣現代主義找不到傳統，卻透過當時台灣美國化的學院進口很多唯心主義的文學，來彌補台灣現代文學上失落的傳統。」[61]「台灣的文學青年……他們的文學素養是完全從西方的影響而來的……接受了當時很流行的現代主義、前衛主義、學院主義的東西。這些人差不多成爲台灣五〇年代到六〇年代的現代派的生力軍。」[62]

在揭示了當代台灣文化、現代主義文學的通病後，陳映真思索著糾正弊端、建立具有豐厚思考力和深刻思想性的現實主義文學的路徑。在這裡，包括中國在內的廣大第三世界的文學經驗，爲陳映真提供了對照和借鑒。如陳映真將台灣八〇年代一些本土派作家創作的「政治小說」、「政治詩」與中、南美洲的政治文學相對比，指出前者由於受到鍾理和式「素樸的現實主義」傳統的影響，其作品「普遍缺乏意識形態的導引，整體的面貌便較呈顯情感的抗爭，而不是由政治、經濟學的角度出發，

年 8 月)，頁 20～21。

60 陳映真，〈「馬先生來了」？——馬克思《資本論》在台灣出版的隨想〉，原載《中國論壇》1991 年 1 月號；《陳映真文集·雜文卷》，頁 561。

61 《海峽》編輯部：〈「鄉土文學」論戰四十周年的回顧——訪陳映真〉，原載《海峽》雜誌 1987 年 6 月號；《思想的貧困（陳映真作品集 6）》，頁 98。

62 彥 火，〈陳映真的自剖和反省〉，原載《華僑日報》1987 年 5 月 22 日；《思想的貧困（陳映真作品集 6）》，頁 84。

批判、分析台灣社會內部的深層結構」；相比之下，「中、南美洲的『政治詩』與『政治小說』，往往能夠深刻地分析祖國政治、經濟的問題與整個國際分工系統的背景，在面對階級問題時，也能提出頗爲進步、革新的觀點。這相信只要翻閱過馬奎茲的小說與聶魯達的詩作的讀者，都能感同身受。」陳映真還指出台灣的「政治小說」等之所以「顯得較爲質樸、單純、較沒有深度」，乃因這類題材「如果欠缺深刻的政治、經濟學基礎」，將很難處理；而這將會「驗證」多年來台灣作家「到底下了多少功夫，累積了多少文學資源」，「是否長期在思索著社會結構本身內、外部的種種問題」，因爲「一夕之間的政治變革，不可能成爲造就優秀政治文學的必要條件」。[63]

陳映真這段話其實提示了解決「思想貧困」問題的幾條途徑和方式。如果結合陳映真的實踐加以考察，筆者以爲它們包括：其一，要有先進的社會科學理論方法的燭照。就陳映真而言，既包括馬列主義、毛澤東思想等「傳統左派」的社會科學理論；也包括二十世紀下半葉出現的「新左派」的一些社會科學理論。其二，要有歷史的觀點和方法，即視事件、人物、現象等總有其發生、發展和消亡的歷史過程及相應的因果關係，要將它們放到具體的歷史語境、發展脈絡中加以考察，以做出正確的評價並作爲當下和未來發展方向的借鏡。其三，要具有反省、批判的意識，特別是自我反省的意識——既包括借鑒第三世界的經驗對台灣自身的反省，也包括作家個人的自我反省。其四，要克服某種狹隘、膚淺的「島氣」，具備世界性整體結構的視野和眼光。當然，第一點具有綱舉目張的意義，因後面幾點明顯可見馬克思主義的理論和方法具體運用的痕跡。

雖然陳映真未必明確說出他所指的先進社會科學理論爲何，但從他早年「偷偷」閱讀的禁書中也許可略窺一二：先是尋找魯迅、巴金、老

---

[63] 鍾喬，〈文學、政治、意識形態——專訪陳映真先生〉，原載《兩岸》詩叢刊第2期（1986年12月）；《思想的貧困（陳映真作品集6）》，頁72、79。

舍、茅盾、曹禺、張天翼等三〇年代文學作品，「耽讀竟日終夜」，甚而將閱讀範圍擴展至艾思奇的《大眾哲學》以及《聯共黨史》、《政治經濟學教程》、《馬列選集》（中含〈共產黨宣言〉）、斯諾《中國的紅星》乃至的毛澤東寫的小冊子，這些也許還只是「外圍」的書，但「已經足以全面顛覆」他「在台灣的教育養成過程中所接受的一切『內戰－冷戰』的價值」，促使他「一次又一次進行著思想的脫皮和蛻變」。他表白道：「通過這些『社會科學』的書，自己遂更加瞭解了魯迅、老舍和巴金們，瞭解了他們傑出的文學作品中最深層的吶喊」。[64]

此後陳映真的閱讀面必然更加擴展，從作品中可見他已能嫻熟運用的經典馬克思主義的理論觀點和方法至少包括：馬克思主義的唯物史觀和唯物辯證法，馬克思主義政治經濟學，毛澤東的階級分析方法和「三個世界」劃分理論，等等。早年陳映真批評台灣現代主義文學的缺乏客觀經濟基礎的早熟性格，其實就運用了「經濟基礎決定上層建築」的政治經濟學觀點。在自我剖析的〈試論陳映真〉中，作者開篇就以階級分析方法對自己加以定位：「基本上，陳映真是市鎮小知識分子的作家。」接著又分析道：在社會的層級結構中，這樣的小知識分子是處於中間的地位，當景氣良好時，他們很容易向上爬升，從社會的上層得到不薄的利益；但是當景氣阻滯時，他們不得不向著社會的下層淪落，於是意氣昂揚和沮喪彷徨交互出現。[65]這樣的分析，明顯脫胎於毛澤東的〈中國社會各階級的分析〉。又如，陳映真曾指出二二八事件等根本上是國內階級矛盾和鬥爭的產物而非以省籍矛盾為主因，這也是他運用階級觀點科學分析歷史事件的範例。在鄉土文學論戰中，針對彭歌〈不談人性，何有文學？〉中體現的抽象人性論觀點，陳映真以階級論加以駁斥：「因著人有不同的地位，不同的立場，對於現實就有不同的看法。一般說來，居於利得地位的人，基本上想永久保持這利得，從而不希望這個世界發

[64] 陳映真，〈「馬先生來了」？〉，《中國論壇》1991 年 1 月號，《陳映真文集·雜文卷》，頁 562。

[65] 許南村，〈試論陳映真〉，陳映真《第一件差事》，頁 18。

生變化。這些人對現實有他們的看法。但這看法當受囿於他們既有的利得。另外有些人，是非利得者群，對於現狀懷著批評的態度，主張現狀的改變。這些人對『現實』又有他們的看法，這看法富於變動、創意和幻想。」[66]又指出：如果年輕一代的作家沒有刻意去歌頌「繁榮」、「國民所得」和舞台歌榭等，不因爲別的什麼，而是因爲他們「在冰冷的經濟指數、繁榮但寂寞的城市建築和頹廢的夜生活中，看不見溫暖的人性」；他們描寫在激變中的台灣農村、漁港和無數的廠礦中，爲生活而奮鬥的人們；描寫處在社會轉型期中鄉村同城市中人的困境；描寫外國的經濟和文學的支配性勢力下中國人的悲楚歪扭反抗和勝利，「不爲別的什麼，而爲的是他們在這一切之中，看見了人性至高的莊嚴，從而建造了以這莊嚴爲基礎的自己民族的自信心。」[67]顯然，階級觀點在這裡發揮了重要作用——它不僅是論戰致勝的利器，也是陳映真建立起關懷貧苦階級的人道立場、情懷的理論基礎。

除了馬克思主義的理論觀點和方法外，近數十年來世界各地出現的新的社會科學理論，也爲陳映真所樂用——或成爲其批判的對象——並使其論述更顯深刻，如六〇年代產生於拉美的「依賴理論」，受拉美學者影響的韓國金永鎬提出「新興工業化經濟體」中形成國家、跨國資本和國內大資產階級的「三邊同盟」的觀點[68]，西方學者的「現代化」和「世界體系」理論，乃至薩依德等的後殖民主義、「本土化」理論……等等。

有關西方事物必須加以本土轉化才能適用於中國的「本土化」論述[69]，就是一典型例子。陳映真在批評台灣現代主義的「亞流」性格時，

---

[66] 陳映真，〈關懷的人生觀〉，《小說新潮》第 2 期，1977 年 10 月；引自《中國結（陳映真作品集 11）》頁 36。

[67] 陳映真，〈建立民族文學的風格〉，《中華雜誌》第 171 期，1977 年 10 月；《中國結（陳映真作品集 11）》頁 29。

[68] 陳映真，〈時代呼喚著新的社會科學〉，《陳映真文集·雜文卷》第 454 頁。

[69] 這裡指一種具有抵殖民意義的以「中國」對抗「西方」的真正的「本土化」論述，而非後來被扭曲為以「台灣」對抗「中國」的所謂「本土化」。

很早就有了將台灣的「資本主義」、「現代化」與西方相區別的認知：台灣的「現代化」不僅在「現在程度」上不夠，而且有「性質」上的問題[70]——它不是西方那種資本主義自然發展的現代化，而是第三世界被支配的、依賴性發展的「現代化」。1977 年 7 月鄉土文學論戰正酣時，陳映真發表〈文學來自社會反映社會〉一文，針對《大學雜誌》上李豐醫師寫的〈把醫學從殖民地的地位挽救回來〉一文中所描述的課堂上使用的全是外國人寫的教科書，「中國人在中國的地方，替中國人看病，卻要用彎彎扭扭的外國文字來寫病歷」等怪現象，嚴肅指出：「文化上精神上對西方的附庸化，殖民地化，這就是我們三十年來精神生活突出的特點」；而這種「附庸性文化」，只是社會經濟的附庸化的一個反映而已。他寫道：「在基本上，我並不是反對外國的東西，我一直認為外國的經驗中好的東西我們要接受」，然而不能照搬，「外國的東西我們要有批判地分別地加以吸收，然後用到我們民族的具體情況上。」[71]差不多同時，陳映真為謝里法《珍重！阿笠》一書寫序，引用謝氏與阿笠談美術時所言：「在國外，妳只是利用新的環境培養了再學習的能力，讓妳回國後投身入屬於自己的土地時，再向廣大的群眾學習。西洋所給妳的，往往是一副探視『現代』的眼力。妳一定得回到自己的同胞當中，才能窺得那屬於自我的『現代』。而『現代』的繪畫則是從群眾中產生出來的藝術……」[72]所謂「自我的『現代』」，即指將西方的現代事物加以「本土化」而為我所用。

八〇年代初，陳映真在陽明醫學院做了〈醫學和文學上的幾個共同思考〉演講，再次以李豐文章中提到的「肝癌」問題為例，指出：從美國的教科書中我們可以學到非常多有益的功課，可是對於廣大第三世界

[70] 許南村，〈現代主義底再開發——演出《等待果陀》底隨想〉，《劇場》第 4 期（1965 年 12 月），頁 270。

[71] 陳映真，〈文學來自社會反映社會〉，《仙人掌雜誌》第 5 期（1977 年 7 月）；《孤兒的歷史・歷史的孤兒》，頁 7、頁 9。

[72] 許南村，〈台灣畫界三十年來的初春——序謝里法：《跟阿笠談藝術》〉，《夏潮》第 3 卷第 1 期（1977 年 7 月），頁 61。

來說，「所有的這些來自西方的醫學上的知識和技術，和整個醫療的結構，不一定能完全符合他們自己國家和地區的需要……還是要考慮到中國的歷史上、社會上、文化上、經濟上和科學技術的各種各樣非常特殊的條件，才能變成中國的東西，才能變成對中國有用的東西。」[73]帶有人類普遍性的醫學尚且如此，作為人文科學的帶有鮮明不同民族、不同地區特性的文學，無疑更應如此。陳映真的話題從醫學轉到文學上：對西方社會來說，「現代主義是一種反抗……是一種討回人的自己的那種非常慘楚的呼聲」；但在中國以及整個第三世界，作家「所關心、面對的，是整個殘破的國家」，所看到的同胞是那麼貧困，醫療衛生條件是那麼落後，也看見他們整個國家受到幾個大國的經濟、政治和文化支配，長期沒有翻身的餘地。他們思考一個社會應該怎麼樣才能保障人的自由、人的尊嚴；一個國家應該怎樣才能保持他的獨立，民族應該怎樣才能從帝國主義下獲得解放，「因此在他們的文學中所表達的，就是一片這種關懷的心聲，一種干預現實，對於愚昧、落後、不公平的事情、黑暗的事情的一種抗議。」至於玩一玩「創造性」、「個性」、「藝術中永恆之價值」，寫寫富於「生活藝術」的「紳士作家」，總是少數而又少數啊！[74]這等於再次認定「現實主義」乃第三世界文學的一種無可移易的「宿命」，以及西方「現代主義」之行不通。證之包括台灣文學在內的二十世紀中國文學的發展路程，是若合符節的。

「依賴理論」是戰後產生於拉丁美洲國家的旨在揭示「世界體系」中落後的「邊陲國家」受到先進的「中心國家」的宰制和盤剝，因此經濟發展失衡，市場被壟斷，所得分配嚴重不均，造成未進倒退的經濟成長的理論。針對 1984 年 1 月發表於《中國時報》上漁父的〈憤怒的雲：剖析陳映真的小說〉一文，陳映真認為其對依賴理論理解不正確，便撰寫〈「鬼影子知識分子」和「轉向症侯群」——評漁父的發展理論〉加以駁斥。他指出：「依賴，是這四百多年來的新舊殖民主義歷史發展所

[73] 陳映真，〈醫學和文學上的幾個共同思考〉，《孤兒的歷史・歷史的孤兒》，頁 354～355。
[74] 陳映真，〈醫學和文學上的幾個共同思考〉，《孤兒的歷史・歷史的孤兒》，頁 357～358。

造成的歷史的情境，決不是漁父所說富者原富、貧者自貧的貧富天定、天成論。」例如以非洲各族人民今日悲慘情況的形成來說，就可以追溯到當年的奴隸貿易和殖民帝國主義。而近代以來中國一切悲慘的命運，也是中國在西方列強的「發展」和「擴張」中相應的崩潰、解體和淪落的過程；如果沒有奴隸貿易，沒有對於東亞、非洲和拉丁美洲的殖民掠奪，就沒有工業資本主義發展所不可或缺的原始資本積累和劃時代的工業革命，也就沒有今日「十分富裕」的「先進資本主義國」了。陳映真寫道：「依賴理論」是從新舊殖民主義、帝國主義四百多年的歷史行程中，去看依賴和支配的互動關係。落後國家的發展不足，非僅是「由於先進資本主義國家發展的結果」，也同時是「先進資本主義國家發展」的原因。同樣，先進「資本主義國家」的「發展」，不但是「落後國」「發展不足」的原因，也是其結果。[75]筆者以爲，這樣的觀察和論說是很深刻的。它讓人聯想到阿 Q 式「精神勝利法」同樣並不是中國人固有的「原罪」，而是帝國主義欺凌的結果。如果沒有近代以來中國面臨列強的侵略、瓜分而步步退卻的局面，也就不會有魯迅生活時代彌漫於全國範圍的所謂「精神勝利法」。也許是因爲陳映真閱讀了《阿 Q 正傳》後深深感受到了這一點，從而能逆「崇洋媚外」之時潮而堅定地認同於「中國」。

具有鮮明的歷史感和歷史意識，總是將現實放置於歷史的語境和脈絡中加以考察，可說是陳映真現實主義的重要特點之一。在陳映真那裡，現實與歷史有著不解之緣——現實是歷史的延續，歷史是現實發生的依據，對於現實的觀察與批判，必須放到歷史的脈絡中，才能準確而深刻；而似乎已經過去了的歷史，因與現實的緊密聯繫，而又「活」了起來。在一次對香港青年學生的演講中被問及對香港學生有何建議時，陳映真語重心長地反復強調了回顧「歷史」的重要性：第一，把認識香

[75] 陳映真，〈「鬼影子知識份子」和「轉向症侯群」〉，原載《中國時報》人間副刊（1984 年 4 月 8～13 日）；《西川滿與台灣文學（陳映真作品集 12）》（台北：人間出版社，1988），頁 74～77。

港作爲知識的開端，「在面臨著 1997 的問題時，我建議從香港的殖民地歷史搞起：當時這個歷史是怎麼一回事，然後香港社會的變化，社會史的研究。」第二，「在這個整理的總結裡面，我們應該做一點反省和批評：香港的知識分子過去哪些地方做得對？哪些地方做得不足？多少年來知識分子的問題是什麼？」「只要大家帶著這樣的反省態度到各角落去看，不要看表面的、比較虛構的，而是到舞台背後去看，一定會有收穫。」由此可達到兩個目的：「第一可以知道自己的定位，知道香港的中國人民在整個中國發展上處於什麼樣的地位。第二是香港的中國人民身份認同的問題，到底我是中國人？香港人？還是在香港的中國人？還是什麼都不是？我應否獨立？這樣釐清以後，對前去的道路會有幫助。」[76]這段話對於台灣青年應也是適用的。由此可知，第三世界國家和地區，大多有過被殖民和解殖民以及戰後被編入世界冷戰構造的複雜曲折的歷史，特別是港、台等地，這一過程更有其特殊性，因此不瞭解其「歷史」，也就無法正確認識其「現實」，「歷史」也就成爲陳映真之現實主義的不可或缺的要素之一。

運用歷史的觀點和方法而獲得其論述的深刻性的最典型的例子，如陳映真引用深具反省能力的日本學者尾崎秀樹的觀點，指出日本殖民主義對殖民地子民精神的扭曲，在戰後如果不加以嚴峻的清理，必然對「現在」產生影響[77]；對於二二八事件和五〇年代白色恐怖歷史的挖掘，除了會見「噤聲不語的歷史」，展現「消失中風飆雲捲的時代」那「激越的青春」[78]，更在揭示對戰後台灣產生深遠影響的冷戰—內戰交疊結構及其意識形態，披露那場在戰後台灣資本主義發展史上具有「整地」意義的格外徹底的左翼異端撲殺，對戰後數十年來台灣學術、思想、文學、藝術、社會和經濟發展的深遠曲折的影響。[79]

[76] 陳映真，〈大眾傳播和民眾傳播〉，原載《八方文藝叢刊》第 7 輯（1987 年 11 月）；《美國統治下的台灣（陳映真作品集 13）》（台北：人間出版社，1988），頁 132、141～142。
[77] 陳映真，〈精神的荒廢——張良澤皇民文學論的批評〉，《陳映真文集·雜文卷》，頁 575。
[78] 陳映真，〈「馬先生來了」？〉，《陳映真文集·雜文卷》，頁 563。
[79] 蔡源煌，〈思想的貧困——訪陳映真〉，原載《台北評論》第 2 期；《思想的貧困（陳映

八〇年代以來，原本並無異議的台灣為中國之一部分、台灣文學為中國文學之一環的普遍共識，受到部分人的挑戰。要獲得這一問題的正確答案，陳映真的方法是回到歷史中去。他指出：一部中國的近代史，是帝國主義侵略中國、和中國人民抵抗帝國主義的歷史。台灣的歷史，更是中國遭受帝國主義侵略和反抗這個侵略的歷史中最為典型的一部分。先行一代的台灣文學家，曾毫不猶豫地、英勇地反映了殖民地人民反抗帝國主義的悲壯的主題，用利筆做刀劍，和日本壓迫者做面對面的戰鬥。也因為這樣，先行一代的台灣文學，便與中國文學合流，成為近代中國文學中一個光榮而英雄的傳統。[80]相對於日據時期「鄉土文學」具有強烈的反日帝國主義的政治意義，今天的作家，也在抵抗西化影響在台灣社會、經濟和文化上的支配，具有反對西方和東方經濟帝國主義和文化帝國主義的意義。「毫無疑問，由於三十年來台灣在中國近代史中有其特點，而台灣的中國新文學也有其特殊的精神面貌。但是，同樣不可忽視的，是台灣新文學在表現整個中國追求國家獨立、民族自由的精神歷程中，不可否認地是整個中國近代新文學的一部分。」[81]擴大到整個第三世界，也是如此：在十九世紀資本帝國主義所侵凌的各弱小民族的土地上，一切抵抗的文學，莫不帶有個別民族的特點，而且由於反映了這些農業的殖民地之社會現實條件，也莫不以農村中的經濟的、人的問題，作為關切和抵抗的焦點。「台灣」「鄉土文學」的個性，便在全亞洲、全中南美洲和全非洲殖民地文學的個性中消失，而在全中國近代反帝、反封建的個性中，統一在中國近代文學之中，成為它光輝的、不可切割的一環。[82]

甚至對部分有分離主義思想者，陳映真也將其放置到歷史中來看，

真作品集 6)》頁 130。

[80] 陳映真，〈孤兒的歷史·歷史的孤兒——試評《亞細亞的孤兒》〉，原載《台灣文藝》第 53 期（1976 年 10 月）；《孤兒的歷史·歷史的孤兒》，頁 94。

[81] 陳映真，〈文學來自社會反映社會〉，原載《仙人掌雜誌》第 5 期（1977 年 7 月 1 日）；引自尉天驄編：《鄉土文學討論集》，1978 年出版，頁 66。

[82] 許南村，〈「鄉土文學」的盲點〉，《台灣文藝》革新號第 2 期（1977 年 6 月）；尉天驄編：《鄉土文學討論集》，頁 95。

於是發現：他們在整個新生的、近代中國的分娩期所必有的混亂中，看不見中國的實相，從而也不能積極地、主體性地介入整個中國復興運動之中；於是他們尋求原鄉的心靈頓時懸空，在苦難的中國的門外徘徊逡巡，苦悶歎息。在這些受創的心靈之中，有些人由悲痛而疾憤，走向分離主義的道路。[83]不可否認像吳濁流筆下胡太明那種委屈、悲憤和寂寞的情緒的存在，但是，從中國整個近代反抗帝國主義的長期而苦痛的歷史看來，這種同胞之間的誤解、猜忌、不信甚至仇視，正是帝國主義加諸於被侵略、被征服民族的諸般毒害之一。[84]陳映真寫道：「讓我們深刻認識到，這於歷史中僅爲一時的台灣分離主義，其實是中國近代史上黑暗的政治和國際帝國主義所生下來的異胎。」這是歷史之殤，未必僅歸咎於個人，因此，「讓我們絕不對不承認自己是中國人的同胞，隨便指責他們『數典忘祖』、『沒有國家民族觀念』……讓一切自己承認是中國人的人們，懷著深刻的悔疚，用最深的愛和忍耐，爲增強民族內部的團結與和平，在各自的生活中做出永遠不知疲倦的努力。」[85]由此可知，歷史的意識和觀點使陳映真能「對事不對人」，他批判的是錯誤的觀念，而非某個「個人」，他將矛頭指向了製造分離主義的「元兇」，即近代以來加害中國的帝國主義，對於同樣是受害者的同胞——儘管他們有著一些錯誤觀念——建議以「和平」、「團結」的方式來對待，給予「愛」、「忍耐」和等待。這樣的認知，顯然有其過人的深刻之處。

對歷史和現實總是持有一種反省的態度，這是解決「思想的貧困」問題的又一門徑。對歷史的反省和與其他第三世界國家和地區的比較和檢省，都有助於找出自己的問題和差距，爲現實指明改進的方向。這種「反省」包括對人和對己兩種形態。陳映真的一個突出特點是檢省和批評的鋒芒，不僅指向別人，更經常指向自己，這一點與魯迅頗爲相似。

---

[83] 陳映真，〈原鄉的失落——試評《夾竹桃》〉，《現代文學》復刊第 1 期（1977 年 8 月 1 日）；《孤兒的歷史・歷史的孤兒》，頁 108。

[84] 陳映真，〈孤兒的歷史・歷史的孤兒〉，《孤兒的歷史・歷史的孤兒》，頁 89。

[85] 陳映真，〈為了民族的團結與和平〉，原載《前進週刊》雜誌（1983 年 7 月 2 日）；《西川滿與台灣文學（陳映真作品集 12）》，頁 32。

魯迅曾說：「我的確時時解剖別人，然而更多的是更無情面地解剖我自己」[86]。而陳映真可能是二十世紀中國文壇最具有自我反省能力的作家，他的自我反省貫串數十年而未中斷。魯迅的自我解剖以深沉見長，但陳映真的自我反省則似乎無時無刻不在進行著，其範圍之廣，出現之經常，可能無人能出其右。甚至更多形象思維的小說創作，也是如此。他曾稱：「寫小說，對於我，是一種思想、批判和自我檢討的過程。我終於能冷靜地回想那個時代的意義。寫〈鈴鐺花〉，是對於向著歷史的近代躍動的台灣的審視和思考，也是對於我自己的思想和過去的實踐的審視和思考。」[87]

這種無所不在的「自省」，使陳映真經常能做出富有思想意義的舉動，也增加了作品感人的思想力量。在〈星火〉一文中，陳映真寫道：1965 年以後，「隨著我的逆反於冷戰意識形態的思想之形成，我逐漸理解到台灣歷史中蓄意受到忽視的另一個主軸：台灣原住民族失敗、被壓迫、被掠奪的歷史軸線。漢族開發台灣的歷史，日帝對台灣進行殖民地化的歷史，1945 年後，以在台漢族人為中心的戰後台灣資本主義發展史，在銅板的另一面，就是台灣原住各民族遭到失敗，被支配和壓迫、掠奪的歷史……今日台灣少數民族，實已面對著在種族上、文化上、語言上，總的趨向於滅絕的境況。」作為漢族的一員，對於這樣一種歷史結果，「不論如何，我常有共犯人的罪感」。於是《人間》雜誌上「不憚於花費很大的人力和物力，以相當大的篇幅比重，報告了山地社會和人以及文化的嚴重被害。」雜誌上也報導了不少原住各民族的儀式和慶典，但「不是為了對異民族的觀光式的詫奇，而是要和讀者一道，從原住民的文化中，學習去認識、珍視和尊敬台灣原住民族。」充滿了社會正義感和民族友好熱情的《人間》年輕同人，發表了許多關於原住人民各方面生活的動人報告，他們「都在台灣山地現場上受到了深刻的教

[86] 魯迅，〈寫在《墳》後面〉，《魯迅全集》第 1 卷，頁 284。

[87] 李瀛，〈寫作是一個思想、批判和自我檢討的過程——訪陳映真〉，原載《夏潮論壇》第 1 卷第 6 期（1983 年 7 月）；《思想的貧困（陳映真作品集 6）》，頁 17～18。

育，也從而教育了讀者」。[88]這裡「不是爲了對異民族的觀光式的詫奇」的表白，隱約呈現著後殖民主義式的自覺。

有時對於某些人出於政治偏見的不懷好意的誣陷和攻擊，陳映真除了給予必要的反擊和澄清外，又反躬自身，以至柔的身段，發出至剛的思想力量。如當年台灣某黨外雜誌上曾出現〈「統一左派」對上「台灣左派」〉一文，對《夏潮》進行政治誣陷。陳映真撰文指出「看了這些無原則的誣陷文章，人們應該清醒地看清這事實：對於黨外隊伍，群眾再不促其反省和檢討，肯是絕無前途的！」又謙謹地寫道：「(《夏潮》)同其他黨外中產階級知識分子不同的，是他們尙知自己在文化、知識上不足，尙肯要求反省和批判，願意力求進步，願意跳出唯台灣論的島氣，學習從全中國、全亞洲和世界的構圖中去凝視中國（連帶地是台灣）的出路。」[89]

作爲跳出「島氣」的一部分，陳映真「反省」的另一主要參照對象是廣大的第三世界，如在觀看有關甘地的影片時，受到深深的感動。他從「西方壓迫者和榨取者」和「遼闊的第三世界」之間壓榨和抵抗的世界性整體結構的角度來看問題，所以發現了「新殖民主義」對第三世界的傷害：「今天，階級差別、貧困、疾病、無知、文盲和政治上、宗教上、種族上的紛爭、猜疑、殘殺、壓迫、文化解體、民族自信心的喪失，像一場廣泛的慢性疾病，荼毒著包括甘地的印度在內的遼闊的第三世界……那麼，甘地能夠給今天的殖民地奴隸的後裔們什麼樣的啓發呢？答案也許是：從自己民族的傳統和文化中尋找像甘地那樣單純而又萬古常新、簡易而又深刻的信念，重新爲自己建造對人、對生活和對世界的信念，並且像甘地自紡自衣一樣，批判地拒絕西方以強大的組織加於我們的消費品和消費文明，堅定地相信眾生之愛，堅定地拒絕相互殺戮和

---

[88] 陳映真，〈星火〉，《陳映真文集·雜文卷》，頁524～525。

[89] 陳映真，〈嚴守抗議者的倫理操守——從海內外若干非國民黨刊物聯手對《夏潮》進行政治誣陷說起〉，原載《夏潮論壇》雜誌1984年4月號；《陳映真文集·雜文卷》，頁239～240。

猜忌，爲民族團結，世界和平和正義，頑冥不懈地奮鬥……」陳映真坦承：在戲院中，「步入中年期的自己，竟數度簌簌地流下眼淚。那是自己羞愧的淚，是自己責備的淚，是尊敬和感銘的淚。把愛和真理習慣地掛在嘴上，卻經不起甘地一生行蹤的深刻的批判和責備的我，是何等的不堪。但我也眼見有不少的青年，竟不耐三個小時的片長，中途紛紛離開戲院的情況，而感受到另一種深沉的悲哀。」[90]這裡有爲青年們表現出的「思想的貧困」現象的深沉悲哀，更有對自己的深深的自責和批判。這種自責和自省，使陳映真能從第三世界的偉人那裡獲得深刻的啓迪，從而豐富自身的思想內涵。

進入七〇年代後，在「保釣運動」的帶動下，台灣文學思潮發生根本轉變。然而與廣大「第三世界」一對照，陳映真深覺這一轉變並不徹底，力度也不夠。他發現：「一般說來，第三世界國家的覺醒運動比台灣來得更早。大約在 1960 年到 1965 年左右，拉丁美洲的知識界便出現相當深刻的反省運動。這個運動投射在經濟學上，便是揚棄所謂現代化理論，重新思考經濟學發展問題的依賴理論的提出。」而約莫也在這個階段，解放神學在拉美的神學界中扮演了舉足輕重的角色。在菲律賓，1965 年便出現「民族主義青年同盟」，發動了反美的民族、民主主義運動，並深深地影響了七〇年代的菲律賓民族主義文學。然而在台灣，七〇年代的自覺反省風潮主要還是以留美的學生爲主幹。儘管當時島內也發生了鄉土文學論戰，但只是陳映真、黃春明、尉天驄、王拓等少數人較爲關心的運動，基本上並沒有像拉美或菲律賓的自覺運動一般，在社會科學界與青年學生之間，造成劃時代的影響，更遑論一般知識文化界，「所以，我認爲七〇年代的反省運動並非全面性的……到目前爲止，這種狀況同樣還是存在的。也就是說，整個台灣文學在傳達反帝、民族主義與進步的思潮方面，尚與第三世界文學有著一段很漫長的距離。」

---

[90] 陳映真，〈自尊心和人道愛——電影《甘地傳》觀後的一些隨想〉，原載《中華雜誌》第 238 期（1983 年 5 月）；《鞭子和提燈（陳映真作品集 9）》，頁 128～129。

[91]此外，陳映真也從韓國的民族、民主運動中受益良多。他比較了韓國民眾和部分台灣人的民族主義的強弱和在國家統一問題上的認知差異，並從 1976 年韓國〈民主救國宣言〉中所寫的「民族的分裂，使我韓國民族文化創造上所必須動員的、同胞的英知與創意，遭到破壞性的浪擲」，「民族統一，是當前我同胞所負至高的命令」等語中得到啓發和激勵。[92]發現距離才有可能加以改進，才能克服「思想的貧困」，這正是反省的效用。

最後，解決「思想貧困」問題還需建立一種觀照世界性整體結構的宏大視野和眼光，且其重要性並不亞於上述其他方面。而這也是陳映真現實主義的思想深刻性特徵的重要組成部分。具有這種眼光，才能把握戰後台灣社會發展的關鍵，把握眾多矛盾中的「主要矛盾」，從而使其他矛盾「迎刃而解」[93]。戰後台灣在帝國主義的全面宰制和扈從性「國家政權」的悉心經營下，形成了世界冷戰和國共內戰的重疊構造和相應的意識形態的交疊架構的觀點[94]，可說是陳映真悉心分析世界性整體結構而得出的具有全局意義的根本性認知。而陳映真一再強調並努力將其引入台灣文壇的「第三世界」意識和視野，也正是分析「世界體系」、戰後世界「冷戰」結構以及「三個世界」劃分理論後的產物。在陳映真看來，「國家分裂—冷戰—安全」體制是戰後台灣一切問題（引者按：應包括戒嚴體制、兩岸隔絕、「台獨」思潮產生等等）的總根源[95]，只有克服這種結構、體制及相應的意識形態（所謂的「冷戰心智」），台灣

---

[91] 鍾喬，〈文學、政治、意識形態——專訪陳映真先生〉，《思想的貧困（陳映真作品集 6）》，頁 70～71。

[92] 陳映真，〈何以我不同意台灣分離主義？〉，原載《中華雜誌》第 286 期（1987 年 5 月）；《美國統治下的台灣（陳映真作品集 13）》，頁 79。

[93] 馬克思主義哲學認為：「諸矛盾中必有一個是主要矛盾，解決了這個主要矛盾，一切問題便迎刃而解了。」見毛澤東《矛盾論》。

[94] 對此陳映真先生曾用大同小異的表述反復加以論說，〈向內戰、冷戰意識形態挑戰〉（《聯合文學》第 158 期，1997 年 12 月）等文。

[95] 陳映真，〈國家分裂結構下的民族主義——「台灣結」的戰後史之分析〉，原為 1987 年 8 月 22～24 日「中國結」與「台灣結」研討會論文；《美國統治下的台灣（陳映真作品集 13）》頁 99。

才能走上民主、幸福的願景。這裡僅從陳映真作品中俯拾皆是的例子中拈出其一。在〈國家分裂結構下的民族主義〉一文的「前言」中，陳映真寫道：「這篇論文的目的，是想從亞洲的戰後史，和戰後台灣政治、經濟結構的形成過程中，去尋找在台灣的中國民族主義的滯萎、和『反（中國）民族』或『非（中國）民族』傾向的根源，並指出 1945 年以後逐步在全球範圍內形成的冷戰體系下，分裂國家的『冷戰—國家分裂』結構，對台灣在民族史和文化史上造成的重大歪扭。最後，這篇論文也企圖從世界冷戰體系的轉化、和台灣內外部政治—經濟上的轉變，提出當前國家分斷架構下，在台灣的中國民族主義的諸課題，從而摸索對國家分裂所造成的各種問題的克服之道。」[96]在這一思路中，我們上述提到的先進社會科學理論的燭照、歷史的觀點和方法、反省意識以及世界性整體結構的眼光等增強思考力和思想性的幾條路徑，都集中出現。這正是陳映真現實主義思想深刻性特徵的一次典型體現。

當然，全局宏觀視角與微觀細緻分析，社會科學理論與具體社會現實，還要緊密結合，才能達臻佳境。因此陳映真寫道：「過去讀了四書五經可以治天下，現在則不然了。由於各種經濟的、政治的、社會的、歷史的因素，使我們面對的人文景觀越來越複雜，這種複雜的情況，要求每一個作家必須花費辛苦的代價，長期努力的去對事物的本質和真相進行理解。他必須謙虛的做調查研究閱讀、思考、訪問、做筆記、建立檔案、用苦心去捕捉真理，從事寫作。」[97]顯然，掌握「組織化、體系化」[98]的哲學社會科學理論，並認真、扎實、長期地進行閱讀、思考、調查研究，從而達到對「事物的本質和真相」的了然和理解，是陳映真反復強調的關鍵所在，同時也顯示了現實主義的本色。而「認真、扎實、

[96] 陳映真，〈國家分裂結構下的民族主義——「台灣結」的戰後史之分析〉，《美國統治下的台灣（陳映真作品集 13）》，頁 82。

[97] 許南村，〈大眾消費社會和當前台灣文學的諸問題〉，《文季》雙月刊第 1 卷第 3 期（1983 年 8 月），頁 22～23。

[98] 許南村，〈大眾消費社會和當前台灣文學的諸問題〉，《文季》雙月刊第 1 卷第 3 期（1983 年 8 月），頁 21。

長期地進行閱讀、思考、調查研究」這一點，稍後由《人間》同人們以其努力進行了較充分的實踐。

四、「愛」與想像的「飛揚」：在「批判」和「思考」的背後

不過，在瞭解了陳映真現實主義的批判敏銳性和思想深刻性的特徵後，如果不知其「批判」背後其實有著深沉的「愛」，以及在強調「思想」、「意識形態」時，其實也有現實主義需要「再解放」和「飛揚」藝術想像力的思想，那就不算已真正瞭解了陳映真的現實主義理念和特徵。

陳映真不斷強調和實踐對於醜惡的不留情面的揭發和批判，這是他與魯迅極爲相似的方面，或者說，他從精神實質上繼承了魯迅現實主義的批判傳統。然而，他還有另外的與魯迅有如模塑的地方，這就是他們都非爲批判而批判，爲反對而反對，單純地渲染黑暗、譴責醜惡，而是在反省、批判黑暗的背後，有光明、理想的目標存在著；表面的「無情」下，其實飽含著熾熱的愛；而這緣於對未來的希望和信心。魯迅要自己「肩住了黑暗的閘門」，放年輕人「到寬闊光明的地方去；此後幸福的度日，合理的做人」[99]。這一告白在陳映真早期小說〈一綠色之候鳥〉中化成了飽受苦難的季叔城在有人說他的孩子長得像父母時斷然的答語：「不要像我，也不要像他的母親罷。一切的咒詛都由我們來受。加倍的咒詛，加倍的死都無不可。然而他卻要不同。他要有新新的，活躍的生命！」[100]

到了 1977 年鄉土文學論戰時，熱衷於揭發社會黑暗面、其筆下人物臉上「赫然有仇恨、憤怒的皺紋」[101]等曾是鄉土作家的受攻擊點之一。

---

[99] 魯迅，〈墳・我們現在怎樣做父親〉，《魯迅全集》第 1 卷，頁 130。
[100] 陳映真，〈一綠色之候鳥〉，《現代文學》第 22 期（1964 年 10 月），頁 15～16。
[101] 銀正雄，〈墳地裡哪里來的鐘聲？〉，原載《仙人掌》雜誌第 2 期（1977 年 1 月）；尉

但陳映真說道：「當我們關心黑暗面的時候，恰恰好是我們對光明有很深刻很深刻的信念，不願意放棄對光明的信念……如果我們專門去找一些問題，或者不公平的事情，恰恰好是因爲我們對於公平的『饑餓』還沒有『死掉』」。[102]當有人因爲陳映真創辦的《人間》雜誌頗多報導一些「社會低層的，『灰暗』的畫面和故事」而擔心其不討喜，陳映真表示說：「《人間》是代表反省的、批判的、革新的中產階級觀點……讀過《人問》毛本的人，不以爲《人間》是『灰暗』的。相反，他們讀出《人間》的溫暖、關懷和對光明的信念。」[103]陳映真在探尋五〇年代白色恐怖下犧牲的人們的事蹟時，發現那些因反抗壓迫而被醜化爲青面獠牙罪犯的革命者，其實抱持著對人生的無比的熱愛，因此遺憾於人們「似乎總是誇誇然、甚至於森森然論說著那表面的過程，卻極少探視在那過程下，在遙遠、隱秘的囚房中和刑場上，孤獨地承受一時代的殘虐、血淚、絕望、對自由最饑渴的嚮往、對死亡最逼近的凝視、對於人生最熱烈的愛戀……的無量數年輕、純潔、正直的生命。」[104]在陳映真這裡，「愛」和「憤怒」經常是並舉的。如對於後工業社會的「都市詩」，陳映真認爲：「所謂的價值中立、冷漠、嘲諷等文藝腔調，其實不必等到『第三波』機會的到來。早在五〇、六〇年代之時，這樣的時髦風尙已經流行得很盛了。總而言之，目前台灣社會的生活，在高度工業化之後，自然產生冷漠、嘲諷、疏離的人際關係。然而就作家而言，到底是因而也變得短視、失去生活的目標，還是仍然懂得批判現狀，仍然選擇去愛與憤怒呢？這是一項重大的選擇。」[105]顯然在陳映真看來，「愛」和「憤怒」有如連體嬰兒，緊緊地聯繫在一起。如果沒有了「愛」，就只剩下「冷

天驄編《鄉土文學討論集》，頁 200。

[102] 陳映真，〈大眾傳播和民眾傳播〉，原載《八方文藝叢刊》第 7 輯（1987 年 11 月）；《美國統治下的台灣（陳映真作品集 13）》，頁 141。

[103] 姜郁華，〈擁抱生活，關愛人間〉，原載《自立晚報》副刊（1985 年 11 月 3 日）；《思想的貧困（陳映真作品集 6）》，頁 59～60。

[104] 陳映真，〈凝視白色恐怖的五十年代初葉——《山路》自序〉，《鞭子和提燈（陳映真作品集 9）》，頁 36。

[105] 鍾喬，〈文學、政治、意識形態——專訪陳映真先生〉，《思想的貧困（陳映真作品集 6）》，頁 78。

漠」，也就沒有了「憤怒」，也就喪失了批判力。八〇年代後，台灣固然有了產生現代主義乃至「後現代」的社會基礎，所謂的價值中立、冷漠、嘲諷等文藝腔調風行，大眾消費流行，廣大作家面臨選擇，他如果選擇「批判」，說明他還有「憤怒」，更深層的，也就是他還有「愛」。從這裡也可理解陳映真總是不憚於表達他的「憤怒」——因爲在這「憤怒」後面，存在著真正的「愛」。如果「憤怒」變成了無動於衷的冷漠、不聞不問，其實也就宣告了「愛」的死亡。

陳映真在與第三世界文學的接觸中，進一步加深了這種認知和感受。他深知第三世界作家們並非只是與人作對、抵抗，內心其實充滿了「愛」的信念：「我和第三世界作家談過，發現他們與中國作家一樣，沒有一個作家是蓄意與政府作對的。他們只與不公、不法、殘暴作對罷了。他們基本上是愛國的，關心祖國和人民的命運的。」陳映真曾深受印度聖雄甘地事蹟的震撼。他從甘地那裡瞭解到：「甘地絕對並不只是餓了肚子跟英國人作戰，他的餓肚子、自己紡紗的本身，就有非常非常深刻的文化和思想的意義在裡面，如怎樣促進印度被壓迫人民之間的團結，怎麼用愛而不是用恨去報答壓迫者的拳頭和槍刀……政治只是一種行動，它是整個文化結構的組成部分，所以所有抵抗殖民地的運動都不會只是打遊擊戰、或者是在政治上的反對；它也會發展成文學運動、戲劇運動、思想抵抗運動……」陳映真認爲：「被壓迫者所依恃最大的力量，恐怕一個是知識，一個是道德。因爲知識比較高，道德比較高，所以那個瘦小的名爲甘地的老頭子，只要餓幾天，便使大英帝國的統治動搖起來」。[106]也就是說：第三世界人民抵抗運動的勝利，絕非只靠打遊擊和政治上的行動，更要靠道德的力量、信仰的力量、思想的力量和愛的力量。

除了指出「批判」中實際飽含著的「愛」的成分外，陳映真並正面闡述「愛」的具體內涵。這就是以「人」爲中心和焦點，要關愛人，關

[106] 陳映真，〈大眾傳播和民眾傳播〉，《美國統治下的台灣（陳映真作品集 13）》，頁 143。

愛社會。就台灣而言，這一思潮在七〇年代開始浮現。此前的青年原本只知引頸「西」望，此時反轉來看自己的本身、自己的社會、自己的同胞和自己的鄉土。他們喊出了一個口號：「要擁抱這個社會，要愛這個社會」。於是，到山地、漁村、礦區等去調查當地的實際生活情形。他們也展開了服務運動，青年們帶著一顆赤誠的心，到孤兒院、老人院去慰問。這是三十年來第一次在台灣青年的字典中有了「社會意識」、「社會良心」、「社會關心」等辭彙。[107]對此陳映真給予頗高的評價。

到了八〇年代，面對大眾消費文化的崛起，陳映真創辦以「擁抱生活，關愛人間」爲宗旨的《人間》，宣稱「以我們各自的觀點與立場，去凝視我們的生命、價值和生活」。陳映真寫道：「《人間》把注意力集結在人的身上。人，是《人間》興趣和關心的焦點。這一方面是我自己信念上的緣故，另一方面，是我從文學上知道，人，對於另一個人的關心和興趣，是最容易疲倦的。」因此「《人間》所想報導的，是我們這個社會中另外的、別人的人生和生活。」如創刊號上就呈現出台北垃圾山上拾荒者、從屏東來台北的一對同居者、侏儒人、越戰期間東西方混血兒等的生活。陳映真感歎道：「我們對自己的鄰人太不瞭解了。台灣在近三十年內，社會急速變化和發展，使我們對別人的生活和思想感情越來越不理解，越來越陌生。這使我們不能相互關懷和溝通。人越來越孤單、焦慮、冷漠。《人間》是想通過報導，促使人們再度凝視別個人和他的生活，透過生命與生命的遇合，喚醒我們的關心、愛和希望。」[108]

當陳映真「環顧同時代的西方文學」的時候，發現他們的作家已經不大談這些問題了，「他們所談的是，人的無力感、官能的快樂、心靈的挫折，或者是人的卑下，人的疏離，寂寞孤獨、不安和焦慮、沒有價

107 陳映真，〈文學來自社會反映社會〉，原載《仙人掌》雜誌第 5 期（1977 年 7 月 1 日）；《歷史的孤兒・孤兒的歷史》，頁 12。

108 姜郁華，〈擁抱生活，關愛人間〉，《自立晚報》副刊（1985 年 11 月 3 日）；〈思想的貧困（陳映真作品集 6）》頁 58～59。

值感、失落等這些無力、短淺的東西，每天在唱這種慘愁的歌，對於所有偉大的東西，對於英雄的東西，對於愛，對於真真實實地摸到人內心的東西，他們對之已經喪失了信心，失去了感應。而中國的作家——儘管他面臨那麼大的困難，卻一直堅持著人的自由、正義和真理這些題材……一旦復出，本色依然未改。他們說，過去的，不要再管他了，但希望以後中國的青年，再也不要蒙受到像他們那樣的命運。」[109]陳映真覺得西方文學已失去了原有的豐厚的人道主義內涵，而中國作為第三世界國家，其文學與西方文學有著巨大差別，正是在這個意義上，陳映真反對西方「現代派」，提倡滿懷對民族和人民的愛的人道主義文學，而不是沉浸於個人小天地的頹廢、失落的文學。

面對人的「異化」的現象，陳映真認為：「台灣作家目前最重要的是從人的復歸出發，克服人的異化，從人文主義的回歸去看台灣、中國、第三世界和全世界的人類。」其中最重要的是要加強對人的信念：「當我們提到所謂人道主義文學作品與作家的時候，他們的共同特點是對人的形象有一種深刻的信念。當黃春明寫那些淡淡哀愁的小人物時，他心中就有一種或者明顯或者不明顯的對人的信念。」正是在克服人的異化，實現人的復歸這件事上，文學具有無可替代的意義和作用：「在所有的復歸途徑中，我相信沒有一種東西比文學更有效、更直接。文學使那些對愛失去信念的人，恢復愛的力量；讓沮喪的人得到溫暖；讓受逼迫的人得到反抗的力量；讓失望的人有勇氣重新去愛、去生活、去追求新的希望、去擁抱別人，這應是一切文學的原點。文學也應和其他有良心的知識一樣，對社會、國家及全人類的團結和平、進步與正義，做出應有的貢獻。」[110]在這裡，陳映真把實現人的復歸，恢復愛的信念，提到當前「一切文學的原點」的高度。

陳映真還有一個極為重要的「愛」的投射對象——中國。如上述，

[109] 陳映真，〈醫學和文學上的幾個共同思考〉，《歷史的孤兒·孤兒的歷史》，頁365。
[110] 陳映真，〈大眾消費社會和當前台灣文學的諸問題〉，《文季》第1卷第3期（1983年8月），頁23。

這種愛之所以會在這位暫時無法完全接觸到這「愛」的對象的青年內心萌發和生根，得益於魯迅的《吶喊》；而陳映真的祖國愛，並不是看到中國的富足安樂而產生的，反倒是看到魯迅所描寫的中國的貧窮、愚昧和落後而升騰起來的，這說明，揭發黑暗面，批判醜惡現象，描寫貧窮與落後，也有可能是一種深沉的愛的信念的體現。由此也可理解，魯迅雖然四面出擊，對敵人「一個也不寬恕」，其實內心飽含著對祖國、對人民的無限深沉的熱愛，這種「愛」強烈到讓暗中「偷」讀他作品的陳映真也能深深地感受到，並影響到其後數十年的創作生涯而未稍減，成爲支撐陳映真所有創作的精神龍骨，也是陳映真與魯迅最爲相似的特點之一。只是魯迅作爲一個前現代語境下的思想啓蒙者，「哀其不幸，怒其不爭」所表現的是哀憫、同情和憤怒、批判，而陳映真作爲一個現代語境下的革新者，他更多的是憤怒、批判與關切，他不像魯迅站立於先知先覺的知識分子的較高位置上進行啓蒙，而是作爲中產階級革新派知識分子，與台灣廣大民眾處於同一水平線上，因此他的反省和批判的對象，很多時候包括自己。他關心著弱小階級，與他們同歡樂、共悲苦，因他覺得自己其實是他們當中的一員。

最後，陳映真與其父親之間一段「愛」的對話也感人肺腑：「孩子，此後你要好好記得：首先，你是上帝的孩子；其次，你是中國的孩子；然後，啊，你是我的孩子。」這是初陷囹圄父親來看望他時所說的此後讓他「擺在羈旅的行囊中，據以爲人，據以處事」的幾句話。[111]陳映真把這裡的「上帝」詮釋爲「真理」和「愛」，而這「愛」的對象，當然超出了中國的範圍，而是指全人類，特別是那些受強權的欺凌而沉落於底層——不管是世界體系、國際關係構造中的底層或是一般的人際社會的底層——的廣大「第三世界」及其人民。正是有了這種「愛」，陳映真的作品才與魯迅作品一樣，區別於「譴責小說」、「黑幕小說」之類，而有其感人魂魄的力量。

111 陳映真，〈鞭子和提燈——代序許南村：《知識人的偏執》〉，許南村《知識人的偏執》，頁 27～28。

陳映真現實主義理念的另一值得特別加以指出的，即現實主義的「再解放」的思想。這是一個涉及藝術技巧和藝術想像力的問題。如前述，陳映真歷來重視文學的思想性和批判性，認爲反省和批判正是知識分子的使命和責任。他不諱言自己屬於思想型的作家：「沒有指導的思想視野而創作，對他是不可思議的」[112]。針對經常有人指責他的作品（如《華盛頓大樓》等）「過於理性化」，「太爲思想服務，枯燥無味」，「給人以圖解的感覺」，有「概念先行」的毛病，後期作品的藝術性反倒不如早期，等等，他舉出蕭伯納、布萊希特、卓別林乃至薩特、馬奎茲等爲例，說明思想性強、「概念先行」，「照樣出偉大的文學家」，而且聲稱「中國需要這樣的作家」。他反復申明：「有人批評我『近期』作品，『藝術上失敗』了。對自己要求嚴格的話，我承認這個批評，這是我才氣不夠吧，絕不是『意念先行』的錯。」「我的技巧還沒有那麼好，所以，人們不習慣於看這種有思想的、言之有物的作品，讀者不習慣，這不是說我的想法錯誤，而是我的手不夠高。」他甚至明確提出內容、題材重於技巧、形式的看法，宣稱自己「總改不掉『寫什麼比怎麼寫』還重要這個想法」，「對於我，爲什麼遠比怎麼寫重要得多……在一定的歷史時代的一定社會中生活的作家，到底說了什麼——關於人與人的關係，人與世界的關係，人與天的關係這些問題，哪個作家想了什麼，說了什麼，這才是藝術的中心課題。」他至多只是表示要再努力，克服才華不足之缺陷，使自己能像布萊希特、蕭伯納那樣，「思想的宣傳充滿著藝術的芬芳」。[113]

與此相應，他從來不認爲「技巧」有太大的重要性。他覺得「技巧」本來只是一個「匠人」所應具備的基本條件，「沒什麼好談」的，一個藝術家自然「出手就有技巧」。其次，並非一定要花腔雕琢、稀奇怪異

---

[112] 陳映真，〈後街〉，《陳映真自選集》（北京：生活·讀書·新知三聯書店 2000 年版），頁449。

[113] 李瀛，〈寫作是一個思想批判和自我檢討的過程——訪陳映真〉，《思想的貧困（陳映真作品集 6）》，頁 14～15、19～20。

才算技巧，「楊逵等先行一代作家之動人，必不在現在人們所謂的『技巧』上，而是在楊逵的批判力、思想力，以及批判思想背後巨大無比的人間性和人間愛。」再次，技巧不是先驗的、客觀的東西，對於技巧之巧拙判斷，是一個價值的問題。用什麼立場、什麼觀點去評斷技巧的優劣巧拙，結果是彼此大有不同。現實主義之以為善，恰好為形式主義者之所惡。此外，說技巧來自現代主義是一種台灣流行的錯誤說法，許多好的技巧，其實古今中外皆有之，從來就存在於古來偉大的文學作品中。現代主義的「技巧」，往往都是只能發明者用一次就已墮落的東西，第一個發明這些技巧的人，有技巧上的智慧；後繼之人，但覺癡愚學舌罷了。[114]

然而，作為一位富有自省意識的作家，當他看到同屬第三世界的拉美作家「用很多現代派的技巧，再加上他們民族傳統」，創作出「把巫術和現實結合起來的瑰麗、粗獷、充滿生的力量」和「鷹飛浪漫的反抗精神」[115]的具有強烈藝術獨特性的優秀作品，便表示：「像我過去一樣（對現代派）完全採取否定的態度，恐怕也要修正。」當然，他還是不斷強調作品思想性的重要，指出：「像楊逵寫的東西，寫得很樸素，卻有震撼力，為什麼？因為他們理解到生活，理解到台灣生活的本質在哪里，矛盾在什麼地方。這個差別就在這裡」；又認為：「現實主義有非常遼闊的道路，可是現代派只能走一次，比如將人的鼻子化成三個，其他人再依樣葫蘆這樣做，就沒有意思」，「現實主義為什麼遼闊？因為生活本身的遼闊規定了現實主義的遼闊」；然而他同時也指出：「不過，我們要注意一點，現實主義也要再解放，不要像過去的現實主義一樣，愁眉苦臉，嚴肅得不得了，不敢接觸實際問題，不讓你的想像力飛揚」。從拉美作家馬奎斯的例子可以看出，「現代派」並非絕對不可以，問題是

114 李瀛，〈寫作是一個思想批判和自我檢討的過程——訪陳映真〉，《思想的貧困（陳映真作品集 6）》，頁 15～16。

115 韋名，〈陳映真的自白——文學思想及政治觀〉，《思想的貧困（陳映真作品集 6）》，頁 45。

台灣作家應該怎樣把自己的哲學觀、世界觀、人生觀建立起來，「然後自由地去運用，爲我所用，而不是爲它所用，從純形式主義變成有內容的東西。」[116]他明確「呼求」學習第三世界的文學：「四〇年代以來，南美洲伊比利亞文化帶，產生了蓬勃、有力、數量上巨大的文學。他們的文學有這些特點：(一)結合了自已文化上特殊的傳統(巫術、迷信、浪漫精神)，發揮了獨樹一幟的創造性；(二)對歷史、對人、對社會的思考，具有清明的焦點，充分發揮了抗議、揭露、喚起民眾的性格。我主張學習這種又有民族特點、又有生動的獨創性、又有深刻的思想焦點的文學，以救濟思想貧困而又狂妄自大的台灣文學之病。」[117]這一思想很重要。它是以第三世界拉美文學爲榜樣進行自我省思的產物。由此也可知，儘管陳映真經常自承是「概念先行」、「意念先行」，準確地說是將思想性、社會功能放在第一位的作家，其實並非完全忽略藝術技巧，只是他深切感受到標榜技巧而忽略思想內容者(如部分現代派，特別是其亞流或末流)，其實只是逃避現實的遁詞。相反，因爲生活本身的遼闊而規定了其藝術表現也必然遼闊的現實主義，只要讓想像力飛揚，走藝術形式契合於內容表現需要的道路，必然能創作出思想性與藝術性完美結合的佳作來。這不能不說是陳映真從其創作和鬥爭實踐中獲得的很有價值的理念和經驗。

陳映真來自拉美文學啓發的關於「現實主義也要再解放」和「讓想像力飛揚」的想法，其真正、完美的實踐，也許還有待時日，但筆者還是比較贊同陳映真的思路，即要對「文學性」作較寬泛的理解。文學性絕不只是藝術「形式」、「技巧」而已，特別不只是現代派那種只用一次就不可再重複的噱頭式的「技巧」，文學感動人的往往是作品中「對生命和靈魂的思索與吶喊」[118]，或者像楊逵那樣對生活的「本質」、「矛盾」

---

116 彥火，〈陳映真的自剖和反省〉，《思想的貧困(陳映真作品集6)》，頁88～89。

117 韋名，〈陳映真的自白——文學思想及政治觀〉，《思想的貧困(陳映真作品集6)》，頁44～45。

118 陳映真，〈一本小書的滄桑〉，《陳映真文集·雜文卷》，頁558。

的深刻理解。這也許就是我們閱讀陳映真這些不乏思想性和批判性，卻往往看不見什麼別出心裁的「技巧」，但總是能夠受到心靈感動乃至震撼的原因吧！

五、結語

陳映真以「愛」爲根柢，具有敏銳的批判性、深刻的思想性的現實主義文學理念和創作，既是當代台灣現實語境和作家個人才具的產物，也是學習、借鑒廣大「第三世界」文學經驗和傳承中國新文學中以魯迅爲代表的現實主義批判傳統（含賴和、楊逵等的日據時期台灣抵抗文學傳統）的結果。其中給我們最大心靈震撼的，竟是陳映真閱讀了魯迅描寫貧窮愚昧、批判落後「國民性」的《阿 Q 正傳》後建立起永世不移的祖國認同的經歷。它給予我們的啓示是：文學的批判、揭露並不一定導致仇恨，反而可能導致「愛」，其關鍵在於作家的批判是否基於光明的信念，基於「人的尊嚴」的維護和追求，其內心是否飽含著對社會、對他人（特別是弱小者）的溫暖和關懷。陳映真文學與魯迅文學乃至不少「第三世界」文學一樣，產生於「苦難」或「問題」之中，以對不公不義的揭露和反抗爲職志，但這種批判，卻是以「愛」爲根柢、爲底蘊、爲出發點的，它們在批判醜惡的同時，也在張揚著美善，撫慰著因帝國主義、資本主義及其它種種原因（如各種天災人禍）所造成的受傷的、異化的心靈，努力恢復愛的信念——儘管它們未必把「愛」掛在嘴上。這種魯迅、陳映真式的「戰鬥」的現實主義有別於平庸、機械地複製現實生活的庸俗「現實主義」，或政治化地淪爲禁錮作家想像力之框框的「僞現實主義」，足以抹去人們對現實主義的一些誤解和輕視，讓我們感受其震撼人心的精神力量。由於種種原因，魯迅在當代中國大陸備受尊崇，但魯迅現實主義的戰鬥、批判的精神，並沒有得到真正的承續，陳映真成爲魯迅現實主義批判傳統的真正的當代傳人，並將中國文學「現實主義」推向一個新的高度。在這個意義上，說陳映真是「台灣的魯迅」，也許並不為過。魯迅文學和陳映真文學分別輝耀於二十世紀上半葉和下半葉的中國文壇，也共同成為二十世紀中國文學的寶貴財富。

講評

蕭阿勤*

陳映真先生的現實主義的主張對台灣社會而言，大家都耳熟能詳，不過很少有研究者將現實主義與第三世界的連結與關係好好耙疏，在朱教授的這篇論文中，他有系統的整理這些相關主張的要素，包含陳映真先生的敏銳力、反省力以及對於社會主義的關注，朱教授的文章提供我們相當完整的瞭解，是我認爲這篇文章最大的貢獻所在。

朱教授撰寫本篇論文的角度是站在支持與讚揚陳映真的理念與信仰來進行論述，因此在行文之間，會產生分不清是朱教授的言論還是陳映真先生的觀點。覺得朱教授做爲一個研究者，好像已經與他的研究對象陳映真合而爲一。這也是我基於學術評論不批判他人的信仰與理念的前提之下，覺得很難去評論的一個部分。因此在此我分享兩個小建議以及讀後感讓朱教授參考。

一、目前論文所呈現的陳映真的理念與信仰的方式，好像並非按照陳映真的人生歷程來進行，而是打散之後再做歸納，整理出陳映真的理念與要素有哪些方面。但這個方式比較無法呈現出陳映真對於思想理念的演進與轉變，舉例而言，拉丁美洲文學對陳映真的刺激使他對現代主義文學看法的轉變，並且導致對他所堅信的現實主義文學的主張有了些微的修正。他的思想層面還是有隨著時間演進而有變化，如果有去觀照到陳映真的思想轉折對應時代的演進，是不是更能將他的思想與政治時局與文學互動的狀態，以及世代與時代在陳映真先生身上留下的軌跡反映出來。

* 中央研究院社會學研究所副研究員。

二、朱教授論文中使用「語境意識」去討論陳映真的言論與主張，我想提出的是「語境意識」在此使用是否恰當，原因是它可能違背了朱教授所提出的肯定陳映真理念與信仰的論點。朱教授以「語境意識」形容陳映真先生「敏銳注意時代變化、現實情境、再反應於文學之內的特質」，這種知識與認知的社會性質，在本文中，反而可能與陳映真對信念與理想的執著自相矛盾。

最後，我再提出一點讀後感，朱教授論文的可貴之處在於指出陳映真種種理念的基礎是出於「愛」，在人生複雜的情境中，傳達愛的重要，這也是文學家用他的生花妙筆給這個痛苦的人生最大的貢獻。而這份愛是否能夠超脫中國民族主義、台灣民族主義，去愛與我們不同畛域的人？在這個時代，我想缺少的可能不是對各種信仰的宣稱，而是慈悲與愛。（按：本文依學術研討會之論文講評記錄整理）

思想家的「孤獨」？
關於陳映真的文學和思想與戰後東亞諸問題的內在關聯

黎湘萍*

摘要

1990 年代以後，臺灣本土化思潮勃興，使陳映真帶有批判性格的文化、社會、思想評論迅速被邊緣化，與七、八十年代的影響形成鮮明對比，但他六十年代以來的文學寫作（特別是小說）仍魅力不減。關於陳映真的解讀，分別在「詩」與「思」兩方面出現了裂痕，兩岸知識界對陳映真的解讀，均有類似的現象，但因歷史脈絡的差異，對於陳映真的欣賞、接受、評價，在取捨上又有所不同。本文意在分析這種充滿了困惑和分歧的解讀現象，認為只有將陳映真放在東亞近代史的脈絡去定位，將陳映真先生的文學和思想放在更廣闊的背景下進行整理和總結，思考陳映真五十年代以後的文學寫作和文化、思想、社會評論與戰後東亞社會、歷史諸問題的關聯，方能更為完整地呈現陳映真的思想和文學的面貌。這與僅將陳映真放在臺灣的統獨論述中去為他「著色」，或者僅從馬克思主義的概念運用去判斷他是否教條，是不同的思考角度。

* 北京社會科學院文學研究所研究員。

他們用夢支持著生活，追求著早已從這世界上失落或早已被人類謀殺、酷刑、囚禁和問吊的理想。也許他們都聰明過人，但他們都那樣獨來獨往，像打破玻璃杯一樣輕易地毀掉生命……

——陳映真：《哦！蘇珊娜》（1966）

陳映真先生在其散文〈洶湧的孤獨——敬悼姚一葦先生〉中，提到姚一葦先生這樣戰後「懷璧東渡」的一代理想主義者，在五十年代以還的冷戰高壓環境中，不敢公開談論其社會理想，卻在看到了青年陳映真小說作品中那無以言明的「內心和思想上沉悒的絕望和某種苦痛」之後，「平靜地談到了他少年遍讀和細讀魯迅的歷程」，「在那即使親若師生之間，魯迅依然是嚴峻的政治禁忌的時代，我也第一次向他透露了我自己所受到的魯迅深遠的影響。」姚一葦先生以自己所理解的魯迅爲例，談到魯迅的晚年「不能不擱置創作走向實踐的時代的宿命」，但他卻鼓勵陳映真寫小說，而委婉勸他遠離險惡的政治，說：「即使把作品當成武器，創作也是最有力、影響最長久的武器」[1]。陳映真在姚一葦不避諱的鼓勵之中，「聽懂了先生不曾明說的語言，而先生也瞭解了我不曾道出的思想和身處的困境。」他感受到姚先生關愛的溫暖，更體察到姚先生與自己類似的孤獨感。正是這種「孤獨感」，使陳映真比同時代人更敏感於戰後臺灣的重重問題所在，意識到這個時代在冷戰格局中形成的新的社會矛盾，意識到臺灣與朝鮮這個舊的日本殖民地社會一樣，在舊有的歷史問題沒有得到徹底的清理的前提下，又被編入新的國際化冷戰和民族分裂之中，而臺灣所有的精神病患，都源於這種新的後殖民地・冷戰・民族分裂結構之中，這是懷抱著社會主義理想並意欲以此理想來超克臺灣社會的「後殖民地·冷戰・民族分裂」等多重矛盾從而重建一個新的理想社會的陳映真，不見容於戰後的臺灣社會及其主流的意識形態的主要原因，也正是他終其一生都懷抱著強烈的理想主義而

1 陳映真，〈洶湧的孤獨——敬悼姚一葦先生〉，原載 1997 年 6 月 22 日《聯合報・聯合副刊》。

如魯迅般彷徨於「無地」之間的原因。

1945 年 8 月光復以來的臺灣，在思想探索、社會批評、政治實踐、文化、文學活動諸方面都卓然獨立、自成一家的大師級人物中，陳映真無疑是最具有理想性、實踐性和爭議性的。但如果把陳映真僅放在臺灣的範圍內去理解，則很容易受限於臺灣內部的複雜的政治光譜的影響，使陳映真僅被定位爲「左翼」的「統派」，甚至把他九十年代以後的思想、文化和社會批評，貼上「狹隘民族主義」的標籤而加以輕視，而忽視了他的文學與思想的更爲深廣的價值。在我看來，只有把陳映真放在戰後東亞地區的歷史和社會轉型的背景上，才能理解「這一個」陳映真在臺灣、在中國大陸、在東亞地區、在第三世界對幾百年來的殖民主義、帝國主義的反思和批判的思想史脈絡裡的真實意義。

我過去在《臺灣的憂鬱》中論陳映真時，曾說他的身上有兩個人的影子，一個是他所理解的試圖以「社會革命」來完成以色列人的解放的猶大，一個是以「博愛」爲救世真理的耶穌。這兩個人在他的身上分裂爲兩種互相聯繫又有矛盾的人格，表現爲實踐其理想的兩種不同的方式[2]。現在，可以比較準確地說，陳映真的身上，有兩個人的影子，一個是內在於他的精神、血肉的充滿了感性力量的耶穌，這個耶穌使他可以借藝術作品進入人的靈魂深處，挖掘人內心的神性和罪性，寫出了人最深刻的不安和慈悲；另外一個則是在世界近代思想史上據有知識和理性的高度的馬克思，借助馬克思，他試圖解釋並解決人在歷史和現實社會中的困境或人性桎梏。如果說，耶穌構成了「想像的陳映真」之小說的血肉和感性，那麼馬克思則成爲「現實的陳永善」之知識和理性[3]，這兩者結合，難分彼此。

我在重讀陳映真的時候，一直在反思閱讀陳映真時有些人經常提出

---

2 黎湘萍，《臺灣的憂鬱》，第二章，第 77-79 頁，臺北人間出版社 2003 年 12 月版。

3 陳映真本名陳永善，映真是他往生的孿生同胞哥哥的名字。我在〈「出走」的「使徒」——陳映真與基督教〉一文中曾分析過陳永善與陳映真通過基督教而形成的「靈」的聯繫，拙文參見香港《文學世紀》2004 年第 4 期（總第 37 期）。

的問題：早期的陳映真比晚期的陳映真更有魅力；藝術的陳映真比思想的陳映真更讓人覺得親近。爲什麼「作家陳映真」受到歡迎，而「思想家陳映真」卻遭到冷遇？難道只是因爲「作家陳映真」的小說作品的充沛的感性經驗，與讀者更容易引起共鳴？而「思想家陳映真」的那些理性思考，卻是「過時」的「教條」？「作家陳映真」在他的作品裡所表現的生活的深度和廣度，與「思想家陳映真」對他所生活的時代、社會諸問題所思考、反省和批判的深度和廣度，是和諧一致的還是相互矛盾的？陳映真的文學與思想，與戰後東亞地區的社會、歷史、文化諸問題有何內在關聯？「統獨」在陳映真所思考的問題鏈中，又處在什麼位置？

作家陳映真與思想家陳永善：自始至終是一對無法分開的雙胞胎

20 世紀五六十年代的臺灣民間文化界，有《自由中國》（1949 年創刊）、《文星》（1957 年創刊）在爭取言論、思想自由方面撐起自由主義的大旗，《文學雜誌》（1956 年創刊）、《筆匯》（1959 年出革新版）、《現代文學》（1960 年創刊）、《劇場》（1965 年創刊）等則在現代（主義）文學的宣導方面獨闢蹊徑，這個時候的陳映真只是一個從鶯歌鎮來到臺北淡江英專讀書的浪漫、激情而似乎有些憂鬱的文學青年，算不上場面上響噹噹的人物。然而，他也已經以其作品和論述，表現出與同時代人「同情不同調」的特異性。

第一個《麵攤》（1959）擺在尉天驄主編的革新版《筆匯》第 1 卷第 9 期上時，陳映真將臺北街頭辛苦輾轉的一家三口，置於「法律」與「人情」或「國家」與「人民」相衝突的場域，而刻意於描繪常被人所忽略的小人物們的細膩的內心世界，這是包裹在堅硬的國家、社會外殼中的最柔軟的「仁」，是小人物家庭於最艱難的情境中仍能勉力扶持、勇敢生存下去的「愛」。後來在陳映真筆下常見的疲倦而溫柔的人物在〈麵攤〉中首次出現，他是一個富於同情心的靦腆的警官。來自國家執法人員的善意和溫暖，哪怕只是一個微笑，一點微弱的幫助，都能讓從鄉下到臺北來的一家三口感恩難忘。這篇小說令人想到賴和的名作〈一桿秤仔〉（1925 年寫，1926 年發表），同樣的場景，不一樣的結局。如果說，賴和是以寫實主義的方法來寫「強權橫行」的土地上，員警以「法律」的名義逼迫小民，使之走投無路而不得不起來反抗的悲劇，那麼，陳映真的〈麵攤〉則顯然帶有強烈的理想主義色彩——陳映真之「懷璧」，早於此篇見其端倪。這是陳映真高度理想化的歌頌人性善的短篇，他早已意識到員警作爲國家權力和法律的執行者，對於細民百姓的普通生活所具有的高度影響力。因此，我們也不妨把這篇作品解讀爲在經歷了臺灣的二二八事件之後，年輕陳映真在魯迅的影響之下，對理想化的「國家與人民」關係的象徵性描寫。

但這種「理想化」的描寫似乎並不能維持很久，1960 年發表的〈鄉村的教師〉很快就進入「國家與人民」之關係的非理想化狀況的深度探索。〈鄉村的教師〉的主人公吳錦翔，一生橫跨兩個時代，即日據時代和戰後臺灣光復的時代。太平洋戰爭爆發後，被日本拉去當「志願兵」，在南洋叢林經歷了一場驚心動魄的戰爭夢魘後僥倖活著返鄉的吳錦翔，因爲吃過人，精神深處早已傷痕累累，國家暴力以戰爭的形式強加於像他那樣的無數人民頭上，然而臺灣光復帶來的希望，使他的理想復活，以爲「設若戰爭所換取的僅是這個改革的自由和機會」，那麼，「或許對人類也不不失是一種進步的罷。」[4]但最後，他看到的卻是臺灣光復後陷入內戰恐懼之中的國家政權徹底摧毀了他的改革理想。**陳映真藉由〈鄉村的教師〉，是第一個表現太平洋戰爭時期台籍日本兵的身體和精神的境遇、表現臺灣光復後充滿了改革中國「愚而不安」社會的理想的一代人，面臨二二八事變之後國家政權的保守化而理想破滅的精神苦悶的作家。**儘管在小說中，關於臺灣戰前和戰後的社會歷史的描寫很隱晦，但陳映真還是以象徵性小筆法，塑造了一個沒有死於戰爭，卻自我

[4] 陳映真，〈鄉村的教師〉，《陳映真作品集》第 1 卷，第 29 頁，臺北，人間出版社 1988 年 4 月初版。

毀滅於戰後的絕望的吳錦翔，他的頹廢、墮落表面上看似乎只是因爲不斷受到在南洋叢林中吃過人肉的罪惡感的困擾，實際上，陳映真早已暗示了一個戰後兩岸民族分斷、在臺灣的新的保守時代的到來，而這個時代的到來，澆滅了吳錦翔這樣的臺灣青年的改革社會的理想，「冥冥裡，他忽然覺得改革這麼一個年老、懶惰卻又倨傲的中國的無比的困難來。他想像著有一天中國人都挺著腰身，匆匆忙忙地建設自己的情形，竟覺得滑稽到忍不住要冒瀆地笑出聲音來了。」[5]在〈鄉村的教師〉中，陳映真觸及到了戰後東亞社會面臨的新的複雜境況：原來的日本帝國主義、軍國主義走向崩潰之後，其黑暗歷史（包括日本本國逐步帝國主義化、軍國主義化、其殖民擴張給周邊國家帶來的災難）還沒有受到徹底的清算，很快就與曾被它殖民統治的韓國、臺灣一起，編入新的冷戰國際體系，置入美國的勢力範圍；朝鮮半島一分爲二，中國大陸與臺灣的中華民族在國際勢力的干涉下再度分離。吳錦翔的絕望與墮落，終至於自殺，與其說是純粹的「個人」行爲，毋寧說是一樁歷史事件；與其說是吳錦翔對於人的內在的罪性的懺悔（對戰爭期間吃過人的夢魘的痛悔），毋寧說是對於臺灣和中國的近代歷史重負的承擔：吳錦翔是背著近代帝國主義壓迫下的中國臺灣的十字架走向死亡的。

從小受到基督教薰陶影響的陳映真，從一開始就非常刻意於拷問人性深處的脆弱的暗部，而對這暗部之不安的察覺，恰又源於同樣在人性深處的純潔的神性之光。他極其敏感於人的內在的道德律（人性中的神性之光）究竟如何去面對人因脆弱而犯下的罪行。有著燃燒的私欲和肉體之愛，是否是人的罪？歷史之罪與現實之罰，這是陳映真小說從早期一直延續到晚期的重要主題。在〈我的弟弟康雄〉中，這個問題首開端倪，是陳映真探索人性內部的歷史壓迫、現實壓迫與道德壓迫的開端。康雄的純潔與教會的教條無關，人與儀禮、律法相比孰大？這樣的人有沒有資格去建立或追求一個純潔的地上的天國？康雄因悟罪而死有沒

[5] 陳映真，〈鄉村的教師〉，《陳映真文集》第1卷，第31頁。臺北，人間出版社1988年版。

有救贖的意義？康雄的姐姐之被迫拋棄理想與現實妥協、換取俗世的幸福，所導致的道德難題，又當如何去面對和解釋？陳映真用詩一般感性雅潔而又繁複的語言去思索質疑這些複雜問題，預示了他日後創作中耽於思想的方向。從〈麵攤〉到〈我的弟弟康雄〉，我們看到他的小說把探索的領域，從「人」的現實層面擴大到對於「人」的精神深處的「罪性」的追問去了。〈我的弟弟康雄〉（1960）、〈鄉村的教師〉(1960)、〈故鄉〉（1960）、〈死者〉（1960）、〈加略人猶大的故事〉（1961）、〈蘋果樹〉（1961）、〈文書〉（1963）、〈哦！蘇珊娜〉（1966）、〈第一件差事〉（1967）、〈六月裡的玫瑰花〉（1967）、〈賀大哥〉（1978）等，無不涉及人的「罪性」的問題，但陳映真對人的「罪性」的呈現和反省，並不是抽象的，或僅僅是為了詮釋基督教的信仰和概念，相反，陳映真是把他的人物放在特定的歷史環境之中（這是五十年代以後的特殊的歷史—政治環境的藝術化）去表現這種難以言傳的內心深處的痛苦。陳映真設置的「歷史場景」，有的是近在身邊的當下生活（〈我的弟弟康雄〉），有的是劫後餘生的戰爭創傷（〈鄉村的教師〉、〈六月裡的玫瑰花〉），有的則是撕裂心靈的現代史（〈文書〉），有的則虛擬了羅馬帝國統治下的殖民地場景（〈加略人猶大的故事〉）。在這些歷史環境中生活的人們，都在特定的社會關係中生活，因而也無法擺脫這些關係帶給他們的意識上的影響。陳映真對導致人的精神深刻不安的「罪性」的探索，也即是對人所生活於其中的歷史和社會生活的反省和批判。

因此，陳映真的小說在非常豐富細膩的感性世界之外，還提供了對於潛藏在人的精神生活內部的複雜的「罪性」的深刻挖掘和反省，這是陳映真早期小說中最富於思想力的部分，也是陳映真區別於同時代的其他作家的重要特徵。到了晚年，陳映真借助關於人的「罪性」與人所建立的「體制」之間的關係的思考，來重新審視社會主義的理想與實踐之間出現的悲劇（典型如中國大陸文革時期的狀況），這種從早年延續到晚年，從虛構性的小說寫作，延伸至文化・社會批評領域的思考，我在下文還會涉及。

現在回過頭來看，六十年代的青年一代的小說中，最耀眼的還是白先勇和陳映真。這也是那個政治上高度壓抑的年代中最富文學激情、最具小說美感、也最能激發出內在的「反抗性」的作家，只是他們對於那個壓抑的年代的的「反抗」，採用了不同的方式。白先勇的「反抗」方式，是婉諷，他以春秋筆法寫小說，融合古典敘事與現代心理刻畫的方法，將激情深藏於冷靜的觀察和表現之中，肉體、情欲和愛情的交互糾纏，被置於歷史的滄桑變化之中加以描寫，白先勇以個人的經驗呈現、顛覆並改寫了大的歷史，並瓦解了傳統的倫理，再造了新的倫理，開拓了人性認識的深度；陳映真的短篇小說，即使是獨白性很強的作品，如〈我的弟弟康雄〉，也有非常複雜的多聲部潛在的對話，這篇小說語言的美感勝於畫面感或鏡頭感；他同樣善於含蓄而細緻地描寫那些飽滿、溫柔的情欲、愛和肉體的感覺，譬如〈哦！蘇珊娜〉、〈六月裡的玫瑰花〉和〈賀大哥〉等作品，但這些描寫卻是他的人物在自我意識覺醒之後，在現實找不到出路時的庇護所，是人物的自我救贖之道。「革命」是被暗示的一種出路，「死亡」則是「革命」必然失敗和流產的結局。如果說白先勇擅長於在小說藝術中「抒寫」人在歷史中滄桑感，那麼，陳映真更傾向於借助小說來「思考」在戰後悶局中進行社會革命和心靈革命的可能性，這也是他很早就不滿於現代主義的軟弱和逃避，進而批評臺灣現代主義的「亞流性」、「從屬性」的原因。

陳映真在 1968 年因從事觸犯禁忌的政治活動而入獄，這實際上即是他不滿於僅僅從文字的虛構去表現這個時代的精神悶局而尋求現實的出路的必然結果。這種選擇使他付出了沉重的代價，但他無悔於這一選擇，雖然他對受到牽累的親友深感歉疚。八年牢獄之災，是陳映真從理想主義走向現實主義的轉捩點。出獄後的一系列文學批評和創作，包括他以許南村筆名寫的自我解剖式的評論，他的臺灣文學評論和一系列涉及當代臺灣社會、文化、思想意識形態的評論，他參與編輯的《夏潮》

雜誌對臺灣現實主義文學傳統的重新出土和詮釋，他加入的「鄉土文學」論戰，他創作的反省晚期資本主義在經濟和文化上的全球化與跨國公司體制下的人性異化狀態的「華盛頓大樓」系列和再現與反省臺灣在冷戰・民族分裂時期的「白色恐怖」的民眾史和心靈史的小說，特別是1985 年 11 月主編的《人間》攝影報導文學雜誌，在「解嚴」之前的臺灣，無疑代表了民間最有預見性、最能感動人心、最有批判力量的論述。這個時期的陳映真，成為臺灣文化界、思想界獨特的風景。我們現在翻閱《人間》雜誌，仍能看到，他很早就揭露了臺灣社會在現代化的過程中所留下的各種併發症和後遺症，而這些恰是資本主義全球化過程中的世界性的問題，包括弱勢族群（特別是原住民和底層民眾）、環境污染、歷史創傷及其治療（其實就是所謂「轉型正義」問題）、解除報禁、開放兩岸民眾交流、打破冷戰・民族分裂造成的日益保守化的社會・意識形態封閉狀態等問題。這些在八十年代中期開始在《人間》雜誌上加以報導和討論的問題，事實上成為臺灣黨外民主化運動，乃至九十年代以後臺灣各種議題的先聲。

仔細閱讀這個時期陳映真的文學創作與文化・社會批評與論述，我們能強烈感受到，他仍在延續五十年代以來試圖探尋形成臺灣社會的日益保守化的思想悶局的根本原因。在不少精英都很享受新殖民地・冷戰・民族分裂狀態帶來的飽足、自滿、傲慢和冷漠時，陳映真卻踽踽獨行於異端思想的道路上。

九十年代以後的「孤獨」？

臺灣解嚴之後，迎來了九十年代以來各種思想、觀點、意識形態的多元化的局面，表面上看，陳映真從五六十年代以來所深切感受的思想悶局似乎已被打破，兩岸的民間交流從 1987 年以後，也成為現實，但這並不意味著「冷戰」的格局已化為烏有。恰恰相反，兩岸交流的結果，是在發現了對方的差異性之後，反而越發刺激了各自的「主體性」的擴張與區隔。

究竟是什麼原因使得兩岸的人民在隔離了近四十年之後，彼此成了「陌生人」？彼此成爲對方的「他者」？對陳映真而言，這不是僅僅用「複雜的情緒化」就可以解釋的問題。

事實上，在六十年代至七十年代創作的小說中，他就以各種文學形象來表現過這種複雜糾葛的「情緒」和「意識」。其中，我以爲最重要的一部作品，是 1961 年 7 月發表於《筆匯》2 卷 9 期的短篇小說〈加略人猶大的故事〉。這部作品，幾乎涉及到戰後東亞地區諸問題及其癥結，其中包括：一·帝國主義問題；二、殖民地問題（戰後東亞國家社會性質的變化及其相互的關係）；三、戰爭創傷問題（二戰、越戰）；四、歷史問題（日據時期、五十年代白色恐怖）；五、冷戰問題；六、跨國公司問題；七、民眾史問題；八、民族分裂問題；九、白色恐怖問題；十、思想史問題。

陳映真在小說中初步建構了既能藝術地表現性格複雜的歷史人物的多面性，又足以囊括戰後東亞問題乃至世界性問題的思考框架的小說模式。陳映真借用《聖經·新約》中講述的門徒猶大出賣耶穌的故事，來重新塑造了猶大的形象，賦予了這個故事新的意義。小說開篇就充滿詩意地寫道：

> 黎明的藍色從石砌的窗戶中契了進來，自陰暗中畫出粗笨的一桌一椅，並且那樣勻柔地拗出了牆角的四支陶甄的輪廓來。地中海的海風揉進這曙光裏，吹著紗帳，吹著加略人猶大密黑的發和須。[6]

家徒四壁，然而他們擁有愛情和來自地中海的海風光色。小說接著

---

[6] 陳映真，〈加略人猶大的故事〉，見《陳映真作品集》第 1 卷，第 81 頁，臺北，人間出版社 1988 年 4 月初版。

通過猶大的戀人希羅底的眼睛和感受，去敍述猶大的茶銅色的瘦削的臉，他的粗豪和敏感，智慧與倨傲，寫出他在耶路撒冷遇見耶穌後精神煥發，生意昂然的神情，「眼睛裡重又燃燒起一種逼人的火焰」。這些描寫，徹底顛覆了猶大這個「叛徒」的刻板印象。而所有這些心理描寫和性格刻畫，都不過是爲了將希羅底的美貌和溫柔來襯托猶大悲劇性的思想與性格，又將猶大的思想與性格，來突顯耶穌的思想與性格，激發人們去重新思考羅馬帝國統治時期以色列人在政治與宗教、民族解放與個人自由等問題。在再現「猶大賣主」這個傳統的故事時，作者沒有停留在一般的譴責猶大的行爲上，而是經由猶大與耶穌、猶大與奮銳黨人、耶穌與以色列底層民眾、耶穌與法利賽人、以色列民眾與上層階級等等複雜的關係，去呈現羅馬帝國殖民統治下以色列人的命運與選擇問題。

小說最吸引人的，仍然是思想的問題。陳映真的猶大有種微妙的狂野與倨傲，「他對復國運動有不亞於他們（指奮銳黨人）的熱情，但是他那某一型式的世界主義卻怎樣也不容於奮銳黨人那種偏狹的選民思想了。」猶大質問那些奮銳黨人說：「羅馬人的擔子，羅馬人的軛一旦除去又如何呢？因你們將代替他們成爲全以色列人的擔子和軛。」他說著，仿佛憤怒起來：「你們一心想除去那逼迫你們的，爲的是想奪回權柄好去逼迫自己的百姓嗎？」

「世界主義」者猶大似乎也是一個階級論者，他理想中的復國運動，是推翻羅馬帝國，但解放不是爲了讓自己再淪爲奴隸，他批評那些想奪權的奮銳黨人說：「你們既然冒著萬險自羅馬人手中圖謀他們的權柄，那麼將來分享這權柄的，除了你們還有誰呢？你們將爲以色列人立一個王，設立祭司、法利賽人和文士來統治。然而，這一切對於大部分流落困頓的以色列民又有什麼改變呢？」

這樣一個猶大，才可能從耶穌那裡看到革命和動員群眾的希望。小說試圖把猶大的「背叛」，寫成只是在完成耶穌準備赴死的意願，而利用耶穌的犧牲來動員信眾起義。但群眾的翻臉無情和耶穌的犧牲，最後教育了猶大。〈加略人猶大的故事〉最後借猶大之口，寫出了24歲的陳映真的感悟：

> 他（猶大）忽然明白：沒有那愛的王國，任何所企劃的正義，都會迅速腐敗。他瞭解他自己的正義的無何有之國在這更廣大更和樂的王國之前是何等的愚蠢而渺小，他的眼淚彷彿夏天的驟雨一般流滿了他蒼白無血的臉。[7]

羅馬帝國作爲帝國主義的象徵，它在猶太地區的殖民統治，是激發殖民地內部的各種複雜社會矛盾的主要原因。陳映真以藝術家的筆墨，表現的卻是思想家的洞察力。他寫出了淪爲羅馬帝國殖民地的猶太地區的不同階層的觀念，從不同的「觀念」形態去表現不同階級的生活狀態；帝國主義者、猶太的上層階級、法利賽人、食利者、激進主義的奮銳黨人、主張社會革命的世界主義者、普通民眾等。戰後臺灣還沒有哪一部小說，以貌似異國的歷史故事來如此深刻地表現戰後東亞地區的複雜的社會現實和思想狀況。經歷了兩次政黨輪替的臺灣讀者，讀到48年前陳映真的這篇作品，應當會對陳映真小說的預見能力，感到驚訝吧？

同樣，經歷過戰後的社會主義實踐、又因爲「文革」的錯誤而從中吸取到經驗教訓的大陸讀者，也都會思考在一個以社會主義爲理想的國家建立之後，何以會出現毀滅性的挫折的問題。陳映真在八十年代的小說〈山路〉（1983）、〈趙南棟〉（1987）中，都有過深切的反省。到了晚年，63歲的陳映真在散文〈父親〉（2000）中又重提這個話題，而他的反省，則通過「罪性」這樣一個具有基督教神學色彩的概念，爲建立「人」與「制度」的相互關係，在法律、政治、經濟、文化之外，多了一個新的角度。他寫道：

---

7 陳映真，〈加略人猶大的故事〉，見《陳映真作品集》第1卷，第101頁，臺北，人間出版社1988年4月初版。

我們談過中國的社會主義。當過窮人家的苦孩子具有三十年代左翼知識的父親，對於社會主義有不止乎口耳之學的理解。對於中國的社會主義道路，他有深的同情，也有一份期許。但作為一個虔敬的基督徒，看著當時文革的騷亂，他有很深的宗教的憂慮。父親說，他皈向基督以後，才認識了人原有的罪性。而這人的罪性如果沒有解決，終竟會朽壞了人出於最善良願望的解放和正義的運動。父親曾幾次表達了他對於日本、「無教會主義」傑出的基督徒學者矢內原忠雄的崇敬。父親說，為避免體制化教會必有的軟弱和敗壞，矢內原尋求沒有教會組織和職司體系的、個人得以直接借由讀經、思想和祈禱與上帝交往的信仰。但在學問上，矢內原卻是著名的馬克思主義的經濟學家。作為馬克思主義的經濟學家，矢內原科學地揭發了日本在臺灣的糖業帝國主義掠奪體制的秘密，給予臺灣反帝抗日運動很大的啟發和激勵。但作為一個忠心的基督徒，在日本軍國主義最倡狂的四〇年代，矢內原以孤單的先知之姿，公開反對日本的侵略戰爭，公開祈禱上天使日本戰敗，以拯救日本於犯罪和瘋狂。矢內原終竟被日本法西斯投獄，至戰後始得釋放。[8]

陳映真說，他父親以《使徒行傳》中記載爲例，說明「基督徒不必忌惡社會主義，而應該更加警醒於人的罪性。人基本的罪性若不得解決，再好的設想、制度和運動都不免敗壞。」[9] 這一想法，與猶大最後的覺悟「沒有那愛的王國，任何所企劃的正義，都會迅速腐敗」是一脈相通的。

以社會科學的分析代替情緒化的解釋

陳映真早期喜歡用小說的藝術表現來代替社會科學的分析。但九十

[8] 陳映真，〈父親〉，見散文集《父親》，第 142-143 頁，臺北，洪範書局 2004 年版。
[9] 陳映真，〈父親〉，見散文集《父親》，第 144 頁。

年代以後，因爲要面對各種時髦論述的進行清理、反省和批判，他借助於書評、論述、歷史研究等形式，運用社會科學的分析方法，來徹底來解決一些根源性的問題。

1992 年，我收到陳映真先生寄來的〈李友邦的殖民臺灣社會性質論——與台共兩個綱領及「邊陲部資本主義社會構造論」的比較的考察〉，這大概是陳映真先生爲紀念李友邦的會議而寫的論文。當時我並沒有很認真地拜讀這篇大作，因爲對於李友邦、台共以及邊陲部資本主義問題，我都很陌生，幾乎沒有任何知識。直到後來讀到李友邦在《臺灣先鋒》雜誌（1940 年 4 月創刊）發表的一系列文章，方才領悟陳映真先生專文討論李友邦的用心。

陳映真多年來一直試圖準確把握臺灣社會的性質和形態，他認爲，只有「明確把握我們社會在一定歷史發展階段中所存在的各種矛盾的核心和性質」，才能「進一步找到克服揚棄這些矛盾，使我們的社會取得進一步發展的理論和實踐的方向與力量。」這篇文章似乎是第一次使用「中心部資本主義 VS 邊陲部資本主義」的分析架構來把東亞地區的日本、朝鮮、臺灣的社會性質和形態進行解剖的嘗試。陳映真發現李友邦的「殖民政策」分析和台共兩個綱領中關於臺灣作爲「殖民地」社會的性質的分析，竟早已跟晚近世界體系論及依附理論中對殖民地構成的分析有所暗合。文章還運用丟布瑞和雷依的邊陲部資本主義發展「三階段論」（發生-成立-否定）來分析日本（中心部資本主義）對邊陲部資本主義之朝鮮、臺灣的殖民地統治的過程。

如果說，日據時期臺灣、朝鮮的殖民地化是來自日本帝國主義的壓力，那麼，戰後貌似獲得獨立解放（光復）的臺灣、朝鮮，是否已經擺脫了這種殖民地社會的性質呢？抑或是在另外一種新的國際關係和帝國主義統治壓力下，轉變爲另外一種殖民地社會的形態？文章沒有在這方面加以申論，但它所使用的分析方法，亦可以提供新的觀察視野。戰後東亞地區的最大變化，是中心部資本主義代表的美國，使戰敗國日本變爲「邊陲」，主導了這個地區對抗蘇聯爲首的社會主義陣營的冷戰。日本原有的體制、統治集團和統治結構，在沒有得到徹底清算的條件下，進入到冷戰的國際體系之中；臺灣和朝鮮則陷入新一輪的民族分裂狀態之中。

戰後日本的問題，根據佐伯啓思的分析，可以表徵爲兩個方面。首先是言論的「二重化」，即通行的言論被二重化爲「正式的言論」和「非正式的言論」，「所謂非正式的言論，就是指在社會上沒有達到可正當化的言論。」所謂「正當化的言論」，就是符合戰後體制的政治正確的言論，如「民主主義」、「個人的自由」、「和平主義」以及「人權主義」和「人道主義」等；而諸如「國家主義」、「日本主義」、「權威主義」、「家族主義」等則沒有獲得正當性。其次是包括倫理觀在內的社會精神氣質已經崩潰，形成了倫理上的無力狀態。[10] 佐伯啓思的分析，也適用臺灣、韓國的情況。簡言之，就是在美蘇兩霸的領導下開啓了世界性兩大陣營（資本主義和社會主義）的冷戰，作爲美國的扈從國家或新型殖民地內部的所有的社會矛盾、思想意識形態的矛盾等等，都源於此。

1995 年 11 月 11 日，陳映真給香港《明報月刊》傳真了一篇文章〈盲人瞎馬的鬧劇與悲劇〉[11]，這是一篇國際視野極爲寬廣的、極爲深刻地分析了位於東亞地緣政治之中的臺灣在當時乃至現在的政治生態及其歷史與意識形態成因的文獻。在文章中，陳映真主要針對 1995 年底和 1996 年年初的兩次重大選舉而做了詳盡的政治分析。首先他提出了「臺灣政治的全面保守化」的判斷。指出當時李登輝領導的國民黨、民進黨和新黨三黨表面上「尖銳對立，競爭劇烈，但在實質上三黨的思想、政治光譜極爲相近。三黨的鬥爭，不是階級、哲學、政治的鬥爭，而是赤裸裸的政權爭奪的鬥爭」；「獨立論、一中一台／兩個中國論和反共統一論，皆屬於反統一，即分離論而不是統一論的範疇。」這一分析，

[10] 佐伯啟思，〈國家・國民・公共性〉，收入日本佐佐木毅主編《公共哲學》叢書第 5 卷《國家・人・公共性》，第 162 頁，中譯本，北京，人民出版社 2009 年 6 月初版。

[11] 陳映真的〈盲人瞎馬的鬧劇與悲劇〉後來可能沒有發表，此處根據他留給我的手稿原稿。

不僅適用於臺灣，也適用於九十年代以來東亞地區乃至世界性的所謂「民主國家」「去政治化」趨向；其次，他對臺灣的「國際合法性」焦慮及其與「內在合法性」虛構之間的關係做了剖析，指出「臺灣朝野主流政治企圖以重新爭取與中國分離的臺灣之國際合法性」的目的，乃在於「重建新的統治之內在合法性」，而它所以必定遭受到重大的挫折，「並不僅僅是因爲臺灣在軍力、國際外交上的弱質，而是因爲臺灣問題不是一個自來獨立的國家，如今面臨被別的大國強欲『拼吞』的問題，而是歷經百年恥辱的中國，堅決保衛自己領土主權的完整的內政問題。」其三，他分析了臺灣「脫中國」化的內因與外因。外因是帝國主義的干涉和國際冷戰形勢，內因有二，一是政治上的：「1949 年到 1953 年的反共肅清，摧毀了臺灣自日據以來艱苦發展的反帝愛國主義勢力。與一切殖民地／半殖民地一樣，臺灣的民族・民主運動由左翼領導，這臺灣左翼政治、哲學、社會科學與文化藝術運動在韓戰後的臺灣冷戰・內戰結構形成過程中遭到殘酷摧殘。相應於這個變化，臺灣在日統期間反共親日的一派，不但沒有受到歷史的清算，反而在冷戰・內戰結構中與國府野合而壯大，至今榮華富貴，忠奸事（是）非完全顛倒。在臺灣左翼的毀滅後，美援和留學體制長期培養親美反共精英，至於今日而佔領臺灣各領域的制高點。李登輝政權登臺後，以國家政權的力量利用台獨民粹主義奪取政權，鞏固政權，縱容和發展了台獨。」二是經濟上的：「1950 年到 1988 年，兩岸經濟斷絕，臺灣經濟編入美日台迴圈而積累，與中國民族經濟體脫離。四十年臺灣經濟的『脫中國』發展，規定了思想、政治、意識形態的『脫中國』化。」

在這篇文章中，陳映真也分析了 1988 年以後兩岸形勢的變化，特別是「橫跨兩岸的中國民族經濟體」迅猛形成、「美國經濟開始它漫長的衰退與沒落的進程」之後對臺灣政治・意識形態產生的巨大影響。最後，他特別強調了「臺灣的智慧」，即在臺灣日據時代以來，臺灣人民爲爭取祖國統一而表現出來的各種政治、文化上的抗爭，早已「充分注意到殖民地化五十年臺灣的歷史特殊性」，而「依具體條件」來制定統一中國的政綱，然而，「與臺灣現當代史剝離的今日朝野三黨，被歷史收奪了解決當面困局的能力」，因此他們的「選舉」（實質上的「政權爭奪戰」），就「難免是一場盲人瞎馬的鬧劇與悲劇」了。今天重讀這篇手稿，再來回顧 1996 年以來臺灣政治、意識形態所發生的鬧劇式和悲劇式的變化，無不一一驗證了陳映真先知般的批判性預見和洞察力。

1996 年 6 月 10 日，陳映真在《聯合報》「讀書人」副刊發表評論〈張大春的轉向論——撒謊的信徒，背離之路〉。這篇文章首次使用了日本二三十年代特有的「轉向」現象來分析國家暴力對人的極度傷害的問題。陳映真批評張大春《撒謊的信徒》中對「轉向」進行批判時，「沒有對做爲轉向論的前提條件——糾結了內戰與世界冷戰雙重構造，以反共國家安全體制爲形式的國家恐怖（State terrorism）暴力加以嚴肅的凝視」，這就使國家暴力和迫害者得以免罪，而受到傷害的人，反而要承受更大的道德壓力。

鶴見佑輔論日本三〇年代的「轉向」問題時，爲「轉向」這一概念做了界定，認爲「轉向」主要的意義在於，「在國家權力之下造成思想的轉變」，因此，它包含兩個層面，第一個層面，是「國家強制力的運用」，第二個層面，是「個人或團體在面對壓力時，他或他們自己所選擇的反應。對這種現象來說，強制力是作用和自發性，是兩個不可或缺的層面。」[12]鶴見佑輔除了重點研究左翼的共產黨人轉向的現象之外，還特別指出：

> 研究「轉向」時，那些從穩健的自由主義，轉為狂熱的法西斯主義者，有時候很難引起注意。從我的觀點看來，這種變化在日本戰時思想史的研究上，具有不可忽略的重要意義，應該視為“轉向”加

---

[12] 鶴見俊輔，《战时期日本の精神史》，中文版，第 28 页。台北行人出版社 2008 年版，邱振瑞譯。

以研究。[13]

這就是說,「轉向」既是國家強制力的影響的結果,也是個人選擇的問題。

關於轉向,陳映真一方面批評張大春放過了對國家暴力的追究,而只追究在國家恐怖主義壓力下個人因軟弱而轉向的道德責任;另一方面,陳映真自己堅持一己之力和尊嚴,來對抗國家的恐怖主義。他在《父親》一文也提及父親暗示他寧可坐夠刑期的牢,也不能轉向,以個人對於信仰的堅持,來反對國家暴力的壓迫和酷虐。陳映真提到 1969 年夏天,他的父親陳炎興先生在一次接見中,提到外面有一本雜誌刊載了陳映真的事,並請求政府「從寬」處理。「接見都在嚴格的監聽下,父親語焉不詳,事後我也把這件事忘了。一九七五年我釋放回來,一次閒談中,父親說起當時有某雜誌以寥寥數語要求『從寬』處理一位『本省籍年輕作家』(大意)云云。父親沒有說明何以他要在監聽下設法讓我知道,但我忽然明白,父親擔心的是因而被迫『轉向』,成爲一個令人不齒『墮落幹』吧。父親對他囹圄中的孩子的祈禱是明白的:做爲『上帝的孩子』和『中國的孩子』,父親希望我以潔白的良心,坐完囚繫的日子……」[14]

陳映真寫道:

父親注意改革運動的道德性質,還表現在不止一次地說到所謂「墮落幹」(日音 darakan)的問題。三〇年代的日本迅速奔向了軍國主義。在法西斯酷烈的政治壓力下,不少日本的左翼各派知識份子、文化人和黨的幹部,紛紛公開宣言背棄自己的思想,而「轉向」(思想、政治上的投降)之風,把當年被窮人和青年們奉為導師的革命

---

[13] 鶴見俊輔,《战时期日本の精神史》,中文版,第 30 頁。台北行人出版社 2008 年版,邱振瑞譯。

[14] 陳映真,〈父親〉,見散文集《父親》,第 146 頁。

家紛紛掃下神壇，灰飛煙滅。人民遂斥之為「墮落幹部」，又因日本語中的省略，謔而稱為「墮落幹」。父親說，青年時代的自己，就看到過自己心儀的左派文化人大剌剌地宣告轉向，而受到沉重的打擊。在父親看來，政治高壓下容有不得已之處。但有一些理直氣壯的「墮落幹」，較之一個向來的「反動派」恐怕是更其不堪了。[15]

陳映真是在 1968 年入獄之後，蹲在囚室的角落細想，「才逐漸明白父親對眼看著不能回頭地走向險路的兒子，是懷著怎樣的憂慮，強忍著失去孩子的恐懼和痛苦，百般叮嚀：追求世上的正義，不能忘記人原有的軟弱，不能失去靈魂的潔白，像矢內原忠雄那樣，變革實踐和真實的宗教信仰非但沒有矛盾，甚且互相豐富——切莫因傾向於變革而捨棄了信仰……」[16]

陳映真寫父親去監獄探監時，神態安詳，「沒有一句責難怪罪的話，卻要我牢記我在獄中生活的三重自我定位：『首先，你是上帝的孩子。其次，你是中國的孩子。最後，你才是我的孩子。』」[17]

真正的思想家永遠不孤獨

據說，特洛伊國王普裏阿摩斯的女兒卡珊多拉（Cassandra）被阿波羅賜予預知命運的能力，當了太陽神殿的女祭司，但因爲不服從阿波羅的非份之想，又遭到阿波羅詛咒，讓她的預言百發百中，卻偏偏都沒人相信。卡珊多拉預言了阿伽門農的死亡，特洛伊的陷落，這些不吉利的預言無一不引起人們的反感。這個被人所遺棄的女先知，一輩子都生活在無力於阻擋悲劇發生的痛苦、孤獨和沮喪之中。

陳映真當然不是卡珊多拉。但他的自我反省的個性，對歷史、現實

[15] 陳映真，〈父親〉，見散文集《父親》，第 144 頁。
[16] 陳映真，〈父親〉，同上，第 145 頁。
[17] 陳映真，〈父親〉，同上，第 146 頁。

和未來的認真而嚴肅的思考，並不激越的浪漫而憂鬱的風格，幾乎將戰後臺灣的各種歷史的負擔都承擔於一身，並有意像魯迅一般「肩住了黑暗的閘門」，放下一代的人到寬闊光明的地方去的志願，都具有爲臺灣人民尋求自由之道的夢想。然而，他被刑求十餘年，被放逐到火燒島，他的聲音被聽到，卻不被理解。他的確在他的小說中像先知般「預言」了「無何有之鄉」的幻滅（〈鄉村的教師〉），「預言」了道德在充滿了謊言的歷史中的腐敗（〈文書〉）；他也「預言」了在罪性的歷史中人自我救贖的可能性（〈將軍族〉、〈夜行貨車〉）……然而，這些「預言」卻使他仿佛生活於一個「不合時宜」的時代和社會之中，因爲有人聽到，卻沒人理睬。究竟是他生錯了時代，還是這個忙亂的 20 世紀的意識形態單一化的社會，無暇也無法瞭解他的「預言」，甚或不屑於理會他的那些「異端」思想？

2002 年，陳映真因長年患「突發性心房顫動」而接受專業醫師的意見，做了一次名叫「射頻消融」的心臟內科手術，因手術出現意外，到鬼門關上走了一遭。兩年後，他寫了一篇散文〈生死〉，記述了這次死裏逃生的經驗。我們都知道，陳映真在小說裡早已多次描寫過死亡，但這一次，是他本人親身體驗了墜入死亡之深淵之後，又奇跡般地重回陽世的經驗，在面臨生死交關的時刻，他最深刻的自我認識是什麼？他對人對己，對這個世界的最根本的認識是什麼？〈生死〉這篇最個人化的散文，可能爲我們提供了答案。這是打開有些神秘的陳映真的性格、思想與文學創作神秘之鎖的一把鑰匙。

〈生死〉的開始，是一段自我解剖：

> 出於思想和現實間的絕望性的矛盾，從寫小說的青年期開始，死亡就成為經常出現的母題。但在現實生活中，我卻從來不曾有憂悒至於嗜死的片刻，反而是一個遲鈍於逆境、基本上樂觀、又不憚於孤

獨的人。[18]

他明確的說，他是一個「遲鈍於逆境、基本上樂觀、又不憚於孤獨的人」。這篇散文詳細描寫了他病危到休克的經過，陳映真沒有看到自己的靈魂在空中飄蕩的情景，長達數十日的意識空白，「沒有痛苦，但覺如在暗室中最深沉、甚至舒適的酣睡。」[19]是伴隨著他二十多年的陳麗娜女士，奮不顧身，竭盡全力，把他從死亡線上硬生生地拖了出來。死裡逃生的陳映真，第一次在散文中這樣寫道：

> 呼吸停止、心臟停止搏動，是不是就是死亡？我為什麼沒有經驗過一般人都會讀過的、從死裏還陽的人的體驗：在黑暗中看見遠遠的、彷彿隧道彼端的光亮的去處；看到被哭泣的親友圍繞著自己的屍體……為什麼我的生死的界限只是暗室中深沉的酣睡？如果在心導管室的搶救失效，我的生命是否就如燈滅一般歸於無有。而如果有上帝，祂讓我從死蔭的幽谷中走出，有什麼用意和目的？[20]

這個問題讓陳映真感到疑惑，而讓我覺得這是深入他的思想的一個入口。他寫道：

> 於是在哲學上信從了歷史唯物主義的自己，在病房中開始生澀地在每晚入睡前向「上帝」訴說。我認罪！我讚美、感謝；我思想著基督走向各個他的十字架的漫長苦路時所受的百般淩虐、拷打和羞辱，而那無罪者所受的鞭打和蹧蹋，卻無不是為我的一身重罪的代贖……讓我這軟弱卑污的罪人活下來的祢的旨意是什麼？魯鈍的我畢竟不能明白……我固執地追問。

[18] 陳映真，〈生死〉，見陳映真散文集《父親》，第 191 頁，臺北洪範書店 2004 年 9 月初版。
[19] 陳映真，〈生死〉，同上，第 192-193 頁。
[20] 陳映真，〈生死〉，同上，第 198 頁。

然而回答我的總是一片無邊的靜默。沒有「聖靈」的火熱。沒有回答。[21]

當外界紛紛擾擾，世事變幻無常，人們在躁鬱中希圖變革，在絕望中尋找希望時，我們希望聽到他熟悉的聲音，但他卻似乎在沉默著。他自己也在質問說：「如果有上帝，祂讓我從死蔭的幽谷中走出，有什麼用意和目的？」「讓我這軟弱卑污的罪人活下來的祢的旨意是什麼？魯鈍的我竟不能明白……我固執地追問。」但回答他的，「總是一片無邊的靜默。沒有『聖靈』的火熱。沒有回答。」他是否因爲這「無邊的靜默」而感到孤獨？

他批判教會，因爲當教會組織作爲「社會機制」（institution）時，它經常淪爲從資本主義殖民擴張中壓迫、掠奪、殺戮歷史中的共犯，從重商主義到「自由競爭」資本主義、一直到壟斷資本主義時代，西方不同階段向非西方世界貪婪、殘酷的侵略，它都留下了難以抹殺的劣跡。但教會不等於「上帝」，陳映真在生死交關的時刻，似乎對上帝的存在有些疑慮，但他仍他認真地禱告說：「主，我如此駑鈍，如何讓祢再擁我入祢懷抱？」

儘管得到的是「無邊的沉默」，但他從來不曾放棄心目中的耶穌。耶穌不是穿著華美服裝的教士，而是「叫有權柄的失位；叫卑賤的升高；饑餓的得美食；叫富足的空手回去」的耶穌。「耶穌爲世人的罪被釘十字架，但是在形式上，是做爲一個反抗和批判羅馬殖民體制，以及與這殖民體制相勾結的猶太聖殿統制體制，從而當作政治犯而遭到磔刑。在死前的片刻，耶穌猶以貧困、窮苦和受盡逼迫的生民爲念。」[22]

記得 1991 年底，我曾給陳先生一張賀年卡，上面抄寫了韓愈的《學

[21] 陳映真，〈生死〉，同上，第 198-199 頁。

[22] 陳映真，〈臺灣長老教會的歧路〉，原載 1978 年 6 月《夏潮》四卷六期，《陳映真作品集》第 11 卷，第 62 頁，臺北人間出版社 1988 年 4 月初版。

諸進士作精衛銜石塡海》：

> 鳥有償冤者，終年抱寸誠。口銜山石細，心望海波平。
> 渺渺功難見，區區命已輕。人皆譏造次，我獨賞專精。
> 豈計休無日，惟應盡此生，何慙刺客傳 不著報讎名。

後來收到陳先生 1992 年 1 月 3 日的回函，其中說：「我甚愛韓愈詠精衛詩，驚爲知己。」多年來，陳先生以精衛鳥「口銜山石細，心望海波平」的精誠，往來於海峽兩岸。思考和解決統獨問題，其實只是他意圖建立一個從帝國和殖民地的束縛狀態下獲得解放的、更爲人道、更爲廣闊、更爲合理、更具有社會公平和正義的眾生平等自由的人間社會的總體目標的一部分議題。1979 年臺灣面臨與美國斷交的「危機」，陳映真曾寫了一篇短文。與當時電視、收音機、各種傳播媒體上的眼淚、怒聲、甚至於血旗、血書等群情激憤的狀態不同，陳映真冷靜地指出，與美國斷交恰是臺灣重新反省在長期的殖民狀態下形成的「民族性格的卑屈化、猥瑣化和奴才化」的好時機，這種民族性格，「差不多是二次大戰以後，在美國支配下的第三世界各國、各民族普遍而嚴重的精神疾患」。而斷交事件，「正好是決然擺脫美國對我們精神上的支配的最好的契機」，「應該對這三十年來美國式教育、文化、消費觀念、文學價値等等在我們文化、社會等各方面生活中所造成之影響，提出深刻的反省和檢討——不是爲了責備那些三十年來執行無原則的親美文化、教育諸政策的人，而是在這個總結中，找到有益的教訓，使中國在走向獨立、自由的奮鬥中，永不再犯同樣的錯誤。」[23]在這樣的歷史關頭，陳映真仍然不失其兩岸中國的視野，他指出，「近年來，要求政治民主、社會公平、人權受保障、思想和言論有更多自由的呼聲，在海峽兩岸的中國人中，成爲越來越普遍、越來越強大的聲音」，而這是「長久等待了各種

[23] 陳映真，〈斷交後的隨想〉，原載 1979 年 1 月《中華雜誌》，參見《陳映真文集》第 8 卷，第 23 頁。

發展條件，經過無數中國人的犧牲奮鬥，終於彙集了起來的、歷史性的聲音」。兩岸中國人，有力量在使中國「更自由、更民主、更公平、更有人權的共同願望上，精誠團結，進行切切實實的改革」[24]。

2009年9月7日於北京

[24] 同上，第23-24頁。

講評

杜繼平*

黎教授這篇論文，一方面講陳映真是個思想家，一方面談他的孤獨，分析他的孤獨感從何而來，並希望將戰後東亞的諸問題與陳映真聯繫起來探討，但可惜的是在這部分反而著墨的不多，沒有切中扣合他的主題。但是本文有意思的地方在於他把陳映真的思想跟基督教的耶穌與馬克思做結合，從這角度來探究他思想的根源，我希望從這部分提一些看法。

首先我要談的是陳映真對於東亞問題的看法，以及對於分離主義的批判，對於台灣整個政治經濟結構的批判，當然與他對冷戰後東亞形勢的瞭解有非常大的關係。事實上，陳映真先生一直用雙戰結構來解釋東亞問題，換言之，即是全球冷戰與國家內戰，譬如南北韓的分裂、中國兩岸的分裂，原來南越北越的分裂，甚至在西方東西德的分裂，這都是在美蘇兩大陣營下造成的結果。他的文學所要的批判的是在受到這種強權支配下所造成的國家分裂，屬於美國資本主義陣營支配下的國家，他們的政治、經濟、思想、文化，如何受到美國帝國主義的滲透支配，成爲其附屬國與對抗社會主義國家冷戰的工具。

其次，是黎先生提出「爲什麼陳映真先生感到孤獨？」這是個好問題，但黎教授沒有繼續發揮，爲什麼陳映真在 90 年代之後，兩岸政治禁忌解除、思想禁錮也解放後，仍舊是感到孤獨？90 年代後，無論是台灣內部或是大陸內部，都有相當大的轉變，陳映真在 80 年代之前所堅持的理想一直是社會主義統一論，民族的統一與階級的統一是一致

---

* 世新大學兼任講師。

的，因此在鄧小平上台後，大陸走向資本主義社會道路，使得在台灣的陳映真這樣社會主義思想的青年無法解釋、說明社會主義統一是可能的；再加上，台灣內部在自由主義民主化之後，以及台獨、台灣主體性的宣傳、鼓動，以及 1989 年天安門事件後，對大陸的離心力大爲增長，已經無法用民族主義或者是祖國之愛的論點去吸引台灣中青年的知識分子，所以這時陳映真的影響力就大幅衰退，他的孤獨來自於這些方面。（按：本文依發表會之論文講評記錄整理）

從中國革命風暴而來

陳映真的「社會性質論」與他的馬克思主義觀

邱士杰*

摘要

「社會性質」問題是一個有濃厚馬克思主義色彩、並透過共產國際的理論與中國革命實踐的結合而產生的理論傳統。陳映真於90年代放下小說創作之後，在大陸、韓國，以及台灣不同世代所提出的「社會性質」論（或論爭）的基礎上，形成他自己的「社會性質」論。陳映真在80年代即面對的分離主義問題（分離主義的論述以及分離主義的成因），是考察陳映真轉入「社會性質」研究的重要媒介；而本文所研究的陳映真的馬克思主義觀，就是以「社會性質」論為媒介的馬克思主義觀。

關鍵字：社會性質、分離主義、分斷體制、資本主義、歷史分期、新殖民地、波拿巴國家、半封建

* 國立台灣大學歷史學研究所博士班研究生。

引言

1980 年代中期「台灣結／中國結」論戰以來，陳映真即試圖從「冷戰、內戰」之「雙戰結構」下的台灣資本主義發展來解釋台灣社會內部各種問題（比方資本主義造成的社會敗壞或分離主義運動）的因由。但 80 年代的陳映真並沒有全面解決他所意識到的問題。六四事件、《人間雜誌》停刊，以及陳映真訪大陸之後，陳映真的思想進入了更深層的階段。這個階段同時也是他暫時放下寫小說的筆，專攻政治經濟學批判（Kritik der Politischen Ökonomie）[1]的時期。在這個階段上，陳映真從 1930 年代「中國社會性質」等三次論戰以來所形成的中國馬克思主義的理論傳統出發，將台灣社會史不同時期的「社會性質」作爲研究重心。1992 年起，陳映真集中編譯出數卷台灣政治經濟學的經典之作。他試圖綜合這些作品而提出了自己的（台灣）社會性質論。90 年代末期，陳映真開始發行《人間思想與創作叢刊》並繼續發展他的「社會性質」論。到了 2000 年，陳映真（乃至以「人間」爲主要出版陣地的各作者）的「社會性質」論透過以陳芳明論述爲對象的批判而得到全面表述。

雖然陳映真所重視的「社會性質」論並非馬克思主義經典作家（如馬、恩、列）所直接發明，卻是 1920 至 40 年代的共產國際的理論與中國革命實踐結合下的學術傳統。在共產國際與中國革命的影響下，不同時代的台灣社會主義者（比方台灣共產黨）也發展出許多有「社會性質」之實的論述。台灣旅日左翼學者劉進慶（1931-2006）是戰後台灣第一個完整發展「社會性質」論的學者，其著作堪稱台灣社會主義理論史上的里程碑。陳映真紹述了這些先行者的成果並加以規範化，從而形成他自己的、以「社會性質」來劃分的歷史分期。本論文將試圖揭示陳映真「社會性質」論的歷史背景、發展過程，以及可能的啓示；而本文所研

[1] 這是馬克思的一本書名，也是《資本論》的副標題，更是世人對於馬克思主義政治經濟學說的正式稱呼。

究的陳映真的馬克思主義觀，就是以「社會性質」論爲媒介的馬克思主義觀。

一、「社會性質」問題的來由

（一）爭論不休的問題：革命「一步到位」或者「分幾步走」的選擇

對於誕生於西歐並在馬克思主義指導下的運動而言，社會主義革命歷來是基本目標。就**革命任務**而言，社會主義革命要推翻資本主義生產方式所支配的私有制社會，並實現生產資料公有制的新社會；就**革命動力**而言，社會主義革命由資本主義生產方式下的工人階級所推動；就**革命性質**而言，工人階級奪取政權則被視爲革命具有「社會主義」性質的關鍵指標。[2]

但當運動延伸到多種生產方式並存、生產方式之間存在某種消長趨勢，或者資本主義生產方式尚不取得支配性地位的地區時，社會主義革命有沒有必要、有無可能、如何可能，就成爲顯而易見的問題。

由於私有制下的每個生產方式內部都有階級對立存在，因此，在多種生產方式並存的條件下，特定區域之內可能交錯著各種階級對立。比方資本主義生產方式中的階級對立是「資產階級／工人（無產）階級」，前資本主義生產方式之內則有「地主／農民」、「奴隸主／奴隸」之類的階級對立。

社會主義運動也許可以不考慮這些對立而直接進行以工人階級爲

[2] 馬克思恩格斯在 1848 年發表《共產黨宣言》之時並沒有考慮到奪取政權的問題，而是認為資本主義社會將因社會分化為人數占絕對多數的工人階級與絕對少數的資產階級，而導致革命的發生，並進入無國家的時代。但馬克思及馬克思主義者在 1871 年巴黎公社失敗開始形成奪取政權的想法，但「工人階級不能簡單地掌握現成的國家機器」，必須建立起工人階級自己的專政。（馬克思，1995a）。

革命動力的革命。但從歷史上來看，運動在多數情況下還是願意考慮聯合可能聯合的階級。[3]比方聯合農民去進攻。以十九世紀末的俄國來說，當時的民粹派主張俄國可以依靠農村公社而跨越資本主義社會。以普列漢諾夫、列寧爲代表的俄國馬克思主義者卻認爲資本主義生產方式已經在俄國開始發展，因此村社已經出現資本主義生產方式中的階級對立。

所以，從工人階級立場出發的馬克思主義者認爲：這些無產階級化的貧苦農民可以成爲同盟者，資產階級化的富裕農民則是敵人。當然，馬克思主義者的這番見解並不只是爲了說明誰是敵人、誰是朋友，而更是藉由批判民粹派的論點而打擊民粹派。[4]

中國馬克思主義運動也出現過類似的問題。由於資本主義生產方式並未征服全中國，致使工人階級的數量少；加上中共在 1921 年建黨之後所推動的工人運動在 1923 年「二七大罷工」失敗後轉入第一次低潮，因此工人階級能否與其他階級合作、與哪個階級合作、[5]如何合作，成爲中共必須面對的問題。又由於合作總是要找尋各階級都能接受的步

---

[3] 從負面的角度來看，這種考慮通常會被稱為機會主義。當然，不考慮也會被稱為機會主義。因此前者常被稱為右傾機會主義，而後者則被稱為左傾機會主義。——「一株是棗樹，還有一株也是棗樹。」（魯迅語）

[4] 馬克思主義者與民粹派之間的關係頗為複雜。馬克思早年曾嚴厲批判民粹派的先驅赫爾岑，但晚年卻非常關注民粹派的發展，並向他們表示，從前資本主義向資本主義過渡的歷史發展，首先僅限於以英國為代表的西歐；如果俄國走上這條路，就必須經歷西歐所發生過的所有不幸。（馬克思，1995b）馬克思死後，恩格斯一方面在〈法德農民問題〉指出必須在農民淪為無產者之前就爭取他們，另一方面則在〈《論俄國的社會問題》跋〉指出俄國資本主義發展已經變成不可抗拒的趨勢。（恩格斯，1995）與恩格斯同時代的俄國馬克思主義者也有同樣的看法，因此他們最初便是以批判民粹派起家，批判民粹派各種否定資本主義發展的論述（特別是貧困化導致消費不足，從而導致資本主義國內市場不可能實現的這種見解）。但列寧在 1905 年革命之後開始重視資本主義不發達的事實（因為農奴制殘餘嚴重），並將民粹派重新定義為「農民民主派」。列寧的相關論述以 1911 年至 1913 間的部分最為著名。他認為：雖然民粹派的理論是錯的，但其理論卻有反對農奴制以及促進資本主義全面發展的內容。這可以分為兩方面，要求平分土地的俄國民粹派「社會化」主張雖在主觀上意圖維護行將消滅之村社，客觀上卻有利於反對農奴制。而無論是平分土地（不管是國有化之後才平分或者就地平分）或者中國「民粹派」（列寧指孫中山）的「土地國有化」政策，都能為農業資本主義化創造條件。其中，「土地國有化」甚至可以創造最大條件，因為它將消滅絕對地租並使土地有最大的買賣自由。（列寧，1990a，1990b）。

[5] 也就是說，明天的敵人也可能成為今天的朋友，比方理應打倒的資產階級。

調才能進行，就產生了革命應該「一步到位」還是「分幾步走」的問題，也就是如何選擇革命性質的問題。當然，這也是前述俄國革命中早已出現的問題。

第一次國共合作的成立說明中共決定「分幾步走」。然而當時的中共沒有將「階級」分析緊密聯繫於「分幾步走」的決定。因爲「階級」是 1925 年的「五卅」慘案之後才得到關心的問題。如瞿秋白（1926）所云：「五四時代，大家爭著談社會主義，五卅之後，大家爭著鬪階級鬥爭。」然而「階級」分析與「分幾步走」的決定也沒有在「五卅」之後產生緊密聯繫。因此周恩來（1983：158-160）曾評論云：「什麼叫革命性質？革命性質是以什麼來決定的？這些在當時都是問題。後來才知道，應以革命任務來決定革命性質，而不是以革命動力來決定革命性質……」

直到 1927 年國共分裂激化了共產國際內部的路線鬥爭，才使聯共（布）黨內長期存在的革命性質論爭——即「分幾步走」或「一步到位」的選擇——藉由中國的場合而再次得到討論：

1. 以斯大林（И. В. Сталин，1879-1953）、布哈林（Н. И. Бухарин，1888-1938）爲代表的共產國際主流派主張中國革命必須「分幾步走」，每一步有每一步該完成的革命任務以及完成該任務的政權。第一步是實現多階級共享的政權（比方工人階級與農民共治的「工農民主專政」）。這個政權把推翻前資本主義社會當成革命任務，而這一步的革命通常被稱爲「民主主義革命」。第二步則是工人階級所獨掌的政權（「無產階級專政」），這個政權把推翻或阻止第一步所可能實現（或已經實現）的資本主義社會及其支配階級（「資產階級」）的政權當成革命任務，而第二步的革命通常被稱爲「社會主義革命」。[6]

[6] 斯大林一派的主要觀點可參見斯大林（1972）的系列論文。

2. 托洛茨基（Л. Д. Троцкий，1879-1940）反對派主張「一步到位」。他們認爲：所謂的第一步的政權「工農民主專政」不可能存在也不可能完成民主主義的革命任務。被主流派擺在第一步去完成的革命任務，恰恰只能直接透過第二步的政權才能完成。至於第二步的政權能不能進而完成第二步本身的革命任務，取決於各種條件，特別是世界革命的進程。[7]

（二）1930年代的三次論戰

歷史地看來，中國的社會科學有一個偉大而光榮的歷史傳統，那就是科學地、懷有高度主體意識地、不斷提高了對中國社會和歷史本質的認識，善於結合中國的具體條件，堅持調查研究、實事求是地為中國的救亡、改造、建設和發展，做出大量重要的貢獻。一九三○年代初，接受新的社會科學只不過十來年的中國年輕的社會科學家、思想家、革命者和愛國的知識份子，在北伐革命失敗的餘痛中，展開了範圍廣闊，卓有理論深度和知識開創性的「中國社會史論爭」。這個進行了長達五年多的學術論爭，討論了當時中國社會的性質，從而討論了相互的變革運動的本質、運動的力量分析和改造中國的前途等等，影響十分深遠。一直到一九八○年代，南朝鮮社會科學界和社會運動界展開「韓國社會構成體論爭」時，中國三○年代「社會史論爭」所留下的業績，仍為南朝鮮社會科學界所徵引。（陳映真，1997d）

[7] 反對派的論述非常多，除了托洛茨基本人及其追隨者（特別是中國托派，如鄭超麟、王凡西、彭述之）的系列著作之外，還可參見國際共產主義同盟（第四國際主義者）（1997）的簡要回顧。

主流派與反對派間的爭論從蘇聯延燒回中國，引起中共黨內的分裂以及 1930 年代的「中國社會性質」、「中國社會史」、「中國農村社會性質」等三次論戰。論戰參與者有主流派、反對派，以及國民黨左派；但主要是前兩者。論戰的焦點是所謂的「社會性質」問題。由於「社會性質」是一個在論戰中逐漸豐富自身內容的、有「中國特色」的概念，難說有什麼確切定義。但當時所謂的「社會性質」基本上還是圍繞著馬克思的某些定義被理解與運用，特別是「上層建築／經濟基礎」與「生產方式／社會形態」這兩個框架。馬克思是這樣說的：

> 我所得到的、並且一經得到就用於指導我的研究工作的總的結果，可以簡要地表述如下：人們在自己生活的社會生產中發生一定的、必然的、不以他們的意志為轉移的關係，即同他們的物質生產力的一定發展階段相適合的生產關係。**這些生產關係的總和構成社會的經濟結構，即有法律的和政治的上層建築豎立其上並有一定的社會意識形式與之相適應的現實基礎。**物質生活的**生產方式**制約著整個社會生活、政治生活和精神生活的過程。不是人們的意識決定人們的存在，相反，是人們的社會存在決定人們的意識。社會的物質生產力發展到一定階段，便同它們一直在其中運動的現存生產關係或財產關係（這只是生產關係的法律用語）發生矛盾。於是這些關係便由生產力的發展形式變成生產力的桎梏。那時社會革命的時代就到來了。**隨著經濟基礎的變更，全部龐大的上層建築也或慢或快地發生變革。……大體說來，亞細亞的、古代的、封建的和現代資產階級的生產方式可以看作是經濟的社會形態演進的幾個時代。**（馬克思，1962：8-9）

「生產方式／社會形態」框架下的社會性質，相當於「社會形態」範疇；「上層建築／經濟基礎」框架的社會性質，則相當於「經濟基礎」的範疇。因此社會性質同時具有「經濟基礎」與「社會形態」的意涵，社會性質之所以成爲論證「一步到位」或「分幾步走」的論據，與主流派、「生產方式／社會形態」框架有密切關係。對於主流派來說，存在於中國範圍內的各種生產方式各有相應的階級對立，[8]因此分析各種生產方式本身及其之間的關係，能夠探知中國各階級的力量對比與經濟利害。以此爲基礎，便能決定工人階級應該同誰合作、以誰爲敵，進而決定革命是否「分幾步走」。就反對派而言，其實未必需要以「社會性質」作爲「一步到位」的論據，因爲資本主義在全球的支配以及中國在其中的地位可能更有利於論證「一步到位」。但因爲主流派積極討論這方面的問題，才引起反對派的積極參與。總之，如德里克（Arif Dirlik，1940-）所言：主流派與反對派雙方「得出了共同的結論：中國的分析並非存在於國家與社會之間，而是在社會內部——在存在著敵對利益的社會各階級之間。」（Dirlik，2005：68）

雖然「生產方式／社會形態」框架與「一步到位」或「分幾步走」的爭議有密切關係。但「上層建築／經濟基礎」框架並未因此而被忽視，甚至可能更重要。雖然該框架的基本原理是經濟基礎決定上層建築，但因百年來的中國國際地位的低落，上層建築反而成爲帝國主義勢力影響中國經濟基礎的媒介。國民黨左派特別重視這個框架。因爲他們強調中國的經濟基礎沒有主流派或反對派所說的那些問題，問題出在與帝國主義勾結的上層建築，因此需要來一場推翻上層建築的政治革命。（Dirlik，2005：68）

雖然這三次論戰使「社會性質」的兩種分析框架基本成形，但全面從兩種框架說明「社會性質」與「革命性質」的論述，還要更晚才出現。此即1940年代初形成的「新民主主義論」。

（三）1940年代出現的「新民主主義論」

[8] 比方「封建」生產方式常被視為「地主／佃農」之間的對立；資本主義生產方式是「資產階級／工人階級」之間的對立；此外，在華外國資本的存在則被認為可能使資產階級本身依附之（被稱為「買辦資產階級」）或對抗之（被稱為「民族資產階級」）。

（三）1940 年代出現的「新民主主義論」

> 三○年代中國社會性質理論的探索和開發，結晶為中國社會半殖民地、半封建論這樣一個結論。從這個結論出發，一九三九年，毛澤東的《中國革命和中國共產黨》有系統地分析了中國社會發展階段，規定了中國社會「殖民地‧半殖民地‧半封建」性質，從而提出了相應的中國改造論：即中國革命是「新民主主義」性質的革命這樣一個重要結論。以中國「殖民地‧半殖民地‧半封建」社會論為基礎的中國新民主主義革命論，指導了一場推翻百年來帝國主義和買辦資本主義的壓迫、消滅數千年殘酷的封建統治的偉大革命，並取得了勝利。這標誌著中國社會科學鉅大成就與貢獻。（陳映真，1997d）

「中國社會性質」等二次論戰與中共所逐漸取得的實踐經驗與獨立地位，爲共產國際戰略的中國化創造了條件。1940 年代初期形成的「新民主主義論」就是中國化的具體成果。「新民主主義論」的綱領性文獻以毛澤東所撰寫的〈中國革命與中國共產黨〉以及〈新民主主義論〉爲代表。毛澤東說：「只有認清中國社會的性質，才能認清中國革命的對象、中國革命的任務、中國革命的動力、中國革命的性質、中國革命的前途｛和｝轉變。所以，認清中國社會的性質，就是說，認清中國的國情，乃是認清一切革命問題的基本｛的｝根據。」（毛澤東，1971a：111-112）[9]

「新民主主義論」有鉅觀與微觀兩個層次的架構。其鉅觀架構主要是從歷史階段論的角度說明中國本身的歷史發展與入侵中國的外國資本主義之間的關係。微觀架構則是從階級的角度說明中國國內的階級關係、說明誰是工人階級的敵人、誰是工人階級的朋友。

---

[9] 引文中的補字，乃《毛澤東選集》所收版本加上的，見：毛澤東（1967a：596）。

先來談鉅觀架構。

前述三次論戰確立了一種規範認識，論爭中的各派都承認中國存在著一個「封建」生產方式占支配地位的時代，問題只在於上下限。[10] 以這種規範認識爲基礎，「新民主主義論」分別從「生產方式／社會形態」與「上層建築／經濟基礎」兩方面分析了中國「社會性質」問題：

1. 從「生產方式／社會形態（＝「社會性質」)」來看：中國「社會性質」在鴉片戰爭之後仍以「封建」生產方式占支配地位，雖然外國的侵略開始瓦解這種支配地位，但並不能完全由資本主義生產方式取而代之。因此中國「社會性質」便陷於封建生產方式與資本主義生產方式彼此僵持（乃至前者占優勢）的「半封建」狀態中。

2. 從「上層建築／經濟基礎（＝「社會性質」)」來看：

   甲、首先，中國的「社會性質」決定上層建築的性質。「一定的文化（當作觀念形態的文化）是一定社會的政治經濟的反映，又給予偉大影響於一定社會的政治經濟；而政治則是經濟的集中表現。這是我們對文化與和政治經濟的關係及政治與經濟關係的基本觀點。」（毛澤東，1971b：149）[11]

   乙、其次，如果中國在外國侵略中完全失去自己的上層建築，就成爲「殖民地」；但中國畢竟維持著自己的上層建築，因此被稱爲「半殖民地」。「新民主主義論」藉由「殖民地」與「半殖民地」來說明中國「社會性質」的「半封建」化並非中國

[10] 關於這方面的學術史，其開創性研究當屬李根蟠（2004)。近年由於馮天瑜（2007）批判歷史學領域中的「封建」範式，引起了李根蟠、林甘泉等人的大力反批判（中國社會科學院歷史研究所等，2008)。

[11] 本段在《毛澤東選集》中的修改較大：「一定的文化（當作觀念形態的文化）是一定社會的政治和經濟的反映，又給予偉大影響和作用於一定社會的政治和經濟；而經濟是基礎，政治則是經濟的集中的表現。這是我們對於文化和政治、經濟的關係及政治和經濟的關係的基本觀點。」（毛澤東，1967b：624）

本身自然所致，而是外力介入後的結果。

爲了凸顯中國「社會性質」在「殖民地」或「半殖民地」的條件下走向「半封建」，「新民主主義論」做出如下規定：（1）鴉片戰爭後的中國「社會性質」被規定爲「半殖民地‧半封建社會」，而不僅僅是「半封建社會」。（2）1931 年的「九一八事變」之後，東北淪陷成爲「殖民地」，因此包含東北在內的中國「社會性質」就成爲「殖民地‧半殖民地‧半封建社會」，仍然不僅僅是「半封建社會」。（毛澤東，1971a：103-110；1971b：150）

由於「新民主主義論」強調「殖民地」或「半殖民地」對於中國「社會性質」的影響，因此該論所謂的「半封建」不能理解爲「半資本主義」的另外一半，而必須理解爲一種畸形存在的「封建」。[12]按「新民主主義論」的邏輯，「半資本主義」理應由民族資本所構成；外國資本不被承認爲「半資本主義」的一部分。但由於外國資本極大打壓了民族資本的發展，就導致了「半資本主義」不存在，從而也不可能成爲「半封建」的另一半。總之，「新民主主義論」中的「半封建」不等於「半資本主義」。

再來看微觀架構。

如何認識「封建」生產方式內部的階級對立，是「新民主主義論」微觀架構得以成立的前提。在學術界，馬克思主義經濟學家王亞南（1901-1969）首先按時間先後把三次論戰中成爲共識的「封建」時代再細分爲「封建領主制」與「封建地主制」的兩個時期，並且把「地主

[12] 關於「半封建」實際上被理解為「封建」，可見奧村哲（2004：24），並請參考中村哲（2002：49-52）。關於「半殖民地」與「半封建」連用的歷史，學者一般認為以蔡和森（1982：12）的〈中國共產黨史的發展（提綱）〉為始，故有「半殖民地和半封建的中國」與「半封建半殖民地的國家」之語。固然詞語的提出並不代表概念的形成，但「反帝國主義運動大聯盟」早在 1924 年就以「半封建半殖民地的狀況」一語說明中國的處境（李漢石[李伯剛]，1926：217），這點值得進一步探索。近年來的相關討論見陳金龍（1996）、陶季邑（1998）、張慶海（1998）。

／佃農」關係視第二個時期內的主要階級對立。[13]

「新民主主義論」對於封建生產方式的理解也是「地佃關係」，並認爲鴉片戰爭以來的中國始終存在封建生產方式。因此「新民主主義論」提出了如下的階級分析：地主階級是應當打倒的敵人，農民階級則是應該團結的朋友。又雖然中國也存在資本主義生產方式，但因爲帝國主義的經濟侵略打壓了企圖發展資本主義的一部分資產階級，因此資產階級也不應全部視爲敵人，而應該爭取這部份試圖發展民族經濟的資產階級，也就是所謂的民族資產階級。雖然農民階級與民族資產階級必須透過私有制來維護其利益，但他們都是工人階級可以爭取的盟友，因此工人階級必須把以消滅私有制爲內容的社會主義革命做爲革命的第二步，而第一步必須採用足以促使各階級步調一致的要求，即民主主義革命。又由於資產階級孱弱，因此不可能期待資產階級來領導曾經在西歐實現的民主主義革命，必須由工人階級來領導。而工人階級所領導的民主主義革命，就是毛澤東所命名的「新民主主義革命」。

二、陳映真「社會性質」論的背景與主要內容

（一）投身台灣「社會性質」研究的動機

陳映真對於「社會性質」問題的關注，可能與他慣於從「階級」思考問題有關。除了他自己的小說之外，陳映真的許多評論都顯著地體現了陳映真——或者，作爲「許南村」的陳映真——試圖透過「階級」

---

[13] 王亞南的「封建地主制」理論在 1949 年後得到胡如雷與李文治等學者的體系性的發展。李根蟠（1997）近年則進一步指出，「封建地主制」理論得以成立的關鍵並不在於「地佃關係」所占比例是否夠多，而在於「地佃關係」是否或如何成為其他階級對立的轉化媒介。比方自耕農雖然與地主沒有直接關係，而與國家相對立。但自耕農卻可能因為破產而下降為佃農，或者因為兼併他人土地而上升為擁有佃農的地主。以中村哲為代表的日本「中國史研究會」則反對把「地佃關係」視為本質性的存在，而主張視之為「國家／自耕農」之關係的擬制。也就是說，該研究會認為國家與作為直接生產者的自耕農之間有生產關係。

分析去說明包括他自己在內的許多作家如何產生這樣那樣的創作。[14]然而陳映真對於作家及其作品的「階級」分析，並沒有成爲他通向「社會性質」論的媒介。80 年代及其之前的陳映真至多針對特定時代的「社會性質」提出說明（比方清代台灣15或日本殖民統治下的台灣），但這方面的說明通常不是主題本身，而是某種背景。

到了 90 年代，陳映真開始把台灣史的歷史分期納入他對「社會性質」的探討，並使「社會性質」的歷史分期成爲他發展論述的主題或骨架。「社會性質」與歷史分期有什麼關係？若以飽受批判的所謂馬克思主義「五階段論」來比喻，則所謂「社會性質」歷史分期就是判定「原始社會／奴隸制社會／封建社會／資本主義社會／社會主義社會」之間的時代斷限。雖然台灣社會史的「社會性質」歷史分期有時與台灣主權歸屬的不同時期有部分重合，然而以「社會性質」爲標準而產生的歷史分期，正是爲了在主權的保持（或更迭）之外，說明台灣「社會性質」的變化（或不變）。而陳映真的「社會性質」論，主要是包括歷史分期在內的「社會性質」論。

爲什麼陳映真選擇在 90 年代發展他的「社會性質」論，而不是更早？一種可能是 90 年代逐漸寬鬆的政治氣氛所致。如陳映真（1991b）所言：「**目前的環境和條件，是比較有利於科學的、理性的論述。**」與 90 年代相比，80 年代的陳映真論述多多少少有點顧忌。比方他經常提到的「新民主主義革命」一詞，就被他從「革命」改成「變革」，或者整詞改成「革新、民主主義革命」（陳映真，1987b：66）之類的用語。這種曖昧使得研究者不容易推想陳映真各種論述——比方迎戰分離主義時產生的論述——背後的理論架構、不容易推想陳映真的思想所到達的高度。相較於此，依賴理論、依賴發展理論，乃至世界體系論，卻是

[14] 最典型的例子就是他以「許南村」的筆名而自評的〈試論陳映真〉:「陳映真是市鎮小知識分子的作家」。（許南村[陳映真]，1984[1975]：163）。
[15] 比方陳映真（1989c）指出清代台灣為封建地主制社會。

80年代陳映真敢於直接撰文說明的觀點。[16]

然而發展「科學的、理性的論述」的目的是什麼？1991年的陳映真接著說：

> 沒有這些總結，就不能做好對於當前台灣資本主義－及其文化的討論，從而從這討論的基礎上發展出當前台灣文學諸問題的新的討論的論壇。（陳映真，1991b）

1993年的陳映真則說：

> 我對自己的期許是在知識上要解決兩個問題，一是對台灣要怎麼認識？台灣的社會史應分成幾個階段，台灣社會的構成是什麼？二是新中國的社會本質是什麼……中國統一論，應該在台灣社會論和大陸社會論的基礎上。（陳映真口述，1993b：164-165）

相較於陳映真擅長的小說創作，1993年的陳映真承認「近幾年很少寫東西，主要搞台灣社會史，搞思想」。此時距離他上一篇小說《趙南棟》（1987），已將近六年。雖然他說「現在決心要寫了，仍然想寫小說……我想把50年代發生的事寫出來」（陳映真口述，1993b：164-165），但他實際發表的創作卻是以 50 年代白色恐怖爲主題的報告文學作品〈當紅星在七古林山區沉落〉（1994）以及報告劇〈春祭〉（1994）。他在1993年所下的「決心」，直到他在世紀末發表的〈歸鄉〉（1999）才真正實現。從〈趙南棟〉到〈歸鄉〉之間，是他小說創作的長期停頓期。

陳映真後來的一些談話也許能比較清楚地說明他無法貫徹其1993

[16] 比方陳映真（1988[1984]-c）。但陳映真當時對於這些理論的理解不足，遂遭批判，見：漁父（1986）。漁父即殷惠敏。值得注意的是，1984年的《夏潮論壇》曾大力批判殷惠敏。

年之「決心」(乃至長年不寫小說的緣由)並且持續投身「社會性質」論之研究的理由。1994 年的陳映真指出:

> 怎麼從二次戰後的冷戰結構,從學問的、知識的觀點去釐清,一直服從美國的政策,或者社會科學的派別是零星的,僅有局部的研究,而完全沒有政治經濟學的研究,像這種哲學、文學、藝術、社會科學總的反省,來尋求上接日據時代以來,比較 radical 的工作,一直到今天都沒有人做,這是為什麼我這個搞文學的人,最近辛苦的找了幾本書,有關政治經濟的書來翻譯,這本不關我的事,可是我覺得沒弄就走不出去,就是些幼稚的話搬來搬去,老實說,嚴格的意義上,台灣沒有左派,一直到有一個台灣資本主義論、台灣社會性質論……(郭紀舟,1995:訪問頁 22)[17]

1995 年的陳映真則指出:

> **我們必須在思想上找到比較清楚的出路,然後開始寫作。**我實際上也有比較強的創作的衝動,因為在台獨這種扭曲下面,生活裡產生非常多的值得寫的東西。從台灣文學史的角度來看,在日據時代的台灣作家,很好地盡了他們的歷史責任,對於日據下的非理的社會,做出了他們的描寫和反應。對目前這種奇怪的台獨風潮中的台灣社會,我覺得歷史也賦予了我們責任去加以揭露。(陳映真、黎湘萍,1996:21)[18]

雖然陳映真對於他投身研究台灣「社會性質」有上述多種說法(而且還不只這些說法),但這些說法的多樣性除了反映出陳映真眼中的「社會性質」論有多項功能之外,也體現出陳映真對於「社會性質」論功能

---

[17] 陳映真於 1994.3.30 接受郭紀舟訪問時的談話。

[18] 陳映真於 1996.1.31 接受黎湘萍訪問時的談話。

的認識，有一個發展的過程。

（二）陳映真的 80 年代：在分離主義批判中萌芽的「社會性質」論

雖然陳映真對於「社會性質」論的功能有很多說法，但陳映真的 90 年代「社會性質」論首先起到的作用，是**批判並發展**他自己在 80 年代發展的台灣「分離主義」（如「台獨」、「獨台」）批判。因此，在說明陳映真的 90 年代「社會性質」論之前，必須先知道 80 年代陳映真所發展的分離主義批判。

80 年代陳映真的對於分離主義論述的理解如下：

1. 首先是歷史論述。陳映真所認識的分離主義論述認爲：台灣在日本殖民統治期間已經**資本主義**化，逐漸形成一個與相對落後的大陸不一樣的社會，從而爲「台灣民族」、「台灣人意識」的形成創造了條件。在上述前提下，日本殖民統治的「始」與「末」都成爲分離主義論述的關鍵時間點：

    甲、 就殖民統治末期來說，分離主義論述認爲 1945 年有「變」也有「不變」。就「變」而言，由於當時的大陸社會比較落後，因此 1945 年造成了落後者接收先進者的狀況，這種狀況成爲戰後一系列衝突（比方二二八事件）的原因。就「不變」而言，他們認爲國民黨政權對台灣的接收延續了「殖民」統治。（陳映真，1984[1977]-b；陳映真、戴國煇，1988[1984]）

    乙、 就殖民統治初期來說，割台的 1895 年是另一個爭論的時間點，但問題意識不大相同。分離主義論述強調台灣的「近代化」在 1895 年之後才開始，反對該論述者

（以戴國煇爲首）則主張 1895 年之前的台灣經濟早有發展，而日本後來在台的建設實以 1895 年之前發展爲基礎。[19]

2. 其次是現實論述。陳映真注意到：除了海外的台獨運動（特別是極力發展「台灣民族論」的「左獨」）之外，島內的黨外運動、國民黨政府，以及美國當局等三方也開始把當時台灣島上的「一千八百萬人」當成一個整體。陳映真並注意到：黨外運動、國民黨當局、美國當局三方共識的「一千八百萬人論」，不但不把台灣人民當成中國人民的一部分，更有意無意地抿除「一千八百萬人」中的階級差別。[20]

80 年代的「台灣結／中國結」論戰就是在持著上述認識的陳映真（與戴國煇等人）同分離主義陣營之間的交鋒中產生的。而陳映真所寫的〈國家分裂結構下的民族主義國家——「台灣結」的戰後史之分析〉（陳映真，1987c）就是其系列回應中最具總結性的文章。該文論點可以歸結爲兩方面：

1. 一方面，他試圖探索分離主義的根源，特別是分離主義得以直接、間接、或明、或暗，把黨外運動、台獨運動、國民黨政府，乃至美國當局串在一起的原因：

　甲、日本殖民統治期間大力扶植日系壟斷資本並打壓台灣人，因此台籍資本家並沒有在台灣人中形成一個階級（資產階級）。雖然國民黨政權接收了日系壟斷資本的財產，卻不排斥讓台灣人發展資本主義；

　乙、冷戰、內戰導致兩岸分斷，並使資本主義生產方式在台灣的發展全盤納入美日帝國主義的再生產環節之

19 可參見張隆志（1998，2004）。

20 陳映真（1987a，1988[1982]，1988[1984]-a，1988[1984]-b，1988[1986]-a，1988[1986]-b，1988[1986]-c）。

中，台灣資產階級（無論省籍）由此崛起。陳映真認爲：外資、國民黨政權，以及民間產業三者之間形成再生產（「循環」）的結構。因此台灣的資本主義產業對於國民黨政權、美日帝國主義有強烈的依賴性格，缺乏自主性；台灣資產階級對於外資的依賴還表現在不選擇紮根於台灣，寧可外移同外國資本結合，致使產業升不了級。陳映真認爲，台獨運動與黨外運動的主要推動者就是資產階級（在指稱黨外的時候，他通常會用「中產階級」一語），由於以上原因，因此：(1)「在60年代中興起的台灣的資產階級自量絕無信心去依照自己的形象去改造中國，因此只好把範圍縮小只管台灣，從而有台灣獨立的理念出現吧。」(陳映真、戴國煇，1988[1984])(2)民進黨成立後，如同外資、國民黨政權、民間產業之間的密切關係一般，美國、國民黨政府、民進黨之間出現某種共識或合作的可能。

2. 另一方面，他試圖直接批判分離主義的論述；一方面是歷史論述，另一方面則是現實論述：

甲、就歷史論述來說，陳映真反對分離主義論述把1945年國民黨政權的接收當成殖民統治之延續的論點。他認爲：(1)國民黨在1949年兩岸分斷之後的統治，實際上是美國遂行其「新殖民主義」統治的媒介。因此，如果要說台灣在兩岸分斷之後仍然被「殖民」，就必須說台灣被美國（乃至日本）所「殖民」。又由於冷戰與內戰迅速把台灣編入美日資本主義經濟圈，而且戰後「國營巨大獨占資本與民間零細輕工業・中小企業的雙重構造」(陳映真，1987c：73)基本上是日本殖民地體制的某種保存，因此台灣的資本主義基本上是戰前殖民地體制（「雙重構造」）與戰後「新殖民主義」體制（納入美日再生產圈）之下的產物。（2）既然日本殖民統治時期曾出現的「反共」、「反華」、等意識型態在戰後仍然存在，就顯示台灣仍然遭到某種「殖民」，而且不會是中國的「殖民」。「兩個歷史時代中少數台灣人的反華、蔑華思想，一樣都傾慕日本或美國，及美、日兩國的『文明』、『進步』與『開化』，對自己的民族，卻以日本人或美國白人中心的觀點，加以仇視和鄙視。在台灣五十年歷史上，少數台灣人的反華和蔑華運動，有這共同的特點：（一）是新舊殖民地結構下的意識型態；（二）反共；（三）反華；（四）鄙視一切中國的事物。」（陳映真，1987a）

乙、就現實論述來說，陳映真主打「一千八百萬人論」泯滅階級差異這一點。「『台灣人民』有一千八百萬，總要有階級構成之分析吧！不同階級的『台灣人民』，有絕不相同的政治、經濟利益。」（陳映真，1988[1986]-c：37）並指稱「一千八百萬人論」以及與之結合的「自決」口號，正是台灣資產階級（無論省籍）將自己的利益「強加在」「一千八百萬人」身上、要求「一千八百萬人」買單的口號。（陳映真，1988[1984]-b：47）

80 年代陳映真的分離主義批判有個值得注意的問題：**當時的陳映真在一定程度上接受或者無法徹底反駁分離主義論述的某些論點，特別是強調日本殖民統治時期台灣社會的「先進」與同時期大陸社會的「落後」，並認爲兩者的差異是戰後一系列衝突與悲劇的產生原因。**「先進台灣／落後大陸」的觀點是 1977 年陳映真撰寫〈「鄉土文學」的盲點〉批判葉石濤的〈台灣鄉土文學史導論〉時就存在的觀點。但陳映真對於這種觀點的態度很矛盾：一方面，他批判這種觀點，因爲這種觀點正是分離主義論證兩岸異質性的論據。另一方面，他又承認這種觀點，因爲他也認爲台灣在日本殖民統治下「資本主義化」:「台灣從一個前近代的、半封建、半殖民地的社會，經過日本的統治，而轉變爲一個近代的、資本主義的、殖民地社會」;（陳映真，1984[1977]-a：105）「日治時代台灣資本主義改造的實體……確實使台灣的社會進入了『不同』於同時代大陸中國的社會階段」。（陳映真，1984[1977]-b：20-21）爲了堅持他的批判面，陳映真折衷地說:「日治時代台灣的資本主義化有一個上限」，並指稱台灣內部存在著與日本相勾結的「封建勢力」。（陳映真，1984[1977]-b：20-21）

雖然陳映真的「資本主義化上限」論與「封建勢力殘餘」論符合日本殖民統治時期的實際——台灣社會並未資本主義化、前資本主義生產方式猶存台灣——但 80 年代的陳映真並未進一步發揮這方面的看法。當時的陳映真不太重視前資本主義生產方式的存在;他思考問題的出發點是資本主義生產方式（即便承認該生產方式在台灣的存在有限）。比方說，「資本主義化上限」與「封建勢力殘餘」其實有利於說明日本殖民統治與戰後台灣之間的連續性。但當時陳映真所重視的連續性卻是戰後「國營巨大獨占資本與民間零細輕工業・中小企業的雙重構造」如何因爲國民黨政權接收日產而延續了「日據時代日本人巨大產業和台灣人零細小企業在台灣的『雙重・跛腳』殖民地經濟組成」。他認爲，這種連續性致使「台灣經濟從光復前到光復後台灣社會經濟的移轉過程中，承轉了一定的殖民地性質。這種『戰後清算』的不徹底，又是戰後台灣資本主義和資本階級缺少中國民族獨立和統一的情感、力量與氣度的原因之一吧。」（陳映真，1987c：73）

陳映真在 80 年代遺下的問題，是探求陳映真 90 年代「社會性質」論的重要線索。

（三）90 年代陳映真「社會性質」論的大致輪廓

「台灣結／中國結」論戰之後，陳映真開始組織一些與「社會性質」論有關的文章。《人間雜誌》時期，陳映真曾製作過一個試圖按年代（十年）爲歷史分期來介紹台灣史的專輯（人間雜誌社編輯部，1988），並曾介紹 30 年代「中國社會性質」等三次論戰中分別屬於托派與國民黨左派的嚴靈峰與胡秋原。[21]在《人間雜誌》停刊前夕，陳映真還親自介紹了 80 年代韓國社會運動中的「社會構成體論爭」，這是他親訪韓國之後所寫下的紀錄。（陳映真，1989b）

在黨禁、報禁解除以及戒嚴體制終結的 90 年代初期，陳映真開始嘗試使「社會性質」論同台灣現實相結合。比方從台灣戰後資本主義發展的特質來關照台灣社會精神文化等方面的敗壞根源，如「NIE'S 症候羣」。[22]1992 年，陳映真透過其主持的人間出版社出版了《人間台灣政治經濟叢刊》。該叢刊大部分的著作集中刊行於該年，包括劉進慶《戰後台灣經濟分析》（出版時更名《台灣戰後經濟分析》）、涂照彥《日本帝國主義下的台灣》、陳玉璽《台灣的依附型發展・依附型發展及其社會政治後果：台灣個案研究》等政治經濟學名著。

在選入《人間台灣政治經濟叢刊》的著作中，劉進慶的著作是理解陳映真「社會性質」論的重要媒介。以中國「社會性質」論作爲最終理論依歸的劉進慶論述形成於 1971 年。[23]在台灣「社會性質」的表述上，劉進慶嚴格依照「新民主主義論」的典範。該典範強調「半封建」爲本質性的規定，並且在修辭上用這樣那樣的「半封建社會」來表述這種規定。比方「半殖民地半封建社會」或「殖民地半封建社會」，而不是「半封建半殖民地社會」或「半封建殖民地社會」；後一種表述方式的代表人物是王亞南。[24]

---

[21] 胡秋原口述，宋江英整理（1988），嚴靈峰口述，翁佳尹整理（1988）。

[22] 許銘義整理（1993），陳映真（1991a，1994）。

[23] 除了劉進慶於 1971 年 4 月於東京大學通過的博士論文《戰後台灣經濟分析》之外，他當時陸續發表的研究成果還包括了劉進慶（1970，1971，1972a，1972b，1973）。

[24] 王亞南始終在其著作中堅持使用「半封建・半殖民地」之概念。著名中國經濟史專家吳承明（1996：9）讚賞王亞南的這一堅持為「深有見地」。吳承明的稱讚頗令人玩味。

劉進慶認爲二十世紀的台灣「社會性質」並非始終如一，因此他在「社會性質」的層次上——如同「中國社會性質」等三次論戰的與論者那樣——對二十世紀台灣進行了歷史分期：（1）日本殖民統治時期的台灣是「殖民地・半封建社會」；（2）戰後五年回歸中國，因此台灣不再是殖民地；但由於當時的中國處於半殖民地的地位，因此台灣也成爲半殖民地；不過，無論是戰前還是戰後，台灣都沒有改變「半封建社會」的性質，因此戰後五年是「半殖民地・半封建社會」；（3）到了兩岸分斷的 50、60 年代，國民黨通過「農地改革」而剷除了「半封建」關係的載體（如地主），但自己卻當起了最大的地主，因此劉進慶認爲戰後五年與 50、60 年代的台灣仍然是「半封建社會」。又由於劉進慶認爲兩岸分斷之後的台灣實際上受到美、日「新殖民主義」的支配，成爲不同於「半殖民地」或古典「殖民地」的「新殖民地」，因此他以「新殖民地・半封建社會」表述當時的社會性質。

劉進慶的「社會性質」歷史分期促使陳映真不再孤立說明個別時代的「社會性質」，而是嘗試同時說明台灣不同時代的「社會性質」。就本文目前所見的陳映真論文來看，陳映真的「社會性質」論的大致輪廓形成於 1992 年（與《人間台灣政治經濟叢刊》同年）。1992 至 1993 年之間可稱爲陳映真「社會性質」論的「劉進慶時期」，因爲陳映真此時的歷史分期完全與劉進慶相同。[25]

雖然 1992 至 1993 年間的陳映真與劉進慶有完全相同的分期，但陳映真完全接受至現在的，乃是劉進慶論述所發展出的殖民地（日本殖民統治時期）、半殖民地（戰後五年）、新殖民地（兩岸分斷以後）之分期。[26]至於劉進慶把 50、60 年代台灣視爲「新殖民地・半封建社會」的規定，則使陳映真陷入長達十年的長考與猶疑。90 年代的陳映真對於 50、60 年代的「社會性質」曾出現三種有時各自獨立、有時又彼此

[25] 主要的文章可見陳映真（1992a，1992b）以及許銘義整理（1993）的陳映真演講稿。

[26] 陳映真接受「新殖民地」的分期不難理解，因為他在此之前便已經使用「新殖民主義」來說明兩岸分斷以來的台灣處境。

結合的設想：

1. 第一個設想是把 50、60 年代以降都視爲「新殖民地・（半）邊陲資本主義社會」。「邊陲」與「半邊陲」概念的引入，顯示了依附（發展）論，以及世界體系論的色彩，並且凸顯了資本主義屬性的存在。[27]「當前依賴理論或世界體系論的作家，則傾向於比較高度評價殖民地社會的資本主義性質。這只要從他們常用的『殖民地資本主義社會』、『邊陲部資本主義社會構造』這些詞，就可以看到邊陲部殖民地、半殖民地、新殖民地中的資本主義生產關係受到格外強調的消息了。」（陳映真，2003[1992]：52）

2. 第二個設想則是把 50、60 年代視爲「新殖民地・半資本主義社會」。這一設定也凸顯了資本主義屬性的存在。[28]

3. 第三個設想則是把 50、60 年代視爲「新殖民地・半封建社會」，此後則是「新殖民地・半資本主義社會」。這是陳映真「劉進慶時期」的歷史分期，並強調了前資本主義（「封建」）屬性的存在。

這三種設想之間的關鍵差異（或共性）在於 50、60 年代的台灣「社會性質」究竟是前資本主義的屬性（第三個設想）占優勢，還是資本主義的屬性（第一、第二個設想）占優勢。陳映真在 90 年代之初就已經出現前第一個與第二個設想。第三個設想只存在於 1992 至 1993 年之間，而且陳映真有時會把第三個設想同第一個設想相結合。到了 2000 年的時候，陳映真正式把他的見解確定在第二個設想：「新殖民地・半資本主義社會」。

雖然陳映真基本上肯定資本主義的持續發展趨勢，而劉進慶則強調前資本主義屬性（半封建）的存在。但兩者都沒有把「半封建」與「半資本主義」視爲彼此的另一半，而是強調「殖民地／半殖民地／新殖民

---

[27] 陳映真（1990a；1990b：33；1995b，1999a）。
[28] 陳映真（1991a），鄒議[陳映真]（2000）。

地」如何規範了台灣社會從「封建」向「資本主義」的過渡。陳、劉二人在此處的嚴謹性，使他們更接近「新民主主義論」的理論架構，並拉開了他們與「左獨」理論家史明之間的距離。因爲史明恰恰把「半封建」與「半資本主義」視爲彼此的另一半。[29]

「殖民地・半封建社會」（日本殖民統治時期）與「半殖民地・半封建社會」（戰後五年）的設定——特別是這兩個歷史階段所共有的「半封建社會」性質——使陳映真克服其80年代的「先進台灣／落後大陸」的觀點，從而與分離主義論述產生了區別。[30]現在陳映真眼中的 1945 之「變」，乃是台灣從「殖民地」變成「半殖民地」；至於1945年之「不

[29]本文此處特指史明於1980年出版的《台灣人四百年史》漢文版（史明，1980），而非此前的兩種日文版。60年代出現於日本的史明及其「獨立台灣會」（原名「台灣獨立連合」）是今日最為人知的海外「台灣左派」。然而一個長期為人所忽略的事實是：史明於1962年首次以日文出版的《台灣人四百年史》與社會主義無關。在這本蒐集各方資料而寫下的著作中，只有討論日本殖民統治的部份稍有社會主義色彩，但這種色彩的來源很難不把矢內原忠雄的《帝國主義下之台灣》納入考慮。1962年的史明移用1929年矢內原忠雄見解的最顯著之處，就是史明也強調矢內原所講的台灣「資本主義化」並移用了矢內原該書的一項最大理論特色：從地權調查、土地收奪的「原始積累」、度量衡與貨幣統一、驅趕外國資本，一路講到日本資本在台灣形成壟斷。此外，就史明把「中產地主出身的知識分子」視為「指導民族運動」者的見解來說，也顯然沿用了矢內原所謂「中產階級」指導（或有利於指導）民族運動的見解。但在台灣的資本主義化程度的問題上，史明比矢內原走得更遠。他力圖說明1945年之前的台灣社會已經形成了不同於中國大陸「半封建社會」的近代資本主義社會，並得到了「令人刮目相看的資本主義化」。這是他為了說明 1945 年之後的經濟恐慌而埋下的伏筆與寫作策略。關於矢內原與史明的「資本主義化」論與前引文，分見史明（1962：336-366，421，441-446），矢內原忠雄（2002：11-169、222-224）。但需特別一提的是，1969 年的史明改變了他的「中產」定義，將之用來描述「以自耕農為中心勢力的中產階級」。（史明，1969：22-24）。《台灣人四百年史》於 1974 年發行日文增補版。原文未改，但增補了〈蔣父子獨裁專制下的殖民地統治〉一章。即：〈增補　蒋父子独裁専制下の植民地統治〉（史明，1974：644-776）。史明在這一章中大量引入馬克思主義術語以及相應的理論架構，對國民黨統治下的台灣提出了他的分析。也因為這一章的增補，使得1974年版成為兩種論述並存但不連續的版本。到了 1980 年，《台灣人四百年史》發行漢文版，但實際上是全面改寫，內容與前兩個日文版並不相同。而這個經過馬克思主義術語及其理論架構加工後的版本，才是今日人們所熟知的《台灣人四百年史》。

[30]其實「台灣結／中國結」論戰已經可以看到陳映真結合使用「半封建」與「半殖民地」的狀況。但陳映真是在描述1895年前後的變化而提到的。他認為，1895年之前的台灣有「半封建」與「半殖民地」的性質，日本殖民統治之後使台灣變成「資本主義」的「殖民地」。然後才在 1945 年遭遇到「半封建」「半殖民地」的中國。當時的陳映真（1988[1986]-b：49）並沒有像他後來那樣嚴格安排「（半）殖民地」與「半封建」的詞語順序。

變」，則因台灣仍是「半封建社會」。[31]然而陳映真直到 90 年代中後期，才開始從實證的角度來說明 1945 年的「變」與「不變」。[32]

三、陳映真「社會性質」論的焦點：「新殖民地」時期的台灣史

雖然 1945 年前後的台灣「社會性質」是陳映真關注並自我修正的焦點。但陳映真的「社會性質」論還著重處理兩岸因內戰、冷戰而重新分斷之後的局面，也就是台灣的「新殖民地」化所帶來的種種問題。

（一）問題一：「新殖民地」下的資本主義發展與資產階級的統獨抉擇

陳映真對於「新殖民地」的基本看法奠基於前面提到的分離主義批判。而分斷體制的形成，以及台灣資本主義在分斷體制之下所**首次**[33]獲得的發展，則是其說明分離主義起源的關鍵論據。陳映真認為：由於台灣本土的資本主義並未在日本殖民統治期間得到發展，而戰後台灣資本主義又在台灣成為美日「新殖民地」的條件下成長並實現再生產，因此台灣資產階級（無分省籍）缺乏統一動力甚至選擇台獨。反過來說，如果台灣資本主義的再生產重新融入中國的民族經濟圈、克服台灣的

[31]令人驚異的是，竟然有人（蔡依伶，2004：79）奇異地責備正確安排「半殖民地．半封建」詞語順序的陳映真是把毛澤東的順序設定讀反了。

[32]陳映真（1999c：103-104）指出：「有一種流行的說法，曰光復之前，台灣已是一個經日本人經營得相當進步、繁榮、文明的社會，光復使這文明的台灣和一個落後、貧困的大陸社會強行並合，因此甫告光復後台灣社會經濟的混亂、米荒、飢餓、通貨膨脹，都是『強行並合』後國民黨官僚的腐敗、劫收和倒行逆施的結果。」這種說法其實也是 80 年代及其之前的陳映真也曾有過的看法。雖然他還沒有辦法全面說明「半封建社會」在光復前後得到延續的機制及其後果，但他開始嘗試從「米荒、飢餓、通貨膨脹」的禍根如何肇因於日本殖民統治時期來說明光復前後的連續性。陳映真的相關說明可見更早之前陳映真、施淑、藍博洲、馬相武、朱雙一（1998：55-56）的座談會談話。

[33]因為台灣（人）的資本主義生產方式與資產階級並未在日本殖民統治時期形成。（劉進慶，1970.4；涂照彥，1999）

「新殖民地」性質，台灣資產階級就可能「民族資產階級」化。換句話說，爲了克服分離主義，還是得靠台灣資產階級。

陳映真的見解可具體說明如下：

1. 80 年代的陳映真：在陳映真與戴國煇的一次對談中，陳映真曾提出了一種猜想：如果 1949 年內戰的結果是國共劃江而治，台灣資產階級就有可能同長江以南的大陸資產階級共同發展中國的資本主義經濟，從而使台灣資本主義的再生產可以在民族經濟圈內進行。戴國煇認爲陳的看法「太樂觀」,「因爲中國資產階級不夠成熟，世界史的胎動沒有來得及提供時間，讓他們找出『生機』」。雖然陳映真同意戴國煇的反駁，但他之所以有這種猜想，正是因爲「台灣生活中有太多的實例說明了這實在是階級的問題，而不是什麼『民族』的問題。」（陳映真、戴國煇，1988[1984]：151-152）雖然陳映真的「劃江而治」畢竟只是猜想，他卻盼望台灣的資產階級能在將來匯合於逐漸開放的大陸經濟之中，成爲民族經濟體的一部分，從而逐漸解消台灣資產階級的台獨屬性。

2. 90 年代的陳映真：當開放台灣資產階級向大陸投資之後，陳映真曾提出這樣的解釋：「隨著台灣中小企業資本愈益深入地組織到在大陸開放改革過程中不斷膨脹的中國民族經濟中進行其循環，原本帶有買辦性、依附性──甚至非民族性和反民族性的台灣中小企業資本，勢將逐漸改變其性質，即逐漸增加資本的民族性。1991 年底，原本代表了中小企業政治願望的民進黨，在將台獨條款正式列入黨綱的黨內爭議中，就具體出現過部份中小企業資本的躊躇與反對意見。」（陳映真，1992b）他還認爲，隨著台灣資本向大陸投資的增加而使民族性相應增加，將來甚至可能在台灣的議會中出現遊說團體。而且兩岸經濟基礎的變化也將促使上層建築必須發生變化。(陳映真口述，1993a）他樂觀猜測：「台灣戰後經濟的現階段，離開了資本在大陸的循環是不可思議的」「台灣經濟不可逆轉地重編到開放改革後的中國民族經濟再生產構造，正在展開使我們目不暇接的兩岸經濟整合運動。」(許銘義整理，1993）

3. 香港九七回歸時的陳映真：在受邀參加香港回歸典禮之後，陳映真提出了一些感想。他認爲，台灣與香港的殖民地化是在中國半殖民地化的過程的構成部分，因此香港的回歸實是「中國半殖民地歷史終結的一部分，香港以『回歸』而不是『獨立』的形式完成了它的非殖民化。」從而也可以「看到經濟變化所起到的近於決定性的作用」。這個「近於決定性的作用」使香港在港資納入大陸經濟圈的過程中，承受了中英聯合宣言、六四、彭定康政改方案的衝擊。對於台灣而言，「如果和大陸的經濟聯繫越來越成爲台灣財富和生活發展不可缺的因素；如果大陸的發展和繁榮越來越不可忽視，台灣經濟的歸趨將如何影響於精神、政治和意識的問題，在香港回歸之後，勢將成爲眾目的焦點。」並認爲，香港回歸將給台獨帶來挑戰，因爲香港殖民地化的歷史比台灣長，卻沒有出現香港民族論。(陳映真，1997c：134～140）

雖然陳映真「民族經濟圈內再生產論」(暫稱此名）未必爲其所創，[34]卻貫穿了他的 80 與 90 年代。80 年代的陳映真依靠這個論述而初次迎戰分離主義，發展了「反獨論」。1987 年〈國家分裂結構下的民族主義國家──「台灣結」的戰後史之分析〉是該論述的高峰。90 年代的陳映真也依靠這個論述而發展他的「統一論」。〈祖國：追求・喪失與再發現

[34] 陳映真（2003[1992]）曾引用過韓國左翼學者朴玄埰（박현채）的著作，即《韓國資本主義及民族運動》1985 年日譯版。朴玄埰是主張南北朝鮮建立統一的民族經濟體的著名學者。但本文尚無法核實陳映真的「民族經濟圈內再生產論」與朴玄埰理論之間的關係。

——戰後台灣資本主義階段的民族主義〉（陳映真，1992b）一文則是〈國家分裂結構下的民族主義國家——「台灣結」的戰後史之分析〉的升級版。**陳映真透過這篇文章而首次對十九世紀以來台灣歷史各階段的「社會性質」提出分析。**

雖然陳映真的「反獨論」與「統一論」都以「民族經濟圈內再生產論」爲基礎。然而陳映真把論述的焦點從「反獨論」移往「統一論」並不是偶然的。陳映真的焦點轉移在一定意義上回應了他在 80 年代所遭受的批評。某種意義上，90 年代的陳映真「社會性質」論是一個與「統一論」緊密結合的論述。當時對陳映真提出批評的論者如此看待陳映真的分離主義批判：

1. 有論者（鄭明哲）批評陳映真把台獨運動簡單定位成資產階級運動。論者認爲運動的階級屬性不能從參與者的階級出身來判斷，而應當以該運動的主張來看。並認爲，「說台獨運動是資產階級運動的人，必須證明台獨這項主張只符合資產階級的利益，若果不是，則我們只能稱之爲全民運動，或民族運動，或其他任何性質的運動。」（鄭明哲，1988[1984]：125～126）90 年代的陳昭瑛也認爲鄭明哲的批評有一定道理，故批評陳映真的簡單定位造成統一派論述的無以爲繼。（陳昭瑛，1995a，1995b）[35]

2. 另外有論者（陳忠信）批評陳映真所歸納出來的全部因果關係，一方面其因果關係缺乏實證，二方面則是把冷戰內戰導致的兩岸分斷當成總原因，論者認爲：如果冷戰內戰導致的分斷可以用來解釋「台灣結」的產生，就不能說明陳映真自己也觀察到的另一個事實：兩韓分斷卻沒有各自出現民族主義。（陳忠信，1987）

[35] 這兩篇文章本為同一篇，但在不同的刊物發表時遭到不同的節錄，故此處同時列出。

其實 80 年代的陳映真沒有回應上述批評，但他並不是沒有回應上述批評的條件：

1. 陳映真在「台灣結／中國結」論戰時已有力地證明台獨運動的資產階級性質。他的證明方式不是從台獨運動的主張是否有利於資產階級出發，而是從台獨運動的實際作爲來證明。比方陳映真就注意到分離主義運動對於工人階級與農民採取敵視或忽視的態度，[36]僅僅這一點，就能充分說明分離主義運動的階級性格。唯一的缺點只在於陳映真並沒有在這方面多加著墨。

2. 陳映真論述的要旨也不在於說明台獨運動的資產階級性格，而在於說明台灣的資產階級爲何必然走向分離主義。所以陳映真才會批判資產階級的台灣朝野所共有的分離主義性格，也所以他才會同時認爲台灣的資產階級也有選擇統一的可能。因此，陳映真「統一論」的實現程度乃是驗證陳映真「反獨論」真實程度的唯一方法。或許這就是 90 年代的陳映真較關注「統一論」而非「反獨論」的原因。

3. 更重要的是，80 年代的陳映真是從台灣資本主義（及資產階級）在分斷體制下的發展來解釋分離主義運動，而不是只談資本主義（從而資產階級）與分離主義的關係，也不是只談分斷體制與分離主義的關係。因此鄭明哲或陳忠信對於陳映真的批判無論如何過於化約。

雖然陳映真的「統一論」有驗證「反獨論」的作用，90 年代的局勢卻給這個與「反獨論」一體兩面的「統一論」帶來挑戰：

---

36 在陳映真、戴國煇（1988[1984]：155）的對談中，陳映真認為《生根》雜誌對待勞工問題的態度反映了該刊物的資產階級性格。陳映真（1988；1988[1987]：78）並批判分離主義不批判工農漁民遭受的壓抑，全島色情化，環境破壞，甚至不支持農民抗爭。連 80 年代海外台獨運動都承認運動內部存在這些問題，可參見高成炎(2005:497-498)。

1. 陳映真在 1992 年時認爲，雖然兩岸出現經濟上的統合，整合卻尚未反映到意識型態（陳映真，1992b）。到了 1993 至 1995 年間，他開始承認反共分離主義意識型態甚囂塵上。面對分離主義明顯已經不只是資產階級運動的這一現象，他認爲這是台灣戰後資本主義的「結構性矛盾」。（許銘義整理，1993；陳映真，1995a）

2. 陳映真爲了反駁某種把大陸當成「中心」並把台灣當「邊陲」的論述，指出當時的大陸是「邊陲部資本主義化」，台灣則是「半邊陲」。從輸出資本的角度來看，如果台灣與大陸不是民族內分工，則台灣恰恰是壓迫大陸的「中心」。[37]陳映真論述的微妙之處，在於他強調台商對大陸的資本輸出是民族內分工。[38]但對那些實際上因爲兩岸分斷而藉此謀利的台商而言，可能並沒有想到（或者不願）這是民族內分工。加上台商商品的銷售市場未必內銷，因此台商在大陸的投資未必能形成「民族」的再生產。[39]

（二）問題二：繼承並發掘台灣「社會性質」論述史與當代「新殖民地」史

1995 年，陳映真曾與陳昭瑛、林書揚、王曉波等統一派學者展開一場關於「台獨意識」是否爲「中國意識」之「異化」的討論。（王曉波，1995；林書揚，1995；陳昭瑛，1995a，1995b；陳映真，1995b）

---

[37] 這一論述首先發展於：陳映真口述（1993a），並見於陳映真（1995b，1999a）。

[38] 這種觀點甚至寫入他擔任中國統一聯盟創盟主席時的報告：「環太平洋經濟圈正在快速形成。台灣與大陸間民族分工與發展結構正在形成」（陳映真，1989a：49）。

[39] 1994 年，由於《中國時報》「人間副刊」的「來自南方的黑潮：南向專輯」（1994.3）提出台灣「中心」論，遂引發陳光興（1994）等人的批判。若將陳光興等人的批判與陳映真相較，則陳光興等人顯然更願意直陳作為「中心」的台灣如何透過資本輸出而對「邊陲」的東南亞或大陸進行剝削，甚至認為這種剝削是種「次帝國主義實踐」。（丘延亮，1995）但也有學者認為這種資本輸出與「帝國主義」仍有距離。（瞿宛文，1995）

該討論也有獨立派學者參與。論爭的開端是陳昭瑛，她將台灣的本土化運動區分爲三期：1949 年兩岸分斷之前是第一期，70 年代是第二期，這兩期都有強烈的中國反帝民族主義的色彩在內。然而 80 年代開始的第三期卻「異化」爲反華乃至迷信現代化的台獨運動。（陳昭瑛，1995a，1995b）

陳昭瑛論述引來陳映真的回應。陳映真認爲，「第三期」其本質與前兩期不同，不能齊觀爲本土化運動的一個階段。（陳映真，1995b）但陳映真沒有申論的是：若從他自己的「社會性質」歷史分期來看，「第三期」所浮上檯面的分離主義正是兩岸分斷以來、台灣成爲美日「新殖民地」的必然結果。因此真正的問題並不在於「第三期」的成因或者爲何「異化」，而在於異軍突起的「第二期」爲何發生。雖然陳映真也提出他的解釋，其解釋卻無法以資產階級運動及其背後的資本主義發展——此即「民族經濟圈內再生產論」的基礎——爲線索。這個線索只能有利於考察分離主義運動的產生（或者兩岸經濟整合之後的種種政治可能），卻無法直接說明（或者只能間接說明）分離主義運動以外的中國反帝民族主義爲何在台灣存在；無論是「第一期」或者「第二期」。[40]

陳映真可能自始就清楚這方面的問題，因此兩岸人民的反帝國主義運動史也是他所熱中研究與宣傳的對象。除了兩岸人民「自在」的反帝國主義（比方義和團運動、噍吧哖事件）之外，[41]他特別重視兩岸人民「自爲」的反帝國主義。由於伴隨著殖民地的爭奪而出現的帝國主義是二十世紀帝國主義最顯著的現象，因此反帝國主義運動的「自爲」性，

---

[40] 陳映真在 1994 年接受郭紀舟訪問時就出現過類似的解釋上的困境。陳映真認為島內《夏潮》的產生與島外反帝愛國主義的保釣運動有關。郭紀舟卻反問《夏潮》的多數作者沒有出國、沒有可以同美國的保釣聯繫起來的線索。而陳映真所能舉出的實例就只有唐文標，實際上多多少少遭到郭紀舟問倒。（郭紀舟，1995；訪問頁 18-19）

[41] 陳映真曾在 1996 與 1997 年的「聯合副刊」上連載「五十年枷鎖，日據時期台灣史影像系列」與「一個半世紀的滄桑：香港圖片歷史系列」兩系列的專題。這兩個專題都涉及殖民地人民「自在」的抗暴起義。特別是陳映真（1996b，1997b）。還可特別參見陳映真為《中國可以說不》一書所做的辯護。（陳映真，1996a）陳映真對於「自在」的反帝運動之關心在 2006 年批判龍應台的過程中達到高峰。（陳映真，2006）

正表現在被壓迫者如何意識到自己的敵人是「帝國主義」並意識到自己處於被「殖民」的狀態。或許正由於台灣歷史上屢屢出現卻長期遭到遮蔽的「社會性質」論或論爭恰恰涉及這方面的問題，因此這些論述或論爭便立刻映入陳映真眼簾，成爲其「社會性質」論的重要組成部分。

如前所述，1992 年是陳映真「社會性質」論全面展開的一年。陳映真以該年發表的〈祖國：追求．喪失與再發現——戰後台灣資本主義階段的民族主義〉之「社會性質」歷史分期爲基礎，改寫出〈台灣現代文學思潮之演變〉（1992.12）一文（陳映真，1992a）。陳映真藉由這篇文章以及同年發表的〈李友邦的殖民地台灣社會性質論與台共兩個綱領同邊陲部資本主義社會構造體論之比較考察〉，[42]發掘出台灣過去的「社會性質」論，「以感謝與驚異之心親炙前人在台灣社會構造理論上的建樹」。（陳映真，2003[1992]：48）

在陳映真探索「社會性質」論之理論史的過程中，1993 年 4 月成立的「台灣社會科學研究會」形成他與他的同志們非常重要的學習集體。「台灣社會科學研究會」的章程明白揭示了他們把「社會性質」論的理論史視爲探索台灣「社會性質」的重要媒介。台灣社會科學研究會（1993：1）《章程》的〈前言〉云：

> 1920 年代中後，日帝殖民地下台灣前進的知識份子，為了克服當時台灣社會的民族與階級的矛盾，援引了馬克思關於政治經濟的理論，進行了對於台灣社會與歷史之科學的自我認識工作，並且留下一定的知識和理論的遺產。
>
> 這個以進步的社會科學探索台灣社會和歷史的傳統，在 1931 年遭到日帝的鎮壓。繼之，在 1950 年到 54 年的白色恐怖中，此一傳統作為一門科學、知識和哲學，遭到殘酷和徹底的破壞而完全中絕者

42 本文原為陳映真在 1992 年李友邦學術研討會上發表發表的論文。正式發表時名稱略微修正，見陳映真（2003[1992]）。

凡四十年。1950 年後，美國保守、自由派社會科學，作為意識型態霸權，支配了台灣戰後社會科學領域，基本上為冷戰體制下台灣反共國家安全體系的建制，提供辯護的服務。

1980 年代中後，台灣的政治經濟起了巨大變化。然而，台灣的社會科學界對此一新變化卻無法提出前進的、批判的說明。

我們有鑑於此，深感一方面批判地繼承 20 年代台灣社會性質論的遺產，一方面又進一步汲取二戰以後依附理論、世界體系論以及其他各種進步的關於社會、政治、經濟和文化各理論新的反省與發展，同台灣社會具體現實結合起來，建構一個科學地、批判地認識和改造台灣社會與歷史的論述系統，誠為當務之急。

欲達到這些目的，我們協議成立了這個研究會。

1996 年，學者黎湘萍曾問他：「自從《趙南棟》以後，您反省 50 年代白色恐怖的作品有不少」，「除了這些創作，您這段時期以來，一直在做社會科學的研究工作，寫了大量的論文，不惜虧本出版了《台灣政治經濟叢刊》等等。除了這些工作，您是否還有什麼新的創作？」陳映真答曰：

由於台灣社會裡充滿了台獨的論說，特別在台灣史方面，因此這幾年我想解決，就是對台灣史有比較清楚的了解。我一方面自己讀書，一方面覺得一個人讀，不如多幾個人讀，就搞了一個讀書會，這個讀書會的名稱就叫「台灣社會科學研究會」，都是一些業餘的聚在一起讀書，不是真科班的那種學術界的人。在讀有關台灣的社會科學之餘，我的慾望越來越強，很想在對台灣歷史的比較與多一點理解的基礎上，重讀台灣的文學。（陳映真、黎湘萍，1996：21）

陳映真所探討的各時代「社會性質」論如下：1926 至 1927 年的中國改造論爭，台共「一九二八年綱領」與「一九三一年綱領」，1940 年代李友邦的論述（陳映真，2003[1992]），1949 年《台灣新生報》「橋」副刊的羅鐵英論述（石家駒[陳映真]，1999；卓言若[陳映真]，1999），1949 年蘇新的台灣革命論（陳映真，2002a），如此等等。43陳映真試圖藉此說明：台灣在兩岸分斷之前已有許多仁人志士爲了推動社會變革而產生了許多有「社會性質」之實質的論述，並不是只有他自己對台灣各歷史階段的「社會性質」感到興趣。

陳映真所發掘的上述論述都形成於兩岸分斷之前。這些論述——如同大陸上形成的「社會性質」論那樣——都認爲台灣是「殖民地」或「半殖民地」下的「半封建社會」，並從中得出台灣革命應當「反帝」（從而爲民族革命）「反封建」（從而爲民主革命）的結論。然而陳映真也關注兩岸分斷之後出現的「社會性質」論。陳映真於 1994 年接受訪問時指出，以《夏潮》爲代表的 70 年代島內左翼運動的最大問題就是缺乏「社會性質」論。《夏潮》主觀上沒有發展，客觀環境也不允許發展；即便是《夏潮》系統所發動的鄉土文學論戰，陳映真也認爲「沒有好好解決這個問題」。（郭紀舟，1995：訪問頁 19）但當陳映真（1997a）深入探索「社會性質」論述史以及「重讀台灣的文學」之後，他開始把他所親身參與的 70 年代鄉土文學論戰視爲一場具有「素樸的歷史唯物論」與「社會性質論」的討論；他指出：王拓率先在 70 年代提出台灣經濟的「殖民地」性，也就是 70 年代台灣如何成爲美日底下的「新殖民地」、「經濟的殖民地」。陳映真試圖透過他對鄉土文學論戰（或者特定作家的作品，如黃春明）的梳理，來說明當時的與論者如何感知台灣被美日帝國主義所「殖民」。如林載爵（1998）所言：「鄉土，作爲一種思想類型，它的第一個涵意是被殖民歷史的審視。」[44]

雖然陳映真規定兩岸分斷後的台灣「社會性質」爲「新殖民地•（半）資本主義社會」，而這一規定乃中國革命傳統中的「社會性質」論所未

[43] 通論性的介紹還可見陳映真（2002b）。

[44] 或如 70 年代的陳映真（1977：76）所言：「對『西化』的反動和現實主義，是這一個時期文學的特點」。

有，但邏輯是一樣的。陳映真的「新殖民地‧（半）資本主義社會」說明了台灣本土的資本主義如何在「新殖民地」的條件下發展，以及這種資本主義的發展如何因爲「新殖民地」的限制而造成其他後果（如分離主義運動的產生）。因此「新殖民地‧（半）資本主義社會」既是「社會性質」論的發展，也是有陳映真特色的設定。

雖然新殖民主義或新殖民地有一定的定義，[45]但陳映真所謂的「新殖民主義」或「新殖民地」的定義，應當從傳統「社會性質」論中的「殖民地」或「半殖民地」同台灣現實的背離來考量：（1）就「殖民地」來說，典型的「帝國主義／殖民地」關係在二戰以後逐漸消失；（2）就「半殖民地」來說，「社會性質」論中的「半殖民地」一語常常聯繫於積弱的上層建築（特別是政權）以及無法資本主義化的經濟基礎（因此陷入「半封建社會」狀態）；（3）就台灣的現實來說，支配台灣的國民黨政權不但有很強的控制力，[46] 50 年代之後的台灣經濟基礎也開始資本主義化。

（三）問題三：兩蔣時代以來的台灣政權性質與資產階級的內部差別

雖然劉進慶與陳映真都把 50 年代以來的台灣規定爲「新殖民地」，甚至陳映真一度贊成劉進慶的「新殖民地‧半封建社會」的規定，但他很快就改變他的看法，而把 50、60 年代的台灣視爲資本主義生產方式得到發展的時代，同時他也決定把國民黨政權視爲一個有意推動資本主義的政權。

這裡必須再次回顧劉進慶的見解。劉進慶「半封建社會」論最弔

[45] 可參見趙稀方（2009）近著。

[46] 劉進慶同陳映真的一次對談中，劉曾指出「半殖民地」的概念不清楚，而且國民黨政府有政治上的主權，因此他不主張以「半殖民地」描述當時（1987）的台灣。（陳映真、劉進慶，1988[1987]：188）

詭的地方，就在於他的「半封建社會」必須把國民黨政權視爲「半封建政權」才能得到界定，否則該論難以成立。劉進慶論述中最突出的現象是：爲了分析戰後台灣二十年（1945-1965）之發展，劉進慶引入許多既有或者自創的範疇；比方「官僚資本主義」、「國家資本主義」、「半封建政權」、「殖民地遺制」、「公業」、「私業」、「官僚資本」、「官商資本」，如此等等。雖然劉進慶賦予了這些範疇之間以一定的邏輯關係，但這些範疇之間最根本的關係是「資本主義／前資本主義」（或「近代／前近代」）兩種屬性的對立統一。也就是說，每一個由劉進慶引入論述的範疇，如果不是具有「資本主義」的屬性，就是具有「前資本主義」的屬性；二者必居其一。在劉進慶的論述中，這兩種屬性的對立統一，不斷出現在一個範疇向另外一個範疇的過渡之中。雖然劉進慶引入了許多分別具有前述兩種屬性的範疇，他卻著重突出具有「前資本主義」屬性的「上層建築」範疇，即所謂的國民黨「半封建政權」。他認爲國民黨政權的半封建屬性規定了一切矛盾的發展。（劉進慶，1992：91）雖然劉進慶認爲「半封建政權」規定了一切矛盾的發展，但劉進慶的這種看法恰恰暗示了「上層建築」是「前資本主義」屬性最後的殘餘處，而「經濟基礎」的「資本主義」屬性愈發顯著、越來越「資本主義化」。

由於劉進慶的「半封建社會」論實際上是「半封建政權」論，因此其論述在一定程度上抿除了上層建築與經濟基礎（或者國家與社會）之間的界線。[47]但 70 年代海外「台灣左派」與台獨運動中卻比較明確地區分上層建築與經濟基礎之間的差別。自史明（1962）發表《台灣人四百年史》以來，就把國民黨政權視爲一個由「（半）封建」、「獨裁」、「軍閥」、「特務」等屬性所構成的上層建築，即「半封建政權」。而 70 年代北美出現的第一份台灣人社會主義刊物《台灣人民》（1972-1975）更直接認爲國民黨政權是半封建政權，而台灣社會則發展著資本主義。該刊認爲：1949 年之前的中國「半封建」的經濟基礎決定了作爲上層建築

[47] 實際上，劉進慶（1992：93-96）明白表示了「國家」與「社會」之對立在 70 年代以前的台灣尚未出現，因此他以「公業」與「私業」的對立替代之。

的國民黨政權也是「半封建」。國民黨失去大陸後，把「半封建」上層建築原封不動搬到台灣。雖其上層建築願意促進資本主義發展，資本主義卻因爲「上層建築」的半封建性質而遭阻礙。（社盟角尺組，1972；洪明仁，1973）。《台灣人民》發生統獨分裂後，獨立派的《台灣革命》（1975-1976）、《台灣時代》（1976-1982）繼續發展「半封建政權」論。因此，當 80 年代海外部分獨立派運動出現「國民黨資產階級化」的論述時，曾遭「半封建政權」論者的抵制。（高成炎，2005：497-500）然而這種觀點的提出，也體現出「半封建政權」論日顯不足的窘境。

雖然陳映真（2003[1992]：51-52）也意識到上層建築與經濟基礎在台灣所出現的「重大杆格」，但陳映真（2005）認爲：「台灣社會的『封建性』，今天看來，應該還有討論的餘地」。注意到這個問題的陳映真早在 80 年代就指出戰後台灣出現了「階級和國家的顛倒生存」：美國與國民黨政權扶植了台灣資產階級的產生。（陳映真，1987c：74）雖然 90 年代的陳映真一度接受劉進慶把 50、60 年代台灣規定爲「新殖民地・半封建社會」的見解，但他大致上肯定 50、60 年代以來的國民黨政權基本上有發展資本主義的意願，因此不能簡單地視之爲「半封建政權」；他認爲，由於戰後台灣的資產階級體質孱弱，無力直接掌握上層建築並推動資本主義生產方式的發展，所以國民黨政權就替代資產階級而執行該階級所欲執行的任務，形成「高度個人獨裁的」、「反共」的（Anti-Communist）、「次法西斯帝」的（Sub fascist）、「國家安全主義」的（Security-）、「美國附從」的（U.S. Client-）、「擬似」的（pseudo-）「波拿巴國家」（Bonapartist State）。[48]

1950 年代形成的「波拿巴國家」，「爲台灣戰後資本主義累積與擴

---

[48] 陳映真這方面的論述非常多，但請著重參見：（陳映真，1992b，2003[1992]；鄒議[陳映真]，2000）。值得注意一點：陳映真從來不說國民黨政權只是一個「波拿巴國家」，而是強調這是一個有許多規定性的「波拿巴國家」，比方「反共」、「對美扈從」，等等。如王振寰（1988：135-136）所言，「即便我們稱第三世界國家為波拿巴式的國家，但本質上卻必須把它界定於世界經濟體系中來看」。

大再生產而設立」，並在1980年代中期開始「還政」於資產階級（李登輝政權的形成則是重要指標），特別是其中的壟斷資產階級。早期陳映真認為這一「還政」的過程導致「波拿巴國家」的「相對自主性向下調整」。（陳映真，1992b）但在2000年民進黨取得政權之後，陳映真在同年《左翼》雜誌上的論爭中指出：「波拿巴國家」在80年代中期便已瓦解，並由壟斷資產階級所掌控。2000 年的大選並未改變這個局面，但原先代表「中小資產階級」的民進黨卻倏地改變階級屬性，成為亟欲代表「大獨占資本」（即大壟斷資本）利益的黨。而 80 年代中期到 2000年之間的台灣「社會性質」，總體上體現為「新殖民地・壟斷資本主義社會」向「新殖民地・『國家』壟斷資本主義社會」變化的趨勢。（鄒議[陳映真]，2000）

陳映真並不是第一個從「壟斷／非壟斷」區分台灣資產階級（無分省籍）的論者。《台灣時代》時期便已開始討論資產階級內部的「壟斷」與「非壟斷」的差異。但這些分離主義左派更重視資產階級內部「外省／本省」的差別（對他們而言則是「中國／台灣」的差別）。因此他們把本省資產階級預設或論證為鐵板一塊的、可以服從「台灣民族」整體利益的「（台灣）民族資產階級」。（趙石，1978）[49] 80年代中期，由於許多中小企業無法克服島內經濟波動，資產階級內部的「壟斷／非壟斷」差別得以突出，因此當時就出現從經濟波動以及中小企業所遭遇的危機來解釋民進黨成立及其階級屬性的說法。並主張民進黨當時應該以「反壟斷聯盟」作為任務。[50]

雖然台灣社會主義運動中早就把「壟斷／非壟斷」當成問題，但陳映真對於這個問題的關心可能起自他所賦予高度評價的80年代「韓國社會構成體論爭」。[51]該論爭的特色就是把「（國家）壟斷資本」的存

[49]《台灣時代》所遭到的反駁可見何青[許登源]（1982）。

[50] 相關論點可見葉芸芸（1988：101-102）所記錄的李榮武、許登源的說明（他們主張壟斷問題的存在），以及夏沛然、陳玉璽的質疑。

[51] 陳映真的相關評價可見：陳映真（1989b；2003[1992]：46-47）、（郭紀舟，1995：訪問

在視為運動必須重視的對象。[52]同時也體現出他並不認為省籍問題會造成資產階級之間出現矛盾，「階級」利益總是大於「省籍」利益。比方陳映真（1994，1995a，1995b）解釋李登輝政權形成以來的政局時指出：

1. 資產階級不反對國民黨威權統治，反而享受國民黨對工農的鎮壓。因此蔣經國之死沒有發生資產階級的革命或騷亂。

2. 李政權是失去民族資本性質的官商資本的產物，李政權是舊國民黨政權的延續，「恰恰是過去的、作為世界體系所炮製的國民黨國家政權『本地化』的延長與發展，而不是它的否定。」李政權的成立，使「本地台灣資產階級全面獲取政權」，這些官業必因政權性質的轉變而私有化，由本省資產階級接收。「台灣大集團資本與官商資本成了統治者。國府為『外來』『殖民政權』之論全面破產」。

3. 國民黨與民進黨的矛盾也消失，兩黨各自所提的命運共同體或生命共同體都是同樣的東西。諸如此類。[53]

劉進慶也認為「階級」利益總是大於「省籍」利益。實際上，劉進慶論述的最大特色就是把台灣大多數的有產者（不分省籍）都視為圍繞著國民黨政權與外資而產生的利益共同體，並且視工人階級與農民為主要的被壓迫者。

陳映真的「波拿巴國家論」特別強調台灣政權的人工性。他在李登輝政權時期指出：以美國霸權為中心的世界體系兩度炮製台灣的國家政權（state）。為了從中國分離出去，蔣時代講的是反共統一，李時代則是分離主義。這種「國家」實際上「幾無主權可言」。由於「跨國資本（世界體系）＝國家政權（世界體系手造之物）＝本地資本（世界體

頁 22）。

[52]可參見陳映真（1989b）以及臧汝興（2000）。

[53]陳映真針對「台灣朝野反民族、反統一論的比較」，可見陳映真（1992a：150）所製的表。

系和國家政權所豢養）」而構成的三角聯盟（triple alliance），這種「國家」就成爲了「新生台灣扈從性國家政權的宰制機制。一個幻想的國家政權，至此成爲畸形卻具體的依附性國家政權。」（陳映真，1994）[54]

（四）問題四：「社會變革論」的提出與批判

之所以陳映真把李登輝政權與陳水扁政權當成「社會性質」論的研究對象，其原因在於決定將來台灣「社會變革運動」（社會革命運動）的走向。他希望能藉此分析誰是我們的敵人，誰是我們的朋友。雖然就結論而言，陳映真認爲台灣革命的前途首先仍然是民主主義革命，而不是社會主義革命，但陳映真在這方面的問題意識已經充分體現出他回歸國際社會主義運動傳統，回歸中國革命傳統的傾向。陳映真也批判乃至惋惜某些意圖僅僅在台灣實現革命的某些社會主義者（其稱之爲「一島變革論」），並試圖提出一個以統一爲**手段**的變革論（比方「一國兩制變革論」）。如果說陳映真過去從「民族經濟圈內再生產論」說明**資產階級**所可能帶動的中國統一，兩千年以後的陳映真則進一步從兩岸統一所可能帶來的兩岸**無產階級**之聯合，來構思台灣「社會變革」的出路。[55]

如何以中國統一爲台灣的社會主義革命開闢道路，可能是陳映真「社會性質」論的終極關懷。雖然他始終堅持從「建立統攝兩岸統一的民族經濟構造」來實現中國統一，但隨著他對「社會性質」論的認識愈發深刻，陳映真也深化了他的「統一論」。他希望統一應當是「探索一條記取兩岸自己教訓的，也是繼承兩岸優良經驗的，以人爲中心的，另類的（alternative）發展。」（陳映真，1995a）就像他所說的：

---

[54]並請參見陳映真（年份不詳）未發表的〈關於李登輝體制的分析筆記〉手稿。

[55]陳映真對「一島變革論」的具體批判以及兩岸無產階級聯合論可見陳映真（2002），他注意到「一島變革論」與改革開放所造成的運動挫折、心理挫折有密切關係；同時也正面肯定持該見解者為了捍衛毛澤東思想與社會主義而做出的努力。「一國兩制變革論」還可見陳映真（1999b，年份不詳），這似乎是陳映真尚未公開討論的見解。

> 中國統一論這並不應該只是「炎黃子孫」……科學的統一論，是不是應該從台灣社會史和社會性質論展開一個建設獨立、自主的中國民族經濟的再生產構造的理論。一個獨立、自主的民族經濟再生產體系，不但要求對外國經濟支配的獨立性和自主性，不但要求包攝兩岸經濟為一，內外的均衡，更要求對民族構成員，即人民的經濟上的公平與正義。（許銘義整理，1993：21-34）
>
> 白色恐怖（1949～1952，以及延續到 1987）根除和斷絕了台灣社會之史的唯物論的分析與研究，荒廢至今，實有待年輕一代人賡續和發展。這不僅關係到開展科學的台獨批判，也關係著統一後的建國論，具有十分重要的意義。（陳映真，1995b：30-38）

之所以陳映真期待「另類的發展」，可能是他發現「兩岸統一的民族經濟構造」的形成不能只靠台灣資產階級向大陸投資，也不能不加批判地指望大陸本身的經濟發展。陳映真在 1992 年指出，統一的民族經濟再生產體系應當「要使經濟成果向民族構成體內的國民和人民擴散，以公平、正義的分配，消除經濟上的不正與腐敗，消除階級間收入的格差。」若按上述見解來衡量兩岸之間的經濟交流與改革開放後經濟發展，那末「經濟成果」顯然是被兩岸少數人所壟斷，而沒有擴散至兩岸大多數被壓迫人民。因此分離主義不但未在台灣消失，腐敗與社會問題在大陸改革開放之後的重現更是最顯著的代價。因此陳映真意識到，改革開放所產生的這些負面後果「最終將影響在民族經濟重建過程中的兩岸間民族團結與統一的進程。」（陳映真，1992b）

陳映真從「反獨論」發展出「統一論」，再從「統一論」發展出統一之後的「建國論」。這一思想歷程反映了陳映真的理論成果與高度。然而陳映真「社會變革論」所最為人知的，其實是他在這一思想歷程中所參與的論爭。陳映真早年曾期待台灣發生「社會性質」論爭，即便「比較淺的深度，小規模的，一定要 run 一次就是。」（郭紀舟，1995：訪問頁 23）他的期待終於在 2000 年初步實現。陳映真藉由批判陳芳明的台灣文學史分期的場合，連帶批判了從史明到陳芳明都主張的 1945 年「（再）殖民」史觀以及兩人都誤讀的台灣共產黨兩份綱領。[56]

如前所述，劉進慶最讓陳映真所接受的論述，就是劉進慶的「殖民地（日帝時期）／半殖民地（戰後五年）／新殖民地（50 年代以降）」區分。這一區分幫助陳映真能更好地說明 1945 年之後的變與不變，並說明當時許多社會矛盾產生的原因。當他接受了這個分期，就開始大力發展。陳映真在 1994 年與台灣社會科學研究會的協助編成的《史明台灣史論的虛構》（許南村[陳映真]，1994）就是他的初步嘗試。但直到 2000 年批判陳芳明的場合中，他才完整說明他的分期架構。

由於從史明到陳芳明都認爲台灣「四百年」始終是殖民地，因此陳芳明解釋台灣共產黨「一九二八年綱領」與「一九三一年綱領」時出現嚴重失誤。陳芳明認爲台共當時面臨所謂「殖民地革命／階級革命」兩種革命性質的選擇，並稱台共主張前者，而中共則企圖干涉台共接受後者。但眾所皆知，國際共運在 1920 年代所產生的分裂，是兩方面的對立：一方面是以「工農民主專政」爲目標的「民主主義革命」，另一方面則是以「無產階級專政」爲目標的「社會主義革命」，不是「殖民地革命」對「階級革命」。由於陳映真（2002[2000]：87-91）緊扣著從史明與陳芳明所共有的錯誤，並且強調了「民主主義革命」與「社會主義革命」的差異，從而糾正了台共兩份綱領所長期遭到的誤解。馬克思主義「革命性質」論爭的真實面貌由此得到鮮明揭示。

四、結論

陳映真「社會性質論」的沿革與內容，可以概括如下：

「社會性質」是上個世紀 30 年代「中國社會性質」等三次論戰中

---

[56]陳映真的相關批判論文均已收錄於許南村[陳映真]（2002）。

發展起來的概念。之所以在 30 年代爆發了中國社會性質的大討論，是爲了回答當時中國革命所出現的困境與問題，也就是中國革命究竟是要直接進行社會主義革命，還是先進行民主主義革命，再進行社會主義革命。「社會性質」這個概念與馬克思主義理論有密切的關係，但他的涵義很複雜。雖然陳映真常常談論他爲何在 90 年代放下小說創作並研究台灣的社會性質。但本研究認爲，陳映真在 70 年代與 80 年代所沒有解決的問題，是他在 90 年代進行社會性質研究的直接背景。他所沒有解決的問題可以分爲兩個：一是如何克服台灣分離主義運動所提出的論述，二是如何說明台灣分離主義運動的起源。

就第一個問題來說，陳映真並非自始就能完全克服台灣分離主義的論述。如何看待日本殖民統治時期與光復後五年之間的關係，最能反映陳映真這方面的問題。以史明爲代表的分離主義者認爲：台灣在 1945 年前後都是「殖民地社會」，台灣在日本殖民統治時期已經資本主義化，但接收台灣的國民黨政權是一個半封建的落後的存在，因此台灣光復給台灣造成了巨大的破壞。雖然 70 與 80 年代的陳映真批判這種論證兩岸異質性的論點，並且否認 1945 年後的台灣仍然是殖民地，但當時的陳映真承認日本的殖民統治使台灣「資本主義化」。

陳映真當時留下的問題在 90 年代得到克服。從 1992 年開始，他出版了人間政治經濟學叢刊並發展他的社會性質論。陳映真認爲，因爲台灣在日本殖民統治時期殖民地化，從而從封建社會進入了半封建社會。台灣光復並沒有改變半封建社會的屬性，但台灣的主權地位卻從殖民地變成與全中國同一的半殖民地地位。因此台灣就從光復前的殖民地半封建社會，變成了半殖民地半封建社會。

陳映真社會性質論中的「半封建社會」規定與劉進慶的理論成果有密切關係。劉進慶嚴格遵守了毛澤東「新民主主義論」所立下的典範。這個典範就是：所謂的殖民地、半殖民地都是一個社會外爍的性質，不是一個社會內在的本質。這種外爍的性質卻規定了殖民地或半殖民地地區如何從前資本主義社會向資本主義社會的過渡，並導致這種過渡變得畸形。一個地區的主權轉移會改變一個地區的殖民地地位或半殖民地地位，卻不必然導致社會性質的本質發生變化。比方新民主主義論對於「九一八」後的中國社會性質，就是這樣看的。

雖然陳映真依靠了劉進慶論述而克服其早先的看法，從而使他與分離主義論述劃清界線。但劉進慶論述並不能滿足陳映真。其關鍵就是：半封建社會究竟延續了多久呢？劉進慶認為，台灣的 50 與 60 年代都是半封建社會，1992 至 1993 年間的陳映真也這樣認為，但陳映真隨即放棄這種觀點。他認為，戰後台灣存在著有利於資本主義持續發展的環境，因此他認為戰後台灣二十年間的社會性質是半資本主義社會，然後變成資本主義社會，壟斷資本主義社會，乃至國家壟斷資本主義社會。但陳映真在這方面的規定，直到兩千年前後才得到確定。

陳映真對劉進慶的分析產生質疑的原因可能來自於 80 年代陳映真對於分離主義起源的分析。如果說，陳映真對於分離主義論述的批判有一個變化的過程，那麼，陳映真對於分離主義起源的觀點大致上沒有改變。也許正是因為陳映真對於分離主義起源的分析有一定的信心，所以他才會對劉進慶的理論產生修正。80 年代的陳映真認為，由於台灣的資產階級並未在日本殖民統治期間形成，而是在戰後兩岸分斷的情況之下，由國民黨政權與美國共同扶植產生。因此台灣的資產階級並沒有經歷過一個與大陸的資產階級共同成長、茁壯的歷程，台灣與大陸無法在統一的民族經濟圈中發展，從而台灣資產階級的政治面貌也就必然走向分離主義。簡而言之，四個重要條件之間的因緣際會，使分離主義運動同台灣資產階級結合起來：第一，殖民地留下來的問題（光復之前沒有台灣資產階級），第二，光復前的日本壟斷資本的在台資產被國民黨政府全盤接收，第三，資本主義化在戰後的實現（戰後在國民黨的推動下展開），第四，分斷體制的建立（台灣資產階級在兩岸分斷的條件下形成）。

因此陳映真觀察到一個重要現象：島外台獨運動，國民黨政權，島內黨外運動，都有共同的訴求。這種共同訴求正顯示了島外台獨運動、國民黨政權、島內黨外運動之間有很接近的性格，而這種接近的性格就是資產階級性格。也因此，陳映真對於分離主義起源的論點其實同時也是他設想中國統一時的出發點。他認爲，如果台灣的資產階級能夠融入整個中國的民族經濟圈，這些資產階級就可能變成「（中國）民族資產階級」，從而支持統一。

當然，陳映真用統一的民族經濟圈來解釋分離主義與統一並非沒有問題：（1）雖然兩岸經濟開始交流，卻沒有反映到資產階級的意識形態上。（2）陳映真認爲台灣與大陸之間是民族之內的分工，但台商在大陸的投資卻未必有這種想法。實際上陳映真注意到，台灣對大陸資本輸出，大陸的經濟剩餘並沒有留在大陸，而是轉移回台灣。（3）更重要的是，雖然陳映真可以用統一的民族經濟圈的不存在，來解釋分離主義的起源，卻沒有辦法直接說明（或者只能間接說明）分離主義運動以外的中國反帝民族主義爲何在台灣存在。比方 70 年代的保釣運動。

陳映真可能自始就清楚「統一的民族經濟圈」不能解決所有的問題，因此他也研究並宣傳兩岸人民的反帝國主義運動史。除了像義和團運動、噍吧哖事件這些兩岸人民「自在」的反帝國主義運動之外，他特別重視兩岸人民「自爲」的反帝國主義。由於台灣歷史上屢屢出現卻長期遭到遮蔽的「社會性質」論或論爭都涉及「反帝」，因此這些論述與論爭也爲陳映真所關心，並且成爲其「社會性質」論的重要組成部分。比方 70 年代的鄉土文學論戰就被他視爲一個具有社會性質論爭的討論，在該次論爭中，與論者點出了美日帝國主義對台灣的經濟支配，從而發展出「新殖民地」這樣的性質規定。陳映真對於兩岸分斷以來的台灣社會性質（及其歷史分期）的完整規定，就是新殖民地條件下的半資本主義社會、資本主義社會、壟斷資本主義社會，乃至國家壟斷資本主義社會。

又由於台灣史上屢屢出現的「社會性質」論都是社會主義運動內部才存在的論述。因此陳映真討論社會性質論的原因更是爲了運動。比方說，從 70 年代以來，海外台灣左派普遍認爲國民黨是一個半封建政權，其中包括劉進慶。但陳映真卻認爲國民黨政權其實是一個代替資產階級而執行資產階級職能的波拿巴國家。又比方說，以前的海外台灣左派曾經用省籍來區別台灣資產階級，並認爲本省籍的資產階級有可能成爲台灣革命的動力。但陳映真卻認爲，台灣資產階級內部所存在的差異並不是省籍問題，而是壟斷與非壟斷的問題。這種看法並不是陳映真首創的見解，因爲 80 年代的台灣與韓國社會構成體論爭都有類似的觀點。

以上就是本文對陳映真「社會性質論」的初步梳理。

總體來看，陳映真的社會性質論與他對分離主義論述的批判有密切關係。但是陳映真並不是一個對中國統一沒有批判的社會主義統一派。陳映真充分注意到兩岸經濟整合中所出現的階級分化與剝削，同時他也批判改革開放以來所造成的腐敗。實際上，陳映真對社會性質論懷抱著一種充滿深情與自我反省的期待。他在談及以「社會性質」論爲目標的台灣社會科學研究會時指出：

> 萬一我們將來要寫關於台灣社會各方面的論文的時候，我相信我們的筆調會更豐潤一點，不會說是什麼階級啊，是什麼叛徒啊，比較不會讓我們變成一個非常狂熱，不饒人，容不得別人，敵我分明的那種——我現在很憎恨那種文章——我想如果我們不只是認識到台灣的社會科學的歷史，如果也能透過台灣的文學史與文學的閱讀來理解台灣的人的歷史，那麼這兩個相結合，將使我們對台灣史的理解更深刻。……（陳映真、黎湘萍，1996）

然而陳映真投注整個 90 年代而發展的「社會性質」論始終有一個無法跨越的困境，也就是陳映真缺乏對話的人。台灣的學術界的理論關懷與陳映真的理論關懷始終有著距離，這就使得陳映真的思考難免有閉門造車之憾。但陳映真卻透過他的「社會性質」論以及由此產生的歷史分期，而對理論與現實之間的關係有了學院可能無法面對的體悟。

陳映真認為：歷史從不客觀。不同的階級、民族會有不同的解釋、理解，和書寫。因此「架空、抽象、絕對的歷史，恐怕是從來就沒有的」。但是，相對客觀和真實的歷史是可能存在的，一方面，「物質論」的看法容易把歷史看成動態的、立體的、具體的，因此比較接近客觀、真實。另一方面，「站在推動、改變歷史的立場的史論，站在和歷史動向相應的立場的史論，比站在阻止歷史發展、維持歷史現狀者的史論，站在違逆歷史運動方向與潮流者的史論，總要更接近客觀、真實。當然，史論和其他的知識理論體系一般，對相對事實（史實）的掌握是不是正確，立論的邏輯構造是不是完全，是基本的要求。」（陳映真，1996c：48）

也許陳映真「社會性質」論並不是每個學術界的同人都需要去面對的典範、[57]也許不是每個人都認為「社會性質」典範下的「歷史」可以「指引未來」或者「整備我們的隊伍」（人間雜誌社編輯部，1988；鄒議[陳映真]，2000），但陳映真投諸於「社會性質」論的期待以及「社會性質」論對其期待的回應，是否也是其他理論典範所能做到呢？如果不能做到，那末，陳映真的理論努力也許仍有可供借鑑之處。

就像陳映真以「許南村」的筆名評論自己的文學創作那樣，陳映真的獨語也許是有淵源的。但這種淵源又不是他個人的問題，而是他與這個時代之間的問題。許南村之於陳映真，就像瞿秋白之於魯迅，[58]因為許南村與瞿秋白都試圖運用馬克思主義的觀點審視小資產階級知識分

[57] 最顯著的例子就是《台灣新生報》《橋》副刊論爭的史料整理。雖然該次論爭早就得到學界關注，卻遲未得到公開的史料整理。直到陳映真與曾健民的整理，該次論爭的史料才首次得到全面整理並出版，並將該次論爭上升到社會性質論爭的層次而檢視之。而呂正惠（2001）則就此反省了此前學界何以遲遲不整理該次論爭史料的原因。

[58] 瞿秋白是第一個用馬克思主義觀點分析魯迅作品並獲魯迅認可的人。其論文可見何凝[瞿秋白]（2006[1933]：1-23）。

子（陳映真與魯迅）在特定時代變動中的處境及其文藝創作。不同的是，瞿秋白終究不是魯迅，瞿魯之間是一個共產黨人與一個逐漸親近馬克思主義的非共產黨人的關係。然而許南村就是陳映真，是理論陳映真面對文學陳映真之間的關係、甚至是馬克思主義者陳映真面對文學陳映真的（批判）關係。

陳映真不能、也並未在運動及思潮的磅礡發展中等待一個能夠嫻熟運用馬克思主義觀點分析自己的、足以如魯迅將瞿秋白視爲斯世「同懷」[59]的評論家，陳映真當年身處的環境只能允許他用筆名映照其死去的雙生小哥。而當他的小哥畢竟早夭並只是其文學創作的表徵的時候，陳映真便只能親身評論自己——以許南村的名義。許南村與陳映真之間的這種關係，也許恰恰反映了長期在台灣遭受壓抑的共產主義、馬克思主義運動及其思潮的處境。但是這種處境也促使了陳映真得以成爲台灣「第二波無產階級運動」[60]中絕以來繼而承之的運動先驅。

---

59 魯迅贈瞿秋白：「人生得一知己足矣，斯世當以同懷視之」。
60 陳映真（2001：262）。

徵引書目（按漢語拼音排列）

- Dirlik, A.（2005）。《革命與歷史》（翁賀凱譯）。南京：江蘇人民出版社。
- 奧村哲（2004）。〈序に代えて——日本における近現代中国の社会構成体論と社会主義体制観〉。收錄於奧村哲，《中国の資本主義と社会主義：近現代史像の再構成》。東京：櫻井書店。
- 蔡和森（1982）。〈中國共產黨史的發展（提綱）〉（1926）。收錄於中央檔案館（編），《中共黨史報告選編》。北京：中共中央黨校出版社。
- 蔡依伶（2004）。〈理論陳映真與小說陳映真〉。《印刻文學生活誌》，第 12 期（台北），79。
- 陳光興（1994）。〈帝國之眼：「次」帝國與國族——國家的文化想像〉。《台灣社會研究季刊》，第 17 期（台北），149～222。
- 陳金龍（1996）。〈「半殖民地半封建」概念形成過程考析〉。《近代史研究》，1996 年第 4 期（北京），227～231。
- 陳映真（1977）。〈文學來自社會反映社會〉。《仙人掌雜誌》，第 1 卷第 5 號（台北），65～78。
- 陳映真（1984[1977]-a）。〈原鄉的失落〉。收錄於陳映真，《孤兒的歷史・歷史的孤兒》。台北：遠景。
- 陳映真（1984[1977]-b）。〈鄉土文學的盲點〉。收錄於陳映真，《孤兒的歷史・歷史的孤兒》。台北：遠景。
- 陳映真（1987a）。〈「台灣」分離主義「知識分子的盲點」〉。《遠望》，創刊號（台北），9～10。
- 陳映真（1987b）。〈爲了民族的和平與團結〉。《人間》，1987 年 4 月號（台北），64～67。
- 陳映真（1987c）。〈國家分裂結構下的民族主義國家——「台灣結」的戰後史之分析〉。《中國論壇》，第 289 期（台北），69～79。

- 陳映真（1988）。〈台灣戰後最大的農民反美示威〉。《人間》，1988 年 4 月號（台北），10～17。
- 陳映真（1988[1982]）。〈路線思考的貧困〉。收錄於陳映真，《西川滿與台灣文學》（頁 13～21）。台北：人間出版社。
- 陳映真（1988[1984]-a）。〈美國統治下的台灣——天下沒有白喝的美國奶〉。收錄於陳映真，《美國統治下的台灣》（頁 7～22）。台北：人間出版社。
- 陳映真（1988[1984]-b）。〈追究「台灣一千八百萬人」論〉。收錄於陳映真，《西川滿與台灣文學》（頁 41～48）。台北：人間出版社。
- 陳映真（1988[1984]-c）。〈「鬼影子知識分子」和「轉向症候群」〉。收錄於陳映真，《西川滿與台灣文學》（頁 71～120）。台北：人間出版社。
- 陳映真（1988[1986]-a）。〈世界體系下的「台灣自決論」——冷戰體制下衍生的台灣黨外性格〉。收錄於陳映真，《美國統治下的台灣》（頁 23～32）。台北：人間出版社。
- 陳映真（1988[1986]-b）。〈台灣的殖民地體質——也談台灣的過去與未來〉。收錄於陳映真，《美國統治下的台灣》（頁 45～60）。台北：人間出版社。
- 陳映真（1988[1986]-c）。〈共同的探索——爲台灣前途諸問題敬覆永台先生〉。收錄於陳映真，《美國統治下的台灣》（頁 33～44）。台北：人間出版社。
- 陳映真（1988[1987]）。〈何以我不同意台灣分離主義〉。收錄於陳映真，《美國統治下的台灣》（頁 75～80）。台北：人間出版社。
- 陳映真（1989a）。〈中國統一聯盟執行委員會主席報告〉。《中華雜誌》，總 209 期（台北），49～51。
- 陳映真（1989b）。〈因爲在民眾中有真理：韓國社會構成體性質的論戰和韓國社科界的英姿〉。《人間》，1989 年 6 月號（台北），123～127。
- 陳映真（1989c）。〈客籍貧困傭工移民的史詩——「渡台悲歌」和客系台灣移民社會〉。《人間》，1989 年第 1 期（台北）。

- 陳映真（1990a）。〈回憶「劇場」雜誌〉。《幼獅文藝》，第 437 期（台北），28～31。
- 陳映真（1990b）。〈兩岸文化交流和國土的統一〉。《中華雜誌》，總 324 期（台北），33～34。
- 陳映真（1991a）。〈超克內戰和冷戰歷史的思維——從 NIE'S 症候羣談起〉。《幼獅文藝》，第 446 期（台北），58～61。
- 陳映真（1991b，1 月 6 日）。〈新的閱讀和論述之必要〉。《中國時報》，版 27。
- 陳映真（1992a）。〈台灣現代文學思潮之演變〉。《中華雜誌季刊》，第 31 年總 1 期（台北），122～154。
- 陳映真（1992b）。〈祖國：追求・喪失與再發現——戰後台灣資本主義階段的民族主義〉。《海峽評論》，第 21 期（台北），21～37。
- 陳映真（1994）。〈帝國主義者和後殖民地精英：評李總統和司馬遼太郎的對談（下）〉。《海峽評論》，第 43 期（台北），42～47。
- 陳映真（1995a）。〈省籍、統獨都是「假問題」——總評台灣幾個關鍵問題〉。《財訊》，第 154 期（台北），78～87。
- 陳映真（1995b）。〈台獨批判的若干理論問題：對陳昭瑛「論台灣的本土化運動」之回應〉。《海峽評論》，第 52 期（台北），30～38。
- 陳映真（1996a，9 月 25 日）。〈評「中國不可以說不」論〉。《聯合報》，版 37。
- 陳映真（1996b，10 月 29 日）。〈台灣的「義和團」運動〉。《聯合報》，版 37。
- 陳映真（1996c）。〈台灣史瑣論〉。《歷史月刊》，第 105 期（台北），47～54。
- 陳映真（1997a）。〈向內戰・冷戰意識形態挑戰——七〇年代台灣文學論爭在台灣文藝思潮史上劃時代的意義〉。《聯合文學》，第 158 期（台北），57～76。

- 陳映真（1997b，7 月 5 日）。〈香港的文化大革命〉。《中國時報》，版 27。
- 陳映真（1997c）。〈歷史召喚著智慧和遠見——香港回歸的隨想〉。《財訊》，第 186 期（台北），134～140。
- 陳映真（1997d）。〈時代呼喚著新的社會科學——一九九七年四月二十二日演講於中國社會科學院〉。《海峽評論》，第 80 期（台北），58～63。
- 陳映真（1999a）。〈七十年代黃春明小說中的新殖民主義批判意識——以《莎喲娜啦・再見》、《小寡婦》和《我愛瑪莉》爲中心〉。《文藝理論與批評》，1999 年 2 月號（北京），89～101。
- 陳映真（1999b）。〈[發言大綱]序論：甲、台灣社會史之特點〉。發表於澳門「中國意識與台灣意識」研討會。
- 陳映真（1999c）。論呂赫若的《冬夜》——《冬夜》的時代背景、審美上的成就和呂赫若的思想與實踐。文藝理論與批評，1999 年第 4 期（北京），103～111。
- 陳映真（2001）。〈當紅星在七古林山區沉落〉。收錄於陳映真，《鈴鐺花》。台北：洪範。
- 陳映真（2002[2000]）。〈陳芳明歷史三階段論和台灣新文學史論可以休矣！——結束爭論的話〉。收錄於許南村編（編），《反對言僞而辯》（頁 87～132）。台北：人間出版社。
- 陳映真（2002a）。〈如炬的目光——讀蘇新先生遺稿《談台灣解放問題》〉。《左翼》，第 27 號（台北），10～14。
- 陳映真（2002b）。〈序〉。收錄於杜繼平，《階級、民族與統獨爭議：統獨問題的上下求索》。台北：人間出版社。
- 陳映真（2003[1992]）。〈李友邦的殖民地台灣社會性質論與台共兩個綱領及「邊陲部資本主義社會構造體論」的比較考察〉。收錄於《紀念李友邦先生論文集》。台北：世界綜合出版社。
- 陳映真（2005，11 月 20 日）。〈東望雲天：紀念劉進慶教授〉。《聯合報》，版 E7。

- 陳映真（2006，2 月 19 日）。〈文明和野蠻的辯證：龍應台女士〈請用文明來說服我〉的商榷〉。《聯合報》，版 E7。
- 陳映真（年份不詳）。〈關於李登輝體制的分析筆記〉（未發表手稿）。
- 陳映真、戴國煇（1988[1984]）。〈「台灣人意識」與「台灣民族」——戴國煇與陳映真於愛荷華對談〉。收錄於陳映真，《思想的貧困》（頁 147～184）。台北：人間出版社。
- 陳映真、黎湘萍（1996）。〈陳映真先生談台灣後現代問題〉。《東方藝術》，1996 年第 3 期（北京），18～21。
- 陳映真、劉進慶（1988[1987]）。〈台灣經濟發展的虛相與實相——訪劉進慶教授〉。收錄於陳映真，《石破天驚》（頁 177～192）。台北：人間出版社。
- 陳映真、施淑、藍博洲、馬相武、朱雙一（1998）。〈重返文學史呂赫若及其時代——兩岸五人談〉。《南方文壇》，1998 年第 2 期（廣西），54～61，31。
- 陳映真口述（1993a）。〈現在是重大反省時刻！——陳映真總評國共兩黨、民進黨及台獨〉。《財訊》，第 132 期（台北），157～162。
- 陳映真口述（1993b）。〈陳映真自剖「統一情結」——陳映真：我又要提筆上陣了！〉。《財訊》，第 132 期（台北），163～165。
- 陳昭瑛（1995a）。〈論台灣的本土化運動：一個文化史的考察〉。《中外文學》，第 273 期（台北），6～43。
- 陳昭瑛（1995b）。〈論台灣的本土化運動：一個文化史的考察〉。《海峽評論》，第 51 期（台北），50～61。
- 陳忠信（1987）。〈評論〉。《中國論壇》，第 289 期（台北），80～82。
- 恩格斯（1995）。〈《論俄國的社會問題》跋〉（1894）、〈法德農民問題〉（1894）。收錄於中共中央馬克思、恩格斯、列寧、斯大林著作編譯局（編），《馬克思恩格斯選集》（第 4 卷）。北京：人民出版社。
- 馮天瑜（2007）。《「封建」考論》。武漢：武漢大學出版社。

- 高成炎（2005）。〈一個海外留學生的認同經歷〉。收錄於張炎憲、曾秋美、陳朝海（編），《自覺與認同——1950～1990 年海外台灣人運動專輯》（頁 485～500）。台北：財團法人吳三連台灣史料基金會／台灣史料中心。
- 郭紀舟（1995）。〈1970 年代台灣左翼啓蒙運動——《夏潮》雜誌研究〉。私立東海大學，台中。
- 國際共產主義同盟（第四國際主義者）（1997）。〈中國托洛茨基主義的起源：不斷革命與「反帝統一戰線」的對立〉。擷取於 2006/5/1，來自：
  http://www.icl-fi.org/chinese/oldsite/ORIGINS.HTM
- 何凝[瞿秋白]（2006[1933]）。〈《魯迅雜感選集》序言〉。收錄於何凝（編），《魯迅雜感選集》。哈爾濱：北方文藝出版社。
- 何青[許登源]（1982）。〈對台灣社會階級分析的一些看法：第三章、階級的評準；第三節、階級、民族、國家〉。《台灣思潮》，第 4 期（Los Angeles），12～29。
- 洪明仁（1973）。〈台灣農民、資產階級，與國民黨政權〉。《台灣人民》，第 3 期（Halifax）。
- 胡秋原口述，宋江英整理（1988）。〈胡秋原的青年時代〉。《人間》，1988 年 3 月號（台北），86～95。
- 瞿秋白（1926）。〈國民革命運動中之階級分化：國民黨右派與國家主義派之分析〉。《新青年》月刊，第 3 期（上海）。
- 瞿宛文（1995）。〈對「帝國之眼」回應之五：經濟帝國之神話〉。《台灣社會研究季刊》，第 18 期（台北），257～263。
- 李根蟠（1997）。〈中國封建經濟史若干理論觀點的邏輯關係及得失淺議〉。《中國經濟史研究》，1997 年第 3 期（北京），125～129。
- 李根蟠（2004）。〈中國「封建」概念的演變和「封建地主制」理論的形成〉。《歷史研究》，2004 年第 3 期（北京），146～172。
- 李漢石[李伯剛]（1926）。〈反帝國主義運動與反帝國主義大聯盟〉。

收錄於反帝國主義大聯盟（編），《反帝國主義》。武昌：時中合作書社。

- 列寧（1990a）。〈兩種烏托邦〉（1912）、〈論民粹主義〉（1913）。收錄於中共中央馬克思、恩格斯、列寧、斯大林著作編譯局（編），《列寧全集》（第 22 卷）。北京：人民出版社。
- 列寧（1990b）。〈紀念赫爾岑〉（1912）、〈「俄國土地問題」的實質〉（1912）、〈斯托雷平土地綱領和民粹派土地綱領的比較〉（1912）、〈中國的民主主義和民粹主義〉（1912）。收錄於中共中央馬克思、恩格斯、列寧、斯大林著作編譯局（編），《列寧全集》（第 21 卷）。北京：人民出版社。
- 林書揚（1995）。〈審視近年來的台灣時代意識流：評陳昭瑛、陳映真、陳芳明的「本土化」之爭〉。《海峽評論》，第 55 期（台北）。
- 林載爵（1998）。〈本土之前的鄉土〉。收錄於陳映真（編），《人間思想與創作叢刊》「台灣鄉土文學．皇民文學的清理與批判」。台北：人間出版社。
- 劉進慶（1970）。〈「帝国主義下の台湾」における「資本主義化」の問題点について〉。《東大中国同学会会報・暖流》，第 12 期（東京），36～39。
- 劉進慶（1971）。〈台湾農民の呻吟〉（1971.2）。《東大中国同学会会報・暖流》，第 13 期（東京），62～74。
- 劉進慶（1972a）。〈戦後台湾経済の構造——公業と私業〉。《思想》，通号 576（東京），26～48。
- 劉進慶（1972b）。〈台湾の経済と政治の問題——公業と私業を中心に〉。《東大中国同学会会報・暖流》，第 14 期（東京），2～12。
- 劉進慶（1973）。〈台湾における国民党官僚資本の展開——国家資本主義研究に寄せて〉。《思想》，通号 591（東京），27～52。
- 劉進慶（1992）。《台灣戰後經濟分析》（王宏仁、林繼文、李明俊譯）。台北：人間出版社。

- 呂正惠（2001）。〈陳芳明「再殖民論」質疑〉。《聯合文學》，第206期（台北），138～163。
- 馬克思（1962）。〈《政治經濟學批判》序言〉（1859）。收錄於中共中央馬克思、恩格斯、列寧、斯大林著作編譯局（編），《馬克思恩格斯全集》（第13卷）。北京：人民出版社。
- 馬克思（1995a）。〈法蘭西內戰〉（1871）、〈紀念國際成立七週年——摘自關於1871年9月24日倫敦代表會議上的發言記錄〉（1871）。收錄於中共中央馬克思、恩格斯、列寧、斯大林著作編譯局（編），《馬克思恩格斯選集》（第3卷，頁1～122，125～126）。北京：人民出版社。
- 馬克思（1995b）。〈給《祖國紀事》雜誌編輯部的信〉（1877）、〈給維・伊・查蘇利奇的覆信〉（1881）。收錄於中共中央馬克思、恩格斯、列寧、斯大林著作編譯局（編），《馬克思恩格斯選集》（第3卷）。北京：人民出版社。
- 毛澤東（1967a）。〈中國革命與中國共產黨〉（1939.12）。收錄於毛澤東，《毛澤東選集（一卷本）》（頁584～622）。北京：人民出版社。
- 毛澤東（1967b）。〈新民主主義論〉（1940.1）。收錄於毛澤東，《毛澤東選集（一卷本）》（頁623～670）。北京：人民出版社。
- 毛澤東（1971a）。〈中國革命和中國共產黨〉（1939.12）。收錄於毛澤東文獻資料研究會編集，竹內實監修，《毛澤東集》（第7卷「延安期III」，頁97～136）。東京：北望社。
- 毛澤東（1971b）。〈新民主主義論〉（1940.1）。收錄於毛澤東文獻資料研究會編集，竹內實監修，《毛澤東集》（第7卷「延安期III」）。東京：北望社。
- 丘延亮（1995）。〈對「帝國之眼」回應之三：公害輸出、一「國」左派與民主否思——一個國際—歷史的「台灣次帝國」對話〉。《台灣社會研究季刊》，第18期（台北），231～243。
- 人間雜誌社編輯部（1988）。〈讓歷史指引未來〉。《人間》，1988年4

月號（台北），10～156。

- 社盟角尺組（1972）。〈關於台灣革命的若干看法（一）〉。《台灣人民》，第 1 期（Halifax）。
- 石家駒[陳映真]（1999）。〈一場被遮斷的文學論爭——關於台灣新文學諸問題的論爭（一九四七－一九四九）〉。收錄於陳映真（編），《人間思想與創作叢刊》「噤啞的論爭」（頁 14～31）。台北：人間出版社。
- 史明（1962）。《台灣人四百年史》。東京：音羽書房。
- 史明（1969）。〈台灣民族——其形成與發展（七）：第四章　日本帝國主義統治下殖民地社會的近代發展（二）〉。《獨立台灣》，第 15 號（東京）。
- 史明（1974）。《台灣人四百年史》。東京：新泉社。
- 史明（1980）。《台灣人四百年史》。聖荷西：蓬萊島文化公司。
- 矢內原忠雄（2002）。《日本帝國主義下之台灣》（周憲文譯）。台北：海峽學術出版社。
- 斯大林（1972）。《論反對派》（中共中央馬克思恩格斯列寧斯大林著作編譯局譯）。北京：人民出版社。
- 台灣社會科學研究會（1993）。《台灣社會科學研究會章程》。台北：台灣社會科學研究會。
- 陶季邑（1998）。〈關於「半殖民地半封建」概念的首次使用問題——與陳金龍先生商榷〉。《近代史研究》，1998 年第 6 期（北京）。
- 凃照彥（1999）。《日本帝國主義下的台灣》（李明峻譯）。台北：人間出版社。
- 王曉波（1995）。〈台灣本土運動的異化：評陳昭瑛〈論台灣的本土化運動〉〉。《海峽評論》，第 53 期（台北）。
- 王振寰（1988）。〈國家角色、依賴發展與階級關係——從四本有關台灣發展的研究談起〉。《台灣社會研究季刊》，第 1 期（台北），117～144。
- 吳承明（1996）。〈中國近代經濟史若干問題的思考〉。收錄於吳承明，

《市場・近代化・經濟史論》。雲南：雲南大學出版社。

- 許銘義整理（1993）。〈台灣前途和兩岸關係：紐約鄉情座談會紀錄〉。《海峽評論》，第 33 期（台北）。
- 許南村[陳映真]（1984[1975]）。〈試論陳映真〉。收錄於陳映真，《孤兒的歷史・歷史的孤兒》。台北：遠景。
- 許南村[陳映真]（編）。（1994）。《史明台灣史論的虛構》。台北：人間出版社。
- 許南村[陳映真]（編）。（2002）。《反對言僞而辯》。台北：人間出版社。
- 嚴靈峰口述，翁佳尹整理（1988）。〈嚴靈峰的青年時代〉。《人間》，1988 年 3 月號（台北），76～85。
- 葉芸芸（1988）。〈樂觀其成，寄予厚望：關於新黨成立的座談紀要〉（1986.11.1）。收錄於葉芸芸（編），《中共對台政策與台灣前途》（頁 99～128）。台北：人間出版社。
- 漁父（1986）。〈憤怒的雲〉。台北：允晨文化實業股份有限公司。
- 臧汝興（2000）。〈韓國的社會結構體論爭（一）〉。《左翼》，第 5 號（台北），24～25。
- 張隆志（1998）。〈劉銘傳、後藤新平與台灣近代化論爭——關於十九世紀台灣歷史轉型期研究的再思考〉。收錄於國史館（編），《中華民國史專題第四屆討論會民國以來的史料與史學論文集》（頁 2031～2056）。台北：國史館。
- 張隆志（2004）。〈殖民現代性分析與台灣近代史研究——本土史學史與方法論芻議〉。收錄於若林正丈、吳密察（編），《跨界的台灣史研究：與東亞史的交錯》。台北：播種者文化有限公司。
- 張慶海（1998）。〈論對「半封建」「半殖民地」兩個概念的理論界定〉。《近代史研究》，1998 年第 6 期（北京），226～234。
- 趙石（1978）。〈台灣的資本壟斷問題〉。《台灣時代》，第 4 期（Ontario），2～5、13。

- 趙稀方（2009）。〈新殖民批判及其分化〉。收錄於趙稀方，《後殖民理論與台灣文學》（頁 229～253）。台北：人間出版社。
- 鄭明哲（1988[1984]）。〈台獨運動真是資產階級運動嗎？〉。收錄於施敏輝[陳芳明]（編），《台灣意識論戰選集》（頁 119～131）。台北：前衛出版社。
- 中村哲（2002）。《東亞近代史理論的再探討》。北京：商務印書館。
- 中國社會科學院歷史研究所等（編）。（2008）。《封建名實問題討論文集》。上海：江蘇人民出版社。
- 周恩來（1983）。〈關於黨的「六大」的研究〉（1944）。收錄於中共中央文獻編輯委員會（編），《周恩來選集》（上卷）。北京：人民出版社。
- 卓言若[陳映真]（1999）。〈駱駝英對當代台灣文藝理論建設的貢獻——讀《論「台灣文學」諸論爭》筆記〉。收錄於陳映真（編），《人間思想與創作叢刊》「噤啞的論爭」（頁 45～64）。台北：人間出版社。
- 鄒議[陳映真]（2000）。〈讓歷史整備我們的隊伍〉。《左翼》，第 5 號（台北），1～4。

講評

曾健民*

在這邊，我先說說跟陳映真互動的一些情況，80 年代末期到 90 年代初，陳映真曾託我一個好友吳晟拿個紙條給我，上面大致是寫：我並沒有錯誤，爲何我這麼孤獨。讀了之後，我相當的感動，1992 年我回來以後，陳映真與我長談許久，因此我們在 1993 年決定成立台灣社會科學研究會，藉由閱讀很多社會科學的書籍，來探究台灣社會到底是怎樣的一個社會，即所謂的「台灣社會性質論」，我們大概每個星期五晚上集合來共同研讀與討論，每次集會大概 10 點結束後，我與陳映真從金山南路走到和平東路再到古亭站，一路上不斷的討論台灣的歷史文化，直到陳映真上了往南勢角的捷運列車，帶著微笑向我揮手。

這段期間，也就是陳映真沒有創作的十年，他曾經告訴我，如果沒有經過這一番的努力研讀，他很難再走下去，可見得陳映真的思想，以及對於台灣社會研究的努力，是與他的文學創作結合在一起，陳映真不但是個文學家，也是個思想家、藝術家；但是，有人只喜歡他的文學，卻不喜歡他的思想；有人喜歡 1968 年前的陳映真，卻不喜歡 1968 年後的陳映真；也有人喜歡有現代氣氛、有人道關懷的陳映真，卻不喜歡社會主義、民族主義的陳映真，這個就是陳映真孤獨的地方，這個孤獨，我認爲是整個台灣社會出現問題所造成，這樣一個努力去關心台灣社會與文化、台灣人民終極的前途，這樣一個關心人的處境的一個作家，他的思想卻不見容於這個社會。

但在今天的研討會上，我很高興有幾篇論文針對他的思想來討論，

* 文學評論者、執業醫生。

他的核心思想在於台灣社會性質論，從 80 年代起，陳映真就對台灣的歷史、經濟、文化有了初步的掌握，到了 90 年代，他通過各種政治的、社會的、文化的評論，以及各次的論戰，逐步形成他的社會性質論，直到 2006 年 5 月，到北京的前夕，仍念茲在茲的與我討論是否要將台灣社會性質論做全面的整理，提出一個全面的說法，但後來還是沒有完成。這樣的台灣社會性質論並非已是結論，而仍只是過程。因此要討論陳映真的台灣社會性質論，是很難去全面的掌握，因爲他的思想散布在他的文章當中，並無一個完整的文本，在這種情況下，得知邱士杰竟然要來挑戰這一個困難的題目，覺得相當得敬佩，是我首先要加以讚賞的。我也回憶起陳映真常常鼓勵我在寫作論述上不要擔心寫不好，而是要先有觀點。另一方面，他也說，別以爲做爲一個相信馬克思主義者，做爲一個左派，就可以粗糙，反而要比右派更完美，因此基於這樣的心情，對於邱士杰的論文，有以下的意見：

一、我認爲本文的優點在於蒐集了大量的陳映真的文章，這對於一個 20 幾歲的年輕人是不容易的。

二、他從歷史的觀點來探究陳映真的台灣社會性質論，即爲陳映真的台灣社會性質論的形成過程，且把陳映真的文章放在當時的社會脈絡上來討論，因此他是在辯證這樣一個發展過程。

三、他不僅討論陳映真的文章，還比較了劉進慶等前輩的研究與陳映真的台灣社會性質論的異同。

四、他還蒐集了很多個階段批評陳映真的文章來做爲對照，因此我認爲他的方法是客觀的，而且是科學的。

五、在論述方式上，邱士杰有時候是不連貫的，有時在論述仍發揮的不足夠的情況下以結論式的說法去總結一個論點，使人有跳躍的感覺，無法隨著他的論文脈絡去瞭解陳映真的想法。因此，如果他能夠圍繞著陳映真的台灣社會性質論去做有條理、層次的發展，將會使人更容易進入他的論點。

最後我想說明的是，所謂的台灣社會性質論，並非陳映真所獨有，但在台灣，只是陳映真獨有。事實上，台灣50年代以前曾有過駱駝英、李友邦、蘇新等人的社會性質論，是與台灣社會變革有關。但50年代後，社會性質論卻被曲解，在學界、思想界消失，是我們應該省思的地方。（按：本文依學術研討會之論文講評記錄整理）

70 年代的意義
以陳映真為線索

松永正義*

在這篇文章中，筆者將嘗試回顧自己一路以來，如何閱讀陳映真的文章。

筆者開始閱讀陳映真的文章，是從 70 年代的後半開始，如遠行出版社出版的《知識人的偏執》與《第一件差事》、尉天驄主編的《鄉土文學討論集》，以及其後香港出版的《陳映真選集》等等，雖然讀來都十分有趣，但無論哪一部作品，以陳映真的文學經歷上來說，筆者都算是很晚才開始閱讀的。陳映真的小說確實也很有趣，但筆者認爲，陳映真的評論則是更加饒富趣味的。

筆者對台灣文學的研究起自 1970 年代，當時的學生們經常對文化大革命後的中國動向，或者韓國民主化運動保持著高度的關心。而關於中國、韓國對於事物的看法、說法，與台灣之間存有著相當的差異，一直是一種困擾，且對我而言，這種困擾的傾向至今仍然存在。不過，當讀到陳映真的評論文章後，感受到其文章中存在著與中國、韓國可以相通的言語時，筆者才初次思考，要在東亞共通的架構之下，方能考慮台灣事務。

對於什麼是東亞，存在著各種不同的看法。在此先籠統地以包含日本、台灣、中國、韓國、北朝鮮等等地域的說法來思考。截至 19 世紀前半的東亞，大致可以說是處於大中華體制之下。但進入 19 世紀後半後，日本展開了明治維新，統整出了近代國家體制，而開始自中華體制

* 東京一橋大學語言社會科教授。

中脫離。其具體之體現，便是中日甲午戰爭與取得殖民地台灣。中日甲午戰爭所造成的契機之一，便是刺激出與日本強力侵略作爲對抗的，自1911 年辛亥革命至 49 年共產革命爲止，持續不斷的中國革命之道。如果說 19 世紀後半推動東亞潮流的是明治革新的話，那麼 20 世紀前半推動東亞的，便是中國的革命潮流。東亞的結構，由所謂中華體制的一元結構，改變爲以中、日關係爲主軸的二元結構。而 20 世紀後半推動東亞的，便是冷戰結構，以及台灣與韓國的民主化運動。並且，根據台灣、韓國的民主化，東亞由日中關係爲主軸的二元結構，變爲包含韓國、台灣之多元結構。21 世紀的現在，東亞是否能夠真的構築多元結構，或者回到以中國爲頂點的一元結構，亦或者成爲各地域分別與美國結盟而造成東亞關係之空無化等，仍存在著許多分歧的可能性。

70 年代台灣與韓國的民主化運動，是一個即便身爲外國人的我們也可以清楚的看到的時代。與韓國民主化運動相關，筆者最初讀到的，是金芝河的詩與評論。在日本最早出版的金芝河單行譯本，爲其詩文集《在漫長晦闇的彼方》（渋谷先太郎譯，中央公論社，1971 年 12 月）。

在《在漫長晦闇的彼方》裡，包含了「民族之歌、民眾之歌」爲題的簡短演講紀錄。根據同書刊載的年譜，金芝河生於 1941 年，60 年就學於首爾大學，參加過推翻李承晚政權的四‧一九運動，之後即步向反體制之道，指導過 64 年的反日韓會談、反對鬥爭等等運動，數次被捕下獄，69 年開始寫詩。「民族之歌、民眾之歌」，是他在 70 年自組的「抗日民族學校」中的演講記錄。

這篇文章這樣開始寫起：「對於真的民族文學、真的國民文學建設的要求，是從日本帝國主義統治的時期開始，至今日爲止我們社會、我們文學中不間斷被提起的問題。這個問題的解決，直接了當來說，需要使詩的精神、歷史意識、民族的文學傳統、以及外來的近代文學、民族性情緒與詩人之知的教養（特別是民謠與現代詩），統整達於卓越之際，或者，從達到卓越之時開始，才具有可能性」。民謠雖然可以大膽直接表現抗日的內容，得到民眾的支持，卻沒能昇華至近代的詩之精神；而知識分子的新詩，雖具有近代性的詩之精神，但卻缺乏民眾之中隨處可見的抵抗要素，他因而倡議要統合二者。金芝河主張，雖然近代詩「帶有藝術上「質」的發展的可能性，但這種可能性卻經常被誤導、歪曲、消極的現象所支配」，「形式上來說，從過往便認為外來的感受性優於本土民族性的感受性；內容或情緒上來說，特殊階層的族群又優於民眾」，其結果，「即便當時表現民族悲慘命運的詩篇，也充斥氾濫著外來的創造力、感受性，以及國籍不明的言語形式」。所以，屬於民族性的，實際上就是民眾的。「能代表民族性的，就是民眾，越民眾的就越能代表民族性。」

我當時認為這篇文章似乎可以用竹內好的「國民文學」論來解釋。或者該這樣說，當了解到在日本某種意義上遭受挫折的國民文學論的內涵，在韓國以這樣的形式被主張，讓人感到相當的驚訝。

國民文學論係由竹內好於 1951 年所提起，一般認為該論述中要約了許多竹內好的思想。亦即，第一，日本的文學、學問，包含馬克思主義，都具有強大的翻譯性，因此欠缺了民眾的基盤。特別是馬克思主義具有強烈的翻譯性學問之性格，因此無法進入農村，在農村可以動員組織的，反而是以民族主義為媒介的軍國主義。第二，日本人的知識分子輕視民族主義，因為無法理解此點，日本不僅欠缺民眾的基盤，也無法理解亞洲的民族主義，更進而妨害了日本的亞洲理解。也正因為如此，日本的亞細亞主義才變成右派的思想。第三，近代超克的問題，也不能單純地以戰爭的意識型態來理解，而該如同上述一般，應在日本近代問題的總括之中，進行再檢討。

因此，要約了橫跨竹內好生涯的主題，並轉化這種積極性地提議之後，要在日本必須創造具有民族性的、民眾性基礎的文化、文學一事，便可理解為國民文學論。可是國民文學論本身，對於從文學遺產或傳統藝術的民眾觀點的再評價，給予相當大的影響，在文學研究、文化研究面上有著顯著的成果，但是在實際的文學創作上，卻不具有太大的影響力。

那麼，就像根據竹內好來解釋金芝河，筆者亦想藉由金芝河來解釋陳映真。特別是「能代表民族性的，就是民眾，越民眾的就越能代表民族性」的措詞，可以說，陳映真也是如此主張。

例如以陳映真著名的文章〈現代主義底再開發〉爲例來思考。文中對台灣文化的外來性、亞流性提出尖銳的批判，這與金芝河的主張相通，也能與竹內好對翻譯文化的批判相連結。只是，與金芝河較爲歷史性的處理角度相較，陳映真則考慮現在的問題，調性上有著不同。而無論如何，如果說以是否繼受抗日傳統作爲金芝河的母題，陳映真則以對現代性的批判作爲母題。此處嘗試引用兩處陳映真的〈現代主義底再開發〉:「台灣的現代主義，不但是西方現代主義的末流，而且是這末流的第二次的亞流」,「我們目前的現代主義之亞流化現象，表現在它的殖民底、輸入底、被傾銷底諸性格上。這些性格，當然使它失去現實基礎。我們看見的，是梵谷、馬蒂斯、畢加索、馬拉美、波特萊爾、莎特……的殘缺的・被歪曲了的模仿。」

如上所述，對於台灣文化之外來性批判，陳映真於鄉土文學論爭中的「文學來自社會反映社會」一文中有清楚地表達。文中他論述，台灣戰後的經濟從屬在美國、日本之下發展，這樣的經濟從屬性也規限了台灣的文化，他下了如此結論「文化上精神上對西方的附庸化、殖民地化—就是我們三十年來精神生活突出的特點」。

此處有兩點是必須考慮的。其一，對於台灣文化的「外來性」提出批判的陳映真，是如何考量當時西歐文化的；其二，在台灣已然達成經濟成長的今日，對於「外來性」的批判，其有效度截至何時、何處？

陳映真在「文學來自社會反映社會」的開頭，對資本主義克服封建社會，爲人類帶來解放，給予正面肯定的評價。這是所謂陳映真主張對應於不同歷史階段，各階段有其既存的現實與隨之而來的問題之實證。此處陳映真對於資本主義文化並沒有更多的論述。當然陳映真應該是認爲，應該以社會主義文化超越資本主義文化，但目前已經無法依其想法原般適用。但對仍被資本主義文化所浸蝕的台灣文化，陳映真是持有明確的印象的，而那即是「消費文化」的印象。

在〈現代主義底再開發〉中陳映真如此說道，「當今現代主義文藝的詭奇和晦澀的形式，使它遠遠的離開了讀書群，將原有的任務遺落給作爲消費品之一的通俗市場文藝」。此外同樣在鄉土文學論爭中的文章「建立民族文學的風格」裡也寫道「如果當代的年輕一代的作家沒有刻意去歌頌「繁榮」、「國民所得」和舞台歌榭等，不因爲別的什麼，而是因爲他們在冰冷的經濟指數，繁榮但寂寞的城市建築和頹廢的夜生活中，看不見溫暖的人性」。後者筆者雖然有點恣意引用，但無論何者，此處稍微使用刻板的言語說明的印象，果然就是與今天相連的消費社會文化的印象。

當然陳映真於此考量的，是對此種文化衝擊抵抗主體一事，以及「現代主義」不僅無法抵抗，反而還助長之，因此不得不持續批判「現代主義」，創造出抵抗主體。所以陳映真的著眼點，並非在批判消費文化，而是批判對於消費文化無條件受入的台灣文化狀況，這種殖民性之物。無論陳映真是有意識或者無意識的，從這樣的文化狀況開始，然後思考克服的方法，對現今而言，不仍也是重要的嗎？

文化的「外來性」，或者對於歐美、日本的從屬，現今來看其構造或許已經有所變化了。不過這裡陳映真所批判過的台灣文化狀況，某種意義上在全球化的名義下，已經成爲世界性的狀況了。消費文化的問題，文學作爲商品被複製時，來自言語的力道（＝有效性）消失的問題，不論在已開發國家或發展中國家，所有的社會都經歷過，且正在經歷當中的問題。對於這樣的趨勢不加以批判而放任的態勢，以「外來性」（＝「依存性」）來考量，不得不說陳映真的批判即便現今依然是有效的。

我在 70 年代閱讀竹內好時所思考的事情，大概也是同樣的事情吧。因爲民族主義代表著爲了持續戰爭，維持戰時體制的意識型態，因此在戰後的日本評價相當的惡劣，但是竹內好卻特意提倡，應該對民族主義進行再評價。其原因，一方面是在中國的民族主義無法被正確地評價，換言之，因爲有「如果無法理解亞洲各地域對國家形成的希望與欲求的話，會妨礙日本的亞洲理解」的批判；另一方面，對日本文化根底中存在的翻譯文化特性，竹內也進行批判，以作爲爲了追求對日本文化自立性展開之根據。國民文學論，原本是從 1937 年開始到 1940 年爲止發生的論爭。對於當時所謂主流意識型態的日本主義路線之國民文學論，即便在言論上無法否定，但仍以確保文學領域的方式對其提出批判，而特別在戰後狀況下，再次提出所謂「國民文學」概念。當時一方面受到亞洲、非洲獨立運動契機之影響，左派所提倡的「民族性的內涵」之議論，以及多少以西歐文學爲典範類型之議論，皆是翻譯外來的議論。竹內便是在這種意義上批判「近代主義」之內涵，希望創出基於日本現實狀況的文學論。此處所謂的「近代主義」，是竹內好獨特的概念，指的是捨棄民族性的、傳統性的內涵，將外來的價值觀當做新的概念源源不斷地受入、追逐者。竹內好對於這樣的日本近代化之表現方式，提出全面性的批判。如果從這樣的立場來看，日本馬克思主義不過也是「近代主義」的一支而已。而放在與「近代主義」相對位置的竹內好之思考內容，便是民族主義。

但以在 70 年代閱讀竹內好的我爲例，則以爲日本民族主義的基盤正在逐漸流失當中。日本完全淹沒在經濟成長的潮流中，「一億總中流」（譯註：日本一億人口皆爲中產階級，無巨大貧富差距之意）一詞代表著社會構造的變化，也伴隨著意識上的產生變化。竹內好的民族主義論，是以日本社會的二元結構爲前提的。亦即隨著「近代主義」之發展而蒙受其惠的都市，以及爲了發展而成爲被榨取的基盤，無法受到任何好處的農村，的所謂之二元結構。而能夠理解農村民眾情感的，並非源自「近代主義」的各種思想（包括馬克思主義），而是民族主義。因此根據竹內好的思考，民族主義才是可以成爲批判「近代主義」之根據。可是我們卻可以發現，這樣的民族主義的根據，正在逐漸地消失當中。

這樣關於民族主義的問題，以作爲批評日本近代狀況的竹內好之「近代主義」批判來看，可說是十分有效的。例如由 60 年代的諸多問題開始、70 年代成爲焦點的公害問題、近代建立在破壞地區民眾生活之上的企業活動等的亂暴行動、結構等，我以爲是應該在竹內好對日本近代批判之文脈中來考量，甚至對亞洲民族主義的思考方法，也不可能避開竹內好的議論來討論。

當我閱讀金芝河與陳映真的文章所感受到的衝擊，可以說就如同感受到竹內好的思想原般不動地存在他們倆人的思考體系內一般。我的驚訝，或許可以這樣說明：當然或許他們二位都沒有讀過竹內好的作品，但東亞的各地區，在各自不同的脈絡下，卻展開了同質的思考。所以我在閱讀金芝河的文章也好，陳映真的文章也好，不僅在民主化的脈絡下閱讀，也同時在對近代的批判之中閱讀。

如果這樣思考的話，70 年代以降的台灣不是也面臨了雙重的課題？亦即，民主化的課題，以及消費社會中文化傾向商品化的課題。前者的問題基本上已被解決了，但後者的課題仍然殘留著。當時陳映真提議的確立民族文學，於現在已經無法照樣原般適用，但當時陳映真對台灣文化的批判，至今仍然是有效的。

可是「民族文學」的概念，80 年代以降在台灣也有了莫大的變化。關於此點我並不打算在此全面性地檢討，但是有一點必須先提起的，便是 70 年代的文章，應該在 70 年代的脈絡中閱讀。這裡所指的，係所謂「民族」的概念中，「台灣」的概念與「中國」的概念，於 70 年代不僅尚未分化，更須考慮的另一點是，當時「民族」的概念與「民眾」的概念，仍然緊密接合在一起。

當談論到「鄉土文學」時，所謂的「鄉土」，實際上應該由兩個側面來思考。其一是「作爲被破壞之物的鄉土」。來到經濟成長時期之下的台灣，地域社會持續產生莫大的變化，王拓所描寫的漁村，或者宋澤萊描寫的農村，便是刻劃在這樣變化之下被犧牲掉的地域社會。

「鄉土」的另一個側面，是因爲國民黨專制而「作爲被剝奪之物的鄉土」。而 80 年代以降的台灣文學中，可以看見鄉土文學是以此側面爲焦點的。

不過僅在「作爲被破壞之物的鄉土」的問題上，已經是當時陳映真一個重要的主題了。閱讀當時陳映真的文章，對「近代主義」的批判、或者對「近代」這個概念的批判，是非常重要的。

而在我閱讀金芝河與陳映真稍後，也讀到一些有關中國民主化運動的文學，在這些作品中也感受到了同質的東西。中國的民主化運動，從 1976 年第一次天安門事件前後開始成形，78 年透過北京之春，一路可連結到 89 年第二次天安門事件。我讀到在香港雜誌上刊載的魏京生的獄中手記，而多少理解到紅衛兵運動與民主化運動的連結性，另外閱讀到北島的詩，則驚訝於當時開始持續形成的嶄新的文學形式。

當然中國的文學的志向在各方面與韓國或台灣都是不同的。例如在台灣對於現代主義的持續批判以及走向現實主義文學，與此相對北島他們則取徑於現代主義的方法，嘗試脫出截至當時爲止的社會主義寫實主義文學。此外，風景的意義也有相當的不同。在韓國或台灣，在鄉土的風景中擷取歷史，風景與歷史成爲一體；與此相對，北島詩中表現的風景，完全是個人內面切取出來的，從歷史中切斷的東西。就如同電影《黃土地》中的風景，是完全排除歷史的，無機質存在的風景，因此可以說將歷史排除這點，是他們作品中的同質點。而這或許是對共產黨的民族主義中，土地與「革命的歷史」之一體化的抵抗。

雖然如此一來台灣或韓國的作品，便正好呈現與中國的作品朝向相反的方向逆行，但同時他們所站立的場所卻是相近的。於此，我所感受到的同質性要如何來解說，我也不甚清楚，但我想先介紹一段插曲。

在北島、李陀主編的《七十年代》（Oxford University Press, 2008）裡，有一篇韓少功的文章「漫長的假期」。文中韓少功提到從紅衛兵時代開始如何讀到書本，其中描寫了他哥哥的友人來訪時的一段插曲。

他「是我哥朋友的朋友的朋友。一個未遂的地下組黨計劃，還曾在他們這個跨省的朋友圈裡一度醞釀。有一次他坐火車從廣州前來遊學，我和哥去接站。他下車後對我們點點頭，笑一笑，第一句話就是：「維特根斯坦的前期和後期大不一樣，那本書並不代表他成熟的思想……。」如此他們在回家之前的兩大之間，持續地討論與此哲學相關的話題。

一個對青年而言思想或文學擁有如此重要意義的時代，那便是東亞 70 年代所共有的時代吧。而思考那樣一個時代的意義，在全球化之下的今日，不是更顯得重要嗎？

講評

林淇瀁*

拜讀松永教授這篇論文，讓我感覺十分複雜，且相當有啓發性。本文以陳映真先生在鄉土文學論戰前後所發表的幾篇文論做爲基礎，對比1970年代韓國金芝河的詩論所流露的民族主義的論述以及1951年日本的竹內好所提倡的國民文學論，作爲相互的比對論證，指出三方對於西方現代主義提出批判有相通之處。另外也論述陳映真在1970年代對現代主義的批判並非在批判消費文化，而是批判當時台灣對於消費文化無條件的接受的狀況，以及總結前述三者思想的同質性，並對於當時台灣人民遇到的雙重課題一個民主化，一個消費文化的分析，展現相當明確的論點。松永教授的論點相當開闊，可以讓我們脫離單從台灣去解讀，而是從東亞的結構，以陳映真作爲基礎來展開民族主義的討論，我認爲這是有助於我們從東亞的角度重新建構文學史的貢獻。

有幾個地方想與松本教授商榷：

一、陳映真先生在鄉土文學論戰前後的論述，如果站在民族主義的角度來看，基本上是以反帝國做爲核心，在這部分，他與葉石濤有重疊之處；從社會主義角度來看，則是對資本主義的批判；從現實主義去看，是代表著對於象徵西方資本主義的現代主義的批判。以上，基本上還是以馬克思的思想去進行對西方資本主義的指控，恐怕不是對台灣無條件受入消費文化的批判，這使我想起狄奧多・阿多諾的「文化工業」與阿圖塞的「文化霸權」，皆爲社會主義對於資本主義的憂心與批判。

二、松永教授藉由韓國的金芝河來解釋陳映真的民族性，指出陳先

* 國立台北教育大學台文所副教授兼所長。

生可能主張越民眾的就能代表民族性，而我見到的陳映真先生的民族性還是屬於比較知識分子的民族主義，而非像金芝河是進入民眾之中，用民眾的語言做革命的運動。

三、如果從台灣的自由主義歷史傳統來看，在戒嚴時期出現的雷震先生、殷海光先生都在自由主義的洪流中提出他們的觀點，陳映真相較下，則比較看不到自由主義的論述。

四、我贊同松永教授提出的兩個側面的觀察：1.做爲被破壞之物的鄉土，2.做爲被剝奪之物的鄉土，我認爲還可以加上「做爲被禁錮之物的鄉土」，這是文化上的禁錮，這禁錮對台灣而言是雙重的意涵，一是日本殖民統治時期，但台灣文化研究仍有發展空間；另一是戰後國民黨政府以整體的、嚴厲的態度禁錮台灣文化，使我們無法對台灣的歷史背景去深入了解，而這部分是鄉土文學論戰重要的因素，也可以解釋當時陳映真與葉石濤站在同一陣線，到了 80 年代才因鄉土認知產生歧見而走向不同的路。（按：本文依學術研討會之論文講評記錄整理）

愛慾與文明

陳映真《筆匯》時期小說中的性、政治與美學

陳建忠*

摘要

《筆匯》時期（1959～1961）的陳映真，共發表了十一篇小說。本文重讀這批小說，特別是〈麵攤〉、〈我的弟弟康雄〉、〈蘋果樹〉三篇，考察陳映真對集體解放與個體解放的思考方式，以求更合理的解釋他的創作歷程，為何關於個體解放的關注會逐漸讓位給政治集體解放的想望，從而對早期小說中有關個體愛慾書寫的美學意義做更深入的討論。

文中取徑馬庫色（Marcuse, H.）的佛洛依德式的馬克思主義理論，通過以強調釋放被壓抑本能的社會解放論，來重新理解陳映真早期小說。結論認為，陳映真早期小說便觸及到這種個人性情慾實踐的理想性與政治性，同時可以連結到社會性的理想實踐問題上。個人解放如果可以實現，那麼社會性理想的實現其實也同樣達成。但隨著此一階段結束，陳映真逐漸表現出禁慾主義傾向，要求在理想面前，不應有情慾上的遐想。但這不相違背的兩種理想，在早期小說中形成作品的張力與魅力，卻在後期小說中讓愛慾的描寫逐漸消失，而巍然矗立著具有高度精神潔癖的理想主義者形象。

關鍵詞：愛慾、文明、本能、解放、《筆匯》

* 清華大學台文所副教授。

一、為何總是畸戀？：一個愛慾解放論的重讀策略

根據林瑞明、陳明成與曾萍萍的梳理，革新號[1]《筆匯》創刊於 1959 年 5 月 4 日，發行人任卓宣，主要由尉天驄主編，重要成員包括：王夢鷗、何欣、姚一葦、許國衡、劉國松、郭楓、葉笛、葉泥、瘂弦、尤崇洵、陳映真等人。共發刊兩卷計 24 期，歷時兩年半，至 1961 年 11 月 12 日停刊[2]。尉天驄曾形容過，發行時間落在「像個厚重的學者」的《文學雜誌》與「像個用功的大學生」的《現代文學》之間的《筆匯》，多少有點「轡馬的味道」[3]。或正因此，常常被論者所輕忽。然而，由《筆匯》而展開文學歷程的陳映真、尉天驄等數位，卻早已是文學史家無法遺漏的作者。

於今，已卓然成家的陳映真，經典地位早受肯定。重讀其最早一個創作階段，出現在《筆匯》的小說，對我們理解作家在思想與美學上的初期發展，應當具有重要意義。

**論文發表時，承蒙特約討論人范銘如教授給予寶貴意見，謹致謝忱。同時，也要感謝 2008 及 2009 年在「陳映真文學專題」課堂上一同細讀作品的清大研究生們，當中許多思考激盪直接促成了本文觀點的生成，特此誌之以存念。

[1] 革新號《筆匯》前身，原為同名之 8 開報紙型半月刊（後改為 16 開本刊物），創刊於 1957 年 3 月，中國文藝協會所辦，發行人任卓宣、社長王藍，至 1959 年 5 月停刊，共出 38 期。轉由尉天驄（當時就讀政大中文系）主編後，便改稱「革新號」。相關考證，請詳參曾萍萍，〈打開窗子，讓陽光進來：探觸知識寬度的《筆匯》〉，《台灣文學傳播全國學術研討會論文集》，徐照華主編，台中：中興大學台文所，2006.8，頁 153-154。

[2] 一直到本世紀初，《筆匯》的地位才逐漸獲得肯定與研究，相關研究請參見：林瑞明，〈《筆匯》的創刊、變革及其影響〉，東海大學中國文學系編：《戰後初期台灣文學與思潮論文集》，台北：文津出版社，2005.1，頁 293-314。陳明成，〈永遠的革新號：側論《筆匯》遺漏在文學史上的密碼〉，《第二屆全國台灣文學研究生學術論文研討會論文集》，台南：國家台灣文學館，2005.7，頁 151-179。曾萍萍，〈打開窗子，讓陽光進來：探觸知識寬度的《筆匯》〉，《台灣文學傳播全國學術研討會論文集》，徐照華主編，台中：中興大學台文所，2006.8，頁 149-181。以及曾萍萍，《「文季」文學集團研究：以系列刊物為觀察對象》，中央大學中文所博士論文，2008。

[3] 尉天驄，〈木柵書簡（之二）〉，劉紹銘編，《陳映真選集》，香港九龍：小草出版社，1972，頁 424。又，本文後以〈談陳映真〉為名，收入尉天驄，《眾神》（台北：遠行出版社，1976.3）一書。

《筆匯》時期（1959～1961）的陳映真，共發表了十一篇小說：先後爲〈麵攤〉、〈我的弟弟康雄〉、〈家〉、〈鄉村的教師〉、〈故鄉〉、〈死者〉、〈祖父和傘〉、〈貓牠們的祖母〉、〈那麼衰老的眼淚〉、〈加略人猶大的故事〉、〈蘋果樹〉[4]。這些屬於最早期的小說，與他稍後發表的作品，無論在手法與思想上，都存在不少差異；當然，始終不變的是對於文學介入社會變革的理念。筆者希望重讀這批小說，考察陳映真對集體解放與個體解放的思考方式，以求更合理的解釋他的創作歷程裡，爲何關於個體解放的關注會逐漸讓位給政治集體解放的想望，從而對早期小說中有關個體愛慾書寫的美學意義做更深入的討論。

關於這批作品，早在六〇年代，《筆匯》主編，也是陳映真摯友的尉天驄便說過，最早期之陳映真小說具有現代主義色彩：「陳君前一階段的作品是屬於富於浪漫氣質的現代主義的。……後一階段的陳君變了，首先他批評了自己的過去，對那種頹廢的、病弱的現代主義提出了批評」[5]。

而曾將陳映真作品意境編織爲舞作的林懷民，則點出了本文感興趣的部分：情慾。他說到：「提到陳映真，大家總是要提到他人道主義的嚴肅主題。很少人提起他是華人作家中，寫情慾寫得最好的一位。……在陳映真的作品裡，他的政治論述是最無趣的部分，而他小說裡浪漫、優雅，頹廢的文字美，才是使人欲罷不能，回味再三的部分」[6]。

陳映真不是一個以現代主義風格自許，同時又不是以情慾爲其主要

---

[4] 這 11 篇小說發表的卷期、時間與使用之筆名，臚列於下：〈麵攤〉（1：5，1959.9，陳善）、〈我的弟弟康雄〉（1：9，1960.1，然而）、〈家〉（1：11，1960.3，陳映真）、〈鄉村的教師〉（2：1，1960.8，許南村）、〈故鄉〉（2：2，1960.9，陳君木）、〈死者〉（2：3，1960.10，沈俊夫）、〈祖父和傘〉（2：5，1960.12，林炳培）、〈貓牠們的祖母〉（2：6，1961.1，陳秋彬）、〈那麼衰老的眼淚〉（2：7，1961.5，陳映真）、〈加略人猶大的故事〉（2：9，1961.7，許南村）、〈蘋果樹〉（2：11、12，1961.11，陳根旺）。又，陳映真另發表有一篇評論鍾理和作品之〈介紹第一部台灣的鄉土文學作品集：《雨》〉（2：5，1960.12，陳映真）。

[5] 尉天驄，〈一個作家的迷失與成長〉，《陳映真作品集 14・愛情的故事》，台北：人間出版社，1988.5，頁 5。原刊《大學》雜誌，1968.12。

[6] 盧健英採訪整理，〈林懷民答客問〉，《表演藝術》141，2004.9，頁 22。

創作題材的小說家，這當無疑義。然而，尉天驄和林懷民的說法，還是提醒我們必須注意到一個作家的思想與美學的複雜性。現代主義與情慾的面向，究竟以何種方式存在於陳映真文學裡？又曾被如何地解讀與安頓？似乎是更爲重要的課題。

陳映真（1937～）曾經在〈後街：陳映真的創作歷程〉這篇文章裡，回顧他 1961 年於大學畢業前夕寫作的思想傾向，那也正是他在《筆匯》雜誌發表小說的階段。文中如此描述寫作〈蘋果樹〉諸作時的狀態：

> 他把抑壓到面目曖昧不明的馬克思主義同對於貧困粗礪的生活的回憶，同少年時代基督教信仰的神秘與疑惑，連同青年初醒的愛慾，在創作的調色盤中專注著地調弄，帶著急促的呼吸在畫布上揮動畫筆，有時甚而迷惑了他自己。[7]

馬克思主義、貧困粗礪的生活、基督教信仰、初醒的愛慾。這些文學的元素，既經作者親自揭出，小說的解讀自當更加容易才是。然而，這批陳映真發表在《筆匯》雜誌的早期小說，或由於作者日後批判現代主義的立場而無意多談；研究者則習於從一個最後的烏托邦主義者、社會主義者與民族統一論者來反觀這批作品，對一個創作者的「書寫發生學」問題似乎關注較少，馴至以果釋因，或是將作者的創作思維做過度線性的因果連結，都將影響對早期作品的解讀。

特別是有關早期作品中有關「初醒的愛慾」這部分，更是被研究者較爲忽略，而可能對作品相關主題之解讀產生偏離的現象。

關於陳映真早期小說中有關「性」的描寫，過去的評論者多半用「性壓抑」來解釋人物的關係。如黎湘萍談及〈麵攤〉時提及的：「政治壓

---

[7] 陳映真，〈後街：陳映真的創作歷程〉，《父親》（陳映真散文集 1（1976-2004）），台北：洪範書店有限公司，2004.9，頁 57。原刊以許南村筆名，刊於楊澤主編，《從四○到九○年代：兩岸三邊華文小說研討會論文集》，台北：時報文化出版公司，1994。

抑與性壓抑同時出現在這個『老掉牙的人道主義』故事中」[8]。但，「性壓抑」與小說的主題有何關連？只是導向使主角心生愧疚、羞恥，而終至於自殺或自毀嗎（一如康雄那般）？或是將慾情淡化爲只是人道主義的「人間真情」（一如對〈麵攤〉中妻子那「說不清」的心理分析）？[9] 這些詮釋的重點，在於將陳映真小說中的「理想」與「情慾」對立起來解釋，而情慾的出現與實踐則導向理想的崩毀；又或是淡化處理陳映真早期小說中的頹廢傾向與愛慾描寫。如此一來，情慾就是被陳映真視爲是墮落象徵，而成爲阻礙理想實踐的障礙嗎？

正如黎湘萍的研究曾指出的那樣：「強調內心至高無上的道德律則，而不是外在體制化的虛僞宗教和倫理規範，自〈我的弟弟康雄〉起，成爲陳氏寫作和思想的一貫精神」[10]。這個解釋誠然對我們理解陳映真文學中的思想具有推進之功。但我們卻還要指出，其實早在〈麵攤〉（1959）這篇作品裡，道德律的自我檢查，就已發生在小說中母親不斷檢視是否扣好鈕釦的行爲裡（分析詳後文）。此處想探問的是：重點究竟是道德律，或者竟是那顆鈕釦呢？重點是男性警官作爲理想主義者的人道主義高度，或者是鈕釦所洩露出來的有關愛慾和女性對自身命運的苦惱？我們恐怕必須重新思考陳映真的道德律與「鈕釦」的關係。

事實上，先行研究中思考有關愛慾與小說主題關係的，應當還是李歐梵在八〇年代末期的說法較有代表性。可惜，這一提示始終未曾被視爲解讀陳映真小說的重要進路（approach）。李歐梵認爲，如果從作品來爲陳映真作一點心理分析，那麼會發現一種帶有故事表層意涵與潛意識之間的「張力」：

---

[8] 黎湘萍，《台灣的憂鬱：論陳映真的寫作與台灣的文學精神》，台北：人間出版社，2003.12，頁 79。

[9] 趙遐秋除了對〈麵攤〉做出以「人間真情」為角度的詮釋外，也以「其實不然」4 個字簡單否認了劉紹銘（案：文中僅暗指「有人說」）認為這個故事是警官「單戀」女主人的愛情故事之可能性（劉紹銘之說詳見後文關於〈麵攤〉的分析）。請參見趙遐秋，《生命的思索與吶喊：陳映真的小說氣象》，北京：作家出版社，2006.7，頁 23、25-26。

[10] 黎湘萍，《台灣的憂鬱：論陳映真的寫作與台灣的文學精神》，頁 85。

> 在許多夢魘異象和肉慾描寫（特別是女人的乳房）的片段中，我看到中國現代文學中罕有的一種性的潛意識，這一種未壓抑的願望（desire）的衝動，恰和故事所描寫的「上層建築」相抗衡，形成了一種「張力」，但是和一般受佛洛伊德影響後的西方小說不同，這一願望並沒有完全實現，也沒有得到解決，卻仍然隱藏在一些宗教性的意識叢中。[11]

李歐梵究竟是以哪些小說作例證來做此觀察，因他文字簡短，難以窺知。但這裡所觸及有關與性的潛意識攸關之未壓抑的慾望衝動，究竟與上層建築（或與其意識形態立場有關）、宗教性意識叢，會構成何種「張力」（tension）關係，對筆者啓發甚大，實則便是本文最爲關心的議題。

近年，胡衍南延續李歐梵之說，試圖對陳映真頗多關於女體、乳房的描寫，提出闡釋。不過，文章的重點在於線性地解釋陳映真對女體描寫的創作歷程，演繹出：「陳映真前期小說所呈現出對女體的關注，主要是反映了作家本人『初生態的肉慾和愛情』，一旦其智性的思考超越了抒情的呢喃，過去那種因爲性的壓抑而來的對慾情的眷戀，到後期小說便要漸漸和緩起來（雖然並未完全消失），並且一部分地改以生殖的、豐饒的母性形象出現」[12]。論文並非直接解決假若注意到女體描寫之頻繁出現，其與小說主題之解讀有何幫助。因此，當文中以〈永恆的大地〉爲例，認爲「女體逐漸由慾情的往母性的象徵發展，這不能不說是作家的成熟」[13]時，筆者卻恰恰以爲，那種「成熟」正是以概念化的人物（女

---

[11] 李歐梵，〈小序「論陳映真卷」〉，《陳映真作品集 14・愛情的故事》，台北：人間出版社，1988.5，頁 20-21。

[12] 胡衍南，〈論陳映真的小說及其女體描寫〉，徐國能主編，《海峽兩岸現當代文學論集》，台北：台灣學生書局，2004.2，頁 374。

[13] 胡衍南，〈論陳映真的小說及其女體描寫〉，頁 372。

性是台灣與大地之母的化身）與意識先行，取代了早期小說中充滿慾情與理智拉扯之張力有以致之。筆者實不以爲這便能謂之「進步」，寧可稱之爲思考的定向化。於是，先前問題依舊尚未解決：究竟早期小說中「初醒的愛慾」，對小說家想要傳達的主題起了何種作用？

許多讀者或許早已注意到，陳映真《筆匯》時期小說中的愛戀故事，不免都是些「畸戀」（abnormal love）[14]的故事，都屬於禁忌之愛：已婚的麵攤女主人之於溫柔的警官、安那琪的康雄之於房東太太、幻設蘋果園的大學生與另一個房東太太。如果說，對某人的情慾是一種禁忌，就像是對某種烏托邦世界的嚮往同樣是禁忌一般。個人的情慾必然要受到某種制度性規律的壓抑，以免於亂倫、失序；而關乎革命的實踐同樣要受到既有體制的壓抑，以維持其治理的合法性。這讓我們不免想到佛洛依德（Freud, S.）在〈文明及其不滿〉（" Civilization and Its Discontents" ）中，以精神分析角度，對人類文明發展的診斷所言：「文明在很大程度上是通過消除本能才得到確立的，而且在很大程度上（通過抑制、壓抑或其他手段）必須以強烈的本能不滿足爲前提」[15]。而對青年陳映真來說，本能不滿足的，除了是烏托邦思想之無法實踐，應當也包括初生態的愛慾。那麼，我們或許應該重新思考，陳映真小說中，那些一度使主角萌生或實行所謂禁忌的愛慾，並非理想的對立物，而實是「另一種」理想。

如果說，佛洛依德的解釋是一種「文明壓抑論」，重點在指出文明之發展與壓抑之產生的必然關係，意不在社會變革。那麼，某種層面上被稱爲「佛洛依德主義的馬克思主義者」的馬庫色（Marcuse, H.），則

---

[14] 這裡，借用了一個佛洛依德在談論「愛情心理學」中的概念之中譯，重點在點出某種非常態的、不為一般人所認可的愛慾關係。筆者認為，這些愛慾關係，不能簡單歸之於「變態」、「性倒錯」或是「亂倫」，因為小說家本身並不曾「歧視」過這樣的慾情，而毋寧是一種力比多（libido）之原慾趨力使然，更接近於天性自然的發動。引證出處請參見佛洛依德著，林克明譯，《性學三論、愛情心理學》，台北：志文出版社，1991再版（1971.3 初版），頁 137。

[15] 弗洛依德（Freud, S.），嚴志軍、張沫譯，〈文明及其不滿〉，《一種幻想的未來　文明及其不滿》，上海：上海人民出版社，2007.10，頁 150。

借用了佛洛依德觀點，開展出「非壓抑文明」的理論。在 1955 年發表的《愛慾與文明：對佛洛依德思想的哲學探討》（Eros and Civilization）裡，他提出要追求一種能夠釋放被壓抑的本能的社會解放論，「本能擺脫了壓抑性理性的暴政，走向自由的、持久的生存關係，就是說，它們將產生一種新的現實原則」[16]，勞動必須是一種不異化的勞動，勞動因此要能滿足本能的需求。這似乎是說：解放不只是解決饑餓與生存問題，精神層面的問題同樣重要。他在書中強調：

> 在弗洛伊德看來，獲得滿足的努力越不受統治利益的阻礙和支配，力比多就越能自由地以重要生命需要的滿足為依靠。昇華和統治結合在一起了，因此，取消昇華和改變本能結構的結果，將改變已成為西方文明特徵的對待人和自然的基本態度。[17]

筆者認爲，陳映真在創作上因「有話要說」，而不免有時如同呂正惠所說的那樣，使「題材喪失了自主性」[18]；此外，不少評論者亦過度強化他理性思考與精神潔癖的面向，對其小說中的愛慾書寫的革命與解放潛能，以及在美學層面上產生的效果，解釋稍嫌不足。究其實，愛慾與革命，都是生命力的衝動使然，都是理想與真實的代名詞。晚期越傾向由美學觀點談論解放問題的馬庫色便認爲：「藝術反對所有生產力的物神崇拜（fetishism），反對個體之被客觀條件（這些仍是宰制的條件）繼續奴役，藝術表現一切革命的終極目標：個體的自由與幸福」[19]。足

---

[16] 馬爾庫塞（Marcuse, H.），黃勇、薛民譯，《愛慾與文明：對弗洛伊德思想的哲學探討》，上海：上海譯文出版社，2006.6，頁 152。英文版請參見：*Eros and Civilization: A Philosophical Inquiry into Freud*. Boston: Beacon Press, 1974.

[17] 馬爾庫塞，《愛慾與文明：對弗洛伊德思想的哲學探討》，頁 166。此外，書中亦提及愛慾是性慾的擴大，但佛洛依德並沒有嚴格區分，此說亦見本書之頁 158。可以強調的是：馬庫色並非一個性解放論者，主張愛慾解放並非放縱性慾，因為某種壓抑與文明社會制度之建立仍有關連；但，性解放具有的革命性能量，卻被他一再強調。

[18] 呂正惠，〈歷史的夢魘：試論陳映真的政治小說〉，《陳映真作品集 15・文學的思考者》，台北：人間出版社，1988.5，頁 222。

[19] 馬庫色（Marcuse, H.），陳昭瑛譯，《美學的面向：藝術與革命》，台北：南方叢書出版

見，表現個人自由愛慾的藝術其實具足革命潛能[20]。

文中，筆者不擬套用過多理論，也不欲深入討論馬庫色的非壓抑文明理論是否以及如何可行，只是試圖沿著馬庫色對「愛慾解放即是社會解放」的思路，再次銓解陳映真《筆匯》時期小說裡有關性與愛慾的描寫，重估愛慾書寫在這些早期作品中的政治與美學意義。由於筆者同時關注陳映真的政治與美學問題，並欲以和陳氏後期小說之強烈政治性格對照[21]；因此，將先由這批小說中的〈麵攤〉、〈我的弟弟康雄〉及〈蘋果樹〉三篇予以細讀。這幾篇小說都較集中呈現了陳映真嗜寫之頹廢、虛無的理想主義者形象，而他們又同時受到愛慾的「蠱惑」而對自己的理想產生某種衝擊。

至於其它各篇，雖亦不乏性或愛慾的描寫，但或偏於成長與存在議題之探索，如〈家〉、〈故鄉〉、〈死者〉、〈祖父和傘〉、〈貓牠們的祖母〉、〈那麼衰老的眼淚〉；或較偏向政治議題的觸碰〈鄉村的教師〉；抑或是改寫聖經故事之〈加略人猶大的故事〉。這些小說雖與上述三篇有相互發明之處，但對於愛慾與政治的處理則並非同時成爲重點，本文將視情況帶入討論。

以下，便是有關〈麵攤〉、〈我的弟弟康雄〉及〈蘋果樹〉三篇的文本細讀，特別有關愛慾書寫的部份將是討論重點。

社，1987.9，頁 110。英文版請參見：*The Aesthetic Dimension: Toward a Critique of Marxist Aesthetic*. Boston: Beacon Press, 1978.（筆者案：本文引用之中國譯本譯名為「馬爾庫塞」，此處且從台灣學界之慣用譯名，謹此說明）

20 根據另一個馬庫色著作《審美之維》（此為《美學的面向》之簡體字版譯名）的中譯者之歸納，藝術－審美的形式在社會變革中扮演中介、橋樑的角色，因而可以導出馬庫色的基本公式為：勞動＝遊戲＝想像＝幻象＝藝術形式＝表現＝愛慾無需昇華的直接表達＝生命本能的要求的自由表現。請參見李小兵的譯序，收於馬爾庫塞，《審美之維》，桂林：廣西師範大學出版社，2001.9，頁 13。

21 關於筆者對陳映真有關政治小說與記憶政治的探討，可與本文互參。請參見筆者，〈末日啟示錄：論陳映真小說中的記憶政治〉，《中外文學》376，2003.9，頁 113-143。

二、扣好鈕釦：〈麵攤〉(1959)[22]

〈麵攤〉，陳映真發表的第一篇小說，原先是由他的大學英文作業改寫擴充而來[23]。多數論者，將之視爲一篇警官對貧窮人家表現人道關懷的小說，這並無偏離作品主題。但，筆者在閱讀時更感興味的乃是，文本中那個不斷檢查是否扣好鈕釦的妻子，同時認爲這並非是一個無關宏旨的橋段。

在 1972 年，劉紹銘的一篇評論裡其實已點出這段情節，但可惜未予申論。他曾用疑問的口吻試問：〈麵攤〉是個什麼故事？是：「長著困頓熱情大眼睛的警官『單戀』著長著『優美的長長的頸項』的媽媽的故事？」[24]。論者終究沒有持續關注此一問題。然則，爲什麼不可以是單戀？又爲什麼不是媽媽對警察有著複雜的情愫呢？

廖淑芳的解釋，可能是極少數，但極接近筆者所欲探討的議題之論者。她引用法國西蒙・波娃（Simone de Beauvior）的話25來闡釋妻子的行爲說到：「然而她還是守住了傳統的角色，並未『超越自己去尋找爲優秀分子，去與男人結合』(筆者案：此即爲西蒙・波娃之語)。因此，

---

[22] 考察〈麵攤〉的出版小史，我們將發現，這篇小說除 1959 年第一次發表外，在劉紹銘編的香港版《陳映真選集》(1972) 第一次被收錄出版。但在台灣，陳映真出獄後出版之台灣版前兩本小說集《將軍族》(1975)、《第一件差事》(1975)，都不曾收入這篇小說。一直要到 1988 年出版的《陳映真作品集 1・我的弟弟康雄》才第一次被收錄，且這冊小說卷用的是他第二篇小說作為書名。60 年代以迄解嚴前的台灣讀者要閱讀到〈麵攤〉，顯非易事。

[23] 陳映真自述，這是一篇大學二年級「短篇小說」課的英文作業，他用中文重新修潤過後，交給前來邀稿的前成功中學同學尤崇洵。出處參見陳映真，〈「那殺身體不能殺靈魂的，不要怕他！」：序尉天驄《民族與鄉土》〉，《陳映真作品集 10・走出國境內的異國》，台北：人間出版社，1988.4，頁 28。

[24] 劉紹銘，〈愛情的故事：論陳映真的短篇小說〉，《陳映真作品集 14・愛情的故事》，台北：人間出版社，1988.5，頁 15。原刊《中外文學》1：4，1972.9。

[25] 事實上，西蒙・波娃在《第二性》第三卷中的這段話，是另一位論者曾萍萍首先引用，但廖淑芳接續此引言卻對西蒙・波娃的語意有不同角度的解讀，因此對小說寓意的解讀也有所差異。可參見曾萍萍，《噤啞的他者：陳映真小說與後殖民論述》，台北：萬卷樓出版社，2003.12，頁 94-95。

她才會一再地去扣住自己的扣子」[26]。這意味著，妻子顯然可能有過不易爲人所覺察的「逾越之想」，如同劉紹銘所觸及的：單戀，但終究被她壓抑下來。

廖淑芳同時也很敏銳地掌握到，由此可觀察出陳映真的「政治無意識」，其「性禁忌」和「政治禁忌」是完全結合在一起的。最終，她傾向將女性的描寫視爲陳映真政治壓抑的「替換物」：既不能無突破政治禁忌，那就透過性禁忌的描寫來替換這種苦悶：

> 那些女性正是陳映真的「無意識的化身」。那是身為「小市鎮知識分子」的陳映真所處的時代悶局的投影，也是「小市鎮知識分子」陳映真想從這悶局裡突圍而出的欲望的替換物。[27]

關於性禁忌的描寫是政治禁忌的替換物，此一解釋固然已超越了諸多論者對陳映真小說中性壓抑或性禁忌之觀察，更加豐富小說的內涵。但，筆者仍要指出，這樣的解釋，多少是將愛慾視爲一種「次於」政治理想的情感或思想價值，陳映真依然是一個理性高於感性的作家，這雖然符合陳映真《筆匯》階段（1959～1961）之後的表現，卻未必是創作初期的實際狀態。

筆者認爲，愛慾與政治其實在《筆匯》時期幾篇小說裡都一樣重要，而絕非替換物而已。甚至可以說，愛慾政治就是另一種政治。解放的政治理想不能跨越禁忌來實現，愛慾的對象也同樣不容人跨越禁忌而實現。那麼，溫柔助人但困倦的警察如果代表了理想（然而他其實也可能如劉紹銘所言「單戀」著那位媽媽），代表追求一種更高也就更文明的生活理念；則妻子（女性）的愛慾流露，她想跨越自己的階級、身份而

[26] 廖淑芳，《國家想像、現代主義文學與文學現代性：以七等生文學現象為核心》，清華大學中文所博士論文，2005.7，頁 182。

[27] 廖淑芳，《國家想像、現代主義文學與文學現代性：以七等生文學現象為核心》，頁 184。

幻想著更高的生活形態，何嘗不是另一種理想？陳映真在大學時期的作品裡，尚未讓他的政治理念壓倒人性的思索，於是乃有妻子的鈕釦，於是我們就看到了更多現代主義式的描寫。

從這個角度來閱讀這篇小說，〈麵攤〉裡的警官顯然不僅僅是一個「愛民如子」的人民褓姆，而是一個有著豐富情感的理想人物，大大超出戒嚴時代關乎警察形象的想像：

> 店面的燈光照在他舒展後的臉上——他是個瘦削的年輕人，他有一頭森黑的頭髮，剪得像所有的軍官一樣齊整。他有男人所少有的一雙大大的眼睛，困倦而充滿著情熱。甚至連他那銅色的嘴唇都含著說不出的溫柔。當他要重新戴上鋼盔的時候，他看見了這對正凝視著他的母子。慢慢地，他的嘴唇彎成一個倦怠的微笑。他的眼睛閃爍著溫藹的光。（頁 5）[28]

有著困倦而情熱的大眼睛、倦怠的微笑、說不出的溫柔的警官，無論如何不只是正義的表徵，更具有感性的魅力。

而關鍵的有關妻子扣好鈕釦的段落，出現了三回。前兩回便是出現在警察局偵訊的過程裡。第一回是當妻子望見警官那「困倦而深情的」一對大眼睛時：

> 媽媽低下頭，一邊扣上胸口的鈕釦，把孩子抱得很緊。（頁 7）

極具對比意味的是，就在同一段落，當妻子因被判罰六十圓罰款，伸手從肚兜裡掏錢的時候，「那個大眼睛的警官忽然又埋頭去寫他的什

[28] 陳映真，〈麵攤〉，《我的弟弟康雄》，台北：洪範書店，2001.10，頁 5。筆者案：本文所引用之《筆匯》時期作品，皆出自此洪範版小說集，為免繁瑣，後文中直接於引文後註明頁數，謹此說明。

麼了」(頁 7)。很顯然地，敘事者讓一股曖昧的情愫在兩者間流動著，但真實寓意並不點明。

等到繳完罰款要離開警局時，第二次出現扣鈕釦的細節描寫：「媽媽一直沒有說話，只是把孩子抱得更緊，一面扣上胸口的扣子」。敘事者同時強調，這婦人凝視著晦暗中的人潮，「大抵她的心也飄得很遠了」(頁 7)。究竟，扣鈕釦的動作是緊張使然的無意識動作？或者女性主體的某種心緒或意向，其實正是陳映真在人道主義主題外，有關性別的思考使然？這顯然是先行研究者一直未曾琢磨的問題。

在黎湘萍的解讀裡，〈麵攤〉這篇小說，同時出現了「政治壓抑」與「性壓抑」[29]。所謂政治壓抑，大抵是指戒嚴之下無法談論任何政治理想，只能以善良的警官形象曲折地表達這種思想。但對何謂「性壓抑」，仍然是由警官的角度來觀察，指出警官被描寫爲眼睛「困倦而充滿熱情」、嘴唇具有「倦怠的微笑」，並搭配以文本中母親懷抱孩子的「女性的溫柔」[30]。顯然，政治壓抑與性壓抑之間的關係，未曾得到更進一步的解釋。

或者可以說，警官與母親之間一種特殊的情愫或慾念，之所以並未能得到論者充分解釋，是由於被人道主義、理想主義的解讀視角所凌駕，形成了一再被錯過的關鍵情節。不過，第三次的扣好鈕釦，與後續的描寫，提供我們解答的可能。

小說描寫到，當警官光顧小吃攤生意時，妻子又一次做了這個動作：

> 汽車的燈光偶爾掃過坐在陰暗裡的母子，女人下意識地拉好裙子，摸摸胸口的鈕釦是否扣好。(頁 8-9)

緊接這個動作，警官用餐完後付錢離去。由於尚有餘錢未找還，先

[29] 黎湘萍，《台灣的憂鬱：論陳映真的寫作與台灣的文學精神》，頁 79。
[30] 黎湘萍，《台灣的憂鬱：論陳映真的寫作與台灣的文學精神》，頁 80-81。

生著急的讓妻子「金蓮」(這個《金瓶梅》中出現過的名字,引來筆者的聯想,但此處無意穿鑿附會)趕緊去追這位警官。在追逐的過程中,發生了什麼事,小說並無交代,警官似乎並沒有拿回五圓。等到妻子走回來後,小說以孩子的視角折射母親身心上的起伏,堪稱是小說中最耐人尋味的部份:

> 這時候媽媽悄悄地走了回來。她低著頭只顧走向孩子,甚至沒有抬頭看看爸爸。她走近孩子就一把將他抱在懷裡。他感到媽媽的心在異乎尋常地劇跳著。……媽媽像是把他抱得更緊了。……孩子似乎覺得媽媽出奇的沈默。(頁 10)

歷來,對警官為善不欲人知的行為,便是這段情節解讀的重點。但筆者藉此引文卻要指出,小說中關於妻子的許多細微動作的描寫,其實充分顯露陳映真捕捉人物心理狀態的細膩功力。我們應可注意,媽媽之所以沒有抬頭看爸爸,而且雖然心跳異常劇烈,外在舉止行為卻出奇沈默,這顯然是一種壓抑的過程,卻仍然被孩子的眼睛所記錄下來、暴露出來(由孩子出發的敘事角度,顯然是這篇小說另一個有待申論的問題)。

故事並沒有意外的發展。一直到他們推著麵攤回家的路上,爸爸還是一直叨唸著警官是個「好心人」,彷彿仍然提醒著讀者這才是小說的主題所在。但在妻子那邊,卻似乎延續著不久前壓抑的情緒,竟爾淌下淚來。當她對著嗆咳的孩子叮囑時,小說描寫到:

> 也不知為什麼,女人竟而覺得心頭一酸,就簌簌地淌下了淚。甚至她不確切地知道眼淚是否是由於憐憫自己的病兒。她只是想哭罷了。她覺得納罕,她說不清。男人和孩子都沒有察覺到女人的眼淚。(頁 11)

如果眼淚不一定是爲了病兒，那會是爲了一家人的處境而倍感辛酸嗎？筆者認爲，陳映真處處「省筆」，無非是不想將小說主題岔出；但，他的許多「伏筆」如果串連起來，卻又令人訝異於他處理一個社會性題材時，能夠同時關注到極其個人性與女性的人心角落，因而使得小說平添許多解讀的韻味與意涵。

妻子的眼淚，不欲被人發現。她的心跳急遽，卻又出奇沈默，同樣也不欲人發現她的心思。這一切，其實都跟警官的出現有關，而每當警官出現時，扣鈕釦的動作也必然重現，顯示妻子對於警官的某種敬畏或奇異的情愫。妻子與警官之間不必然發生過什麼情事，但有著溫柔大眼且執行公權力的警官確然是個迷人的異性。小說家的處理方式讓我們窺見了一個依靠麵攤爲生的貧窮人家的女性，她身爲一個「人」對更美好生活的嚮往，那怦然心悸卻又悄然壓抑的流星一般的心路歷程。這個極其個人性的心理描寫，流動著淡然的愛慾，也使小說獲致人道主義這社會性關懷的主題以外，更加引人遐思，甚而更富於心理分析的文學感性與趣味。

當慾望突圍而出時，其實也就是「快樂原則」(the pleasure principle)的實踐，這滿足生之本能的追求，與倫理本無干涉，但文明的機制命令妻子必須壓抑它。就在這裡，筆者讀出了陳映真不僅是政治理念的初現端倪，同時體察了個別性別與主體在人性解放上的差異需求。在警官與貧窮的賣麵人家互動的主線外，一種被壓抑著、但又渴望掙脫的慾望，共同構成了這篇小說異樣的文學感性。而如此解讀後，這篇小說顯然不只是一篇人道主義主題的作品而已。

三、人間至美：〈我的弟弟康雄〉(1960)

〈我的弟弟康雄〉，爲陳映真發表的第二篇小說，是從他大一國文的作文修訂而來的產物[31]。

在出獄後以「許南村」爲名所寫的自評論文〈試論陳映真〉裡，陳映真坦然地剖析了他著名的「市鎮小知識分子」觀點，對那種富含理想主義卻行動無能的困境多所論證；其中，當然也提到康雄。關於他的死亡，陳映真顯然是以無法擺脫「道德律」來自我詮釋的：「自以爲否定了一切既存價値系統的、虛無主義的康雄，在實踐上卻爲他所拒絕的道德律所緊緊地束縛著。他無由排遣因這種矛盾而來的苦痛而仰藥自殺了」[32]。

以揭發、敘述整起事件原委的姊姊的角度言，舉行婚禮使她得到「反叛的快感」，這畢竟是立基於與康雄一樣的理想背景下的反叛，且是反叛一個夫家富足的宗教家庭，也反叛教會那種導致康雄無法不死的道德律：「一個非虔信者站在神壇和神父底祝福之前……這些都使我感到一種反叛的快感。……然而這最後的反叛，卻使我嚐到一絲絲革命的、破壞的、屠殺的和殉道者的亢奮」（頁16）。

至於康雄當然是爲了反叛而生的安那琪主義者（無政府主義者）和烏托邦主義者，他顯然無法容忍自己無法實踐理念，卻又被道德律所譴責，而終至於自戕身亡。這個戒嚴時代出現的死亡事件，其意義早經施淑的精彩論證所指出：陳作中的人物，總是有著「道德上的不安」，因此借著「自殺」來自我懲罰：「懲罰自己未能全新地、無條件地走上他想像和相信其必將到來的黃金世代，或面對那個他極其尊崇的、而又無

[31] 尉天驄回憶說，〈我的弟弟康雄〉原稿是陳映真大一國文的作文，上面留有半頁葉嘉瑩教授的紅筆批語。出處參見尉天驄，〈在那樣的日子，大家不斷地追尋：懷念《筆匯》歲月〉，《文訊》240，2005.10，頁73。

[32] 陳映真，〈試論陳映真：《第一件差事》、《將軍族》自序〉，《陳映真作品集 9・鞭子和提燈》，台北：人間出版社，1988.4，頁6-7。案：1968年7月陳映真因「民主台灣聯盟案」被捕入獄（同案尚有吳耀忠、丘延亮等共36人被被捕），1974年蔣介石去世，1975年7月年陳映真等獲減刑三分之一提早出獄，隨後整編舊作出版為《第一件差事》、《將軍族》兩本小說集（皆1975.10由遠景出版社出版），為在台灣出版之最早小說集。隔年，《將軍族》遭查禁，原因不明。

力企及的未來而產生的自慚形穢」[33]。但，對於導致自殺的愛慾事件，便是爲成就康雄的理想主義形象而被生產出來的「賤斥」（abjection）[34]之物嗎？愛慾不是爲成就個人主體性之建立，而是爲成就理想主義者之政治主體性故需要被推離、禁制的東西嗎？

康雄自殺，背後牽涉到戒嚴時代的理想主義者充滿虛無感與頹廢感的潛在批判性，這已爲許多論者談論過。本文更想探究的則是，意圖反叛現存體制而終究只能「以死明志」、「以死自懲」的康雄，那段與房東太太的禁忌之愛，究竟意味什麼？又對整篇小說起了什麼作用？

康雄自殺的秘密，根據姊姊由日記所窺見的，竟是一個與「媽媽一般的婦人」相戀，而又失去童貞的事件所導致。日記裡這般記載：

> 我沒有想到長久追求虛無的我，竟還沒有逃出宗教的道德的律。聖堂的祭壇上懸著一個掛著基督的十字架。我在這一個從生到死絲毫沒有和人間的慾情有份的肉體前，看到卑污的我所不配享受的至美。我知道我屬於受咒的魔鬼。我知道我的歸宿。（頁 18）

從這段引文裡，我們大致得知康雄的死因與教會戒律對「敗德」事件的看法有關。但問題的關鍵在於，康雄是崇信、服膺於宗教戒律所以不安致死的嗎？慾情既是「至美」，那麼重點是基督爲世人受難而未曾得享，導致康雄不安，亦或是慾情本身就是罪惡來源？

筆者認爲，重點絕非信服戒律而自殺，而是面對耶穌基督時的自我苛求。戒律是形式的，基督的犧牲卻是絕無可疑的。這由〈加略人猶大的故事〉（1961）這篇小說，以及其它談話裡就可窺見，陳映真對耶穌

33 施淑，〈台灣的憂鬱：論陳映真早期小說及其藝術〉，《兩岸文學論文集》，台北：新地文學出版社，1997.6，頁 162。

34 相關概念的討論，請參見劉紀蕙，〈文化主體的「賤斥」：克莉絲蒂娃的語言中分裂主體與文化恐懼結構〉，《恐怖的力量》（克莉絲蒂娃著），台北：桂冠圖書公司，2003.5，頁 i-x。

基督或初代教會的公社制度，其實頗多肯定，但對於徒具儀典的俗世教會，則並無太多好感[35]。

我們可以發現，小說家似乎並不全然同意那種道德律，但又無力於擺脫。也就是說是徒具形式的宗教戒律，使康雄產生「負罪感」（sense of guilt）[36]，顯示他身爲神貌分離的無政府主義者的事實。但，這更說明了康雄不是因服膺於宗教戒律而自慚形穢，而是爲了懲罰自己的無力反叛，這反叛應當指向既有的社會體制與教會體制，而絕非愛慾本身。

教會與戒律代表了文明，壓抑了愛慾本能，但似乎是人類文明之所以成立必需支付的代價。但有壓抑便有不滿，反叛壓抑勢將成爲一種解放的思維。馬爾庫塞曾說：「本能之所以有破壞力量，是因爲它們無時不在追求一種爲文化所不能給予的滿足，這是一種純粹的、作爲自在目的的滿足。因此，必須使本能偏離其目標，抑制其目的的實現。人的首要目標是各種需要的完全滿足，而文明則是以徹底拋棄這個目標爲出發點的」37。文明社會無法容忍亂倫、變態，正因爲有礙文明「正常」發展，文明對人性的控制可能因制度差異有所不同，但無法容忍本能之完全實現則顯然可見。那麼，由誰來決定什麼是該被壓抑的本能與需要呢？尚未完全以社會主義文明來思考人類社會的青年陳映真，顯然同時觸及性禁忌與政治禁忌都爲台灣當時的國家與文明體制禁制的問題，這使得描寫愛慾所具有的解放意義，更該被重視。

愛慾，在小說中的作用，顯然有被誤識的可能。那麼，或許我們該接著讀讀康雄末日的日記。那是一句十七世紀法國古典主義詩人布瓦洛

---

35 關於陳映真與基督教的淵源，以及他針對教會的相關意見，可參見古蒼梧、古劍訪問、曹清華記錄整理，〈左翼人生：文學與宗教──陳映真先生訪談錄〉，《文學世紀》37，2004.3，頁 7-10。

36 弗洛依德（Freud, S.），嚴志軍、張沫譯，〈文明及其不滿〉，《一種幻想的未來　文明及其不滿》，上海：上海人民出版社，2007.10，頁 184。

37 馬爾庫塞（Marcuse, H.），黃勇、薛民譯，〈第一章　精神分析的暗流〉，《愛慾與文明：對弗洛伊德思想的哲學探討》，上海：上海譯文出版社，2006.6，頁 7。英文版請參見：*Eros and Civilization: A Philosophical Inquiry into Freud*. Boston: Beacon Press, 1974.

（N. Boileau, 1636-1711）的詩句（小說中稱之爲格言）：

Nothing is really beautiful but truth. —N. Boileau（頁 18）

這句中譯爲：「沒有比真更美了」的詩句[38]，重點顯然在於「真」（truth）。那麼，康雄所嚮往的「真」究竟是什麼？那該是宗教的道德律嗎？或是他的烏托邦信仰？又或是包括愛慾與烏托邦信仰在內的一切他所想追尋的真實？顯然他死前最嚮往的便是追求真實、保有真我。

姊姊似乎也在做類似的揣測與判斷。她不認可社會思想學者的父親所謂康雄之死乃是虛無者的狂想和嗜死；而不願爲自殺的康雄舉行宗教葬儀的法籍神父，則對康雄爲何會在深夜潛進聖堂長跪，一個虔信模樣的青年之死感到不可理解。姊姊的判斷則是透過日記所看到的所謂秘密與真相：康雄乃是死於「通姦」，而且是康雄無法赦免他自己所導致。她甚至把「謀殺者」羅列下來：

初生態的肉慾和愛情，以及安那琪、天主或基督都是他的謀殺者。（頁 19）

我們想追問的是：姊姊真的能夠理解康雄所要追求的真實為何嗎？即便那是個陳映真所創造要來揭露真相的敘事者，但由於整體小說敘事上，關於愛慾、理想、宗教的關係描寫得相對地隱晦，終於使得歷來的讀者只能由姊姊所「明示」的「通姦」、「不能赦免他自己」去解讀康雄的死因，而未嘗考量到自〈麵攤〉以來，青年陳映真面對愛慾問題時某

[38] 本詩句原出布瓦洛的同名詩作〈沒有比真更美了〉（1965 年作），詩作是題獻給塞尼萊侯（Marquis de Seignelay, 1651-1690），闡明了他對於詩作應以真實為最高原則的美學觀點。在原詩的第 43 句，詩句則為：「沒有比真更美了，只有真才是可愛」。本文引用之中譯版本請參見：布瓦洛著，任典譯，《詩的藝術》（修訂本），北京：人民文學出版社，2009.2，2 版，頁 103。

種愛之又意欲隱藏之的情結。

林鎮山認爲，康雄之死，是「以理想主義者的全求與自毀，取得了一己魂靈的淨化與昇華」[39]。

黎湘萍在〈我的弟弟康雄〉裡，更是把這段康雄與房東太太的關係，有著如此的描述字眼，諸如：對姊姊與母親的愛都帶有某種「變態」、與房東太太的「私通」、「病態戀情」、房東太太且是「不配作其情人」的老太太；而康雄的悲劇在於自己不能赦免自己，「一個被肉慾所玷污的靈魂似乎再也沒有資格去建立那些美好的烏托邦了」[40]。筆者必須說，這樣看待小說中的愛慾敘事，最終無疑能夠鞏固陳映真的理想主義形象。但，青年陳映真，果然是將愛慾與理想、倫理與信仰對立起來思考的嗎？肉慾或愛慾，爲何就必然要被貶抑爲阻礙主角的變態心理與行動？

退一步說，陳映真即使真的想透過康雄之死來解決這個愛慾與信仰的兩難問題，但，愛慾爲何就不可能是另一種理想的化身（有愛有慾何需被規定爲亂倫、不倫、不法）？是因爲愛慾之過於個人性與富於破壞性，竟爾被陳映真帶有政治潔癖的社會主義文明觀所無意中抹消了？小說顯然存在著另一層次的詮釋空間。

林燕玲在考察陳映真 60 年代小說中的死亡意涵時，提出過其中一類的死亡或墮落是與性、愛無法兼得有關。這是個與本文所論極相關的切入角度，也是較少論者討論的問題。林燕玲的觀點認爲：

> 陳映真早期小說中經常充斥著男與女，性與愛的掙扎，最大的特徵在於性的完成未必是有愛的，當故事主角理想成為遙不可及的夢幻，墮落是一種暫時解脫之道，小說裡多半都有一個關鍵性的女性

[39] 林鎮山，〈第七章 再會「悽慘的無言的嘴」：論陳映真《將軍族》〉，《台灣小說與敘事學》，台北：前衛出版社，2002.9，頁 251。

[40] 黎湘萍，《台灣的憂鬱：論陳映真的寫作與台灣的文學精神》，頁 83、85。

> 角色，提供安慰與救贖者的角色，所以康雄與房東太太沈淪，〈故鄉〉的哥哥娶了娼妓為妻，房恭行選擇接受下女的誘惑，林武治與瘋了的女子通姦，究竟在陳映真的觀感中，性與愛可否得兼？[41]

根據林燕玲後續的推論，性與愛在陳映真文學裡是難以兼得的，也就是說「性」往往無法拯救追求真愛或理想的主角，一如〈獵人之死〉中的阿都尼斯之斷然與維納斯分手，他追求真愛而摒棄情慾（關於這篇《現代文學》時期小說的分析請詳本文結語）。但這裡值得注意的是，若如論者所言，女性角色被描寫爲安慰者與救贖者，則康雄之與房東太太的關係便稱爲「沈淪」、林武治之與瘋女的關係則是「通姦」，那安慰與救贖之不可達成是必然的，死亡或頹廢的結局亦無法避免。問題在於，沉淪與通姦，果真是陳映真在創作初期對這些愛慾實踐的觀感嗎？或者，論者其實是不知不覺中站在認同男性的理想主義者的角度，也就是認同陳映真之爲理念受難的角度來解讀小說，而簡化了對他處理愛慾問題的複雜態度。

根據我們解讀〈麵攤〉當中的妻子與超越個人命運有關卻不得不壓抑的愛慾幻想來看，這部份被作家隱晦、淡化處理的個人性的愛慾，其實正與警官所代表的社會性人道關懷，構成了李歐梵所謂的「張力」，更是構成陳映真早期小說中極其迷人的敘事風格之關鍵。筆者更認爲這兩者其實都是「理想」，只是當追求社會主義烏托邦的陳映真逐漸將禁慾、苦行視爲理想實踐的手段時，這種曖昧的情慾描寫也就消失無蹤。

依此而論，對康雄而言，與房東太太發生關係，容或使他成爲姊姊所謂的「偷嚐了情慾的禁果」的「背德者」，引致他後來內心道德律的自審與自戕，「撕掉了自己的生命」（頁 20）。然則，對這份不能扼抑的致命之愛或慾，正如他向耶穌告解時所說的，其實乃是他所不配享受的

41 林燕玲，〈生存與救贖：試論陳映真 60 年代短篇小說裡的死亡意涵〉，《國立台中技術學院通識教育學報》2，2008.12，頁 93。

人間的「至美」（頁 18）[42]。而通篇，其實都沒有對這個情慾事件施加任何的負面的評語（至於前述羅列謀殺者一段，也僅是個概括式的控訴而已，非針對愛慾一事），問題反而都指向宗教戒律與世俗眼光。

據此，筆者認爲，陳映真在這一時期即便熱切於追求政治理想之實踐而不可得，但，愛慾之爲個人性的理想，卻是唯一可追求的事物，這是他沒有任何對扣鈕釦的妻子與警官（雖然她覺得納罕，她說不清）、康雄與房東太太（姊姊認爲其行爲是偷嚐禁果），甚至是林武治與瘋女之間的愛慾行爲（〈蘋果樹〉一作正是改寫了偷嚐禁果的故事，詳後文分析），做出任何貶抑性評價的主因。只是，宗教的道德律與世俗的法律、眾人的觀感，對這種有違倫常與社會秩序的個人愛慾，同樣必須加以禁制。政治理想既不可得，個人理想又不見容於俗世，死亡或墮落才成爲最終的趨向。這樣的解釋，遠遠不是僅將愛慾當成一種補償性的救贖之類的觀點所能盡意。甚至我們應該說，愛慾與政治對青年陳映真來說都是禁忌，也都是苦悶之因，從而導致死亡之果，這當然也就不是一般論者所言之因果關係。

筆者認爲，愛慾既是最個人性、最基本的「人權」與「人性」，它的發動與意義，在某種層面上言，實在與倫理、戒律無干。但，一旦落入實踐面，甚至只是有「想要」實踐的念頭，則不免於道德或律法的譴責、懲罰，乃是人所共知。我們是否能說：如果個人情慾之任何實踐形式與對象，不再是禁忌，這也可以是一種「理想」，那麼，康雄又何需自戕？

小說主角之所以自殺，實在是因爲他既無法遂行更大的、社會性的

---

[42] 如果從一個相對「八卦」的角度來看，或也能解釋，陳映真對這禁忌之愛（至美）絕非由變態的角度來理解，雖則他似乎也沒有真正施行過。尉天驄在一篇介紹陳映真生平與創作的書信裡談過這段故事。大學一年級時，陳映真賃居在淡水一個貧苦人家，女主人便對這個學生關心起來：「這種溫暖沒有多久便在他的心中滋長出愛戀的情意，而且深深地讓苦惱纏繞著他。最後他再也忍不下去，忍痛地離開那個人家」，分別時，「兩個人都像姊弟那樣的哭起來」。引文請參見尉天驄，〈木柵書簡（之二）〉，劉紹銘編，《陳映真選集》，香港九龍：小草出版社，1972，頁 425。

烏托邦理想，而又不能接受自己竟耽溺於個人性的情慾享樂上，而羞憤致死。但，這死亡的原因與結局，其實並非直接導因於情慾本身，而是一切關於個人性或社會性理想之實現皆無可能，皆受到體制力量的規範與壓迫所導致，就此一層面來說，任何理想的被禁制，就帶有政治意涵。而任何反叛對本能與理想壓抑的文明，正就是人類解放的前提，筆者深深以為，陳映真早期小說因為同時觸及個人性的愛慾實踐與社會性的烏托邦理想及與壓抑的問題，才如此讓人感受到壓抑的重量，並使讀者受其文體與思考感動的最大原因。

四、幸福之果：〈蘋果樹〉（1961）[43]

關於〈蘋果樹〉這篇小說的寓意，談論者已自不少，筆者無意贅筆。但此小說具有的某種特有的象徵，如蘋果樹與的瘋狂的房東太太等，這些意象或情節如何完成敘事者想要傳達的複雜意涵，最為筆者所關注。

大學生林武治與房東太太的愛慾關係，依然是筆者討論的焦點。我們當然可以察覺，一個施淑所謂的「問題人物」，滿懷著某種理想主義（一如警察或康雄），在他尋找理想世界的實踐過程裡，又一次遭遇到因愛慾而引發的意外事件。陳映真的問題人物，為何總是在理想主義者的形象外，還是一個愛慾匱乏的知識分子？

在前行研究裡，針對這段愛慾情節討論的著實無多。筆者注意到歐崇敬曾經探問過小說裡房東太太的瘋狂問題，並試問：「『瘋狂』是否是一種反規訓的手段，『瘋狂』是不是就可以逃出被制定的合理化手段？」，「小說主角林武治和房東太太瘋狂的結合，出賣童貞給瘋狂，是不是更瘋狂的行為？還是另一種合理的行為？還是浪漫與瘋狂的結合？還是真正的解放？」[44]，這些問題在文中主要成為討論「存在」的

---

[43] 原作題目寫為〈蘋菓樹〉，其後之小說版本則多寫為「蘋果樹」，本文從之。
[44] 歐崇敬，《台灣小說導論卷：台北的異鄉人：陳映真、黃春明、白先勇的後現代對話》，台北：洪業文化事業公司，2007.9，頁44-45。

可能形式，可惜並沒有直接的解答。但就筆者而言，這一提問若連結〈麵攤〉、〈我的弟弟康雄〉等作一起思考，當可以更加深刻理解陳映真的問題人物，其愛慾匱缺與理想主義之間的關係。

且容我們暫時擱置關於小說中社會性問題的討論，而將重點聚焦於愛慾書寫之解讀。重點人物之一，房東廖生財妻的生活乃是：「伊活在另一個常人慣於取笑但卻無由企及的月光一般的世界裡」，「伊的世界有月圓月缺、有繁星、有寒霜、有貓的腳步聲、有遠歸的雁的啼叫」（頁142）。但，因爲伊的瘋狂失語，那卻也是個無法探索的世界。直到林武治的出現，使這被視爲瘋女的房東太太，有了異樣的生命力。然而常被忽略的是，林武治由瘋女那裡所意外獲得的生命力，這並非出於蘋果園的幸福幻想使然所能解釋，生命力與幸福可能就來自於瘋女的愛慾。

誠如論者所言，〈蘋果樹〉轉化了聖經典故，「蘋果」不再是禁果（從法律角度言或許是），反而是幸福與樂園的表徵，更是主角林武治蛻變成人間關愛者、社會觀察者、政治反省者的契機：「…做爲誘因的『蛇』沒有了。代之以『他』這個敘述人稱對『伊』抱著『拯救』意識，認爲他『犯』了伊，伊的『瘋病』就會好，這個『救世淑人』的念頭，這個服務別人，奉獻犧牲的精神，取代了蛇做爲誘惑的動機」[45]。但筆者更要指出，林武治雖然帶來了某種福音，但未必是他拯救了瘋女，反而是瘋女「無私的」愛慾拯救了他，雖則他瞬及又感童貞失落後的悵然若失。

由於跨過了一層禁忌，「他犯了伊」，這才使他「頓時」成爲一個成長的男子。他雖因此感到一種失去童貞後，新的淒絕的寂寞，但由於有了新的愛慾對象可以訴說，「這種寂寞和童貞以前的感傷主義是十分迥然的」（頁151）。與過去告別，而向一個愛慾的對象訴說；顯然，林武治通過愛慾找到了信任與解放的契機。他向瘋女不斷地「告解」，以及

[45] 徐華中，〈為什麼是關鍵：從敘事理論解讀〈蘋果樹〉〉，《勤益學報》14，1996.11，頁329。陳映真另一篇改寫了聖經故事的小說則是〈加略人猶大的故事〉，對猶大為何出賣耶穌，與原典有極大差異。可參見李奭學，〈加略人猶大的故事〉，《得意忘言：翻譯、文學與文化評論》，北京：生活、讀書新知三聯書店，2007.7，頁175-177。

宣揚他象徵幸福的蘋果園：

> 每每在熱情之後的疲倦裡，他都止不住喁喁地，低低地訴說著，儘管他的聽者一直都在那種神秘的迷離和緘默裡，他一次比一次地向伊訴說著他的夢，他的抑壓著的無數的過去。（頁 152）
>
> ……
>
> 這個不見得在傾聽著的女人，在他卻成為某一種神明。他像中古時期的年輕僧侶一樣向伊傾倒著自己除了面對神明之外不容敞開的自我。（頁 152-153）

林武治一夕之間成長與不絕的傾訴，無疑是閱讀這篇小說的關鍵處。影響這個關鍵轉折的原因，正在於瘋女與她無私的愛慾使然，即便她未必是常人所願意傾訴的對象，她也未必主動給於任何人撫慰，但這恰恰說明人的愛慾匱缺，以及尋求滿足的艱難與必要。

如果我們無法重視愛慾在陳映真早期小說中的重要意義，便很可能只將重點放在林武治的夢幻理想主義上，而忘了瘋女與愛慾之於林武治的意義。在這樣一篇語調極其抒情，語言極爲詩化，因而缺少充分細節交代的小說裡，愛慾再一次扮演讓帶有理想主義色彩的主角，突破某種禁忌，從而解救他因身世而始終自我壓抑的心靈。他有了除了神以外，可資信任與告解的對象；而或許，任何人也都衷心渴求著那樣的一個知音。

小說裡突兀起落的不倫的愛慾事件，便揭露了陳映真青年時期尋求實踐理想，而以跨越性禁忌來尋求救贖與解放的心理過程。

五、禁慾與文明：去愛慾化後的理想主義者

陳映真早期小說，之所以充滿理想主義的抒情敘事魅力，正由於被壓抑的理想之無法言說，而與現實的壓迫性體制，共同構成強大的美學張力有關。其中，帶有社會性的烏托邦理想與現實體制的緊張關係，這部分不難銓解；然，個人性情慾所具有的理想性，卻可能完全不被讀者，甚至連陳映真本人，所察覺。

也就在這一點上，筆者窺見陳映真戒嚴時期尚無法從事社會性理想之行動前，他對於情慾的不得不寫與不得不自我壓抑，其實遵循的是他自己最本能的人權（生之愉悅、快樂原則）之實踐，而終至於爲這社會所不容，甚至爲一個要獻身於社會性理想的禁慾的自己所不容。我們也可以說，早在陳映真成爲一名真正的馬克思主義者或烏托邦主義者前，他首先是一名真正的具有本能愛慾的自然人，因而實現這種愛慾的本能最是自然不過的事。在這點上，與其說文學上的陳映真被認定是一個社會主義的寫實主義者；毋寧說，他最吸引多數讀者的美學魅力，其實來自於壓抑的慾望（個人性的與社會性的慾望皆然），通過藝術的形式，曲折地表現出來，帶有現代主義的意味。這與佛洛依德解釋現代作家的書寫心理過程，將潛意識中的（政治或性）禁忌「昇華」而成爲文學作品，正可以相互印證。

筆者認爲，陳映真早期小說，那些關於「性」的描寫（包括論者經常提及的「乳房」），其實就是他想要衝破禁忌的一種「象徵」。慾情衝破理智與規範所帶來的「快感」、「愉悅」，其實就是某種「解放」。這似乎也讓我們想起，每個人其實都有他個人性的理想與情慾，而一旦受到體制的禁制，同樣不免於苦悶。這是所有讀者在閱讀陳映真時，未必能完全理解他的社會革命理想，卻絕對能「感受」到的個人性理想受到挫敗所散發出的憂鬱，並爲他的抒情、詩化的文學語言所感染。

旁及於同時期的小說以爲對照，同樣能看到陳映真的愛慾壓抑與渴求實現的張力。〈死者〉（1960）這篇小說，由於並未直接涉及政治與性的雙重主題，而較多是一個刻畫青年個人存在經驗的故事，本文並無細論。但，一九七〇年代，沙蕪在分析〈死者〉這篇小說時，針對治喪期間男性主角不時溢出的性幻想、性聯想，卻點出了作者對「性」與「生命力」的關係之思考，完全可以說明陳映真《筆匯》時期小說的愛慾想像：

> 作者之意在借這數筆說出性慾是一種即興的東西，無時無刻不可以從身心深處奪圍而出，越是要求自我禁抑的時候，越顯出它不可抑止的力量，而在不適合於它的極度悲愁的時候，它也要以闖入者的姿態而突然出現的。[46]

死者已矣，生者則慾望猶在，慾望且是超脫一個破落、敗德家族的生命力象徵。性，在此絕不是理想的對立面，而即是理想本身。

陳映真早期小說便觸及到這種個人性情慾實踐的理想性與政治性，同時可以連結到社會性的理想實踐問題上。但，筆者更想強調的是，個人性理想的萌生、實踐及其壓抑，其實是陳映真尚未完全以禁慾的社會性理想主義來創作前，文學魅力的來源。每一個個人的解放如果可以實現，那麼社會性理想的實現其實也同樣達成。當然，陳映真並不是這樣繼續描寫現代人關於生命與情慾的解放來達成他理念的作家，甚至可以說，他放棄了對在心靈的任何更奇特的可能性的挖掘（畸戀之後，還可能是什麼？），此所以他沒有成爲像王文興或舞鶴那樣的作家。他更傾向於以集體的、社會性的思考方式，來描繪社會解放的可能性與必然性。於是，就形成了他後期作品極度理智與主題先行的風格。

個人消失，曖昧無蹤，小愛轉成大愛，美學與思想的魅力因爲更加明確的主題而逐漸轉化。

---

46 沙蕪，〈陳映真的小說〉，《陳映真作品集 14・愛情的故事》，台北：人間出版社，1988.5，頁 48-49。原刊香港版《陳映真選集》，1972。

換句話說，陳映真「無意中」觸及到解放運動中關於愛慾解放的一面（當然，我們知道他不是一個性解放的運動者），但理智的他卻又刻意要壓抑這種解放的慾念，而只願意公開坦露他對集體解放理念的支持。這種無法完全遏抑的情況，說明了青年陳映真理智尚未完全壓倒感性之前的思想與情感狀態，而使他的文學處處充滿抒情、頹廢與憂鬱的語調[47]。但即便無意觸及，即便這只是屬於個人性的愛慾解放，但個人解放、愛慾解放，其位階實與勞動力解放、集體解放不應二致。甚至，筆者認爲，個人解放才是集體解放的基礎，雖然這遠非究竟。

最後，也許我們可以把陳映真的愛慾書寫如何消褪，禁慾主義思維浮現的過程加以點出，做爲本文的結語。藉此，更可看到作家之思想與風格之變化是如何複雜、曲折的變化過程。

〈獵人之死〉（1965）這篇發表在《現代文學》第23期的小說，應該可以讓我們看到逐漸由「初生期的愛慾」向「禁慾主義」傾靠的跡象。彼時，依照陳映真的描述，他們的社會主義思想讀書圈正在熱烈進行，他自己則已翻譯出〈共產黨宣言〉[48]。較之大學時期，此時思想的激進化顯然可見。在這篇小說裡，陳映真小說中理想者的禁慾傾向似乎已開始出現。

小說裡描述，獵人阿都尼斯雖然生活在眾神淫亂的世紀，但他卻執意追狩一盞「被囚禁的篝火」。他是無能於愛的，但卻也接受了維納斯的追求。維納斯總是在情慾裡體驗真實，「然而一旦過去了，卻又總是

[47] 陳映真曾在回答關於他文學中的「頹廢」來自何處時，提到就文學方面是因為文學不審判人，承認人有很軟弱之處，而人的動物性使他想要放縱自己；至於宗教方面，則是因為教義指出人是有罪而軟弱的。由於這兩種因素，這種頹廢傾向可以見諸早期小說中，但後期則消失無蹤，正如所言：「我的後天的社會主義等等東西把我管住了」。此說可佐證其頹廢、憂鬱之思維，在尚未被「完全」管住前，曲折地浮現於文本中乃是可以想見，並值得重視的作家心理課題。引文請參見趙稀方整理，〈陳映真新年訪談錄〉，《世界華文文學論壇》2004年第2期，2004，頁69。

[48] 陳映真，〈後街：陳映真的創作歷程〉，《父親》（陳映真散文集1（1976-2004）），台北：洪範書店有限公司，2004.9，頁58-59。

那麼單薄又那麼空茫」[49]。獵人終於在失去童貞後，無法繼續忍受這無愛的世紀，投湖自殺。在西洋文學脈絡裡，這個故事可見於古羅馬詩人奧維德（Ovid，43B.C.-17）的《變形記》（Metamorphoses）。變形世界裡，獵人變成金盞花，這裡則改寫成戀上自己的「水仙花」（Narcissus）。

故事的結局來到獵人死後的眾神的世界，「我們便這樣地將歷史從兇惡而充滿了近親相姦頹廢的奧林帕斯山的年代，轉移到人類底世紀了」[50]，這個死亡，與人類世紀的誕生，似乎是以禁慾自殺的獵人有著千絲萬縷的關係。不要近親相姦，不要只有性慾的獵人，無疑是個自戀又禁慾的理想主義者：

> 他只不過是一個因著在資質上天生的倫理感而很吃力地抑壓自己的那種意志薄弱的男子罷了。或者他是個理想主義者罷。而且在那麼一個頹廢和無希望的神話時代底末期，這種理想主義也許是可以寶貴的罷。然而，其實連這種薄弱的理想主義，也無非是頹廢底一種，無非是虛無底一種罷了。[51]

將童貞比做理想，因失去童貞/理想而死，而明確浮現的便是理想的崇高性質。那種「意外」出現的愛慾書寫，不再是突破禁忌的代名詞，而乃是不合於新世紀的墮落之愛。這個轉變的契機何在，仍讓筆者苦苦思索，但已非本文所要直接處理者。

在理想實踐過程中，陳映真誠然帶有禁慾主義的傾向。要求在理想面前，不應有情慾上的遐想，否則就是不敬，甚至會因個人的放縱而毀壞集體理想的實踐。但這理應不相違背的兩種理想，在早期小說中形成作品的張力與魅力，卻在往後小說中讓慾望的描寫完全消失，而巍然矗

[49] 陳映真，〈獵人之死〉，《唐倩的喜劇》，台北：洪範書店，2001.10，頁38。
[50] 陳映真，〈獵人之死〉，《唐倩的喜劇》，頁50。
[51] 陳映真，〈獵人之死〉，《唐倩的喜劇》，頁34。

立的是具有高度精神潔癖的理想主義者形象（〈山路〉中的蔡千惠形同另一個被拒絕的「維納斯」）。這也正是馬庫色所謂的文明的「禁慾主義」傾向：「無論如何，不管是壓抑，還是昇華，都是否定本能本身，具有一種禁慾主義色彩。文明便是建立在禁慾主義的基礎上」[52]。這點，在很多「去性化」的社會主義寫實主義作品中，不難窺見其理念至高、無慾無念的同路人身影（類如「女英雄」、「鐵娘子」的形象）[53]。

資本主義文明與社會主義文明，都致力於「幸福」的想像與實踐，卻也同時壓抑著某些本能與愛慾。反資本主義文明，迎向社會主義福音的時刻，將會有多少本能會被規定必要放棄？一如舊社會的教會戒律，也將有另一個新社會的教會戒律嗎？禁慾的理想主義者，給了讀者仰望烏托邦的高度與想像，但可以想見的是，那已不是一個會有任何奇特愛情與慾望發生的國度。

2009.9.10 初稿寫於風城新豐（紅毛）

2009.10.30 修訂

---

[52] 程巍，〈第三章 馬爾庫塞：弗洛依德主義的馬克思主義者？〉，《否定性思維：馬爾庫塞思想研究》，北京：北京大學出版社，2007.9，頁137。

[53] 韓大強，〈男性話語的修辭策略：十七年小說中的「女英雄」形象塑造〉，《雲夢學刊》28：3，2007.5。

參考書目：

- 陳映真，《陳映真作品集》，台北：人間出版社，1988。
- 陳映真，《陳映真文集》，北京：中國友誼出版公司，1998.11。
- 陳映真，《我的弟弟康雄》，台北：洪範書店，2001.10。
- 陳映真，《父親》（陳映真散文集 1（1976～2004）），台北：洪範書店有限公司，2004.9。
- 黎湘萍，《台灣的憂鬱：論陳映真的寫作與台灣的文學精神》，台北：人間出版社，2003.12。
- 曾萍萍，《噤啞的他者：陳映真小說與後殖民論述》，台北：萬卷樓出版社，2003.12。
- 曾萍萍，〈打開窗子，讓陽光進來：探觸知識寬度的《筆匯》〉，徐照華主編，《台灣文學傳播全國學術研討會論文集》，台中：中興大學台文所，2006.8。
- 林瑞明，〈目的與手段之別：試論黃春明與陳映真〉，《歷史學報》25，1999。
- 林瑞明，〈《筆匯》的創刊、變革及其影響〉，東海大學中國文學系編，《戰後初期台灣文學與思潮論文集》，台北：文津出版社，2005.1。
- 林鎮山，《台灣小說與敘事學》，台北：前衛出版社，2002.9。
- 林燕玲，〈生存與救贖：試論陳映真 60 年代短篇小說裡的死亡意涵〉，《國立台中技術學院通識教育學報》2，2008.12。
- 趙遐秋，《生命的思索與吶喊：陳映真的小說氣象》，北京：作家出版社，2006.7。
- 程巍，《否定性思維：馬爾庫塞思想研究》，北京：北京大學出版社，2007.9。
- 陳明成，〈永遠的革新號：側論《筆匯》遺漏在文學史上的密碼〉，《第二屆全國台灣文學研究生學術論文研討會論文集》，台南：國家台灣文學館，2005.7。

- 陳建忠，〈末日啓示錄：論陳映真小說中的記憶政治〉，《中外文學》376，2003.9。
- 陳映真等著，康來新、彭海瑩合編，《曲扭的鏡子：關於台灣基督教會的若干隨想（陳映真的心靈世界）》，台北：雅歌出版公司，1987.7。
- 呂正惠，〈從山村小鎮到華盛頓大樓：論陳映真的歷程及其矛盾〉，《陳映真作品集 15．文學的思考者》，台北：人間出版社，1988。
- 胡衍南，〈論陳映真的小說及其女體描寫〉，徐國能主編，《海峽兩岸現當代文學論集》，台北：台灣學生書局，2004.2。
- 廖淑芳，《國家想像、現代主義文學與文學現代性：以七等生文學現象為核心》，清華大學中文所博士論文，2005.7。
- 劉紹銘編，《陳映真選集》，香港九龍：小草出版社，1972。
- 尉天驄，〈在那樣的日子，大家不斷地追尋：懷念《筆匯》歲月〉，《文訊》240，2005.10。
- 尉天驄，《眾神》，台北：遠行出版社，1976.3。
- 古蒼梧、古劍訪問、曹清華記錄整理，〈左翼人生：文學與宗教——陳映真先生訪談錄〉，《文學世紀》37，2004.3。
- 盧健英採訪整理，〈林懷民答客問〉，《表演藝術》141，2004.9。
- 施淑，〈台灣的憂鬱：論陳映真早期小說及其藝術〉，《兩岸文學論集》，台北：新地文學，1997。
- 趙稀方整理，〈陳映真新年訪談錄〉，《世界華文文學論壇》2004 年第 2 期，2004。
- 歐崇敬，《台灣小說導論卷：台北的異鄉人：陳映真、黃春明、白先勇的後現代對話》，台北：洪業文化事業公司，2007.9。
- 布瓦洛（Boileau），任典譯，《詩的藝術》（修訂本），北京：人民文學出版社，2009.2，2 版。
- 弗洛依德（Freud, S.），嚴志軍、張沫譯，〈文明及其不滿〉，《一種幻

想的未來　文明及其不滿》，上海：上海人民出版社，2007.10。

- 佛洛依德，林克明譯，《性學三論、愛情心理學》，台北：志文出版社，1991 再版（1971.3 初版）。
- 馬庫色（Marcuse, H.），陳昭瑛譯，《美學的面向：藝術與革命》，台北：南方叢書出版社，1987.9。
- 馬爾庫塞，黃勇、薛民譯，《愛慾與文明：對弗洛伊德思想的哲學探討》，上海：上海譯文出版社，2006.6。
- 馬爾庫塞，李小兵譯，《審美之維》，桂林：廣西師範大學出版社，2001.9。
- Marcuse, H., *Eros and Civilization: A Philosophical Inquiry into Freud*. Boston: Beacon Press, 1974.
- Marcuse, H., *The Aesthetic Dimension: Toward a Critique of Marxist Aesthetic*. Boston: Beacon Press, 1978.

講評

范銘如[*]

陳映真做爲一個創作者，縱然他的人生際遇多所磨難，但幸運的是他的作品受到海內外許多文學研究者的注意與愛好。因此，到目前爲止，陳映真的研究已經到了一個難度，很多問題都注意到了。在這樣的格局中，還要推陳出新，是相當困難的，但在看到大會的論文時，我認爲非常的精彩，出現一些新的觀點，而我負責講評的陳教授的論文也試圖跨出以往的研究，寫得相當細膩，讓閱讀者的我認爲非常欣喜與欣慰，在大家的集思廣益下，文學研究不斷的往前進。

本論文試圖進行挑戰與翻案，希望回到陳映真《筆匯》時期的文章，去探討血氣方剛、青春正盛的陳映真，對於個人愛慾與情慾的著墨，如何由早期的自然的情愛萌發演變到後來被社會性掩蓋與壓抑，陳教授企圖以比較戲劇性的方式呈現出這一面，並且讓我們再看到年輕時期的陳映真。

陳教授以其三篇小說〈麵攤〉、〈我的弟弟康雄〉、〈蘋果樹〉做一番兼顧前行研究與文章脈絡的細膩解讀，並下了結論：「陳映真早期小說，之所以充滿理想主義的抒情敘事魅力，正由於被壓抑的理想之無法言說，而與現實的壓迫性體制，共同構成強大的美學張力有關。」我同意他的論點，不過，雖然陳教授的論證非常細緻、有條理，也很有說服性，但我對於部分的結論是有所保留的，因爲他所選擇的這三篇小說，男主角的愛慾對象，開始的設定即是「不倫」，她們不只是單純的女人，而是年長、已婚、瘋狂的女人，因此他的愛慾本身已經充滿了對於律法、

* 政治大學台文所教授。

道德的挑戰，而不是單純的愛慾。我認爲這個作者一開始對於題材的設定，已經界定爲「愛慾的社會性」，而透過陳教授這篇論文的解讀，讓我更看出，其實在陳映真仍是懵懂的青年時期，他對於社會性的關注，已經是念茲在茲的，並非是出於個人的、純粹的愛慾呈現。

再者，這三篇作品中的女性，基本上都是缺席的主體，只是做爲被思索的、沉默的他者，因此我想探問的是，既然愛戀的對象是一個缺席的對象、虛擬的客體，那麼愛戀的是誰呢？可能還是自戀吧。

另外，我想對於本文的方法論與陳教授討論，本文所提及的馬庫色有關愛慾的解放去達到社會改革的理念，似乎與陳映真的想法是兩極，因此以馬庫色的理論是否可以補充說明陳映真，這個做法值得商榷。（按：本文依發表會之論文講評記錄整理）

召喚、回應與對話

談陳映真〈忠孝公園〉

詹閔旭*

一、前言

論者曾歸納陳映真小說的核心關懷，主要包括以下三個面向：美日帝國主義影響、受冷戰局勢影響的台灣省籍意識與對中國大陸的想像、以及城鄉發展不均導致的中心邊緣議題[1]。換言之，對於台灣西方文化的嘲諷、跨國資本主義的批判、乃至於清理白色恐怖記憶，這些關懷讓陳映真小說銘刻出迥異而多維度的思考，但我們可以從其中歸納出作家一以貫之的本命：陳映真小說裡反覆出現，且最契合寫實主義精神的核心命題，正是從倫理面向展開的反霸權與反宰制思考。歷來研究者大多以此弱勢倫理議題爲線索，探索陳映真小說帶來的啓發。霸權論述——不管是援引馬克斯批評或後殖民論述——作爲陳映真小說研究的重要方法學，能非常準確而有效的地觸及陳映真小說核心的人道主義與倫理學課題。不過，當代文化政治所涉及的權力流動頗爲複雜且盤根錯節，霸權作爲方法學雖然極具啓發性，卻需略做調整，方能更全面地探索倫理議題的深度與廣度，不至於淪爲僵化的教條。例如，傳統霸權論述的思考往往遵循 A 壓迫 B 的思路推演，我們往往可以很輕易地以二元對立框架分辨壓迫者與被壓迫者；然而隨著權力體系去中心化，權力滲透進個人生命的內在，任何人都可能同時是壓迫者與被壓迫者，這無疑讓權力議題變得更加盤根錯節[2]。誰具有權力？誰不具有權力？誰是加害

---

* 國立成功大學台文系博士生。

1 曾萍萍，《噤啞的他者——陳映真小說與後殖民論述》（台北：萬卷樓，2003），頁 30。

2 Scott Lash,"Power after Hegemony: Cultural Studies in Mutation?" *Theory, Culture &*

者？誰是受害者？在傳統霸權思考底下的答案或許較爲直白，然而在後霸權（post-hegemonic）的思維方式下，卻不見得是一個很容易回答的問題。重探霸權論述所涉及的複雜倫理議題辯證同樣也指引我們一條重估陳映真小說的切入點：我們如何深化權力本身的思考，展開陳映真小說裡頭權力流動更複雜的佈局，將是頗爲重要的嘗試。

我在這篇文章打算以《忠孝公園》（2001）爲主要分析文本，討論小說裡頭觸及的權力流動的辯證。《忠孝公園》三則故事涉及台籍國民黨兵、國民黨特務、台籍日本兵以及戰爭時期周旋與日本、國民黨與共產黨體制的東北人，描寫他們與記憶協商的自我認同追逐之旅。有趣的是，召喚記憶並非自我的戰役，更旁涉自我與他人記憶的交錯，乃至於如何回應與他者記憶對話、溝通、回應的倫理責任。前此論者從認同或記憶等面向來討論《忠孝公園》，各具豐碑，我在這一篇則嘗試從對話倫理來重新梳理陳映真小說，一方面探索他者召喚所賦予個人主體的倫理責任，另一方面尋思如何從個人主體之間的對話，來形塑更活潑、開放與彈性的前瞻想像可能。我希望透過《忠孝公園》揭示後霸權時代權力流動的多變性，跳脫以往 A 壓迫 B 的單線式權力運作軌跡。

二、召喚記憶

《忠孝公園》由〈歸鄉〉、〈夜霧〉、〈忠孝公園〉三篇中短篇小說組成。〈歸鄉〉講述台籍國民黨兵楊斌滯留中國大陸五十載，落地生根。中國改革開放與台灣解嚴促成楊斌得以返台的契機，回到台灣後，他意外發現在台親人刻意將楊斌呈報死亡，以吞併楊斌原有的財產。透過姪子協助下，楊斌試圖重新恢復台灣身份證明，爭取台灣人身份的合法性。〈夜霧〉寫國民黨特務李清浩在解嚴後不斷回想起白色恐怖時期迫害他人的記憶，飽受罪咎記憶困擾，身心困頓，終至精神失常。〈忠孝公園〉的主角則包含台籍日本兵林標與在台滿州國人馬正濤兩人。林標

Society 24.3(2007), pp.59-61.

在台籍日本兵友人的鼓吹下，成立「戰友會」，極力向日本政府爭取台籍日本兵的戰後補償。馬正濤則回想起自己在滿州國時期爲了生存，加入日軍、國民黨、共產黨等不同組織，反覆從事審查、拷問、迫害他人的行爲，而解嚴後第一次政黨輪替，馬正濤由於擔心罪責曝光，終至畏罪自殺。

這些小說討論的主角與關懷大不相同，展現陳映真多向度的思維，但從中仍有一以貫之的中心。初初閱讀《忠孝公園》時，我發現到裡頭對於記憶的處理，格外令人印象深刻。尤其從形式上來看，我們可以看到裡頭每一篇小說的故事推進主軸，幾乎都是以回憶的方式展開。例如〈夜霧〉以李清浩回憶過去的自白書爲主線，另外像〈歸鄉〉裡楊斌與老朱的對話圍繞在記憶中的國共之戰、〈忠孝公園〉的林標與馬正濤第一次見面，林標也以古日語腔調誦唸滿州國詔書，召喚日本殖民地記憶：

> 馬正濤臉上笑著，心中更為**詫異**。事隔四十多年，馬正濤竟然在台灣的一個小公園裡，乍然重又聽到舊滿州國皇帝溥儀在昭和十五年——民國二十九年東渡「親邦日本」、去紀念日本開國「紀元兩千六百年」回滿後，頒佈了「國本奠定御詔書」上的語文！
> 「**還記得吧？**」林老頭**得意**地用日本語笑著說，「一定記得的。」「喔。那記得的。」（131，粗體為我所強調）[3]

記憶召喚產生時間、空間的錯位，馬正濤心裡詫異何以復又在這個時間、這個地點重新聽到有人朗讀「國本奠定御詔書」，彷彿原本斷線已久的記憶再次串連、通電。不論林標、馬正濤或是另外兩篇小說主角對於過去記憶回返的態度爲何，我們都可以發現回憶佔據了小說大半篇幅，召喚過去記憶成爲小說情節推動的關鍵因素，並非只是單純的抒發個人懷舊心態而已。除此之外，召喚記憶也與政治氛圍變遷相關，解嚴

[3] 陳映真：《忠孝公園》（台北：洪範，2001）。本文皆引述此版本，以下不另說明。

與政黨輪替是小說中重要的時間點。楊斌滯留中國，倘若不是台灣解嚴與中國政策轉向，他恐怕無法回台探親。林標的日本記憶以及他想成爲日本人爭取戰償的慾望在戒嚴時期無法抒發，台灣政治局勢的變遷替他打開了契機。而李清浩與馬正濤兩人爲國民黨政府服務，留下不少不可告人的資料，政黨輪替對他們來說，也暗示那些封存資料可能有重見天日之刻。解嚴與政黨輪替做爲小說重要時間轉折點指涉了整體化記憶想像與異質記憶的對峙：如果戒嚴不只意謂著肅清危害於國家整體安全的異議份子，更著眼於如何穩定國族認同與文化記憶的想像，建構整體化的國族記憶想像，以壓抑異質記憶，那麼解嚴與政黨輪替則提供一個讓異質記憶發聲與解放的管道。換句話說，《忠孝公園》的召喚記憶深深鑲嵌在政治局勢的變遷，尤其與台灣解嚴與政黨輪替大有關係，這讓召喚記憶並不只是個人的懷舊，更必須被放在國家機器與政治意識型態的框架下，方得以釐清。

然而，小說裡不同角色所引領的記憶課題大不相同。以〈忠孝公園〉的兩位主角爲例，馬正濤與林標兩人對於過去記憶顯然就有截然不同的態度。林標得知日本政府打算發放太平洋戰爭的戰爭補償，但這筆補償卻不包括現在已不具日本國籍的台灣兵，林標遂與幾位台灣戰友，一同爭取將台灣人與日本人一視同仁，爭取戰爭補償金的資格。他重新穿戴起日本海軍戰鬥服、戰鬥帽、說日語、與當年南洋小隊於日本料理店聚首話當年。對林標而言，那一筆補償是一大筆金額，同時也是重新確認自己的歷史記憶，重新追尋自我存在痕跡的證明。林標「得意」地向馬正濤背誦「國本奠定御詔書」，透露林標熱切於贖回日本記憶的動力，展現台灣的異質記憶空間。相較於林標極力凝聚日本記憶作爲個人認同的基底，馬正濤的日本記憶則重新召喚回他在日本關東軍任職時期，編派到憲兵偵緝組，不斷拷問、緝捕、刑殺戰犯的殺人記憶。因此，當馬正濤聽到「國本奠定御詔書」的「詫異」，似乎暗示這煩擾又纏人的過去記憶怎麼如此陰魂不散，亟欲擺脫記憶的纏繞。

簡單來說，《忠孝公園》處理近五十年來以台灣爲空間地理想像軸心的現代歷史進程，並以召喚記憶爲主要推動小說敘事發展的觸媒，裡頭所涉及的記憶政治至少可以區分成兩類：其一是林標、楊斌等人積極以記憶爲媒介，主動召喚記憶，贖回自己的存在證明（楊斌是台灣人，林標是日本人），深入探討記憶與認同的糾葛；其二是馬正濤、李清皓曾在國家機器的催使下鎮殺危害國家安全的異議份子，他們並不主動召喚記憶，反而極力避免受壓抑殺人記憶的復返，藉此勾勒記憶與倫理責任的清償（馬正濤的太平洋戰爭與國共內戰，李清浩的白色恐怖）。

根據陳映真本人說法，《忠孝公園》是一本討論歷史記憶的作品，這一份歷史記憶尤其指向解嚴之後，台灣人到底是該回頭向後重新檢討白色恐怖時期的歷史記憶，抑或者目光向前看，佯裝事過境遷，拒絕向後回顧傷痛的歷史。對陳映真而言，後者無疑令人可慮，因爲只往前瞻而不後回顧的作法顯然拒絕自我批判的反省空間[4]。換句話說，如果把「解嚴」這個具有獨特歷史意義的時間點作爲隱喻，身處解嚴後的台灣人究竟要如何面對——繼續壓抑，抑或梳理——那一段「黑暗時代」的記憶，成爲貫穿整部《忠孝公園》亟欲傳達的精神。而陳映真對後解嚴台灣的觀察是：

> 我想我一定會被在這百貨公司裡的人眾揪住，亂拳打死。「那個人一定是個瘋子。」那滿面脂粉的胖太太笑著對我說。我心境慘惻地笑了。但我注意到滿場鼎沸的人群中皆都若無其事，拎著滿載的購物袋，笑容滿面。沒有一個人在意張明的悽厲的叫罵，有人看著張明竊竊私語，有人對他咧著嘴笑。「攔住他！國民黨的特務！」張明有些聲嘶了，「我幾十年忠貞黨員，讓他陷害忠良……家破人亡喲……」(117)

---

4 郝譽翔：〈永遠的薛西弗斯：陳映真訪談錄〉，《聯合文學》201 期（2001 年 7 月），頁29。

以上這段節錄自〈夜霧〉，描寫白色恐怖受害者與國民黨特務追逐戰一景。這一段描述重點不只傷痕經驗的償還問題，更批判當代台灣人普遍對於過往記憶的疏離、淡漠，顯然陳映真對於解嚴後台灣積極而迅速地邁向資本主義化，只專注於賺錢、消費、享樂，而不肯誠心面對白色恐怖的狀況，心有不滿。陳映真藉由《忠孝公園》召喚白色恐怖時期記憶，便可視爲抵抗後解嚴時期主流文化氛圍的基進思考。

然而，《忠孝公園》替我們重新召喚白色恐怖，乃至於國共內戰、日治時期記憶，如果它的企圖在於引領我們正面面對那一段黑暗歷史，檢視歷史罪責，這種往後看的作法當真能帶來救贖？記憶當真足以闢拓前瞻的道途？以往我們認爲召喚記憶是保守、後退的，但廖朝陽提醒我們召喚記憶不盡然等同於懷舊、耽溺，相反地，「**即使是最簡單的懷舊也含有部分烏托邦衝力指向受壓迫者的真實歷史，其間的連結或許鬆散，但總是含有可以開發的、進步的文化意義**」[5]。召喚記憶必須能夠「**跨越過去與現在，為孤立的時點重新注入生命**」[6]。召喚歷史並非老調重談，對於過去念念不忘，而是如何透過回顧過去尋找前瞻未來的可能性。就這個層次來說，召喚過去不能夠只念茲在茲於清償歷史、訴求正義，否則很容易滑入受傷者邏輯的困境，召喚記憶的同時還要能思考如何藉由召喚歷史以尋訪通往更美好未來的路徑，亦即是前瞻的未來性。

那麼如何能在召喚過去的同時，同時能夠激發展望未來的潛力？《忠孝公園》裡頭可開發的、具烏托邦衝力的文化意義爲何？我認爲關鍵在於對話的倫理學。有別於陳映真以往小說大多關切霸權倫理學，他在這本小說卻引領我們思考對話倫理課題。我前面提到《忠孝公園》一方面勾勒主動召喚記憶的主角，另一方面勾勒飽受記憶纏繞的主角，這兩條線索之間並非毫無交集空間，貫穿這些線索的縱軸即是罪惡感。黎

---

[5] 廖朝陽：〈災難與希望：從〈古都〉與《血色蝙蝠降臨的城市》看政治〉，《台灣社會研究季刊》43 期（2001 年 9 月），頁 30。

[6] 同上註。

湘萍認為陳映真在《忠孝公園》裡處理得最細膩而精確的，即是人的「不忍」與「惻隱」之心[7]。「惻隱」與「不忍」又可以進一步體現在兩種不同面向，一是個人主體在協力國家機器施行暴力的同時，如何回應迫害無辜者的罪咎；另一則是惻隱與不忍如何提供個人主體以更寬闊的態度重新思考國家機器施行於個人主體的限制，跳脫國家機器的框架，與具有不同歷史記憶的他人展開積極對話、協商的可能性。據於此，《忠孝公園》替我們開展召喚記憶、主體、倫理責任、與國家機器之間激烈的辯證，以下我便打算分別探討文本裡兩種不同面向的惻隱與不忍——一是如何面對受害者的召喚？一是如何回應他者不同的過去？——揭示陳映真小說創作的對話倫理網絡。

三、 國家機器下的個人主體

首先，我們可以在〈夜霧〉一文明顯窺見國家機器介入個人記憶的運作。林育卿是〈夜霧〉主角李清浩在S市的其中一個線民，負責供報S市大學裡的叛亂可疑份子，林育卿成為李清浩的分身。不過，林育卿之所以協力鞏固國家安全體制，可以從媒體無孔不入的運作加以推敲。林育卿當時十分著迷於美國電視連續劇《無敵神探》，崇拜披著風衣，神出鬼沒「打擊來自邪惡蘇聯的間諜，捍衛了美國的民主」（98）的主角，這暗示著林育卿將自己擔任李清浩線民，提供可疑份子資料的行為，扣合進《無敵神探》男主角打擊犯罪的英勇事蹟。當他觀看電視時，同時也接受意識型態的召喚。意識型態不只仰賴形而上的意識，更需要以實際物質面的國家機器作為落實的基礎[8]，電視媒體在小說裡便扮演了傳遞冷戰意識型態與鞏固國家安全責任的重要媒介之一。主流文化意

---

[7] 黎湘萍：〈歷史清理與人性反省：陳映真近作的價值——從《歸鄉》、《夜霧》到《忠孝公園》〉，（來源：http://www.ruhr-uni-bochum.de/slc/taiwan/LiXiangping.pdf，2009.05.07），無頁碼。

[8] Louis Althusser, *Lenin and Philosophy and Other Essays*, trans. Ben Brewster (New York: Monthly Review Press, 1971), p.166.

識透過與新型態高科技媒體力量的合盟，意識型態的意象、概念與範本得以迅速且難以抗拒地快速流通、滲透，讓林育卿在觀看電視劇時認同劇中角色，進而在日常生活裡加以實踐電視劇所欲傳達的冷戰意識型態，宛如「論述的毛管現象」（capillarity of discourse）[9]：無孔不入。

但意識型態機器的運作不僅僅是「洗腦」而已，還牽涉了國家機器召喚與個人主體回應，甚至乃至於主體如何形塑的問題。阿圖賽（Louis Althusser）曾經在一篇討論國家機器運作的重要文章內，精闢地分析個人主體與意識型態國家機器之間的弔詭辯證，他認爲意識型態國家機器的運作雖然隱然具有壓迫痕跡（145），但「意識型態國家機器」與以往「壓迫型國家機器」最大的不同處，在於前者透過大寫他者的不斷召喚（interpellate），確保了小寫個人的獨特主體性，肩負主體形塑的工作[10]。換言之，林育卿之所以投效國家，一方面是新型態媒體國家機器與冷戰意識型態的滲透與召喚，另一方面也是他主動回應了國家意識型態的召喚，以建立、維繫、鞏固自己獨特的主體認同，而一旦他拒絕回應大寫他者的召喚，小寫個人主體的存在便無法受到認可。在這裡我們可以看到儘管國民黨特務作爲執法者，但他畢竟不等同於權力絕對擁有者，居於國家體制的末端，他反而是被權力支配的人：他必須依附於國家權力方能維繫自身主體性的存在，只能被動回應大寫他者的召喚。

然而，林育卿的難題在於，他所需面對的召喚是雙重的，這更凸顯他的被動性。林育卿協助李清浩將一位有親匪言論的阮老師緝捕歸案，他後來繼續監視阮老師宿舍，不忍阮老師年老無依的岳母生活孤苦，因此就近照顧，一方面幫忙她的生活，另一方面也可以深入瞭解維持監視工作。然而，當林育卿與老太太逐漸熟稔後，原本對國家權力堅定的意志開始動搖，懷疑自己是否當初抓錯了人，最後甚至不斷寫信給政府高

[9] Jacques Derrida, *The Other Heading: Reflection on Today's Europe*, trans. Pascale-Anne Brault and Micjael B. Naas (Bloomington and Indianpolis: Indiana University Press, 1992), p.42.

[10] Louis Althusser, *Lenin and Philosophy*, p.145, p.173-174.

官，力陳阮老師清白。這裡於是浮現召喚與回應關係的轉移：林育卿本來回應國家機器的召喚，將阮老師逮捕下獄，但他後來深入瞭解阮老師背景與身世後，來自於阮老師一方的他者的召喚轉而益發強勢，林育卿的回應對象轉向，他不再回應國家機器的召喚，改而回應阮老師與老太太。「不捨」的情緒讓林育卿必須去回應小寫他者的召喚。

林育卿這條副線清楚地勾勒出主體面對雙重他者的難題：一方面是大寫國家他者的召喚，另一方面是小寫個人他者的召喚，雙重他者的召喚聲相互抵觸，但都不絕於耳，輪番提醒居中的主體各自必須肩負的倫理責任。這種內心的擺盪也發生在同是特務人員的李清浩與馬正濤身上，他們棲身國家機器底下，如果說過去調查工作憑藉的是「對領袖，國家和主義的不搖的信仰」(122)，是毅然決然地回應國家機器這個大寫他者的召喚，隨著解嚴與政黨輪替等擾動國家機器運作一致性的突發事件接連發生，他們不得不正視來自於另外一個他者的召喚：他們曾經面對面審問過的犯人。這些犯人有李清浩在百貨公司巧遇的張明(遭李清浩緝捕入獄十餘年)，有從記憶深處幽幽竄出的阮家母子，他們都追趕著李清浩，不時的呼喚他，就像張明在百貨公司裡追趕著李清浩，呼喚著：「你別走。我想問個明白」(116)。有別於國家意識型態透過國家機器與高科技媒體來召喚個人主體，來自於另一個小寫他者的召喚則主要以記憶的方式回返，形成內在衝力，絲毫不止息地索討個人主體的回應。

李清浩的臂痛以及馬正濤愛洗澡的癖習，正是把來自於記憶底層的他者召喚體現爲生理疾病與心理焦慮，不時地提醒他們所需肩負的倫理責任。雙重召喚迫使個人主體處在危機的門檻。只不過，李清浩和馬正濤兩人雖然飽受受害者他者的召喚，他們卻仍舊傾向於依附於國家機器他者的庇護，拒絕回應來自於記憶底層的倫理責任。直到政黨輪替，曾經他們深覺足以永遠保護他們的國家機器頓時垮台與崩解，那個召喚他們的國家機器他者已不再具有召喚能力：

> 傾刻間，馬正濤感覺到彷彿他半生的紀錄都成了白紙；他的戶口簿上的一切記載消失了，他的存款簿剩下一片空白，他的身份證上的註記不見了，他的黨證、退役官兵證件上的記載全都褪色、無法辨讀。他那從舊滿州憲兵隊、而軍統局、而保密局、終而警備總部這半生的綁票、逮捕、拷問、審判和處刑，都曾經因屹立不搖的國民黨而顯得理所當然，理直氣壯，而沒有自我咎罪的夢魘。自今而後，那密密封存在各個機關裡的，附有他親筆簽註的無數殺人的檔案，難保沒有曝光公開的一日。他成了墮落在無盡的空無中的人。(220)

這一段描寫國民黨特務心理感受非常深刻的引文取自於〈忠孝公園〉，敘述國民黨下台以後，馬正濤不得不面對的自我存在反思與質疑。如果主體的形塑端賴於他者召喚，那麼當國民黨垮台，大寫他者的召喚停止，自然也將動搖個人主體存在的正當性，造成馬正濤感覺的「半生的紀錄都成了白紙」；這時候，另一個受害者他者的召喚聲音便益發強勢，成為個人主體必須回應的唯一他者。只不過，我在這裡必須要強調的一點是，個人主體並非一定非要在大寫他者與其他小寫他者之間二選一，個人主體仍有選擇拒絕回應他者的可能，只是一旦拒絕他者，主體便會面臨無法繼續受到他者認可的危機。那即是死亡。因此，李清浩與馬正濤最後選擇自殺，並不能從自殺以謝罪的邏輯來思考——儘管作者似乎刻意特別強調李清浩死時的跪姿（120），以及馬正濤銬住雙手自殺（221）——而是源於他們拒絕面對其罪咎責任，拒絕回應他者召喚，最後必須要以主體的消亡做為代價。換句話說，我們很難說《忠孝公園》是一本審判之書[11]：死亡並非他們的判刑，反而成為主動逃離他者倫理呼喚的管道。自殺成為他們拒絕承擔倫理責任的替代方案。死了反倒一了百了。因此，從李清浩與馬正濤的故事裡，並沒有足以從召喚記憶的

---

[11] 王德威：〈命運的經濟，末世的清算〉，《後遺民寫作》（台北：麥田，2007）。

動作裡窺見任何積極意義上的對話契機，徒留懸而未解的歷史責任，以及封閉前瞻未來的無限可能。

四、回應，乃至於對話

《忠孝公園》談了台灣近年來頗爲熱門的認同問題，小說也盡力勾勒不同人之間受制於國家意識型態的左右，以不同歷史記憶呈現台灣認同政治極爲複雜的景觀。台灣認同政治的撕裂充滿傷害與衝突：一旦你站在某一個立場，便很容易拉起主客之間的疆界，盡而對非我族類產生怨懟之情。《忠孝公園》許多片段都呈現出人與人之間因爲不同歷史記憶與國家機器運作介入的隔閡，讓許多小說裡的角色單單回應國家機器的召喚，拒絕回應其他個人主體的召喚，例如像前一節談到的李清浩與馬正濤等人。這樣的作法一方面容易導向國家機器全盤地掌握了個人主體選擇的能動性，人無法不去回應國家機器的召喚；另一方面則封鎖了國家機器體制下不同個體之間展開溝通倫理的契機。然而，在國家機器的運作模式底下，加害者主體與受害者他者之間的關係不一定非得採取截然對立的立場，消抹對話溝通的可能性。我認爲在〈歸鄉〉一文，仍可以窺見溝通與理解的起點。

〈歸鄉〉緊扣《忠孝公園》整本小說召喚記憶的主題，尤其是小說主角楊斌與老朱兩人回憶當年從軍入伍、國共會戰、終至定居異地的一生顛沛流離，兩個老人你一言我一句，有時相互添補記憶完整，有時陷入個人喃喃沈思，以具體而微的歷史視野勾勒出二十世紀初華人的離散地景。小說對於楊斌與老朱兩個角色的設計頗爲有趣。楊斌是台籍國民黨兵，當初看到國民黨招募志願員兵的公告，主動加入，原本預計當個兩三年兵之後退伍，由國家安排到地方機關裡工作。殊不知，入伍個把月，卻被軍艦整船載往中國大陸打共產黨。老朱則出生於中國大陸，也是遭拐騙入伍，後隨部隊移動到台灣徵選新兵，復返回中國大陸繼續作戰。換句話說，楊斌和老朱的立場截然相反，甚至可類比為加害者與受害者的關係：老朱隨著部隊來台灣誘拐台灣籍新兵赴戰場，而楊斌則屬於受誘拐的台灣籍新兵。老朱談到他當時在台灣招募新兵時，有一位台籍國民黨兵王金木的父親要來與兒子會面，但礙於部隊移動在即，老朱只好欺騙王父十日後再來，但事實上是，整個部隊在十日後就已移防大陸，不在台灣了。老朱在這裡很明顯是協助軍隊這個國家機器順利運作的協力者，欺騙王金木的父親；在雙重召喚共存的門檻危機時刻，他只回應了國家機器的召喚——「外省兵都得到密令」(25)——而拒絕回應王金木父親的召喚，「幫著人家把父子拆散」(28)。每當老朱再次回想起那一段短暫來台招募台灣新兵過程，在情感層次上，他也和國民黨特務李清浩一般，共享了負罪感受：「等上了歲數了，才知道有些事，其實還在你心裡頭，時不時，在你胸口咬人」(28)。另一方面，楊斌則是屬於被老朱這類外省籍國民黨兵欺騙的台灣人，他們滿心歡喜的走進部隊，待了數個月後，卻漸漸發現台灣兵遭到監視、軟禁，被槍砲彈藥瞄準著，只能一步一步搭著船隻離開故鄉，被騙往茫然恐懼的旅程。

此時，小說刻意設計楊斌與老朱的「對話」便顯得格為有趣，透過他們的對話，提供一個理解加害者與受害者之間對話的契機。當老朱談到自己協助上級誘騙台籍士兵時，我們從小說裡看到的並非是老朱充滿懺悔式的獨白體，而是融合了老朱的回應與楊斌的聲音。至此，小說藉此擺脫個人回憶過去的小說形式，而形成溝通與理解的對話體：

> 「這亡國滅種的」老朱低下頭說，「而我竟也幫著人家把父子拆散呀。」
> 「說來，你也不能不那麼辦……」楊斌帶著安慰的口氣，張著長了眼袋子的眼睛說，「我們七十師，在……三十五年十二月的一天，駛離高雄港。離港不久，就有兩個台灣兵從上下船錨的大洞鑽出去，跳進黑壓壓的大海。沒多久，甲板上傳來人聲，向著黑夜的大

海掃機槍……」

老朱把一截菸尾巴擠死在菸灰缸裡，把已經涼了的半盞茶水一飲而盡。

「我就時常這麼想：那是誰開的槍？」楊斌說，「開槍的人，能不那麼辦嗎？」(28)

有別於一般回憶書寫的獨白體寫法，〈歸鄉〉採取的對話體讓記憶層次更爲豐富，也提供一個更寬容的角度重新面對加害者的罪惡。老朱懺悔自己因爲回應國家機器召喚，而拒絕受害者他者召喚的內心愧疚。同樣站在受害者立場的楊斌，卻能以一句「說來，你也不能不那麼辦」，一語道破老朱在面對雙重召喚時的兩難。當然，楊斌之所以能體諒老朱的困境，並非因爲楊斌不是王金木，所以事不關己；或者是楊斌與老朱是朋友，故不好意思責備。我認爲真正的原因應是楊斌儼然看穿個人主體置身於國家意識型態機器底下的限度，尤其是文革經驗帶給他的衝擊：爲了避免被批鬥，人與人之間劃清界線以自保，這讓他明白「人生有很多由不得自己的事」(64)。同樣地，當他重新回首自己與老朱的對位關係時，他並不強調自身記憶與老朱記憶的對立與差異，反而試圖理解像老朱那一些外省籍國民黨軍人置身在國家機器的壓力下，他們「能不那麼辦嗎？」乍看之下對立的主體位置與歷史記憶，卻沒有就此中斷他們交談的可能，讓老朱與楊斌的回憶淪爲各說各話的獨白體，反而更加激發他們「異中求同」、積極透過對話體追溯共同歷史與情感記憶的動力，甚至能站在對方的立場思考，理解對方何以曾經協助國家機器犯下罪惡。藉由個人主體之間的良性對話關係裡，他們並不困限在國家機器曾刻意營造的對立主體想像，而是悄悄地闢拓一塊擺脫國家意識型態控制的抵抗空間。

當然，我這邊並不是想主張爲國家機器協力的老百姓都是無辜的，而且加害者老百姓與受害者老百姓之間必須互相體諒，將過錯全數推給一個看不見又虛幻縹緲的國家意識型態機器；畢竟，所有無辜老百姓都早已介入主流文化意識型態的生產、再製與流通的共犯結構[12]。陳映真也強調他之所以特別描寫國民黨特務系統，目的是希望指出共犯問題的反省[13]，而非爲某某人脫罪。然而，我不禁懷疑，除了追究罪責、肅清真相，我們是否也該花費同樣的心力，尋思如何開創更爲正面、積極的對話網絡？我的意思是所謂的「責任」不只是批判性地檢視自己的行爲舉止是否合宜，檢視自己是否不自覺地淪爲主流文化意識型態的幫凶，這些反思固然重要，但除此之外，我們也應該正視如何回應他者召喚的責任，展現以他者爲導向的溝通倫理驅動力。承擔責任不應等同於認罪，更應該肩負如何邁向未來的使命。若我們能扛起回應小寫他者的倫理召喚，或許可以視之爲形成抵抗大寫國家機器他者的可能能動性。唯有將他者納入視域，方能將視角由自身推往他者，乃至於一個可欲求的未來。

楊斌的身份證明與產權糾紛正好可作爲我開展這部分討論的切入點。楊斌離家四十餘年，再次返家時，赫然發現二房姪子爲了併吞財產，早已將楊斌註記爲死亡。楊斌在台灣人口戶籍統計上的「死亡」，正好可以呼應他回到台灣後，台灣人（不論本省人或外省人）一律把他視爲中國人，皆難以相信他曾經是土生土長的台灣人；換言之，無論是他人看法或正規的國家體制裡，他都不具有台灣人身份。故三房姪子啓賢替楊斌出面打官司，爲的就是要取消楊斌的死亡證明，重新取得台灣人身份證，同時也是恢復、確定自己的台灣人身份。然而，對楊斌來說，要打這一場訴訟心理上並不容易，不管在台親人做得如何過份，畢竟還是親人。因此，楊斌面臨了「做人」的兩難：取消死亡證明，贖回法律上的「人」，但代價可能是面臨台灣這邊親戚關係更嚴重的崩毀，喪失親「人」。

---

[12] 邱貴芬：〈「大和解？」回應之三〉，《台灣社會研究季刊》43 期（2001 年 9 月），頁 131。
[13] 張清志整理：〈陳映真香港浸會大學演講：我的寫作與台灣社會嬗變〉，《印刻文學生活誌》12 期（2004 年 8 月），頁 48。

從故事情節來看，儘管楊斌內心擺盪徬徨，他仍原本放手讓姪子啓賢處理恢復人口戶籍上「人」的身份證明，但一直到楊斌接到孫子小虎的電話，楊斌說他「忽然就明白了」(66)：

> 「喂。」
>
> ——噢。是你喲。小虎找你。
>
> 楊斌聽見電話換手的聲音。
>
> ——爺爺，我想你。
>
> 唯一的孫兒小虎劈頭就說。
>
> 「爺爺也想小虎。」楊斌說著，把整個臉都笑開了。
>
> ——爺爺——(55～56)

一通來自於孫子的電話讓楊斌明白什麼？楊斌最後選擇放棄台灣的身份證明，因爲他發現對自己來說，親情的圓滿恐怕是更爲重要的，他「要的是家，是人」(62)。也就是說，他放棄回應台灣這邊國家機器大寫他者的召喚，選擇回應來自於孫子所連結的家人，亦即是選擇其他小寫他者的召喚，儘管拒絕回應召換的代價是無法形塑國家人口體制底下的主體——取不到個人身份證明——但這個作法無疑替他與台灣二房一家保留了未來進一步對話、溝通的餘地。

綜合來說，有別於馬正濤與李清浩等人持續回應國家機器的召喚，以形成個人主體，〈歸鄉〉裡的楊斌則在國家機器與其他他者主體的雙重召喚之間，選擇回應其他主體，而非將自我主體安身於國家機器底下。由此可見，國家機器與個人主體的垂直關係並非如此牢不可破。當然，楊斌不可能全然擺脫國家機器對於個人生命的控管（他仍置身於中國國家體制下），但我以爲楊斌的故事足以點出一個個人主體如何在龐大國家機器結構底下的自我生存、轉圜、進而開發面對其他他者，開展溝通誠意的管道，也許微小，但非常值得我們進一步思考。

五、意念、文學自主性、倫理

我在這篇文章中嘗試以「對話」的概念，重新理解陳映真的《忠孝公園》。但以這個概念想要貫穿陳映真小說所會遇到的最大難題，或許是我們該如何以「對話」來看待陳映真本身的寫作姿態。我的意思是，論者曾以「僵硬的意識型態」批評陳映真的小說14，就連陳映真自己也不只一次公開強調自己是意念先行的作家，他的文學作品是爲思想意識型態服務[15]。對一個寫作意識如此強勢，如此有話要說的作家，我們究竟要如何理解他的小說的「對話性」？就算小說可能蘊含對話倫理的潛力，我們又如何理解作者本身與作品之間的對話倫理呢？身爲一個作者，他是否也保留自己與小說主角對話的可能？或者他的小說人物充其量不過是特定意識型態的反射，就如同他自己強調的「意念先行」？這一個問題可以換一個問法：

> 選擇討論陳映真，則是極其艱難的決定。作為一名研究者，要如何走出陳映真所設下的文學與政治難題，是我一直想要嘗試的。談太多政治，總有不同政治立場的人會貼標籤、扣帽子（究竟是同路人或台獨派？）；談太多文學，對於陳映真的「介入文學」（committed literature）恐怕也是一種失敬。閱讀陳映真，有誰不需面對這樣的心理拔河？[16]

當陳映真的小說只是「有話要說」、「有意念要傳達」的小說，這一方面容易架空小說世界的文學自主性，另一方面則強化了小說的載道、

14 呂正惠：〈從山村小鎮到華盛頓大樓：論陳映真的歷程及其矛盾〉，《文學的思考者：論陳映真卷》（台北：人間，1988），頁224。

15 古蒼梧、古劍採訪；曹清華記錄：〈左翼人生：文學與宗教——陳映真先生訪談錄〉，《文學世紀》4卷4期（2004年3月），頁12。

16 陳建忠：〈末日啟示錄：論陳映真小說中的記憶政治〉，《中外文學》32卷4期（2003年9月），頁114。

宣傳成分，變成「我有一件很重要的事情要跟你們說，而你們只能乖乖聽我說」的僵局。意念先行的代價往往很容易注定了小說世界與小說作者姿態的封閉性。換句話說，國家威權是現實世界裡至高無上權力的體現，那麼在小說世界裡具有同等權力的人，則是作者。一旦作者意識過於強盛，自然會阻礙小說人物自我意識的獨立性，淪爲傳聲筒。倘若要從對話倫理討論陳映真小說，不可能繞過這個重要問題。

然而，陳映真的小說世界當真如此自守封閉？或者說，當小說背負了傳達特定社會意識的使命時，是否注定文學自主性與對話積極性的落空？答案當然並非如此絕對。巴赫汀（Mikhail M・Bakhtin）曾藉由杜斯妥也夫斯基（Frodor Dostoevsky）的小說藝術，探討作者與角色之間的關係，或許頗值得參考。杜氏認爲自己是一個寫實主義小說家，但是他與一般的寫實主義小說家不同，他是更高層次的寫實主義家，探索人類靈魂的最深邃的幽思[17]。巴赫汀認爲這其中的差別在於，一般寫實主義小說屬於單聲（monologic）小說，作者意識往往凌駕於人物之上，作者嚴格定義小說內部所有角色的人物形象、性格、經驗與意識，導致所有角色只能刻板地傳達作者所欲傳達的訊息[18]。但是，巴赫汀認爲，杜氏卻採用了新的形式來表達寫實主義藝術，避免落入單聲式小說過於結構一致、意義固定與封閉的困境，那即是彰顯小說的複調（polyphonic）特質。複調小說將小說主角視爲「你」（thou），是一個相對於作者的獨立個體，具有自我意識（self-consciousness），能夠表達自我的感受，也能進行更深一層的自我判斷與評價。複調小說保留了主角的意識，因此並不是作者說一個與主角有關的故事，而是作者和主角一起說這個故事。換言之，相較於單聲式小說刻畫一個固定而恆常的小說世界，複調小說的獨特形式肯定了主角的獨立性、內在性、未完成性與不確定性，無疑是打破了單聲式小說的侷限，將作者主導說話的主導權與主角分享

---

[17] Mikhail Bakhtin, Problems of Dostoevsky's Poetics, ed & trans. Caryl Emersn (Minneapolis: University of Minnesota Press, 1984), p. 60.

[18] Ibid, p. 52.

[19]。簡言之，巴赫汀提出「單聲」與「複調」兩種概念，企圖捕捉當代寫實主義小說對於作者意識與角色自主性的嶄新文本實踐可能。

巴赫汀的論述有助於幫助我們更進一步檢視陳映真的寫實主義特質。陳映真無疑是寫實主義小說家，但寫實不等於放棄藝術性，就如同陳映真說的，他動筆時首要考慮的是藝術性[20]；也像他提到的，作家會變，作家也自覺地想要變，這種變是「期許自己寫得更好，更深刻」[21]。陳映真對於自己美學上的期許——寫得更深刻——就和杜斯妥也夫斯基對自己的定義——更高層次的寫實主義家探索人類靈魂的最深刻的幽思——有所呼應。換言之，作為一名寫實主義小說家，不等於提前宣判他在美學意識上的保守，也不代表作者在他所經營的小說世界掌握了絕對的權威。儘管《忠孝公園》不應該過於草率地直接以複調小說名之，但小說某個程度反映複調小說特質，賦予小說主角獨立的自我意識，因此也展示了作者與主角的對話路徑。

陳映真曾經指出，〈忠孝公園〉所關心的主題有三，其中之一即是日本皇民化教育所殘留在台灣人身上的意識型態痕跡[22]，論者以為陳映真假借林標滑稽可笑的舉動來演繹被殖民者的愚忠[23]，這也凸顯出陳映真一貫強烈的日本情結。因此當他在〈忠孝公園〉寫一名心向皇軍的台灣人日本兵林標，確實足以檢視作者個人政治理念與小說人物自我意識的對話協商。

〈忠孝公園〉分成8個小節，第1個小節以馬正濤為主的第三人稱敘事觀點進行，這一節是林標的第一次登場。在此小節裡，作者似乎藉曾經身居日本軍官馬正濤之眼，嘲諷軍伕林標刻意穿回日本軍服，向日

---

19 Ibid, pp. 47-53.

20 古蒼梧、古劍採訪；曹清華記錄：〈左翼人生〉，頁12。

21 林麗如：〈以認真、嚴肅的態度思想與創作：專訪陳映真先生〉，《文訊》196期（2002年2月），頁82。

22 古蒼梧、古劍採訪；曹清華記錄：〈左翼人生〉，頁13；林麗如：〈以認真、嚴肅的態度思想與創作〉，頁80。

23 李奭學：〈遊園驚夢：讀陳映真的〈忠孝公園〉〉，《聯合文學》201期（2001年7月），頁32。

本政府索討戰後賠償的可笑行爲。然而，作者在第 2 小節隨即轉換敘事觀點，不同於第 1 節是以他人的角度觀看林標召喚日本記憶的行爲，他在第 2 節以第三人稱敘事觀點深入林標內心，開始耙梳林標日治時期在南洋從軍作戰的故事：

> 當時，小泉召集了二十幾個台灣人日本軍屬和軍伕，就著烘乾衣服的篝火，和藹地說：
> 「從此，你們都變成中國人了。」
> 「……」
> 第二天雨停了。殘留在寬闊的熱帶樹葉上的雨水聚成的水珠滴滴答答地落下。一國人究竟要怎樣在一夕間「變成」另一個國的人呢？「……」茫然、悲傷和痛苦浸染著不肯離隊的台灣兵。但一旦被以「戰勝國國民」之名和日本人分開，林標覺得一時失去了與日本人一起為敗戰同聲慟哭的立場。而無緣無故、憑空而來的「戰勝國國民」的身份，又一點也不能帶來「勝利」的歡欣和驕傲。(153)

作者在〈忠孝公園〉刻意闢拓一大段落，專門描寫台灣籍日本兵在日本投降後的內心轉折：戰爭突如其來的結束，讓林標從「日本」人陡然變成「中國」人。林標的徬徨是：人究竟該如何「變成」另一國人？如果國族身份的建構端賴於國家機器的召喚，那麼當林標的主體形塑由某一國家機器強行推向另一國家機器，所謂的個人主體是否會有所不同？還是沒有？林標的生命困境將國家機器召喚與個人主體形塑的議題拉扯到極致，徹底地將國家機器與個人的情感連結架空，純粹遺留政治當權者的利益交換。林標爲了回應國家機器的召喚，投入戰場，面對敵人的面孔，然而當他從屍體遍野的叢林轉過身來，赫然發現自己竟遭原有國家機器背棄，拋給自己原先的敵國（現在成了母國），這無疑揭示龐大國家機器體制運作的虛妄以及其對個人主體毫無感情的擺佈。

林標的故事除了再次呼應召喚與回應的主題外，更重要的是，透過林標內心自我意識多層次轉折的細微描述，我認為作者開啓一條讓小說主角發聲的可能途徑。林標不只會回憶、會敘述，他也具有自我判斷與評價的能力。作者清楚描寫主角日本認同的動機，主角也知道自己戰後穿著日本軍服奔走的行徑惹來他人「不堪的嘲笑和愚弄」（159），主角明白別人對他的評價，但作者讓主角保持自我判斷的清楚意識，讓他儘管知道外界的觀感，仍義無反顧地訴償他所欲追求的賠償正義。而作者在小說裡並非以自己的意識代替小說主角發言，而是在一旁紀錄小說主角的自我意識活動以及其與外在世界的對話過程。必須小心留意的是，儘管複調小說允許小說主角具有自我意識，讓他們自己說話，保留形象的未完成性，巴赫汀也指出複調小說並非對小說人物毫無限制。主角雖然有他的自我意識，可以自我評價、自我判斷，但由於主角仍置身於小說裡頭，因此必須受限於小說藝術的設計，服從小說內部的秩序；換言之，主角的獨立性是屬於「相對的獨立」（relative independence）[24]，而不是絕對的獨立。作者創造了複調小說主角的自由，讓主角有其意識，有其話語，只是小說角色自主的內在邏輯必須和外部小說世界的設計不斷協商，在小說邊界內部保持主角自我意識的獨立性與內在性[25]。

解讀陳映真的難題在於，我們如何去處理作者意識與小說人物自主性的糾葛，這誠然是研究寫實主義小說的一大考驗。但換個方式來思考問題，我們往往會認為寫實主義小說總是意念先行，為了精準地呈現作者的意識型態，通常也讓小說人物淪為作家意識的傳聲筒。巴赫汀藉由分析杜斯妥也夫斯基的複調小說，逆轉作者與主角的絕對位階關係。他提醒我們，當寫實主義小說發展從傳統單聲式寫實主義小說到複調寫實主義小說的轉化時，研究者應該以更寬廣地態度探討寫實主義小說裡作者意識與美學自主性的辯證。複調寫實主義小說一方面能夠帶領我們尋訪寫實主義小說更為深刻而富有社會意義的文本實踐，另一方面也確保

[24] Mikhail Bakhtin, Problems of Dostoevsky's Poetics, pp. 64-65
[25] Ibid, p. 65.

小說主角充滿開放性與流動性的自我意識可能。陳映真小說對話倫理學的思考，或許可以從複調小說的理論獲得一些啓發。

六、結論

我在以上的討論裡嘗試勾勒《忠孝公園》所呈現極具辯證性的權力流動思考。一般常會認爲霸權是上位者施加權力於下位者身上，對下位者造成傷害，而寫實主義小說的使命則是書寫受壓迫的弱勢社群，實踐弱勢關懷的人道主義精神。然而我藉著分析陳映真《忠孝公園》，指出執法者對受害者行使司法暴力時，實際上也面臨來自於受害者他者的倫理召喚，不斷擾亂執法者主體與國家機器之間的召喚與回應關係。作爲現代國家機器體制下的一環，任何執法者都不是純粹掌握權力的人，反而需要回應來自於國家機器以及來自於他者個體雙重召喚的權力回流。執法者的主體性一旦需由國家機器他者的召喚才得以形塑時，執法者的權力反而被架空，淪爲棋子。當國家機器的召喚停歇，受害者持續以回憶的姿態回訪執法者，便很容易造成執法者主體存在的罪咎與危機。《忠孝公園》展示了權力流動極富辯證性的思考。

此外，個人主體如何從國家機器的召喚抽身，人與人之間如何能以更體諒的角度思考他人與國家機器的對位關係也是本書的重要議題。《忠孝公園》一方面安排許多歷史記憶迴然對立的主體，穿梭其中，另一方面建立人與人之間彼此交談對話的空間，我認爲這有助於激發人與人之間「異中求同」、積極透過對話體追溯共同歷史與情感記憶的動力，甚至能站在對方的立場思考，理解對方何以曾經協助國家機器犯下罪惡。換言之，個人主體需要在龐大國家機器結構底下追尋自我生存、轉圜、進而開發面對其他他者，開展溝通誠意的管道，方能回應來自於他者的倫理議題。小說的對話特質不只出現在小說情節，也同時展現在寫實主義小說家與小說主角的關係：有別於傳統寫實主義小說爲了精準地呈現作者的意識型態，往往讓人物流於作家意識傳統筒，缺乏立體深層的人物形象；在《忠孝公園》裡，陳映真試圖讓小說人物具有能描述、回憶、評價的自我意識，一方面能夠帶領我們尋訪寫實主義小說更爲深刻而富有社會意義的文本實踐，另一方面也確保小說主角與作者之間蘊含對話意義的特質。

綜合來說，作爲一本寫實主義小說，《忠孝公園》替讀者勾勒了新的倫理學議題，小說裡頭對於霸權與國家機器的探討不只範限於如何爲弱勢社群發聲，肅清歷史正義，更提醒我們關注個人與他者之間的召喚、回應、乃至於對話的倫理關係。《忠孝公園》召喚了歷史，但是歷史記憶若要形成足以具備前瞻性與開放性的救贖力量，事實上，並非是一件容易的事情。陳映真在《忠孝公園》裡頭偏向以死亡、迷失自我等方式來處理個人回應歷史責任的策略，並不見得完全是作者美學脾性（老是以自殺結束故事），更涉及清償歷史責任的道德難題。然而，在真實世界裡，死亡並不具有未來性，而唯有活著，嘗試建立對話、溝通的平台，方能從回憶歷史的路徑裡窺見驅前未來的潛在動能。

參考書目

文本及研究專書

- Althusser, Louis. *Lenin and Philosophy and Other Essays*. Trans. Ben Brewster. New York: Monthly Review Press, 1971.
- Bakhtin, Mikhail. *Problems of Dostoevsky' s Poetics*. Ed & Trans. Caryl Emersn. Minneapolis: University of Minnesota Press, 1984.
- Derrida, Jacques. *The Other Heading: Reflection on Today' s Europe*. Trans. Pascale-Anne Brault and Micjael B. Naas. Bloomington and Indianpolis: Indiana University Press, 1992.
- Lash, Scott. "Power after Hegemony: Cultural Studies in Mutation?" *Theory, Culture & Society* 24.3(2007): 55～78.
- 陳映真，《忠孝公園》。台北：洪範，2001。
- 曾萍萍，《噤啞的他者——陳映真小說與後殖民論述》。台北，萬卷樓，2003。

期刊論文、專書論文、報紙評論

- 王德威，〈命運的經濟，末世的清算〉。《後遺民寫作》。台北：麥田，2007。
- 古蒼梧、古劍採訪；曹清華記錄，〈左翼人生：文學與宗教——陳映真先生訪談錄〉。《文學世紀》4 卷 4 期（2004 年 3 月），頁 4-14。
- 呂正惠，〈從山村小鎮到華盛頓大樓：論陳映真的歷程及其矛盾〉。收錄於《文學的思考者：論陳映真卷》。台北：人間，1988。
- 李奭學，〈遊園驚夢：讀陳映真的〈忠孝公園〉〉。《聯合文學》201 期（2001 年 7 月），頁 32～33。
- 林麗如，〈以認真、嚴肅的態度思想與創作：專訪陳映真先生〉。《文訊》196 期（2002 年 2 月），頁 79-82。

- 邱貴芬，〈「大和解？」回應之三〉。《台灣社會研究季刊》43 期（2001 年 9 月），頁 131。
- 郝譽翔，〈永遠的薛西弗斯：陳映真訪談錄〉。《聯合文學》201 期（2001 年 7 月），頁 27～31。
- 張清志整理，〈陳映真香港浸會大學演講：我的寫作與台灣社會嬗變〉。《印刻文學生活誌》12 期（2004 年 8 月），頁 28～59。
- 陳建忠，〈末日啓示錄：論陳映真小說中的記憶政治〉。《中外文學》32 卷 4 期(2003 年 9 月)，頁 113～143。
- 廖朝陽，〈災難與希望：從〈古都〉與《血色蝙蝠降臨的城市》看政治〉。《台灣社會研究季刊》43 期（2001 年 9 月），頁 30。
- 黎湘萍，〈歷史清理與人性反省：陳映真近作的價值——從《歸鄉》、《夜霧》到《忠孝公園》〉。
- （來源：http://www.ruhr-uni-bochum.de/slc/taiwan/LiXiangping.pdf，2009.05.07）。

講評

許俊雅*

主持人、論文發表人、諸位學術界先進及對陳映真作品景仰喜愛的文學同好者，很高興有這機會參與陳映真先生創作 50 週年的國際學術研討會，特別感謝主辦單位的邀請，得以先拜讀論文。我昨天來的時候會場座無虛席，老中少都有，這是我參與學術研討會首次見到如此的盛況，可以想見陳先生的作品，迄今仍魅力無窮，散發吸引著當代人。《忠孝公園》（包含〈歸鄉〉、〈夜霧〉和〈忠孝公園〉三篇小說），三篇小說的共同點是，都是以回憶串起情節（正如論文作者所說「召喚過去記憶成爲小說情節推動的關鍵因素」，而解嚴與政黨輪替的政治氛圍是個關鍵），而所有的回憶都是痛苦的。此書同時也發展出三種全新的題材，恰恰與過去陳映真所寫的題材相反：以前他寫在台灣的大陸人，現在則寫在大陸的台灣人（〈歸鄉〉）；以前寫白色恐怖的受難者，現在寫加害者及加害者也是被害者（林育卿）的思考（〈夜霧〉）；以前寫日本對台灣的經濟殖民，現在寫台灣人過去對日本人的奉獻與效忠（〈忠孝公園〉）。雖然表面上題材似乎不一樣了，但對於人物黑暗心靈的囚禁拘禁，仍與他關心的政治歷史緊密關聯。

有關陳映真作品的討論誠然已經不少，論文發表人因此推陳出新，企圖提出新的觀點，也獲致不錯的成果。他通過對陳映真小說集《忠孝公園》中的三部作品〈歸鄉〉、〈夜霧〉和〈忠孝公園〉的文本分析，以權力流動的辯證性來糾正以往研究中偏重強調陳映真小說僅僅爲弱勢群體聲張正義的觀點。以探討小說中的召喚記憶、個體與國家機器的回應、以及對話結構等，來糾正以往研究中片面強調的陳映真小說的意識

---

* 台灣師範大學國文系教授。

形態的意念先行的傾向，並且用巴赫汀的複調理論來糾正一般現實主義文學的單聲敍事傳統。作者用意是好的，也有一些創見，但在文本分析中，有時急於引用各種理論來闡釋自己的觀點，造成敍述上稍混亂。我謹就一個讀者的讀後感提出一些想法供參酌。

論文首先強調了權力流動的辯證性。即執法者在國家機器的運作下不僅僅受制於國家機器指令實行暴力，還需要回應來自受害者的倫理召喚，良心受到譴責。由此揭示了人物在「雙重召喚的權力回流」的複雜性。論文作者對小說提供更寬容角度面對加害者的罪惡的梳理及反省共犯的問題，乃至以「對話」的概念，重新理解《忠孝公園》等等，這確實是非常細緻的分析，但是作者用來說明，「一般的寫實主義的使命是書寫受壓迫者的弱勢群體，實踐弱勢關懷的人道主義精神」，由此將陳映真的創作從寫實主義傳統中分離開來，似乎沒有必要。因爲這種所謂「雙重召喚」早在雨果的時代已經被普遍地使用，偉大名著《悲慘世界》（或譯爲《哀史》）和《1793 年》裡都表現了這種複雜的人性，所以就算陳映真深刻表達了這一點，也並非有什麼特別新鮮的獨創。而且，寫執法者的複雜性（雙重召喚），與弱勢關懷，完全可以是一致的藝術趣味，因此討論陳映真的創作似乎也就沒必要從寫實主義傳統中分離開來。

其次是巴赫汀的複調理論，主要是指作家不在文學作品中直接地闡述自己的觀點，來壓倒其他的一切聲音；而是通過人物的不同聲音的充分表達，構成眾聲喧嘩的敍事風格以及人物性格的未完成性。這原來是指杜斯妥耶夫斯基的藝術特徵。論文作者閔旭把它運用在《忠孝公園》的這三部小說的分析，揭示了陳映真晚年藝術的發展。這是很有見解的。但這不意味作家有絲毫放棄自己政治立場的企圖。陳映真作爲一個極有個性的優秀作家，一個具有強烈意識形態立場的知識分子，他的小說雖然具有鮮明的意念先行的特點，但是仍然離不開以刻畫人物性格的方法來體現自己的思想，他的藝術創作道路經歷了一個從現代主義到寫實主義的發展過程，又憑藉著對社會的深刻洞察力和批判精神，把寫實主義藝術發揮到極致的境界。尤其是他晚年的《忠孝公園》三部曲，用樸素無華的直接書寫，描繪出近五十年來臺灣政治歷史的複雜糾葛。

爲了達到歷史的複雜性，陳映真在這三部作品裡都沒有完全正面的聲音，而是刻畫了一批台籍國民黨士兵、台籍日本兵，國民黨特務、混跡於國民黨、共產黨、日本三方的政治人渣等等，通過這批人物的特殊經歷，反映出大時代的滾滾濁浪中小人物的悲慘命運。但是作家主觀上對這些人物不是一視同仁的，對於像兩岸政治軍事鬥爭中的犧牲品楊斌，在中日戰爭中的犧牲品台籍日軍士兵林標，作家是懷著複雜的感情在描寫他們的可悲命運，一定程度上表達了作家的同情；而對於像李清浩、馬正濤這樣的特務，作家是比較懷著厭惡的心情，在揭露了這些人物的醜惡行徑和鬼魅心理的同時，也反映了時代的混亂和骯髒。本來受害者成爲另一個加害者，形成惡性的循環，出現更多的施虐行爲，這是比較常見的，但《忠孝公園》對施虐者、加害者的反思，作家其實也提出一個更有意思的現象，加害者其實也是受害者，雖然作家深入到人物心靈深處刻畫人物，常常出現這些人物的內心獨白和歷史記憶，但並非表明作家對這些人物的認同。

此外，〈歸鄉〉寫台灣兵楊斌被騙到大陸去打共產黨的血淚、有家歸不得的悲涼，以及年老歸鄉卻不被認同（不把他看成台灣人，甚至於將他視爲「外省豬」）的荒謬。〈歸鄉〉裡的臺灣是個貪婪、墮落、敗德之島，此正與陳映真對資本主義的批判一致。這個故事反映了陳映真不能忘懷的主題：究竟楊斌是大陸人還是台灣人？歸鄉的「鄉」在何處？最後楊斌決定回到中國大陸，不願意打官司來爭取財產。對他來說，兩邊都是故鄉，他已經無法分辨了。這自然是作者的原意：作爲大陸人也好，台灣人也好，中國只有一個。陳映真在這三部小說裡所有這些特點，都沒有超出一個優秀的寫實主義作家的藝術方法，也沒有改變他歷來的政治立場和政治觀點。

陳映真的文學世界與韓國

金河林*

一、韓國中國現代文學學會與陳映真

1993 年秋天在韓國首爾，韓國中國現代文學學會舉辦了「台灣現代文學研討會」。這是在韓國第一次舉行的台灣現代文學研討會。當時陳映真、呂正惠、林瑞明、松永正義（日本學者）等學者參加並發表了關於台灣現代文學論文。[1]

1950 年代韓國戰爭終結以後，在韓國除了反對和批評中國共產黨的研究以外，研究中國大陸的問題是基本上不可能的事。這樣的環境下研究關於台灣現代文學也是極受限制的情況。在台灣留學的韓國學生的主要研究項目是中國古代文學與語言學，介紹台灣現代作家和作品也是難見的情況。[2]

1970～80 年代，韓國的民主運動和民族運動的開始和發展，終於推動了研究中國（大陸）現代文學的學術運動。在這樣的狀況下有些中國文學研究者漸漸關注台灣現代文學，特別是台灣的進步文學方面。1993 年開的「台灣現代文學研討會」的背景就是這樣的。在韓國 1970

* 韓國朝鮮大學中國與中國文化系教授。

[1] 當時發表的論文收錄在《中國現代文學》（韓國中國現代文學學會，第 7 號，1993）。目錄：金時俊：〈臺灣現代文學的歷史與動向〉，陳映真：〈臺灣近現代文學思潮之演變〉，金宗洙：〈試論大陸與臺灣的新文學早期主題結構及其特點〉，金炡旭：〈1930 年代朝鮮與臺灣的勞動者題材小說初探〉，申正浩：〈楊逵的《模範村》與樸榮濬的《模範耕作生》，金慶男：〈1945 年解放後， 韓國和臺灣兩國的文學的課題於文壇狀況〉，呂正惠：〈戰後臺灣知識份子與臺灣文學〉，林瑞明：〈國家認同衝突下的臺灣文學研究〉，許世旭：〈五十年代臺灣新詩之矛盾現象〉，松永正義：〈關於日本的臺灣文學研究〉。

[2] 在韓國 1970 年代簡單地介紹臺灣現代作家和作品的學者是許世旭，《中國現代文學論》（文學藝術社，1982）

年代中期以後，在軍部獨裁政權的暴壓統治之下，有些文人展開反對軍部政權運動，並且在追求民主主義和民眾主義的過程中，關心於第三世界文學，另外台灣的「鄉土文學論戰」也是關心的對象。可是對於台灣現代文學方面的專門研究力量的不足和資料的不夠，不可能完全理解「鄉土文學論戰」的具體內容。當時翻譯黃春明的小說《sayonara，再見》[3]也是日語本的重譯，這標誌著韓國學界對台灣現代文學的關心。

這樣的情況下，1980 年代後半期，韓國一些研究者發表了關於台灣現代文學的論文。比如，〈1949 年以後自由中國文學〉[4]，〈台灣現代文學的昨天和今天〉[5]，〈60 年代台灣的新詩與小說概觀〉[6]，〈台灣現代詩的鄉愁意識研究〉[7]，〈台灣的鄉土文學的性格〉[8]，〈70 年代台灣新詩思潮考〉[9]，〈黃春明與他的作品研究〉[10]……等等。

通過這樣的過程，台灣現代文學逐步進入了韓國對中國現代文學研究的行列。1993 年開的「台灣現代文學研討會」是一種里程碑，並且擴大了韓國研究台灣現代文學的視野。

當時，韓國中國現代文學學會會長金時俊教授發表的論文裡主張，「我們應該注意到在東亞台灣現代文學熱烈發展起來的現狀」。[11]而且金教授評價，「陳映真的民族主義的鄉土文學與其他的鄉土文學家不一樣。他主張鄉土文學不是只描寫被壓迫的台灣民眾的苦痛和悲哀的文學，而是描寫被壓迫的整個中國民眾的苦痛和悲哀的文學。而且他主張大陸與台灣民族的融合，而反對台灣孤立的鄉土文學派。」[12]

---

3 李浩哲譯（創作與批評社，1983）。

4 李再薰：《中國學論從》，1984。

5 河正玉：《中國語世界》，1984。

6 柳晟俊：《中國研究》，1985。

7 金河林：《中國現代文學》，1987。

8 金鐘賢：《中國語文論從》，1988。

9 柳晟俊：《中國研究》，1988。

10 金相姝：《中語中文學》，1989。

11 金時俊：〈臺灣現代文學的歷史與動向〉，《中國現代文學》（韓國中國現代文學學會，第 7 號，1993）。

12 金時俊：〈臺灣現代文學的歷史與動向〉，《中國現代文學》。

在學術會議上，陳映眞發表〈台灣近現代文學思潮之演變〉，是關於關心台灣現代文學的韓國研究者明確地理解台灣現代文學的演變的具體的內容。陳映真的論文主張，「對中國民族民主革命歷史中的中國文學與台灣在日本帝國時代民族民主革命成長起來的文學中共同存在的，片面強調台灣文學『自主，獨立』性的情況下提出了反論。」，「台灣分離運動文學理論中表現出的反動化反民族化，和令人嗅出的日帝時期『決戰文學』的少數台灣文學界所表現的精神頽廢，令人震驚！」[13] 陳映真的主張給關心和研究中國現代文學的韓國學者們留下深刻印象和影響。

二、陳映真作品的翻譯與研究

（一）翻譯

1987 年初，韓國的中央日報社計畫翻譯和出版中國現代文學全集。中國現代文學全集裡包括台灣現代文學作品。整個 20 卷的全集裡收錄魯迅、茅盾、巴金、王蒙、周立波、周克芹、諶容等的中國現當代作家的作品。台灣作家的作品有兩卷，其中包括台灣的作家有陳映真、楊逵、吳濁流、王拓、白先勇、趙滋蕃等等。當時雖然沒有全面地介紹台灣現代文學的計畫，可是這樣系統地介紹和翻譯台灣現代文學作品的情況，在韓國翻譯界還是第一次。

陳映真的〈夜行貨車〉的翻譯者說：「與此不同的側面，通過國際公司的美國管理人員對台灣女性的性騷擾，描述台灣人民族自尊心問題的作品〈夜行貨車〉，揭示了今天的台灣所經歷的第三世界民族解放問題是多迫切的任務。尤其，這個作品裡人物性格的形象化，映射出中層人物林榮平卑劣又優柔寡斷的性格，和毫無顧忌地向美國管理人員抗辯

[13] 陳映真：〈臺灣近現代文學思潮之演變〉，《中國現代文學》，韓國中國現代文學學會，第 7 號（1993）。

的詹奕宏。還有，在那兩個人的肉體中來回的人物劉小玲，最終和詹奕宏一起辭掉國際公司的工作，奔向詹奕宏的故鄉『南部』，這樣的主要內容強烈啓示台灣的方向日後該有怎樣趨向。」[14]

（二）研究論文

1、博士論文

對於研究陳映真的文學世界的博士學位論文是周宰嬉的《陳映真小說研究》[15]，這裡簡單地介紹周宰嬉的觀點和主張。她的博士論文的目錄如下：1・序論，1-1 研究目的和研究成果檢討，1-2 研究範圍與研究方法。2・思想形成和發展-創作推動力，2-1 戰後台灣現實與陳映真思想的初步形成，2-2 基督教思想，2-3 左派民族主義和統一思想，2-4 文學觀的發展，3・小說創作第一期；初期小說，4・小說創作第二期；轉變期小說，5・小說創作第三期；後期小說，6・結論。

在戰後台灣文化的發展與變化中，陳映真憑著知識份子的良心冷靜地觀察時代與社會，在台灣作家中有獨特的地位。60 年代，本地人與外省人之間的不和達到極點，他首次客觀地涉及到了省籍問題。國民黨爲保持政權正宗性造成的肅清左派的恐懼氣氛時期，他也是因左傾政治思想而入獄的唯一作家，也是一個對台灣鄉土有著熱愛之心，卻近年來在台灣獨立爲主流思想氣氛下仍然懷著民族統一理想的固執的作家。他熱愛台灣又懷有對中國統一未來的憧憬，過去受國民黨的迫害，如今又被民主化的台灣獨立分子所排擠。正如他自己所說，自己再次成爲局外人。

然而，他的作品不僅成功地反映了近 40 年來台灣的社會變動，而

---

14 劉中夏，〈臺灣社會矛盾的重層性與鄉土文學〉，《中國現代文學全集》（中央日報社，1989）。

15 周宰嬉，《陳映真小說研究》（韓國外國大學博士學位論文，2002）。

且展示了黑暗時期關頭對未來的明確視野。讓人驚奇的是，按年度來分析他的小說能夠發現四十年來台灣的發展與變化，如同活動全景的展開。即，戰後力量的法則站上風的 60 年代；使經濟價值走前段的政治壓迫時代；共同目標與價值消失的 90 年代；直到台灣獨立成為主要趨勢思想的 2000 年代，時代的話題裡都有陳映真的小說。這說明陳映真在他的作品裡所表現的社會精神風貌具有當代價值。

陳映真在台灣小說家中最受矚目的原因是他的小說除了具有歷史元素和時代色彩，還結合歷史闡述了個人混亂的內心世界。他尖銳的眼光較有深度地解析了當代人的心理狀態與價值觀的變化，這並不是他單純地只反映戰後台灣社會的變化，深刻地指出那個時期台灣社會帶有的苦惱與致富問題。

他洞察社會各種問題的慧眼比台灣任何一個作家都突出，這是從作者充滿內外空間矛盾的現實意識來的。陳映真在戰後精確地透析台灣歷史的核心，他的小說裡映射的對時代的反省和思考，反映出陳映真作為小說家給渾濁的時代一個教訓，也證明他不捲入世俗的漩渦，而要追求更好的作品。

創作小說一期『初期小說』具有較強的作者自傳色彩，和當時封閉的社會氣氛相吻合，帶有灰暗猶豫的色調。作為青年知識份子感到對社會的責任感，但是又描繪出對政治現實的焦急感和家庭貧困及自身能力有限等抑鬱的獨白。還有，青年時期對性的困惑與內心道德相撞表現出成長小說的面貌。通過分析主題意識看到了青年時期的陳映真的苦惱與因本外省人之間的糾葛 60 年代台灣社會造成的嚴重性。

創作小說二期『轉變期小說』中，陳映真擺脫自我凝視的主題逐漸轉到現實社會，以更客觀的角度去觀察社會。這時期的作品雖然不多，但是題材變得更加多樣化。他關注外省人，期望他們能夠逐漸在台灣紮根。尤其是對〈累累〉中沒受矚目的大陸軍人的生活苦惱倍加關注。又對當時成為敏感問題的越南戰爭雖沒有正面描寫，但涉及了強國美國的暴力邏輯及戰爭所帶來的破壞，把作者的視覺擴大到國際問題上。

創作小說三期『後期小說』當中， 由於台灣社會政治經濟急劇變化，作者開始用現實主義眼光關注社會。經濟主題小說中，台灣形成經濟躍進的 70 年代，以經濟為主題的小說，政治禁忌在某種程度上得到緩解的 80 年代以政治為主題的小說，還有論述台灣獨立為主要趨勢 90 年代涉及的分割問題的小說等，陳映真不顧忌政治負擔，從不忽視時代的敏感問題。

作者在經濟主題小說裡映照了 70 年代的台灣急速資本主義化的經濟形態，本文論述了有關經濟小說的創作背景及思想基礎；還論述了 1970～80 年代台灣資本主義經濟體制下，引起的從屬經濟體制諸多問題與國際公司的人性問題，和人與人之間人情疏遠問題。

政治主體小說中再映照了，為時代禁忌的 50 年代白色恐怖時期慘痛的歷史。作者通過這些作品讓讀者瞭解被掩蓋了 30 年的歷史真相。本文將通過分析台灣政治小說的歷史意義，把 50 年代新民族主義者的苦難和理想，與生活在資本主義社會的下一代的墮落比較，回想作者所提示的真正的歷史發展是什麼。

陳映真對分割一貫持堅決否定的態度。在台灣獨立為主要趨勢的現今他仍然主張與中國大陸統一。陳映真通過政論與實際行動表明了自己的立場。陳映真的最新小說〈歸鄉〉中，不是以民族統一的巨大口號接近，而是通過細微的人生故事來陳述了一個民族的統一性。而且，通過歷史上模糊的台灣黨性引起的悲劇情況，主張與大陸統一問題的當為性。

2、一般論文

劉麗雅的〈陳映真文學研究〉在韓國學界來說，是比較有系統地把握陳映真小說世界的論文[16]， 這裡簡單地介紹論者的觀點：

陳映真的作品可分爲三個主題來研究。一是台灣知識份子問題，二是台灣人和大陸人的情結，三是底層民眾的問題。描寫台灣知識份子問題在他的作品當中所佔有比重最大。他筆下的知識份子大致可分爲兩類型來討論。一類是屬於他的早期作品，同時也是他本人的生活寫照。表現出知識份子只懷理想卻沒有付諸實際行動的精神苦悶，終於走向幻滅和失敗。代表作品有〈我的弟弟康雄〉、〈鄉村的教師〉、〈故鄉〉等作品。另一類是屬於他的中期和後期作品。這時期作品中的知識份子一反前期作品，以積極地態度和行動，面對社會現實，勇往直前；赤裸裸地揭露了美日帝國主義利用跨國公司對台灣進行經濟的剝削和掠奪。代表作品有〈夜行貨車〉、〈雲〉、〈上班族的一日〉、〈萬商帝君〉、〈山路〉、〈鈴鐺花〉、〈趙南棟〉等。

台灣解放後，國民黨來台灣，使不同歷史發展背景下的兩岸人民產生相處問題；尤其是寄居台灣的大陸人，有牽絲不斷的過去記憶，懷著矛盾的心情以及適應現實生活的困難問題。對這些大陸人作深刻又生動的描寫，在台灣新文學的作家和作品當中，陳映真是首屈一指。這類代表作品有〈文書〉、〈將軍族〉、〈一綠色之候鳥〉、〈第一件差事〉、〈某一個日午〉等。

第三個作品主題是描寫台灣底層民眾問題。光復初期，在實施經濟改革，對外開放之前，台灣百姓生活較爲困苦，可是民心純樸善良。等到 60 年代以後，生活水準普遍提高，許多後遺症滋生；美軍的駐台既是其中問題之一。衍生了新的底層社會中娛樂美軍的吧女問題。然而作者卻以人道主義的寫實手法來描述他們，對他們表現了無限的關懷和同情。代表作品有〈麵攤〉和〈六月裡的玫瑰花〉。

陳映真的文學理論成爲 70 年代鄉土文學有力的根據，他的作品真

16 劉麗雅，〈陳映真文學研究〉，《中國學論叢》第二集（1993）。

是又細膩地反映了 70 年代的台灣現實；他是台灣鄉土文學的旗手，爲台灣新文學立下了一個里程碑，他在台灣新文學史上功不可沒。

金良守的〈陳映真文學研究〉是分析陳映真思想方面的論文。陳映真似乎一直在中國革命和台灣問題的聯繫上進行思考。〈夜行貨車〉中描寫了國際社會裡台灣的地位及台灣經濟對外依賴的性格，還有台灣進入消費社會時中人性的商品化等。〈山路〉中描寫的是追蹤戰後馬克思主義運動的足跡，再現了革命家獻身精神的形象。在這方面，稱他爲「統一派」作家也不足爲過。作爲「統一派」的立場也在 70 年代的鄉土文學爭論中顯露出來。最初，爭論在西歐情操↔民族情操、現代主義↔現實主義、精英意識↔民眾意識、集權勢力↔民主化陣營 等諸多方面形成了對立軸，但是傾向於 60 年代形成的西歐現代主義文壇中心的精英主義與鄉土文學間現在沒有對立。如今，稱之爲當時「進步勢力」的集團之間存在著另一個劃分，就是「台灣意識」與「中國意識」。[17]

金元的〈陳映真的〈將軍族〉研究〉是首先將通過陳映真走過的崎嶇不平的人生旅程，簡單地介紹其作品世界的變化。此外，還將通過〈將軍族〉主要人物的分析，探討其以人物爲主的作品內容結構並研討其外在描寫手法及分析其內在主題意識，從而對陳映真作品世界的特徵進一步深入理解，重新認識他們在現代文學史上的重要地位。[18]

（三）文學史裡的評價

韓國研究中國現代文學的歷史不算長久，關於這個原因，我已闡述過。不過 1980 年代以後韓國的中國現代文學研究的成果飛躍地發展。但這期間，研究台灣現代文學的成果不太多，這種現象有點遺憾。這樣的現象反映著韓國在中國現代文學史方面的欠缺。1990 年代以前，在韓國出版的中國現代文學史中，反映台灣現代文學的書籍差不多沒有。

---

17 金良守，〈陳映真文學研究〉，《中國現代文學》第二十號（2001）。
18 金元，〈陳映真的〈將軍族〉研究〉《中國研究》（2004）。

在韓國出版的中國文學史中，最初反映台灣現代文學的書是《中國文學，怎樣學習？》。[19]這本書構成如下：第一部 關於中國文學的總體視角，1-1 中國古典文學的理解，1-2 中國現代文學的理解，第二部 中國文學的構成體系，2-1 古代文學，2-2 現代文學，2-3 古代文學的主要研究領域，2-4 現代文學的主要研究領域，第三部 學習中國文學的關聯領域， 3-1 中國語言方面，3-2 詞典和全集， 3-3 關於中國文學的概論書。〈2-4 現代文學的主要研究領域〉分爲四個節；（1）魯迅，（2）中國現代工農兵文學，（3）台灣文學，（4）新時期文學。篇幅不算長，可是比較系統地闡述台灣現代文學的發展過程。可惜關於陳映真地介紹也很短。

最近出版的《與中國現代文學的認識》裡，比較詳細地介紹陳映真的文學世界。[20]

簡單地介紹一下這本書的內容：陳映真（1937～）是代表台灣的現實主義文學的作家。根據他的創作年代，考察他的小說世界，我們可以理解過去四十年間的台灣的歷史和變化。即戰後政治壓迫的時代；奇蹟般的經濟發展與其背後低落的灰暗的影子；消失了共同目標與理想的 1990 年代台灣所處的徬徨；直到台灣獨立成爲主流的 2000 年代， 他的小說裡有時代性的話題。陳映真逐漸同情和理解弱者，形成對社會主義懷有模糊理想的轉捩點。這樣形成的基督教思想與社會主義思想構成了他小說中心基本框架。

陳映真小說最普遍的構架是敘述社會現實的不道德與人物內心的道德性產生的矛盾。這使小說裡的人物認識到外部現實不道德的內部道德性規律就是作者本身具有的思想。即，他從小受的家庭教育「基督教式愛與真理」及一直夢想的「空想社會主義」。因此，他雖是社會主義者，但並非是反基督教性的。相反，對遭受迫害與痛苦的人表現出同情，

[19] 金海明外共著：《中國文學，怎樣學習？》（實踐文學社，1994）。
[20] 韓國中國現代文學學會，《與中國現代文學的認識》（東方，2006）。

以基督教思想爲基礎的人類自由與尊嚴爲出發點，歸納成歷史化關注下的社會主義中，形成獨特的人道主義思想。基督教思想抵擋了他走向階級鬥爭場地的社會主義思想，並且抵擋了流向狹義的民族主義。總的來說，具有社會主義理想的他們，想要草率地引導和改變民眾夢寐以求的現實所露出來的傲慢；相反，他的基督教良知，實際上站出來啓蒙民眾的瞬間，反而由自身反省與對他們謙虛的愛來管制自己。

陳映真的成長期在 1950～1960 年代，正是在台灣國民黨打著反共旗幟做著莽撞肅清的暴行的時候。陳映真從小在緊張的氣氛下長大。最初，他的作品裡表現的猶豫、淒涼和深深的憂愁色彩，並不與當時這種環境無關。由於籠罩著反共的恐懼，受壓迫的思想和知識、感情逐漸變得激烈，年輕的他感到憤怒、焦躁，徬徨於孤獨的邊緣。這樣的環境下，小說成爲了創造欲望與審美欲望的發洩口。心底壓抑的欲望、對馬克思主義的崇拜、貧困的生活、基督教信仰的神秘與誘惑、青年時期初嘗情欲等，在初期短篇小說〈我的弟弟康雄〉、〈鄉村的教師〉、〈家〉、〈加略人猶大的故事〉裡都集中描寫到了。在這篇小說裡，他對照 1950 年代左派人士的艱辛、理想與在資本主義社會裡活下去的下一代的墮落，回味什麼是正確的歷史發展。

1970 年代後期，台灣展開鄉土文化爭論。陳映真積極參加鄉土文化運動，批判台灣的殖民文化並提倡民族文化，爲奠基鄉土文化的理論基礎做出了很大的貢獻。不再是過去落後的面貌，具備巨大國力成爲富強之國的中國，逐漸強調民族主義威脅到鄰國，宣示自己是社會主義國家，然而所有方面正在資本主義化的中國，看著這樣的中國，陳映真有怎樣的想法？期待他那敏銳的嗅覺又會用什麼樣作品來警告未來的危機。

三、東亞和平人權運動與韓國

1990 年代後半期，韓國、日本、台灣的進步學者和社會運動家組成了『東亞和平人權委員會』，爲了理解和解決東亞地區直接面對的問題，每年舉辦國際學術會議和國際連帶活動。陳映眞每年參加會議並發表論文和意見。給韓國的學者和社會運動家留下深刻的印象和影響。通過這樣的會議和連帶活動，韓國社會理解台灣社會的複雜性和重層構造。

特別是陳映真的「台灣現・當代史突出的特點，是帝國主義的侵略與干涉下，台灣與祖國大陸被迫分離。1895 年到 1945 年的民族分離，起於日本對台灣的帝國主義侵佔。1950 年到目前兩岸的分裂，是戰後美帝國主義及其台灣的代理者干預中國事務的結果。

因此，反對日本帝國主義殖民台灣的鬥爭，同時聯繫著復歸祖國的鬥爭；而戰後反對美國新帝國主義的鬥爭，必然地聯繫著反對台灣獨立，促進兩岸民族統一的鬥爭。

反對「台灣獨立」、爭取民族團結與統一，是台灣當代史中反對美帝國主義的歷史任務所提出的具體要求，也不能不是亞洲人民反對美日帝國主義的運動對台灣地區所設定的任務。」[21]主張和理論，給爲了努力克服南北分斷的韓國統一運動家和社會運動家留下深刻的影響。通過這樣的學術會議東亞四個地區的進步運動家互相瞭解他方的問題，爲了克服現實問題互相交流自己的經驗和智慧，並互相連帶活動。

而且對於有被殖民地的共同經驗的亞洲國家和地區的人民，陳映真的「馬克思所說『波拿帕國家』，是一個特殊形式的國家。」概括而言，這種國家形式顯示個人而不是一階級或多階級聯合的獨裁。獨裁者個人的權力高於包括統治階級在內的諸階級、階層和集團。因此，國家顯示爲個人獨裁者、而不是統治階級的工具，從而顯示了高度的、國家對於階級和社會的「相對自主性」（relative autonomy），即國家表現出對一切階級、階層、集團的威權支配。馬克思例舉十九世紀法國皇帝波拿帕

---

[21] 陳映真：〈台灣當代歷史新詮〉《東亞和平人權委員會國際學術會議資料集》（1999）。

如何使貴族、僧侶、龐大的軍隊、更不必說市民和窮人，在他面前戰慄伏服，說明這種高度個人獨裁的國家形式；這種特殊國家形成的條件，是社會上的諸階級（布爾喬亞、無產者、農民）勢力弱小，或勢均力敵，相持不下，因此沒有一個階級能出而維持國政。這時，個人而不是階級獨裁，成爲維持秩序、促成資本順利積累的國家形式；因此，「波拿帕國家」形式，是特殊歷史條件下的、一時性、過渡性國家，一旦資本主義發展，資產階級成熟化，個人獨裁的波拿帕政權就要還政於資產階級，依社會科學的規律還原爲資產階級專政的政權。」[22]的主張和理論，怎樣克服後殖民地的問題，給很多啓示和方案。

四、行動和良心，知識份子的命運

陳映真的生涯不是平坦的路。他曾是浪漫熱情的文學青年，但經歷了台灣的艱苦歷史和現實，最終成爲社會運動家和思想家。在這個過程中，他經歷的苦痛和煩惱，可能我們不太瞭解。我們可能永遠不瞭解他的內面世界。

他波瀾漫長的生涯，讓我們省察知識份子的任務和歷史意識是什麼。韓國民族和民主運動中，有很多的警句：「一個人的十步不比十個人的一步！」,「青年，敬聽歷史的吶喊！」等。其中最有名的警句之一是「行動的良心」。

陳映真的一生就是這樣。陳映真最尊敬的作家之一是魯迅。魯迅說過，「我想：希望是本無所謂有，無所謂無的。這正如地上的路；其實地上本沒有路，走的人多了，也便成了路。」

陳映真走過的路也是這樣。他走的路不是普遍的路，而他不怕也不迴避。當然他的成果還不夠，並且他的意願還沒完成。可是陳映真啓示的思想和行動，給了很多人「絕望中的希望」。

---

[22] 陳映真：〈台灣當代歷史新詮〉《東亞和平人權委員會國際學術會議資料集》（1999）。

講評

陳光興[*]

金河林教授是韓國研究中國現代文學的代表性人物，現在又是中國現代文學學會的會長，能聽到他報告「陳映真的文學世界與韓國」是與會朋友們的榮幸。金教授有系統的整理了韓文世界中的陳映真翻譯與研究，非常感謝他。 我個人不懂韓文，但是 90 年代起經常進出南韓，每年總得去兩三次，2002 年在延世大學訪問半年，韓國朋友基本上沒把我當外人看，每次去首爾像是回家一樣，那是我第二個家鄉，主辦單位要我回應金教授，當然也就義不容辭，或許我只能從另一個方向來補充金教授：韓國對陳映真意味著什麼？我基本的看法是：韓國是陳映真重要的思想與精神寄託。

在韓國，或許因爲進步批判圈子比台灣大很多，陳映真是那兒最有知名度的台灣作家／思想家，特別是在中文學界。2002 年我碰到當時還在延世大學中文系柳中夏教授門下讀博士生的宋承錫，他一個人自己爲了研究陳映真的小說，翻譯了五本！但是當時我想幫忙但是也沒找到出版社出版。這個例子補充說明了金教授提到出版之外，還有滿多直接閱讀陳映真的興趣。

根據陳先生自己記憶，他早出獄第二年 1976 年就透過日文的閱讀，看到韓國民族文學與民眾文學的論爭[1]（也聽人說過，陳先生經過自學有能力閱讀韓文——這點還需求證），這或許是陳先生以第三世界視角關切韓國的起點。

---

* 交通大學社會與文化研究所教授。

1 參見陳映真 （2005），〈對我而言的「第三世界」〉，陳光興編，《批判連帶》，台北：台灣社會研究，頁 4。

1988 年陳寧寧教授《當代世界小說家讀本 32 集黃皙暎》，由陳映真作序，序中沒有直接觸及陳先生對黃作家的看法，而是期許第三世界文學可以被台灣更廣爲譯介。按照印刻 2002 年出版黃先生的《悠悠家園》（陳寧寧譯），1988 年黃先生曾經來台與黃春明與陳映真交流。我個人記憶中，黃先生還曾經提案一起創辦刊物，以韓中日三國語言出版，但是在什麼脈絡中提到此事，已經不記得了。有關黃陳二人之間的互動，我請教了友人藍博洲，他說：

就我記憶所及，黃與陳的交流，一共有三次：

第一次是他去朝鮮而坐牢之前，在草山國際旅社有次深度對談，我和很多年輕一輩也在場旁聽，我還做了筆記，只是多次搬家不曉得放在哪了？

第二次是 2001 或 2002 年，我和陳應邀參加他策劃的國際和平會議，原計畫所有他邀請的與會的外國作家和韓國作家，穿越卅八度線，與朝鮮作家會合。當然，結果是穿越不了。那次，黃陳只有私下餐敘，沒時間正式對談。

第三次，龍應台當台北市文化局長時邀剛出版《悠悠家園》的他當駐市作家，也安排了陳與他公開正式對談，應該有會談記錄的整理發表吧！只是沒印象是在《印刻》或台北市的什麼刊物？[2]

無論如何，從具有高度思想性的作家來看，說黃皙暎在台灣的對口是陳映真大概不爲過，對於他二人文學與思想上的比較與討論，得參照崔末順教授十一月將發表的論文3。

1989 年陳映真以《人間》雜誌 記者的身分訪問南韓，4 月 9 日至 23 日，採訪了民主運動中十幾個團體，在《人間》六月號 44 期以〈陳

[2] 藍博洲（2009, 9, 23）給陳光興的電子郵件。

[3] 崔末順（2009），〈東亞經驗和民眾的生活歷史——陳映真與黃皙暎小說的思想基調〉，陳映真的思想與文學學術會議，交通大學，十一月。

映真現地報告：激盪中地韓國民主化運動〉爲專輯標題，他自己一人寫了十三篇文章，加上七月號 45 期 〈韓國錐子〉專號中的三篇，他總共寫了十五篇報導，這裡沒法細緻的進行分析，更沒法回答：陳先生在什麼其他的脈絡中曾經投注這樣大的精力，集中的寫了十幾篇報導？可以猜測的是他背後情感動力是相當深厚的，細心的讀者都會發現，他在韓國內心激昂，熱情澎湃，但是他幾乎每一篇到了結尾，都在對照台灣的狀況，心中苦痛，只舉一個例，訪問了韓國社會科學界後的結尾，他說：「我聽著小全的口譯，在筆記本上奮力疾書，但心思卻不時飄向台灣的社會學界。有誰能在採訪的過程中，不爲自己感到羞慚與悲哀？」[4]陳先生對於台灣社會科學界的慚愧感，我們每個學院中人都該承擔。

該如何理解陳映真心中的韓國？王安憶最近在〈陳映真在人間〉這篇長文中，從頭到尾仔細讀了一遍《人間》，提出了她對《人間》各個時刻的理解（是我個人看到最具深度的一篇《人間》研究），韓國部份她這樣說：「但這一次邂逅於陳映真一定相當鼓舞，韓國的革命幾乎全方面地應合著他的理想：反美，反霸權，民族統一，勞工權利，知識分子到民間，藝術爲民眾服務……而這一切，只有鬥爭方能取得」[5]。閱讀王安憶的文章不難讓人體會到，陳映真不僅早就與韓國有第三世界的認同關係，中國大陸 70 年代末期改革開放的方向讓陳不能苟同，而韓國 80 年代的民主運動各個層面的蓬勃發展，很自然的成爲他這樣具有第三世界國際主義底醞的份子的思想與精神寄託，用韓國民主運動來對照、鞭策台灣 80 年代後期方興未艾的民主運動。清晰可見，陳映真的中國民族主義從來就不是關閉的，從來就指向國際主義，走向第三世界。

《人間》雜誌 結束後，陳映真的 90 年代部份的時間，以人間出版社爲基地，積極投入社會科學知識的生產，中期起更參與推動東亞左翼進步圈的連帶運動，與韓國籍的徐勝與大阪大學的衫原達共組多次，「東

[4] 陳映真（1989），〈因為在民眾中有真理〉，《人間》，44 期，頁 127。
[5] 王安憶（2009），〈陳映真在人間〉，手稿。

亞冷戰與國家恐怖主義學術研討會」[6]，我個人只參與了 1997 年在台灣的活動，爾後資料不足，沒法多說，期待陳先生身邊的朋友能夠有更爲深入的討論。

總結來說，陳映真的韓國情是他站在台灣土地上以中國心對第三世界想像的落實與認同，這個部分是他思想與生命中極其重要的構成，抽掉韓國對陳映真的理解是不足的，有待有心的朋友們繼續認真研究。我個人目前的觀察是：在他同代人以及他所影響的下幾代人中，很少人分享／繼承了他這樣在深層的在情感上認同第三世界，更少人以身體與行動去貼近像韓國這樣的地方。在台灣（乃至於中國大陸）要重新發掘亞洲、第三世界資源時，你會看到映真先生早已站在路途的前方，臉上帶著笑容，向你熱情地招手。

以上是對金教授簡短的回應。 （2009 年 10 月 19 日定稿於新竹寶山）

---

[6] 參見「東亞冷戰與國家恐怖主義學術研討會」論文集，1997 年 2 月 22-3 日。

陳映真與魯迅

呂正惠[*]

一、問題的產生與解決的關鍵

我開始讀陳映真的時候，剛在二十出頭，正被一種不知來由的苦悶壓抑著，很容易辨認出瀰漫於他作品中同樣的苦悶。這時候，聽到說他被捕了。我繼續在舊書攤中搜尋過期的《現代文學》，以便尋找他的小說，持續被小說中的孤獨感所迷惑，而從未去思考這樣的作品和他的成爲政治犯有何關連。

十年後，一向禁錮深嚴的台灣社會終於開始鬆動了，我可以比較自由的閱讀魯迅，也比較有機會找到他的作品。我看到的魯迅是一個敢於衝破社會禁忌的魯迅，正如我急切想要看到台灣的政治禁忌被衝垮一般。這時候陳映真「回來了」，成爲挑戰國民黨體制的旗手。也就在這時候，似乎就有人拿陳映真和魯迅相比，而且好像陳映真也談到，他很小的時候就讀過魯迅的小說。

對於二十歲讀陳映真、三十歲讀魯迅的我來說，「陳映真與魯迅」實在是一個難以解決的問題，我不知道如何解釋他們的關係。

1993 年，陳映真發表〈後街〉，談他自己的創作歷程，其中幾次提到魯迅。現在把相關的部分節錄於下：

他的初中生的生活，便是在那白色的、荒茫的歲月中度過。寒暑假，

[*] 淡江大學中文系教授。

他從鶯鎮的養家到鄰站的桃鎮生家去做客。一次，在書房中找到了他的生父不忍為避禍燒毀的、魯迅的小說集《吶喊》。他不告而取，從此，這本有暗紅色封皮的小說集，便伴隨著他度過青少年時代的日月。

該初中畢業的那年，他竟留級了……就是在那個夏天，他開始比較仔細地讀《吶喊》……

越一年，他考上了同校高中部，開始並無所謂地、似懂非懂地讀起舊俄的小說。屠格涅夫、契訶夫、崗察洛夫、一直到托爾斯泰……卻不期因而對《吶喊》中的故事，有較深切的吟味。

一九五八年……他到淡水當時淡江英專註冊……就在這小鎮上，他不知何以突然對於知識、對於文學，產生了近於狂熱的飢餓……

在文學上，他開始把省吃儉用的錢拿到臺北市牯嶺街這條舊書店街，去換取魯迅、巴金、老舍、茅盾的書，耽讀竟日終夜。但這被政治禁絕的祖國三 O 年代文學作品的來源，自然有時而窮。而命運不可思議的手，在他不知不覺中，開始把他求知的目光移向社會科學。艾思奇的《大眾哲學》在這文學青年的生命深處點燃了激動的火炬。從此，《聯共黨史》、《政治經濟學教程》、思諾《中國的紅星》（日譯本）、莫斯科外語出版社《馬列選集》第一冊（英語）、出版於抗日戰爭時期，紙質粗礪的毛澤東寫的小冊子……一寸寸改變和塑造著他。[1]

這是陳映真對他早年精神構造的形成所作的最詳盡的追憶，我曾經讀過幾遍，而且努力思索過，但還是找不到魯迅如何影響陳映真的關鍵所在。去年，在一次學術討論會上，中央研究院專門研究國現代史的沈松喬發言，他說：現代中國知識分子，常把中國的舊社會比喻爲「吃人」的社會，這是魯迅在〈狂人日記〉裡首先談到的，後來，陳映真的〈鄉

1 〈後街〉，見《我的弟弟康雄》15～17頁，台北：洪範書店，2001。

村的教師〉也提到「吃人」的問題……真是一言驚醒夢中人，我未免太「鈍」了。

二、〈狂人日記〉與〈鄉村的教師〉

〈狂人日記〉是魯迅的第一篇白話小說，也是新文學革命以後所發表的第一篇具有重要性的白話小說。對於這篇小說的重要性，日本學者伊藤虎丸的說法相當簡明而貼切：

> 陳獨秀、胡適等人所代表的「文學革命」運動，說到底，還是側重于張揚進化論、「德漢克拉西和塞因斯」這些西方近代思想，以此作為權威來從外部對落後的中國封建思想進行批判的。而魯迅則以〈狂人日記〉，通過中國人靈魂內面的自我批判，從內部批判了封建思想和封建社會的黑暗……那麼，在這個意義上說，〈狂人日記〉使為「文學革命」第一次充填了實質性的內容。[2]

對於〈狂人日記〉爲文學革命所「充填的實質內容」，伊藤虎丸進一步分析說：

> 一個三十年沒見過「月亮」的人，有一天，看見了美麗的月亮，「精神分外爽快」，同時，他還發現了過去的自己「全是發昏」。那麼，這裡的「月亮」，也就是某種新的思想和新的價值觀……的象徵吧。這種經驗，只有程度上的差別，任何人在他成人的過程中都會經歷一次的。那時，人會在感受到「精神分外爽快」的喜悅的同時，發現自己過去什麼也不懂（全是發昏），從而

[2] 伊藤虎丸，《魯迅與日本人》102 頁，石家莊市：河北教育出版社，2001。

> 開始以批判的眼光來看待過去生活過的無所懷疑的世界……。[3]

可以這樣說，〈狂人日記〉本身就像「很好的月光」，照亮了許多中國知識分子的眼睛，讓他們從發昏狀態覺醒，讓他們清楚看到，自己一向是生活在「吃人」的社會中，而且，自己也是其中的一分子。

這就是魯迅的《吶喊》，特別是〈狂人日記〉，在少年陳映真心靈中所產生的重大作用。陳映真在〈後街〉中，談到他小時候看到的二二八事變片段，談到 1950 年他的一位小學老師和他家後院外省人家庭的一對兄妹在白色恐怖中被帶走，談到一九五一年他每天在台北車站出口看到大張告示，上面一排用猩紅硃墨打著大勾的被槍決的名單。然後在初中時，他無意中找到了《吶喊》，在不斷的閱讀下，終於有了「較深切的吟味」。陳映真在長期「吟味」之後，體認到什麼呢？我認爲可以在分析〈鄉村的教師〉後清楚的看出來。

〈鄉村的教師〉寫於 1960 年八月之前[4]，其時陳映真二十三歲，正要從大學三年級升入四年級。小說的主角是一位光復後一年才從南洋戰場回來的台灣青年，由於從小愛讀書，回來後被推舉到山村小學任教。陳映真把他塑造成一位具有民族意識、同時也具有左傾的階級意識的青年。這樣的青年，在太平洋戰爭末期的台灣，的確不少。令人驚異的倒是，陳映真敢於在 1960 年那個白色恐怖氣氛還非常嚴重的時點上把他拿來當作小說主角。

這個青年滿懷熱情投入教學，他心裡想：這是我們自己的國家，自己的同胞，改革是有希望的，一切都將好轉。然而，第二年春天，「省內的騷動和中國動亂的觸角，甚至延伸到」[5]這個小山村裡來了。面對

---

[3] 同上，107 頁。

[4] 〈鄉村的教師〉發表於《筆匯》二卷一期，1960 年 8 月，是陳映真的第三篇小說；第一篇小說〈麵攤〉發表於《筆匯》一卷九期，1960 年 1 月。

[5] 《我的弟弟康雄》，37 頁。

著無可奈何的亂局，這個青年開始頹唐了。接著，陳映真以下面一長段描繪他的心境：

> 過去，他曾用心的思索著中國的愚而不安的本質，如今，這愚和不安在他竟成了中國之所以為中國的理由，而且由於這個理由，他對於自己之為一個中國人感到不可說明的親切了。他整日閱讀著「像一葉秋海棠」的中國地圖；讀著每一條河流，每一座山岳，每一個都市的名字……病窮而骯髒的、安命而且愚的、倨傲而和善的、容忍但又固執的中國人……這樣的中國人！他想像著過去和現在國內的動亂……那些烽火；那些頹圮；連這樣的動亂便都成了中國之所以為中國的理由了。這是一個悲哀，雖其是矇矓而曖昧的——中國式的——悲哀，然而始終是一個悲哀的；因為他的知識變成了一種藝術，他的思索變成了一種美學，他的社會主義便變成了文學……[6]

這段文字有幾個地方值得注意：首先，是其中所表現的濃厚的中國情懷，對中國每一條河流、每一座山岳、每一個都市的感情。那時候，國民黨的地理課是中國每一個地區、每一個省份都要講到的，我也曾這樣學習過，也喜歡學習，但還沒有這樣有意識的表現出這種感情，這種感情是在 1980 年代台獨聲勢高漲以後才被激發出來的。因此，我以為，作爲土生土長的台灣人（而不是從大陸流亡出來的人），陳映真藉小說所表達出來的這種民族感情，一定是清楚知道中國革命的意義及在台灣的國民黨政權的反動本質的人，才可能會具有的。其次，他所描繪的那一幅老大中國積重難返的圖像，當然可能得之於魯迅〈狂人日記〉、〈孔乙己〉、〈藥〉、〈風波〉、〈阿 Q 正傳〉那些氣氛灰暗、然而讓人印象強烈的小說。最後，他對吳錦翔沈溺於中國情懷的那種「美學態度」加以

[6] 同上，38 頁。

有意識的嘲諷，無疑透露了他在國民黨統治下不能真正爲自己的國家、民族盡一己之力而感到的強烈的頹喪和憤激。總之，現在讀懂這一段文字以後，更讓我對 1960 年、二十三歲的陳映真思想的早熟（在那時段讀過書的人都知道那是一個怎樣的年代）感到驚異。

下面一段就更爲關鍵了：

> 一入晚，便看見一輪白色而透明的月掛在西山的右首。田裡都灌滿了水，在夕陽的餘輝閃爍著。不久便又是插秧的時節了。秧苗田的細緻的嫩綠，在晚風中溫文地波動著。吳錦翔吸著菸，矇矓之間，想起了遣送歸鄉之前在集中營裡的南方的夕靄。自這桃紅的夕靄中，又無端地使他想起中國的七層寶塔。於是他又看見了地圖上的中國了。冥冥裡，他忽然覺到改革這麼一個年老、懶惰卻又倨傲的中國的無比的困難來。他想像著有一天中國人都挺著腰身，匆匆忙忙地建設著自己的情形，竟覺得滑稽到忍不住要冒瀆地笑出聲音來了。[7]

「一輪白色而透明的月」，這是多麼熟悉的句子，它讓我們想起〈狂人日記〉中讓人感到可怕（因爲它使人清醒）的、貫串於全篇之中的「很好的月光」。陳映真寫這一段時，恐怕是意識到魯迅這一「月光」的，因爲吳錦翔正是在「白色而透明的月」中「看清」了「改革這麼一個年老、懶惰卻又倨傲的中國的無比困難」。吳錦翔的「清醒」和狂人正好相反，狂人是覺醒的開始，而吳錦翔卻是墮落的開始，因爲陳映真認爲，吳錦翔是處在國民黨「反革命」政權的威逼之下，所以，吳錦翔不得不縱酒。

就在不斷的縱酒之後，吳錦翔終於忍不住說出，他在南洋吃過人肉。由於吳錦翔深陷於無能和自責之中，只有承認自己「吃人」，才能

[7] 同上，39—40 頁。

表達他心中極端的痛苦。狂人意識到自己也「參與吃人」，想要自其中超越出來，而吳錦翔則只能清醒地承認，自己也在吃人，但絕對無法跳脫出來——自殺是他唯一解脫之道。

大多數陳映真的讀者都知道，〈鄉村的教師〉是陳映真早期極重要的作品，但由於陳映真有意的採取了極爲隱晦的手法，台灣的讀者恐怕很少人真正讀懂過。在我於 1970 年代認真閱讀〈狂人日記〉之前，〈鄉村的教師〉至少已讀過三遍，可以說，當時的我還讀不懂。現在充分意識到〈狂人日記〉的意義以後，終於真正讀通了〈鄉村的教師〉。我們可以肯定的說，陳映真如果沒有真正的「吟味」過《吶喊》，是不可能寫出〈鄉村的教師〉的。長期以來台灣很少人真正了解過早期的陳映真，因爲他超出他的時代太遠了。

三、淒慘的無言的嘴

鄉村教師吳錦翔在醉酒中說出他在南洋吃過人肉以後，全村的人都以異樣的眼光看著他。在村民和學生的盯視下，他不住的冒汗，身體一直虛弱下去，終於有一天切斷雙手靜脈而自殺。死前的他差不多接近瘋狂，當然，這和〈狂人日記〉的瘋狂是完全不同的——因爲，在〈狂人日記〉中，瘋狂者反而是清醒者。不過，在陳映真的早期小說中，也曾有一篇以類似的方式來描寫瘋狂者。這一篇〈淒慘的無言的嘴〉，我一直留有深刻的印象，但似乎很少看到有人加以討論。

小說的主角正住在精神病院療養，即將痊癒，被允許到院外散步。在院門口，他看到一家人送著一個渾身打顫的病人到院裡，這使他頗生感觸。他轉身先去找在院內實習的神學士郭先生聊天，跟他談論世上常見的精神病人到底是怎麼一回事。郭先生顯然是一位俗人，最愛誇耀女人如何喜歡他。透過這一段對話，我們明顯看到，得到神經病的主角似乎已經了解了精神病和人類苦難的關係。

主角在外面散步時，被許多走動的人群吸引著。聽說殺人了，他也跟過去看。死者是一個企圖逃跑的雛妓，被賣了她的人從背後用起子刺死的。驗屍官正在察看屍體，衣裙已經剪開，背部分散著三個烏黑淤凝的血塊：

> 一個穿香港衫的驗屍官，用很精細的解剖剪刀伸入淤血的傷口……人們彷彿觀看支解牲畜那樣漠然地圍觀著。驗屍官儘量插入剪刀，左右搖著，然後抽了出來，用尺量著深度……
> 驗屍官站了起來，將腐臥的屍體翻仰開來。人們於看到更多的小淤血，初看彷彿是一些蒼蠅靜靜地停著，然而每一個斑點都是一個鑿孔。剪開胸衣，露出一對僵硬了的、小小的乳房。有一隻乳上很乾淨地開了一個小鑿口，甚至血水也沒有……[8]

這個情景讓主角難以忘懷，回院的路上，他想起「那一對小小的乳房」，那印象幾乎有點像隔夜的風乾了的饅頭。走回到院裡的草坪上，他忽然想起《朱利．該撒》中安東尼說的話：

> 我讓你們看看親愛的該撤的刀傷，
> 一個個都是淒慘、無言的嘴。
> 我讓這些嘴為我說話……

以前他曾以文學的眼光激賞過這些話，

> 然而我於今才知道，將肉身上致死的傷口、淤血的傷口，比做人的嘴，是何等殘酷何等陰慘的巨靈的手筆。[9]

在將莎士比亞的詩句轉用來描述被迫害、被殺害的雛妓的屍體上的

8 同上，216頁。
9 以上兩段引文見同上書，218頁。

傷口時，陳映真在這一刻將精神病和苦難聯繫起來，並賦予他的小說以象徵意義。這是一個瘋子看出來的，這樣的設計讓人想起〈狂人日記〉，雖然大半的敘述技巧和文學風格顯然和魯迅大異其趣。

再進一層講，〈狂人日記〉講的是「吃人」，這一篇則是轉換角度，把「被吃者」展示給我們看，並藉此而呈現出一幅吃人的世界，同時也映襯了一個到處是精神病人的世界，而就是一個即將痊癒的經神病人才能清楚地認識到這一點。

在小說的結尾，主角向醫生講述了他的一個「夢」。這個夢是他和醫生在對話中逐步展現開來的，現在把它濃縮起來：

> 夢見我在一個黑房子，沒有一絲陽光。每樣東西都長了長長的霉……有一個女人躺在我的前面，伊的身上有許多的嘴……那些嘴說了話，說什麼呢？說：「打開窗子，讓陽光進來罷！」[10]

這裡的「黑房子」很容易聯想到《吶喊・自序》中的「鐵屋」。

> 你知道歌德嗎？就是他臨死的時候說的：「打開窗子，讓陽光進來罷！」……後來有一個羅馬的勇士，一劍畫破了黑暗，陽光像一股金黃的劍射進來。所有的霉菌都枯死了；哈蟆、水蛭、蝙蝠枯死了，我也枯死了。[11]

「陽光像一股金黃的箭射進來」這一句，突然讓我想起魯迅〈故鄉〉中極爲著名的那一段：

---

[10] 同上，219 頁。
[11] 同上，220 頁。

> 深藍的天空中掛著一輪金黃的圓月，下面是海邊的沙地，都種著一望無際的碧綠的西瓜，其間有一個十一二歲的少年，項帶銀圈，手捏一柄鋼叉，向一匹猹盡力的刺去……[12]

「金黃的圓月」這一意象，在結尾處又重覆了一次，所有讀過這篇小說的人都會記得，陳映真應該也記得。而，那個手捏鋼叉的少年是否也可以化身爲一個拿著劍的羅馬的勇士呢？希望我不至於太敏感。

所以，我們看到魯迅的狂人、鐵屋、「金黃的圓月」，都融入了這一篇〈淒慘的無言的嘴〉中。

〈鄉村的教師〉和〈淒慘的無言的嘴〉，是我能找到的陳映真最接近魯迅的兩篇小說，而這兩小說，無疑在陳映真的早期作品中居於中心位置，魯迅認識封建社會的方式，成爲陳映真在白色恐怖時代批判台灣社會的基礎。當然，陳映真也有非常不同於魯迅的一面，我希望在另一篇文章中加以討論。

2009 年 8 月 4 日

補記：本文在極有限的時間下完成，談得非常粗略，只涉及魯迅「吃人」、「狂人」、「鐵屋」這三個主要意象對陳映真的影響。即就這一方面而言，至少應該補上「救救孩子」、「頂住黑暗的閘門」這樣的思想，如何啓示了陳映真。陳映真在〈一綠色之候鳥〉中有這樣一段「孩子在院子裡一個人玩起來了。陽光在他的臉、髮、手、足之間極燦爛地閃耀著」，在〈永恆的大地〉中又有這樣的話「但我的囝仔將在滿地的陽光裡長大」，這些都會讓人想起魯迅。

其他的意象跟文字，譬如，〈獵人之死〉的句子「一雙鷓鴣從不遠的草地上撲翼而起、斜斜地刺向一雙並立的橄欖樹梢去」，讓人很容易

12　《魯迅全集》第一冊，477 頁，北京：人民文學出版社，1981。

想起魯迅〈藥〉的結尾一句「只見那烏鴉張開兩翅，一挫身，直向著遠處的天空，箭也似的飛去了」。又如，〈麵攤〉患肺病的小孩，似乎呼應了魯迅〈藥〉中的華小栓。還有，陳映真很常用「蟲豸」一詞，也應該源於魯迅。我們如果重新細讀魯迅的《吶喊》和陳映真早期的小說，應該還可以找到不少類似之處。

另外，更重要的，還應該分析陳映真早期的文字風格和魯迅的異同之處。兩人的文字都具有濃厚的抒情風格，讀起來都有一點凝重，需要慢慢的讀，這是相同的地方。相異的地方，更需要慢慢的體會，似乎陳映真更為傷感，而魯迅則較為沉重。這需要多花功夫，只能期待將來補充。

11 月 3 日

講評

林瑞明*

這次原本大會希望我提一篇論文，但因身體關係，還是拒絕了，不過在總編輯的要求下，我勉力寫了一篇〈理想繼續燃燒〉，讀過的人可以知道《陳映真選集》是我的文學聖書，我從大學時候就開始閱讀。陳映真無論他的思想如何，在台灣文學史裡頭，絕對有其不可或缺、不容撼動的一席之地，原因是他的創作實在太精采了，容得我們從各種角度、各種層面去分析、去解讀，得到種種不同的感動，我認爲這是藝術讓人感動的力量，依自己的個人創作經驗體會到，文學作爲一種藝術，本來就起自於一種混沌曖昧的狀態，試圖以意象、隱喻和技巧表達出來，在這過程中，藝術作品就成型了，陳映真的作品即是如此，讓我有很多的啓示與啓發。

呂教授的這篇論文是對於陳映真作品的禮讚，他將陳映真與魯迅做比較，從題目即可看出，呂教授將陳映真比之爲台灣的魯迅，而本文三個意象：「陽光」、「鐵屋」、「吃人」，皆可清楚得知陳映真閱讀魯迅並在作品中深受魯迅的影響。

這是一篇「小題大作」的論文，很難去做評論，我同意呂教授所提的幾個論點，在這想談的是如何召喚記憶的問題，這部分兩天有不少篇論文處理到這部分，事實上，我們如何召喚記憶？召喚到怎樣的記憶，而人並非萬能也不是上帝，記憶都是片面的、殘缺的、選擇的，如文中提到的〈鄉村的教師〉主角吳錦翔，受過日據時期的日本少國民教育，到南洋當兵、吃過人肉，回台不久遇到二二八事件，見識過祖國的軍隊，

* 成功大學台文系教授。

在小說裡刻畫對中國熱愛的情況，讓我感受不真實，因為它其實投射了陳映真主觀召喚的部分。據我所瞭解，當時那些被日軍徵調去南洋的台灣人，心態都是複雜的，而戰敗後回到台灣，在面對祖國的軍隊時，心情又是何等複雜，種種這一切，我們都應該以更寬容的心去理解，因為被迫做為一個日本人，並非台灣人的意願。

在此，我建議做台灣文學研究的人，要去正視台灣的歷史，注意到台灣的社會結構論，前輩文化人已經做過很多努力累積很多成果，我希望我們更謙卑一點去面對歷史。（按：本文依學術研討會之論文講評記錄整理）

陳映真與知識分子的人道關懷

座談會紀實

黃詠梅*

陳映真創作 50 週年研討會於 2009 年 9 月 27 日的下午，以陳映真創作精神爲主題舉行兩場座談會，第一場由精神科醫師也是著名文學評論人王浩威先生主持，以「陳映真與知識分子的人道關懷」爲題，由丘延亮、南方朔、顧玉玲與關曉榮四位學者作家與談。

王浩威醫師於開場中首先憶及自己年輕時，隨好友造訪陳映真於南勢角家中的情景，當時的好友如今已是新潮流大老，但每回提及陳映真仍然充滿敬愛之情，因此他認爲這研討會兩日中由評論、學術的角度剖析陳映真作品便仍有不足之處，如同當天上午呂正惠教授所發表論文分析魯迅與陳映真的異同，便未有談及魯迅於其當時對北京、上海、廈門對整個時代中國青年的全面性影響，而陳映真對於 1970、1980 年代的台灣青年亦復如此；那精神感召的實質存在如此強烈，卻似乎經常是文學評論所沒有感應的部分，因此這場座談會，便也希望能夠就這個面向多做觀照。

因為相信、希望、愛

座談會首先由人類學者與台灣長年的社會運動先驅丘延亮教授發言，首先自 1968 年全球性的學運、社運崛起，以及其對立面之保守、反動力量的瘋狂鎮壓歷史娓娓道來，說道當時仍稱本名「永善」的陳映真與他一樣，都同時躬逢在台灣斯土爲了自己的信念而入獄而不覺遺憾的時機，時至今日他們仍然保守初衷、未受管訓亦不被同化，也並非歷

* 東海大學社會所碩士。

史的意外。丘教授說，當時朋友之間只稱「大頭」或「永善」的陳映真，從來不是什麼兩岸文學的重要人物，而只是一個親力親爲的行動家，在仍然戒嚴的、1985 年的台灣，以發行人的身分創辦《人間》雜誌，並在創刊號上發表了「因爲我們相信、我們希望、我們愛」的誠摯宣言，然而由於陳映真家庭中的虔誠基督教信仰，使得許多人將這發刊辭望文生義地理解爲宗教意義的「信、望、愛」，而非具體與日常生活的信念實踐；對丘教授而言，那當亦是他們堅定的社會主義信仰，而這信仰落在《人間》雜誌的工作上，便是揭發社會的不公義、並爲那更美好世界的期盼，打開扇窗，引入春風。由此，丘教授以多年來所參與之社會運動紀錄照片投影，爲我們回顧幾則重要的《人間》紀事，以及陳映真提醒我們不可或忘的關懷。

記事一，爲「在地圖上消失的村落」——無處投靠無處生根的原住民百姓，以雙手建家園而又不斷受到拆遷驅趕的故事，至今仍上演；記事二，是爲照片上呈現的美國社會受資本主義的餵養而活潑健美的大學女生與養老院內踽踽獨行的黯然老婦，顯示的不是兩者對比的衝突，而是在父權與資本主義社會壓迫女性的悲劇性必然，看似輕佻的歡娛是絕望地延宕那老之將至的無奈，所表現的是受這消費社會集體操弄的不義；記事三，則是當年第一篇對菲律賓女傭的專題報導：每天工作 15 小時以上的菲律賓女傭在鬧區繁華的銀行前廣場休憩，而被執政當局公然地侮辱與驅趕。記事四，邵族青年湯英伸受雇主虐待而殺人——丘教授說，這是個他至今仍無法面對的畫面，在《人間》同仁奔走營救的過程中，湯英伸被匆匆槍斃，這挫敗是所有進步人士心中永遠無法釋懷的痛；記事五則是二十多年後的今天，東莞台商因拒絕工傷工人劉漢黃所有合法要求而遭殺害事件，劉漢黃遭處死刑，同樣故事一再上演。

最後丘教授對陳映真發言：前人的時代在過去，這相信、希望、愛的未竟志業，一路來人仍絡繹不絕。他感念在這些年所見的許多有志青年努力於自身心之所繫的信念與真理，並期望與陳映真仍互爲勉勵，只要跟著年輕人、學習聆聽被壓迫者的聲音，必定可以找到一種屬於公義的語言。

期待能夠對話的未來

被王浩威介紹為台灣文化知識分子標竿的著名文化社會評論人南方朔，則先談及他於 21 年前的香港，第一次在正式的「陳映真國際研討會」上發表探討其作品的相關論文，然而當時若是在台灣辦相同的研討會，參加者恐怕寥寥無幾，因為陳映真在台灣從來不是一個受到公眾歡迎的作家。如同切・格瓦拉於 60、70 年代作為知識分子與革命青年的精神圖騰聞名於世，台灣的人民卻普遍對其意外地陌生，這正顯示了台灣人民所認識的世界，確實是個受時代扭曲的世界。因此儘管如今我們的社會氣氛已然比 20 年前開放，但他認為那「適宜於談論陳映真」的時機仍未到來——南方朔分析道，1949 年之後，台灣社會進入了一個舉世少見的、「不存在」左派的極右派社會，除了二二八事件之肅清使得所有老左派盡皆消亡於社會之中，也因為台灣特定之歷史變遷的條件：政府政策的親美、兩岸關係的緊張，都在在使得在台灣的人們即使理念上為左，也無法自我認同為左。這樣的氛圍不只使讀者扭曲了陳映真，也可能使得陳映真扭曲他自己。所有圍繞於陳映真的困惑與解讀，包括他是否是個難以理解的統派、又或者是個教條式的左派，則可能都要待到台灣社會的氣氛再產生變化，方能得到一個較為理想的詮釋條件。

接著南方朔便提出了他認為在今日我們所可以探究的陳映真作品內涵，除卻在文學上他受到中國魯迅、日本芥川，以及舊俄諸多作家的影響之外，他特別提出陳映真原生家庭的虔誠基督教信仰所貫穿他作品的，尤以基督教義的「救贖」觀——諸如從個人認知「罪惡」到透過社會實踐、與在實踐中進行與上帝的對話而達到救贖之路，這樣的情懷在他的小說中便有許多動人的呈現。此外南方朔也認為陳映真小說中，女性總是具有獨特的感染力量，她們可以拯救小說中的男性主人翁、拯救世界，甚且是整個世界都必須由這個完美的女性所支撐，這源自舊俄文學傳統非常獨特的呈現，也是陳映真的獨一無二之處。

最後南方朔以感性的腔調說道：這個特殊的時代不只扭曲陳映真、對我們亦如是，因此即使在此刻當下，能夠對話與理解的空間有限，我們仍要期待一個持續轉變的未來，我們可以找到更寬廣、更能相互同情的姿勢彼此凝視、持續對話。

社會變革始終艱難

在南方朔之後，主持人介紹年輕一輩、多年來從事工人與女性勞工運動的社會運動者顧玉玲發言。顧玉玲首先界定自己爲較晚世代而與陳映真同爲勞工運動者、且於運動工作中也進行記錄與書寫之人，願以自己多年實踐的角度觀照前人的衝撞，作爲社會實踐的歷史土壤。顧玉玲論及陳映真的諸多理念，她以一個後輩的立場儘管尊敬、也有不同意之處；但是在歷史的角度而言，她卻深覺若是沒有前輩們的開疆闢土、爲社會隱蔽的議題找空間，也絕沒有如今年輕社會運動者們辯論、揭發、鬆動甚至實驗的可能，她以自身參與工作的 2003 年所出版、記錄勞動者工作傷害的刊物《木棉的顏色》爲例，這份刊物以職業災害造成肢體不全、身體損害的勞動者們所組織的「工作傷害受害人協會」，邀請攝影師何經泰先生以影像記錄他們的身體，在議題的呈現上，顧玉玲指出這是一個如同《人間》雜誌型態之刊物的傳承，但卻不同於《人間》時代必須經由知識分子改革社會的熱情進而透過鏡頭去要求「揭露」的身體，而改由這些底層勞動、被傷害的主體們開始自發走到鏡頭前，向世界展開自己受創的身體景觀、邀請人們「觀看」的關鍵意義。

顧玉玲強調，如今這讓主體揭發自身的能量，正是那在解嚴之後仍然禁錮的社會氛圍中，她與同世代人受到左翼思潮啓蒙而推動的衝撞。她引述陳映真爲此書所作序文〈以反省之心〉中言：「如果這個社會對其中的弱小者任恣地施加不公義、掠奪與壓迫，那這個社會就不配得著公義、自由，和真實的民主。」並回顧此書出版的 2003 年的台灣，已然經歷了政黨輪替，台灣社會看似蓄積諸多社會運動的積累，但其時隱匿在政治民主化的氛圍背面，卻是底層勞工的生活實質上與 20 年前《人間》雜誌所揭露的壓迫景觀無甚差別，在號稱民主化的過程當中也如南方朔所言，落入一個經濟上保守右派的統治階級所把持的社會，這份由底層自主推動的社會變革超乎想像的艱難與緩慢，但顧玉玲也說那「慢」似乎就是必須與必然，因為社會變革的「效率」必然經由權力支配，因此一個有「效率」的變革便不可能達到結構的翻轉，這樣的信念也是她在艱難的運動過程中始終保持樂觀而不致氣餒的重要原因。

最後顧玉玲也回應湯英伸、劉漢黃與台灣社會所發生的外籍女傭砍殺雇主的事件，強調在不同的社會脈絡中那必須被改革的雇傭關係與型態，如何能夠使我們在反省之中，跳脫「中國人殺台灣人」的民族主義框架，產生出不同的書寫型態。若是運動者不能在各自的歷史土壤上生出各自投入變革的生活能量，那才是我們在如陳映真所言「革命的墮落」當中最大的不甘心。

現代化暴力下的反省

自《人間》雜誌開辦之初便與陳映真有多年交誼，如今亦仍在社會紀錄與攝影的本位工作，並於南藝大音像紀錄研究所任教的關曉榮，從自身長期從事攝影工作的角度出發，說道陳映真對他而言一直都是一位導師，儘管陳映真對他的「言教」幾乎是零。他對於陳映真的學習，多是從閱讀以及日常生活的沾染而來，他談及在進入《人間》工作之前在報社服務的經驗，台灣的報界長期流傳著一個說法，認為攝影師只有手指發達，基本上是不動腦也不讀書的。而這個說法讓他想起他所閱讀的陳映真《曲扭的鏡子——關於台灣基督教教會的若干隨想》，當中對於台灣基督教會之腐敗的批判，尤其對於知識的貧乏與怠惰，便是陳映真對他最大的啓發。關曉榮引書中令他爲之怦然的警句云：「寫作，是一個拚命的行業。」說明陳映真以寫作作爲反抗與自身信念之傳遞，便是他的身體力行。

關曉榮接著引述陳映真文中這段話作爲他所欲說明的「陳映真」的第一個梗概：「我之所以離開教會，原因其實是簡單的：60 年代初期開始閱讀了 30 年代文學及社會科學的作品，受到作品背後哲學的影響，使思路和價值整個顛倒過來了。」關曉榮分析當中兩個線索：一是在這兩天會期中論者一再提及的「30 年代文學」、二則是那「社會科學與哲學」。對於後者而言，他認爲如同陳映真在對基督教與消費大眾之現象的析論中所顯示，是直接受到左翼思潮政治經濟學的影響，這部分則又體現在他創辦《人間》雜誌的具體實踐之中。再則，他提到陳映真出身於一個基督教家庭，然而其「出走」於教會卻是爲了一個更爲入世的理想以及理由，那理由便如陳映真自述中所言：「後來我在前進的基督教神學理論中，理解到基督教在今天被壓迫的人民尋求物質與精神的解放中所做的重要貢獻、理解到前進的基督徒與激進的哲學家之間，真誠尋求相互理解的努力，也使我對於今日基督教的生命力與信仰的真摯敬佩無疑。」而其間所指涉前進的基督教神學理論，便是發軔於中南美洲、對於台灣而言異常陌生的解放神學。第三點關曉榮特別談到陳映真長久以來堅持且不屈不撓的「第三世界」解放意識，也見諸於他特別關切台灣於經濟成長的假象背後依賴現象的反省。基於此點，關曉榮講述了一個他於台南教學生活中偶然遇見的小小畫面——因爲城市發展需求而拓寬道路的過程中，一被機械所強力打開之尋常人家的起居間，而那將我們每日溫暖窩藏的私密空間給強力打開的，就是我們生活在其中的、習以爲常的第三世界生活之現代化暴力。

理解背後的寬宏視野

在第二輪發言，南方朔再次強調人與時代的複雜性，對於陳映真的理解，還應該放在對未來時間的期許。而扣回本座談會的主題，南方朔認爲陳映真的最大特色，是將中國自古以來，知識分子打天下之不平的使命感做了最淋漓的發揮，而在我們每個知識分子決定自己關懷與實踐的對錯尺度之時，他認爲陳映真也由自身的基督教信仰而得到了一個特殊的人道刻度。顧玉玲由陳映真關於勞工運動的作品〈雲〉當中去談論一個運動視角的世代差異，認爲如同陳光興所言及陳映真文學作品的客觀性，顧玉玲說明那也成爲其在勞工運動描寫視域上的欠缺，亦即因其客觀性而無法進入勞工主體在運動過程中的利害盤算，則是其作爲一個較爲年輕世代的勞工運動者認爲可以作爲後人啓發以及補充詮釋的部分。

關曉榮則在此輪發言中又回溯補充了那個被打開之家屋的故事後半段，他說：在道路拓寬之前他天天都須經過那條道路，經常在那棟屋前遇見一位寡居的老太太，而在道路拓寬工程的那段時間，關曉榮因爲學校休假的關係而暫離台南；待他又回到學校，老太太的兒子卻告訴他，老太太已經過世，而其生前最煩心之事，便是這拓寬道路的工程將會拆掉他們家一半的客廳。關曉榮說日後他經常懷念這位老太太，以及自己一直惦著卻再也沒有機會付諸實現的、想要拍攝這位老太太的心願。他說明自己對這位老太太的懷想，並非出於一種對於農村勞動婦女之晚年的浪漫遐想，而正是陳映真於開辦《人間》雜誌、以及其左派意識小說中所闡述台灣這依賴型經濟體在都市「發展」的幻象背後，所犧牲的農村勞動力以及其付出的慘痛代價，也是因爲如此，他後來寫作了一篇〈爲了牢記而忘卻〉，以紀念這位已然消失在歷史影像中的老太太。

會後的自由發言，與會來賓也有諸多精采的討論，首先有一位何姓女士指責南方朔的發言欠缺會議主題所言的人道關懷，並歷歷陳述其自身見聞的台灣社會「解嚴後之白色恐怖」經驗；台大外文系廖咸浩教授則商討南方朔之東／西方人文、宗教觀的比較，認爲詳情也許不全如南方朔所言：陳映真所從出之基督教的救贖精神成全了其人道關懷，也有可能正是陳映真「離教」的過程所經歷與基督宗教的內在衝突，才完全了他所表現的人道關懷。王津平除發言反駁何女士的指責、表達對於南方朔於《夏潮》創立的卓著貢獻的敬意之外，也回應顧玉玲對於〈雲〉的理解，認爲陳映真的確也許因欠缺勞工運動現場的直接經驗，而成爲其寫作這類題材時的限制，另外也回應丘延亮發言中對於陳映真的呼籲：時代已然在改變，要「跟著年輕人走」；並且憶及他自年少與陳映真的幾次近身接觸，描述陳映真如何啓發年輕的他於民歌的理想、於啓迪青年學子的溫暖與熱情、於改革大業的堅持與投注，成就他自身日後從事民歌運動、也成爲激進教師，還有此後的人生堅守著對於解放的信念等等。

最後，南方朔特意起身回應何女士的指責，認爲自己不同於陳映真不畏站在時代之浪潮峰頂，而只願意在自己身處的角落默默地從事自己所認同的工作；並且堅定地表達他對於這時代中受壓迫者之無告、激情與憤怒的同情，再次對於理解陳映真的「時機未到說」做了解釋，認爲我們在這時代中所受到的創傷都還未被撫平，如果我們都還能再經歷更多時間，傷痛會減少、憤怒會減少，那麼我們對彼此所能達到的理解——如同我們對於陳映真的理解——或許就會變得更多、且更具備癒療後的寬宏視野。

主持人王浩威醫師承接了南方朔最後的寬諒說：這是對於這場討論會的主題，最漂亮的句號與最溫暖的願景，對於陳映真所建立予我們的理想主義形貌，在每一個人的多一點點的堅持之下，也將成爲最完全的注解。

擁抱一切的良善與罪惡
陳映真的文學世界　座談會紀實

廖啟余*

陳映真創作 50 週年國際學術研討會第二場座談，由中央大學文學院李瑞騰院長主持，相較於上一場的幾位對談人——南方朔是文化評論家、關曉榮替《人間》攝影，丘延亮、顧玉玲則是社會運動者，「上一場座談會可說是實踐的，」主持人李瑞騰這麼比較：「而這一場的三位與談人，則都致力於寫作、評論與教學，這一場座談會也就是文學的。」李教授介紹三位與談人：兼善散文與新詩，是在地農村書寫的重要代表的吳晟。鍾玲曾任教於中山大學中文系、香港大學中文系，現爲浸會大學文學院院長。她著有詩集《芬芳的海》，小說《輪迴》還被翻拍成電影。研究方面，她也是女性主義文學批評的先驅。

較年輕一輩的吳明益曾修過李教授的課，目前是東華大學中文系副教授。曾得過很多文學獎，尤其是生態、報導散文，有非常優異的成績。這其中最突出的，就是他的散文集《蝶道》。

寬容的現實主義者

吳晟首先自承他不懂學術，生活也太過簡單，對理論只是一知半解，這就令他回憶起陳映真。吳晟說，陳映真幾次告訴他儘管寫詩，理論就交給曾健民。吳晟也笑稱自己的社會能力極爲薄弱，家人雖熱衷社會運動，但也是太太和女兒在衝鋒陷陣。

〈我最敬愛的文學兄長〉是吳晟感憶陳映真而寫，這場座談會上，吳晟則突出了他對《人間》的看法，亦即理論與實際生活的落差。他說，

---

* 政治大學中文所碩士生。

他中南部的故鄉與學術議題相距極遠。普羅大眾都能讀《人間》，固然是陳映真的期待；但出刊以後，讀者仍侷限於都市的知識分子，無法深入工廠與農村，這卻是事實。吳晟的學生輩雖有財力訂購，也常抱怨雜誌內頁黑漆漆的、文章不好看。「可見講人道關懷，知識分子會感動，大眾卻不大熱衷」，這令吳晟深感遺憾。而吳晟唯一投稿給《人間》的文章，刊在最後一期，寫的是少年時代，畜牧科的同學劉慶修開辦「嘉南羊乳合作社」的故事。吳晟說，這可是《人間》少數光明的文章。

吳晟指出早在 70 年代，台灣的社會運動與黨外雜誌已深深結合，1986 年，他也和幾位朋友每個人湊五萬元在家鄉創辦《台灣新文化》，以強調台灣的本土性為訴求，當時的總編輯是宋澤萊先生，也曾想寫文章批評傾向中國的陳映真【編按：宋澤萊未曾於《台灣新文化》撰文批評陳映真，見《印刻文學生活誌》75 期，2009 年 11 月號】，而吳晟基於與陳映真的情誼，因此沒有在雜誌上掛名。

吳晟認為，陳映真既身為文學人，文學作品於他才是最重要的，不妨忽略他思想的歧異性。吳晟頗為感傷的是，許多知識分子的是非標準、價值判斷竟輕易地被統獨左右，台灣社會也因此陷入了溝通不良的僵局。「所以二十年間，我寧願待在鄉下種樹。樹不跟我爭論，它只是默默生長，垂下濃蔭，吹送涼風。就像我和映真，他明知我與他立場不同，他總是很包容，說服不了也就隨便我，我們才能有這樣深的情誼。」

發言結束前，吳晟向所有與會人提出邀請，儘管立場各異，他都歡迎大家到他的樹園走走；還順便糗了糗呂正惠教授，「別像他才散步一圈，就嫌腳酸了。」

超越基督徒

鍾玲教授深入研究陳映真小說之後，由以下三方面提出她的理解：

首先是善惡對立。鍾玲指出，陳映真筆下的人物，人格也往往包含了這兩種極端，而劇烈地轉換。〈家鄉〉中，敘述者的兄長留學歸來，秉持著五四理想，去焦炭廠當保健醫師，這是善的。轉捩點則發生在當父親病逝，家道敗落，兄長爲父還債，終於成了浪子，愛酗酒，愛揍人，淪落爲開賭場的黑道。這反映了基督教裡天使與魔鬼的二分法。

> 傳說中的我的哥哥，變成了放縱邪淫的惡魔。這時我忽然想到那支據說比創造的太初還要早的故事來：魔鬼不也是天使淪落的嗎？
>
> ——〈家鄉〉

這表示了理想主義若缺乏堅實的基礎，就很容易墮落。但陳映真小說若僅止於善惡對立，也稱不上優秀了。遠爲複雜的是，每一篇小說中，陳映真往往令敘述者加入另一種觀點，以〈故鄉〉爲例，弟弟不願歸鄉，乃出於仰慕舊日的，而憎惡今日的哥哥；只不過，弟弟終究收下了嫂嫂的錢，回到都市裡也去玩女人、墮落了。多了這一種觀點，就像是一種道德判斷，說明兄弟兩人都一樣：有良知，卻終究被惡征服。這是本篇小說的特色。

其次，鍾玲觸及了陳映真小說——特別是早期——「罪」的概念，與基督教義的關連。原罪是基督教的核心概念，儘管不是親犯，先祖的墮落卻永遠要人類受苦。贖罪，則唯有實踐能夠。〈山路〉的千惠就是一例。千惠無疑是陳映真理想人格的投射，這其中卻也有基督教的影子。千惠的動機是什麼呢？是她哥哥出賣了革命黨，害同志入獄、被殺。她想「爲家族贖罪」。由此可見，基督教思維仍深深影響了後來的陳映真。

最後，鍾玲認爲，對於惡，陳映真有極深刻的洞視。他似乎認爲，惡並不能克服，只能壓制。而最關鍵的時刻，人就要承受罪的考驗。比如安先生，他把關胖子從背後槍殺，事後還檢查是否自己動的手。陳映真高明之處，就是在此留下多義性：他安排關胖子面對著日軍的槍，又同時背對著安先生的另一把槍。安先生後來擔任劊子手，雖出於職責，但早前的罪咎，終導致他精神分裂，槍殺了愛妻。〈鄉村的教師〉也有相似處，於吃人的情節少有著墨，只說「偶爾會教人莫名其妙地，醉著哭起來」，表示他是有所壓抑的。醉後吳錦翔雖坦白吃人，而遭到村人疏遠，這卻並不是他的死因——他實則死於久經壓抑的痛苦。

鍾玲以座談會題目「擁抱一切良善與罪惡」，總結她對陳映真小說的評價。〈夜霧〉與〈忠孝公園〉中的角色都是特務，而「陳映真在獄中肯定被特務拷問過。」鍾玲評價一般的小說家，即看他能否深刻地表露愛憎。這標準卻不適用於陳映真。因爲，陳映真安排李清皓發瘋，勾勒了他可悲可憫之處，讓他成爲真正的好人。但馬正濤是真正邪惡的特務，絕談不上忠孝，陳映真也不曾在文字上攻訐他。相反的，他實實在在進入了馬正濤的思維，確實地「移情」、揣度其處境，而淡化了自己。那麼，即使是很壞的角色，他也能如實表現。鍾玲盛讚陳映真深具南方朔所說的宗教精神，「他已升高成神，成了真正能擁抱一切善惡的作家。」

李瑞騰教授隨後也回憶起有一次，陳映真與太太陳麗娜曾同他談起他們曾被跟蹤。「麗娜直說：『好可怕，怎麼特務能隨時掌握我們的行蹤！』陳映真卻只說：『那是他的工作』，輕描淡寫。」李瑞騰十分感佩的，也就是小說中我們非但沒讀到恨，反而因他擁抱了這一切的罪惡，讓我們因偉大的同情心而深深感動。

冷而清楚的聲音

吳明益說，他與陳映真老師並不相識，恐怕同是小說創作者、報導文學寫作者的身分，才是他得以發言的主因。

吳明益坦承，他這個世代經歷的，是激烈的升學競爭。大學以前，他也只是看看電視、去光華商場買A片而已，全談不上人道關懷。直到大學時，他修習報導攝影，經學長指引，才開始讀《人間》。吳明益首先讀到的，是湯英伸那一期，「我非常非常震憾，和時下那種拍夕陽的唯美照片全不一樣！」後來吳明益讀到 Richard Dockins 的一句話：「我們不能期待小孩一生下來就能愛人，我們要先教他。」吳明益推許，《人間》就是教他愛人的第一堂課。吳明益讀了《人間》的原住民報導，開始熱衷上山、熱衷替他們拍照。初讀《人間》的一年後，他據此寫作的原住民小說，得到了《聯合文學》的小說新人獎，給了他極大的鼓勵。吳明益也笑著說，《人間》曾報導台中縣大里鄉新仁鄉的三晃農藥廠污染，搞不好就是他沒辦法支持興農牛的遠因。又比如這幾年吳明益常常溯溪，從海口走回深山，也可能是《人間》先報導了花蓮吳阿再溝溪的生態，才點燃了他的熱情。

他回憶 1996 年的《聯合報》上，陳映真已首先對環境文學提出自己的理想。一方面他提到「文學作品的基本條件，也要求在思想題材上，具備明確的生態學意義，但吳明益納悶：「怎麼少了他一貫強調的行動力？」以致於這幾年自然文學成了顯學，他也很不安，很惶恐，與會的學者們絕少走進大自然，不理解野生動植物的生態、不理解野生動植物的習性，於劉克襄、洪素麗、徐仁修等作家卻能侃侃而談。他難忍疑惑：「文學真的是這樣嗎？」

吳明益歸諸於陳映真「巨人式啓發」的，還有文學與歷史的不同。身爲教授，他讓學生們欣賞了《來自硫磺島的信》、《硫磺島的英雄們》兩部電影。他指出，這位導演拍了美軍的故事，卻也同時關心到了對面的日軍。而其中一幕，令吳明益目擊了文學的本質：「英雄也是怕死的」，或說，人在大時代裡，不會有任何一點的退縮嗎？難道日軍都與硫磺島共存亡，沒有任何一個是逃出去，才被美軍槍殺的嗎？活在大時代，人們要怎麼看待大時代，這是陳映真給他的啓發。吳明益引用了陳映真的兩段文字，以爲表達：

彷彿被整個世界所拋棄了的孤單，他這才想到：這一整個世界，似乎早已綿密地組織到一個他無從理解的巨大、強力的機械裡，從而隨著它分秒不停地、不假辭色地轉動。……

——〈上班族的一日〉

他忽而想起那一列通過平交道的貨車，黑色的、強大的、長長的夜行貨車。轟隆轟隆地開向南方的他的故鄉的貨車。

——〈夜行貨車〉

他曾觀賞林懷民的舞作〈風景〉。其中有一輛台車，被推上去又掉下來，鏘啷鏘啷地響，事後論者都以此象徵陳映真，認爲他終生努力，就像是薛西佛斯，吳明益卻另有奇想。他追問，不斷推石上山之間，薛西佛斯是否換過了石頭？基於磨擦力，石頭該會越推越小才對。那麼，是否因爲薛西佛斯的罪永不變小，天神就給他永不變小的石頭呢？吳明益卻寧願相信，石頭是會變小的，跌碎作沙礫、分解爲泥土，薛西佛斯越推越輕鬆；而終於終於，泥土長出了前所未見的植物，「我相信陳映真是後面這一種薛西佛斯。」

長年寫作、研究、從事環境運動，吳明益也表達了異於陳映真的看法。晚年的陳映真接受訪問時，批判新一代的寫作者「官能慾望特別早熟，在身心還沒充分發展的時候，就因爲消費主義、消費文明促使他們過早發育，過早感受到官能的飢餓。比如語言教育的弱化和褊狹的本土化，年輕一輩沒認識生活的本質、缺乏批評生活的能力，需要審美精神的向上提升。」吳明益感謝這提醒之餘，卻也基於時代的複雜性而多所保留。他想像，早60年或40年出生，自己可能也會成爲社會主義或民族主義者。但1971年生，在他自己的時代，幸也不幸，當他也經歷了種種社會與文學的歷練，吳明益卻深深期待：「自己能否不要是台灣、或中國人，而只是地球人？」陳映真往往認爲，資本主義是自然環境的殺手，但吳明益也補充，社會主義也不遑多讓，正如陳映真批評外國資本污染了台灣。「但台灣發達後，我們也成了毒物的輸出國。」吳明益赧言，他也許不夠格這樣發言，但作爲憧憬陳映真的寫作者，他期待大家能有不同的視野，葛拉軾、大江健三郎關心第三世界的同時，第三世界作家如奈波爾，也正批判著他的第三世界祖國，他就不是好作家嗎？

伍爾芙曾說：「我們要求小說應該是真實的，詩歌應該是虛幻的，傳記應該是溢美的，而歷史則應該強加進自己的偏見。」陳映真最感人處，吳明益覺得是第一句，他引用自己曾爲《印刻文學生活誌》寫的：「陳映真，那是一個冷而清楚的聲音，是台灣文學真正的經典。」2009 年 9 月號《聯合文學》報導了年輕一輩，談到這十年來不可不讀的文學經典，吳明益不無驚訝，原來十年就可以成就經典，「恐怕我們不配。」這一代創作者有當前的困境，還有面對下一代交代的使命。「身爲寫作者，又怎麼敢說我們已寫出經典了呢？」

李瑞騰誇讚吳明益是高度自覺的寫作者，也是文學系譜上最新的一代，他有很清楚的寫作信念，與實踐的經驗，全然不同於剛才兩位老師所談的。在座談會結尾，李教授也提到，《人間》常被放在陳映真的社會實踐中談論，這一部分場外的展覽頗爲豐富，也彌補了本研討會未論及報導文學的缺憾。

當開放提問，台下發言極爲踴躍，因陳映真的冤獄，與會者於白色恐怖也多所談及。一位女士即指出，在營救陳映真的那段日子，她也被軍警盤問，但事後回想，錯不在那一個個軍警，「而是那時代的悲哀。」她稱讚陳映真所作所爲，無非盡了那一時代的義務。儘管 21 歲時，陳映真離開了教會，她卻認爲，他並不曾離開神。鍾玲教授則回應道，基督教固然影響了陳映真的作品，陳映真的愛，卻不只是基督徒的關係，能愛得多深、愛得多廣，鍾玲歸之於天賦，而並非人人能有。「我想，陳映真的愛不僅僅出於基督教、社會主義而已。恐怕別的時代，別的主義，他一樣能表現愛的。」

李瑞騰則想起，這次研討會並未談到陳映真的詩評。實則，陳映真評過詹澈、施善繼的現代詩，也談過吳晟的作品。他想請問吳晟的看法。吳晟卻先補充了《人間》與《台灣新文化》在歷史評價的差異。吳晟認爲，《人間》有其巨大的影響，停刊可謂求仁得仁。但《台灣新文化》更慘，一出刊就被查禁，被控毀謗政府。整整 24 期裡，更有許多是印刷之際就遭沒收的。接著吳晟歷數了陳映真的三篇詩評，首先寫的是施善繼、接下來是蔣勳與他自己，並提醒大家，陳映真也主持過「新詩的再生運動」。對陳映真給他的詩評，吳晟用最簡單的話表示其重量：「我非常感激。」

最後，李瑞騰談起，鍾玲院長曾在 2004 年邀請陳映真擔任香港浸會大學駐校作家，2007 年更頒贈榮譽博士給陳映真，都引起香港文化界的熱烈反響。只是李教授也感慨，「後一次，陳映真已無法親身出席了。」座談會隨後結束，這場豐富的討論，讓我們的掌聲仍久久不散。

台上台下一樣精彩

「陳映真創作 50 週年國際學術研討會」側記

湯舒雯*

自 1959 年，陳映真在《筆匯》發表首篇小說〈麵攤〉起始，迄今已有 50 年。作爲一位文學家，陳映真以〈第一件差事〉、〈將軍族〉、〈趙南棟〉、「華盛頓大樓」系列、〈忠孝公園〉等台灣文學經典，獲得海內外評論界高度推崇；作爲一位思想家，陳映真在《知識人的偏執》、《孤兒的歷史‧歷史的孤兒》著述，高舉民族主義大旗，批判現代主義，一家之言儼然而成。而作爲一位實踐家，陳映真參與《劇場》、《文學季刊》的編務，創辦《人間》雜誌及人間出版社，在文學思潮與社會關懷等方面，觸發了整個華文地區跨世代的深遠影響。

2006 年 10 月，陳映真因病在北京入院，休養至今。2008 年 8 月間，對陳映真關心甚深的台灣文化、文學界友人，決定以陳映真創作 50 週年爲題，舉辦國際學術研討會與相關活動，委由台灣文學發展基金會‧文訊雜誌社執行。研討會以約稿、徵稿同時進行，總計發表 15 篇論文，召開兩場座談會；來自台、港、中、日、韓，專研陳映真創作的重要學者匯聚一堂，以陳映真的文學創作觀、社會思想、對台灣文學史以及東亞、第三世界的影響等抒發議論。2009 年 9 月 26、27 兩日，假台北的國家圖書館國際會議廳舉行「陳映真創作 50 週年國際學術研討會」，正是台灣首度爲陳映真所舉辦的國際學術研討會。不僅吸引了滿座的聽眾共襄盛舉，呈顯出陳映真在不同領域的影響力，更見證了陳映真在文學創作及社會實踐上，曾爲台灣付出過的努力、樹立下的貢獻。

---

* 政治大學中文所碩士生。

開幕式

台灣文學發展基金會董事長王榮文先生首先爲這場別開生面的研討會揭開序幕。他在致詞中表示，他個人格外盼望這一場由台灣首度爲陳映真所舉辦的國際學術研討會，能讓台灣社會更懂得珍惜優秀的作家、尊重不同的思想家。王董事長特別指出，作爲一位頗具代表性的思想家，陳映真可說是台灣、中國、和世界所共有的資產。他也特別感謝「趨勢教育基金會」的大力支持，行政院文建會、台北市文化局、國家文化總會、國立台灣文學館、中華民國婦女聯合會等單位的協助，以及熱心民眾的小額捐款、雪中送炭，才讓這場由民間發起的活動能有圓滿成果。

行政院文化建設委員會黃碧端主委則在致詞時指出，對台灣而言，陳映真不只是具有高度藝術成就的重量級作家；他在文學藝術與政治思想上各有執著，而不互相矛盾。即使是懷抱不同政治信念者，也會對他的人道關懷、思想深度有所感佩。而陳映真的影響力，可以說從其 22 歲發表第一篇作品開始，就在知識青年之中發酵。黃主委尤其強調，1980 年代陳映真所創辦的《人間》雜誌，在內容上表達對台灣社會弱勢族群的深刻關懷，也在報導文學、攝影美學等形式上，開創出台灣 80 年代的雜誌出版業高峰。在樸實的表面下，陳映真提示出一種「文學人」與「文化人」的特質，留給台灣社會豐厚的精神資產，甚至在日後進一步擴延至海外。對於可能不太熟悉陳映真的年輕一輩而言，這次的盛會將是一個適時的、也是一個重要的提醒。

台北市文化局李永萍局長則代表台北市文化局，表達很榮幸參與向陳映真先生致敬的系列活動，並指出五十年來的台灣文學、文化、知識界如何受陳映真作品深刻影響。李永萍局長以自身過去在戲劇界的經驗爲例，見證了陳映真的影響力無疑是跨界的；陳映真作品中深刻的人道關懷，是在突破了狹義的族群意識、超越了狹隘的地域觀之後，所進行的世界性觀照，而能對當代的台灣精神有所啓發。最後，李永萍局長也希望與會者的心意與敬意，可以藉由這一場隆重的盛會，傳達給遠方病床上、正與病魔搏鬥的陳映真先生本人。

中國作家協會副主席、現代文學館館長陳建功先生代表遠道而來的貴賓們致詞時表示，五十年來，陳映真執著地以手中的筆，描寫人民的苦痛遭遇、家國情懷與心靈創傷，他作品中強烈的底層傾向與民族意識，堪說是五十年以來台灣思想史的一筆形象紀錄。陳映真犀利的理論家與思想家背景，使他最早地呼籲台灣文學應在民族文學的旗幟下團結起來，並強烈揭示後殖民文化帶來的危機與隱憂。陳館長表示，他最爲欽佩陳映真先生矢志不渝的政治信仰與高潔的人品，被捕、或七年的牢獄之災，都未能摧殘他蓬勃的精神力量，反而使他越挫越勇。陳建功也特別指出，無論是從深刻的思想性、鮮明的戰鬥性、強大的說服力等方面看來，陳映真都明顯繼承了魯迅的精神文化傳統。因此，陳映真不只是台灣文學的光榮與驕傲、也是中國文學的光榮與驕傲；在台灣與中國，陳映真都具有同等重要的價值與貢獻。

第一場研討會

第一場研討會由台灣大學中文系齊益壽教授主持。齊教授以感性的話語開場，表示一接到通知便等不及要赴會，實因陳映真先生在台灣漸受冷落，令他深感虧欠，而在瀏覽與會名單之後，心中更增添不少感慨。曾經熟悉的故人舊友中，許多後來各自選擇走上不同道路、被時代貼上不同的標籤。其中，令齊教授特別感念的，還是陳映真先生寬厚的肩膀。齊教授認爲，陳映真在政治上承載了他個人難以承受之重，其思想意識、文學藝術形式或許難以被所有人認識、接受，但陳映真擔負起的是一種中國傳統知識分子的包袱，也是秉承了千年以來的文學家傳統。

接下來第一篇論文，由淡江大學中文系施淑教授發表〈陳映真論台灣現代主義的省思〉。施教授自陳寫作此篇論文的經驗前所未有地面臨了兩種干擾。一是作爲 60 年代現代主義洗禮下出身的同時代人，「道德上的亡命之徒」，要面對陳映真這樣理想主義、人道主義的大師，心理上是很沉重的負擔。另一方面，施教授研究文學史上的前衛運動時發現，二十世紀的前衛運動幾乎跟共產主義、政治環境脫離不了關係。施教授感到疑惑的是，爲什麼一向被認爲是頹廢的、不道德的現代主義，卻會和積極思索人類未來、歷史方向等的思想或主義掛勾？施淑教授謙稱，因爲上述思考的干擾，最後可能也難以做出所謂的正確判斷，只能拼貼陳映真有關台灣現代主義的論述，呈現出台灣的現代主義、在通過一個理想主義者的檢驗之後，所折射出來的面貌。施淑教授指出陳映真對現代主義的否定態度，大致體現了他冷戰思維中的敵對性，也讓他始終視 60 年代的台灣現代主義是「美國新聞處播撒在台灣的罪惡的文學化」，否定現代主義在台灣有任何原生的歷史條件；直到晚近這個反現代主義的傾向也不曾稍歇。針對此點，施教授最後提出個人看法，認爲 60 年代的時空錯亂、白色恐怖等特殊的時代背景，其實都構成了現代主義在台灣發生、與發展的條件。

講評人台灣大學柯慶明教授首先表示施教授的結論與他的想法大致接近，60 年代的台灣現代主義確有其發生與存在的必要性；雖然是否應以「現代主義」一詞稱之仍值得討論，但在當時的台灣，無論是本省或外省人，都有「被連根拔起」之感。那也許正是與現代主義者被資本主義社會異化、邊緣化的疏離孤獨狀態互通之處。柯教授認爲陳映真等人對現代主義的批評多少都是抽象的。他們批評白先勇、王文興，不是批評其作品，而是批評其身分，而批評內容也不外乎「蒼白」、「幼稚」、「無知」……等。而陳映真最早期的作品多發表在現代主義色彩強烈的《筆匯》與《現代文學》之中。人往往「以今日的我對昨日之我」時特別嚴厲，使得柯教授不免要問：「陳映真的嚴厲究竟是對誰？對王文興、白先勇，或是對自己？」

第二篇論文由日本神戶大學名譽教授山田敬三發表〈陳映真論——以前期三十年的創作活動爲中心〉一文。文中，山田教授將陳映真前三十年的創作活動分成「白色、荒廢的五零年代」、「現代主義批判的六零年代」以及「第三世界文學探索的時期」三階段，分別論述其中的時代條件與小說風格轉變。山田教授將陳映真的小說作品與其創作時空密切結合，爲陳映真前三十年的創作活動標出一條簡明清晰的軌跡，做出恰如其分的註腳。

元智大學中文系洪銘水教授講評時，首先和與會聽眾分享 1980 年代和一群海外台灣作家、研究者，在海外成立北美台灣研究會年會時，與陳映真接觸的經驗。以洪教授自身也曾研究過陳映真作品的眼光來看，認爲山田教授以「日本學者」和「魯迅專家」的雙重身分來談陳映真，是再適合不過的人選。就魯迅在台灣的傳播而言，洪教授認爲，陳映真對信仰的執著，即使追隨者幾希，仍多少彌補了台灣社會缺少左派傳統的缺憾。他也因此好奇山田教授在論文中僅談及陳映真早期三十年的作品、而與後二十年有所區隔，是否有意以天安門事件作爲分期？因爲在那之後，陳映真政治上的立場與主張，就在台灣漸趨弱勢。而在那之後，「台灣也似乎就少了左眼。」

第二場研討會

第二場研討會由淡江大學中文系系主任張雙英教授主持。第一篇論文由聯經出版公司發行人兼總編輯林載爵先生發表。在〈所有人都被幽暗的心靈囚禁——談陳映真早期小說〉一文中，林先生首先界定陳映真小說分期。他主要採取陳映真本人的說法：陳映真曾自陳從 1967 年〈唐倩的喜劇〉之後，他的小說大抵上脫離了一種虛浮的狀態。因此，本篇論文的討論便集中於 1959 年〈麵攤〉後，至 1966 年間的作品。早期小說時期一共 19 篇作品，因特殊的語言風格流露出一股特殊的魅力。此外，此一時期陳映真作品中主角的死亡率也特別高；「罪惡感」、「虛無」與「死亡」三個主題壟罩了陳映真的早期作品，也成爲解讀他日後作品的一條重要線索。最後，林先生對於陳映真未能如願完成長篇小說感到惋惜。林先生感嘆：思想家陳映真確實豐富了台灣思想史，但長篇小說家陳映真可能被犧牲了，仍令人稍稍感到遺憾。

台灣大學台文所所長梅家玲教授講評時，談及自身閱讀經驗，陳映真小說與其同時代其他小說彼此間高度的互文關係，都顯示出那個蒼白年代下，的確是「所有人都被幽暗的心靈囚禁」，使她在閱讀林先生的論文時頗感心有戚戚焉。梅教授舉郭松棻和李渝爲例，認爲兩人小說中不少元素，都能和陳映真早期小說並而觀之。而陳映真對魯迅的繼承，自是更受人注目。梅教授認爲，「被幽暗的心靈囚禁」可能表現在身體的疾病與死亡、或心靈的官能失調等徵狀上，也透露出一定的宗教意涵，有待林教授繼續爲大家探索。

接下來，由中國大陸台港澳暨海外華文文學聯絡委員會副主任趙遐秋教授發表〈陳映真小說的蒼生意識〉，她認爲陳映真小說中有一以貫之的「蒼生意識」。趙教授分四點講述，第一點說明何爲「蒼生意識」，第二點說明陳映真的蒼生意識如何形成，第三點說明陳映真的蒼生意識在其小說作品中的主要表現，第四點說明陳映真的蒼生意識在其小說作品中的位置。趙教授特別提出「哀民生之多艱」作爲陳映真小說中蒼生意識的核心，並透過與魯迅的比較來表現。

台灣師範大學國文系張素貞教授講評時，將趙教授的論文摘要而成三部分：第一，按「時序」歸納統整陳映真小說作品，第二點出「哀民生之多艱」的蒼生意識。第三部分則以綜括性的評論、寫作技巧討論、開放現代主義、社會作用等四點觀之。張教授肯定趙教授鳥瞰式的觀察，能以「蒼生意識」有效貫串陳映真的所有小說作品，不過其中難免有某些篇章討論不夠平均。並且，若僅以「蒼生意識」面向來看陳映真作品，張教授也認爲可能會有過於單一、失之簡化的風險。亦即，張教授期待本文的討論，除了著眼於陳映真對中國統一的希望，有可能開展出更開放而多元的意涵。趙女士回應時則就「微觀研究」與「宏觀研究」之區別，以及趙教授個人對陳映真長年研究的經驗，自許能兩者並重。

第三場研討會

第三場研討會主持人為現任考試委員、台灣大學中文系何寄澎教授。首篇論文由台灣大學外文系教授廖咸浩發表，論文題目為〈全球化與人的空洞化：陳映真作品中的全球性移動、公義與普世價值〉。廖教授以全球化的概念作為參照，指出台灣作為移民之鄉，陳映真小說中的「移動」意義是深入根柢的。透過爬梳「移動」的意義，廖教授提到現階段全球資本流動下，包括媒體、網路等機制造成更大規模的心靈空洞與扭曲，早在陳映真小說中深刻反映。廖教授認為陳映真小說中的「移動」，大致與三個主題有關：「省籍」、「冷戰」、「跨國資本流動」。廖教授在結論中指出，陳映真從他一貫的左翼思考出發，堅定批判現代化（資本的跨國流動）的殖民面向，但也具有某種親和的「普世胸懷」。

交通大學外文系周英雄教授講評本文時指出，陳映真作品可以反應台灣現代化的各階段，他特別感興趣的是 1980 年代「華盛頓大樓」系列作品；自陳深受其中「在地知識」的書寫所啓發。周教授也肯定論文精簡而一目了然，適切地將陳映真置入「後殖民」理論框架中分析，同時提供自己對全球化的定義，認為廖教授在文中對「普世主義」一詞的運用值得商榷，建議以「世界主義」代替之。

中興大學台文所副教授楊翠宣讀〈獻祭的聖杯——陳映真小說中的女性救贖意象〉一文前，首先發表一段感性的前言。楊教授自陳在論文書寫的過程，重新檢視了自己的人生，也回顧了台灣的歷史；重新閱讀陳映真是對共同的記憶的召喚，也召喚出對陳映真的共同想像。楊教授的論文是以「當代台灣男性理想主義者群像」，以及「女性救贖者意象」兩方面討論陳映真小說，有效連結了陳映真小說中兩種典型人物（群像）間千絲萬縷的關係。

中央大學中文系康來新教授講評論文時，首先以一位虔誠基督徒的身分，樂見論文中善用的宗教意象。康教授舉 1976 年陳先生遠行歸來、受訪時提及其父殷訓之一例：「第一，你是上帝的兒子；第二，你是中國的兒子；最後，你才是我的兒子。」康教授認爲，陳映真文學中的宗教性無疑是一個有待開發、值得開展的研究面向。此外，康教授也高度肯定楊教授討論〈山路〉女主角「蔡千惠」時呈現出的辯證性。最後，康教授也對論文題目「獻祭的聖杯」此一意象的靈感來源感到好奇。

中央大學中文系博士曾萍萍的〈兩岸陳映真研究評議〉一文，蒐羅了來自海峽兩岸的龐大資料，經過細心排列整理、比對分析，將至今爲止的陳映真研究成果，做出完整的摘要、引介、評價與歷史性分析。曾博士的論文可說是以濃厚的感情、紮實的功夫，對陳映真先生致敬的一篇用功之作。

中正大學台文所教授郝譽翔講評時指出，原先以爲本文重點關乎研究方法，閱畢後方知本文是企圖通過、甚至超越目前圍繞陳映真而發的種種討論，做出對陳映真文學與思想的總評。郝教授笑說這篇文章實可作爲本次會議的總結而不爲過，全文戮力甚深，筆鋒流露出深厚的仰慕與眷戀之情，是以抒情的方式道出陳映真研究複雜的面向，可讀性高、對話空間甚大。

第四場研討會

本日最後一場論文發表會由清華大學台文所所長陳萬益教授主持。首先，由廈門大學台灣研究中心、台灣研究院朱雙一教授發表〈「第三世界」視野與陳映真現實主義文學理念與創作〉一文，朱教授標舉出「現實主義」與「第三世界」兩個關鍵詞，一方面探究陳映真「現實主義」的三個特點：「敏銳批判性」、「深刻思想性」、「以愛爲根柢」；另外也指出「第三世界」這個陳映真獨特的創作視野，對他的現實主義所起的作用。朱教授分析陳映真第三世界認同，是從中國認同而來。他對中國的愛，不因其歌舞昇平、而是對「祖國」的苦難現實，產生深刻的憐憫同情。朱教授認爲，陳映真無疑是一位民族主義者，也是反帝國主義者；因此，陳映真的世界主義就不是狹隘的民族主義或沙文主義，而是基於相似的遭遇與共感，所產生的一種現實主義。

中央研究院社會學研究所副研究員蕭阿勤講評時表示，朱教授在行文中所採取的支持與肯定態度，有時會令人分不太清楚何爲陳映真先生的言論、何爲朱教授的說法；此時評論的難處於焉產生：該評論朱先生或是評論陳映真？基於學術評論不批判他人的信仰與理念，因此他只指出朱教授以「語境意識」形容陳映真先生「敏銳注意時代變化、現實情境、再反應於文學之內的特質」，這種知識與認知的社會性質，在本文中，反而可能與陳映真對信念與理想的執著自相矛盾。最後，蕭阿勤先生也特別標舉朱教授對陳映真小說中「愛」的主題的討論：無論對象是中國民族主義、或是台灣民族主義，「我們這個時代，缺少的可能不是對各種信仰的宣稱，而是慈悲與愛。」

第二篇論文，由北京社會科學院文學所黎湘萍教授發表〈思想家的孤獨——關於陳映真的文學和思想與戰後東亞諸問題的內在關聯〉一文，黎教授著眼於陳映真的思想，首先以「山」比喻陳映真先生的思想高度與孤獨況味。他指出，最直接的例子，可能就表現在本次與會者對陳映真文學藝術的高度肯定、以及對陳映真政治思想的頗有微詞。這正是陳映真的孤獨來源。黎教授文中也特別以〈鄉村教師〉、〈加略人猶大的故事〉兩篇小說分析陳映真如何地對戰後東亞局勢作出象徵性的創作；並指出「只從耶穌去理解陳映真、或只從馬克思去理解陳映真，都是不夠的。」黎教授最後也感性自白，讀陳映真小說是受感動的過程；甚至在面對陳映真時，往往令他有猶大面對耶穌之感。

《批判與再造》主編、世新大學兼任講師杜繼平回應此文，認爲黎教授視陳映真爲思想家，精確分析陳映真的孤獨感從何而來，可惜在戰後東亞的部分，較少發揮。此外，杜先生認爲將宗教（耶穌）與馬克思主義作連結是有趣的；並且，陳映真先生對分離主義、台灣經濟結構的批判，的確都和他對冷戰後的東亞局勢看法有關。因此，杜先生認爲黎教授的論文中提出了一個很好的問題、不過沒有得到很好的解決：陳映真在 90 年代以前感到孤獨是可以理解的；問題是在 90 年代後、當台灣一切的思想禁忌都解除了之後，爲什麼陳映真依然感到孤獨呢？杜先生以此推論，陳映真在 90 年代前、與 90 年代後兩階段的孤獨感來源，可能是不同的。

第三篇論文，由台灣大學歷史學研究所博士生邱士杰發表〈從中國革命風暴而來——陳映真的「社會性質論」與他的馬克思主義觀〉。邱同學在文中指出，陳映真爲了對抗他在 80 年代即面對的分離主義問題，遂於 90 年代放下小說創作，全心投入於台灣「社會性質」問題的研究。陳映真是繼承了大陸、台灣、乃至韓國的「社會性質論」的成果，並加以規範化，形成他紹述各種台灣社會性質論、並且以「社會性質」來劃分的歷史分期。邱同學試圖揭示陳映真「社會性質論」的歷史背景、發展過程、以及可能的啓示；而本文所研究的陳映真的馬克思主義觀，就是以「社會性質」論爲媒介的馬克思主義觀。

曾任台灣大學東亞文明研究中心計劃研究員的曾健民先生擔任本文講評人。曾先生從 1992 年開始和陳映真先生工作，至今已十餘年。他坦承很難跳脫與陳映真相處的經歷，作完全客觀的評論。曾先生回憶，陳映真曾託吳晟轉交其一張字條：「我並沒有錯誤，但我爲什麼這麼孤獨？」曾先生感慨萬千、真情流露說道：「有人喜歡陳映真的文學、不喜歡他的思想；有人喜歡 1968 年以前的陳映真、而不欣賞 1968 年後的陳映真……這就是陳映真孤獨的來源。他對台灣社會的終極關懷並未被瞭解。」他甚且哽咽表示，陳映真的文學與思想是一體兩面、不可分割的。曾先生肯定邱士杰蒐羅整理資料的成果，也能有效連結各家正反說法，方法上是客觀而科學的。唯一的苛求是，文中論述偶見不連貫處，過於跳躍。若能扣緊陳映真的台灣社會性質論，更有條理、有層次的發展，應能達到更好效果。曾先生最後也提醒大家，「台灣社會性質論」並非陳映真所獨有，但在台灣卻的確如此。50 年代後，台灣社會性質論的消失，値得大家有所反思。

朱雙一教授隨後在討論時間難掩激動、數度哽咽地表達，他對陳映真小說的讚美，實是來自寫作過程中實際的閱讀經驗，無法自抑地受到感動。陳映真的可愛與可貴，在暴露體制性的暴力，以及對加害者與受害者抱持同樣的同情。朱教授的發言，也喚起黎湘萍教授閱讀陳映真的經驗。他談及許多台灣人對陳映真有「不愛台灣、賣台」等指控，便以魯迅爲例：「還有人比魯迅更愛中國嗎？但魯迅正是揭發中國黑暗最力者。」

第五場研討會

研討會的第二天，由成功大學文學院院長陳昌明教授的主持揭開序幕。陳教授開場表示，議程進入第二天，與會聽眾仍然如此踴躍，對研討會來說是非常難得的景象，陳映真先生的魅力可見一斑。陳教授自陳昨日在會場旁聽了一天，思想上頗有火花，也預告了今日議題多跨領域，討論想必更加精彩可期。

首先，東京一橋大學語言社會研究科松永正義教授發表〈70 年代的意義——以陳映真爲線索〉一文，以 70 年代時，東亞各國內不約而同提出的民族文學論爲著眼點，將韓國金芝河的「民族之歌、民眾之詩」、日本竹內好的「國民文學論」，與陳映真在鄉土文學論戰後期發表的〈文學來自社會反映社會〉等篇的理念作比較。松永教授發現，此三人對現代主義、民主化、與消費文化的批判，都有相通之處；並且對各自的國家社會發生影響力。

台北教育大學台灣文化研究所所長林淇瀁副教授講評時表示，本文從東亞結構著眼，分析以陳映真爲基礎的民族論述，非常具有啓發性。因此，他也想與松永先生進行更深入的討論。首先，林教授認爲，陳映真的核心觀念，可能還是站在反帝、反封建的立場，對西方資本主義感到憂心、進行批判。所以，比起站在第一線的金芝河，陳映真更近似於一種知識分子的民族主義。另方面，林教授也指出，陳映真先生其實應該不在台灣自由主義的脈絡下。「自由主義是與民眾站在一起『唱民族之歌，寫民眾之詩』，一個自由主義者並不會以『文化台獨、文學台獨』的語彙攻擊同輩，更不會利用威權來壓制民眾之聲。」

第二篇論文，由清華大學台文所副教授陳建忠發表〈愛慾與文明：陳映真「筆匯」時期小說中的性、政治與美學〉。陳教授以一個「發生學」的角度出發，透過重讀、細讀陳映真《筆匯》時期（1959～1961）共十一篇小說，特別是〈麵攤〉、〈我的弟弟康雄〉、〈蘋果樹〉三篇，考察陳映真對集體解放與個體解放的思考方式，以求更合理的解釋陳映真的創作里程：爲何關於個體解放的關注會逐漸讓位給政治集體解放的想望？其中，有關個體愛慾書寫的美學意義被突顯出來。陳教授認爲，陳映真早期小說中所觸及的個人情慾實踐，具有理想性和政治性，同時可以連結到社會性的理想實踐上。但隨著此一階段結束，陳映真逐漸表現出禁慾主義傾向，於是這兩種明明不相違背的理想：「政治」與「愛慾」，在早期小說中形成作品的張力和魅力，卻因爲在後期小說中讓愛慾描寫逐漸消失，終而巍然矗立著具有高度精神潔癖的理想主義者形象。

講評本文的是政治大學台灣文學所教授范銘如。范教授表示，陳映真研究至今已難再推陳出新，但今日陳建忠教授的論文令人驚豔。本篇論文似乎強調了陳映真小說中「政治」與「愛慾」的拔河，表現出陳映真創作歷程中的戲劇性轉變，隱隱具有挑戰、翻案的企圖，論述中充滿精彩而細膩的張力。但范教授對陳教授作出的結論部分仍有所保留。范教授認爲，陳教授所偏重分析的三篇小說，原先的人物設定、題材設計本身，即非常「社會性」。如果變態或不倫，其實是小說家有意識地透過不合律法的愛慾主題，在傳達憐憫或批判的觀點，那麼在效果上，應該是近似於表達了「愛慾的社會性」，而非陳教授預設、推論的「自然的愛慾」。因此，范教授認爲，讀完全篇論文後，可能反而會使人更加認知到：理想主義者陳映真的成型，真的很早。最後，范教授也在方法學上提示陳教授，關於馬庫色理論是否真能貼切分析陳映真，也是值得商榷的。

第三篇論文，由成功大學台灣文學研究所博士生詹閔旭發表〈召喚、回應與對話：談陳映真《忠孝公園》〉，指出《忠孝公園》不同於陳映真過去以「爲弱勢發聲爲己任」的小說作品，而是更重視彼此理解的可能、與召喚記憶的過程。文中提出過去學界常見的三種解讀，繼而提出三種不同面向的思考；首先是「權力流動」的辯證性，可作爲過去討論陳映真小說作品時，多半僅著眼於其「爲弱勢族群伸張正義」的單向性思考的修正。其次，論文中討論「記憶召喚」、「個體對國家機器的回應」等，也可視爲對前行研究中片面強調陳映真小說「意念先行」此一傾向的修正。最後，則以巴赫汀的複調理論檢討寫實主義單聲敘事的傳統。

台灣師範大學國文系許俊雅教授講評時認爲，在陳映真作品已經被充分討論後，詹同學的論文仍能有所突破，值得嘉許。《忠孝公園》這部小說在陳映真作品中雖體現了一貫的政治理念，但也是對當時政黨輪替等時代背景的回應。所以許教授認爲，在本文結論之處，將陳映真小說從寫實主義小說傳統中分離出來，可能沒有這個必要。陳映真鮮明的個性、強烈的意識形態，都是他之爲一位優秀的寫實主義小說家的證明。最後，許教授也提醒詹同學，在理論的使用與行文上，仍要留心避免太過跳躍、以及是否適用等問題。

第六場研討會

最後一場論文發表會，由淡江大學中文系高柏園教授主持。第一篇論文由朝鮮大學校外國語大學中國學科金河林教授發表〈陳映真的文學世界與韓國〉一文，介紹台灣現當代文學在韓國至今的發展與研究成果，尤其著重於陳映真作品在韓國的翻譯與研究。包括博士研究與一般研究，以及文學史評價等，進而扣連到陳映真文學對東亞和平人權運動的意義與啓發，最後以「行動和良心，知識分子的命運」作結，認爲陳映真和魯迅一樣帶給許多人「絕望中的希望」。

交通大學社會與文化研究所教授陳光興表示，他的講評題目是「作爲陳映真思想實現、精神寄託的韓國」。陳教授首先指出，無論陳映真透過自學通曉韓文的傳言是真是假，陳映真的確是台灣在韓國最有名的作家，也一直對韓國有深刻的感情。陳映真不只與韓國文學、文化界的交流頻繁，更曾經耗費可觀心力，在《人間》採訪、製作了「激盪中的韓國民主運動」專題，一連寫了十五篇報導，慷慨激昂，且在每篇結尾都對台灣社會科學界有沉痛的針砭。於是，韓國在各方面都成為陳映真這樣一位有第三世界主義底蘊的知識分子的精神寄託。總結來說，陳映真的「韓國情」，是站在台灣土地上，以中國心，對第三世界想像的落實與認同。這是他思想與生命中極其重要的過程；抽掉韓國，對陳映真的瞭解就是不全的。最後，陳光興教授也補充說道：陳映真先生的客觀性正來自他的文學性。整個台灣文學必須更後設地對待作品與作家，才不致於有所錯待。

第二篇論文是淡江大學中文系教授呂正惠所發表的〈陳映真與魯迅〉。比起朱雙一教授的宏觀研究，呂教授自陳是相對微觀的作法。他以此篇論文檢視魯迅如何影響陳映真，主要由三個重要意象進行考察：「吃人」、「鐵屋」、「金黃的圓月」；認為這是陳映真受到魯迅影響的清楚指涉。呂教授謙虛而簡短地表示，論文匆促完成，在參加完兩天研討會之後受到許多啓發，對論文之後的發展將有很大幫助。

講評人為成功大學歷史系、台文系合聘教授林瑞明。林教授自陳學生時代陳映真小說是他的「文學聖書」。陳映真早熟的才能與精彩的創作，使他無論如何都有台灣文壇中不容撼動的一席之地，也容得我們從各種不同的角度去分析、並得到感動。呂正惠教授這篇論文直指陳映真是台灣的魯迅，是一篇小題大作的文章，林教授笑說實在難以評論。但林教授發現這兩天的論文都在討論記憶召喚的問題。陳映真用小說召喚記憶，寫論文者用論文召喚記憶；而記憶是一種選擇。陳映真在小說中所召喚出的中國記憶，如今看來也許不夠準確，但凡此種種都應該能夠被包容、被理解。他也呼籲台灣文學研究者應該要更正視台灣歷史，對台灣歷史負責。

座談（一）：陳映真與知識分子的人道關懷

第一場座談會由文學評論家王浩威先生主持，來自不同領域同樣關注社會主義的丘延亮、南方朔、顧玉玲與關曉榮四位老師與談。王浩威先生首先回憶年少時拜訪陳映真的情況，認爲陳映真對 70 及 80 年代青年有極爲強大的精神感召，而這是兩日來的研討會未曾討論到的。並希望這場座談會能在這個方面有所關照。

丘延亮教授說他所認識的陳映真，並不是「海峽兩岸第一人」那樣的排行榜人物，而是一個親力親爲的社會前行者，他在社會仍然噤聲的 1985 年創辦了《人間》雜誌，而其發刊詞所提到的「因爲我們相信、我們希望、我們愛」，並非基督教的信、望、愛，而是更爲抽象的：我們相信社會主義、對社會的合理寄予希望、我們愛身邊的弱勢者。丘延亮教授並帶著現場聽眾回看四則《人間》的報導，以此更深入領略《人間》揭發不義、關懷弱勢的宗旨。

南方朔教授認爲，由於 1949 年以後政治上的變遷及國際的形勢，台灣成爲一個徹底右派的作家，台灣的民眾看待別人或自己，亦容易被時代所扭曲，因此他認爲，此刻仍未是談論陳映真最好的時機，恐怕要等到更晚一點，現在的政治形勢淡了以後，陳映真的價值才能真正顯現出來。

顧玉玲以年輕一輩社會運動者、書寫者的角度來談陳映真。若沒有陳映真、《人間》這樣的先行者，在四十多年前便開始揭露社會的不義，便沒有解嚴後新世代社會運動者的實踐。解嚴以前，《人間》的記者必須親自到社會底層挖掘，然而在現代較爲鬆動的環境下，受到左翼思想啓蒙的被壓迫者，卻不再等待，他們組織、挺身而出，對這個社會說：「請看見！」社會的壓迫一直都不斷發生，然而在陳映真等先行者的努力下，新世代的社會運動者與書寫者站在過去的歷史土壤以及新的歷史脈絡下，也出現了新的實踐與記錄方式，從而提供了新的社會翻轉的可能。

關曉榮提及，報界的人認爲攝影的人只有按快門的手指最發達，不動腦也不讀書。而這個說法讓他想起陳映真在《曲扭的鏡子——關於台灣基督教教會的若干隨想》一書中抨擊教會乃至於社會對知識的貧乏與怠惰，便是陳映真對他最大的啓發。再則，他提到陳映真教會「出走」，實爲了一個更爲入世的理想，第三點談到陳映真的「第三世界」解放意識。

王浩威最後作結，認爲陳映真與《人間》讓我們對理想主義仍有憧憬，對人仍有關懷。

座談（二）：擁抱一切良善與罪惡

主持人李瑞騰首先表示，不同於前一場座談會對陳映真於社會實踐面的討論，這一場座談關注於陳映真的文學表現，在座都是在文學或文學評論上有所專擅的與談人，包括詩人吳晟、香港浸會大學文學院院長鍾玲、東華大學中文系副教授同時也是新世代作家的吳明益。

吳晟先生首先自承不擅理論，僅能抒發一些感想。他認爲台灣的知識分子，立場歧異性大，但陳映真的立場雖然和他不同，卻還是能彼此寬容，繼續交往。因此我們看待陳映真，也可以撇開統獨、左右、意識形態，關注他的文學表現。

鍾玲教授由三個方面提出她對陳映真文學的看法，包括善惡對立、「罪」的概念以及對「惡」的重視，座談會題目「擁抱一切良善與罪惡」正可總結她對陳映真小說的看法。

吳明益教授由自己的經驗談起，大學以前他的生活是談不上人道關懷的，直到讀了《人間》，才發現到社會的不義，並點燃他的熱情，進而時常上山、溯溪，親自探訪原住民、發掘生態問題。

李瑞騰教授最後總結道，兩位不同世代的文學作者同時談起了《人間》，卻也體現了與上一場座談完全不同角度的體驗，非常可貴。

閉幕式

閉幕式首先由研討會的執行長、《文訊》雜誌社長兼總編輯封德屏致詞，她提到這次研討會的論文發表人平均年齡是《文訊》舉辦研討會以來最高的，也都是學界重量級的學者專家，而台下聽眾亦不乏在社會運動、文學評論、報導文學等不同領域的特出人物，可謂「台上台下一樣精彩」，亦展現了陳映真的啓蒙與影響，是如何深入不同的年齡層與社會領域。《文訊》接辦這次研討會、系列活動雖然辛苦，但比起陳映真對台灣文學界的影響，實在不算什麼，而若能向這位大師致敬，一切都是值得的。

李瑞騰教授接著代表研討會的籌備委員發言，感謝《文訊》雜誌社義無反顧的接下這個艱鉅任務。並感謝趨勢教育基金會的協助，讓這個活動引起更多的社會、媒體關注，且在他們的協助下，「陳映真及人間特展」將走入校園，巡迴展出。最後感謝所有來聆聽、參與討論的朋友們。

9月26日（星期六）議程表

時間	場次	主持人	內容		
09:00 | 9:20	開幕式	王榮文	文建會黃碧端主委 台北市文化局李永萍局長 中國現代文學館陳建功館長　致詞		
9:30 | 10:40	一	齊益壽	施　淑	陳映真論台灣現代主義的省思	柯慶明
			山田敬三	陳映真論——以前期三十年的創作活動爲中心	洪銘水
10:50 | 12:00	二	張雙英	林載爵	所有人都被幽暗的心靈囚禁——談陳映真早期小說	梅家玲
			趙遐秋	陳映真小說的蒼生意識	張素貞
12:00 | 13:00	午餐				
13:00 | 14:50	三	何寄澎	廖咸浩	中空之人與化外之人： 陳映真作品中的全球性移動、反向移動與普世胸懷	周英雄
			楊　翠	獻祭的聖杯——陳映真小說中的女性救贖意象	康來新
			曾萍萍	兩岸陳映真研究平議	郝譽翔
14:50 | 15:10	茶敘				
15:10 | 17:00	四	陳萬益	朱雙一	「第三世界」視野與陳映真現實主義文學理念與創作	蕭阿勤
			黎湘萍	思想家的孤獨——關於陳映真的文學和思想與戰後東亞諸問題的內在關聯	杜繼平
			邱士杰	從中國革命風暴而來——陳映真的「社會性質論」與他的馬克思主義觀	曾健民

9 月 27 日（星期日）議程表

<table>
<tr><th>時間</th><th>場次</th><th>主持人</th><th>發表人</th><th>題目</th><th>講評</th></tr>
<tr><td rowspan="3">9:00
｜
10:50</td><td rowspan="3">五</td><td rowspan="3">陳昌明</td><td>松永正義</td><td>70 年代的意義——以陳映真爲線索</td><td>林淇瀁</td></tr>
<tr><td>陳建忠</td><td>愛慾與文明：陳映真《筆匯》時期小說中的性、政治與美學</td><td>范銘如</td></tr>
<tr><td>詹閔旭</td><td>召喚、回應與對話：
談陳映真《忠孝公園》</td><td>許俊雅</td></tr>
<tr><td rowspan="2">11:00
｜
12:10</td><td rowspan="2">六</td><td rowspan="2">高柏園</td><td>金河林</td><td>陳映真的文學世界與韓國</td><td>陳光興</td></tr>
<tr><td>呂正惠</td><td>陳映真與魯迅</td><td>林瑞明</td></tr>
<tr><td>12:10
｜
13:00</td><td colspan="5">午餐</td></tr>
<tr><td>13:00
｜
13:20</td><td colspan="5">〈聖與罪——陳映真文學與人生的救贖〉紀錄片放映</td></tr>
<tr><td>13:20
｜
15:00</td><td colspan="2">座談會
（一）</td><td colspan="3">主題：陳映真與知識分子的人道關懷
◎王浩威主持，丘延亮・南方朔・顧玉玲・關曉榮</td></tr>
<tr><td>15:00
｜
15:10</td><td colspan="5">茶敘</td></tr>
<tr><td>15:10
｜
16:50</td><td colspan="2">座談會
（二）</td><td colspan="3">主題：擁抱一切良善與罪惡——陳映真的文學世界
◎李瑞騰主持，吳晟・鍾玲・吳明益</td></tr>
<tr><td>16:50
｜
17:00</td><td colspan="2">閉幕式</td><td colspan="3">◎李瑞騰、封德屏</td></tr>
</table>

大會組織表

籌備委員會：呂正惠・李瑞騰・林載爵・施　淑・封德屏・尉天驄
陳昭瑛・陳昌明・曾健民・楊　渡

執　行　長：封德屏

執 行 秘 書：邱怡瑄・李文媛

工 作 小 組：杜秀卿・蔡昀臻・吳穎萍・胡海敏・廖于慧
江侑蓮・游文宓・王爲萱・顏之群

攝　　　影：李昌元

策劃單位：財團法人台灣文學發展基金會

執行單位：文訊雜誌社

贊助單位：行政院文建會・台北市文化局・國家文化總會
中華民國婦女聯合會・趨勢教育基金會

協辦單位：國立台灣文學館・人間出版社

與會者簡介（依場次序）

◆主持人

齊益壽　台灣大學中文所博士。現任台灣大學中文系、世新大學中文系兼任教授。曾任台灣大學中文系、世新大學中文系教授。著有論述《陶淵明的政治立場與政治思想》，以及〈從浪漫的理想到冷靜的諷刺：對談陳映真》〉（與尉天驄、高天生共評），〈個人的尊嚴、民族的尊嚴：蔣勳、齊益壽對談〈夜行貨車〉〉等。

張雙英　美國亞利桑那大學博士。現任淡江大學中文系教授兼系主任。曾任國立政治大學中國文學系教授。著有《中國文學批評的實踐》、《文學概論》、《二十世紀台灣新詩史》。與黃景進合著《當代文學理論》、羅宗濤合著《台灣當代文學研究之探討》。

何寄澎　台灣大學文學博士。現任考試委員、台灣大學中文系教授。著有論述《唐宋古文新探》、《典範的傳承－－中國古典詩文論叢》，以及〈孤寂與愛的美學——綜論簡媜散文及其文學史意義〉、〈試論林文月、蔡珠兒的「飲食散文」——兼述台灣當代散文體式與格調的轉變〉等。

陳萬益　台灣大學中文系博士。現任清華大學台文所教授兼所長。曾任清華大學中文系教授，成功大學台文系教授。論述有〈賴和與魯迅——以「國民性」話語為主的比較〉等，主編有《張文環日本語作品及草稿全編》、《張文環全集》、《呂赫若日記》等。

陳昌明　台灣大學中文系博士。現任成功大學中文系教授兼文學院院長。著有論述《緣情文學觀》、《沉迷與超越：六朝文學之感官辯證》、《從形體觀論六朝美學》、《編織意義的網路》等。主編《南台灣文學作品集》。

高柏園　中國文化大學哲學系博士。現任淡江大學中文系教授兼行政副校長。曾任鵝湖月刊社社長、淡江大學中文系主任、文學院院長。著有《禪學與中國佛學》、《孟子闢楊墨的倫理意涵》、《韓非子『解老』『喻老』的詮釋進路》等。

王浩威　高雄醫學院醫學系畢。現任心靈工坊文化事業股份有限公司發行人、精神科醫生。曾任台大、慈濟、和信醫院精神科主治醫師，台灣醫聯盟醫學雜誌總編輯，《島嶼邊緣》發行人等。著有《與自己和好——一位精神科醫師的生命看法》、《台灣查甫人》、《憂鬱的醫生，想飛》等。

李瑞騰　中國文化大學中文所博士。現任中央大學中文系教授兼文學院院長。曾任《商工日報》副刊主編、《文訊》雜誌總編輯等。著有散文集《有風就要停》，論述《六朝詩學研究》、《晚清文學思想論》、《新詩學》、《老殘夢與愛》、《文學的出路》等，主編《台灣文學30年菁英選》等多種文選。

◆講評人

柯慶明　台灣大學中文系畢業，美國哈佛大學燕京學社研究員。現任台灣大學教授兼文學院副院長。著有散文集《靜思手札》、《昔往的光輝》，論述《一些文學觀點及其考察》、《境界的再生》、《現代中國文學批評述論》等。

洪銘水　美國威斯康辛大學博士。曾任教紐約大學、東海大學文學院院長、元智大學中文系教授等。著有“The Romantic Vision of Yuan Hung-tao, Late Ming Poet and Critic”、《台灣文學散論－傳統與現代》〈葉榮鐘論「五四」新文學與「第三文學」的提出〉、〈台灣原住民作家反映的文化脫序與回歸〉等多篇論文，編有《台灣短篇小說選》等。

梅家玲　台灣大學中文所博士。現任台灣大學台文所教授兼所長。著有論述《漢魏六朝文學新論：擬代與贈答篇》、《古典文學與性別研究》(合著)、《性別，還是家國？——五〇與八、九〇年代台灣小說論》等，編選《性別論述與台灣小說》、《台灣現代文學教程：小說讀本》。

張素貞　台灣師範大學國文系碩士，曾任台北古亭女中、北一女中教師、台灣師範大學國文系教授。著有《現代小說啓事》、《細讀現代小說》、《韓非子難篇研究》、《韓非子的實用哲學》等。

周英雄　美國聖地牙哥加州大學比較文學博士。現任交通大學外文系榮譽教授、吳鳳技術學院應用英文系講座教授。曾任職於台灣師範大學、香港中文大學、交通大學、中正大學等校。著有論述《文學與閱讀之間》、《小說・歷史・心理・物理》、《結構主義與中國文學》、《影像下的現代－電影與視覺文學》(與馮品佳合著)等。

林瑞明　筆名林梵，台灣大學歷史學研究所碩士，日本立教大學研究。現任成功大學歷史系、台文系合聘教授。曾任國家台灣文學館館長。著有詩集《失落的海》、《青春山河》，論述《晚清譴責小說的時代意義》、《楊逵畫像》、《台灣文學的歷史考察》、《台灣文學與時代精神——賴和研究論集》等。

康來新　美國印第安那大學東亞研究所文學碩士。現任中央大學中文系教授。創辦並負責《曠野》雙月刊。當代小說家編纂特集：《陳映真的心靈世界》、《王文興的心靈世界》等。著有散文集《應有歸來路》，論述《紅樓夢研究》、《晚清小說理論研究》、《發跡變泰——宋人小說學論稿》等。

郝譽翔　台灣大學中文所博士。現任中正大學台文所教授。曾任東華大學中文系教授。著有小說集《幽冥物語》、《初戀安妮》、《逆旅》；散文集《衣櫃裡的祕密旅行》；學術論著《情慾世紀末——當代台灣女性小說論》、《儺：中國儀式戲劇之研究》；著有論述《目連戲中庶民文化之研究》、《情慾世紀末——當代台灣女性小說論》等。

蕭阿勤　美國加州大學聖地牙哥社會學博士。現任中央研究院社會學研究所副研究員。著有論述〈民族主義與台灣1970年代的「鄉土文學」：一個文化（集體）記憶變遷的探討〉、〈抗日集體記憶的民族化：台灣1970年代的戰後世代與日據時期台灣新文學〉、〈認同、敘事、與行動：台灣1970年代黨外的歷史建構〉。

杜繼平　中國人民大學經濟學博士。現任《批判與再造》主編、世新大學兼任講師。曾任《中國時報周刊》採訪主任，《五月評論》、《海峽》等雜誌總編輯。著有《五四時期的反傳統思想》、《從世界體系觀點論東亞經濟模式》、《階級、民族與統獨爭議》。

曾健民　日本九州齒科大學研究。現任文學評論者、執業醫生。曾任台灣社會科學研究會會長、台灣社會科學出版社總編輯、台灣大學東亞文明研究中心計劃研究員。編著有《新二二八史象》、《文學二二八》、《1945 破曉時刻的台灣》、《1945光復新聲：台灣光復詩文集》等。

林淇瀁　政治大學新聞所博士，美國愛荷華大學「國際寫作計劃」邀訪作家。現任台北教育大學台灣文化研究所副教授兼所長。曾任《自立晚報》副刊主編、中興大學台文所副教授、吳三連史料基金會秘書長。著有詩集《向陽詩選》、《向陽台語詩選》，散文集《日與月相推》，論述《書寫與拼圖：台灣文學傳播現象研究》、《浮世星空新故鄉》等。

范銘如　美國威斯康辛大學東亞文學研究所博士。現任政治大學台灣文學所教授。曾任淡江大學中文系教授、台北大學中文系教授。著有《像一盒巧克力——當代文學文化評論》、《眾裡尋她——台灣女性小說縱論》、《文學地理：台灣小說的空間閱讀》，主編「20 世紀名家大賞」系列。

許俊雅　台灣師範大學國文系博士。現任台灣師範大學國文系教授。曾任國立編譯館國中國文教科書編撰委員、台北縣志藝文志撰述委員等。著有《台灣寫實詩作之抗日精神研究》、《台灣文學散論》、《島嶼容顏—台灣文學評論集》，編《翁鬧作品選集》等。

陳光興　美國愛荷華大學新聞與大眾傳播學院博士。現任交通大學社會與文化研究所教授。曾任新加坡國立大學任資深客座研究員、韓國延世大學與北京清華大學客座教授、清華大學亞太文化研究室召集人。著有《帝國之眼》、《媒體／文化批判的人民民主主逃逸路線》、《去帝國：亞洲做為方法》等；編有《Partha Chatterjee 講座：發現政治社會：國家暴力、現代性與後殖民民主》、《文化研究在台灣》。

◆座談會與談人

丘延亮　芝加哥大學人類學系博士。現任中央研究院民族學研究所副研究員。曾任香港浸會大學社會學系副教授。著有《實質民主—人民性的覺知和踐行》、《文化政治—論詰，解構，演示》、《親密的敵人／野蠻人的佛洛依德》、《原住民社會性運動與人類學的祛殖民化》、《殖民主義與/後殖民主義在地中介勢力(Muchachos)之研究》。

南方朔　本名王杏慶。中國文化大學實業計劃研究所博士班結業。現爲文化評論家。曾任《中國時報》記者、專欄主任、副總編輯、《新新聞》總主筆、《亞洲週刊》主筆。著有《文化啓示錄》、《語言是我們的居所》、《有光的所在》、《自由主義的反思批判》。

顧玉玲　輔大英文系畢、就讀交大社會與文化研究所碩士班。現任台灣國際勞工協會理事長。曾任台灣工運雜誌社總編輯、台灣國際勞工協會秘書長。著有《我們——勞動與移動的生命記事》、《烈女》。

關曉榮　台灣藝術專科學校美工科畢。現任台南藝術大學音像紀錄研究所教授。曾任《中國時報》攝影及文字主編，《人間》雜誌社顧問，自立報系政經研究室研究員，台南藝術學院音像紀錄研究所所長。著有《國境邊陲：1997島嶼上的人類》。

吳　晟　本名吳勝雄。屏東農專畜牧科畢業。曾任彰化縣溪州國中教師、靜宜大學中文系兼任講師，1980年赴美國愛荷華大學「國際作家工作坊」訪問。現專事寫作。著有詩集《飄搖裡》、《泥土》、《吾鄉印象》，散文《農婦》、《店仔頭》、《無悔》、《不如相忘》，《甜蜜的負荷》詩專輯等。

鍾　玲　美國威斯康辛大學比較文學系博士。現任香港浸會大學文學院講座教授兼院長。曾任美國紐約州立大學阿爾巴尼分校副教授，中山大學外文系所所長、文學院院長，高雄大學西洋語文學系教授兼教務長。著有詩集《芬芳的海》，散文集《日月同行》，小說集《輪迴》，評論集《現代中國繆司：台灣女詩人作品析論》。

吳明益　中央大學中文所博士。現任東華大學中文系副教授，東華大學華文系籌備處副教授。作品曾獲中國時報開卷年度十大好書、亞洲周刊中文十大小說等。著有論文集《以書寫解放自然》，小說集《虎爺》、《睡眠的航線》，散文集《迷蝶誌》、《蝶道》、《家離水邊那麼近》等。

◆論文發表人

施　淑　加拿大英屬哥倫比亞大學亞洲研究系博士班研究。現任淡江大學中國文學系榮譽教授。著有論述《兩岸文學論集》、《理想主義者的剪影》、《大陸新時期文學概況》，編有《日據時代台灣小說選》、《賴和小說集》等。

山田敬三　日本京都大學畢。現任日本神戶大學名譽教授。日本著名的中國現代文學研究者，著有《魯迅の世界》、《中日戰爭與文學——中日現代文學的比較研究》等。2007年，山田敬三教授古稀紀念文集——《南腔北調論集》在日本出版。

林載爵　英國劍橋大學歷史系博士班，美國哈佛大學訪問學人。現任聯經出版公司發行人兼總編輯。著有傳記《譚嗣同》，論述《台灣文學的兩種精神》、《東海大學校史，1955-1980》，編有《中國現代史論集》等。

趙遐秋　北京大學中文系漢語言文學專業。曾任中國人民大學中文系教授，台港澳暨海外華文文學聯絡委員會副主任。著有專著《中國現代140家小說劄記》(上、下卷，合作)、《海外華文文學綜論》、《中國現代報告文學史》、《生命的思索與吶喊——陳映真的小說氣象》等。另與呂正惠共同主編《台灣新文學思潮史綱》。

廖咸浩 美國史丹福大學比較文學博士，哈佛大學後博士研究。現任台灣大學外文系教授兼台灣大學主任秘書。曾任台灣大學外文系系主任、研究所所長，美國西雅圖華盛頓大學客座副教授，《中外文學》月刊總編輯兼社長，台北市文化局局長。著有論述《美麗新世紀——前現代·現代·後現代》、《愛與解構——當代臺灣文學評論與文化觀察》

楊　翠 台灣大學歷史系博士。現爲中興大學台文所副教授。曾任《自立晚報》副刊編輯，《台灣文藝》執行主編，成功大學台文系助理教授，靜宜大學台文系副教授。與施懿琳、許俊雅、鍾美芳等合著《台中縣文學發展史》、《彰化縣文學發展史》。

曾萍萍 中央大學中文系博士，現爲中原大學通識中心兼任助理教授。著有《「文季」文學集團研究——以系列刊物爲觀察對象》、《噤啞的他者——陳映真小說與後殖民論述》。

朱雙一 廈門大學中文研究生畢業。現爲廈門大學台灣研究中心、台灣研究院教授。曾任彰師大國文系與台文所客座講授，著有《百年台灣文學散點透視》、《近二十年台灣文學流脈》（台灣版改題《戰後台灣新世代文學論》）、《閩台文學的文化親緣》、《台灣文學思潮與淵源》，參與編撰《台灣文學史》、《台灣新文學概觀》、《台灣百部小說大展》。

黎湘萍 中國社科院研究生院文學系文學博士。現任北京社會科學院文學所教授、台港澳文化研究室主任。著有論述《台灣的憂鬱：論陳映真的寫作與台灣文學精神》、《文學台灣》、《文藝美學原理》（合著）。

邱士杰 國立台灣大學歷史學研究所博士生，著有論述〈台灣社會主義運動的起源及其資本主義論〉、〈從《黎明期的台灣》

到「中國改造論」——由許乃昌的思想經歷看兩岸變革運動與論爭〉、〈崛起：台灣左翼運動的一九二四年〉。

松永正義　東京一橋大學語言社會研究科教授，現於台灣師範大學台文所擔任講座教授，爲日本研究台灣左翼文學的先驅，專攻台灣文學、中國文學、台灣與中國大陸的語言狀況，著有《台湾文学のおもしろさ》等。

陳建忠　清華大學中文所博士。現爲清華大學台文所副教授。曾任靜宜大學台文系助理教授。著有論述《書寫台灣・台灣書寫：賴和的文學與思想研究》、《日據時期台灣作家論：現代性、本土性、殖民性》等，主編《彰化縣國民中小學台灣文學讀本》。

詹閔旭　國立成功大學台灣文學研究所博士生。著作：論文《跨界地方認同政治：李永平小說（1968-1998）與鄉土文學脈絡》、〈符號運作與中國性——論王文興《家變》〉、〈罪／醉城——論李永平的《海東青》〉。

金河林　高麗大學校中文科及同大學院文學博士。現任朝鮮大學校外國語大學中國學科教授。研究中國現代文學、台灣現當代文學，博論以魯迅爲題，著有《魯迅與他的文學在韓國的影響》、《魯迅的文學與思想》、《中國現代詩與詩論》、《東亞與近代的暴力》等。

呂正惠　東吳大學中國文學博士。現任淡江大學中文系教授。曾任清華大學中文系教授兼系主任。著有《杜甫與六朝詩人》、《抒情傳統與政治現實》、《小說與社會》、《戰後台灣文學經驗》、《文學經典與文化認同》、《殖民地的傷痕》，另與大陸學者趙遐秋共同主編《台灣新文學思潮史綱》。

國家圖書館出版品預行編目資料

陳映真創作50週年國際學術研討會論文集／封德屏總編輯. –初版. –臺北市：文訊雜誌社出版；〔桃園市〕：臺灣文學發展基金會發行, 2009.11

面；　公分. --（文訊叢刊；33）

ISBN 978-986-83928-9-2（平裝）

1. 陳映真 2. 學術思想　3. 臺灣文學　4. 文學評論　5. 文集

863.207　　　　98022434

文訊叢刊 33

陳映真創作50週年國際學術研討會論文集

總 編 輯／封德屏
執行編輯／杜秀卿、邱怡瑄
封面設計／翁翁・不倒翁視覺創意工作室
發　　行／財團法人台灣文學發展基金會
出 版 者／文訊雜誌社
　　　　地址：台北市中山南路 11 號 6 樓
　　　　電話：02-23433142　　傳真：02-23946103
　　　　郵政劃撥：12106756 文訊雜誌社
　　　　E-mail：wenhsun7@ms19.hinet.net
印　　刷／松霖彩色印刷公司
總 經 銷／紅螞蟻圖書有限公司
　　　　電話：02-27953656
初　　版／2009 年 11 月

定價 450 元
ISBN978-986-83928-9-2